黑暗塔系列Ⅲ THE DARK TOWER

THE WASTE LANDS

荒原

STEPHEN KING

〔美〕斯蒂芬·金 著

郑咏滟 译

人民文学出版社
PEOPLE'S LITERATURE PUBLISHING HOUSE

著作权合同登记号　图字 01-2016-6300

THE WASTE LANDS
by Stephen King

图书在版编目(CIP)数据

荒原/(美)斯蒂芬·金著;郑咏滟译.—北京:
人民文学出版社,2016
(黑暗塔系列)
ISBN 978-7-02-012069-7

Ⅰ.①荒…　Ⅱ.①斯…　②郑…　Ⅲ.①长篇小说-美国-现代　Ⅳ.①I712.45

中国版本图书馆 CIP 数据核字(2016)第 235859 号

出品人　**黄育海**
责任编辑　**叶显林**
特约策划　**任　战　张玉贞**
封面设计　**陈　晔**
封面插图　**郝　钰**

出版发行　**人民文学出版社**
社　　址　**北京市朝内大街 166 号**
邮政编码　**100705**
网　　址　**http://www.rw-cn.com**

印　　刷　**上海利丰雅高印刷有限公司**
经　　销　**全国新华书店等**

字　　数　**400 千字**
开　　本　**670 毫米×960 毫米　1/16**
印　　张　**35.25**
版　　次　**2006 年 8 月北京第 1 版**
印　　次　**2016 年 12 月第 1 次印刷**

书　　号　**978-7-02-012069-7**
定　　价　**68.00 元**

如有印装质量问题,请与本社图书销售中心调换。电话:01065233595

THE DARK TOWER

目录

序言：关于十九岁

（及一些零散杂忆）

1

在我十九岁时，霍比特人正在成为街谈巷议（在你即将要翻阅的故事里就有他们的身影）。

那年，在马克思·雅斯格牧场上举办的伍德斯托克音乐节上，就有半打的“梅利”和“皮平”在泥泞里跋涉，另外还有至少十几个“佛罗多”，以及数不清的嬉皮“甘道夫”。在那个时代，约翰·罗奈尔得·瑞尔·托尔金的《魔戒》让人痴迷狂热，尽管我没能去成伍德斯托克音乐节（这里说声抱歉），我想我至少还够得上半个嬉皮。话说回来，他的那些作品我全都读了，并且深为喜爱，从这点看就算得上一个完整的嬉皮了。和大多数我这一代男女作家笔下的长篇奇幻故事一样（史蒂芬·唐纳森的《汤玛斯·考文南特的编年史》以及特里·布鲁克斯的《沙娜拉之剑》就是众多小说中的两部），《黑暗塔》系列也是在托尔金的影响下产生的故事。

尽管我是在一九六六和一九六七年间读的《魔戒》系列，我却迟迟未动笔写作。我对托尔金的想象力的广度深为折服（是相当动情的全身心的折服），对他的故事所具有的那种抱负心领神会。但是，我想写具有自己特色的故事，如果那时我便开始动笔，我只会写出他那样的东西。那样的话，正如已故的“善辩的”迪克·尼克松喜欢说的，就会一错到底了。感谢托尔金先生，二十世纪享有了它所需要的所有的精灵和魔法师。

一九六七年时，我根本不知道自己想写什么样的故事，不过那倒也并不碍事；因为我坚信在大街上它从身边闪过时，我不会放过去的。我正值十九岁，一副牛哄哄的样子，感觉还等得起我的缪斯女神和我的杰作（仿佛我能肯定自己的作品将来能够成为杰作似的）。十九岁时，我好像认为一个人有本钱趾高气扬；通常岁月尚未开始不动声色地催人衰老的侵蚀。正像一首乡村歌曲唱的那样，岁月会拔去你的头发，夺走你跳步的活力，但事实上，时间带走的远不止这些。在一九六六和一九六七年间，我还不懂岁月无情，而且即使我懂了，也不会在乎。我想象不到——简直难以想象——活到四十岁会怎样？退一步说五十岁会怎样？再退一步。**六十岁**？永远不会！六十岁想都没想过。十九岁，正是什么都不想的时候。十九岁这个年龄只会让你说：**当心，世界，我正抽着 TNT**[①]**，喝着黄色炸药，你若是识相的话，别挡我的道儿——斯蒂芬在此！**

十九岁是个自私的年纪，关心的事物少得可怜。我有许多追求的目标，这些是我关心的。我的众多抱负，也是我所在乎的。我带着我的打字机，从一个破旧狭小的公寓搬到另一个，兜里总是装着一盒烟，脸上始终挂着笑容。中年人的妥协离我尚远，而年老的耻辱更是远在天边。正像鲍勃·西格歌中唱到的主人公那样——那首歌现在被用做了售卖卡车的广告歌——我觉得自己力量无边，而且自信满满；我的口袋空空如也，但脑中满是想法，心中都是故事，急于想要表述。现在听起来似乎干巴无味的东西，在当时却让自己飘上过九重天呢。那时的我感到自己很“酷”。我对别的事情毫无兴趣，一心只想突破读者的防线，用我的故事冲击他们，让他们沉迷、陶醉，彻底改变他们。那时的我认为自己完全可以做到，因为我相信自己生来就是干这个的。

---

① 一种烈性炸药。

这听上去是不是狂傲自大？过于自大还是有那么一点？不管怎样，我不会道歉。那时的我正值十九岁，胡须尚无一丝灰白。我有三条牛仔裤，一双靴子，心中认为这个世界就是我稳握在手的牡蛎，而且接下去的二十年证明自己的想法没有错误。然而，当我到了三十九岁上下，麻烦接踵而至：酗酒，吸毒，一场车祸改变了我走路的样子（当然还造成了其他变化）。我曾详细地叙述过那些事，因此不必在此旧事重提。况且，你也有过类似经历，不是吗？最终，世上会出现一个难缠的巡警，来放慢你前进的脚步，并让你看看谁才是真正的主宰。毫无疑问，正在读这些文字的你已经碰上了你的“巡警”（或者没准哪一天就会碰到他）；我已经和我的巡警打过交道，而且我知道他肯定还会回来，因为他有我的地址。他是个卑鄙的家伙，是个“坏警察”，他和愚蠢、荒淫、自满、野心、吵闹的音乐势不两立，和所有十九岁的特征都是死对头。

但我仍然认为那是一个美好的年龄，也许是一个人能拥有的最好的岁月。你可以整晚放摇滚乐，但当音乐声渐止、啤酒瓶见底后，你还能思考，勾画你心中的宏伟蓝图。而最终，难缠的巡警让你认识到自己的斤两；可如果你一开始便胸无大志，那当他处理完你后，你也许除了自己的裤脚之外就什么都不剩了。“又抓住一个！”他高声叫道，手里拿着记录本大步流星地走过来。所以，有一点傲气（甚至是傲气冲天）并不是件坏事——尽管你的母亲肯定教你要谦虚谨慎。我的母亲就一直这么教导我。她总说，**斯蒂芬，骄者必败**……结果，我发现当人到了三十八岁左右时，无论如何，最终总是会摔跟头，或者被人推到水沟里。十九岁时，人们能在酒吧里故意逼你掏出身份证，叫喊着让你滚出去，让你可怜巴巴地回到大街上，但是当你坐下画画、写诗或是讲故事时，他们可没法排挤你。哦，上帝，如果正在读这些文字的你正值年少，可别让那些年长者或自以为是的有识之士告诉你该怎么做。当然，你可能从来没去过巴黎；你也从来没在潘普洛纳奔牛节上和公牛一起狂奔。不错，你只是个毛头小伙，三年前腋下才开始长毛——但这又怎样？如果你不一开始就准备拼命长来撑坏你的裤子，难道是想留着等你长大后再怎么设法填满裤子吗？我的态度一贯是，不管别人怎么说你，年轻时就要有大动作，别怕撑破了裤子；坐下，抽根烟。

2

我认为小说家可以分成两种，其中就包括像一九七〇年初出茅庐的我那样的新手。那些天生就更在乎维护写作的文学性或是“严肃性”的作家总会仔细地掂量每一个可能的写作题材，而且总免不了问这个问题：**写这一类的故事对我有什么意义？**而那些命运与通俗小说紧密相连的作家更倾向于提出另一个迥异的问题：**写这一类的故事会对其他人有什么意义？**“严肃”小说家在为自我寻找答案和钥匙；然而，“通俗”小说家寻找的却是读者。这些作家分属两种类型，但却同样自私。我见识过太多的作家，因此可以摘下自己的手表为我的断言做担保。

总之，我相信即使是在十九岁时，我就已经意识到佛罗多和他奋力摆脱那个伟大的指环的故事属于第二类。这个故事基本上能算是以古代斯堪的纳维亚的神话为背景的一群本质上具有英国特征的朝圣者的冒险故事。我喜欢探险这个主题——事实上，我深爱这一主题——但我对托尔金笔下这些壮实的农民式的人物不感兴趣（这并不是说我不喜欢他们，相反我确实喜欢这些人物），对那种树木成荫的斯堪的纳维亚场景也没有兴趣。如果我试图朝这个方向创作的话，肯定会把一切都搞砸。

所以我一直在等待。一九七〇年时我二十二岁，胡子中出现了第一缕灰白（我猜这可能与我一天抽两包半香烟有关），但即便人到了二十二岁，还是有资本再等一等的。二十二岁的时候，时间还在自己的手里，尽管那时难缠的巡警已经开始向街坊四处打探了。

有一天，在一个几乎空无一人的电影院里（如果你真好奇的话，我可以告诉你是在缅因州班戈市的百玖电影院里），我看了场瑟吉欧·莱昂内执导的《独行侠勇破地狱门》。在电影尚未过半时，我就意识到我想写部小说，要包含托尔金小说中探险和奇幻的色彩，但却要以莱昂内创造的气势恢弘得几乎荒唐的西部为背景。如果你只在电视屏幕上看过这部怪诞的西部片，你不会明白我的感受——也许这对你有些得罪，但的确是事实。经过潘纳维申①镜头的精确投射，宽银幕上的《独行侠勇破地狱门》简直就是一部能和《宾虚》相媲美的史诗巨作。克林特·伊斯特伍德看上去足有十八英尺高，双颊上挺着的每根硬如钢丝的胡楂都有如小红杉一般。李·范·克里夫嘴角两边的纹路足有峡谷那么深，在每条纹路的底部可能都有一个无阻隔界（见《巫师与玻璃球》）。而望不到边的沙漠看上去至少延伸到海王星的轨道边了。片中人物用的枪的枪管直径都如同荷兰隧道般大小。

除了这种场景设置之外，我所想要获得的是这种**尺寸**所带来的史诗般的世界末日的感觉。莱昂内对美国地理一窍不通（正如片中的一个角色所说，芝加哥位于亚利桑那州的凤凰城边上），但正由于这一点，影片得以形成这种恢弘的错位感。我的热情——一种只有年轻人才能迸发出的激情——驱使我想写一部长篇，不仅仅是**长篇**，而且是**历史上最长的通俗小说**。我并未

---

① 一种制作宽银幕电影的工艺，商标名。——译者注。如无特别说明，后文中的注解一律为译者注。

如愿以偿，但觉得写出的故事也足够体面；《黑暗塔》，从第一卷到第七卷讲述的是一个故事，而前四卷的平装本就已经超过了两千页。后三卷的手稿也逾两千五百页。我列举这些数字并不是为了说明长度和质量有任何关联；我只是为了表明我想创作一部史诗，而从某些方面来看，我实现了早年的愿望。如果你想知道我**为何**有这么一种目标，我也说不出原因。也许这是不断成长的美国的一部分：建最高的楼，挖最深的洞，写最长的文章。我的动力来自哪里？也许你会抓着头皮大喊琢磨不透。在我看来，也许这也是作为一个美国人的一部分。最终，我们都只能说：**那时这听上去像个好主意**。

3

另一个关于十九岁的事实——不知道你还爱不爱看——就是处于这个年龄时，许多人都觉得身处困境（如果不是生理上，至少也是精神和感情上）。光阴荏苒，突然有一天你站在镜子跟前，充满迷惑。**为什么那些皱纹长在我脸上**？你百思不得其解，**这个丑陋的啤酒肚是从哪来的？天哪，我才十九岁呢！**这几乎算不上是个有创意的想法，但这也并不会减轻你的惊讶程度。

岁月让你的胡须变得灰白，让你无法再轻松地起跳投篮，然而一直以来你却始终认为——无知的你啊——时间还掌握在你的手里。也许理智的那个你十分清醒，只是你的内心拒绝接受这一事实。如果你走运的话，那个因为你步伐太快，一路上享乐太多而给你开罚单的巡警还会顺手给你一剂嗅盐①。我在二十

① 嗅盐，是一种芳香碳酸铵合剂，用作苏醒剂。

世纪末的遭遇差不多就是如此。这一剂嗅盐就是我在家乡被一辆普利茅斯捷龙厢式旅行车撞到了路边的水沟里。

在那场车祸三年后，我到密歇根州蒂尔博市的柏德书店参加新书《缘起别克8》的签售会。当一位男士排到我面前时，他说他真的非常非常高兴我还活着。（我听了非常感动，这比“你怎么还没死？”这种话要令人振奋得多。）

“当我听说你被车撞了时，我正和一个好朋友在一起。”他说，“当时，我们只能遗憾地摇头，还一边说‘这下塔完了，已经倾斜了，马上要塌，啊，天哪，他现在再也写不完了。’”

相仿的念头也曾出现在我的脑袋里——这让我很焦急，我已经在百万读者集体的想象中建造起了这一座“黑暗塔”，只要有人仍有兴趣继续读下去，我就有责任保证它的安全——即使只是为了下五年的读者；但据我了解，这也可能是能流传五百年的故事。奇幻故事，不论优劣（即使是现在，可能仍有人在读《吸血鬼瓦涅爵士》或者《僧侣》），似乎都能在书架上摆放很长时间。罗兰保护塔的方法是消灭那些威胁到梁柱的势力，这样塔才能站得住。我在车祸后意识到，只有完成枪侠的故事，才能保护我的塔。

在“黑暗塔”系列前四卷的写作和出版之间长长的间歇中，我收到过几百封信，说“理好行囊，我们将踏上负疚之旅”之类的话。一九九八年（那时我还当自己只有十九岁似的，狂热劲头十足），我收到一位八十二岁老太太的来信，她“并无意要来打搅你，但是这些天病情加重”，这位老太太告诉我，她也许只有一年的时间了（“最多十四个月，癌细胞已经遍布全身”），而她清楚我不可能因为她就能在这段时间里完成罗兰的故事，她只是想知道我能否（“求你了”）告诉她结局会怎样。她发誓“绝不会告诉另一个灵魂”，这句话很是让我揪心（尽管还没到能让我继续创作的程度)。一年之后——好像就是在车祸后我住院的那段时间里——我的一位助手,马莎·德菲力朴,送来一封信,作者是得克萨斯州或是佛罗里达州的一位临危病人,他提了完全一样的要求:想知道故事以怎样的结局收场?(他发誓会将这一秘密带到坟墓里去,这让我起了一身鸡皮疙瘩。)

我会满足这两位的愿望——帮他们总结一下罗兰将来的冒险历程——如果我能做到的话,但是,唉,我也不能。那时,我自己并不知道枪侠和他的伙伴们会怎么样。要想知道,我必须开始写作。我曾经有过一个大纲,但一路写下来,大纲也丢了。(反正,它可能本来也是一文不值。)剩下的就只是几张便条(当我写这篇文章时,还有一张"阒茨,栖茨,萸茨,某某—某某—篮子"①贴在我桌上)。最终,在二〇〇一年七月,我又开始写作了。那时我已经接受了自己不再是十九岁的事实,知道我也免不了肉体之躯必定要经受的病灾。我清楚自己会活到六十岁,也许还能到七十。我想在坏巡警最后一次找我麻烦之前完成我的故事。而我也并不急于奢望自己的故事能和《坎特伯雷故事集》或是《艾德温·德鲁德之谜》归档在一起。

我忠实的读者,不论你看到这些话时是在翻开第一卷还是正准备开始第五卷的征程,我写作的结果——孰优孰劣——就摆在你的面前。不管你是爱它还是恨它,罗兰的故事已经结束了。我希望你能喜欢。

至于我自己,我也拥有过了意气风发的岁月。

斯蒂芬·金

二〇〇三年一月二十五日

---

① 这是在"黑暗塔"中出现过多次的一段童谣。

前情概要

《荒原》是长篇小说系列“黑暗塔”的第三部。这部长篇小说的灵感来自于，甚至从某种程度上可以说依赖于罗伯特·布朗宁的叙事长诗《去黑暗塔的罗兰少爷归来》。

第一部小说《枪侠》说的是罗兰，这个已经“转换”的世界里唯一幸存的枪侠，如何一路追踪并最终赶上了黑衣人，那个名叫沃特的魔法师。当中世界尚未分裂之前，沃特曾虚伪地与罗兰的父亲交好。但是追踪这个半人半魔的施咒巫师并非罗兰的最终目标，这不过是他探寻矗立在时间结点、神秘强大的黑暗塔的旅途上的一个路标。

那么罗兰到底是谁？他的世界在转换之前又是什么样？黑暗塔是什么，他又为什么追寻黑暗塔？对此我们只有一些支离破碎的信息。毋庸置疑，罗兰是武士一类的人物，责任就是保护（甚至可能救赎）那个在罗兰记忆中“充满了爱与光明”的世界。但是罗兰的记忆到底有多符合真实情况还是个问题。

我们知道的是他在发现自己的母亲与马藤——一个比沃特更强大的魔法师——有染之后而被迫提前经受了成人考试；我们知道实际上是马藤在暗中策划了这一切，希望罗兰无法通过成人考试而被“发配到西方”的荒原；我们知道罗兰最后通过了考试，让马藤的阴谋功亏一篑。

我们还知道枪侠的世界与我们自己的世界有着某种奇怪而基本的关联，人有时甚至有可能在两个世界中穿行。

在沙漠大道上一个废弃已久的公路小站，罗兰遇上一个名叫杰克的男孩。杰克在我们的世界里已经死了。事实上他是在曼哈顿中心的一个街角被人推到马路中央被车撞死的，而黑衣人——沃特——目睹了整起车祸。之后杰克·钱伯斯在罗兰的世界醒了过来。

但是在他们追上黑衣人之前，杰克又死了……这回是因为枪侠在面对生命中第二次痛苦的抉择时，最终选择了牺牲这个几乎已经变成自己儿子的少年。面对黑暗塔与男孩儿，罗兰选择了前者。在落入悬崖前，杰克对枪侠最后说道："去吧，在这个世界之外还有其他的世界。"

罗兰与沃特的最后对决发生在满地朽骨的墓地。黑衣人用一副塔罗牌预言了罗兰的未来，三张非常奇怪的牌——囚徒，影子女士，死神（"但不是找你的，枪侠"）——吸引了罗兰的注意力。

第二部小说《三张牌》的开篇设置在西海边缘，时间离罗兰与沃特的最终对决并不久。筋疲力尽的枪侠在午夜时分醒来，却发现高涨的潮水带来了一大群爬行食肉动物——"大螯虾"。罗兰没能来得及逃脱大螯虾的巨螯攻击，受了重伤并失去了右手拇指与食指，同时还因大螯虾喷出的毒液而中了毒。当枪侠沿着西海边缘继续他的行程时，他的病情加重……性命堪忧。

接着他遭遇到海滩上三扇独立的门，每扇门——为罗兰开启，也只为罗兰开启——都通向我们的世界；通向杰克居住的纽约。在我们的时间轴上三个连续的时间点罗兰分别进入了纽约，既为了救自己的命，也为了找到必须陪伴他寻找黑暗塔的三个同伴。

埃蒂·迪恩就是囚徒，一个来自二十世纪八十年代末纽约的瘾君子。罗兰穿过他自己世界海滩上的门，来到了埃蒂·迪恩的脑子里。那时埃蒂在为一名叫做恩里柯·巴拉扎的毒贩子卖命，当时正乘飞机降落在肯尼迪机场。在他们俩共同的探险过程中，罗兰得到了少量的青霉素，而且成功地把埃蒂·迪恩带入了自己的世界。当瘾君子埃蒂发现自己被绑架到一个既没有毒品也没有炸鸡的世界时，他可是失望透顶。

第二扇门指引罗兰找到了影子女士——实际上是一具身体里的两个女人。这回罗兰来到了二十世纪六十年代早期的纽约，面前是一名叫做奥黛塔·霍姆斯的年轻女人。她是个民权运动家，而且行动不便，坐在轮椅上。而藏在奥黛塔身体里的女人则是诡计多端、充满仇恨的黛塔·沃克。当这个一体双魂的女人被带入罗兰的世界时，埃蒂和日益虚弱的罗兰都面对不可测的结局。奥黛塔固执地相信所有一切不过是一场梦，甚至是自己的幻觉；而更残忍、狡猾的黛塔则把罗兰与埃蒂看做给她带来痛苦的白种魔鬼，发誓要除之而后快。

杰克·莫特，藏在第三扇门（二十世纪七十年代中期的纽约）后面的连环杀手，代表的就是死神。莫特两次给奥黛塔·霍姆斯/黛塔·沃克的生活带来巨大变故，尽管两人均毫不知情。莫特害人的惯用伎俩不啻于把受害者推到街上或从上往下砸东西。在他疯狂（噢，但也非常谨慎）的行动中，这两个伎俩都用在了奥黛塔身上。当奥黛塔还是个孩子时，他把砖块砸在了她的头上。小女孩陷入昏迷，同时也促生了奥黛塔隐藏的双生姐妹黛塔·沃克。许多年以后，一九五九年，在格林尼治村，莫特再次遇见了奥黛塔。这次他把她迎面推进地铁轨道，此时一辆地铁列车正奔驰而来。奥黛塔再次死里逃生，但代价是列车轧断了她双腿膝盖以下的部分。在场的一位勇敢的年轻医生（或者也许是黛塔·沃克丑陋但不可征服的精神）让她活了下来……起码表面是这样。但在罗兰看来，种种事件的内在联系显示出一切不仅仅是巧合；他相信围绕在黑暗塔周围的巨大魔力已经开始再次聚积。

罗兰发现莫特也许还是另一个秘密、另一个更具有摧毁力量的矛盾中的关键人物，因为当枪侠遇见莫特时，莫特跟踪的下一个受害者正是杰克，那个罗兰在公路小站遇见、后来死在山脚下的男孩。杰克说过他是如何在我们的世界因车祸丧命，罗兰对此从未产生任何怀疑，也从来没有怀疑过谋杀杰克的凶手——就是莫特，毋庸置疑。杰克看见他打扮成牧师穿过事发现场围观的人群，而罗兰也从未怀疑过杰克的描述。

现在他仍旧毫不怀疑；沃特当时就在现场，当然，毫无疑问。但是试想一下，会不会是杰克·莫特把杰克推向了冲过来的卡迪拉克，而并非沃特？这个可能性成立吗？罗兰不能确定，但假如的确如此，杰克现在在哪里？死了？还活着？困在时间的陷阱里？而如果杰克·钱伯斯还活着，在七十年代中期的曼哈顿活得好好的，那么罗兰又怎么会还记得他？

尽管事态的发展令人困惑，甚至潜藏着危险，但三扇门的测试——三张牌——最后以罗兰的胜利告终。埃蒂·迪恩终于接受了自己在罗兰世界的位置，因为他深深爱上了影子女士。进入这个世界的三人中的两人，黛塔·沃克与奥黛塔·霍姆斯，在罗兰的努力下终于互相接受了对方的存在，并且合二为一，变成一个兼具黛塔与奥黛塔两人性格的女人。她接受了埃蒂的爱，并用同等的爱回报。最终奥黛塔·苏珊娜·霍姆斯与黛塔·苏珊娜·沃克变成了一个全新的女人，第三个女人：苏珊娜·迪恩。

杰克·莫特也死在了地铁的车轮下——传说中的A线车——十五六年前正是同一辆地铁轧断了奥黛塔的双腿。别无其他。

在未知的年代里，蓟犁的罗兰第一次不再孤身一人追寻他的黑暗塔。埃蒂与苏珊娜取代了他早已死去的同伴库斯伯特与阿兰……但是枪侠也许会给他的朋友们带来危险。致命的危险。

《荒原》从三个朝圣者离开海滩上最后一扇门几个月以后的旅程开始讲起。他们已经进入了中世界，朝内陆行进。中场休息已经结束，学习时间重新开始。苏珊娜开始学习射击……埃蒂开始学习雕刻……而枪侠开始体会一步步丧失理智是什么感觉。

（另注：居住在纽约的读者会发现作品中有些关于这座城市地理位置的描述不甚精确，我希望能够得到各位的谅解。）

一堆破烂的偶像，承受着太阳的鞭打
枯死的树没有遮荫。蟋蟀的声音也不使人放心，
礁石间没有流水的声音。只有
这块红石下有影子，
（请走进这块红石下的影子）
我要指点你一件事，它既不像
你早起的影子，在你后面迈步；
也不像傍晚的，站起身来迎着你；
我要给你看恐惧在一把尘土里。

——T. S. 艾略特《荒原》[1]

如果任何粗糙的蓟梗伸出
高过它的同伴，蓟头就被割下；梗草
也会嫉妒。是什么让那些坑洞裂缝
从船坞中严苛的黝黑上消失，累累伤痕仿佛阻止
所有青翠的希望？这是残忍的猛兽必须走过
走过他们的生命，带着残忍的意志。

——罗伯特·布朗宁《去黑暗塔的罗兰少爷归来》

“河流是什么？”米莉森特闲闲地询问。
“只是一条小溪。不过，也许还不只这样。
它又被称做废墟。”
“真的吗？”
“是的，”威妮弗蕾德回答，“是真的。”

——罗伯特·艾克曼[2]《手套里的手》

---

① 该段诗译摘自赵萝蕤的译本。

② 罗伯特·艾克曼（Robert Aickman，1914—1981），美国恐怖小说家。小说《手套里的手》（*Hand in Glove*）出版于一九七九年。

19

救赎

REDEMPTION

第一卷

杰克

恐惧在一把尘土里

第一章

黑熊与白骨

1

这是她第三次实弹演习……也是罗兰第一次帮她装好枪套让她练枪。

他们的弹药已经足够多;罗兰从埃蒂和苏珊娜·迪恩之前一直生活的世界里又带回三百多发子弹。但是足够多的弹药并不代表他们可以浪费,事实正相反,老天爷也不会赞成浪费的。从小到大,先是他的父亲,后来是他最伟大的导师柯特,都时常这样教诲罗兰,而且现在他也仍然相信。老天爷也许不会立即惩罚那些浪费的人,但是总有一天他们要为此忏悔,而且等待的时间越长,受到的惩罚越重。

刚开始他们并不需要实弹。罗兰的射击生涯比这个坐在轮椅上的棕肤美女揣测的还要久得多。刚开始,他只是支起靶子,看她瞄准靶心发空弹,纠正她的姿势。她学得很快。她和埃蒂都学得很快。

他早就知道,这两人都是天生的枪侠。

今天罗兰和苏珊娜来到了树林中一片空地,离他们的营地不到一英里。现在他们在那个营地里面已经住了将近两个月,营地对他们就像家一样。日子每天都差不多,很快就溜走了。枪侠罗兰的身体慢慢痊愈,与此同时他教给埃蒂和苏珊娜种种必需的本领,他俩也在努力学习:如何开枪,如何打猎,如何清理干净那些猎物;如何拉展、鞣制、处理猎物皮毛;如何尽量不浪费地利用猎物的各个部分；如何通过古恒星识别北方，通过古母星找到南方；如何好好倾听这片位于西海东北方六十多英里的森林里的声响。今天埃蒂没跟过来，但是枪侠罗兰也并没有不高兴。他一直知道，记得最牢的知识往往是自学得到的。

但是最重要的知识仍然最重要：怎么开枪、怎么每发每中、怎么置敌人于死地。

空地边参差不齐地长着半圈暗色冷杉，散发着甜甜的气味，粗粗勾勒出空地的轮廓。南面不远处地面突然断裂，下陷三百多英尺。崖壁陡峭，页岩层层突出，形成巨型的天然石阶。一条清澈的山涧从树林中潺潺流出，穿过空地中央。溪水在软绵绵的土地上汩汩流过，所过之处形成一条深沟，随后在断崖处倾泻而下。

山涧沿着石阶层层流下，形成一段段小瀑布，斑斓的彩虹在水雾中时隐时现。断崖前面是一道雄伟的深谷，崖口密密地长着更多冷杉，中间夹着巨大的老榆树。这些老榆树好像生怕被挤走似的耸立在那儿，树冠郁郁葱葱。当罗兰家乡的土地还很年轻时，这些树木就应该已经有些年岁了。罗兰看不出这片深谷有被火烧过的痕迹，虽然他觉得这片地方肯定什么时候被雷电击中过，而且威胁肯定不仅是雷电而已。这儿很久以前肯定有人住过。过去几个礼拜，罗兰找到过他们留下的遗迹，大部分是一些原始的器物，也有被火烧过的碎陶片。火真是个邪恶的东西，总是很乐于逃脱自己主人的掌控。

洗练的蓝天笼罩着这片如画美景，间或几只乌鸦嘎嘎地划过天际，显得焦躁不安，好像暴风雨即将来临。但是罗兰嗅了嗅空气，却没有闻到一丝雨意。

山涧左岸有一块巨石，罗兰在上面放了六块夹着云母丝的小石片儿，在午后的暖阳里熠熠发光。

“最后一次机会，”枪侠说道，“如果你觉得枪套不舒服，哪怕只有一丁点儿，都告诉我。我们不是到这儿来浪费弹药的。”

她深深地望了他一眼，眼光中夹着些许嘲讽。一瞬间，他似乎看见黛塔·沃克的影子像照在铁棒上模糊的阳光似的一闪而过。“如果这东西我觉得不舒服却没告诉你，你会怎么做？如果我六发全都没打中呢？重重地敲我的脑袋，就像你的老师以前对你那样儿吗？”

枪侠微微一笑。在过去五个礼拜里，他笑得比过去五年的总和都多。“我不会那么做的，你心里明白。我们以前是孩子，这是一方面原因——还没有完成我们那里的成人仪式的孩子。你可以打孩子来教导他，但是——”

“在我们的世界里，打小孩儿是被上等人不齿的。”苏珊娜的声音涩涩的。

罗兰耸耸肩，他很难理解那种世界——圣书里不是说“别节省木棍儿，别宠坏小孩儿”吗？——但是他知道苏珊娜也没说谎。“你的世界尚未转换，”他说，“在那里很多东西都不一样。我自己不是也发现了吗？”

“我想是的。”

“不论怎么样，你和埃蒂都不是孩子了。如果我再把你们当做孩子也是错的。如果说需要任何考验，你们也都已经通过。”

尽管他没说出口，但当时海边的情景在他脑海中浮现，她打飞了三头大海怪，让他和埃蒂免遭剥皮拆骨之苦。她回应地笑了笑，他猜她说不定也想起了同样的画面。

“那么，如果我枪打得一塌糊涂，你会怎么着？”

“我只会看着你。我想我只会这么着。”

她想了想，点点头说：“也许吧。”

她又试了试枪带。枪带紧紧地绑在她胸前，就像肩套一样。

（这是罗兰的主意，活像码头工人的绑腰带。）模样看起来很简单，但却是花了好几个礼拜时间试来试去——还有许多裁缝活儿——才能像现在这样合身。一截磨旧的左轮枪檀木枪把从更破旧的涂油革枪套里露出。这枪带和左轮枪以前都是枪侠的，枪套就挂在他的左臀。现在他用了快五个礼拜的时间才领悟到枪套再也不会挂在那了。那大海怪让他现在完全成了个左撇子枪手。

“怎么样？”他又问。

这回她朝他笑笑说：“罗兰，这回这老枪带可终于舒服了。现在你是想让我开枪呢，还是我们就坐在这儿听头顶上的乌鸦唱歌儿？”

他觉得全身毛毛的，像有小虫子在身上爬。也许柯特时不时也会有相同的感觉，虽然他外表显得强硬粗鲁。他希望她能射好……她必须射好。但是如果他把这种强烈的愿望表达出来的话，只怕会适得其反。

“苏珊娜，把我教你的东西再复述一遍！”

她有点儿着恼地叹了口气，……但当她开口时，漂亮的黑脸蛋儿隐去了笑容，换上严肃的表情。从她的口中，他发现古老的问答教学又有了新的含义。他从来没想过竟然会从一个女人的嘴里听到这些话，听起来非常自然……同时却又陌生而危险。

“‘我不用手瞄准，用手瞄准的人已经忘记了她父亲的脸。

“‘我用眼睛瞄准。

“‘我不用手开枪。用手开枪的人已经忘记了她父亲的脸。

“‘我用脑子开枪。

“‘我不用我的枪杀——’”

她突然停下来，瞄准大石头上闪着云母光的石块儿。

“不管怎么样我都不会杀死任何东西的——这不过是些碎石块儿。”

她说话的口气——带点傲气，带点淘气——好像想让罗兰对她着恼、甚至生气。但是罗兰以前也曾经像她这样，他还没有忘记初学者总是暴躁易怒，情绪高涨却又总在不恰当的时候发作……同时他也意外地发现了自己的能力。他可以教。更重要的是，他喜欢教，他有时在想柯特是不是也有同样的感受。他猜是的。

更多乌鸦在他们身后的树林里嘎嘎叫起来。罗兰隐隐觉出这群乌鸦的叫声不似平常，反而透着焦躁；听上去就像被吓得丢下食物惊飞出去。可是，比起琢磨这群乌鸦被吓着的原因，罗兰还有更重要的事情要做。他从脑海中驱走了这些想法，重新把注意力集中在苏珊娜身上。对一个学徒，你除了要求她再试着认真点儿射击一次以外，别无他法。这该怪谁呢？除了怪老师还能怪谁？难道不是他教她攻击吗？训练他们俩攻击？难道这不就是一个枪侠经过所有的学习和训练以后该有的样子？他（或她）难道不就是训练有素的照命令攻击的猎鹰吗？

“不对，”他说，“这些不是石块儿。”

她轻抬了一下眉毛，又笑了起来。她现在发现他不再打算发火了，像以前有时她动作慢或情绪暴躁时那样（或至少还没发火）。她眼睛里又闪出了容易让人想到的黛塔·沃克的嘲讽眼光。“它们不是？”她嗓音里的嘲弄还算和善，但是他知道他能让这种嘲弄变成尖酸。她已经有点儿激动了，猎鹰的爪子露出了一半。

“不是，他们不是。”他微微一笑，他回应了她的讽刺，只是笑容僵硬，显得一本正经。“苏珊娜，你还记得那群混账白鬼吗？”

她的笑容一僵。

"牛津镇的混账白鬼吗?"

她的笑容隐去了。

"你还记得那群混账白鬼对你和你的朋友做了什么吗?"

"那不是我,"她说道,"那是另一个女人。"她的眼光暗了下来。他不喜欢这种黯淡,但他还能忍受。正是那种眼光,就像刚燃着的火焰,加上几根木头就会马上烧得更旺。

"不,那就是你。无论你愿不愿意承认,那就是奥黛塔·苏珊娜·霍姆斯,萨拉·沃克·霍姆斯的女儿。不是现在的你。是过去的你。还记得那些灭火水龙吗,苏珊娜?还记得在牛津镇你和你的朋友被灭火水龙浇时你看见的那口金牙吗?他们笑的时候那金牙还发光来着?"

这些事情、还有其他许多都是她在微微营火照亮的漫漫长夜里告诉他的。枪侠当时并没有完全明白,但是他听得很仔细,而且全记住了。毕竟,伤痛是一种工具,有时候是最好的工具。

"你有什么毛病,罗兰?你为什么要提起那些无聊的事儿?"

苏珊娜盯着他,危险闪烁在原本黯淡的眼睛里,让他想起温和的阿兰被惹毛时的眼神。

"那边那些石头就是那些人。"罗兰轻声说,"那些把你关起来任由你变得又臭又脏的人。那些带着棍棒和狗的人。那些叫你黑母狗的人。"

他一个个指着石块儿,从左移到右。

"那个人捏你的胸部还淫笑。那个人说要看看你屁股里是不是塞了什么东西。那个人说你是穿了五百块钱裙子的黑猩猩。那个人不停地用棍子敲你的轮椅,那声音差点儿把你逼疯。那个人说你的朋友利昂是同性恋。最后那个,苏珊娜,就是杰克·莫特。

"看那儿,那些石块儿。那些人。"

她的呼吸变得急促，胸膛在装满子弹的枪带下一起一伏。她的眼神从他身上移向了那些云母石块儿。突然，后面不远处一棵大树从中间裂开，斜斜倒下，乌鸦叫得更凶了。他们俩都没注意到游戏已经不再是游戏。

"是吗？"她吸了口气，"就这样吗？"

"是的。现在，苏珊娜·迪恩，说一遍我教给你的东西，说真话。"

这回，冰块儿一样的字句从她唇间迸出。搁在轮椅扶手上的右手像空转的引擎似的微微颤抖。

"'我不用手瞄准，用手瞄准的人已经忘记了她父亲的脸。

"'我用眼睛瞄准。'"

"很好。"

"'我不用手开枪。用手开枪的人已经忘记了她父亲的脸。

"'我用脑子开枪。'"

"就这样，苏珊娜·迪恩。"

"'我不用枪杀人。用枪杀人的人已经忘记了她父亲的脸。

"'我用心杀人。'"

"那么**杀了**他们，看在你父亲的分上！"罗兰叫道，"**把他们全杀了！**"

她的右手被轮椅扶手和左轮枪把儿挡住，看不真切。她的左手很快放了下来，微微轻颤，就像蜂鸟的翅膀。突然，六声清脆的枪声响彻山谷，大石头上放着的六块小石块儿中的五块一下子就不见了踪影。

有一瞬间，他们俩谁都没有开口——甚至都没有呼吸——枪声还激荡回旋在岩石山壁间，渐渐没了声音。甚至连乌鸦都停止了鸣叫，至少在那一刻。

枪侠首先打破沉默，从嘴里迸出四个字，声调平稳却带着有些怪的重音:“干得很好。”

苏珊娜盯着她手里的枪,就好像从没见过它似的。枪口还冒着一缕轻烟,在无风的寂静中直直地飘上去。然后,她慢慢地把枪插回绑在她胸口下面的枪套里。

“好是好,但还不是最好,”她终于开口,“我有一块没打中。”

“是吗?”他走到大石头那儿,捡起剩下的那个石块儿,看了一会儿,朝她扔了过去。

她的左手接住了小石块儿,右手仍然放在枪套边,他赞许地看了她一眼。她的枪打得比埃蒂更好、更自然,但是她这课学得没有埃蒂快。假如当时她也在巴拉扎夜总会的枪战现场的话,也许她会学得更快。此刻罗兰看见她终于也学会了。她看了看小石块儿,发现上角有一处最多十六分之一英尺深的凹痕。

“子弹剐中了小石块儿,”罗兰回过头对她说,“但是有时候剐一下就足够了。假使你剐中了一个人,让他失了准头……”他突然打住。“你为什么那样儿盯着我?”

“你真的不知道?真的不知道?”

“真的不知道。我常常读不懂你的心思,苏珊娜。”

他的声音里听不出丝毫防御,苏珊娜愠怒地摇摇头。有时候她这种喜怒无常的脾气真让他有点儿受不了,但是他那种总是实话实说的方式也毫不逊色地让她无法忍受。他真是她见过的最直白的人了。

“好吧,”她回答,“我就告诉你为什么我这样儿盯着你,罗兰。因为你干的整件事儿就是一套卑鄙的把戏。你说过你不会打我,不能打我,即使我乱发火……但是你要么是在撒谎,要么就是个傻瓜,我知道你不傻。人们并不总是用手打人,这点每个男人、女人都能证明。我们那儿有一小段儿顺口溜,‘棍子石头打断你的骨头——’”

"'——可是嘲弄奚落从来伤不了我。'"罗兰接着说。

"呃,并不完全是,不过我猜这样说也差不离。混账话就是混账话,不管你怎么说。你干的事儿就是大声斥责我,用舌头鞭打我。人们造这个词儿不是没有理由的。你说的话伤害了我,罗兰——你还打算站在那儿说你不知道你干了什么吗?"

她坐在轮椅里,仰头看着他,明亮严厉的眼光还夹着一丝探寻。罗兰想到——而且并不是第一次想到——苏珊娜家乡的那些混账白鬼居然胆敢招惹她,他们不是勇敢到极点,就是愚蠢到极点。而他曾置身于他们之中过,所以知道答案肯定不是第一种。

"我没想过你会受伤害,我也不在乎,"他耐心地回应,"我看见你已经露出你的牙,知道你要开始咬人,所以我就在你嘴里放了根棍子。这样做还挺有用,不是吗?"

她听了之后又惊又怒,大叫道:"你这个混蛋!"

他没有回答,只是把枪从她的枪套里抽了出来,用右手仅剩的两根手指拨弄开枪膛,然后用左手重新装上子弹。

"你这个暴君,自大狂——"

"你必须攻击,"他的语气仍然十分耐心,"如果不是这样,你就一个都打不中——你会用你的手和枪去打,而不是你的眼睛、你的头脑、你的心。是把戏吗?是自大狂吗?我不这么认为。我觉得,苏珊娜,你才是自大的那个,你才是那个喜欢玩把戏的人。不过这也没让我有什么不高兴,恰恰相反,不会攻击的枪侠就根本不是枪侠。"

"见鬼,我根本不是什么枪侠!"

他没理会。他还受得了。如果她不是枪侠,那他就是个笨蛋。"如果我们是在做游戏的话,我可能不会这样做。但这不是游戏,这是……"

他那只健全的手摸摸额头，停了一会儿，手指正好放在左边的太阳穴上。她注意到他的手指在微微颤抖。

“罗兰，你哪儿疼啊？”她静静地问道。

罗兰慢慢儿把手放下来，旋好枪膛，把左轮枪放回到她绑在胸前的枪套里，说道：“没什么。”

“肯定有什么。我看见了。埃蒂也看见了。我们离开海滩以后就有了。你肯定有什么事儿，而且越来越糟糕。”

“没什么不对劲儿的。”他重复道。

她伸出手，抓住他的手。刚才的怒气已经过去，至少现在。她认真地望向他的眼睛：“埃蒂和我……这里不是我们的世界，罗兰。没有你，我们会死在这儿。我们有你的枪，我们也会开枪，你教得很好，但是我们还是会死在这儿。我们……我们只能靠你了。所以，告诉我到底怎么了。让我试试帮你。让我们试试帮你。”

他从来不是深切了解自己的那种人，对此也从不在乎。对他来说，自我意识是一个十分陌生的概念，更不用说自我分析。他的方式就是行动——迅速地查问一下自己内在的神秘的构造，然后行动。在所有人当中，他是最完美的产物，感情的内核被放在了本能和实用主义组成的外盒里。他又很快想了想，然后决定告诉她实情。的确，他是有点儿不对劲儿。他的脑子出了问题，极度简单却也极度怪异，这快把他逼疯了。

他张开嘴正想说*我告诉你哪儿不对劲儿，苏珊娜，就四个字。我快疯了*。但是还没来得及开口，树林里又一棵大树倒下了——发出东西被碾碎的巨响。这回这棵树靠得更近，而且此刻他们并不像刚才那样沉浸在双方意志力的比拼中。现在他们都听见了巨响，也都听见乌鸦焦躁不安的叫声，都意识到树倒下的地方离他们的营地不远。

苏珊娜顺着发出声音的方向望过去，突然她回头睁大眼睛，心急如焚地盯着枪侠的脸。“埃蒂！”她叫道。

又一阵叫声从他们身后远处的树林深处响起——那是暴怒的狂吼。又倒下一棵树，好像一阵迫击炮。千木，枪侠心想，死树。

“埃蒂！”她尖声叫出这两个字。“不管那是什么，它离埃蒂很近！”她的双手飞快地放在了轮子上，开始费力地转轮椅。

“没时间了，”罗兰一把抓住她的胳膊，把她抱了起来。以前有时路不好走，他也抱过她——两个男人都抱过——但是她仍旧惊讶于他的神速。刚刚她还稳稳坐在她一九六二年秋天在纽约最好的医疗器材商店买的轮椅里，瞬间她就以拉拉队长似的姿势歪歪倒倒地骑在了罗兰的肩膀上。她健壮的大腿牢牢卡住罗兰脖子的两侧。他高举双手紧紧按住她的后腰，然后架着她跑起来，靴子弹跳着踏过满地的松针，脚步落在苏珊娜轮椅留下的轨迹之间。

“奥黛塔！”他叫道，在关键时刻叫出了他们最初相见时她的名字。“千万别把枪弄掉了！看在你父亲的分上！”

他在树林间大踏步飞奔，交错的光影斑斓地洒在他们身上。他们开始下坡。苏珊娜举起左手，拨开差点儿打着她的树枝，同时放低右手握住罗兰那把老枪的枪把。

一英里，她想，跑一英里要多久？他这样全速飞奔要多久？不用很久，如果他能在这些滑溜的松针上不摔倒的话……但是也可能很久了。他千万别有事儿，上帝——让我亲爱的埃蒂千万别有事儿。

好像是在回应她似的，那怪兽又吼了一声，似轰轰雷鸣，似末日来临。

2

这片树林以前曾被称做大西林，它就是这里最巨大、最古老的生灵。罗兰在山谷里看见的好些巨大的老榆树在巨熊来到这里时不过是刚刚冒出地面的嫩枝芽儿。巨熊来自遥远的外世界，一处未知的土地，如万兽之王一般流浪到了这里。

曾经，大西林里住着最古老的原住民，（罗兰在过去几个礼拜常常发现的一些遗迹就是他们留下的）就是因为害怕这头总是不死的巨熊，他们最终背井离乡。当初，当他们发现在这片新领地还有这头巨熊时，他们曾经试图把它杀死，但是尽管它全身被插满箭，暴怒狂吼，却并没有真正受伤。而且它非常清楚这些箭都是哪里来的，与森林里的其他野兽不同——甚至不像那些在西面沙丘上作窝产仔的凶猛山猫。它非常清楚；它根本就知道谁在用箭射它。*它知道*。为了报复箭在它的粗皮厚肉上留下的痕迹，它抓走了三个、四个，也许是六个人。只要可能它就抓孩子，抓妇女。它根本不屑去抓那些男人，这是对那些原住民最大的羞辱。

最终，原住民明白这头熊到底是什么，放弃了杀死它的一切尝试。它就是魔鬼的化身——要不就是受到神的庇佑。他们把它叫做“米尔”，在他们的语言中这个词的意思是“世界下的世界”。这头巨熊七十尺高，独自统治大西林一千八百多年，而现在它正在慢慢腐朽，也许是因为它吃的东西里有什么致命的生物，也许只是因为它年纪太大，但更有可能是两者皆有。但是原因并不重要，重要的是结果——大量的寄生虫正在蚕食它的大脑。这么多年来米尔一直清楚的神智终于崩溃，现在，它疯了。

巨熊知道，又有人来到了它的领地。它是这片森林的统治者，尽管森林广袤，但是没什么事情能逃过它的注意。它并没有和这些外来者打过照面，并非因为它害怕，而是因为他们没犯着它，和它也没什么关系。可是寄生虫继续侵蚀它的神智，它变得更加疯疯癫癫，它开始相信是那些原住民又回来了。他们又会设陷阱、烧森林，玩那些老一套愚蠢的诡计。当它每天躺在距离外来者露营地三十多里的巢穴里日渐虚弱时，它开始相信这些原住民终于掌握了新的管用的把式：毒药。

它要大肆报复，但不是为了什么身上的小伤口，而是为了在完全被毒死之前彻底赶走这些人……可等它跑出来，所有的神智也完全消失，剩下的只有狂怒。脑袋里面一直响着生锈机器的嗡鸣——这个声音在它耳边一直吵个不停，不给它片刻安静——而且不知怎么的，它的嗅觉突然变得特别灵敏，一丝不差地把它引到三个旅行者的营地。

这头巨熊的真名并不叫米尔，而是一个完全不同的名字，它像一座大厦、一座高塔，在树丛间移动。它浑身长满毛，杂乱地插着断枝和针叶的大脑袋不停地左摇右晃，头顶红棕色的眼睛里喷出炽热的癫狂。它时不时会打个雷轰轰的大喷嚏——阿嚏——这时鼻孔里就会喷出一团白蒙蒙的雾气，其中全是蠕动着的寄生虫。它的前掌上长着三寸长的曲爪，能毫不费力地推倒一棵棵大树。体液和粪便混合的怪味儿从庞大的身躯散发出来，所过之处留下一串深陷的脚印。

它头顶上有个什么东西，忽忽急转，发出尖锐的声音。

巨熊的行进路线几乎是一条直线，它要笔直地走到入侵者落脚的地方，他们居然敢再回到它的森林，居然敢让它的脑袋这么痛苦。不管是原住民，还是什么新来的人，他们全得死！它有时会为推倒一棵死树偏离原来的路线，因为那种干雷一样的隆隆声让它兴奋。大树轰然倒在地上或者临近的树上，碎屑扬起，遮暗阳光。蒙蒙尘埃中，巨熊拨开歪歪斜斜的树枝，继续前进。

3

两天以前，埃蒂又开始雕刻木头——这是他十二岁以来第一次试着刻点儿什么。他还记得小时候他很喜欢干这个，而且他也相信他肯定干得很棒。不过他已经记不大清，但至少有一点可以证明：亨利，他的哥哥，特别不喜欢看见他雕刻木头。

噢，看这个娘娘腔，亨利总是说，今天刻些什么，娘娘腔？洋娃娃的小房子？让你小鸡鸡撒尿的小尿盆儿？噢……看呀，真是可爱呀！

亨利从来不会直接告诉埃蒂不要做什么事儿，从来不会直接对他说，*你能不能不要再干这个了，小弟？你很出色，但是每次你出色的时候，总会让我觉得紧张。因为，你瞧，我才应该是那个什么事儿都做得最好的人。我才是。亨利·迪恩。所以说，我的小弟弟，我想我会一直戏弄你。我可不会直接告诉你“嘿，别去干那个，这会让我心里不舒服”，因为如果我这样说，会显得我该死地小气。但是我会一直奚落你，因为这就是哥哥常干的事儿，不是吗？哥哥不都是这样儿。我会戏弄你，嘲笑你，开你的玩笑，直到你……见鬼……***别干了！*** *好吗？*

呃，不好。但是在迪恩家，总是亨利想怎么样就怎么样。直到现在，看起来这仍然是对的——不好，但是是对的。如果你深究这两个词，你会发现其中细微的差别。说这是对的有两个理由，一个是表面的，一个是私底下的。

表面上的理由是因为亨利在迪恩太太去上班的时候总是照看埃蒂。他必须每时每刻看好埃蒂，因为以前迪恩家有个女儿。

如果她还活着，比埃蒂大四岁，比亨利小四岁，但事实上，你瞧，她没活下来。埃蒂两岁的时候，她被一个喝醉酒的司机撞死了。当时她只是在路边看其他孩子玩跳房子。

埃蒂小的时候常常会想起他的姐姐，尤其是他在听梅尔·艾伦解说扬基棒球队比赛的时候。击中球时梅尔会大叫："上帝啊，他全打中了！**我们待会儿再见！**"呃，那个醉鬼撞倒了格洛丽亚·迪恩，上帝啊，我们待会儿再见。现在，格洛丽亚已经在天堂安息，但并不是因为她不走运，也不是因为纽约州在那个醉鬼第三次答应改过后决定不吊销他的驾驶执照，甚至也不是因为上帝一时大意；一切都得归咎于（就像迪恩太太一直告诉她儿子的那样）当时没有人在旁边照看格洛丽亚。

亨利的职责就是要确保不会再有同样的事儿发生在埃蒂身上。这就是他的职责，而且他也照做不误。但这可不是个简单的活儿。亨利和迪恩太太都这么认为。他们俩经常提醒埃蒂，亨利是作了多么大的牺牲来保护埃蒂的安全，让他远离醉酒的司机、强盗、瘾君子，甚至那些在附近天空盘旋的外星人、那些会从不明飞行物上下来驾驶着核电发动喷气式雪橇抓走小孩儿的外星人。所以不能让亨利再有一丝不舒服，因为这个巨大的责任已经让他精神紧绷。如果埃蒂做的事儿的确让亨利紧张，那么埃蒂必须立即停止。这是报答亨利的方式，以感谢他总是照看埃蒂。当你这样想的时候，你就会明白比亨利优秀对亨利是多么不公平。

还有一个私底下的原因。那个原因（有人可能会说，世界下的世界）更加强有力，因为它永远不能被说出口：埃蒂几乎在任何事情上都不能允许自己比亨利优秀，因为亨利实际上什么事儿也做不好……当然，除了照看埃蒂以外。

亨利在他们家附近的操场上教埃蒂打篮球——那是纽约的

郊区，市中心的高楼大厦如同梦境一般耸立在天边。埃蒂比亨利小八岁，身形小很多，但他也更灵活。他对篮球有天生的直觉；只要他一到这坑坑洼洼的水泥场地上，只要他手里有球，所有动作就像印在他的脑袋里一样流泻而出。他跑得更快更灵活，但这还不是最主要的。最主要的是：他比亨利优秀。如果他没在和亨利打球的过程中认识到这一点，那么亨利暴戾的眼神和在回家的路上总对他老拳相向也应该让他有所领悟了。亨利号称那些拳头都是他的小玩笑——“畏畏缩缩，吃我两拳!”亨利总会兴奋地大叫，然后埃蒂的胳膊就得挨上砰砰两拳——这拳头感觉可不像开玩笑，反而更像是警告，仿佛亨利在说你可别给我装样儿，打球的时候可别让我显得愚蠢，我的小弟弟；你最好记着，是我在照看你来着。

读书……棒球……捉迷藏……数学……甚至跳绳这种女孩子的游戏，全都是这样，他比亨利优秀，或者会比亨利优秀，这个事实无论如何必须得保密。因为埃蒂是弟弟。因为亨利一直照看他。但是最重要的一点是私底下的原因，也是最简单的原因：所有这些都得保密，因为亨利是埃蒂的哥哥，而且埃蒂崇拜他。

4

两天以前，当苏珊娜在剥兔皮、罗兰在做晚饭的时候，埃蒂在营地南面的树林里看见一根树枝从树墩上很滑稽地戳出来，一瞬间一种怪异的感觉突然涌上心头——他觉得这就是人们常讲的似曾相识。他直勾勾地盯着这根看上去像是变形门把的树枝，隐约觉得自己的嘴巴变得很干。

几秒钟之后，他才意识到他眼里看的是从树墩上戳出来的树枝，脑子里想的却是以前他和亨利住处的前院——想着他屁股下面热乎乎的水泥地，巷口垃圾堆散发出的臭气。他想起当时他左手握着一段木头，右手拿着一把从抽屉里拿来的削皮刀。这根从树墩上戳出来的树枝勾起了他的回忆，让他想起他曾经一度疯狂喜欢雕刻，只不过持续时间很短。也许这段记忆被埋藏得太深，以至于一开始他没有丝毫印象。

雕刻最让他着迷的地方在于可以看见，即使在动手之前。有时候，你可以看出一辆轿车或卡车，有时候是一只狗或者一只猫。还有一次，他记得，他看出了神像的脸——他在《国家地理杂志》上看到过的复活节岛的一尊巨石神像。木刻最大的乐趣就是你发现居然可以不损坏木头也能把它变成另外一样东西。也许你用不上所有木头，但只要你足够小心，可以用上大部分。

埃蒂发现这个树墩一侧的突起里好像藏着什么东西，他想他也许能借用一下罗兰的刀，看个究竟——罗兰的刀可是他用过的最锋利、最坚硬的工具。

木头里有什么东西正在耐心地等待某人——像他一样的人！——来开发，来释放。

*噢，看这个娘娘腔！今天刻些什么，娘娘腔？洋娃娃的小房子？让你小鸡鸡撒尿的小尿盆儿？一把小弹弓，好让你假装成大孩子去射兔子？哦……真是***可爱***呀！*

他突然感到一阵羞耻，好像又做了错事；他强烈地感到，一切秘密都必须不计代价地保住。他突然又想起来——又一次想起来——亨利·迪恩，那个后来吸毒成瘾的家伙，早已经死了。这层体认一直会让他时不时地惊讶，只是每一次勾起的感情不尽相同，有时是悲伤，有时是内疚，有时是愤怒。而今天，在巨熊一路冲进绿色森林的两天以前，击中他的是最没想到的一种感情。伴随着飞扬的喜悦，他感到了解脱。

他终于自由了。

埃蒂向罗兰借了刀子。他用这把刀仔细地割下树墩的突起，把它带了回去，然后坐在一棵树下开始动手一刀一刀刻下去。他不是在看着这块木头，他是在看进去。

苏珊娜很快把兔子收拾好。兔肉放进锅里煮，展开的兔皮用罗兰的一束生牛皮绑在两根树枝上。等吃完晚饭，埃蒂会把它刮干净。苏珊娜手和胳膊一起用力，轻松地把兔皮推到了埃蒂坐着的地方，他背靠着一棵古松，坐在树下。营火旁，罗兰撕碎了一些模样奇怪——但是肯定非常美味——的野山菌，放进锅里。苏珊娜问道："你在干什么，埃蒂？"

埃蒂压下想把木头藏在身后的那股可笑的冲动，说道："没什么。我想我大概可以，你瞧，刻点儿什么。"他顿了顿，又说道："只是我刻得不是很好。"他听起来好像是在试图打消她的疑虑。

她困惑地瞥了他一眼。一瞬间，像是话到嘴边，可是她只是耸耸肩走开，什么也没说。她肯定不会明白埃蒂居然会对花时间雕刻感到羞耻——她父亲可是整天都在干这事儿——但是如果真有什么事情要谈的话，她猜埃蒂肯定会自己过来。

埃蒂知道这种内疚的感觉非常愚蠢，而且毫无道理，但他也知道只有罗兰和苏珊娜不在附近、独自一人的时候才可以更放松。看来要改掉老习惯可不容易。比起与你整个童年抗争，戒掉毒瘾就如同儿戏。

当他们去打猎、练射击，或是罗兰用他特殊的方式去教学，总之不在附近的时候，埃蒂就能够专心地雕刻，发挥令人惊讶的技巧，享受其中的乐趣。轮廓在他指尖浮现；他一开始就看得很准。这个很简单，而且罗兰的刀让过程更加顺手。埃蒂觉得这次他可能几乎不用浪费多少木料，也就是说，这次不会只是一把小弹弓，而能做出一件实用的兵器了。当然，比起罗兰的左轮枪，这算不了什么，但这是他自己的劳动成果。他自己的。想到这一点，他就特别开心。

当第一只乌鸦冲上天空惊恐地叫起来的时候，他并没有听见。他已经在想象——在希望——见到能用来刻弓的树了。

5

比起罗兰和苏珊娜，埃蒂更早听见巨熊的脚步声，但是也早不了多少——他一心沉浸在创作的喜悦中，这股冲动如此强大，周遭的一切似乎都无法影响他。他几乎一直都在压抑这种冲动，而现在他心甘情愿地被完全控制。

把他惊醒的并不是树木倒下的巨响，却是南方传来的点四五手枪的枪响。他抬起头，嘴边带着笑，用沾满木屑的手捋了捋额前的头发。他背靠空地中的一棵古松，在那一瞬间，金色的光束穿过绿叶，斑斓地洒在他脸上，这样子看起来帅极了——这个年轻人一绺不羁的黑发总要滑下来遮住他高高的额头，坚毅的嘴唇富有表情，栗色的眼睛里闪着灵动。

一转眼，他瞥见了罗兰的另一把枪，挂在附近的树枝上。他开始在想，从什么时候起罗兰开始身边不带任何一件武器就离开。这个问题又引出了另外两个：

这个把埃蒂和苏珊娜拖离原来世界和年代的人到底多大年纪？而且，更重要的，他到底出了什么事儿？

苏珊娜答应过会问问罗兰……如果她射击练得好，没让罗兰气得脑后头发倒竖的话。埃蒂却觉得罗兰不会告诉她——起码一开始不会说——但现在是时候了，他明白，他们知道有地方不对劲儿了。

“如果上帝愿给你水，那里就会有水出现。”埃蒂念叨着。他凝起心神，继续雕刻，嘴角还挂着一丝笑意。他俩现在都学会了罗兰的口头禅……同样，罗兰也学会了他们的，就好像他们有一半已经融为一体。

突然，附近树林的一棵树倒了下来，埃蒂猛地站起身，一只手上拿着刻了一半的弹弓，另一只手攥着罗兰的刀。他顺着巨响的方向望向对面树林，心怦怦直跳，每一个器官都警觉起来。有什么东西正在靠近。现在，他听见这东西沉重的脚步野蛮地踏过树丛。他又悔又惊，居然这么迟才听见动静。同时，他脑子里一个细微的声音告诉他，这正是他一直想要的，一个证明他的确比亨利优秀、能让亨利紧张的机会。

又一棵树倒下来，发出隆隆巨响。透过密密匝匝的冷杉，埃蒂望见木屑升腾，变成一团烟雾。那头怪物突然愤怒地咆哮起来——那吼声简直让人肝胆俱裂。

不管是什么，这怪物的个头儿实在太大！

埃蒂扔掉木块，把罗兰的刀朝左侧十五英尺的大树掷过去。刀在空中翻了两圈，径直插入树干，露出半截刀把不停地震颤。他抄起罗兰的点四五手枪高举起来。

走还是留？

但是他发现已经没有时间来考虑这个问题。怪物身形巨大，而且移动迅速，他现在已经没时间逃跑了。这时怪物的巨型身影出现在空地北面的树丛中，几乎和最高的树一般高，隆隆地向埃蒂直冲过来，眼睛盯着埃蒂·迪恩，又咆哮起来。

“老天，我完蛋了。”埃蒂轻声说道，同时又一棵树倒了下来，发出噼噼啪啪好似迫击炮一样的巨响之后轰隆一声倒在地上，溅起地上的松针与尘土。这时，怪物开始朝埃蒂站着的空地冲过来。埃蒂发现它原来是一头像巨猩猩金刚那么大的黑熊，整个大地都随着它的脚步抖起来。

你该怎么办，埃蒂？罗兰的声音突然问道。好好想想。这是你唯一比那畜生强的地方。你该怎么办？

他觉得他肯定没法子杀死它。如果有火箭筒也许还行，可是他只有枪侠的点四五手枪。他可以跑，可是他又想到这个怪物可能跑得比他还快。估计大概有一半对一半的几率他最终会被巨熊的脚趾踩成肉酱。

到底应该怎么办？站在这里开始开枪，还是像火烧屁股似的拔腿就跑？

他突然想到，他还有第三个选择。他可以爬树。

他急忙转身跑向他刚刚倚着的那棵古松。这棵老树十分巨大，很明显是附近林子里最高的一棵。树枝斜斜插出去，茂密的针叶形成直径约八英尺的绿色扇面，遮住树下的土地。埃蒂扔掉了左轮手枪的带子，把枪插进腰带，随后身子向上一纵，抱住树枝，用尽全力吊起身子，攀上树枝。就在他身后，巨熊咆哮着闯进这块空地。

如果当时不是巨熊突然要打喷嚏，它肯定就已经捉住埃蒂·迪恩，而且掏出他的肠子打个结儿挂在树枝上了。巨熊踢了一脚营火的余烬，激起一阵黑烟，然后它停住，立在那儿，巨大的前爪放在粗壮的前腿上，看上去就像一个身着皮衣得了感冒的老人。然后它接连打起喷嚏——**阿嚏！阿嚏！阿嚏！**——一团团的寄生虫从它的鼻孔中喷了出来，顺着两腿流下一股热尿，滴在营火的余烬上，激起嗞嗞声。

埃蒂可没有浪费这关键的空隙。他像树上的猴子一样爬了上去，只停下一次检查枪侠的手枪是不是还牢牢别在他的腰间。他可被吓坏了，几乎相信已经半只脚踏进了棺材，(他还能指望别的什么吗，既然现在亨利已经不在身边照看他?)但是同时他感到有大笑一场的冲动。被赶上树了，他想。这怎么了，运动迷们？被一头巨熊赶上树了。

这头怪物抬起了头，两耳中间有一样东西闪闪发光，接着它向埃蒂躲的这棵大树冲了过来。巨熊伸出一只前掌，重重拍打树干，想要把埃蒂像摇松果似的摇下来。埃蒂迅速攀向另一根树枝，此时巨熊的前爪追过来，撇断一根根树枝，一爪抓下了埃蒂的一只鞋，撕成两半抛向半空。

没关系，埃蒂心想。两只鞋你都可以拿走，熊老兄，如果你想要的话。反正这该死的鞋已经快磨穿了。

巨熊大声咆哮，继续拍打这棵大树，老树干上被刻出道道裂口，瞬间清澈黏稠的树液从裂口中淌了出来。埃蒂继续向上爬，上面的树枝逐渐变细。他冒险向下瞧了一眼，却正好对上巨熊混浊的双眼。巨熊仰着脑袋，而在它下面，整个空地就像一块箭靶，散乱的营火灰烬像靶心一样嵌在正当中。

“没抓着我，你这个毛乎乎的混——”埃蒂刚开口，突然，仰着脑袋看他的巨熊又打了个喷嚏。刹那间，埃蒂被热乎乎的鼻涕喷了个透，鼻涕里面全是白乎乎的小蠕虫，在他的衬衫上、胳膊上、喉咙上和脸上不停地蠕动。

埃蒂惊叫了起来，感到极度恶心。他赶紧掸他的眼睛嘴巴，却突然一晃失去平衡，还好他及时钩住身边的一根树枝。稳住身形后，他继续掸，想赶紧抹掉一身黏糊糊的虫子。巨熊又开始咆哮着猛力击打这棵大树，大树就像狂风中的桅杆一样剧烈晃动起来……幸好巨熊的前爪最高能够到的地方离埃蒂栖身的树枝还差七英寸。

埃蒂发现，小虫子死得很快——肯定是因为离开了怪物体内感染的伤口就开始死去了。他感觉好了一些，赶紧继续向上爬，可是爬了十二英尺以后，他就不敢再向上了。这棵古松虽然树干下面树枝伸出去有八英尺，但是到上面已经不到十八英寸。埃蒂尽量把体重分配到两根树枝上，但是他仍然感觉两根枝丫都已经被压得沉了下去。他现在已经可以看得很远，一片片森林像起伏的绿毯，一直延伸到西面的山脚。若是在平时，这绝对是值得细细欣赏的美景。

世界之巅，天哪，他思忖道。低下头，他又看见了巨熊上仰的脸，刹那间，所有清晰的思考全被抽走，脑子里剩下的只有惊叹。

巨熊的头盖骨后面长出了个什么东西，埃蒂觉得就像小型的雷达盘。

这个装置急急转动，反射出一道道亮光，而且埃蒂能够听见它发出的尖锐声音。他以前有过几辆旧车——就是那种在二手车市场、挡风玻璃上涂着**特别推荐**字样的旧车——他觉得这个装置发出的声音就是那种如果不及时换掉就会僵住的轴承发出的声音。

巨熊又发出一声长长的咆哮，蠕满小虫的黄色泡沫渗出前爪，凝结成块儿。如果他从来没有看到过一张完全疯狂的脸，(他琢磨着他实际上看到过，他曾多次与那个十足的泼妇黛塔·沃克眼对眼接触)那么他现在就看着这样一张……但是，感谢上帝，这张脸在他下面三十英尺，那对尖锐的前掌最高碰到的地方离他脚底也有十五英尺。而且，与其他那些被巨熊用来发泄的树不同，这棵树还活着。

“一个僵局，谁都别想赢，亲爱的。”埃蒂喘了口气，用沾满树液的手擦了一把前额的汗，顺手把黏糊糊的一团甩了下去，正好砸在怪物的脸上。

这时，这个被原住民称做米尔的大家伙突然用前爪环抱住树干，开始拼命地摇晃大树。埃蒂眼睛眯成了一条缝，紧紧抓住树干想保住小命。松树开始像钟摆一样，左摇右晃。

6

罗兰在空地的边缘停了下来。苏珊娜坐在他的肩上,不可置信地望向空地。这怪物站在一棵大树的树基那里,四十五分钟以前他们离开的时候埃蒂就坐在那棵大树下面。由于视线被交错的树枝和深绿色的松针挡住了,苏珊娜只能看到怪物身体的一部分。罗兰的另一条枪带落在它的脚旁。而枪套,她看见,是空的。

“我的天哪!”她喃喃说道。

巨熊像个疯妇般不停地咆哮,发疯似的摇晃大树。树枝像在狂风中来回甩动。她的视线向上滑去,突然发现在树顶部有一个黑色的人影。那是埃蒂正紧紧抱着树干,随着大树不断摇摆。这时,他的一只手突然滑了下来,狂乱地挥舞着试图抓住一个支点。

“我们该怎么办?”她对罗兰大叫道,“它会把埃蒂摇下来的!我们该怎么办?”

罗兰试着想办法,可是那种怪异的感觉又重新袭来——他一直有这种感觉,只是紧张和压力让这种感觉更糟。他觉得就好像脑子里有两个人,每个人都有自己的记忆,互相争吵、各自坚持自己的记忆才是对的。枪侠觉得自己快被分成两半了。他拼命地努力调解这两半儿,终于设法控制住了……至少暂时。

“它是十二个中的一个!”他大叫道,“守护者中的一个!肯定是!但是我以为他们已经——”

巨熊又开始对着埃蒂大吼,猛拍大树,就像凶猛的拳击手一样。树枝噼啪断裂,纷乱地落在它脚边。

“什么?”苏珊娜尖叫道,“什么剩下的?”

罗兰闭上了眼睛。在他的脑海里,有一个声音叫道,那男孩儿的名字叫杰克!有一个声音回答道,根本就没有什么男孩儿!根本就没有什么男孩儿,你知道的!

快滚,两个都滚!他怒骂道,接着大叫起来:“开枪打它!打它的屁股,苏珊娜!它就会转身向这里冲过来!那个时候找它头顶的东西。它——”

巨熊又咆哮起来。它停止击打大树,反而退后一步,开始摇晃树干。这时候树干的上部开始发出像是什么东西被碾碎的爆裂声,预示情况正变得越来越糟。

等周遭的巨响稍微静下来,罗兰叫道:“我觉得那东西看起来应该像一顶帽子!一顶小钢帽!朝它开枪,苏珊娜!一定要打中!”

她突然感到一阵惊慌——惊慌之外还有另一种感情,一种她从来没有经历过的感情:彻心的孤独。

“不!我肯定打不中!你来开枪,罗兰!”她的手摸向别在枪带里的手枪,想把它递给罗兰。

“不行!”罗兰叫道,“我这儿角度不行。必须你来开,苏珊娜!这是一次真正的考验,你最好通过!”

“罗兰——”

“它要把树冠部分摇断!”他开始对她大吼,“你难道看不出来吗?”

她看了看手中那把左轮枪,又望向空地的另一侧,一阵阵尘土夹着松针飞扬起来,模糊了巨熊的轮廓。她再望向埃蒂,他就像节拍器似的来回晃动。埃蒂很可能有罗兰的另一把枪,但苏珊娜忖度,就他现在的处境,他不可能一面避免像熟透了的李子似的被晃下来,一面开枪射击。而且,他也可能打不中应该打的地方。

她抬起了手枪，胃部紧张地抽搐。“抱稳我，罗兰，”她说，“如果你抱不稳——”

“别担心我！”

她扣动扳机，用罗兰教给她的方法连开两枪，沉闷的爆炸声穿透了巨熊摇树发出的喀喀声。两发子弹都正中巨熊屁股的左侧，中间不过差两英尺。

巨熊突然感到剧痛，暴怒地尖叫起来。一只巨型前掌穿过密密匝匝的树枝和松针，拍打着受伤的地方。那只手抬起的时候，苏珊娜看见鲜血顺着手掌滴了下来，不过很快手掌又隐到了巨熊身前。苏珊娜可以想象，巨熊现在肯定在检查血淋淋的前掌。紧接着，巨熊转过身来，弄出沙沙拉拉的巨响，随后弯下身躯，四肢着地，准备以最快的速度奔跑。她终于看见这怪物的脸时心脏瞬间被恐惧噬啮。泡沫涂满它的鼻孔，巨眼瞪得好似铜铃，毛发蓬松的大脑袋晃到左边……又晃到右边……然后对准了罗兰的方向。罗兰双腿分开站立在那里，苏珊娜·迪恩骑在他的肩膀上。

巨熊咆哮着猛冲过来。

7

说一遍我教给你的东西，*苏珊娜·迪恩，说真话。*

巨熊大踏步奔跑过来，发出隆隆的轰响，让人想起一台全速奔跑的巨型机器，身上还披着被虫蛀的破毯子。

那东西看起来像一顶帽子！一顶小钢帽子！

她看见了……但是那东西在她看来可不像一顶帽子，反而更像一个雷达盘——不过比她小时候在那些说远程预警网是如何保护大家免遭俄国人偷袭的新闻影片里面看到的雷达盘要小得多。那东西比她先前练枪打中的小石块儿要大一些，但同时距离也更远。光影交错，她看不真切。

我不用手瞄准，用手瞄准的人已经忘记了她父亲的脸。

我不行！

我不用手开枪。用手开枪的人已经忘记了她父亲的脸。

我肯定打不中！我知道我打不中！

我不用枪杀人。用枪杀人的人——

“开枪！”罗兰大吼道，“苏珊娜，开枪！”

扳机轻轻一扣，子弹嗖地从枪口飞了出去，就好像被她强烈的愿望指引着准确无误地飞向目标。所有的恐惧慢慢退去，剩下的只有寒冷。这时她终于有时间思考：这正是他的感觉。上帝啊——他怎么能受得了？

“我用我的心杀人，混账东西，”她说。枪侠的左轮枪在她的手里还在嗡嗡作响。

8

那个银色的玩意儿在一根插在巨熊的头盖骨里的钢棍子上急急转动。苏珊娜一枪正中它的死穴，雷达盘瞬间碎成上百个闪闪发光的碎片。小钢棍本身陷入一团蓝色的火焰中，这团火焰一时间罩住了黑熊的半边脸。

黑熊发出痛苦的咆哮，身体直竖起来用后腿站立，前掌在空气中乱舞。它疯狂转圈，蹒跚摇晃，同时开始扇动两只胳膊，好像要飞起来似的。它试着想再大吼一声，可是只能发出古怪的颤声，听起来好像空袭警报。

“非常好。”罗兰听上去很疲惫，“射得很好，又快又准。”

“我该再开一枪吗?”她有点儿不确定地问道。巨熊还在跌跌撞撞地疯转着圈儿，只是它已经站不稳，开始左摇右晃。它突然撞到一棵小树，弹回来几乎摔倒，然后又开始转圈儿了。

“没必要。”罗兰回答。罗兰的手抓住她的腰部，把她向上举，然后让她盘腿坐在了地上。埃蒂慢慢地爬下松树，仍在不停颤抖，但是她还没看见他，她无法把眼光从巨熊身上移开。

苏珊娜在康涅狄格州密斯蒂克附近的海洋馆里看到过鲸鱼，肯定比这个怪物要大——可能还大得多——但是无疑，它一定是最大的陆地动物，而且很明显，它马上就要死了。它的吼声变成了吐泡泡的声音，而且尽管眼睛还睁着，它却已经全瞎，什么都看不见了。毫无目的地在营地上瞎转的巨熊推翻了晾在架子上的兽皮，踩扁了她和埃蒂栖身的小帐篷，撞到了好几棵大树。她看见烟雾从那根插在巨熊后脑的小钢棍周围升腾起来，就好像她那一枪点燃了巨熊的脑袋。

埃蒂慢慢爬到最下面的那根救了他一命的树枝，跨坐在树枝上。“圣母马利亚，”他说，“我竟然正看着这东西，我还不敢相——”

巨熊突然转过身，向他冲过来。埃蒂灵活地从树上跳了下来，朝苏珊娜和罗兰的方向飞奔过来。巨熊没有发现，仍然踉踉跄跄地向那棵埃蒂藏身的松树冲过去，它想抓住树干，但没抓住，一下子跪倒下来。这时他们听见巨熊身体里发出其他的一些声响，让埃蒂联想起大卡车引擎里的坏掉的齿轮。

巨熊突然剧烈地抽搐起来。它弓起背、伸出前掌，开始疯狂地抓自己的脸，蠕满小虫的血立刻喷了出来。随后它轰地跌倒在地上，大地同时颤了一下，然后它就躺在那儿不动了。经过了这么多世纪之后，这头被原住民称做米尔——世界下的世界——的巨熊，死了。

9

埃蒂一把抱起苏珊娜，黏糊糊的手紧紧地圈住她的腰，深深地吻住她。他身上散发出汗和松油混合的味道。她摸着他的双颊、颈子、他湿漉漉的头发。她疯狂地想要抚遍他的全身，直到完全确定他是真的。

“它差点儿就抓着我了，”他说，“整件事儿就像疯狂的狂欢节游行。那一枪！老天啊，苏希[1]——那一枪！”

“希望我永远不用再那样做。”她说，但是她心底深处一个小小的声音反驳她，她等不及再来一次。这个声音很冷。很冷。

“那是——”他又问道，同时转向罗兰，可是罗兰已经不站在那儿了。他正慢慢地向巨熊走去。巨熊弓着膝盖躺在原地，随着内脏逐渐衰竭，一阵阵气团汩汩地从它身体里冒出来。

罗兰看见他的刀深深地插在附近那棵救了埃蒂一命的松树上。他把刀拔了下来，用柔软的鹿皮衬衫擦干净。自从他们三个离开海滩以后他就穿上了这件衬衫。他静静地站在巨熊身旁，看着它，脸上的表情夹杂着遗憾与惊叹。

你好，陌生人，他暗想。你好，老朋友。我从来没有相信过你真的存在。我知道阿兰一直相信，库斯伯特也相信——库斯伯特什么都相信——但是我一直很固执。我原来以为你只是传说中的……只是照顾我的老保姆一时兴起臆想出来的东西。但

---

① 苏希（Suze）是苏珊娜的昵称。

是你一直独自在这里，从古老的年代一直存留至今，就像车站的那些水泵，或是山下的那些机器。那些崇拜破碎遗迹的缓型突变异种是不是就是那些曾经住在森林里、后来逃走的原住民的后代呢？我不知道，也永远不会知道……但我就是这么觉得。是的。后来我遇到了我的朋友——我的新朋友，可是他们已经越来越像我的那些旧朋友了。我们一路走过来，团结一致，历经磨难，魔力让我们联合在一起。现在，你就躺在我们的脚下。世界继续前进，而这回，老朋友，你是被留下的那个。

巨熊的身体仍然散发出令人作呕的热气。大团的寄生虫从它的嘴巴和鼻孔中逃出来，但几乎立刻就死了，蜡白色的尸体在巨熊的脑袋两侧堆得越来越高。

埃蒂抱着苏珊娜，就像母亲抱孩子那样，慢慢靠过来。“它到底是什么东西，罗兰？你知道吗？”

“我想他把它称做守护者，”苏珊娜回答道。

“对。”罗兰缓慢的声音里透着惊奇，“我以为他们都已经死了，应该已经死了……如果他们不是老妈妈们编出来而是真的存在的话。”

“不管如何，肯定是一个疯妈妈编出来的。”埃蒂说道。

罗兰淡淡一笑：“如果你活了两三千年，你也一定会是个疯妈妈。”

“两三千年……上帝啊！”

苏珊娜又问道：“这真是一头熊吗？咦，那是什么？”她指着一块方形金属标签一样的东西，它藏在黑熊的一条粗壮的后腿上部。杂乱的黑毛几乎盖住了这东西，但是午后的阳光在不锈钢表面反射出的光点暴露了它的存在。

埃蒂双膝跪下，犹豫地伸手去摸那个标签，这头巨兽的身体深处继续发出闷闷的噼啪声。他望向罗兰。

“继续啊，”枪侠对他说，“它已经死了。”

埃蒂把一撮熊毛撩到一旁，身体前倾靠近，发现金属标签上面刻着一些字。这些字腐蚀得很厉害，但是他还是努力辨认了出来。

> 北方中央电子有限责任公司
> 花岗岩城
> 东北走廊
>
> 设计 4　**守护者**
> 序列号：AA 24123 CX 755431297 L 14
> 类型/种类：**熊**
> **沙迪克**
>
> 注意：亚核电池不可替换

“老天啊，这玩意儿是个机器人！”埃蒂轻声说道。

“不可能，”苏珊娜说，“我朝它开枪的时候它流血的。”

“也许是这样，但是普通熊可不会从脑袋里面长出一个雷达盘。而且，就我所知，那种普通熊绝对不会活上两三千——”他突然打住，望向罗兰。等他再开口的时候，话音里透着厌恶。“罗兰，你在干什么？”

罗兰没有答话；他也没有*必要*答话。他正在做的事情——用他的刀挖出巨熊的一只眼睛——不言自明。整个过程非常快，干净利落。当他把熊眼挖出来以后，他将这个软塌塌像果冻一样的棕色小球平放在刀刃上，停了一会儿，然后弹了出去。又有一些蠕虫从空洞洞的眼窝里面爬了出来，挣扎着向熊鼻子方向蠕动，很快也死了。

枪侠身体前倾，仔细地打量这头巨大的守护者、巨熊沙迪克的眼窝，向里面看进去。“你们俩都过来看看，”他说，“我会让你们见识一下近代的一个奇迹。”

“把我放下来，埃蒂。”苏珊娜说道。

埃蒂照做，苏珊娜撑着手灵巧地向枪侠盘坐的地方移了过来，凑近巨熊宽阔松弛的脸庞。埃蒂也加入进来，从他们的肩膀中间看过去。他们三个静静地凝视了好几分钟，唯一的声音就是天空中盘旋的几只乌鸦的鸣叫。

几股浓血从眼窝中流了出来，但是埃蒂发现，流出的不仅是血，还掺着一种透明的液体，散发一股容易辨认的味道——香蕉味。而且他还看见一个看起来像绳子一样的网状物深嵌在眼窝周围的软组织里面。在那上面，眼窝的后部，有一个红色光点，一闪一闪，照亮了焊有银色花体字的方形小板。

“它根本不是熊，而是该死的索尼随身听。”他咕哝道。

苏珊娜看了他一眼，问：“什么？”

“没什么。”埃蒂瞥向罗兰，“你觉得把手伸进去安全吗？”

罗兰耸耸肩，说：“我想安全。如果这怪物身体里真藏着什么魔鬼，它也早已经逃跑了。”

埃蒂伸出小指掏了进去，绷紧神经，只要感到即使一丁点儿电流，他都随时准备缩回手指。他在眼窝里面摸到了一块冰凉的肉，几乎有棒球那么大，然后又摸到了一根绳子。其实那并不是绳子，而是蛛丝一样细的钢线。他抽回手指，看见那点红色的光点最后亮了一下，然后就永远熄灭了。

“沙迪克，”埃蒂小声说道，“我听过这个名字，但是想不起来在哪儿听过了。你想起什么了吗，苏希？”

她摇了摇头。

“这东西是……”埃蒂无奈地笑笑，“我联想到了兔子。是不是很疯狂？”

罗兰站起身来，他的膝盖砰砰作响，像是开枪一样。“我们必须换营地了，”他说，“这儿的土地已经毁了。我们练习射击的那块空地可以——”

他踉跄地走了两步，突然跌跪在地上，头垂下来，双手按住脑袋两侧。

10

埃蒂和苏珊娜惊恐地对望一眼，埃蒂连忙跳到罗兰身边，问道：“怎么了？罗兰，出什么事了？”

“曾经有一个男孩儿，”枪侠说道，低沉的声音听起来很遥远。紧接着他又说道：“曾经没有男孩儿。”

“罗兰？”苏珊娜问道。她走近他，伸手环抱住他的肩膀，发现他在颤抖。“罗兰，到底怎么了？”

“那个男孩儿，”罗兰眼神飘忽迷茫地看着她说道，“是那个男孩儿。总是那个男孩儿。”

“什么男孩儿？”埃蒂狂暴地大叫，“什么男孩儿？”

“我们走，”罗兰说道，“在这个世界之外还有其他的世界。”说完之后，他晕了过去。

11

那晚埃蒂与苏珊娜在那块被埃蒂戏称做“射击场”的林间空地上升起了营火，他们三个就围坐在营火旁。这片空地对着山谷，在冬季时分绝对不是一个好的露营场所，但现在这个季节还可以。埃蒂猜想此时罗兰的世界一定还仍然是夏末时分。

笼罩大地的苍穹上面好像镶嵌着整个银河。几乎在正南方，漆黑的山谷的另一边，埃蒂看见古母星缓缓升到了远处的地平线上。他瞥向罗兰，看见他肩膀上披着三层兽皮，坐在火堆旁缩成一团，尽管晚上很暖和，火堆也很热。罗兰身旁放着一碟没碰过的食物，手里还拿着一根骨头。埃蒂的视线又转回到天空，脑海里浮现出枪侠以前告诉过他和苏珊娜的故事。那段日子，他们从海滩一路跋涉过来，翻山越岭，终于到达这片能够暂时为他们提供庇护的深林。

在时间开始之前，罗兰告诉他们，古恒星与古母星是一对年轻热情的新婚夫妇。有一天，他们之间发生了一次激烈的争吵。古母星（在那时候，人们都用她的真名丽迪亚称呼她）发现古恒星（他的真名叫做阿波恩）和一个叫做卡西欧庇亚[①]的漂亮姑娘在一起。为此，他们俩大吵一架，两人彼此厮打，互扔东西。一个人扔出的陶片后来就变成了地球，小一点儿的碎片变成了月球，从他们厨房火炉里飞出的木炭变成了太阳。最后，众神介入了他们的争吵，以防阿波恩与丽迪亚在盛怒之下毁掉刚刚开始发展的宇宙。卡西欧庇亚，这个惹出整个事端的漂亮姑娘（“噢，是的——总是女人的错。”讲到这儿的时候苏珊娜插嘴道）被永远流放到一把由星星做成的摇椅上。但是即使如此，也不能解决矛盾。丽迪亚愿意试着和好，但是阿波恩却傲慢固执（“是呀，总是责怪男人。”讲到这儿的时候埃蒂抱怨）。最终他们俩还是分开了，现在他们在失败的婚姻铸成的星河两边遥遥相望，各自品尝交织的怨恨与渴望。三十亿年过去，阿波恩与丽迪亚分别变成古恒星与古母星，镇守南方与北方。两颗星互相渴慕，却又

---

① 卡西欧庇亚（Cassiopeia），意为“仙后座”。

因为过于高傲而无法寻求和解……而卡西欧庇亚则坐在一旁的摇椅里，一边摇、一边嘲笑他们俩。

有人轻轻碰了一下他的胳膊，埃蒂吓了一跳。原来是苏珊娜。“过来，”她说，“我们得让他说说话。”

埃蒂抱着她走到营火旁，细心地把她放在罗兰的左边，他自己坐在了罗兰的右边。罗兰先看了看苏珊娜，然后又转向埃蒂。

“你们俩坐得离我真近，”他说道，“就像恋人一样……或者说像监狱里的看守。”

“是你该说点儿什么的时候了，”苏珊娜的嗓音低沉清透，如音乐般悦耳，“如果我们是你的伙伴，罗兰——而且无论你喜不喜欢，看起来事实正是如此——那么现在你应该开始把我们真正当成伙伴对待。告诉我们到底哪里不对劲儿……”

“……而且我们应该怎么做。”埃蒂接着说道。

罗兰深深地叹了一口气。“我不知道该怎么说，”他说，“我已经太久没有伙伴了……也太久没有说故事了……”

“那就从巨熊说起吧。”埃蒂提议。

苏珊娜微微前倾，碰了碰罗兰握在手里的那根颚骨。她很害怕，但是她还是摸了摸这根骨头。“而且聊聊这个。”

“好吧。”罗兰把骨头举到与视线平齐，盯着它看了一会儿，然后把它放回到腿上。“我们得谈谈这个的，不是吗？这是整件事情的核心。”

但是他们还是先从巨熊开始。

12

“这个故事是我小时候听到的，”罗兰说，“混沌初开之时，那些中土先人——他们并不是神，但他们几乎拥有神的知识——创造了十二守护者，守护进出这个世界的十二个入口。我听有些人说这些入口是自然景物，就像我们看见的天上的星座或者是地球上的无底裂谷，人们把这些裂谷称做恶龙之墓，主要是因为每隔三四十年它会喷气。但是其他一些人——我特别记得其中一个，是我父亲城堡里的厨师长，他叫哈可斯——却说这些入口并不是天然的，而是由中土先人创造的，只是后来中土先人因为骄傲而灭亡，入口也从此消失。哈可斯以前还说过，中土先人懊悔对彼此和对地球做过的错事，想要做一些补偿，这十二守护者就是他们最后的创造。”

“入口，”埃蒂沉思，“你的意思是门。我们又回到这个问题上了。这些可以进出这个世界的门在我和苏希来自的世界也能开启吗？就像我们沿着海滩找到的那些门一样？”

“我不知道，”罗兰答道，“我知道的每一件事情中，都有一百件我不知道的事情。你们——你们两个——必须接受这个事实。我们说，这个世界已经转换了。它转换的方式就像退潮，只留下残骸……这些残骸有时看上去就像地图。”

“呃，你猜猜好了！”埃蒂叫道，他声音里明显的热切让枪侠明白，埃蒂从来没有放弃回到他自己的世界——即苏珊娜的世界——的愿望，即使是现在。并没有完全放弃。

“算了吧，埃蒂，”苏珊娜说道，“这个男人从来不会去猜测。”

“不对，有时这个男人会的，”罗兰的话让另外两人都很惊讶，“当猜测是唯一的选择时，这个男人会的。但是我的回答是否定的。我认为——我猜想——这些入口并不像海滩上的门一样。我猜想它们并不通向任何一个我们知道的时间或空间。我认为海滩上的门——通向你们俩的世界的那些门——就像是孩子玩儿的那种两边平衡的长木板的中心支点。你们知道那是什么吗?”

“跷跷板吗?”苏珊娜问道,她的手挥来挥去地示范。

“对。”罗兰赞同地说,看上去很高兴,“就是这样。在板板跷的一端——”

“跷跷板。”埃蒂微笑着更正道。

“对,跷跷板。在一端,是我的卡。另一端是黑衣人——沃特——的卡。两个对立的卡之间的张力创造了这些门,它们就位于中心。而那些入口比沃特、我,或者我们的三人联盟都要伟大得多。”

“你是不是说,”苏珊娜犹豫地开口,“这些由守护者看守的入口都是命运之外的、超越命运的?”

“我只是说我这么相信。”他微微一笑,这种特有的表情让人想起火光中的一把弯镰刀,“我这么猜测。”

他沉默了一会儿,然后捡起一根枝子,掸去上面的松针,在地上画了一幅图。

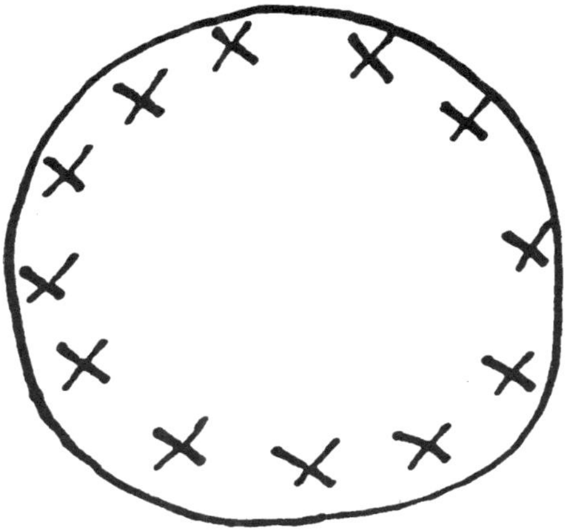

“这就是我小时候听说过的世界。这些×就是入口,在世界的边缘围成一圈儿。如果我们画六道线,把这些入口两两连接起来——就像这样——”

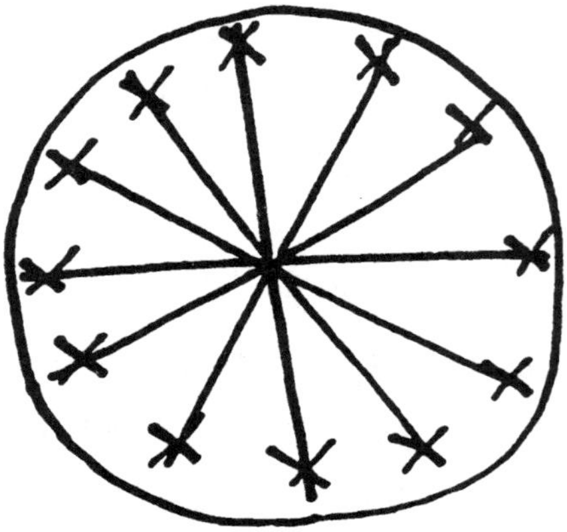

他抬起眼。“看见这些线交叉的中心点了吗?”

埃蒂感到鸡皮疙瘩爬到了他的背上、手臂上,嘴巴突然变得很干。“是这个吗,罗兰? 是——”

罗兰点点头,爬着皱纹的长脸上表情严肃:“这个中心就是最大的入口,叫做第十三道门,它不仅统治着这个世界,也统治着所有其他世界。”

他敲了敲圆圈的中心点。

“这儿就是我一生都在寻找的黑暗塔。”

13

枪侠接下去说:“在这十二个入口处,中土先人都设置了一个守护者。小时候我的保姆——还有厨师哈可斯——教给我的童谣中都有守护者的名字……但那是很久以前了。其中有熊,这不用说,但是还有鱼……狮子……蝙蝠。还有乌龟——它很重要……”

枪侠抬起头,望向星空,眉毛在沉思中拧成一团。突然,他脸上绽开一朵灿烂的笑容,背诵道:

看那宽宽**乌龟**脊!
龟壳撑起了大地。
思想迟缓却善良;
世上万人心里装。
誓言在它背上立,
洞悉世情却不帮。
爱大海也爱大地,
甚至小儿就像我。

罗兰轻声笑出来,带些困惑。“这是哈可斯教给我的。他在搅拌蛋糕糖霜的时候总会唱这个,他还会把勺子边的那点儿糖塞进我的嘴巴。我们的记忆真是惊人,不是吗?不管怎样,我长大以后就开始相信其实这些守护者并非真的存在——它们至多是符号象征,而非实体。现在看来我错了。”

“我觉得它是机器人,”埃蒂说,“但也不完全是。苏珊娜也没错——机器人被击中后唯一会流出的东西是快克机油10-40。我们那儿的人把它称做电子人,罗兰——就是那种一半是机器、一半是血肉的东西。我看过一部电影……我们跟你提过这部电影的,对吧?”

罗兰微微一笑,点了点头。

“呃,这部电影叫做机器战警,里面的主角和苏珊娜杀死的巨熊没什么太大差别。你怎么知道她应该朝那个地方开枪?”

“我还记得哈可斯曾经跟我讲过的故事,”他说,“要是我只有保姆的话,埃蒂,你早就进了熊肚子了。你们世界里的大人是不是常常会叫有问题的孩子戴上他们的思考帽?”①

---

① 原文是 put on their thinking caps,意为动脑筋想,此处为直译。

“是呀，”苏珊娜回答，“他们都这样说。”

“我们这儿也这么讲，这种说法就来自于守护者的故事：每个守护者都应该有一副外脑，长在他们自己脑袋的外面，在一顶帽子里。”罗兰顿了一下，深深地看了他们一眼，又微笑起来。“看上去那玩意儿并不特别像帽子哦，是吗？”

“的确，”埃蒂回答，“但故事已经足够真实，救了我们的命。”

“我觉得我从一开始在找的就一直是一个守护者，”罗兰说，“当我们找到这个沙迪克守护的入口时——我们只需要沿着它的踪迹走回去——我们肯定能找到一条路线。我们只需要穿过入口一直向前走。在圆圈的中心……黑暗塔。”

埃蒂张开嘴想说，好吧，就让我们聊聊黑暗塔。终于我们可以聊聊这件事儿了，第一次也是最后一次——它是什么，它意味着什么，而且最重要的是，如果我们到达那里会发生什么。但是他却什么声音也没发出来，片刻之后，他闭上了嘴。还不是时候——现在不是时候，罗兰明显很痛苦，而且他们此刻只有星星点点的营火驱走夜的黑暗。

“现在我们来说说另一件事儿，”罗兰嗓音沉重，“我终于找到了路线——这么多年过去我终于找到了路线——但是同时我好像正在失去理智。我能够感受得到，我的理智正在崩溃，就像陡峭的堤坝被大雨冲松了一样。这是对我的惩罚，我让那个从未存在的男孩儿丢了性命。这也是命运。”

“这个男孩儿是谁，罗兰？”苏珊娜问道。

罗兰的眼光扫向埃蒂：“你知道吗？”

埃蒂摇摇头。

“但是我提起过他，”罗兰说，“实际上，我叫过他的名字，在我感染最严重、差点儿快死的时候。”枪侠的声音突然提高了八度，开始模仿埃蒂的声音。他模仿得非常像，让苏珊娜忽然感到一阵诡异，毛骨悚然。“‘如果你再不闭嘴还要叫那天杀的孩子的名字，罗兰，我会用你自己的衬衫堵上你的嘴！我再也不想听见你叫他了！’你还记得你这样说过吗，埃蒂？”

埃蒂仔细想了一会儿。当他们俩在海滩上跋涉、离开刻有“囚犯”的那扇门到刻有“影子女士”那扇门的路途中，罗兰说了无数的事情。而且在他发烧说胡话的时候，他叫了不下一千个名字——阿兰、柯特、杰米·德卡力、库斯伯特(这个名字出现得更频繁一些)、哈可斯、马丁(或者有可能是马藤[1]——居然是一种动物的名字)、沃特、苏珊，还有一个叫佐坦的，这甚至不是个名字。埃蒂实在烦透了，他根本没见过这些人，(他也根本不想见)但是当然，当时埃蒂自己也有很多问题，停止服用海洛因和时空旅行引起的时差反应只是其中两个。公平点儿说，估计罗兰听埃蒂断断续续地讲自己的故事——他和亨利如何一起长大，后来又如何一起吸毒——感到的厌烦与埃蒂的感受差不多。

但是他记不起来自己曾经说过如果罗兰不停止叫什么孩子的名字他就会用他自己的衬衫堵他的嘴。

“什么都没想起来吗？”罗兰又问，“一丁点儿也没有吗？”

真有什么吗？一些隐隐约约的片段，如同他把老树桩的突起想象成弹弓时经历的似曾相识的感觉？埃蒂想要抓住这点印象，但是它转瞬即逝。他觉得肯定根本从来就没有这样的印象；他倒是希望有这样的印象，因为罗兰现在这么痛苦。

“没有，”他回答，“对不起，伙计。”

“但是我的确告诉过你。”罗兰的语调很平静，但是催促与紧急像一条红线般奔腾在这平静的表象之下，“这个男孩儿叫杰克。我牺牲了他——杀死了他——这样我才能最终赶上沃特，

---

① 马藤(Marten)，英文意为貂鼠。

让他说话。我在山脚下杀死了他。”

在这一点上埃蒂比较确定。“呃，有可能这是实际发生的事情，但是并非你说过的发生的事情。你说你是独自一个人到山下去的，疯狂地开着一辆手摇车。我们从海滩一路上来的时候你一直在说这个，罗兰，你一直说独自一人是多么可怕。”

“这个我记得。但是我也记得我肯定跟你说过那个男孩儿，他是如何从高架桥跌落深崖的。正是这两套记忆间的差距快让我崩溃了。”

“我不知道你们在说什么。”苏珊娜显得忧心忡忡。

“我想，”罗兰说，“我也开始糊涂了。”

他朝火堆里又扔了几块木头，红色的火焰腾地蹿上黑暗的夜空。随后他又坐回到另两人中间。“我将给你们讲一个真实的故事，”他说，“然后再给你们讲一个并非真实……但应该发生的故事。

“我在菩莱斯镇买了一头骡子。当我最终到达沙漠前最后一个城镇特区的时候，它还很精神……”

14

就这样，枪侠开始对他们娓娓说起他漫长经历中最近发生的故事。埃蒂断断续续听过一些，但他现在仍然聚精会神。苏珊娜也同样，只是所有这些都是她第一次听到。他说起街角上那家永远在玩“看我的”牌戏的酒吧，名叫席伯的钢琴手，额头长着道疤、名叫爱丽的女人……还有食草人诺特，黑衣人救了他，起死回生。他还说起那个癫狂的信徒希尔薇娅·匹茨顿，以及那场世界末日般的大屠杀。当时他，枪侠罗兰，杀死了城里所有的男人、女人和孩子。

“我的老天爷!”埃蒂颤抖着低声说,“现在我明白你为什么不愿意开枪了,罗兰。”

“安静点儿!”苏珊娜呵斥道,“听他说完!”

罗兰继续平静地叙述。他告诉他们,他走进沙漠后,经过了最后一个原住民、一个长着一头及腰草莓色长发的年轻人的棚屋。罗兰的骡子最终死了。他甚至说起那个原住民的宠物鸟佐坦,叼去了骡子的眼睛。

他说起那些沙漠中漫长的白日及短促的黑夜,他如何顺着沃特生起的营火余烬向前赶路,以及他如何最终又干又渴、步履蹒跚地到达了那个驿站。

“小站空荡荡的,一个人也没有。我猜从很久以前,甚至那头巨熊还年轻的时候开始,这个小站就已经空了。我在那儿蹲了一宿,然后又继续赶路。这就是实际发生的事儿……但下面我要告诉你们另一个故事。”

“那个并非真实但应该发生的故事吗?”苏珊娜问。

罗兰点点头:“在这个杜撰的故事里——编造的故事——一个叫做罗兰的枪侠在驿站遇到了一个名叫杰克的男孩儿。这个男孩儿来自你们的世界,你们的纽约市,时间大概处于埃蒂的一九八七年和奥黛塔·霍姆斯的一九六三年之间。”

埃蒂急切地探过身子,问道:“故事里是不是也有一扇门,罗兰?刻着‘男孩’字样的一扇门,或者类似的东西?”

罗兰摇摇头:“男孩儿的那扇门是死亡。当时他正在去上学的路上,一个男人——我相信就是沃特——把他推向马路中间,他当场被汽车撞死。他听见那个男人说:‘别挡路,让我过去,我是牧师。’杰克看见了这个人的样子——只是一瞬间——之后,他就到了我的世界。”

枪侠顿了顿，视线转向火堆。

“现在我想把这个从未存在的男孩儿的故事暂时搁一搁。让我先说说实际发生的事情。行吗？”

埃蒂和苏珊困惑地对望了一眼，然后埃蒂做了一个“你先请，阿方索”的手势。

“就像我说过的，驿站已经废弃了，但是那儿还有一台抽水机继续工作着，就在驿站的马厩后面。我是听见它的声音找到它的，但是即使它不声不响，我也找得到，因为我闻到水的味道，你知道。在沙漠里待长了，当你快渴死的时候，你真的就能够做到这一点。我喝饱了水，然后大睡一觉，醒了以后又继续喝水。当时我想立刻上路——这种愿望就像热病一样浓烈。埃蒂，你从你的世界给我带来的药——阿司丁[①]——很管用，但是仍然有一些热病什么药都没法儿治，我这种热病就是其中之一。我知道我的身体需要休息，但是即使在那里多待一个晚上，都需要动用我每一分意志力。到了早上，我觉得已经休息好了，灌满了皮水袋之后就上路了。我从那地方只拿了水，其他什么也没动。这就是实际发生的事情中最重要的部分。”

苏珊娜随后开口，嗓音理智悦耳，听起来像奥黛塔·霍姆斯：“好吧，这是实际发生的事情。你灌满了皮水袋，然后就继续赶路。现在跟我们说说那些实际没有发生的事情吧，罗兰。”

枪侠把那块颚骨放在了膝盖上，双手攥成拳不停地摩擦眼睛——真是个非常孩子气的举动。然后他好像是为了鼓起勇气，重新抓起颚骨，接着说下去。

“我对那个并不存在的男孩儿实施了催眠术，”他说道，“只要一个贝壳就行了。这个伎俩我很早就会，是从马藤——我父

---

① 阿司丁是罗兰对阿斯匹林的错误读法。

亲的宫廷巫师——那里学来的。这个男孩儿是个很好的实验对象。他在恍惚之中告诉我他死时的情况，正如我刚刚告诉你们的那样。当我觉得我已经知道得足够多、又不想他被太长时间的催眠伤害时，我就命令他醒来，那时他应该没有任何关于他已经死了的记忆。”

“没人愿意记得这样的事儿。”埃蒂小声嘀咕。

罗兰赞同地点点头。“实话实说，谁会愿意呢？那个男孩儿从恍惚状态直接转为自然睡眠。接着我也睡着了。等我们醒过来的时候，我告诉那个男孩儿，我本来打算捉住黑衣人。他知道我说的是谁；沃特也来到了公路小站。杰克非常害怕，试图躲开他。我确定沃特也知道他在这里，但是他假装不知道，这符合他的目的。他留下了这个男孩儿，设下一个陷阱。

“我问男孩儿那儿有没有什么吃的东西，他看上去脸色很好。我觉得那儿肯定有，沙漠的气候特别适合保存食物。他说他有一些干肉，而且那儿还有一个地窖，只是因为他太害怕还没进去看过。”枪侠看着他俩，表情严肃，“他的恐惧是对的。我找到了食物……也找到了一个会说话的魔鬼。”

埃蒂瞪大眼睛，看向那块颚骨说：“会说话的魔鬼？你是说那玩意儿？”

“对，”他说，“也不对。听我说下去你应该会明白的。”

他告诉了他们，他听见魔鬼的呻吟从地窖那一边的地底下传来，看见沙子从地窖两面的墙缝中涌出。他走近去看见有一个洞，正在那时，杰克大叫起来，让他赶快上去。

他命令魔鬼说话……魔鬼张嘴却发出了爱丽的声音，就是那个额头上长着疤、在特吞开了一家酒吧的女人。慢慢走过抽屉[①]，

---

① 原文为 Drawers，《枪侠》一书中译为“废墟”。

枪侠。当你和那个男孩同行时，黑衣人将你的灵魂装在他的口袋里。

“抽屉？”苏珊娜显然吓了一跳。

“是的。”罗兰盯着她答道，“这个对你来说有些含义吧，不是吗？”

“是的……也不尽然。”

她的口气非常犹豫。罗兰意识到，她只是不愿意谈起那些令她痛苦的事情。但他也想到更主要的原因是她不想再引起任何混乱，不想说一些实际她并不清楚的话搅乱整件事。他很欣赏这一点。他也很欣赏她。

“说你确定的部分好了，”他说，“其他的就不用说的。”

“好吧。抽屉是黛塔·沃克知道的一个地方，是她臆想出的地方。这是一个俚语，她从大人们在前廊喝酒聊天的闲谈中听来的一个词。它指的是一块损坏，或者无用的地方。抽屉里面——抽屉这种想法里面——有一些黛塔惦记的东西。不要问我是什么东西；我以前可能知道，但现在已经不知道了。也不想知道。

“黛塔偷了我蓝阿姨的瓷盘子——那可是亲戚送给她的结婚礼物——她拿着瓷盘子到了抽屉——她的抽屉——把盘子摔得粉碎。那个地方是一个堆满垃圾的碎石坑、一个垃圾场。后来，她时不时和路边客栈的男孩子勾三搭四。”

苏珊娜低下头，嘴唇紧闭。过了一会儿，她抬起头接着说下去。

“白人小伙子。她跟着他们去停车场，挑逗诱惑他们，然后一走了之。那些停车场……也是她的抽屉。那是个很危险的游戏，但是她年轻、敏捷，也足够卑鄙，所以她玩得得心应手、乐在其中。她到了纽约以后开始在商店里偷东西，这个你们俩都知道。她总是去那些大商场——梅西百货、金倍尔百货、布鲁明戴尔百货——偷些不值钱的小玩意儿。当她想要开始进行这些疯狂的举动时，她脑子里会想：今天我会去抽屉那里。我会从白人那里偷点儿东西，弄点儿藏品，然后摔个粉碎。”

她停了下来，双唇颤动，眼光投向火堆。当她再次抬起眼看向四周时，罗兰和埃蒂在她眼睛里看见泪花闪动。

“我是在哭，但是你们别被这些眼泪骗了。我记得我做过这些事儿，我也记得我很享受。我猜我哭是因为我知道假如条件允许我会重新再这么干一次。”

罗兰看起来好像恢复了一些神智，身上透着古怪的宁静。“我家乡有一句古话，苏珊娜，‘聪明的小偷才发达。’”

“我可不觉得偷一大堆人造珠宝有什么聪明的。”她尖锐地回答。

“你被抓住过吗？”

“没有——”

他伸出手，做了一个“瞧，这正是你聪明之处”的手势。

“那么对黛塔·沃克来说，橱柜不是好地方，对不对？”埃蒂问道，“因为感觉上好像有点儿不对劲。”

“又好又坏。那地方很有魔力，在那儿她……她可以重新改造她自己。但我想你们会说……那里也是迷失的地方。所有这些都已经脱离罗兰刚才关于男孩儿的话题了，对吧？”

“可能并不是，”罗兰回答，“在我的世界里，你知道，我们也有抽屉。这个词对我们来说也是俚语，而且意思非常相近。”

“那么你和你的朋友是怎么理解这个词的？”埃蒂问道。

“在不同地点不同情况下的理解会有些偏差。它可以指垃圾堆，也可以指妓院，或是男人赌博吸毒的地方。但是就我所知，最普遍的意思也是最简单的。”

他看着其他两个。

“抽屉指的就是荒芜的地方，”他说，“抽屉就是荒原。”

15

这回苏珊娜朝火堆里扔了更多木头。古母星在南面的天空熠熠发光。她以前在学校学过一些：它并非恒星而是一颗行星。是金星吗？她思忖。或者这个世界所位于的太阳系与其他所有东西一样都是全然不同的？

那种虚无缥缈的感觉——仿佛一切都是一场梦——又一次袭上她的心头。

“继续说，”她说，“那个声音警告你关于抽屉和男孩儿之后又发生了什么？”

“我遵照从小受的训练，一拳伸进那个向外流沙的洞里。从洞里我掏出一块颚骨……但并不是眼前这块。我从公路小站的墙里掏出的那块比这块大得多。几乎不用怀疑，这是原来那些中土先人留下的。”

“那块骨头到哪里去了呢？”苏珊娜平静地问道。

“在某天晚上，我把它送给了那个男孩儿，”罗兰答道。火焰在他的两颊映出橙色的亮光，影子像跳舞似的一闪一闪。“想保护他——就像护身符。后来我觉得它已经完成任务，就把它扔了。”

“那么罗兰，你现在这个颚骨又是从哪儿弄来的？”埃蒂问道。

罗兰打住话头，定定地看着这块骨头，片刻之后，又把它放了回去。“后来，在杰克……在他死了以后……我终于赶上了我一直在追的那个人。”

“沃特。”苏珊娜接口。

“是的。我们俩谈了很久,他和我……漫长的谈话。我后来睡着了,等醒过来时沃特已经死了,至少死了一百年,有可能更长。他除了一堆骨头外什么也没留下。这倒也符合当时的情况,我们所在的地方本来就堆满累累白骨。”

“噢,好吧,这谈话可真够长的。”埃蒂涩涩地说。

苏珊娜听到这句话,眉头一皱,可罗兰只是点点头。“真是漫长。”他说,将眼光投向火堆。

“你是早上醒过来的,然后在当天傍晚到了西海,”埃蒂说,“大螯虾就是那天晚上攻击你的,对吗?”

罗兰又点点头:“对。但是在我离开我和沃特谈话……或者做梦……不管干了什么……的地方之前,我从他的头盖骨中捡了这个玩意儿。”他举起了这块颚骨,牙齿那儿再一次划过一道橙色的火光。

沃特的颚骨,埃蒂想到这儿,感到后背爬上一阵凉意。黑衣人的颚骨。记住这点,埃蒂,罗兰可能就是这些人中的一个。他竟然到处都带着这玩意儿就像……就像食人族部落里的战利品。上帝啊。

“我还记得拿这骨头时的想法,”罗兰说,“我记得一清二楚;当我记忆中的时间还没有重叠之前我就记得这么多了。我当时想,‘既然我想找到男孩儿,扔掉手头的东西只会带来霉运。’只是那个当口,我听到了沃特恻恻的笑声——那种卑鄙的阴笑,以及他的说话声。”

“他说了些什么?”苏珊娜问道。

“‘太迟了,枪侠。’”罗兰回答,“他这么说。‘太迟了——从今以后,你会一直走霉运,直到永恒的尽头——这就是你的命运。'"

16

"好吧,"埃蒂最终开口说,"我明白这个基本的矛盾了。你的记忆被分裂成两半儿——"

"不是分裂,是叠加。"

"好吧;两个都差不多,不是吗?"埃蒂抓起一根小树枝,在沙地上画了起来:

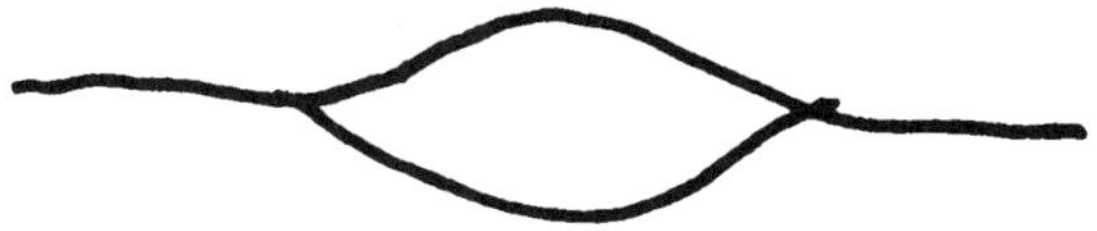

他用手指点了点左边那条线:"这是你到达公路小站之前的记忆——一条单行线。"

"是的。"

他又点了点右边的那条线:"当你离开堆满骨头的山脚……就是沃特等你的地方,也是一条单行线。"

"是的。"

接着,埃蒂指了指中间那部分,在外围粗粗画了一个圈。

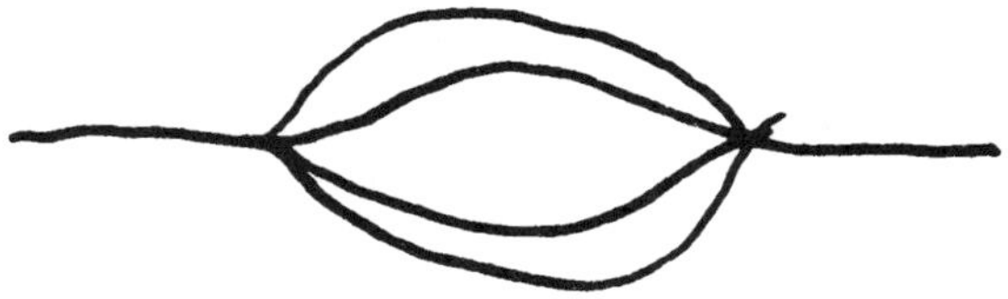

"这就是你必须得做的事,罗兰——关闭这段双行线。在你脑海中封锁住这段记忆,彻底把它忘掉。因为它对你来说没有任

何意义，不会改变任何事情，一切已经过去了，已经结束了——”

“但是它并没有。”罗兰举起这块骨头，“如果关于那个男孩杰克的记忆是错误的——我也知道是错误的——那我又怎么会拥有它呢？我用这段记忆替代我扔掉的那一段……我扔掉的那一段关于驿站地窖的记忆是真实的，但我从来没有去过地窖！我从来没有和魔鬼说过话！我只带了水一个人上路，其他什么也没拿！”

“罗兰，听我说，”埃蒂急切地说道，“如果你拿着的那块颚骨的确来自于驿站，这可能是一回事。但是也有可能整件事都是你的幻觉——驿站，那个孩子，会说话的魔鬼——然后有可能你拿了沃特的颚骨误以为——”

“没有幻觉，”罗兰打断了他，用他那淡蓝色士兵的眼睛盯着他俩。突然，他做了一件谁都没有想到的事儿……埃蒂发誓罗兰自己都不知道他会这么做。

他把颚骨扔进了火堆。

17

一时间，那块白色的残骨就躺在火里，看起来好像半抹鬼笑。突然，它开始发出耀眼的红光，照亮了整块空地。埃蒂和苏珊娜大叫一声，连忙举起双手遮住眼睛。

骨头开始产生变化。不是融化，而是变化。原先像墓石一样龇在外面的牙齿开始慢慢聚成一堆，上颚柔和的曲线开始变直，然后在尖端处塌了下去。

埃蒂双手撑着大腿站在旁边，目瞪口呆地望着这块已经不是骨头的东西。此刻它看上去像烧红的烙铁，牙齿变成了三个倒写的V字，中间那个比两端的略大一些。突然，埃蒂看见了它将会变成的形状，就像他看见树桩的突起会变成弹弓那样。

他觉得是一把钥匙。

你必须记住这个形状，他兴奋地想。你必须记住，必须记住。

他的眼光紧紧锁住这件东西——三个V字，中间那个比两端的略大略深。三个凹槽……最靠边的那个凹槽有点弧度，弯曲的样子有点像小写的字母s。

接着火焰中的形状又发生了改变。已经变成钥匙模样的骨头开始向中心收紧，聚合成重叠的亮色花瓣，褶皱的地方黑丝绒般，如同无月的仲夏夜。一瞬间，埃蒂看见了一朵玫瑰——胜利地绽放在世界初创第一天的晨光里，散发出的美丽穿透时间与空间。此刻他敞开了心门，贪婪地享受眼前的幻象，仿佛所有的爱与生命都从罗兰这件死人的物件里突然散发出来；燃烧的火焰迸发出胜利与挑战，似乎在宣称所有的绝望不过是海市蜃楼，所有的死亡不过是黄粱一梦。

玫瑰！他的思维有些不连贯了。先是钥匙，然后是玫瑰！仔细看！仔细看进入黑暗塔的入口！

火堆中突然传出一阵咳嗽声，一簇火焰向外窜出。苏珊娜尖叫跑开，不停拍打裙子上的橙色火星。火焰腾得更高，蹿向繁星点点的夜空。埃蒂却一动不动仍然沉浸在幻觉中，完全被这华丽又恐怖的幻象惊呆了，甚至都没有注意到火花在他的皮肤上跳跃。接着，火焰黯淡下去。

骨头消失了。

钥匙消失了。

玫瑰消失了。

记住，他想。记住这朵玫瑰……记住钥匙的形状。

苏珊娜又惊又怕，轻轻啜泣起来，但他根本没在意，而是拿起了刚才他和罗兰都用过的小棍子，颤抖地在地上画出了这幅图：

18

“你为什么这么做?”苏珊娜最终开口问道，“为什么，看在上帝的分上——你画的是什么?”

十五分钟以后，火焰慢慢减弱，四散的火星要么被踩灭，要么自己熄灭。埃蒂环抱着身前的妻子坐在一边。罗兰坐在另一边，双膝抱在胸前，激动地看着橙红色的火堆。在埃蒂看来，他们俩谁都没有发现骨头的形状发生改变。他们都看见骨头烧得通红，而且罗兰看见它爆炸(或者是内爆? 起码就埃蒂所见更像是后者)，但没有其他了。至少他是这么认为；但有时候罗兰实在是个闷葫芦，当他决定守口如瓶的时候，谁也别想从他嘴里掏出一个字儿，埃蒂早已从以往的经验中吸取了这个教训。他想要告诉他们他所看见的——或者认为他看见的——可是他决定这回他也要守口如瓶，至少暂时。

颚骨本身并没有留下什么印记——甚至连裂纹都没有。

“我这样做是因为我脑子里有一个声音告诉我必须这样，”罗兰回答，“那是我父亲的声音；我所有先辈的声音。当你听到这样的声音时，你不可能不立即照做。我一直受的也是这样的训练。至于这是什么，我不好说……至少现在不行。我只知道这块骨头已经吐完最后一个字，我一路带着它就是为了用耳朵听这个。”

或者是用眼睛看，埃蒂再一次想到：*记住。记住玫瑰。记住钥匙的形状。*

“它差点儿就把我们烤熟了！”她听上去又疲惫又愤怒。

罗兰摇摇头。“我觉得这更像岁末晚会上有钱人放的焰火。明亮、令人惊讶，但是一点儿不危险。”

埃蒂突然想起了什么。“罗兰，你脑子里的双重记忆——它消失了没有？刚才爆炸的时候，不管那是什么，它有没有离开你？”

他几乎可以肯定它已经消失；他看过的所有电影里面都是这样，粗暴的震惊总是很管用的疗法。但是罗兰却摇了摇头。

苏珊娜移开埃蒂的胳膊：“你说你已经开始明白这一切了。”

罗兰点点头：“我是这样认为的。如果我是对的，我担心杰克。不论他在哪里，*无论在哪里*，我担心他。”

“这是什么意思？”埃蒂问道。

罗兰站起身，走向他那捆兽皮，把它展开，说：“好了，今晚故事说得够多，也够令人兴奋了。现在该睡觉了。明天一早我们就沿着巨熊的足迹走回去，看看能不能找到它守护的入口。在路上我会告诉你们我知道的和我相信发生过的事情——我相信仍然在发生的事情。”

说完，他裹上一条旧毯子和一张新鹿皮，翻了个身，离开火堆远一点儿，然后就什么也不说了。

埃蒂和苏珊娜躺在一起。他们确定枪侠睡着以后就开始做爱。罗兰其实并没有睡着，他躺在那儿，听着他俩的动静，也听到他们后来的说话声，大多在谈论他。很快他俩不说话了，发出一致的呼吸声，但过了很久，罗兰还是静静地躺着，睁着眼睛望向黑暗的夜空。

他想，年轻和恋爱的感觉真不错。即使这个世界都成了坟墓，这种感觉还是很好。

趁着你们还能，好好享受吧，他想，因为前面有更多死亡的威胁。我们正蹚过鲜血的小溪，前面等着我们的是鲜血的河流，我对此毫不怀疑。再前面就是鲜血的海。在这个世界，坟墓开裂，死人都不安宁。

当东方泛起鱼肚白，他终于阖上双眼，小睡了一会儿，而杰克出现在了他的梦境里。

19

埃蒂也做梦了——梦见他回到了纽约，手里拿着一本书，走在第二大道上。

在梦里是春天。天气温暖，整个城市繁花似锦，思乡之情从心底深处被勾了出来。好好享受这个美梦，尽可能地做下去，他想。好好品尝……因为这是你能离纽约最近的地方了。你已经不能回家了，埃蒂。已经不可能了。

他低头看了看书，居然一点儿也不惊讶地发现书的名字恰恰是《你不能再回家》，作者托马斯·沃尔夫[1]。深红色的封面上印着三个图形：钥匙、玫瑰和门。沃尔夫写道，黑衣人穿过沙漠，枪侠紧随其后。

---

[1] 托马斯·沃尔夫（Thomas Wolfe，1900—1938），美国小说家。

埃蒂合上书，继续向前走。他判断时间大概是早上九点或九点半。此时第二大道上面的车辆还不算多。出租车鸣着喇叭，在车道间窜来窜去，挡风玻璃和漆成黄色的车身沐浴在春日暖阳下，反射出耀眼的光。第二大道和第五十二街的街口坐着一个乞丐，伸手向埃蒂讨东西，埃蒂顺手把那本深红封面的书扔在了他的腿上。他发现（同样毫不惊讶地）那个乞丐居然是那个毒贩子恩里柯·巴拉扎，他盘腿坐在一家魔术商店前面。商店窗户上写道：棋牌屋，里面的陈列是一座塔罗牌搭起来的小塔。塔顶立着一个巨猩金刚的模型，它的脑袋后面还长出一个小小的雷达盘。

埃蒂继续朝市中心闲荡过去，一个个路标从身边掠过。突然一家第二大道和第五十六街交界处的小店跃入他的视线，他一看见就意识到他要找的正是这家小店。

太好了，他想，感到一阵宽慰。*就是这个地方，正是这儿。*小店的窗户上挂满了肉和奶酪，招牌上写道：**汤姆与格里的风味熟食店**。**晚会大盘是我们的特色！**

他正站在外面看的时候，一个他认识的人从街角走了出来。那是杰克·安多利尼，他穿着一身香草冰淇淋色的西装三件套，左手拄着一根黑色拐杖，被大螯虾抓得只剩下半边脸。

进去吧，埃蒂。杰克经过的时候说道。*毕竟，在这个世界之外还有其他的世界，而那该死的火车会穿过所有的世界。*

我不能，埃蒂回答。*门被锁上了*。他不晓得他怎么会知道这一点，但是他就是知道；非常肯定地知道。

叮叮当，当当叮，你有钥匙别担心，杰克头也没回地说道。埃蒂低下头，发现他*的确*有一把钥匙，模样很原始，就是三个V字形的凹槽。

最后一个凹槽处的S形是一个秘密，他想。他走进“汤姆与

格里的风味熟食店”的门篷，把钥匙塞进门锁。毫不费力，门打开了。他推开门，走进一块空旷的空地。他扭过头，看见身后第二大道上熙熙攘攘的车流，随后大门就砰地关上，倒了下来，此时它后面的街景却全然消失。一切都消失了。他又转过身继续审视这个陌生的地方，眼前的景象让他心惊。整块空地被染成猩红色，就好像这里刚刚发生了一场残酷的战斗，鲜血遍地，土壤没法儿很快吸收。

突然，他意识到他看见的并不是鲜血，而是铺了一地的玫瑰。

一种夹杂着喜悦的胜利感在他体内升腾、澎湃，直到他感觉心脏都要爆炸。他握紧拳头，高高举过头顶，摆出胜利的姿势……然后就定格在那儿。

空地向前伸展了好几里，爬上一个缓坡，而耸立在地平线交界处的正是一座高塔，就像一根巨大的石柱，直冲云霄，如此之高以至于他几乎都看不见塔顶。巨大的塔基周围开满了鲜红欲滴的玫瑰，而越向上越细的塔身却透着一股子诡异的优雅。建造塔楼的石头并非埃蒂想象中的黑色，而是烟灰色。窄窄的窗户沿塔身螺旋状地开上去；窗户下面建有几乎看不到尽头的楼梯，一圈圈绕上去。从远处看去这座高塔就如同一个巨型的深黑色惊叹号，植根于大地，矗立在无尽的血红玫瑰中央。蓝天笼罩在上方，棉花似的白云轮船一般飘浮其上，无穷无尽地绕着黑暗塔的塔尖打转。

太壮观了！埃蒂惊叹道。太壮观、太奇伟了！但是突然他原来那种喜悦与胜利混合的感觉被抽空了，只剩下一种忐忑的情绪，好像世界末日正在逼近。他向四周望了望，恐惧地发现自己居然站在塔楼的阴影里面。不，不是站在里面，而是被活埋在里面。

他大声呼叫起来，但是他的叫声被一阵洪亮的号角声淹没了。警告的号角声来自塔顶，轰轰隆隆好像填满了整个世界，在他站着的玫瑰花田上空回荡。与此同时他看见浓重的黑烟从塔身窗户里冒出，向天空散发开去，染了薄薄一层。渐渐黑烟越聚越多，形成一块巨大的黑斑，看起来一点儿不像云朵，反而更像一块肿瘤，笼罩着大地，遮住天空。接着他又发现它既不是黑云也不是肿瘤，而是一个庞大的黑色形状，野兽的形状，在这片玫瑰花田上空慢慢成形，朝他站着的地方直冲过来。拔腿逃跑根本无济于事；它肯定会一把抓住他，然后把他带走，带进黑暗塔，到那时，他就永无见光之日了。

紧接着黑烟中裂开几道缝，就像恶魔的眼睛，每一个都有死在树林里的巨熊沙迪克那么大，冲着他俯瞰凝视。那些恶魔的眼睛红通通的——像玫瑰一样红，像鲜血一样红。

杰克·安多利尼死神般的声音再次响起，撞击着他的耳膜：*一千个世界，埃蒂——一万个世界！——那列火车穿越其中的每一个，如果你能让它开动。如果你确实能让它开动，你的麻烦才刚刚开始，因为这个装置绝对是个混账，你将没有办法关闭它。*

杰克的声音慢慢变成了机器单调的嗡鸣。*绝对是个混账，埃蒂伙计，你最好相信，这个混账——*

“——即将关闭！关闭程序将在一小时零六分钟以后完成！”

在梦中，埃蒂举起了双手，遮住他的眼睛……

20

……然后醒过来，坐起身。他从指缝中看出去，发现身旁的营火已经熄灭，而那声音仍然在他耳边隆隆作响，听起来就像特警小队里一个冷酷无情的队长正用扩音器喊话。

“没有危险！重复一遍，没有危险！五个亚核电池处在休眠状态，两个亚核电池正在关闭，一个亚核电池只有百分之二的能量在工作。这些电池已无价值！重复一遍，这些电池已无价值！请向北方中央电子有限责任公司报告所处位置！请致电1-900-44！该装置密码是‘沙迪克’。有奖赏！重复一遍，有奖赏。”

广播声停了下来。此时埃蒂看见罗兰挽着苏珊娜正站在空地的边缘，朝着声音的方向望去。当这个录音广播再次响起时，埃蒂终于摆脱了噩梦带给他的震撼。他站起身，走到罗兰和苏珊娜那儿，心里暗自琢磨着这个广播是多少世纪之前录制的。当初肯定是设定只有在系统全面瘫痪的情况下它才会被播出。

“该装置即将关闭！关闭程序将在一小时零六分钟以后完成！没有危险！重复一遍——”

埃蒂碰了碰苏珊娜的胳膊，她回过头来问：“这玩意儿播了多长时间了？”

“差不多十五分钟了。你睡得像死——”她突然中断，“埃蒂，你看起来糟透了！病了吗？”

“没有。我只是做了个噩梦。”

罗兰审视着他，眼光让埃蒂有点儿不自在。“有时梦里会有一些真实情况，埃蒂。你梦见了什么？”

他沉思了一会儿，然后摇摇头说：“我不记得了。”

“你知道吗，我可不相信。”

埃蒂耸耸肩，对罗兰报以一个虚弱的微笑，道：“不信就不信吧。那你今天早上感觉怎么样，罗兰？”

“老样子。”罗兰回答，淡蓝色的眸子继续盯着埃蒂的脸。

“得了吧。”苏珊娜轻快地说，但是埃蒂感觉到她的声音难掩焦虑，“你们俩都别闹了。比起在这里看你们两个像小孩儿一样打打闹闹，我可有更好的事情做。尤其是今天早上，那头死熊还想喊垮整个世界。”

枪侠点点头，但是仍然盯着埃蒂：“好吧……但是你真的确定你没有什么要告诉我们吗，埃蒂？”

他几乎打算要说出来了——真的这样打算。他在火光中看见的，梦里梦见的。但最终他决定还是不说了。可能一切只是记忆而已，火中的玫瑰，梦中铺满整块田野的怒放玫瑰，都只是记忆而已。他知道不能只是因为他觉得他亲眼看见、心里感觉到这些东西就把一切说出来；这样只会让它们变得低贱。至少现在，他还得一个人仔细想想。

但是记住，他又一次告诉自己……但在他脑中的声音听起来并不像他自己。那声音听起来更沉、更老——一个陌生人的声音。记住玫瑰……和那把钥匙的形状。

“我会的。”他低声说。

“会什么？”罗兰问道。

“说出来。”埃蒂回答，“如果有什么，你知道，重要的事情发生，我会说出来，告诉你们俩。但是现在不行。所以如果我们想到达目的地，夏恩[①]，老伙计，让我们准备出发吧。”

“夏恩？夏恩是谁？”

“以后我也会告诉你们这个的。现在，我们走。”

他们收拾起营地里的所有工具，开始往回走。苏珊娜又坐上了轮椅。埃蒂脑中冒出个念头，她也许不会在轮椅上再坐很久了。

---

① 夏恩（Shane），美国西部片《原野奇侠》（*Shane*）中的孤胆英雄。

21

当年在埃蒂完全沉迷于毒品以前，他曾经和一帮朋友开车去新泽西州听速度金属摇滚乐团——炭疽与麦格戴斯——在草地镇的音乐会。他觉得现在这头巨熊发出的不断重复的广播并没有炭疽乐队的演出那么吵，但是他也不是百分之百确定。在他们离林中空地还有半里地时，罗兰终于想出一个办法终止噪音的折磨：他从他的旧衬衫上撕下六块布片，塞进每个人的耳朵。但是即使塞了布也不能完全阻隔这连续不断的巨响。

“该装置即将关闭！”当他们走进林间空地的时候，声音从巨熊身上发出。这个庞然大物还躺在原来的地方，就在埃蒂曾经爬的那棵大树的脚下，双腿分开、膝盖朝天地躺在那儿，像是一个长满毛、难产而死的妇女。**“关闭程序将在一小时零六分钟以后完成！没有危险！”**

不对，有危险，埃蒂边想边捡起几块逃过巨熊临死前痛苦挣扎、未被撕碎的兽皮。对我该死的耳朵来说危险很大。那块先前他雕刻的木块儿还在附近；他连忙捡了起来，塞进了苏珊娜轮椅后面的口袋。同时，枪侠慢慢扣上围在腰间的宽皮带，拉紧生羊皮带子。

“——正在关闭，一个亚核电池只有百分之二的能量在工作。这些电池——”

苏珊娜跟着埃蒂，膝盖上放着一个她自己缝的储物袋。埃蒂把兽皮递给她，她连忙塞进了袋子。一切都收好以后，罗兰拍了拍埃蒂的胳膊，递给他一只背包。背包里面基本上都是腌好的鹿肉，罗兰在一条小溪上游三公里处发现了一块天然盐碱地。

埃蒂发现罗兰已经背上了一只相似的背包，另一只肩膀上还挂着一个袋子——撑得鼓鼓囊囊，里面装的全是小零小碎。

一副马鞍挂在附近一根树枝上，上面缝着鹿皮座垫。罗兰一把把它拽了下来，仔细看了一会儿，然后背在了背上，皮带在他胸前打了个结儿。苏珊娜做了一个苦脸，正巧落入罗兰的眼里。他并没有试图解释——离这头死熊这么近，即使他用最高的声音喊出来对方也听不见——他只是耸耸肩，摊开双手：你知道我们会需要它的。

苏珊娜回应地耸耸肩。我知道……但是这并不代表我喜欢它。

枪侠指向空地的另一端，那儿歪歪斜斜倒着一堆开裂的冷杉树。这正是曾被人称作米尔的沙迪克一路过来的路线。

埃蒂靠向苏珊娜，拇指和食指圈成一个圈儿，做出"Okay"的手势，抬起眉毛询问：行吗？

她点点头，随后用手掌按住双耳。行——但是在我变聋之前，我们得先离开这儿。

他们三个穿过空地，苏珊娜坐在轮椅上，腿上放着塞满兽皮的袋子，埃蒂则在后面推她。轮椅后面的口袋里也塞着不少物事，那只藏在里面、刻了一半的木头弹弓只是其中一件。

他们身后，巨大的吼声继续从死熊体内发出，告诉他们关闭程序将在四十分钟内完成，就好像这是它与这个世界最后的交流。埃蒂已经等不及了。歪歪倒倒的冷杉树相互倾斜，形成一道树门。埃蒂暗忖：这才是罗兰黑暗塔探寻旅程真正开始的地方，至少对我们来说。

突然他又想到了那个梦——螺旋状的窗户里面冒出滚滚黑烟，黑斑一样遮住整片玫瑰花田——而当他们经过树门的时候，他顿时打了一个冷战。

22

他们可以使用轮椅的时间比罗兰想象得长一些。树林里的冷杉树都已经上了年岁，落地的针叶铺成厚厚一层地毯，让灌木植物无法生长。苏珊娜的胳膊非常强壮——比埃蒂的还要强壮，她毫不费力地自己转动椅轮，穿过平缓荫凉的林地——尽管罗兰觉得这种状况不会持续太长时间。如果有被黑熊推倒的大树挡了道儿，罗兰就会把她从轮椅上抱起来，而埃蒂则把轮椅推过障碍。

在他们身后，巨熊发出的广播声变得遥远，但是那机器的声音仍然在宣告最后一个亚核电池剩下的能量已经可以忽略了。

“我希望你能把这个该死的空马鞍一直都挂在肩膀上！”苏珊娜对着枪侠叫道。

罗兰并没有表示反对，但是只过了不到十五分钟，他们就走到一个向下的缓坡，同时树林里多出许多年轻一些的小树：白桦、赤杨，还有一些发育不全的枫树挣扎着在土壤里稳住根脚。针叶地毯变得越来越薄，苏珊娜的轮椅经常会碰到树间的灌木，这些小枝子击打着不锈钢的轮辐，卡嗒卡嗒作响。埃蒂把所有重量都压在轮椅把手上费劲地推，这样他们才能再勉强前进四分之一里地。后面山坡变得越来越陡，脚下的土地也更加松软。

“该背你走了，女士。”罗兰开口说。

“我们再试试轮椅怎么样？前面路可能会好走一些——”

罗兰摇摇头：“如果你想这样下山的话，你会……你们怎么说来着，埃蒂？……连爬带滚？”

埃蒂咧嘴一笑，摇头更正道：“应该叫连滚带爬三百六十度大转弯，罗兰。这是我们当年在人行道滑滑板用的词儿。”

“不管这叫什么，反正就是说你会头着地滚下去。来吧，苏珊娜，快上来。”

“我真恨自己是个瘸子，”苏珊娜忿忿地说，但是仍然同意埃蒂把她从轮椅上抱起来，稳稳地放进罗兰背上的马鞍里。她刚坐稳就摸到了罗兰的枪把。“你想要这个小宝贝儿吗？”她问埃蒂。

他摇摇头：“你动作更快，你也知道这个。”

她哼了一声，调节了一下皮带，放正枪把，好让她的右手容易够到。“我把你们俩拖慢了，这个我知道……但是如果我们是在一条柏油马路上，我肯定让你们俩远远地落在后头而且累得跪在街上。”

“这点我毫不怀疑。”罗兰说……然后他昂起了头。整个树林陷入一片寂静。

“熊老兄终于不叫了，”苏珊娜说，“感谢上帝。”

“我还以为还剩七分钟呢。”埃蒂说。

罗兰收紧马鞍的带子，说道：“在过去五六百年，它的钟一定已经越走越慢了。”

“你真的觉得它已经很老了吗，罗兰？”

罗兰点点头：“至少。现在它也死了……我们所知道的十二守护者的最后一个。”

“噢，我可一点儿不在乎。”埃蒂的回答让苏珊娜笑了起来。

“你舒服吗？”罗兰问她。

“不舒服。我屁股很疼，继续走吧。只要别让我跌下来就行。”

罗兰点点头，然后开始下坡。埃蒂推着空轮椅跟在后面，尽量不让轮椅与关节般突出地面的岩石撞得太厉害。现在巨熊终于闭了嘴，他反而觉得林子里过于安静——这几乎让他觉得自己身处那种会出现食人族和巨型人猿的丛林探险电影中。

23

巨熊留下的脚印很容易找到，路却不太好走。沿着脚印他们走出空地，大约五里地光景，面前出现了一片不完全是沼泽地的泥潭。他们穿过湿地，终于走到一块较坚实的山坡。罗兰大口喘着粗气，褪色的牛仔裤已经湿到了膝盖，但即使这样，他比起埃蒂也还算好的。埃蒂发现把苏珊娜的轮椅推过烂泥潭真是一件费力的苦差事。

“该休息一下了，吃点儿东西。”罗兰终于说。

“噢！老天啊，快给我点儿吃的。”埃蒂气喘吁吁地说。他扶着苏珊娜离开马鞍，坐到了一棵倒地大树的树干上，树身已经被熊爪抓得一道一道的。然后他就半坐半趴地倚在苏珊娜身旁。

“白种男孩儿，你可把我的轮椅弄得够脏啊，”苏珊娜说，“这会弄到我身上。”

他扬起眉毛回道：“下次洗车的时候，我会把你也洗洗。而且我还会给你的轮椅打上蜡。这样总行了吧？”

她笑了起来：“你可得说话算话，帅小伙！”

埃蒂腰上也绑了一个罗兰那样儿的皮水袋。他敲敲水袋，问道：“可以吗？”

“可以。”罗兰回答，“现在已经不多了；我们出发之前每人还多一点儿。这样大家都会有水喝。”

“罗兰，你真是奥兹国的神鹰童子军①。”埃蒂边笑边打开了

---

① 神鹰童子军(Eagle Scout)，是童子军中的最高级别，只有完成所有训练的童子军才能被授予该荣誉。

皮水袋。

“奥兹国是什么?”

“一部电影里想象出来的绿野仙踪。”苏珊娜回答。

“奥兹国可不止这些。我哥哥亨利以前会时不时给我讲这些故事。以后晚上没事儿我也讲给你听,罗兰。”

“太好了,”枪侠严肃地说,“我非常想更多地了解你们的世界。”

“奥兹国可不是我们的世界。就像苏珊娜说的,它只是一个想象的世界——”

罗兰把几块用宽叶裹住的肉递给他们俩,说道:“最快熟悉一个新地方的方式就是去了解它的传说。我很想听听奥兹国的故事。”

“那行,说话算话。苏希负责桃乐丝、托托和锡铁人的那部分,我负责剩下的故事。”他咬了一口自己那份肉,眼珠一转表示赞同,尝起来不错,还掺着外面裹的叶子的味道。埃蒂很快狼吞虎咽地把他那份吃完了,胃里发出咕咕的响声。现在他吃饱了,气也顺了,感觉很好——实际上是棒极了。身上又有了劲儿,而且每块肌肉都非常舒服。

别担心,他思忖。今晚我们会再讨论整件事情的。我猜他会先开口,直到提到我的话题。

苏珊娜的吃相更文雅一些。每吃两三口她都要啜口水,在手里把肉翻来翻去,从外向里地啃。“继续说说你昨晚讲的,”她对罗兰发出邀请,“你说你认为你已经理解自己两套互相矛盾的记忆了。”

罗兰点点头:“是的。我想两套记忆都是真实的。一个比另一个更真实一些,但是并不是否认另一个的真实性。”

“我听不懂,”埃蒂插口说道,“这个男孩儿杰克要么在驿站,要么不在，罗兰。”

“的确自相矛盾——同时既是肯定又是否定。除非解决这个矛盾，否则我会一直分裂下去。这真是糟糕，但是基本分歧已经变得越来越大。我可以感觉到这种变化，只是……没法儿说出来。”

“那你认为原因会是什么？”苏珊娜又问。

“我告诉你们这个男孩儿是被推到汽车前面的。被推到。现在，会是谁有可能推人呢？”

她脸上露出理解的表情，说道：“杰克·莫特。你的意思是说他就是那个把男孩儿推到街上的人吗？”

“是的。”

“但是你说过是黑衣人干的，”埃蒂提出反对，“你那伙计，沃特。你说过那男孩儿看见他了——一个牧师模样的男人。那孩子不是还听见他这样说的吗？‘让我过去，我是牧师’，类似这样的话？”

“噢，当时沃特的确在场。他们两个都在场，他们两个都推了男孩儿。”

“得有人赶紧拿降压药，”埃蒂大叫，“罗兰已经昏头了。”

罗兰压根儿没有理睬他；现在他已经慢慢明白埃蒂的玩笑和小丑举动都是他自己应付压力的方式。库斯伯特也差不多……至于苏珊娜，她倒是与阿兰挺像的。“最让我生气的是，”罗兰继续说道，“我应该知道的。毕竟我进入了杰克·莫特，而且可以知道他的想法，就像我知道你的，埃蒂，还有你的，苏珊娜。我在莫特脑子里看见了杰克，从莫特的眼睛里看见的，而且我知道莫特打算对他下手。不仅如此，我还阻止了他。我只需要进入他的身体就行了。他一点儿也没有意识到，因为他所有精神都集中在他的计划上，实际上他认为我不过是叮在他脖子上的苍蝇。”

埃蒂开始有点儿明白了，说：“如果杰克没有被推到街上，他就从没死过。如果他从没死过，他就从没到过这个世界。如果他从没到过这个世界，那么你就从来没有在公路小站遇见过他。对吗？”

“对。我甚至闪过这样的念头，如果杰克·莫特真打算要那男孩儿的命，我应该袖手旁观，让他得逞。这样就可以避免现在这种快把我撕裂的矛盾情况。但是我不能那样做。我……我……”

“你不可能杀死那个孩子两次，不是吗？”埃蒂轻声问道。“每当我快要得出你和那头巨熊一样机械冷血的结论时，你总有一些人性的地方让我惊讶。该死。”

“闭嘴，埃蒂。”苏珊娜说道。

埃蒂看见枪侠阴沉的脸色，做了个鬼脸：“不好意思，罗兰。我妈妈常说我这张臭嘴总会想什么就说什么。”

“没关系。我一个朋友也是这样儿。”

“库斯伯特吗？”

罗兰点点头。他盯着自己残废的右手看了好一会儿，然后痛苦地捏成拳头，叹了口气，又抬头看向他们。树林深处响起云雀甜美的歌声。

“我相信的是，如果当初我没有进入杰克·莫特，他那天仍然不会去推杰克。那天不会。为什么？卡-泰特[1]。就这么简单。当和我一起开始这段旅程的最后一个朋友死的时候，我就发现我自己又一次处在了卡-泰特的中心。”

---

① 原文为 Ka-tet，在《枪侠》中译作“命运组”。

"阔儿泰特[1],四重唱?"埃蒂疑惑地问道。

枪侠摇摇头:"卡——就是你们说的'命运'这个词,埃蒂,尽管它的实际含义远远复杂得多,也难以定义。而泰特指的是有相同兴趣或目标的一群人。比方说,我们三个就是一个泰特。卡-泰特就是指许多人因为命运聚在了一起的地方。"

"就像《圣路易斯雷的大桥》[2]一样。"苏珊娜低声说。

"那是什么?"罗兰问道。

"一个故事,里面讲一群人同过一座大桥,桥塌了,他们死在了一块儿。这个故事在我们的世界里很出名。"

罗兰若有所悟地点点头:"在我们的故事里,卡-泰特把杰克、沃特、杰克·莫特和我捆在了一起。我刚知道杰克·莫特的下一个牺牲者是谁的时候,我认为那是一个陷阱,但实际上并非如此,因为卡-泰特不会因为任何人的意志而改变或屈服。沃特看见了,他也知道。"枪侠重重地打了自己大腿一拳,苦涩地叫道,"当我最终抓住他的时候,他一定在独自偷笑!"

"现在让我们说说如果那天你没有阻止杰克·莫特的计划会发生什么,"埃蒂说道,"你刚刚说如果你没有阻止莫特,其他人或其他东西也会的。对吗?"

"对——因为那天不是杰克的死期。离他的死期很近,但还不是。我也感觉到了这点。也许在莫特将要动手的时候他发现有人看着他,或者有某个陌生人介入,或者——"

"或者一个警察,"苏珊娜说道,"有可能他在错误的地点错误的时间看见了一个警察。"

---

① 这里 Ka-tet 被埃蒂听成了四重唱一词(Quartet)。

② 《圣路易斯雷的大桥》(*The Bridge of San Luis Rey*),美国一九四四年出品的电影,根据一九二七年普利策奖的小说改编,讲述一座吊桥坍塌造成五个人离奇死亡的故事。

“是的。真正的原因——我们叫做卡-泰特的代理——并不重要。我的第一手经验告诉我莫特像老狐狸一样狡猾。只要他感觉一丁点儿不对劲儿，他就会放弃行动，再等下次机会。

“我还知道另外一些。他作案的时候总会化妆。那天他用石头砸黛塔·霍姆斯的头的时候，他戴了一顶绒线帽，穿着一件过大的旧毛衣，伪装成个酒鬼，因为他作案的地方常常聚集着一帮醉鬼。你们明白吗？”

他们点点头。

“好几年以后，苏珊娜，他把你推向火车的时候，他打扮成一个建筑工人，头戴黄色大头盔，黏着一抹假胡子。而在他本来要把杰克推进车流、本来会要杰克命的那天，他也有可能扮成牧师的模样。”

“上帝啊，”苏珊娜低声说，“在纽约推他的男人是杰克·莫特，而他在驿站看见的是你一直在追逐的人——沃特。”

“是的。”

“而那个男孩儿以为他们俩是同一个人，因为他们都穿着同样的黑袍子？”

罗兰点点头：“沃特和杰克·莫特外形上的确有一些相像。我不是说他们俩长得像兄弟，而是说他们俩个子都挺高，都有深色头发和苍白肤色。而且杰克只是在临死前看过莫特一眼。而当他看见沃特的时候，他刚到一个陌生的地方又非常恐惧。考虑到这些，我认为他犯这样的错完全可以理解，也能够原谅。如果在整件事里面有谁是个混蛋的话，那就是我，我应该早点儿想透这个的。”

“那么莫特会不会知道他被利用了呢？”埃蒂问道，回想起当年罗兰侵入他的思想时他经历的混乱与疯狂，他不认为莫特会不知道……但是罗兰只是摇摇头。

“沃特会非常巧妙。莫特会以为扮成牧师是他自己的想法……我是这么猜的。他不会认为在他思想深处低声地告诉他应该怎么做的是入侵者的声音——沃特的声音。”

“杰克·莫特，”埃蒂惊叹道，“一直是杰克·莫特。”

“是的……当然沃特也从旁协助。所以最终我救了杰克的命。当我让莫特从地铁站台上跳向开过来的火车时，我改变了一切。”

苏珊娜提出问题：“如果沃特能够随时进入我们的世界——通过他自己的门，也许——难道他不能利用别人来推那个小男孩儿吗？如果他能够暗示莫特打扮成牧师，他也可以让别人这样儿……怎么了，埃蒂？你为什么摆手？”

“因为我认为沃特并不希望这种事情发生。他所希望的是正在发生的一切……罗兰慢慢失去理智。我说得对吗？”

枪侠点点头。

“即使他以前希望这样，他也不可能这样做了，”埃蒂又说道，“因为在罗兰找到海滩上的那些门之前，他早就死了。当罗兰穿过最后一道门进入杰克·莫特的脑袋时，老沃特呼风唤雨的日子早已过去。”

苏珊娜仔细想了想，然后点点头：“我明白了……我觉得。这段时间旅行的东西真是一团乱麻，不是吗？”

罗兰开始收拾东西重新放回袋子，说：“我们该上路了。”

埃蒂站起身，抖了抖背包。“起码有一件事儿值得欣慰，”他对罗兰说，“你——还有这卡-泰特——终究能够救那孩子一命。”

罗兰本来正在把马鞍的绳子在胸口打结。听完这话，他抬起头，炽热的眼神让埃蒂不禁向后一缩。“是吗？”他尖锐地反问道。“是真的吗？每想一次这两个版本的现实就把我向疯狂逼近一步。刚开始我曾经希望其中一个会渐渐消失,但这根本没有发生。事实正相反:两套现实都在我脑子里愈演愈烈,像两个处在战争边缘的对立党派一样互相争吵。埃蒂,你来告诉我:你认为杰克是什么感受?你认为你在一个世界死了、在另一个世界活过来会是什么样的感受?"

云雀又开始歌唱,但是没有一个人注意到。埃蒂定定地看着罗兰苍白的脸和那双炽热的淡蓝色眼眸,居然无言以对。

24

那晚,他们在死熊正东方十五里的地方扎下营地,然后全都疲惫不堪地睡着了,(甚至连罗兰都睡了整宿,尽管他一晚上怪梦不断)直到第二天早上日出时才起身。埃蒂什么话也没说,生了一小堆火。在他望向苏珊娜的当口,附近的林子里传来一声枪响。

"早餐。"她说。

三分钟以后罗兰扛着一块兽皮回来了。兽皮上面躺着一只新鲜的已经收拾好的兔子。苏珊娜烧熟了兔子,他们吃饱以后就上路了。

埃蒂一路上试着想象拥有自己已经死亡的记忆到底是什么感觉,但是始终没能想出个所以然来。

25

正午刚过他们来到一片林地,这儿的树木几乎全被推倒了,灌木丛也被踏平——看起来好像多年以前龙卷风曾经光顾此地，留下一大片凄凉的废墟。

“我们离要找的地方不远了，”罗兰说道，“它推倒所有东西是为了清除视线里的障碍。我们的熊兄弟可不想要什么惊喜。它虽然个头大，可是并不傻。”

“那它有没有给我们留下什么惊喜？”埃蒂问道。

“有可能。”罗兰微微一笑，碰了碰埃蒂的肩膀，“但是即使有——也不新鲜了。”

他们穿过这片废墟，行程缓慢。大多倒地的树木已经很老——几乎都已经腐成泥土——但它们杂乱的状况还是造成了足够多的路障。即使他们三个都是健全人这段路也够难走的；而现在苏珊娜坐在枪侠背上的马鞍里，难度更大，更考验耐力。

倒地的树木和杂乱的灌木遮住了巨熊的脚印，同时也减缓了他们的行进速度。直到中午树上的熊爪印都很清晰，他们一直都顺着印记向前走。但是现在，快到巨熊出发点时，当时它的愤怒可能还未完全爆发，所以本来很方便跟踪的爪印消失了。罗兰慢慢向前移动，不放过落在灌木丛里的任何蛛丝马迹，包括勾在树上的熊毛。他们用了整个下午才穿过这片乱七八糟的树林。

当他们来到一片稀疏的赤杨林边时，天色已沉，埃蒂觉得他们不得不在这片骇人的地方露营了。在林子那一头，他可以听见溪水淙淙流过石床。在他们身后，夕阳辐射出一道道暗淡的红光，照进他们刚刚穿过的乱树林，黑色的交叉图形映在倒地的树木上，看起来就像象形文字。

罗兰停下来，放下苏珊娜。然后他伸伸腰，双手放在臀部扭动身子。

“晚上就这样了？”埃蒂问道。

罗兰摇摇头，说："把你的枪交给埃蒂，苏珊娜。"

她照做，疑问的眼光投向罗兰。

"过来，埃蒂。我们要找的地方就在树林另一头儿。我们得去看看，也得干些活儿。"

"是什么让你认为——"

"你仔细听。"

埃蒂侧耳倾听，意识到那是机器的声音。同时他发现这声音已经响了好一会儿了。"我不想丢下苏珊娜一个人。"

"我们不会走远的，而且她叫起来嗓门很大。另外，如果危险来自前方——我们俩是先挡在她前面的。"

埃蒂低头看看苏珊娜。

"去吧——早点儿回来就行。"她若有所思地望着他们过来的路，"我不知道这里有没有人住，但是感觉上有。"

"我们在天黑前一定回来。"罗兰承诺，向赤杨林走去。片刻之后，埃蒂跟了上去。

26

树林进去十五码左右，埃蒂发现他们正沿着一条小道行进，大概是这么些年来巨熊自己开出来的一条小路。赤杨树枝互相倾斜，形成一条隧道。机器声现在越来越响，他也开始分辨出其中有比较低沉的嗡嗡声，脚底甚至可以感觉到这个声音——微弱的震动，就好像一台机器正在地下运转。低声上面交织着一种好像刮擦金属的声音，更紧急尖锐——咔咔嚓嚓。

罗兰把嘴凑近埃蒂的耳朵说道："我觉得我们保持安静会更安全一些。"

他们又向前走了五码左右，罗兰停下来，掏出枪，用枪筒拨开沉甸甸垂下来的树枝。埃蒂顺着小开口望进去，终于窥见巨熊这么长时间以来藏身的空地——它所有恐怖掠夺行动的指挥基地。

这里没有任何灌木植物，土地早就被踩踏得光秃秃的。一股泉水从大概十五英尺高的石墙后面冒出来，流过这块箭头形状的空地。在溪流的这一边，背靠石墙放着一个约九英尺高的金属盒。盒顶有点儿弧度，让埃蒂想起地铁入口。盒子正面漆着一道道黄黑相间的对角线。空地上面铺的土并不似林地的土一般黑，而是一种奇怪的烟灰色，上面撒满了碎骨。过了一会儿，埃蒂才意识到原来被他当成灰色土壤的东西实际上是更多已经腐烂成灰的碎骨。

土里有东西在移动——咔咔嚓嚓作响。四个……不对，有五个，尽是些小金属装置，最大的不过小狗大小。埃蒂明白这些都是机器人，或者是像机器人的装置。它们外形十分相像，而且对于巨熊来说它们无疑都只起一个作用——在每个装置上面都有一个快速转动的微型雷达盘。

更多思考帽，埃蒂暗想。我的天，这到底是什么样的世界？

最大的装置看起来有点像埃蒂六七岁生日时得到的玩具拖拉机；它来回移动，把地上的骨灰搅起小团灰云。另一个装置看起来像不锈钢老鼠。第三个看起来像由一节节钢块接起来的钢蛇——一拱一拱地移动。这些装置在溪流另一边绕成圈儿移动，在地上刻出一道圆形轨迹。这幅景象让埃蒂想起小时候在他妈妈堆在家里前厅的《星期六晚间邮报》上看见的卡通连环画。卡通画里面，男人总是抽着烟在地毯上踱着方步，焦急地等待他们的孩子出世。

埃蒂在眼睛逐渐习惯了空地的地貌特征后，发现除了这五个以外还有许多各种各样的古怪玩意儿。他起码可以看见另外一打，也许还有更多藏在了巨熊猎物的残骨后面。唯一不同的是其他东西都没有动静。经过这么多年，巨熊的这些机器随从一个一个都死了，如今只剩下眼前这五个……而且它们发出咔咔嚓嚓生锈的声音，也不是很健康。尤其是那条蛇，它跟着机器老鼠转圈的样子有些迟钝，好像瘸子似的。跟在后面的装置——一块长着粗壮机器腿的钢砖——会时不时地赶上来轻轻推它一下，似乎是催它走快点儿。

埃蒂暗忖这些装置到底是管什么用的。肯定不起保护作用；巨熊天生会保护自己。他猜想，假如老沙迪克在它还年轻的时候碰上他们仨，肯定会一口把他们吞下，嚼两口后再全吐出去。也许这些小机器人是它的维修部队、侦察兵，或是通讯员。它们只有在自卫……或者在保护它们主人的时候具有危险性，因为它们看起来并非好战一族。

埃蒂甚至为它们感到可惜。大多数队员都已经死了，他们的主人也没了，而且埃蒂相信它们知道这一点。它们身上投射出的是一种古怪、非人类的悲伤，而非威胁。它们又老又旧，在这块凄凉的空地里焦急地沿着它们自己挖出的轨道转圈儿。埃蒂甚至可以读出它们脑中的困惑；*哦亲爱的，哦亲爱的，现在怎么办？现在他已经走了，我们该怎么办？现在他已经走了，谁来照看我们？哦亲爱的，哦亲爱的，哦亲爱的……*

突然埃蒂感觉有东西在拖他的腿，差点儿就惊惶失措地尖叫起来。他举着罗兰的枪猛地转身，结果看见苏珊娜正睁大眼睛抬头看着他。他长舒一口气，小心翼翼地把手枪放回老地方，然后蹲下，把手搭在苏珊娜的肩膀上，亲了亲她的脸颊，在她耳边轻声说：“我差点儿在你的小笨脑袋里放了一个枪子儿——你来这儿干什么？”

“想来看看，”她也轻声回答，一点不感到尴尬。说着她把视线转向盘腿坐在一旁的罗兰。“而且，我自己一个人留在那儿有点儿害怕。”

她一路爬过来的时候身上被树枝划伤了几道。但是罗兰不得不承认，只要她愿意，她可以像幽灵一样无声无息；他居然什么动静都没听到。罗兰从背包里拿出一块破布（那件旧衬衫剩下的最后一块），帮她擦干净胳膊上的血迹，仔细看了一会儿以后，用手指弹了弹她额头上的小疤。“那你好好看吧，”他嘴唇微动地嗫嚅道，“我猜这是你自己赢来的。”

他一只手拨开了绿油油的灌木枝，帮她清除了视线障碍，让她全神贯注地望着那块空地。她看完以后罗兰松了手，树枝又遮了下来。

“我为它们感到难过，”她轻声说，“这真是疯狂。”

“并不完全，”罗兰低声回答道，“我觉得在它们本身就是悲伤的产物。不过埃蒂会帮它们脱离苦海。”

埃蒂立刻摇头。

“是的，你会的……除非你想整晚都盘腿坐在这儿。瞄准那些转动的小帽子。”

“万一我没打中怎么办？”埃蒂愤怒地低声反问。

罗兰耸耸肩。

埃蒂不情愿地站起身，举起枪侠的左轮枪。他的视线穿过灌木枝，看见这些机器仆人还在绕着它们孤独的轨道徒劳地转圈儿。这就像开枪打木偶，他阴郁地想。然后他看见其中一个——那个看起来像走路的盒子的——伸出一个丑陋的钳子模样的装置，捏了一下前面的蛇。那条蛇惊吓地嗞嗞一叫，向前跳去。走路的盒子又缩回钳子。

呃……也许并不完全像打木偶，埃蒂想。他又瞥了一眼罗兰，罗兰面无表情地回望他，双臂交叠在胸前。

你总挑些奇怪的时间教课，哥儿们。

埃蒂想到苏珊娜，当时她先是打中了熊屁股，然后在巨熊朝她冲过来的当口一枪轰碎了它的传感装置，然后他又想到罗兰，不禁感到自惭形秽。与此同时，一部分的他也想去试试，就像以前在斜塔那里一部分的他想要对抗巴拉扎和他那帮流氓兄弟。这种冲动可能有些病态，但是对埃蒂来说仍旧是难挡的诱惑：让我们瞧瞧谁会认输……我们走着瞧。

是的，是有些病态，好吧。

假装这只是一处射击训练场，你只是想为你的甜心赢一只绒毛狗，他暗想。或者一只绒毛熊。他举起枪，瞄准了会走路的盒子，眼光不耐烦地飘向周围。这时，罗兰碰了碰他的肩膀。

"说说我教给你的东西，说真话。"

埃蒂不耐烦地哼了一声，很不高兴被分心，但是罗兰的眼神毫不退缩。埃蒂只好深深吸了一口气，然后努力从脑海中摒除杂念：这些过旧的装置发出刺耳的尖叫，他身上很痛，苏珊娜在身边手撑着地看着他，而且她也离地面最近，所以如果他射偏了，苏珊娜最可能成为那些机器人的报复目标。

"'我不用手开枪。用手开枪的人已经忘记了他父亲的脸。'"

这真好笑，他想；即使在街上碰见他老爹也不会认识。但是他可以感觉到这些话的确起了作用，清空了思绪也安抚了他的紧张心情。他并不知道自己是不是当枪手的料——这个念头他几乎从没有过，即使他知道那晚在巴拉扎的夜总会发生枪战时他非常镇定——但是他知道的是当他一字一句吐出枪侠教给他的东西时，他体内有一部分非常喜欢那种笼罩全身的冰冷感觉以及那种所有事物清晰呈现在他眼前的体验。而另一部分的他也悟出这只是又一种致命的毒品，与杀死亨利和几乎杀了他自己的海洛因没什么太大差别。可这种认知丝毫也没有改变此时此刻紧绷的快感，这快感像在狂风中振动的紧绳一样抽动着他的神经。

“‘我不用手瞄准；用手瞄准的人已经忘记了他父亲的脸。

“‘我用眼睛瞄准。

“‘我不用手杀人；用手杀人的人已经忘记了他父亲的脸。’”

接着，他毫无预兆地踏进树林，对着空地另一边在转圈儿的机器人大喊道：

“‘我用心杀人。’”

机器人骤然停止转动，其中一个发出高分贝的嗡嗡声，像是警报或者警告。那些雷达盘，每个都只有半块“好心思”巧克力排大小，向人声传来的方向转过来。

埃蒂扣动扳机。

传感器一个接着一个被击中，炸得粉碎。埃蒂心中的遗憾已经消失了，剩下的只有冷酷。他只知道此刻他不会停，不能停，直到任务完成。

巨大的爆炸声瞬间填满了整块阴仄仄的空地，在碎裂的石墙间回旋激荡。钢蛇翻了两个斤斗，蜷成一团躺在泥地上。最大的那个装置——让埃蒂想起他小时候的玩具拖拉机的那个——试图逃跑，埃蒂一枪击碎它的雷达盘，把它送上了天国。它的玻璃眼珠被打了出来，蓝色火焰从眼窝处喷出，然后它重重地俯面倒在了自己的方鼻头上。

埃蒂唯一没打中的是那只不锈钢老鼠，子弹只是咻地擦过它的金属后背。机器鼠猛冲出圆形轨道，绕着跟在蛇后面的盒子模样的机器转了半圈儿，然后以惊人的速度穿过空地。它发出愤怒的咔嗒声，越跑越近，这时埃蒂看见那东西的嘴里长着一圈长长的尖锐突起，看起来并不像牙齿，反而更像缝纫机的针尖，一张一阖。他暗想，这些玩意儿终究不像木偶。

“快开枪，罗兰！”埃蒂边绝望地大叫边迅速瞥向罗兰，却发现他仍然交叠双臂站在原地，表情平静冷淡，就好像满脑子想的是一盘棋局或者多年以前的情书。

机器鼠背上的雷达盘突然调转方向，朝着苏珊娜·迪恩笔直冲过来。

只剩下一颗子弹了，埃蒂想。*如果我没打中，它就会撕下她的脸。*

他没有开枪，相反，他向前踏了一步，然后对着机器鼠狠狠地踢过去，用尽全力。他原来的鞋子已经换成了柔软的鹿皮鞋，这一踢之下，震动倏地蹿到膝盖上。机器鼠发出齿轮生锈一般的尖锐叫声，在地上打了几滚，然后仰面朝天地躺在了地上。埃蒂看见它一打粗壮的机器腿还在上下摆动，每条腿末端都有一个尖锐的钢爪，绕着橡皮擦大小的万向节不停打转。

突然一根钢管从机器鼠的中部戳出，它又挺起来。埃蒂放低罗兰的左轮枪，瞬间涌起一股用另一只手来稳住枪把的冲动，但是他压住了这股冲动。也许这是他自己的世界里警察开枪的方式，但是在这里不适用。罗兰一直告诉他们，*当你忘记你握着枪，当你感觉你在用手指射击，那么你就练到家了。*

埃蒂扣动了扳机。小雷达盘正呼呼转动、试图锁定敌人。枪响之后，它瞬间消失在一团蓝色火焰中。机器鼠发出砰砰两声，然后就斜倒下来，死了。

埃蒂转过身，心脏狂跳不止。自从他得知罗兰想要留他在这个世界直到他们找到那座该死的高塔……换句话说，直到他们都腐烂成泥以后，他就没有这么愤怒过了。

他举起枪，瞄准罗兰的心脏，用他自己都几乎不认识的粗哑声音说："如果这枪里还剩下一发子弹，你就可以不用再去考虑那座该死的塔了。"

"别这样，埃蒂！"苏珊娜尖声阻止。

他转向她："那东西是冲着你来的，苏珊娜，它想要把你掀翻。"

"但是它并没有伤到我。你打中它了，埃蒂。是你打中的。"

"你该去谢谢他。"埃蒂想要把枪装进皮套，但是他厌恶地发现，皮套还在苏珊娜那里。"他和他教的东西。他和他教的那些该死的东西。"他转身面对罗兰。"我告诉你，我恨不得——"

罗兰饶有兴味的表情突然一变，视线越过罗兰左肩。"快趴下！"他大叫。

埃蒂这回什么问题也没问，所有的愤怒与困扰在脑海中骤然消失。他赶紧趴下，发现枪侠的左手挡在他一侧。我的上帝，他想，他**不可能**那么快，没有人能那么快。我已经不差了，可苏珊娜比我快，但是跟他比起来，苏珊娜就像一只沿着玻璃山坡向上爬的乌龟——

一件东西尖啸着掠过他的头顶，拔掉他一撮头发。紧接着，枪侠从臀部的位置开枪，连着三声枪响好似惊雷，淹没了尖啸声。那东西一头栽下，落在躺着的埃蒂和跪着的苏珊娜中间。在埃蒂看来，它像只巨大的机器蝙蝠，一侧锈迹斑斑的蝠翼虚弱地拍了一下土地，好像是不甘心丧失了机会，然后就一动不动了。

罗兰轻松地踏着弹簧靴向埃蒂走过来，伸出手。埃蒂一把抓住，让罗兰拉着他站了起来。他的呼吸像被抽走了似的到现在都还一个字也说不出来。幸好……看起来我每次开口说话总是搬石头砸自己的脚。

"埃蒂！你没事儿吧？"苏珊娜冲过来，看见他脑袋垂着站在那里，双手撑在大腿根部，张着嘴想要呼吸。

“嗯。”埃蒂终于挤出一个字，努力地挺了挺身子，“只是剃了头。”

“那玩意儿藏在树里，”罗兰平静地说，“起初我自己也没看见。这个时辰的光线总会骗人。”他顿了顿，然后又平静地继续说道：“她从来都没有暴露在危险中，埃蒂。”

埃蒂点了点头。他现在悟出了一个事实，罗兰在开枪之前根本就有时间先吃个汉堡、喝杯奶昔。他的速度是如此之快。

“好吧。就当我不赞成你的教学方式，行吗？不过我可不打算道歉，如果你在等我道歉，劝你还是放弃吧。”

罗兰弯腰抱起苏珊娜，为她掸去身上的泥土。他的动作带着一种无私的情感，仿佛母亲在为后院土地上打过滚儿的孩子掸去身上的泥土。“我从来没想让你道歉，也不需要，”他说，“两天前苏珊娜和我有过相似的对话。不是吗，苏珊娜？”

她点点头：“罗兰认为，对初学开枪的人，如果他们不会去时不时咬给他们喂食的手，那么就需要有人抽抽他。”

埃蒂看了看这片狼藉，慢慢开始掸掉裤子和衬衫上面的骨灰，说：“如果我告诉你我不想成为枪手怎么办，罗兰老兄？”

“我想说，你想什么根本不重要。”说完，罗兰转而盯着墙角的那个金属盒，似乎不想再继续这段对话。埃蒂以前见过他这样。当话题变成应该、能够、必须的问题时，罗兰几乎总是不愿再说下去。

“卡？”埃蒂问道，话音里透出一丝积聚许久的苦涩。

“对。是卡。”罗兰说着向金属盒走去，伸手摸了摸盒子正面相间的黄黑对角线。“我们找到了围绕世界边缘的十二个入口的其中一个……通向黑暗塔的六条道路的其中一条。”

“这也是卡。”

27

埃蒂回头去拿苏珊娜的轮椅。没有人让他这么做;他只是想单独待一会儿,恢复他的自我控制。现在枪战终于结束,而他身上每一块肌肉仍然在轻轻颤动。他不想让另外两个看见这个——不是因为害怕被他们误解为恐惧,而是因为他们俩有可能会知道其中的真正原因:过度的兴奋。他喜欢这一切,即使加上那只差点儿剥了他头皮的蝙蝠,他还是喜欢。

老兄,这全是胡扯。你知道的。

可问题是,他并不知道。他也开始直面苏珊娜在杀死巨熊之后体会到的感受;他可以说他不愿意成为枪手,不愿意在这个只有他们仨是活人的鬼地方游荡,他真的最想站在百老汇大道与第四十二街路口,打着响指,嚼着辣热狗,听着克里登斯清水复兴合唱团①从耳机里发出的嘶吼,看着那些双腿裹在超短裙里、极度性感的纽约女孩儿嘟着迷死人的小嘴从身边走过……他可以一直说下去,直到脸色发青、喘不过气。但是他心里明白另一点,他很享受几枪就轰掉这些机器动物,至少在游戏还没结束、只有他一个人在开枪的时候;他也很享受一脚踢翻机器鼠,尽管他的脚很疼,尽管当时他吓得不轻。从某个说不清的方面来说,那部分——他害怕那部分——反而加深了享受的感觉。

一切已经够糟了,但是他心里明白还有更糟的:如果现在他面前开启了一扇可以回到纽约的门,他不一定会回去。至少在

① 克里登斯清水复兴合唱团(Credence Clearwater Revival),一九六七年成立,一九七二年解散,是美国二十世纪六七十年代最有影响力的摇滚乐团之一。

他还没有亲眼看见黑暗塔之前他不会回去。他甚至开始相信罗兰的癫狂是会传染的。

埃蒂一面费力地把苏珊娜的轮椅推过一片狼藉的赤杨林，一面诅咒着那些打在他脸上差点儿挖出他眼珠子的破树枝。同时，他发现他起码可以认清一些事实，这让他感到血冷：我想看看它的样子是不是和我梦见的一样，他心想。亲眼看见那种东西……会非常奇妙。

同时另一个声音在他体内响起。我肯定他其他那些朋友——那些听起来像亚瑟王宫廷圆桌骑士的人——我肯定他们也这样想，埃蒂。而且他们都已经死了。全都死了。

他认出了这个声音，不管他喜不喜欢，那是亨利的声音。这让他几乎听不下去。

28

罗兰站在地铁入口模样的金属盒前面，苏珊娜稳稳地跨在他右髋部。埃蒂把轮椅停在空地边缘后走了过来。那种规律的嗡嗡声越来越响，脚底的震动愈演愈烈。他意识到这是一台机器发出的声音，这机器不是在金属盒里面就是在它下面。感觉上这声音并不是在敲着他的耳膜，而是深深埋在他脑袋或内脏里什么地方。

"这么看这就是十二入口中的一个了。它通向哪里，罗兰？迪斯尼世界吗？"

罗兰摇摇头："我不知道它通向哪里。也许哪儿也不到……也许任何一处。我的世界里还有很多我不知道的事情——你们俩肯定都明白这点。而且以前我知道的事情也已经改变了。"

"因为世界已经转换了吗?"

"是的。"罗兰看着他,"这绝对不是修辞的说法。整个世界的确正在转换,而且越来越快。与此同时,许多东西已经损耗……瓦解……"他踢了一脚会走路的盒子的尸体,来证明他的说法。

埃蒂脑海中浮现出罗兰在地上画的那幅十二个入口的粗略图。"这儿是世界的边缘吗?"他怯声问道,"我是说,这儿看起来和其他地方可没什么差别。"他接着笑了笑,又说:"如果这儿有悬崖,我可没见着。"

罗兰摇摇头:"不是那种意义上的边缘。它指的是光束发出的地方。起码我是这样听说的。"

"光束?"苏珊娜问道,"什么光束?"

"中土先人并没有创造这个世界,他们只是*重新*创造。有些人说是光束拯救了世界;另外一些人说光束是世界毁灭的根源。光束是中土先人创造的,就像一种线条……能够约束……能够保持的线条……"

"你是说磁场吗?"苏珊娜谨慎地说道。

他整张脸亮了起来,冷硬的脸部线条瞬间消失,令他仿佛变了一个人。刹那间,埃蒂可以想象出当他们*真的*到达高塔时罗兰会变成什么样子。

"是的!不仅是磁场,部分还是……重力……还有空间、大小、纬度之间合适的排列。光束就是把一切捆绑在一块儿的力量。"

"欢迎来到疯人院上物理课。"埃蒂低声咕哝。

苏珊娜没理他,继续说:"那么黑暗塔呢?是不是一种发射器?所有光束的中央能源系统?"

"我不知道。"

“但是你知道的是这里是A点，”埃蒂说，“如果我们沿直线走足够长的路，我们就会到达世界另一端的另一个入口——姑且称做C点。但是在我们到那儿之前，我们会经过B点，中点，黑暗塔。”

枪侠点点头。

“这段路有多远？你知道吗？”

“不知道。但我知道很远，而且这段距离每天都在生长。”

埃蒂弯下腰仔细检查那个会走路的盒子。然后他直起腰，盯着罗兰。“不可能。”他说话的样子就像是一个大人试图向孩子解释储藏室里并没有住着妖怪，根本不可能住着，因为妖怪这种东西根本不存在，“世界不会生长，罗兰。”

“不会吗？我小时候，埃蒂，有许多地图。其中一幅我特别记得，叫做《西土之伟大王国》。地图上有我的家乡蓟犁，然后是丘陵领地，我成年以后这个王国被暴乱推翻，连年内战。然后是山丘，沙漠，山脉，以及西海——绵延一千多里——但是我却花了二十多年时间才走过这段距离。”

“这不可能，”苏珊娜急切地说，声音里透出恐惧，“即使你一路靠脚走过来，也不可能花上二十年的时间。”

“呃，你得允许他时不时停下来寄张明信片、喝杯啤酒什么的。”埃蒂插话道，只是没人理他。

“我并没有靠脚走，大多都是在骑马，”罗兰说，“我偶尔会放慢脚步——是这样说的吧——但是大多数时间我都在赶路，逃开约翰·法僧，那个率领起义者推翻我的国家、还想把我的头挂在他后院的旗杆上的暴徒头子——他这么想也有理由，我猜，毕竟我和我的同胞也杀死了不少他的人——而且我还偷了他非常珍贵的东西。”

“什么东西，罗兰？”埃蒂好奇地问道。

罗兰摇摇头："过几天再告诉你们……也许永远不告诉你们。现在，别想那个，想想这个：我走了好几千里路，因为世界正在生长。"

"这绝对不可能，"埃蒂再次重申，但是他还是吓得发抖，"有可能是地震……洪水……海潮……我不知道还……"

"看！"罗兰愤怒地打断他，"就看看你周围！你看见了什么？一个像孩子的陀螺般慢下来的世界，正如它以我们无法理解的方式加速前进那样。看看你的猎物，埃蒂！看看你的猎物，看在你父亲的分上！"

他两步走到溪水边，捞起那条钢蛇，看了一会儿后扔给了埃蒂。埃蒂用左手接住，蛇身断成两半儿。

"看见了吗？它已经耗尽。我们在这里找到的所有生物全都已经耗尽。即使我们不来，它们不久也会死掉。同样，那头巨熊本来也会死的。"

"巨熊生病了。"苏珊娜说道。

枪侠点点头："寄生虫毁坏了它的生理功能。但是为什么寄生虫以前没有攻击它？"

苏珊娜没有回答。

埃蒂仔细检查那条蛇。与巨熊不同，它看起来完全是人工制造，由金属、电路板和好几码（也许是好几里）的蛛丝一样细的电线组成。但是他看着手中这半条蛇，发现它不只在表面有点点锈迹，里面也生了锈，而且还有一块湿渍，仿佛油漏出来或水渗进去。湿气腐蚀了一些电线，貌似青苔的绿色物质爬满数个指甲盖大小的电路板。

埃蒂翻过蛇身，发现一块钢板显示它是北方中央电子有限公司的产品，板上还有序列号，但是没有名字。可能太不重要，所以没有命名，他暗想。只是一个精密的旋转挖土机，目的是时不时地给熊老兄喂点儿吃的东西。

他扔掉钢蛇，两只手在裤子上蹭了蹭。

罗兰捡起拖拉机模样的机器人，猛拉其中一个轮胎。轮胎很轻易地掉了下来，随之也落下来一团锈尘。他把它扔到了一边。

“这个世界中的一切要么休眠，要么瓦解，”罗兰开口，语调平淡，“同时，让整个世界连贯——时间、大小、空间方面——的各种力量正在衰弱。我们小时候就知道这一点，但是不知道结果会怎样。我们怎么可能知道呢？但是现在我就处在这个时期，而且我不相信它们仅仅影响我的世界。它们也会影响你们的，埃蒂和苏珊娜；还可能影响其他上亿个世界。光束正在瓦解。我不知道这是根源还是有什么其他原因，但是我知道这是真的。快！靠近点儿！仔细听！”

埃蒂走近那个表面间隔漆着黄黑斜条的金属盒，突然，一段异常不愉快的记忆涌上心头——这么多年来他第一次想起了那座位于荷兰山的维多利亚时代的危房。这座危房离他和亨利长大的街区大约一里，占据莱茵侯得街一块无人照看的杂草地，附近的孩子都把它称做鬼屋。埃蒂猜想这个地区的孩子们肯定都听说过关于鬼屋的恐怖故事。整座尖顶房子阴沉沉地矗立在街边，紧盯着从它屋檐阴影下走过的路人。窗户已经没有了，当然——小孩儿不能靠近的时候会朝着窗户扔石头——但是它也没有被人乱涂乱画，没有变成幽会场所，也没有变成射击场。最奇怪的是它一直立在那儿：没有人为了骗取保险金或只是为了看它烧起来而在那里放火。孩子们说那里闹鬼，这是当然。当埃蒂和亨利有一天站在路旁看着这栋房子的时候（他们特意过来瞻仰这个众多谣言的主角，虽然亨利告诉他们的母亲他们只是和一群朋友到达尔伯格去买冰棍），他们感觉这房子可能真的闹鬼。他难道不是感觉到那些古老的维多利亚窗户像危险的疯子似的紧盯着他不放，还渗出一股浓烈的敌意吗？他难道不是感觉到一阵微风把他颈背和手臂上的汗毛都吹竖起来了吗？他难道不是清晰地感到只要他踏进这个地方，门会在他后面砰地关上、锁紧，所有的墙壁会包围他，像对付死老鼠似的把他的骨头碾成粉末吗？

闹鬼的。有鬼的。

现在，当他一步步靠近金属盒时，当年神秘的危险再次侵上心头。鸡皮疙瘩开始爬上他的两腿、双臂；颈后的汗毛硬硬地倒竖起来。同样地，他感到一阵微风吹过，尽管空地边缘的树叶纹丝未动。

但是他继续走向那扇门，（因为那实际就是一扇门，尽管这扇门是锁着的，而且永远不会对像他这种人开启）然后耳朵紧紧贴在盒子上面。

这种感觉就好像他在半个小时前滴下一罐强酸，现在才刚刚开始产生反应。奇怪的颜色在他紧闭的眼睛里飘来飘去。他似乎听见有什么声音从点着电子火炬的长走廊尽头传来，在他耳边低语。那些式样摩登的豪华烛台把所有东西照得透亮，但是又突然黯淡下来，变成阴沉的蓝色光束。然后是空虚……遗弃……荒凉……死亡。

机器还在不停运转，但是粗嘎的杂音不是夹在里面吗？嗡嗡声下面的一种绝望的震动声，好像心律不齐似的？这个比巨熊还要高级的机器不是最终开始走调了吗？

“亡灵的殿堂里一切都很寂静，”埃蒂听见自己用微弱的声音小声说，“在这亡灵的石殿里，一切都已经被遗忘。看看黑暗中的楼梯；看看毁灭的房间。这些都是亡灵的殿堂，蛛网连结，强大的电路板一个接着一个归于沉寂。”

罗兰一把把他拉回来。埃蒂迷茫地看向他。

"够了。"罗兰说。

"不管这里面是什么,情况不妙,对吧?"埃蒂听见自己颤抖的声音像是从远处传来。他仍然可以感觉到盒子散发出的力量正在召唤他。

"对。现在,我的世界里的所有东西情况都不妙。"

"如果你们俩想在这里露营,那就恕我不奉陪了,"苏珊娜说。她的脸色在氤氲的暮气中看起来惨白,"我要走得远一点儿。我可不喜欢这里给我的感觉。"

"我们三个都到远一点儿的地方露营,"罗兰说,"我们走。"

"好主意,"埃蒂说道。他们离开盒子,这时机器的声音逐渐减弱。埃蒂感到金属盒对他的影响也逐渐消退,尽管它仍然在召唤他,邀请他去探索半明半暗的长走廊、黑暗中的楼梯、结满蛛网的毁灭的房间,控制面板一个接着一个全部熄灭。

29

晚上埃蒂又做梦了。在梦里他又回到了第二大道,向第二大道与第四十六街街口的汤姆与格里的风味熟食店走去。路上,他经过了一个音像店,扬声器喇叭里高声放着滚石乐队①的曲子:

我看见红色的门,我想把它涂黑,

---

① 滚石乐队(Rolling Stone),美国二十世纪七十年代成立的摇滚乐队,是继甲壳虫乐队以后又一具有世界影响力的摇滚乐队。

不再有任何颜色，我想把它涂黑，

女孩儿穿着夏衣从我身边走过，

我只得摇摇头，把我的黑暗赶走……

他继续向前走，经过一家在四十九街与四十八街中间、名叫“你的倒影”的商店。他在橱窗中挂着的镜子里看见自己的影子，发现他比以前看上去好很多——头发虽然有些长，但是透出健康的茶褐色。他的衣服……呃，天哪！从头到脚一幅傻帽儿模样。鲜蓝的外套，深红的领带，浅灰的西裤……他还从来没有穿过这样一套超级雅痞的行头。

这时突然有人在摇醒他。

埃蒂还想继续往梦境里钻，他可不想现在就醒过来。在他走到熟食店、用钥匙打开门进去、看见玫瑰花田之前，他可不想醒过来。他想重新再看一眼无垠的玫瑰红地毯、笼罩头顶的碧蓝天空、帆船一般漂浮在天空的白云，以及远处的黑暗塔。他的确害怕从恐怖高塔中散发出的黑暗，那种黑暗好像要把任何靠近的人生吞活剥似的，但是这并不阻碍他渴望再次看见这一切。需要再次看见这一切。

可是摇晃他的手总是不肯放弃。梦开始变暗，第二大道上汽车尾气的气味变成了炭火——气味淡淡的，因为火堆基本已经灭了。

是苏珊娜在摇他。她看起来非常害怕。埃蒂坐起身，伸出胳膊环抱住她。他们晚上是在赤杨林的另一边露营的，但仍然听得见溪水汩汩流过撒满碎骨的空地。罗兰睡在火堆另一边。他睡得不好，毯子全蹬掉了，膝盖紧贴着胸口，身体蜷成一团，没穿靴子的双脚看上去又白又窄，毫无攻击性。大螯虾的攻击让他失去了右脚的大拇趾，同时残疾的还有他的右手。

他一遍又一遍含糊地低吟着一些话。听了几遍以后，埃蒂意识到他跪倒在那块苏珊娜杀死巨熊的空地时说的也是这句话：快走——在这个世界之外还有其他的世界。罗兰歇了一下，然后又开始呼唤那个男孩的名字："杰克！你在哪儿？杰克！"

罗兰喊声中透出的绝望与凄凉让埃蒂不禁打了个寒颤。他抱紧苏珊娜，她也在瑟瑟发抖，尽管夜晚十分暖和。

枪侠翻了个身，星光落进他瞪大的眼睛。

"杰克，你在哪儿？"他对着夜空大叫，"你快回来！"

"噢，上帝——他又疯了。我们该怎么办，苏希？"

"我也不知道。我只知道我不能再听下去了，他听上去那么遥远，好像远离了一切。"

"快走，"枪侠又开始喃喃低语，翻过身膝盖抱在胸前仰面躺着，"在这个世界之外还有其他的世界。"他沉默了片刻，随后胸口一振，撕心裂肺地喊出男孩儿的名字。一群大鸟儿从后面的林子里惊飞起来，呼呼地扇着翅膀，向远处安静的地方飞去。

"你知道该怎么办吗？"苏珊娜睁大眼睛问道，泪水在眼眶里打转，"也许我们该叫醒他？"

"我不知道。"埃蒂一眼瞥见枪侠挂在左臂的手枪，放在枪套里面，下面垫着一块叠得方方正正的兽皮。从罗兰躺着的位置很容易拿到这把枪。埃蒂最后加上一句，"我觉得我不敢。"

"他快被逼疯了！"

埃蒂点头表示同意。

"我们该怎么办？埃蒂，我们该怎么办？"

埃蒂的确毫无头绪。罗兰被海怪咬了以后，他可以用抗生素止住炎症发作；可是这次罗兰又发作，埃蒂却不知道在这个世界上有没有能够治好他的抗生素。

"我不知道。和我一道躺下吧，苏希。"

埃蒂拉过一张兽皮盖在俩人身上，过了一会儿，她渐渐止住颤抖。

“如果他真疯了，他可能会伤害我们的。”苏珊娜说道。

“我真的不知道。我真的不知道！”一个可怕的想法在他脑子里出现过，只是以巨熊的样子出现——它那双通红的溢满仇恨的眼睛，（而且不是也有一种困惑藏在这对眼睛的深处吗？）和足以致人于死地的利爪。埃蒂的视线飘向那把左轮枪，就放在罗兰健全的左手边，他想起当他看见机器蝙蝠向他们冲过来的时候，他的速度是多么的快，快得就好像他的手已经消失。如果枪侠真的发了疯，而且如果他和苏珊娜成为他疯狂攻击的对象，那么他俩根本没有胜算。一点儿胜算都没有。

他把脸紧紧贴在苏珊娜温暖的肩窝，闭上了眼睛。

过了一会儿，罗兰终于安静下来。埃蒂抬起头望过去，枪侠已经陷入沉睡。埃蒂又看看苏珊娜，发现她也已经进入梦乡。他在她身边躺下，温柔地吻了吻她丰满的胸部，然后也闭上了眼睛。

不是你，伙计；你会很长、很长时间睡不着。

但是他们这两天一直在赶路，埃蒂已经筋疲力尽。他的意识渐渐模糊……下沉。

回到那个梦，他想。我想回到第二大道……回到汤姆与格里的熟食店。我就想要这样。

但是那晚，那个梦再也没有回来。

30

太阳升起来，他们匆匆吃了早饭，整理好行装，重新分配了行李，然后回到了那块楔形空地。映照在清晨的阳光下，这块空地看上去没有那么恐怖了，但是他们三个仍然尽量远离斜漆着黄黑线条的金属盒。如果罗兰有任何关于前晚噩梦的记忆，那他没有表露出丝毫。他早上起来以后就像平时一样洗漱整理，一如既往地心事重重、默不作声。

“你打算怎么从这里出发沿直线前进？”苏珊娜问枪侠。

“如果传说是正确的，那应该没有问题。你还记得你以前问过关于磁场的问题吗？”

她点点头。

他在随身小包里掏来掏去，终于找到一块已经磨旧的方形软皮，软皮上面缝着一根银色长针。

“指南针！”埃蒂叫道，“你的确是个神鹰童子军！”

罗兰摇摇头：“这不是指南针。我当然知道指南针是什么，但是那些日子我是靠太阳和星星辨别方向的，而且即使现在我也这样做。”

“即使现在？”苏珊娜有点儿不安地问道。

他点点头：“这个世界的方向也在移动。”

“上帝啊。”埃蒂插口道，他试图想象一个北方向东或西慢慢移动的世界会是什么样，但是立刻就放弃了。这个事实让他感到眩晕，仿佛他正从一座高楼的顶端向下看。

“这只是一根针，是钢的，完全可以当做指南针使用。现在光束就是我们的路线，这个针会显示出来。”他又开始在随身小包里掏来掏去，这回拿出一只粗糙的陶杯，杯子一侧有一道裂痕。这杯子是他在营地遗迹里找到的，后来他用松胶补了补。罗兰走到溪流旁，用陶杯盛满水，回到苏珊娜的轮椅边，小心翼翼地把陶杯放在轮椅扶手上。等杯中水平静下来，他把钢针丢了进去。钢针沉到了杯底。

"哇!"埃蒂叫道,"太棒了! 我真要五体投地地匍匐在你的脚下,罗兰,只是我可不想弄皱我的裤子。"

"我还没结束呢。苏珊娜,扶稳杯子。"

她照做,接着罗兰缓缓地把她推进空地,在刚才进来的地方停了下来,罗兰小心地把轮椅转了方向,背对着入口。

"埃蒂!"她叫了起来,"快来看!"

他弯腰凑近陶杯,发现水已经从杯口溢出。钢针慢慢上浮,浮到水面以后就像软木塞似的浮着,不再转动。钢针一头指着他们身后的入口,另一头笔直地指向前面古老的密林。"他妈的——一根浮针。现在我算是什么都已经见过了。"

"扶稳杯子,苏珊娜。"

她扶稳杯子,同时罗兰推着轮椅走进空地,与金属盒的方向构成直角。这时,钢针失了准头,上下浮动起来,片刻之后又沉到了杯底。当罗兰把轮椅推回到刚才的位置时,钢针重新浮上来,指着刚才的方向。

"如果我们有一张纸和一些铁屑,"枪侠说,"我们可以把铁屑撒在纸的表面,铁屑会慢慢聚成一条直线。"

"如果我们离开这个入口,还会这样儿吗?"埃蒂问道。

罗兰点点头:"不仅如此,我们还能够亲眼看见光束。"

苏珊娜转头望过去,胳膊肘稍微碰了一下陶杯。水溅了一些出来,钢针又开始乱晃……然后停了下来,指着原来的方向。

"不是那样,"罗兰说,"你们俩低头看——埃蒂看脚尖,苏珊娜看大腿。"

他们都照做。

"当我让你们抬头的时候,顺着钢针指的方向朝前看。不要看其他的地方,就盯着你眼睛能看见的。现在——抬头!"

他们抬起头。一瞬间,埃蒂除了树林什么都没看见。他试图放松眼睛……突然，光束就在那里，就像当初他从树桩的突起看出一把弹弓一样。一霎那他明白了罗兰不让他们看其他东西的原因。沿着这条直线撒满了光束，只是非常微弱。松树与云杉的针叶都指向光束的方向，灌木的树枝也微微向同一个方向倾斜。并非所有被巨熊推倒的大树都沿着他们过来的小径——小径东南走向，如果埃蒂没弄错的话——的方向倒下，但是大多数都这样，就好像在它们摇摇欲坠的时候被金属盒散发出的某种力量向那个方向推倒。最明显的证据就是地上的影子。太阳在东面，影子无疑指向西面。但当埃蒂朝东南方看去时发现也有交织的影子沿着钢针指的方向隐约织成交叉图案。

"我好像看见什么了，"苏珊娜不是很确定，"但是——"

"看那些影子！影子，苏希！"

苏珊娜瞪大了眼睛："我的上帝啊！它在那儿，就在那儿！就好像天生在那里！"

既然埃蒂已经看见，他就不可能再忽视它；这条黯淡的直线就是光束的路径，一路穿过空地四周乱糟糟的树林。他突然感觉到漂浮在他周围（或者穿透他身体的，就像X光似的）的力量是如此强大。一股移开这条直线的冲动，向左也好向右也好，油然生出，埃蒂不得不压制住这股冲动。"喂，罗兰，这光束不会让我生不出孩子吧？"

罗兰耸耸肩，脸上泛起微微一笑。

"它就像河床，"苏珊娜惊叹道，"河床如此宽阔，你几乎看不到边……但是它始终在那儿。只要我们不离开光束的路径，这种影子的交叉图案就不会改变，对吗？"

"对，"罗兰回答，"当然它们会随着太阳的移动而改变方向，但是我们一直都能够看见光束的路径。你必须记住，光束沿着这条路径照过来已经上千年——甚至上万年了。你们俩抬头看天空!”

他们抬起头,发现稀薄的卷云也沿着光束的路径互相交织……而且处在光束路径正上方的云比两旁的移动得更快。它们正被推向东南方,黑暗塔的方向。

“看见了吗?即使天上的云也必须遵从。”

一小群鸟向他们飞过来,但是在穿过光束路径的当口,它们开始向东南方向偏斜。尽管埃蒂亲眼看见这些,他的眼睛却无法相信。当这群鸟最终摆脱光束的影响后,它们又沿着原来的方向飞去。

“呃,”埃蒂说,“我猜我们该上路了。千里之行,始于足下,话都是这样说的吧。”

“等等,”苏珊娜盯着罗兰说,“不止一千里的路程,不是吗?我们到底要走多远,罗兰?五千里?一万里?”

“不好说。反正非常远。”

“那我们到底该怎么到那儿?我坐在这见鬼的轮椅上,你们俩在后面推?我们这样子朝黑暗塔每天走三里就已经不错了,你知道的。”

“现在我们已经知道路线了,”罗兰耐心地回答,“目前这也就足够了。苏珊娜·迪恩,我们会越走越快的。”

“是吗?”她的眼光变得凶狠,他们都看见黛塔·沃克的影子在她眼睛里闪烁,“你准备好跑车了吗?即使你有跑车,我们也得有条该死的路能开才行!”

“这个世界和我们赶路的方式都会改变的。”

苏珊娜在罗兰面前摆摆手,做了个悉听尊便的手势。

“你说话的样子就像个老妈妈,总是说上帝会决定一切。”

“难道不是吗?”罗兰严肃地说。

她惊讶地看了他一会儿,什么也没说,接着仰天大笑起来。

"噢，我猜这全取决于你怎么看。我能说的就是，罗兰，如果上帝真的决定一切，我可不希望看到他作出让我们饿肚皮的决定。"

"快，我们快走吧，"埃蒂插口道，"我想赶快离开这儿，我可不喜欢这鬼地方。"他没说错，但并不全是这样。事实上他非常急切地想踏上这条隐蔽的征途。每走一步就是离玫瑰花田和统治一切的高塔又近一步。他意识到——不是没有惊讶——他希望看看那座塔楼……死也要看到。

恭喜你，罗兰。他暗忖。你成功了。我已经成为了信徒，有人该唱哈利路亚①了。

"我们出发之前还有一件事儿。"罗兰弯下腰，松开左腿上的生牛皮绳，缓缓地解开了他的枪带。

"这又是什么花样？"埃蒂问道。

罗兰拉下枪带，递给了他。"你知道我为什么这么做。"他平静地说。

"放回去，哥们！"埃蒂感到剧烈的矛盾搅翻了五脏六腑；他紧握拳头，但是仍然感觉到手指在颤抖。"你觉得你在做什么？"

"我的理智每时每刻都在被抽离。在我体内的伤口愈合之前——如果它能愈合的话——我并不适合佩戴这个。你明白的。"

"你接着，埃蒂。"苏珊娜平静地说。

"如果昨晚那只蝙蝠袭击我的时候你不是带着这该死的玩意儿，我就见不到今天的太阳了。"

枪侠没有说话，只是继续坚持把枪递给埃蒂。他站着的姿势表明，如果需要的话，他会这样站一整天。

"好吧！"埃蒂叫道，"见鬼，好吧！"

---

① 哈利路亚为基督教徒赞美上帝的用语。

他从罗兰手上一把抓过枪带，粗暴地系在了自己的腰上。他应该感到欣慰，他想——在夜里难道不是他看见这把枪离罗兰那么近、然后开始担心如果罗兰真的疯了会发生什么吗？但是他并没有感到丝毫安慰，反而只有恐惧、内疚和一种陌生的伤痛，痛得让他想哭。

没有了枪，他看起来很奇怪。

一切全不对了。

"可以了吗？现在笨蛋徒弟有了枪，师傅却被解除武装，我们能走了吗？如果树丛里冲出什么巨兽的话，罗兰，别忘了掷刀子。"

"噢，那个，"他喃喃说道，"我差点儿忘了。"他从随身小包里掏出刀子，刀柄朝外地递给埃蒂。

"这太荒谬了！"埃蒂大叫。

"生活就是荒谬的！"

"说得好，你就把这句话写在明信片上，然后寄给《读者文摘》吧。"埃蒂把刀塞进腰带，挑衅地盯着罗兰。"现在我们总可以出发了吧？"

"还有一件事儿，"罗兰回答。

"我的老天爷啊！"

罗兰嘴角勾起一抹笑。"开个玩笑而已。"他说。

埃蒂大张着嘴合不拢，身旁苏珊娜又开始笑，笑声银铃般打破了清晨的宁静。

31

他们花了几乎整个早上才穿过被巨熊毁坏的林地，但沿着光束的路径，走起来要容易一些。当他们终于穿过交错倒地的树木、杂乱无章的灌木丛之后，在他们面前又出现了一片深林，这时他们赶路的速度也有所加快。从那堵石墙里冒出的溪水欢快地从他们右面流过，另外几条小溪也汇聚进来，这条溪流现在听上去深了一些。这里的动物多了——他们听见这些动物在树林里觅食——而且他们还两次看见了鹿群。其中有一头雄鹿，看上去起码三百磅重，头顶上长着一对优雅的鹿角，鹿头高昂，像是有什么问题要问。接着，他们开始上坡，溪流也转了向，不再沿着他们的路线流淌。天色渐沉，暮霭即将降临，就在此时，埃蒂好像看见了什么。

“我们能停一下吗？休息一分钟？”

“怎么了？”苏珊娜问道。

“好吧，”罗兰回答，“我们停一下。”

突然，埃蒂又感到了亨利的存在，肩膀沉甸甸的。*噢，看这个娘娘腔。娘娘腔是不是又从树里看出了什么东西？娘娘腔是不是又要刻东西啦？是不是啊？噢，真是***可爱***呀！*

“我们不是一定要停下。我的意思是，没什么大不了的。我只是——”

“——看见了什么，”罗兰接下去说，“不管是什么，闭上嘴，仔细看。”

“真的没什么。”埃蒂感到热血一下子涌上脸，他试图不去看那棵吸引他注意力的白蜡树。

“不对。这肯定是什么你需要的东西，绝对不是没什么。如果你需要，埃蒂，我们就需要。而我们不需要的是你甩不掉过去记忆的包袱。”

埃蒂感到脸烧了起来，他低着头，死死盯着自己的脚，感觉罗兰那双淡蓝色的战士的眼睛直勾勾看进他困惑的心。

“埃蒂?”苏珊娜好奇地问,“怎么了,亲爱的?”

她的声音给了他勇气。他径直走向那棵笔直的白蜡树,从皮带里拔出罗兰的刀子。

“也许真的没什么,”他轻声嘀咕,接着又费力地说,“也许很重要。如果我没弄砸,那倒真是个重要的东西。”

“白蜡树非常高贵,而且充满力量。”罗兰在他身后评价,但是埃蒂几乎没听见。亨利嘲弄尖酸的声音消失了;他的羞耻感也随之无影无踪。他现在满脑子只想着那根吸引他注意的树枝,树枝靠近树干的部位变粗,略略鼓起,而埃蒂想要的正是这种粗怪的形状。

他觉得钥匙的形状藏在这根树枝里——那把在颚骨燃烧的火焰中昙花一现的接着又变成了玫瑰花的钥匙。三个倒写的V字,中间那个比两边的更深更宽,而且在末端还有一个小S形。这是秘密。

梦中的低语又在他耳边响起:叮叮当,当当叮,你有钥匙别担心。

也许,他暗忖。但是这回我一点木料也不能浪费。浪费一成都不行。

他小心翼翼地把树枝砍下来,削尖了细的那头儿。树枝变成一段约九英寸长的粗木。他掂了掂,木头挺重的,隐隐散发出一股生命力,似乎迫切地想显出钥匙的神秘形状……当然是在灵巧的手中。

他是那个能工巧匠吗?这重要吗?

埃蒂·迪恩对两个问题都给出了肯定的回答。

枪侠伸出健全的左手,握紧了埃蒂的右手,说:“我想你知道一个秘密。”

“也许我是知道。”

“能说出来吗?”

他摇摇头:“最好不要,我想。现在还不行。”

罗兰沉思了一会儿,然后点点头:“好吧。最后一个问题,回答完我们就不再讨论这个话题了。你是不是发现了我的……我的问题出在哪儿?”

埃蒂心想:他这样提到那种快把他折磨死的绝望对他来说已经是极限了。

“我不知道。现在我还不能肯定。但是我希望是这样,兄弟,我真的希望。”

罗兰又点点头,放开了埃蒂的手,说:“我谢谢你。离天黑还有两个小时——我们干吗不好好利用呢?”

“我没问题。”

他们继续上路了。罗兰推着苏珊娜,埃蒂走在前面,手里拿着那块藏有钥匙形状的断木,木头里仿佛有一股力量在流动,神秘而温暖。

32

那天晚上,吃完晚饭后,埃蒂拿出罗兰的刀,开始雕刻。刀子惊人地锋利,似乎从来不会变钝。借着火光,埃蒂一刀刀刻得很慢,也很细心。木块在他手中翻来转去,他一刀刻下去,纹理细密的木条就卷起来。

苏珊娜双手交叠在脑后,躺在地上,看着星星在夜空中慢慢移动。

罗兰站在营地另一边,营火映在他身上。他又一次听见疯狂的声音在他痛苦困惑的脑中响起。

曾经有一个男孩儿。

曾经没有男孩儿。

有。

没有。

有——

他闭上眼睛，一只手掬成杯形放在痛得快裂开的头上。他真想知道备受折磨的神经到底什么时候会绷断。

噢，杰克，他想。你在哪儿？你到底在哪儿？

在他们三个的头顶，古恒星与古母星缓缓升上夜空，各踞一方，隔着他们失败的婚姻铸成的天河遥遥相望。

第二章

钥匙与玫瑰

1

三个星期以来，约翰“杰克”①·钱伯斯一直奋力与脑海中的疯狂搏斗。他感觉自己就像快沉的远洋轮船上的最后一名乘客在拼命用舱底水泵抽水，希望能捱到风平浪静、天空初霁、救援赶到的那一刻……无论从哪里来的救援。一九七七年五月三十一日，放暑假前四天，他终于不得不接受这个事实：没有任何救援赶来。是该放弃的时候了；是任风暴卷走自己的时候了。

但是最终的导火索是英语写作课的期末作文。

约翰·钱伯斯在派珀学校的第一学年很快就要结束。在他三四个朋友眼中，他是杰克。（如果他父亲知道这件事儿，肯定会暴跳如雷）尽管他已经十一岁，上六年级了，但是他的个头比同龄的孩子小，第一次见到他的人都觉得他还很小。实际上，一年前的时候他还常常被误认为女孩儿，这让他后来闹着让母亲同意把他的头发剪得更短。当然，他父亲对他剪短发倒没什么意见。他只是露出他僵硬的、不锈钢似的笑容，说：*这孩子只是想看起来像海军陆战队员，劳丽。*这也不错啊。

对他父亲来说，他从来不是杰克，几乎也不是约翰。对他父亲来说，他通常只是“这孩子”。

去年夏天的时候，（正逢两百年国庆——到处挂满白秃鹫的

① 杰克（Jake）是约翰（John）的昵称。

彩旗，纽约港里停满了横帆船）他的父亲就对他解释道：派珀学校，简单说，就是全国你这个年龄的男孩儿能上的最好的学校。杰克能上这所学校和钱没有关系，艾默·钱伯斯解释说……近乎坚持。他对此无比自豪，尽管当时只有十岁的杰克并不相信。他觉得这完全是他父亲编造出的一套鬼话，好让他自己在午餐聚会或鸡尾酒会上闲闲地说：我小孩儿？噢，他上派珀学校。这可是全国这个年龄的男孩儿能上的最好的学校了。钱可不能把你买进去，你知道的；派珀只要最聪明的。

杰克非常清楚艾默·钱伯斯有多么顽固，他的脑子就像熊熊燃烧的壁炉，愿望和主观的想法就像木炭，最终会被烧成坚硬的钻石，他把这些钻石称之为事实……或者，在更多私下的场合里，他称之为“近似事实”。他最喜欢说、也最常说的就是那句充满敬畏的事实上是，只要有机会他都会用这句话。

事实上是，钱可不能帮任何人上派珀学校，他父亲在那个两百年国庆的夏天一直这样告诉他。那个天空蔚蓝、到处是白秃鹫和横帆船的夏天是杰克的一段黄金记忆，因为那时他还没有失去理智，唯一的担心就是他能不能符合这个号称是天才孵化园的派珀学校的要求。唯一让你能上派珀学校的就是你这里面的东西。艾默·钱伯斯身子探过办公桌，用薰满尼古丁味道的手指重重敲了敲他儿子的脑门儿。明白了吗，孩子？

杰克点点头。他没必要和他父亲说话，因为他对待每个人——包括他妻子——的方式都像对待他在电视广播网的下属一样。他在那儿是节目制作的头儿，而且是著名的砍剧大师。你只需要听他说、适时地点点头就行了，过一会儿他就会放你走。

很好，他父亲边说边点燃第八十根骆驼牌香烟，他每天都要抽那么多。那么我们已经达成共识了。你需要用功读书，否则他们永远都不会给我们寄来这个的。他捡起派珀学校寄来的录取通知，把纸抖得哗哗作响，动作里透出一股子野蛮的胜利感，仿佛这封信是他在森林里杀死的猎物，马上就要剥皮生吞。所以好好用功。拿个好成绩，让我和你母亲为你骄傲。如果学年末你能拿到平均 A 的成绩，你就可以到迪士尼世界去玩儿。这可是值得好好努力的奖励，不是吗，孩子？

杰克的确拿了好成绩——门门都得了 A（直到最后三个礼拜）。大概他已经让他的父母很自豪了，尽管他们很少在家，所以还很难说。平时他放学回家的时候通常都是没人在家的，除了格丽塔·肖——管家——以外，结果他只能把他得 A 的成绩单给她看了。之后，这些成绩单就被丢在他房间的角落里，杰克偶尔会翻看一下，琢磨着这堆纸到底有没有意义。他希望它们有意义，但是他对此非常怀疑。

杰克觉得这个夏天他也去不成迪士尼世界，无论他有没有拿到平均 A 的成绩。

他琢磨着自己更可能去的是精神病院。

五月三十一日早上八点四十五分，当他走过派珀学校的两道门时，幻觉突然出现在眼前。他看见他的父亲在洛克菲勒广场七十层楼的办公室里，嘴角叼着一根骆驼牌香烟，蓝色的烟圈在他头顶盘旋，他身子探过办公桌，正在对他的下属说话。整个纽约市展现在他父亲身后，所有的喧嚣与拥挤都被瑟莫潘双层窗玻璃阻隔在外。

事实上是，钱不能让任何人进入阳光谷疗养院，他的父亲对下属说，阴沉的语调透出得意。他伸手敲了敲下属的额头。唯一能让你进这样一个地方的机会是你的聪明脑瓜出大问题的时候。那孩子就是这样，但是他读书绝对用功。他们告诉我他可是学校里最好的。而且如果他们让他出来——如果他们让的话——他会去旅游，去——

"——去驿站，"杰克喃喃接口，颤抖地摸了摸额头。那两个声音又回来了，互相嘶喊、互相冲突，快把他逼疯了。

你已经死了，杰克。你被车撞死了。

别傻了！你看——看见那张海报了吗？上面写着“别忘了一班的野餐”。你认为人死了以后还能参加班级野餐吗？

我不知道。但我知道你被车撞了。

你胡说！

我没胡说。车祸发生在五月九日早上八点二十五分。你不到一分钟就死了。

你胡说！你胡说！你胡说！

“约翰？”

他吓了一跳，朝四周看看。贝塞特先生，他的法语老师，站在他面前关切地看着他。贝塞特先生身后其他学生鱼贯走进公共大教室参加上午集会。学生们很安静，没有打闹也没有叫喊。大概其他学生，就像杰克自己，也一遍遍被自己的父母耳提面命地提醒他们能上派珀是多么幸运。在这儿钱不重要，(虽然一年的学费要两万两千美元)重要的是你的才智。大概他们很多人的父母也答应如果他们成绩好，暑假就让他们出去旅游。大概这些幸运的好学生的家长甚至都会陪他们一起去。大概——

“约翰，你没事儿吧？”贝塞特先生问。

“当然没事儿，”杰克回答，“我很好。今天早上我睡过头了，我猜到现在还没全醒。”

贝塞特先生的表情放松下来，笑了笑说：“我们每个人都会这样的。”

我爸爸就不会。砍剧大师可从来不会睡过头。

“你准备好参加法语期末考了吗？”贝塞特先生又问，“你想今天下午考试吗？”①

① 原文为法语。

“我想是吧，”杰克回答。事实上，他并不清楚自己是否准备好参加考试了。他甚至不记得他有没有复习。这些天，除了脑子里的声音，其他什么事儿都变得不重要。

“我想再对你说一遍，今年你在我班上，我很高兴。我本来想告诉你家长的，但是他们没能出席家长之夜——”

“他们很忙。”杰克说道。

贝塞特先生点点头：“好吧，我们相处得很愉快。我只是想告诉你这些……而且我希望下个学期在法语二级的班上还能见到你。”

“谢谢。”杰克回答。他在想如果他说出下面的话，贝塞特先生会作何感想。*但是我想下个学期我不会修法语二级了，除非我在阳光谷疗养院还能选读函授课程。*

学校秘书乔安娜·弗兰克斯手中拿着一只银铃铛，出现在公共大教室外的走廊里。在派珀学校，所有铃铛都是手摇的。杰克心想，这大概也是吸引家长的一点，勾起他们对小红学社①之类地方的回忆。他自己对这铃铛可是十分痛恨，叮铃铃的响声几乎要刺穿他的脑袋——

*我再也坚持不住了，*他绝望地想。*我很抱歉，我正在失去理智。我真的、真的正在失去理智。*

贝塞特先生也看见了弗兰克斯小姐。他转过身刚要走，又突然转过来问道：“真的没事儿吗，约翰？这几个礼拜你看起来总是心事重重、魂不守舍。你是不是有什么心事？”

杰克差点儿就被贝塞特先生的关切打动，但是他接着想象了一下贝塞特先生会变成什么脸色，如果他说：*是的。我的确有*

---

① 小红学社(Little Red School House)，指的是一八七〇年以前开始建于美国纽约州的只有一间房间的学校，现在许多遗址已经被列为美国的文化保护单位。

心事。一堆烦人的心事。我死了，你瞧，然后进入到另一个世界。然后我又死了。你会说这种事情不可能发生，当然你是对的，而且我的一部分理智也知道你是对的。但是我其他的理智确信你错了。这种事情的确发生，我也的确死了。

如果他说出那样儿的话，贝塞特先生肯定会立刻给艾默·钱伯斯打电话。杰克猜，然后他的父亲会说小孩子都会在期末考试周开始有疯狂的想法，当然这些问题不适合在午餐或鸡尾酒会上讨论，这些让人失望的孩子。说完之后，杰克就会被送去阳光谷疗养院治疗。

杰克强迫自己对贝塞特先生笑了一下："我只是有点儿担心考试。就是这样。"

贝塞特先生眨眨眼："你不会有问题的。"

弗兰克斯小姐开始摇集会铃，每一声铃响都刺进杰克的耳膜，仿佛小火箭似的冲进他的脑袋。

"快点儿，"贝塞特先生说，"我们快迟到了。期末考试周的第一天可不能迟到啊，不是吗？"

他们经过弗兰克斯小姐和她叮叮作响的铃铛，走进教室。贝塞特先生直接走向被称做教师唱诗席的那排位子。在派珀学校诸如此类的有趣名字还有很多：大礼堂被称做公共大教室，吃午饭叫做聚会，七、八年级的学生叫做高年级男孩、女孩。当然，钢琴（待会儿弗兰克斯小姐就会过来敲击琴键，像她摇铃铛那样毫不留情）边上的折叠椅就叫做教师唱诗席了。这全是传统吧，杰克猜想。如果你是家长，得知你的孩子中午是在公共大教室聚会，而不是在咖啡馆大嚼金枪鱼三明治，你肯定会欣慰地认为这儿的教育也绝对一流。

他在教室后面找了一个位子坐下来，麻木地听着报告，脑海中满是无尽的恐惧，让他感觉自己好像是一只被困在车轮里的老鼠。他尽力想象明天会更好,可是只能看见前方一片黑暗。

如果他的理智是一艘船,那么这艘船马上就要沉了。

校长哈雷先生走上讲台,发表了一通简短演讲,不外乎强调期末考试很重要、取得的成绩将会是他们伟大人生路的重要一步云云。他对学生说,学校全靠他们,他全靠他们,他们的父母也全靠他们。他并没有说整个自由世界也全靠他们,但是他强烈暗示出这个意思。最后他说,期末考试周将不再摇铃(对杰克来说,这是整个早上听到的第一个、也是唯一的好消息)。

弗兰克斯小姐坐在钢琴旁,奏出一个祈愿的和弦。所有学生,七十个男生、五十个女生,都端庄整洁,体现出他们父母的优雅品位和经济实力,齐刷刷站起来,开始唱校歌。杰克也跟着动动嘴,但是心里想着那个他死了以后又醒过来的地方。刚开始他以为自己进了地狱……当那个身穿黑色带帽长袍的男人出现在他眼前时,他更加确信自己身处地狱。

然后另一个人也出现了。那个杰克几乎开始敬爱的男人。

可是他让我摔了下去。他杀了我。

他感到颈子后面和肩胛骨汗水涔涔。

我们赞美派珀,
高举它的旗帜;
我们赞美您,母校,
派珀,奋力拼搏!

天啊,这歌儿真难听,杰克心想。突然他想到,这歌肯定很对他父亲的胃口。

2

第一节课是英语写作，是唯一没有期末考试的科目。他们的作业是回家完成一篇期末作文，打印出来也就四百到五百字左右。艾弗莉小姐布置的题目是我对事实的理解。期末作文占到期末总成绩的百分之二十五。

杰克走进教室，坐在了第三排的位子上。班上总共就十一个学生。杰克还记得在去年九月的进校介绍日，哈雷校长告诉他们，在东部所有私立中学中，派珀的师生比例是最高的。当时他不停地挥着拳头强调这一点。杰克对此并不觉得有什么特别，但是他还是告诉了他的父亲。他觉得他的父亲肯定会被打动。他没有猜错。

他拉开书包拉链，小心拿出夹着他期末作文的蓝色文件夹，摊开放在桌上，打算再最后检查一遍。这时，教室左面的一扇门吸引了他的注意。他一直知道这扇门后面是衣帽间。门关着，因为今天纽约的气温是华氏七十度，没有人穿了大衣要储存在衣帽间里。那里面除了墙上一排铜钩子和地上一块放靴子的橡皮垫以外，就什么也没有了。在远处的角落里还放着几盒教学用品——粉笔、蓝皮测验簿等等。

没什么大不了的。

但是，杰克仍然站起身朝那扇门走过去，文件夹就摊放在课桌上。教室里其他同学在小声说话，一页页翻着期末作文检查有没有用错的形容词或表达模糊的词组。但是那些声音听上去很遥远。

他完全被这扇门吸引。

近十天以来，他脑子里的声音越来越大，他对门——各种各样的门——的兴趣也与日俱增。过去一个礼拜，他肯定已经开开关关卧室与楼梯间的那扇门不下五百次，而卧室和浴室间的门则开了起码一千次。每次他开门的时候都感觉胸口一紧，希望油然而生，就好像他所有问题的答案就在门背后，而且他肯定能够找到……最终能找到。但是每一次，门后只是大厅、浴室、前廊。

上个礼拜四他放学回家以后，就一头倒在床上睡着了——睡眠似乎是他唯一的解脱。但是四十五分钟后他醒来时，却发现自己站在通向浴室的走廊上，迷迷糊糊地盯着马桶和洗脸池。幸好当时没人看见他这样。

现在，当他一步步走进衣帽间时，他又感到同样的希望在燃烧，而且非常肯定这次门背后不会只是弥漫着冬天法兰绒大衣、橡皮和湿羊毛味道的阴暗斗室了——而是另外一个世界，能让他再次完整的世界。耀眼的阳光会照进教室，在地板上投出三角形的光斑。鸟儿在蓝天盘旋飞翔，那种蓝色就像

（他眼睛的颜色）

洗白的牛仔裤。沙漠的风会把他的头发向后吹，吹干他眉毛上焦虑的汗水。

他只要走进这扇门，一切伤痛都会治愈。

杰克转动门把，门开了，可是里面只有黑暗和一排发亮的铜钩，角落里放着捆测验簿，旁边还有一只落单的手套。

杰克的心沉了下去。他突然只想爬进这间苦涩的弥漫着冬天味道和粉笔尘的暗室。他可以拿开手套，然后就坐在铜钩下的角落里。他可以坐在橡皮垫子上，虽然这是冬天放靴子用的。他可以坐在那儿，把大拇指放进嘴里，紧紧抱住膝盖，闭上眼睛，然后……然后……

然后就放弃。

这个想法——以及这个想法带来的安慰——强烈地诱惑着他。这样，所有的恐惧、困惑、混乱都会结束。混乱的感觉是最糟糕的；这让他一直感到整个生活都变成了贴满镜子的迷宫。

但是，杰克·钱伯斯的心底深处有一根钢管，就如同埃蒂与苏珊娜的一样，这根钢管就在这当口散发出蓝色的微光，像灯塔一样照亮了黑暗。他不能放弃。他体内那不受控制的力量，不管是什么，最终肯定会撕裂他的理智，但是他根本不在乎。他要是在乎就活见鬼了。

*决不！*他的思绪变得激烈。*决不！决——*

"等你结束盘点衣帽间的学习用品以后，约翰，可能你会想回到位子上吧。"艾弗莉小姐的声音在他身后响起，温文尔雅却不带丝毫情感。

杰克慢慢转过身，教室里响起一阵笑声。艾弗莉小姐站在讲台后面，修长的手指撑在记事簿上，平静地看着他。今天她穿着蓝色套装，头发像往常一样束在脑后梳成圆髻。纳撒尼尔·霍桑①从她身后的墙上皱着眉头看着杰克。

"对不起。"杰克喃喃道歉，可立刻一股强烈的冲动又攫住他，他想再打开门看看，这次另一个刺眼阳光洒在沙漠上的世界是否在门后。

但是他什么也没做，只是走回自己的位子。帕特拉·杰瑟琳兴奋地看着他。"下次你再进去把我带上吧，"她轻声说，"到时候你就有东西可看了。"

杰克心不在焉地笑笑，滑进自己的座位。

"谢谢，约翰。"艾弗莉小姐说，语调仍然是没完没了的平静。"现在，在你们交期末作文之前——当然，我肯定所有文章都会

---

① 纳撒尼尔·霍桑（Nathaniel Hawthorne，1804—1864），美国十九世纪影响最大的浪漫主义小说家和心理小说家。长篇小说《红字》是他的代表作。

很好，很整齐，很详细——我会发下来英语系的暑期推荐阅读书单。我先来说说这些精彩书籍——”

她边说边递给戴维·萨雷一小沓油印材料，让他分发下去。杰克打开他的文件夹，想最后看一眼他写的我对事实的理解。他对这篇作文还真的挺感兴趣，因为他丝毫不记得他写过期末作文，就如同他不记得复习过法语。

他好奇又不安地看看标题页，**我对事实的理解**，作者约翰·钱伯斯，这行字整齐地印在页面中央，没什么问题，但是不知什么原因，他在字下面还贴了两张图片。一张上面是一扇门——他想可能是伦敦唐宁街10号的大门——另一张上面是一辆美铁[1]火车。两张都是彩色照片，无疑是从杂志上精选下来的。

我为什么这样做？我什么时候做的？

他翻开作文，视线锁定在他的期末作文的第一页上，却简直不能相信、也无法理解他看到的。震惊之余他开始慢慢明白了一些，同时恐惧也爬上心头。这一切终于发生了；他的疯狂与日俱增，而且别人也开始知道这一点。

3

我对事实的理解

作者：约翰·钱伯斯

我要给你看恐惧在一把尘土里。

——T·S·“布啻”·艾略特

① 美铁，Amtrack，全称为美国全国铁路客运公司（American Track），是美国最大的铁路公司。

我最初的想法是，他每个字都是谎言。

——罗伯特·“桑登斯”·布朗宁

枪侠就是事实。

罗兰就是事实。

囚犯就是事实。

影子女士就是事实。

囚犯与影子女士结了婚，这就是事实。

驿站就是事实。

会说话的魔鬼就是事实。

我们一起来到山脚下，这就是事实。

山下有许多怪兽，这就是事实。

其中一个在两腿之间有一个美国石油公司的油泵，它假装那是他的生殖器。

这就是事实。

罗兰让我死了。这就是事实。

我仍然敬爱他。

这就是事实。

“而且非常重要的一点是，你们都应该读读《蝇王》①，”艾弗莉小姐还在用她那清澈但略微苍白的嗓音继续说着，“当你们在阅读的时候，你们必须问自己一些问题。一本好的小说常常就像一串谜语，而且这本小说非常好——可以说是二十世纪后半期写得最好的一本。所以首先问问自己，海螺壳有什么象征意

① 《蝇王》(*Lord of the Flies*)，是英国作家威廉·戈尔丁的处女作，威廉·戈尔丁于一九八三年获得了诺贝尔文学奖。

义。其次——”

遥远。非常非常遥远。杰克颤抖地翻开他的期末作文的第二页，一块暗色的汗渍留在了第一页上。

什么时候门不是门？当它是个罐子的时候，这就是事实。

布莱因就是事实。

布莱因就是事实。

什么东西有四个轮子还能飞？① 一辆垃圾车，这就是事实。

布莱因就是事实。

你必须得一直看着布莱因，它带来一切烦恼，这就是事实。

我很肯定布莱因非常危险，这就是事实。

什么东西浑身又黑又白又红？一匹脸红的斑马，这就是事实。

布莱因就是事实。

我想回去，这就是事实。

我得回去，这就是事实。

如果我不回去，我就会发疯，这就是事实。

我不能再回家，除非我找到石头、玫瑰和门，这就是事实。

小火车，这就是事实。

小火车，小火车。

小火车，小火车，小火车。

小火车，小火车，小火车，小火车。

我很害怕，这就是事实。

小火车。

---

① 原文是 What has four wheels and flies? 这个谜语利用了 fly 这个词既有“飞”又有“苍蝇”之意。

杰克缓缓抬起头。他的心脏剧烈跳动，眼前出现一束仿佛闪光灯发出的强光，随着脉搏舞动，每拍都重重砸在他的心脏上。

他看见艾弗莉小姐把他的期末作文递给他的父母亲。贝塞特先生站在旁边，脸色凝重。他听见艾弗莉小姐清澈苍白的声音：你们的儿子病得很重。如果你们需要证据，就看看他的期末作文。

近三个礼拜以来，约翰一直魂不守舍，贝塞特先生补充说道。有时候他看上去很害怕，而且总是迷迷糊糊的……不是很清醒，希望你们明白我的意思。我觉得约翰生病了……你们知道吗？[1]

艾弗莉小姐又问：你们家里是不是有什么治疗情绪的药物，可能约翰误拿了？

杰克并不知道什么治疗情绪的药物，但是他晓得他父亲在书桌最下面抽屉里藏着几克可卡因。他父亲肯定会认为他拿了这些毒品。

“现在让我说说《第二十二条军规》[2]，”艾弗莉小姐的声音从教室前面传过来，“这本小说对六年级和七年级的学生来说比较有挑战性，但是你们仍然会完全被它吸引，只要你准备敞开心扉，接受它特殊的魅力。如果你们愿意，可以把这本小说看做一出超现实的喜剧。”

我可不需要读这样的东西，杰克暗忖。我就生活在超现实里，而且绝对不是喜剧。

他翻到期末作文的最后一页，上面一个字也没有。相反，他又贴了另外一幅图，一张比萨斜塔的照片。他用铅笔把它涂黑，黑色的铅笔线条乱糟糟绕成一圈一圈。

---

① 此句原文为法语。

② 《第二十二条军规》(*Catch 22*)，美国作家约瑟夫·赫勒的长篇小说，被认为是黑色幽默的经典。

他压根儿没有印象做过这些。

一点儿印象都没有。

这当口，他听见他的父亲对贝塞特先生说：生病了。是的，他绝对生病了。一个糟蹋了自己上派珀这样学校机会的孩子肯定有病，你不认为吗？好吧……我会处理这件事儿的。处理事情是我的工作。阳光谷就是解决办法。他必须去阳光谷待上一段时间，这样他可以重新恢复正常。你们不用担心我的孩子，各位；他可以跑……但是他不能躲。

如果他看起来确实不能一路进步成为社会精英，他们真的会把他送进疯人院吗？杰克心想。这个问题的答案毫无疑问绝对是响亮的。他父亲不可能忍受家里住着一个疯子。他们把他送去的地方不一定会叫阳光谷，但是那儿绝对有木条钉在窗户外面，而且还有身穿白大褂、脚踏纱底鞋的年轻人在走廊里走来走去巡逻。那些年轻人个个都肌肉结实、眼神警惕，还能给人打催眠针。

他们会告诉所有人我出门了，杰克继续想。他脑海中越涨越高的恐慌暂时压住了互相争执的两个声音。他们会说我去莫德斯度①的叔叔婶婶家住一年……或者去瑞典做交流学生了……或者去外太空修卫星了。我妈妈可不会高兴……她会哭的……但是她终究会接受。她有她的男朋友们，而且，她总是接受他的一切决定。她……他们……我……

尖叫的冲动骤然堵在喉咙口，他不得不紧紧抿住嘴唇才没有叫出声。他又低头看了看斜塔照片四周他画的黑色线圈，心想：我必须离开这儿。我必须立刻离开这儿。

---

① 莫德斯度(Modesto)，美国加利福尼亚州中部城市，是圣华金河谷地区的加工、贸易中心。

他举起手。

“约翰，什么事儿？”艾弗莉小姐微微愠怒地看着他，她不喜欢在讲课中间被学生打断。

“我想暂时离开一会儿，如果可以的话。”杰克回答。

这是派珀语言的又一个例子。派珀的学生从来不说“上厕所”或“小便”，更不会说“撒尿”。其未被言明的原因是，派珀的学生太优秀了，以至于在他们优雅的生命旅程中不允许产生任何废物。所以时不时地有学生会请求允许“暂时离开一会儿”，就是这样。

艾弗莉小姐叹口气：“必须吗，约翰？”

“是的，老师。”

“好吧，尽快回来。”

“是，艾弗莉小姐。”

他站起身，合上文件夹，拿了起来，接着又犹豫地放了下来。不行。艾弗莉小姐会奇怪他为什么上厕所还带着期末作文。他刚才应该先把那几页该死的作文纸撕下来塞进口袋，然后再要求出去的。现在太迟了。

杰克走向门口，文件夹留在了桌上，书包则放在桌下。

“祝你排泄通畅啊，钱伯斯。”戴维・萨雷边小声说边捂着嘴窃笑。

“不要说话，戴维。”艾弗莉小姐明显生气了。整个班级哄堂大笑起来。

杰克走到门前，在他抓住门把手的瞬间，那种期盼和确定夹杂的感情倏地升起来：这就是了——真的就是。我打开门，沙漠的阳光就会照进来。我会感到干燥的风吹在脸上。我会走出门，永远不会再见到这间教室。

他打开门，却只看见走廊，但是有一件事儿他猜对了：他再也没见到艾弗莉小姐。

4

他慢慢地走在昏暗的贴有木墙裙的走廊上，汗水微微渗出。一扇扇教室门从他身边经过。如果不是每扇门都镶着透明窗户，他肯定会忍不住打开这些门。他望进贝塞特先生上法语二级和诺福先生上几何概论课的教室，里面的学生都手拿铅笔、埋着头看测验簿。他又望进哈雷先生上演讲艺术课的教室，看见了史丹·道夫曼——不能算是朋友，只是点头之交——开始做期末演讲。史丹看上去快被吓破胆了，但是杰克可以说史丹对恐惧——真正的恐惧——并无丝毫认识。

我死了。

不，我没死。

又死了。

没死。

死了。

没死。

他走到一扇写有**女生**的门前，推开门，希望能看见湛蓝的沙漠天空和地平线远处的蓝山。但他看见的却是贝琳达·施蒂文斯站在水池前正对着镜子挤她的青春痘。

“上帝啊，你介意吗？”她问道。

“对不起，走错门了。我还以为这儿是沙漠。”

“什么？”

但是他已经离开，门砰地一声在他身后关上。他走过饮水泉，打开写有**男生**的门。这儿就是了，他知道，非常确定，这就是能把他带回去的门——

三个小便池在荧光灯下一尘不染，水滴从水龙头里庄重地漏出，滴进水池。其他什么都没有。

杰克关上门，继续沿着走廊走下去，脚跟踩在瓷砖上发出踢踢踏踏的声音。他经过办公室的时候，向里面瞥了一眼，只看见弗兰克斯小姐坐在里面。她正在打电话，坐在旋转椅上转来转去，手指不停地绕着一撮头发。银铃铛就放在她旁边的桌子上。杰克趁着她背转过去的当口赶紧溜过去。三十秒钟以后，他沐浴在了五月末明亮的晨光中。

我逃学了，他想。即使那些让他分心的事情也没有阻碍他对现在预料之外的事态发展感到惊讶。如果我五分钟以后还不从洗手间回来，艾弗莉小姐会让人去查看……然后他们就会知道了。他们都会知道我离开学校，逃学了。

他想起留在桌上的文件夹。

他们会读我的作文，然后会认为我已经疯了。生病了。他们肯定会。毫无疑问。因为我的确疯了。

接着，另一个声音在他耳边响起。他意识到这是那个男人的声音，那个有一对战士的眼睛的男人，那个臀部上低低挂着两把手枪的男人。那声音非常冷……却不乏安慰。

不，杰克，罗兰说。你没疯。你很迷惘、害怕，但是你没疯。你既不用害怕早上的影子从你身边掠过，也不用害怕晚上影子变长。你只是需要找到回家的路。这就是全部。

“但是我该往哪儿走？”杰克喃喃自语。他站在五十六街帕克路与麦迪逊路之间的人行道上，看着街上车来车往。一辆城市公共汽车鸣着喇叭从身前开过，柴油发动机喷出一串刺鼻的蓝烟。“我往哪儿走？那扇该死的门到底在哪儿？”

但是脑海中枪侠的声音归于沉寂。

杰克转到左边东河的方向，开始漫无目的地向前走。他不知道自己在朝哪里走——一点儿感觉都没有。他只能希望双脚可以把他带到该去的地方……就像很久以前把他带到了不该去的地方一样。

5

一切都是三个礼拜之前发生的。

这里不能说一切是三个礼拜前开始的，因为这会让人以为整件事情一直在发展，这是不对的。当然，两个声音的确在发展，各自都越来越强烈地坚持自己的那套才是事实，但是其他事情都是一次性发生的。

他早上八点离开家走着去上学——天气好的时候，他总是走着去上学的，而且今年五月的天气绝对好。他父亲已经去广播电视网上班了，母亲还躺在床上，而格丽塔·肖太太在厨房里边喝咖啡边看她的《纽约邮报》。

“再见，格丽塔，”他说，“我上学去了。”

她对他抬了抬手，眼睛都没有离开报纸，回答说：“祝你今天愉快，约翰尼。”

一切如常，生活里的又一天罢了。

下面的一千五百秒也与平时没什么不同。然后，一切都永远不一样了。

他一只手拎着书包，另一只手拎着午餐便当，边逛边浏览沿街的橱窗。离他生命尽头还有七百二十秒的时候，他停在了布麓蜜百货商店橱窗前面，橱窗里时装模特身披皮裘，穿着爱德华七世时期的西装摆出僵硬的说话的姿势。他当时只是想下午放学以后去打保龄球。他的平均战绩是一百五十八分，这对于只有十一岁的孩子来说已经很好了。他的梦想是某一天成为保龄球手参加职业巡回赛（当然如果他的父亲知道这个小秘密，肯定也会暴跳如雷的）。

愈来愈近了——离他理智突然崩溃的那一刻愈来愈近了。

他穿过三十九街，此时还剩下四百秒钟。他必须在四十一街街口等待行人灯，只剩下两百七十秒了。他停了下来，瞧了瞧第五大道和第四十二街角落的一家卖新奇物事的小店，现在只剩下一百九十秒了。而现在，他的普通生活还剩下三分多钟的时候，那种力量的阴影笼罩在杰克·钱伯斯的头上，罗兰把这种力量称做卡-泰特。

一种古怪不安的感觉开始爬上他的心头。刚开始，他只是觉得有人在看他，然后他领悟到并不是这样……起码不完全是。他感觉他以前到过这儿；好像他在经历梦中的一切，而他本来已经差不多忘记这个梦了。他想等到这种感觉过去，但是并没有，反而这种感觉越变越强烈，而且现在开始夹杂着另一种他很不情愿承认的感情，恐惧。

前面第五大道和第四十三街交界的街口，一个戴着巴拿马草帽的黑人正在支起一个饼干汽水摊。

他就是那个大叫“我的上帝，他被撞死了！”的那个人，杰克心想。

从远处角落走过来一个胖女人，手里拎着一只布鲁明戴尔百货的袋子。

她会扔掉袋子，然后手塞进嘴里尖叫。袋子会开裂，里面有一个裹着红毛巾的洋娃娃。我会从街中央看见这一切，从我躺着的地方。我就躺在那儿，血浸湿裤子，蔓延成血泊。

胖女人后面是一个高个儿男人，他穿着钉子装饰的衣服，拎着一个公文包。

他就是吐在鞋上的男人。他扔掉了公文包，呕吐在他的鞋子上。我到底出什么事儿了？

但是他的双脚麻木地向前，把他带到十字路口，人流穿梭来往。在他后面什么地方，杀手牧师正在慢慢靠近。他知道这个，就像他知道牧师的双手马上就会伸出来推他……但是他不能回头看。就好像他被锁在一场噩梦里，一切都沿着无法改变的轨迹在一一发生。

现在还剩五十三秒钟。他前面的饼干小贩正在打开货品车一边的盖子。

他马上会拿出一瓶优胡饮料，杰克心想。不是一罐，而是一瓶。他先会摇一摇，然后一饮而尽。

饼干小贩果然拿出一瓶优胡饮料，用力摇了摇，然后拧开瓶盖。

只剩四十秒了。

现在灯要变了。

白色**行走**灯暗了下去，换上快速闪烁的红色**禁止行走**灯。在不到半个街区的地方，一辆蓝色的凯迪拉克正向第五大道和第四十三街的十字路口开过来。杰克心里知道，同时也知道司机是个胖男人，戴着一顶几乎和车子色泽一样的蓝帽子。

我马上就要死了！

他想对身旁来往的陌生人尖声叫出这句话，但是他的下巴就像被锁住一样，只剩双脚沉着地一步步向街口走去。禁止行走的红灯停止闪烁，发出红色警告。饼干小贩把喝空的饮料瓶扔进了角落里的垃圾箱，胖女人站在杰克对面的街角，手里拎着那只购物袋。她身后站着那个身穿钉子装饰衣服的男人。现在仅剩十八秒钟了。

玩具车该经过了，杰克心想。

前面一辆货车从街角行驶过来，在颠簸的路面上上下晃动。车身上贴着一个快乐的小木偶的图片，车身一侧还刷着几个大字：**图柯玩具批发**。在他后面，杰克知道，身穿黑袍的人开始加速缩短他们之间的空当，现在伸出两只长臂。但是他仍然无法回头，仿佛你梦中知道有怪物在抓你却不能回头一样。

快跑！如果你不能跑，就赶紧坐下牢牢抓住**不准停车**的标志牌！不要让这一切发生！

但是他根本无力阻止这一切发生。在他前面的人行道边是个身穿白衣黑裙的年轻女人，她的左边是个墨西哥裔小伙子，带着录音机。录音机里刚刚放完一首唐娜·桑玛①的迪斯科曲，下一首，杰克知道，应该是“吻”乐队的“恋爱博士”。

他们马上就会分开——

就在杰克想到这个的当口，那个年轻女人向右边跨出一步，墨西哥裔小伙子则向左面跨了一步，而杰克不听使唤的双脚开始向两人中间留出的空当移去。现在还剩九秒。

街道另一头，凯迪拉克的车头标志在五月的明媚阳光下闪闪发亮。杰克知道是一九七六年的那款轿车。还剩六秒。马上就要变灯，凯迪拉克准备加速，车里那个头戴一顶帽檐上得意洋洋地镶着一道皮边的蓝色礼帽的胖司机打算以最快速度冲过十字路口。还剩三秒。杰克后面，黑衣人前倾过来。小伙子的录音机里“爱你爱你，宝贝”唱罢，“恋爱医生”响了起来。

两秒。

凯迪拉克转到靠近杰克这边的车道上，开始向路口冲过来。

一秒。

---

① 唐娜·桑玛（Donna Summer），美国著名迪斯科舞曲歌手，被称为“迪斯科女王”。

杰克的呼吸堵在喉咙口。

零秒。

“啊!”他身后一双手在暗处重重地把他推向马路,推向死亡——

只是其实并没有手。

但是他仍然继续向前冲去,双手在空中乱舞,嘴巴大张成绝望的O形。刹那间,提着录音机的墨西哥裔小伙子伸出手一把拽住杰克的胳膊,把他拉了回来。“当心,小英雄,”他说,“车流可会把你碾成肉酱的。”

凯迪拉克从身旁经过。杰克瞥见头戴蓝帽的胖司机向外探了探头,然后开走了。

一切就在这一刻发生;在这一刻他被从中间劈成两半儿,变成了两个男孩儿。一个躺在街中央,另一个则站在角落瞠目结舌地看着**禁止行走**的红灯变成**行走**白灯,人们陆续从他身边走过就好像什么也没有发生一样……而的确,什么也没有发生。

*我还活着!*一半的理智欣慰地欢呼雀跃。

*死了!*另一半则厉声驳斥。*死在街上了!他们都围在我旁边,然后推我的那个黑衣人说“我是个牧师,让我过去”。*

阵阵昏眩席卷他的全身,所有思绪都变得飘忽,仿佛随风翻滚的降落伞顶。他看见那个胖女人走过来。当她从身边经过的时候,他看进她的购物袋,透过红毛巾的一角瞥见洋娃娃的蓝眼睛,和他猜的一样。她走了过去。饼干小贩也没有大叫*我的上帝,他被撞死了*;相反,他边继续张罗这一天的生意,边哼着刚才墨西哥裔小伙子录音机里放的唐娜·桑玛的曲子。

杰克转过身子,匆忙寻找那个假扮成牧师的男人。他不在那儿了。

杰克呻吟起来。

赶快振作起来！你到底怎么了？

他也不知道。他只知道此时他应该躺在街上奄奄一息，胖女人大声尖叫，身穿钉子装饰衣服的男人开始呕吐，黑衣人挤出围观的人群。

而且他的一部分理智感觉这一切的确正在发生。

昏眩感又重新席卷他全身。杰克突然把他的午餐便当扔在人行道上，开始重重地扇自己的脸。一个走在上班路上的女人奇怪地瞪了他一眼。杰克根本不理会，也没注意到**禁止行走**的红灯又闪烁起来。现在已经无所谓了。死亡曾经离他那么近……然后又头也不回地擦肩而过。他的内心深处清楚这根本不是事情应该发生的方式，但是一切就这样发生了。

也许现在他会长生不老。

这个想法让他想再次尖叫。

6

他到学校时脑子已经清醒了一些，理智也一直在说服他什么也没发生，真的什么也没有。也许有些怪事发生了，仿佛一道闪电划过，他从中窥见了一种可能的未来，但是这又如何？没什么大不了的，不是吗？这种想法实际上还挺酷的——就像刊登在格丽塔·肖总是趁他母亲不在时看的怪异报纸上的内容一样——类似于《国家询问者报》或者《内幕》之类的小报。只是那些报纸报道的都是些耸人听闻的小道消息——一位妇女梦见飞机失事，取消了航班座位，结果果然飞机失事；一名男子梦见自己的兄弟被关在一家生产中国幸运饼的工厂里，结果果真如此。你闪电般预感到收音机将要播放"吻"乐队的歌曲、胖女人拎着的布鲁明戴尔百货的袋子里装着裹在红毛巾里的洋娃娃、饼干小贩要喝一瓶优胡饮料而非一罐,可这又有什么大不了的呢?

忘记这一切吧,他说服自己。全结束了。

这个想法还挺不错,只是在第三节课的时候他意识到根本就没有结束;一切才刚刚开始。此时他正在上初级代数,他坐在教室里,正看着诺福先生在黑板上写简单的方程式,就在这当口,恐惧开始降临:一套全新的记忆浮出脑海,就像眼睁睁看见怪物从雾蒙蒙的湖面上浮起。

我到了一个我不知道的地方,他想。我的意思是,我将会知道——如果凯迪拉克真撞上我的话我就会知道了。那是一个驿站,但是那部分的我现在还不知道。那部分的我只知道那是沙漠中某个了无人烟的地方。我一直哭,因为我很害怕,我怕这就是地狱。

下午三点钟,他来到中城保龄球馆,知道此时他应该在马厩里找到了水泵,弄到一些饮用水。水很凉,矿物质的味道很浓。很快他就会走进一间曾经是厨房的屋子,找到一块干牛肉。他非常确定地预感到这一切,正如他预感到饼干小贩会拿出一瓶优胡饮料,布鲁明戴尔购物袋里的洋娃娃有一双蓝眼睛。

这种感觉就像他拥有对未来的记忆。

他只打了两组球——一组得了九十六分,一组得了八十七。他把成绩单交到柜台时,蒂米瞅了一眼,摇摇头说:"你今天发挥失常啊,冠军。"

"你什么都不明白。"杰克回答。

蒂米仔细看看他:"你还好吧?脸色很苍白。"

"我可能感冒了。"这句话倒不全是谎话。他非常确定他肯定是染上了什么怪病。

"回去躺躺吧,"蒂米建议道,"多喝点儿水——松子酒、伏特加什么的。”

杰克勉强挤出笑容:“也许我会的。”

他慢慢走回了家。整个纽约最诱人的景色铺展在他的眼前——宁静的下午,街道每个角落都有音乐家在演奏。绿叶繁茂,每个行人都心情愉快。杰克眼见这一切,却同时也看见隐藏在后面的景象:看见他自己蜷缩在厨房阴暗的角落里,此时黑衣人正在马厩水泵旁大口喝水,像只狞笑的老狗;他——或它——没有发现杰克离开,之后他看见自己舒了一口气,嘤嘤地哭了起来;他看见自己在太阳落下时沉沉睡去,繁星缀满深紫色的沙漠天空,像碎冰块儿一样熠熠发光。

他拿出钥匙,打开联体公寓的门,走进厨房想找点儿东西吃。他并不饿,只是习惯想吃点儿东西。他走向冰箱,可是瞥见了食品室门,他停了下来,突然意识到驿站——另一个他身处的陌生世界——就藏在这扇门后面。他只要推开门,就可以和已经到了那个世界的杰克汇合,他脑海中叠加的记忆会消失,那两个一直喋喋不休争论他是否在八点二十五分死了的声音最终会沉寂。

杰克伸出双手推开食品室的门,欣慰的笑容明亮地在脸上绽开……然后突然僵住。与此同时,站在食品室后面小板凳上的肖太太大声尖叫起来,手一松,一罐番茄酱掉在地板上。她在板凳上晃了晃,杰克赶紧冲上前扶住她,免得她一脚踩在地上的番茄酱上。

“荆棘丛里的摩西[①]!”她气喘吁吁地摆动双手。“你把我的七魂六魄都吓出来了,约翰尼!”

---

① Moses in the bullrushes。此句出自《圣经·旧约·出埃及记》第三章,摩西在燃烧的荆棘丛中接到了神的旨意,要把以色列人从埃及人的统治下解救出来。

"对不起。"他回答。他的确很抱歉，但是同时也品尝到失望的苦涩。终究这还是一间食品室。他刚刚如此确定——

"你在这儿鬼鬼祟祟地干什么？今天是你打保龄球的日子！我以为你起码一个小时以后才会回来。我甚至还没为你准备甜点呢，所以你可别指望了。"

"没关系。反正我也不饿。"他弯腰捡起地上的番茄酱罐子。

"你进来我一点儿也没听见。"她小声咕哝道。

"我听见有耗子或什么的。我猜大概就是你。"

"我猜也是。"她走下小板凳，接过番茄酱罐子，"你看上去好像感冒了，约翰尼。"她伸手摸摸他的额头。"没发烧啊，但是这也不表示什么。"

"我想我只是累了，"杰克说，同时他心想：如果真是这样该多好啊。"也许我喝点儿汽水，看会儿电视就好了。"

她咕哝道："你有没有什么卷子要给我看？如果有，快拿出来。我还要做晚饭呢。"

"今天没有，"他回答。他离开了食品室，拿了一瓶汽水，走进起居室。他调到好莱坞框框①那个频道，心不在焉地看着，与此同时关于另一个世界的记忆继续在脑海中展现。

7

他的父母根本都没有发现他不对劲——他父亲甚至到九点半才回家——但是杰克也无所谓。他十点就上了床，却总也睡

① 好莱坞框框(*Hollywood Squares*)，美国二十世纪六七十年代著名的电视游戏节目。

不着，在一片漆黑中聆听窗外城市的声音：刹车、喇叭、呼啸而过的警车。

你死了。

不，我没有。我正好好儿躺在我自己的床上呢。

这没关系。你已经死了，而且你明白这个。

最糟糕的是，他两者都明白。

我不知道哪个声音说的是实话，但是我知道我不能再这样下去了。你们俩都给我闭嘴。不要再吵了，让我一个人安静一会儿，行吗？求求你们了！

但是它们并不想照做。明显也不能。杰克突然觉得他必须起床——立刻——去打开浴室的门。另一个世界就会在门后，驿站和另一个他也会在那儿。另一个他正披着旧毯子缩成一团躲在马厩里，边琢磨到底出了什么事儿，边想睡上一会儿。

我可以告诉他，杰克兴奋地踢掉被子。他突然想到书橱后面的门不再通向浴室，而是通向另一个笼罩在夜色下的世界，那里散发着热气、紫鼠尾草的气息，还能让他看见一把尘土里的恐惧。我可以告诉他，只是没必要了……因为我会**进入**他……我会**变成**他！

他冲过黑漆漆的房间，高兴得几乎笑出声，一把推开门。然后——

依旧是他的浴室。只是他的浴室。墙上贴着马尔文·盖耶①的大幅海报，夜光透进百叶窗，在瓷砖地上映出交错光影。

他在那儿站了很久，努力咽下所有失望，可是失望一点儿没有退去，苦涩却越来越重。

苦涩。

---

① 马尔文·盖耶(Marvin Gaye)，美国二十世纪六七十年代著名的黑人歌手，以演唱黑人灵歌著称。

8

从事发到现在的三个礼拜在杰克的记忆中延伸成一片无情荒芜的废墟——一片噩梦般的荒原，永远没有宁静、休憩，永远受着痛苦的折磨。他脑海中幽灵般的声音和记忆给他的压力与日俱增，他的理智不堪重负，他曾经等待过，就像一个身陷囹圄的囚犯望着他曾经统治过的城市被洗劫一样，曾经希望当他到达那个叫做罗兰的男人让他跌落深谷的那段记忆的时候，双重记忆就会结束，但是事与愿违。相反，记忆只是倒回开头、重新播放而已，就像一盘设定为反复播放的磁带一样，除非磁带坏了或者有人按下停止键，否则会无休止地播放下去。

恐怖的记忆裂谷越来越深，他自己作为纽约男孩的生活的记忆也同时变得不确定、不连续。他记得自己去上学、周末去看电影、上个礼拜天(或者是上上个?)和父母吃了早中饭，但是这些记忆就像一个得了疟疾的人在弥留时的印象：来往的人模糊得只剩下影子，声音变成互相重叠的回声。甚至连回忆起最简单的动作，比如咬一口三明治或从健身馆的售货机里拿一罐可乐，都需要一番挣扎。杰克熬过了那段脑海中声音对吵、两套记忆冲突的神游一般的日子，但是门——各种各样的门——却让他越来越着魔；他从来没有停止希望枪侠的世界可能就藏在其中某扇门后。不过这也不奇怪，毕竟这已经是他仅剩的希望了。

但是今天，游戏结束了。他再也不可能取得获胜的机会，不可能了。他放弃了。他逃学了。杰克盲目地沿着街道向东走去，根本不知道他会走到哪里，也不知道他到底要干什么。

9

他向前走了一会儿以后，不愉快的恍惚渐渐散去，他开始注意周围。他正站在莱克星顿大道和第五十四街的街口，却根本不记得自己是怎么走到这儿来的。他第一次注意到今天早上天气好极了。五月九日，所有疯狂开始的那天，天气已经很好，但是今天还要棒十倍——那天，也许春天环顾四周时看见强壮英俊的夏天正站在身边，自负的笑容挂在古铜色的脸上。阳光照在市中心大楼外层的玻璃幕墙上反射出耀眼的光，把每个行人的影子都照得简洁活泼。头顶的天空呈现出洗练的湛蓝，不掺一丝杂质，偶尔飘过几团厚云点缀其中。

两个商人站在街边建筑工地的隔板墙边，他俩都穿着剪裁合身、价格不菲的西装，一边大笑一边互相把什么东西递来递去。杰克好奇地向他们走了过去，凑近一看，发现原来这两人正在隔板墙上玩圈叉游戏①。他们拿着一支昂贵的马克笔在墙上画出井字格，轮流画圈画叉。杰克觉得很有趣，凑得更近了一些。这时，其中一个人在右上角的格子里画了个圈，然后沿着对角线拉下一道斜线。

“又输了！”他的朋友说道。他看上去像是个很有权势的主管、律师或一流的股票经纪人。他拿起马克笔又画了一个井字格。

刚才赢了的那个人看了看站在左边的杰克，笑着问：“天气真好，啊，小家伙。”

---

① 圈叉游戏（tic-tac-toe），两个玩家轮流在两条横线、两条竖线交叉而成的井字形图案上画圈或画叉。率先可以在同一行画出连续三个圈或三个叉的人为胜。

"是啊。"杰克真心地回答。

"天气太好,所以不去上学了,啊?"

这回杰克可真笑出了声。派珀学校,那个吃中饭叫聚会、上厕所叫做暂时离开的地方,刹那间变得很遥远,而且变得微不足道。"你明白的。"

"你也想玩玩儿吗?比利在他五年级的时候就是我的手下败将,现在还是赢不了我。"

"别惹那个小家伙,"另一个生意人边说边拿出马克笔,"这回你将成为历史。"说罢,他朝杰克眨眨眼,杰克居然也眨了回去。他离开了这两个沉浸在游戏中的大人,继续向前走。他仍然感觉有什么好事儿马上就要发生——已经开始发生,这种预感让他的脚步轻巧起来。

街角的**行走**灯亮了起来,他开始穿过莱克星顿大道。突然,他在马路中间停了下来,一个骑着十速自行车的信童差点儿撞上他。今天真是个明媚的春日——同意。但是并不是因为这个他感觉这么好,也不是因为这个他突然认清身边的一切或者如此确定有很棒的事情马上就要发生。

脑海中的声音停止了。

它们肯定不是永远停止——他不知为什么就是明白这一点——但是起码此时此地,它们不再吵了。为什么?

瞬间,杰克的想象中出现两个同在一间屋子里吵架的人。他们面对面坐在桌子旁边,愈发尖刻地互相指责。然后他们凑得更近,两张好斗的脸靠在一起,唾沫星子溅得对方满脸,几乎马上就要拳脚相向。但就在这时,他们听见了规律的重击声——像是铜鼓发出的声音——然后欢快的敲锣打鼓声响了起来。两个人停止了争吵,疑惑地互相看了看。

怎么回事儿?一个人问。

不知道，另一个回答。听上去像是游行。

他们冲到窗边，发现果然是游行——整齐划一的乐队，闪闪发光的铜号，帅气的鼓手队长挥着指挥棒调整他们的步伐，装饰着鲜花的敞篷车载着挥手致意的名人缓缓开过。

两个人同时朝窗外张望，争吵早已弃之脑后。无疑，他们肯定还会继续再吵，但就在这个瞬间，他们好朋友似的肩并肩站着，同时看着窗外的游行——

10

一阵喇叭声把杰克从他的想象里惊醒，这故事生动得就像做梦一般。他意识到他正站在莱克星顿大道的中央，交通灯已经变了。他慌乱地向四周望去，希望能看见一辆蓝色的凯迪拉克向自己冲过来，却只看见司机坐在黄色的福特野马敞篷车里，笑着冲他按喇叭。所有纽约人似乎都被今天的好天气感染。

杰克向那个司机挥挥手，赶紧跑到街对面。野马车司机的手指在耳边画圈儿，做出你疯了的手势，然后也挥挥手，开走了。

有好一会儿，杰克只是站在街角，仰起头任由五月的阳光洒在自己脸上，微笑地琢磨着今天发生的事儿。估计即将上电椅的死刑犯被暂时免于一死时肯定就是他现在的感觉。

脑海中的声音仍然安静。

问题是，到底这个游行的什么地方能够暂时让它们分神？难道只是这个春日早晨的美景吗？

杰克觉得肯定不全是因为这个，因为那种预感再一次席卷他全身，就像三个礼拜前当他走向第五大道和第四十六街时控制他的感觉一样。但是五月九日那天的感觉是世界末日即将来临，今天则是一种愉快的期盼，就好像……好像……

白界①。对，就是白界，他非常确定、清晰地意识到就是这个词。

“是白界！”他高声欢呼。“白界到来了！”

他沿着五十四街走下去，当他穿过第二大道和第五十四街街口的时候，他又一次经过了卡-泰特力量的阴影。

11

他向左转弯，停下，又转身，沿着刚才的路线走回到街角。现在他需要沿着第二大道走，对，毫无疑问这没错，但他走到马路另一边了。交通灯一变他就匆忙穿过马路，又向右转。他越来越强烈地感觉、体会到

（白界）

这样做没错。安慰与兴奋交织的感情几乎让他疯狂。他已经好了，这回绝不会再出错。他非常确定他很快就要看见他认识的人，就像他看见那个胖女人和饼干小贩，而且他们所做的一切都不出他的预料。

然后，他走进了一家书店。

12

曼哈顿心灵餐厅，窗户上写着这几个字。杰克走了进去，看

① 白界（the White），在书中指中世界善与公平的力量，又称光明族，贵族阶层的枪侠被认为是白界的骑士。

见墙上挂着一块小黑板，就像在所有餐馆饭店墙上看见的那样。

今日推荐

来自佛罗里达！新鲜出炉的约翰·D·麦唐诺①

精装本 三本仅售 2.50 美元

简装本 九本仅售 5.00 美元

来自密西西比！喷香油炸的威廉·福克纳②

精装本 市场价

图书馆简装本旧书 每本仅售 75 美分

来自加利福尼亚！脆爽滑嫩的雷蒙德·钱德勒③

精装本 市场价

简装本 七本仅售 5.00 美元

饕餮盛宴，尽情享用

杰克走进书店，发现自己是三个礼拜以来第一次没有了那种推开门能看见另一个世界的强烈愿望。推开门，头顶一只铃铛叮地响了一声，一股温和的书香扑鼻而来，仿佛回到了家。

---

① 约翰·D·麦唐诺(John D.MacDonald，1916—1986)，美国悬疑推理小说家，他创作的"私探查维斯·麦基"(Travis McGee)系列受到广泛赞誉，一九七二年获得美国推理作家协会推理大师奖。

② 威廉·福克纳(William Faulkner，1897—1962)，美国著名现代主义作家，代表作《喧哗与骚动》。他被西方文学界视做"现代的经典作家"，一九四九年获诺贝尔文学奖。

③ 雷蒙德·钱德勒(Raymond Chandler，1888—1959)，美国侦探小说家，创作了一系列硬汉派短篇侦探小说，其创造的私探马洛的形象深入人心。

书店里面的装饰也延续了心灵餐厅的主题。墙上钉满一排排书架，一个喷泉式样的柜台把空间分成两块。杰克站着的这一边放着几张小桌子和几张甜品店里常见的拉丝靠背椅。每张桌上都摆放着今日推荐：约翰·D·麦唐诺的私探查维斯·麦基系列、雷蒙德·钱德勒的私探菲利普·马洛系列、威廉·福克纳的斯诺普斯系列。福克纳那张桌上放着一个小标牌：现有珍贵第一版——有意请咨询。另一个小标牌放在柜台上，上面只有简单四个字：随意浏览！几位顾客坐在柜台那儿，边喝咖啡边翻着书。这是他到过的最棒的书店，杰克一点儿不怀疑地得出结论。

关键问题是，他为什么在这儿？只是运气，还是某种温柔但坚持的预感告诉他一定要找到为他留下的线索——类似于力量光束一样的踪迹。

他瞥了一眼左边小桌上的摆设，瞬间知道了答案。

13

桌上摆的是一些儿童读物。桌面不大，所以也只有十几本——《爱丽丝漫游仙境》《霍比特人》《汤姆·索亚历险记》之类的。一本明显给低龄儿童看的书吸引了杰克的视线。绿色封面上印着一个拟人的小火车头，气喘吁吁地爬上山坡。车头前部的排障器（亮粉红色的）像张微笑的嘴巴，仿佛欢快眼眸的两盏车头灯邀请杰克·钱伯斯一起去探险。书的名字叫《小火车查理》，作者与插图者都是贝里·埃文思。杰克的脑海中突然闪现出他在期末作文封面上贴的美铁火车图片，以及作文里不断重复的小火车这个词。

他一把拿起这本书，紧紧攥在手里，仿佛他一松手书就会飞走。当他再仔细看封面的时候，杰克发现自己并不信任小火车查理脸上的微笑。你看上去很高兴，但是我想这只是你戴的面具，他心里想。我才不相信你是真的开心，我也不相信查理是你的真名。

这些想法真的很疯狂，毫无疑问，但是感觉上却丝毫不疯狂。相反，它们似乎很有道理，而且真实。

《小火车查理》旁边放着一本破破烂烂的平装书，封面已经磨坏，连粘补的胶带都因为年份久远而微微泛黄。封面上画着一个小男孩儿、一个小女孩儿，两人表情迷惑，头顶浮着一堆问号。书名叫做《谜语大全：每个人的脑筋急转弯与智力游戏》。没有写作者是谁。

杰克把《小火车查理》夹在胳膊下面，又拿起那本谜语书。他打开书扫了一眼，看见了这个：

什么时候门不是门？

"当它是个罐子①的时候，"杰克喃喃说道。汗从他的前额……胳膊上流下来……淌满全身。

"当它是个罐子的时候！"

"找到了点儿什么吗，小家伙？"一个温和的声音在耳边询问道。

杰克转过身，看见柜台那儿站着一个胖胖的家伙，他身穿开领白衬衫，双手插在华达呢长裤的口袋里，光亮的秃脑门儿上架着副老花镜。

"是的，"杰克热切地回答，"这两本，卖吗？"

"你看到的所有东西都卖，"胖家伙回答，"这间屋子都能卖，

---

① 该谜语利用了"罐子"（a jar）一词与"门微开的"（ajar）一词同音的特征。

只要我是主人。哦,可惜我只是租借。"他伸手要接过书,杰克忽地向后一缩,然后他犹豫地把书递了过去。他觉得如果这个胖家伙拿着书逃跑——只要他显示出一点点这样的企图——杰克就打算把他推倒、夺过书,然后逃之夭夭。

"好吧,让我们看看你挑了什么,"胖家伙说道,"顺便说一下,我叫塔,凯文·塔。"他伸出手。

杰克瞪大眼睛,不自主地向后退了一步。"什么?"

胖家伙颇有兴趣地看着他。"凯文·塔。你觉得这个名字哪里不好,北国的流浪者?"

"啊?"

"我只是说你像是被吓着了,小鬼。"

"噢,对不起。"他拍了拍塔先生宽厚柔软的手掌,希望这个人不要追究下去。实际上这个名字的确吓了他一跳,不过他不知道原因。"我叫杰克·钱伯斯。"

凯文·塔握了握他的手。"好名字,小伙子。听上去就像西部小说里的孤胆英雄——独自冲进亚利桑那的黑岔山,血洗整个城镇,然后继续旅行。听上去有点儿像韦恩·D·欧沃侯涩①的小说。只可惜你一点儿不像孤胆英雄,杰克。倒像是觉得今天天气太好而没去上学的孩子。"

"噢……不是的。我们上个礼拜五就放假了。"

凯文·塔笑笑说:"啊哈,是吗?你就挑这两样儿吗?人们总要拥有些东西,这真是滑稽。现在你——我一开始以为你属于喜欢罗伯特·霍华德②一类的孩子,想找几本唐纳德·M·

---

① 韦恩·D·欧沃侯涩(Wayne D.Overholser,1906—1996),美国著名西部小说家。

② 罗伯特·霍华德(Robert E.Howard,1906—1936),美国著名奇幻小说家,其创造的人物蛮王柯南(Conan the Barbarian)成为众多漫画、电影的主角。

格兰出版社出版的小说——那种有罗伊·克兰柯[1]插图的。滴血的宝剑，结实的肌肉，蛮王柯南独闯龙潭。”

“听上去是不错，说真的。这些书是给……呃，给我弟弟的。下个礼拜他过生日。”

凯文·塔用大拇指把他的老花镜推下鼻子，仔细看着杰克：“真的吗？你看上去可是像个独生子。如果我真的见过独生子，你就是了，当五月女士穿着绿衣在六月的茂密树林外徘徊时，独自享受不告而别。”

“又来了？”

“别在意。我在春天总容易染上威廉·考伯[2]式的多愁善感。人总是又古怪、又有趣——我说得对吗？”

“我猜你说得对。”杰克小心翼翼地回答。他不确定自己是否喜欢这个怪老头儿。

一个坐在柜台旁凳子上看书的人转过身，一手拿着咖啡，另一只手捧着一本磨旧的小说《鼠疫》[3]。“别再糊弄小孩子了。赶快把书卖给他，凯尔[4]，”他说，“如果你动作快点儿，我们还能赶在世界末日之前下完这盘棋。”

“匆忙可就违背了我的本性，”凯尔回答。他打开《小火车查理》，瞅了一眼里页的标价。“这本书挺普通，但这个版本特别好。小孩子为找他们喜欢的东西总愿意把世界都翻过来。这本书我可要收十二美元——”

“该死的强盗，”旁边那个读《鼠疫》的人大叫，引得其他人哄

---

① 罗伊·克兰柯（Roy Krenkel，1918—1983），美国著名漫画家、插图画家。

② 威廉·考伯（William Cowper，1731—1800），英国浪漫主义诗人，代表作《欧尼颂诗》、《任务》，他终生被忧郁症所困。

③ 小说《鼠疫》（*The Plauge*），法国存在主义小说家阿尔贝·加缪的代表作之一，1947年出版。

④ 凯尔（Cal）是凯文（Calvin）的昵称。

堂大笑。凯文·塔却不以为然。

“——但是今天天气这么好，我可不忍心这样宰你。七美元，它归你了。当然还要加税。这本谜语书我不收你钱，就当我送给你的礼物，奖励你在春天的最后一天明智地备上马鞍、出发去探索未知的领土。”

杰克掏出皮夹，焦急地打开，生怕自己在离家时只拿了三四块钱。不过他运气还好，皮夹里有一张五块和三张一块。他把钱递给塔，塔随便把钱塞进一个口袋，又从另一个口袋里掏出零钱。

“别急着走，杰克。既然你已经来了，到柜台这儿来喝杯咖啡吧。等我把亚伦·深纽打得落花流水，你肯定会惊讶得目瞪口呆的。”

“你想得美，”那个读《鼠疫》的人回答——他大概就是亚伦·深纽了。

“我很想，但是我不能。我……我还要去别的地方。”

“好吧。只要不回学校。”

杰克咧嘴一笑：“不——不回学校，否则真要疯了。”

塔大声笑起来，又把老花镜推到脑门儿上，说道：“不错啊！真不错！现在的年轻一代终究不会下地狱了，亚伦——你怎么想？”

“噢，他们还是得下地狱，”亚伦回答，“这孩子也许只是个例外。”

“别理他，他是个愤世嫉俗的讨厌鬼，”凯文·塔说，“上路吧，北国的流浪者。我真希望重新回到十岁、十一岁，而且外面也有这么棒的天气。”

“谢谢你的书。”杰克回答。

“没问题。这是我们该做的。有空再来啊。”

“我会的。”

“呃，你知道我们在哪儿的。”

是的，杰克心想。只要我知道我现在在哪儿。

14

他站在书店外面，又一次翻开谜语书。书的第一页是一段很短的前言，未标明作者。

“谜语也许是人们今天还在玩的游戏中最古老的一种，”前言这样写道，“古希腊神话中的众神用谜语互相打趣，而古罗马人则把谜语作为教学工具。《圣经》中也包含着许多妙趣横生的谜语，其中最著名的一条是力士参孙①在他与达丽拉婚礼上说的谜语：

吃的从吃者出来。

甜的从强者出来！

“他让参加他婚礼的年轻人猜这个谜语，很有信心他们无法猜出答案。但是年轻人诓骗了达丽拉，让她悄悄泄露了谜底。参孙勃然大怒，以欺骗罪处死了这些年轻人——古时候，你瞧，人们对于谜语的态度比之今日可要严肃得多！

“顺便说一下，参孙谜语的谜底——以及本书中所有谜语的谜底——都可在书后找到。我们只是请求您在偷看谜底前给所

---

① 参孙(Samson)，《圣经》中以色列的但族中的一个大力士，他和达丽拉的爱情故事在《圣经·旧约·士师记》十六节中有记载。

有谜语一个公平的机会!”

杰克翻到书的最后一部分,隐约预感到他会找到什么。果然,在印有**谜底**两字的那页后面只剩下一些碎片,然后就是封底了。整个谜底部分已经被撕掉。

他站在那儿想了一会儿。然后,一阵不太冲动的冲动促使他又走回曼哈顿心灵餐厅。

凯文·塔从棋盘上抬起眼问:“怎么,改变了主意想喝一杯咖啡了吗,北国的流浪者?”

“不是。我只想问问你知不知道一个谜语的谜底。”

“问吧,”塔邀请道,走了一步卒。

“参孙说的谜语,他是《圣经》里的大力士吧?是这样说的——”

“‘吃的从吃者出来,’”亚伦·深纽转过身看着杰克,接口道,“‘甜的从强者出来。’是这个吗?”

“是的,就是这个,”杰克回答,“你怎么知道——”

“噢,我看到过一两回。再听这个。”他仰着头开始用悦耳的嗓音唱道:

参孙路遇一壮狮,
参孙爬上狮子背。
你读过狮爪把人伤,
但参孙手伸进狮下巴!
骑着壮狮直至猛兽亡,
蜜蜂在死狮头中筑蜂房。

杰克听罢,瞠目结舌,亚伦眨眨眼睛,被杰克瞠目结舌的表情逗得大笑起来。“这回答了你的问题吗,朋友?”

杰克的眼睛瞪得更大："哇！这歌儿真好听！你从哪儿听来的？"

"噢，亚伦什么都知道，"塔回答，"当鲍勃·迪伦①还只会在赫纳口琴上吹出开音G时，他就是布利克街②上的常客了。至少如果你相信他的话。"

"那是首古老的灵歌，"亚伦对杰克解释，接着对塔说，"顺便说一下，你被将了一军，死胖子。"

"不是很老吧？"塔回答。他走了一步相，亚伦迅速地抓住机会。塔小声嘟哝一句，杰克觉得听起来非常像他妈的。

"所以谜底是狮子。"杰克说。

亚伦摇摇头："只是一半谜底。参孙的谜语可是两个，我的朋友。另一半谜底是蜂蜜。明白了吗？"

"嗯，明白了。"

"好。再试试这个。"亚伦闭了会儿眼睛，然后背诵道：

什么会跑却从不走，
有嘴却从不开口，
有床却从不睡觉，
有头却从无泪流。

"自作聪明的蠢货。"塔冲着亚伦大吼。

杰克仔细想了一会儿，摇了摇头。他本来能多想一会儿的——他发现猜谜真是非常有趣——但是他强烈地感觉到必须

---

① 鲍勃·迪伦（Bob Dylan），生于一九四一年，美国具有重要影响力的摇滚歌手、音乐家、诗人。

② 布利克街（Bleecker Street），位于美国纽约格林尼治村，街上有许多参观酒吧，是前进诗人、摇滚歌手的聚集地。鲍勃·迪伦曾在街上的酒吧驻唱。

得离开这里，因为他在今天早上还要去第二大道有些别的事情。

“我不猜了。”

“不行，你不能放弃，”亚伦说道，“这是你对付现代谜语的方式，但是真正的谜语不只是玩笑，小家伙——它是一个谜题。用脑子好好想想。如果你真的猜不出来，找个理由过两天再回来。如果你需要一个理由，死胖子的咖啡的确冲得不错。”

“好吧，”杰克回答，“谢谢。我会的。”

但是他离开的时候，确定的感觉袭上心头：他永远不会再踏进曼哈顿心灵餐厅一步。

15

杰克沿着第二大道慢慢地走下去，左手里紧紧攥着新买的书。刚开始他还试着思考这个谜语——什么东西有床却从不睡觉？——但是脑海中的期盼逐渐增强，谜语反而变得不重要了。他现在的感官似乎比以前任何时候都来得敏锐；他看见人行道上跳跃着无数光点，每次呼吸都夹杂数千种混合的香气，而且似乎在所有能听到的声音中还能听见其他一些声音，秘密的声音。他琢磨这大概就是狗在暴风雨或地震来临之前的感觉，而且颇为肯定。但是这种有事将发生的预感却并非恶兆，而且他越来越强烈地感到即将发生的事情将调和三个礼拜以前他经历的可怕的遭遇。

现在，当他一步一步靠近命运已经安排好的目的地时，他又一次拥有了那种未卜先知的预感。

一个乞丐马上就要向我要施舍，我会给他塔先生找给我的零钱。然后会经过一家音像店，为了空气流通店门开着，我经过时会听见滚石乐队的歌，还会看见镜子里我自己的倒影。

第二大道上的车流还不算多。出租车鸣着喇叭在开得慢一些的车辆中间穿来穿去，挡风玻璃和黄色车身上反射出耀眼的春光。他停下来等交通灯，果然看见一个乞丐蹲在远处第二大道和第五十二街街角一家小饭店外的石墙根。杰克走近的时候，他看见饭店的名字叫做“嚼嚼老妈”。

小火车，他想，这就是事实。

“有零钱吗?”乞丐懒懒散散地问道，杰克甚至都没有抬眼，就把书店找的零钱扔到了乞丐的膝盖上。现在，完全按照计划，耳边响起了滚石乐队的歌声：

我看见一扇红门，我想把它涂黑，
没有其他颜色，我想它们变黑……

他经过的时候看见——同样毫不惊讶——店名叫做“力量塔音像”。

塔这个词看起来这年头不值钱了。

杰克继续向前走，街上的广告牌像做梦般从身边掠过。他走到第四十九街和第四十八街中间时，又经过一家叫做“你的倒影”的商店。他转过头，一如所料地看见镜子里的一打杰克——这些男孩子看上去都比实际年龄小，穿着整洁的校服：蓝外套，白衬衫，深红领带，浅灰西裤。派珀中学并没有统一的校服，但是这已经是最接近统一标准的着装了。

感觉上派珀已经很久很远了。

蓦地，杰克意识到他要到哪里去了。这个想法像从地底汩汩冒出的甘甜泉水一般在脑海中浮现。应该是一个熟食店，他心想。反正看上去是。实际上它是别的东西——通向另一个世界的通道。那个世界。他的世界。正确的世界。

他开始奔跑,急切地向前张望。第四十七街的交通灯还没变颜色,但是他也不管了,直接跳出人行道,灵活地穿过人行横道线,只是匆匆地看看左边的车子。突然一辆货车冲了过来,刚来得及在杰克旁边停住,轮胎发出吱的尖锐刹车声。

“嘿!你不要命啦!”司机冲着杰克大叫,杰克根本不理。

只剩下一个街区了。

他现在开始全速冲刺,领带飘到左肩后面,头发也被吹到脑后,路夫鞋打在人行道上发出啪嗒啪嗒的声音。行人纷纷侧目——有的觉得有趣,有的只是好奇——但是他根本不理会,就像他不理会那个司机一样。

就在那儿了——在那个拐角,紧挨着文具店。

这时,一个身穿深棕色工作服的快递员推着一车包裹出现在他面前。杰克像跳远运动员似的展开双臂,一跃跳过包裹车。白衬衫从裤腰里跑了出来,像衬裙边似的飘在外面。他落地的时候又差点儿撞上年轻的波罗黎各妇女推着的婴儿车。他敏捷地绕过婴儿车,仿佛橄榄球中卫发现防守漏洞、打算冲进达阵区。“赶着去救火啊,帅小伙?”年轻妇女笑问,可是杰克照样没有理她。他跑过那家纸补丁文具店,橱窗里陈列着各式铅笔、笔记本和计算器。

*门!*他兴奋地想。*我就要看见门了!我要停下来吗?绝对不能!我要直接跑进去,如果锁上了,我会直接把门推倒——*

然后,他看见了第二大道和第四十六街街口的东西,完全停了下来——实际上他的脚跟还向前滑了几步。他就站在人行道中间,双手握拳,气喘吁吁,湿漉漉的头发一绺一绺地贴在脑门儿上。

“不,”他几乎要哭出来了,“不!”但是他近乎疯狂的否认并不能改变他亲眼看见的事实——那儿什么都没有，除了一道矮围墙和一块垃圾满地、杂草丛生的空地。

原来在那儿的屋子已经被拆了。

16

杰克呆呆地站在围墙外面，迟钝地扫视这块空地，足足两分钟的工夫都一动不动。他的嘴角微微抽搐，感觉到所有希望以及绝对的确信都慢慢被抽干，取而代之的是他所经历过的最沉痛、最苦涩的绝望。

*又是一次假警报，*震惊稍微减弱以后他慢慢恢复思考能力。*假警报，死胡同，枯井。现在马上两个声音又要开始吵了，那时候，我想我要开始尖叫。没关系。我已经忍耐得烦了，我也厌倦疯狂。如果这就是发疯的样子，那我只想快点儿疯掉，好让人把我送进医院，然后给我点儿药好让我昏厥。我放弃了。一切都结束了——我不干了。*

但是脑海中的声音并没有回来——至少现在还没有。当他开始思索眼前的景象时，他意识到这块空地并非全空。满地垃圾和杂草中央立着一块牌子。

> 米勒建筑公司与桑布拉不动产
> 强强联合
> 为美化曼哈顿不懈努力！
> 即将上市：
> 海龟湾豪华联排别墅
> 预询详情，请致电 555-6712
> 来电有惊喜！

即将上市？也许……但杰克仍旧心存怀疑。上面的字已经有些褪色，牌子也微微下垂。至少已经有一个涂鸦画家，叫**班戈·斯干克**的，在海龟湾豪华联排别墅漂亮的效果图上用亮蓝色喷漆留下了大作。杰克怀疑这个房产项目要么被推迟，要么已经流产。他还记得他的父亲，大概在两个礼拜前与商务顾问打电话时大叫着让对方别再碰任何别墅投资。“我可不在乎投资回报看上去有多诱人！”他几乎在尖叫（起码就杰克所知，他父亲谈公事时都是这么高的调门——也许这与办公桌抽屉里的可卡因脱不了关系）。“当他们提供一台电视机让你看蓝图时，肯定就有问题！”

空地四周的矮墙刚到杰克的下巴，墙上糊了许多海报——奥莉维亚·纽顿强①、在无线电城的演出、一个称作G·高登·利迪与洞穴人的乐队在东村俱乐部演出，还有一张春天上映的《僵尸大战》②的宣传海报。“请勿进入”的告示牌间隔地被钉在围墙上，但是大多数已经被铺天盖地的小广告覆盖。不远处的围墙上还有一幅街头艺术家的涂鸦作品——显然原来用的是亮红色的喷漆，但是现在颜色已经褪成夏日最后一朵玫瑰似的暗粉红。杰克惊异地瞪大眼睛，轻声念出：

看那宽宽**乌龟**脊！
龟壳撑起了大地。
若你想跑想游戏，
跟着**光束**向前去。

---

① 奥莉维亚·纽顿强（Olivia Newton-John），美国七八十年代的著名影星、乡村女歌手。

② 《僵尸大战》（*War of the Zombies*），美国恐怖电影。

杰克猜想这首怪小诗的来源(如果不说意思的话)还算不上奇怪。毕竟东曼哈顿这一带一直叫做海龟湾,但是这根本无法解释他后背上冒出的一串串鸡皮疙瘩,也不能解释为什么他清楚地预感到他在隐蔽的高速公路某处也找到过另一个路牌。

杰克解开衬衫的扣子把刚买的两本书塞了进去。他四处张望了一下,确认没有人注意他,然后抓住矮墙的墙头,身子一撑,先跨过去一条腿,接着跳了下去。他的左脚正好踩在一堆松散的砖头上,砖头从他脚下滑出去,脚踝一时没有撑住身体的重量,突然一扭,这时一阵锐痛瞬间顺着左腿传上来。他重重地面朝地跌了下去,又惊又痛地叫出了声,同时更多的砖块像重拳似的砸在他的胸口。

他躺在地上,过了好一会儿才找回呼吸。他觉得并没有伤得很重,但是他的脚扭了,很可能会肿起来。现在这副样子,只能一瘸一拐地走回家了。但是他也只能笑着忍下来了;他根本没有乘出租车的钱。

你并不真的打算回家,不是吗?他们会把你生吞活剥的。

呃,他们也许会,也许不会。至少就他而言,在这件事上,他也没有什么选择的余地。不过还是待会儿再担心这个问题,现在他要好好探索这块空地,这块就像磁石吸引铁屑一般吸引着他的空地。他感觉到神秘的力量仍然笼罩在他左右,而且比以前任何时候都来得强烈。他觉得这块空地并不空,反而仿佛有什么事,什么大事,正在这里发生。空气中流动着不寻常的迹象,就像电流从世界上最大的发电站泄漏出来。

杰克爬起身,结果发现实际上他还摔对了地方,旁边就是一堆碎玻璃。假如他跌在这堆玻璃上就可能已经被严重割伤了。

*这儿以前肯定是橱窗,*杰克暗忖。*熟食店还在的时候,你能站在人行道旁看见所有用绳子穿好悬挂在店里的肉和奶酪。*他

并不晓得他怎么会知道这些，但是他就是知道——毫无疑问地知道。

他若有所思地向四周环视一圈，然后向空地中央又走了几步。在靠近中间的地方他看见另一个牌子，倒在地上，被春天茂密的杂草遮住了大半。杰克在牌子旁边跪下，把它扶正，掸去上面的泥土。牌子上的字已经褪色，但是仍旧依稀可辨：

汤姆与格里的风味熟食店

晚会大盘是我们的特色！

两行字下面是一句摸不着头脑的话，仍是用刚才同样褪成暗粉色的红色颜料喷上去的：**他在他的脑海中把我们凝聚在一起**。

就是这个地方，杰克心想，哦，是的。

他站起身，松手放开牌子，缓缓地向空地深处走去，眼睛不放过周围任何一样东西。随着他向前移动，对神秘力量的感知越来越浓，他眼中的所有事物——杂草、碎玻璃、砖头堆——看上去都蕴含着某种令人惊叹的力量，甚至薯片袋都漂亮极了。阳光照射下，废弃的啤酒瓶也变成了一根棕色火柱。

杰克异常清楚地听见自己的呼吸，眼前所有东西都好像被洒下的阳光镀上金边。他突然领悟，自己正站在一个旷世秘密的边缘，而且他已经感到全身开始颤抖——半是恐惧，半是惊奇。

全都在这儿。所有东西。一切仍然在这儿。

杂草刷过他的裤脚，苍耳刺进他的袜子，一阵清风拂过，吹起他面前的蛋糕包装纸。包装纸反射出耀眼的阳光，一瞬间焕发出一种令人惊讶的内在光芒。

“一切仍然在这儿，”他喃喃自语，并没发现自己的脸庞也焕发出这种内在光芒，“一切。”

一个声音一直在他耳边低吟——实际上他从一踏入这块空地就听见这个声音了。那是一种奇妙的高声哼鸣，透出无法言喻的孤独以及同样无法言喻的魅惑。疾风在荒芜的原野上呼啸而过可能就发出这样的歌声，只是耳边这个更加鲜活，像是千股歌声汇合在一起的合唱。他低头，居然看见一张张面孔，在纠结的杂草中，在低矮的灌木中，在杂乱的石堆中。面孔。

“你们是什么？”杰克低声发问。“你们是谁？”没有回答，但似乎在合唱下面他听见马蹄踏地、枪炮连连、天使在阴影中高呼“和撒那①”。他转身，废墟中的面孔也随之变化，仿佛紧跟他的脚步，但并未包藏丝毫加害之心。第五十六街以及在第一大道另一侧的联合国大楼的一角在远处隐约可见，但是联合国大楼根本不重要——纽约根本不重要，这些都已经变得如同窗玻璃般苍白。

哼鸣声愈来愈大。现在它已经不是上千股歌声的合唱，而有上万股歌声加入，从宇宙最深的一口井中喷涌而出。在这些和声中，他隐隐听见一些名字，但是并不真切。其中一个可能是马藤，另一个是库斯伯特，还有一个大概是罗兰——蓟犁的罗兰。

除了名字，还有片断的对话，其中包含成千上万的复杂故事；但是在这一切之上，是那越来越强的奇妙哼鸣声，仿佛一种震动想要在他脑海中投下明亮的白光。杰克突然悟出，这声音是肯定、是白色、是永远。这种认知让他极度兴奋，强烈的感情几乎要把他撕裂。这是赞美他的合唱，正在空地上回荡，正在为

① 和撒那（Hosannah），《圣经》中对上帝的赞美。

他而歌唱。

然后，在一片繁茂的苍耳丛中，杰克看见了钥匙……以及钥匙前面的玫瑰。

17

杰克的腿终于再也撑不住，他跌了下来，双膝跪地。他隐隐感觉到自己在哭，隐隐感到裤子也弄湿了。他双膝着地向前爬去，伸手摸到苍耳丛中的钥匙。这把钥匙的形状曾经在他梦中出现过。

他暗想：末端的小S形弧度——那是一个秘密。

他伸手紧紧握住钥匙，这当口，所有声音和谐地汇聚成胜利的欢呼，甚至淹没了杰克自己的喊声。钥匙在手指间闪出白光，一股强有力的震动蹿上手臂，就好像他摸到了一根高压电线，只是并无疼痛的感觉。

他打开《小火车查理》，把钥匙放进去。接着他的视线落在玫瑰花上，意识到那才是一把真正的钥匙——打开一切的钥匙。他向玫瑰花爬过去，脸上燃烧着炽热的渴望，眼睛里闪烁出蓝色火焰。

玫瑰长在一簇诡异的紫草里。

当杰克靠近这簇紫草时，玫瑰在他的眼前突然绽放，深红色的花瓣一片叠着一片，每一片都狂热地燃烧着自己的神秘。可以说眼前这一切是他此生见过的最热烈、最活泼的景象。

他伸出脏兮兮的手臂触摸这个花的奇迹，合唱开始吟唱他的名字……此时，极度的恐惧开始入侵他的心灵深处，如冰块般冷酷，如石头般沉重。

一定有什么不对劲儿。他能够感觉到一阵阵的不和谐音，就像一件无价的艺术品上深深刻着一道丑陋的刮痕，或像伤兵冰凉的皮肤下致命的低烧。

就像是蠕虫，入侵的蠕虫，就潜伏在下一个路口的拐弯处。

这时，玫瑰花芯在他眼前展开，放出一道耀眼的黄光。这阵非凡的震动扫光了他所有的思绪。一瞬间，杰克以为他看到的只是染上一层神秘的内在光芒的花粉，如同这片废弃空地中所有东西都发出内在光芒一样——他是这样以为的，即使他从来没有听说过玫瑰中有花粉。他凑近一看，却发现花芯中耀眼的黄圈根本就不是花粉，而是一个太阳：一个巨大的火炉在紫草里的玫瑰中央熊熊燃烧。

忐忑的感觉又重新袭来，只不过现在已经增强为全然的恐惧。是对的，他心想，这儿的一切都是对的，但是仍然可能出问题——已经开始出问题了，我猜。我被允许在承受范围之内感受到的这种谬误……但是到底出了什么问题？我应该怎么办？

它就好像蠕虫一样。

就像一个病入膏肓的心脏，怦怦跳动，破坏了玫瑰宁静的美丽，嘶叫着亵渎了原本可以安抚鼓舞他的合唱声。

他凑近玫瑰，发现花芯那儿不止一个太阳而有许多……似乎所有太阳都被凶猛但也很脆弱的外壳包裹。

但是这不对。一切都有危险。

杰克心里明白触摸这个耀眼闪光的小宇宙只会带来死亡，但是他无法控制自己。他伸出了手。这个简单的动作并没有包含好奇或恐惧，只是单纯地包含着强烈而无言的愿望，想要保护这朵玫瑰的愿望。

18

过了很久，杰克悠悠醒转。他只知道他晕了很长时间，而且头痛得仿佛要炸开似的。

出了什么事儿？我被抢劫了吗？

他翻身坐起来。头又抽痛起来。他抬手按住左边的太阳穴，摸到黏糊糊的血。他低头看见旁边杂草丛中戳出一块石头，石头一端的圆角也被染红。

如果这角再尖一点儿，我大概要么已经死了、要么昏迷。

他朝手腕看了一眼，却诧异地发现手表还在。这是一块精工表，不是特别贵，但是在这座城市，你不可能在没人的地方打了盹儿还能保证什么东西都不少。无论贵贱，总有人会很乐意从你身上把东西取走。看上去这回他真的运气很好。

表针显示现在已经是下午四点一刻了。他至少在这儿毫无知觉地已经躺了五个小时，他的父亲大概已经报警找他了，但这也没什么大不了。对于杰克来说，走出派珀学校仿佛已经是一千年以前的事儿了。

杰克向靠近第二大道的矮墙走过去，走了大概一半距离的时候突然停了下来。

他到底出了什么事儿？

记忆渐渐地渗回来。爬过矮墙、扭了脚踝。他弯下腰，摸摸脚踝，痛得缩了一下。是的——这是刚才发生的事儿。然后呢？

魔幻的经历。

恍若一个老人在黑暗的房间里四处摸索一般，杰克也在四处摸索。所有东西都散发着内在光芒，所有东西——甚至空的包装袋、废弃的啤酒瓶。同时耳边还回荡着各种声音——交织在一起，讲述着互相重叠的故事。

"还有面孔。"他喃喃自语。想起这个让他紧张地四处张望起来，却根本没看见什么面孔。碎石堆还是碎石堆，杂草丛还是杂草丛。根本就没有面孔，但是——

——但是刚才的确有，不是你的想象。

他相信这一点。虽然他无法捕捉记忆的精髓以及那种超越现实的美丽，但是这段记忆感觉极度真实，唯独在他昏过去之前的片段记忆感觉像是照片。当时天气如何——诸如此类的细节——能够记住，但这些照片却缺乏立体感，毫无说服力。

杰克又一次环视这块荒芜的空地，已经被傍晚的夕阳印染上一片紫罗兰色。他暗想：我想你回来。上帝啊，我想你回到原来的样子。

刹那间，他看见了长在紫草丛中的玫瑰，离他摔倒的地方很近。他的心脏忽地跳到了喉咙口。他根本不在乎每走一步脚踝处的疼痛，跌跌撞撞地向玫瑰跑过去，然后好像神坛前虔诚的信徒似的双膝跪在玫瑰前面。他睁大了眼睛凑得更近。

只是一朵玫瑰。只是一朵普通的玫瑰而已。而周围的草——

周围的草也并不是紫色的。草叶上星星点点有一些紫色，的确，但是草的颜色仍然是最平常不过的绿色。再仔细一看，他发现其他草丛上星星点点的蓝斑，而右手边的一簇草叶上还有红色和黄色。苍耳丛另一边堆着一些丢弃的颜料罐，商标上写着：利登缎面乳胶漆。

原来只是这样。只是洒出来的颜料。你肯定是脑子昏了才会以为你看见——

胡说八道。

他霎时明白了刚才看见的景象，也明白了现在看见的一切。“伪装，”他轻声说，“就是这样。一切都是这样。而且……一直都是。”

现在他的脑子清楚了一些，他又一次感觉到这个地方蕴藏着的和谐、稳定的力量。合唱的声音还在耳边回响，音乐一样，只是听上去模糊、遥远。他低头看见一堆石块和几块打碎的石膏中浮现出一张面孔。隐隐能认出这是一张女人的脸，额头上划过一道长疤。

“爱丽？”杰克轻声问道。“你的名字是爱丽吗？”

没有回答。面孔消失了。现在他只是盯着一堆丑陋的石块和石膏。

他又回头看玫瑰，眼前不再是熊熊燃烧的火炉中央的暗红色，而只是灰蒙蒙、斑驳的粉红。花很漂亮，但并不完美，一些花瓣已经凋落，花瓣外围一圈也已经焦黑。这朵花与他在花店里看见的精致花朵并不一样，他猜这是朵野玫瑰。

“你真漂亮，”他喃喃低语，又一次伸手触摸花瓣。

尽管此时没有微风，可是玫瑰花竟然向他点头。一瞬间，他的指尖碰到了花瓣，绸缎般柔软，而且充满惊奇的生命力。此时，萦绕他身边的合唱声似乎越变越高。

“你生病了吗，玫瑰？”

没有回答，当然。他的手指离开了粉红色的花朵，玫瑰又弹回到原来的位置，在这簇染上颜料的杂草中宁静地散发出遗世独立的光辉。

这个季节玫瑰会开花吗？杰克感到很奇怪。野玫瑰呢？那又为什么一朵野玫瑰会长在废弃的空地里呢？而且如果有了一朵，为什么没有更多的呢？

他双膝跪下，双手撑地，维持着这个姿势过了一会儿，然后明白他可以整个下午（甚至一辈子）就跪在这儿一直盯着这朵玫瑰，但是一切困惑也将永远无法解决。他曾经看见过这朵玫瑰和这块丢满垃圾的废弃空地里所有其他东西摘下面具、卸掉伪装时真实的模样。他希望再看一次，但是仅凭空想却无法达成心愿。

到了该回家的时候了。

在曼哈顿心灵餐厅刚买的两本书躺在一旁的地上，他把书捡了起来，突然一件银色的小玩意儿从《小火车查理》里滑出来，掉在草堆上。杰克弯腰，扭伤的脚踝又是一阵剧痛，但他仍旧捡起这个东西。就在此时，合唱声又响起，愈唱愈响，然后骤然降低到原先几不可闻的哼鸣声。

"这么看来那些事情真的发生了。"他喃喃自语，用大拇指触摸钥匙的突起，摸到粗糙的 V 字形凹口，又滑过第三个凹口处平滑的小 S 形弧度。然后他把钥匙塞进右边的裤子口袋，一瘸一拐地向围墙走去。

他走近围墙，准备翻过墙头，突然一种可怕的想法涌上心头。

玫瑰！如果有人过来把它摘了怎么办？

他非常担心地呻吟了一声，转过身，一眼就看见那朵藏在阴影下的玫瑰——昏暗的光下那抹娇小的粉红色身影，脆弱、美丽、孤独。

我不能就这么丢下它——我得保护它！

但是此时他的脑海中又出现另一个声音，毫无疑问是他在另一个世界的驿站遇到的那个男人的声音。*没有人会摘走玫瑰，也不用担心有什么流浪汉踩坏它，因为他们暗淡的眼睛无法*

忍受玫瑰夺目的美丽。没有危险，玫瑰可以保护自己。

杰克感到一阵宽慰。

那我以后可以再回来看它吗？他问脑海中的声音。当我心情不好，或者那两个声音又回来吵我的时候？我可以回来看看它，得到一些安宁吗？

脑海中的声音没有回答。杰克仔细倾听了一会儿，最终确信声音已经消失了。他把《小火车查理》和《谜语大全》塞进裤腰带——腰带上沾满泥土，还挂着几个苍耳——，双臂抓住墙头，身体向上一耸，翻过墙头，跳在第二大道那侧的人行道上，很小心地用没扭伤的脚着地，撑住身体。

大街上的交通——人流和车流——多了许多，人们都下了班匆忙往回赶。有几个路过的行人看到这个衬衫没塞好、外套被撕破的脏兮兮的男孩儿笨拙地翻过矮墙，但是看到的人不多。在纽约，人们对行为怪异的人已经见怪不怪了。

他在人行道上站了一会儿，感到十分失落，同时也发现了一些其他东西——互相争执的两个声音还没有回来。至少这个还不错。

他瞥向矮墙，胡乱喷在墙上的打油诗一下子攫住他的视线，大概是因为喷漆与玫瑰的颜色一样。

“看那宽宽乌龟脊，”杰克小声念了出来，“龟壳撑起了大地。”他开始颤抖。“今天真是太棒了！天啊！”

他转过身，一瘸一拐地慢慢走回家。

19

看门人肯定在杰克刚走进大堂的时候就按了他家门铃，因为当电梯在五楼开启时，他的父亲就已经守在电梯口了。艾默·钱伯斯穿着一条褪了色的牛仔裤，牛仔靴把他五尺十寸的身高堪堪垫到六英尺。板寸平头上黑色的头发根根竖起。在杰克记忆中，他父亲从来就是一副刚刚遭受了巨大电击的样子。杰克刚踏出电梯，钱伯斯就一把抓住他的胳膊。

“看看你自己！”他父亲从上到下打量了他一番，看见杰克脸蛋和双手都脏兮兮的，双颊和太阳穴上还挂着干涸的血迹，裤子上都是泥，外套也撕破了，领带上还挂着几个像是模样古怪的夹子似的苍耳。“快进来！见鬼，你到哪儿去了？该死地，你母亲都快急疯了！”

他根本不给杰克解释的机会，径直把他拖进家门。杰克瞄见格丽塔·肖站在餐厅和厨房之间的门旁，谨慎地向他投来同情的目光，然后很快消失，以防被“先生”看见。

杰克的母亲坐在摇椅上，一看见杰克就站起身。但是她并没有一下跳起来，跑过大厅拥抱杰克，也没有亲吻或责骂他。她慢慢向杰克走过去，杰克看着她的眼睛，猜想她一个下午肯定吞了至少三片安定、也许四片。他的父母亲都笃信药品可以帮助他们达到完美状态。

“你流血了！你上哪儿去了？”他母亲用很有修养、浓重的瓦撒女子学院[①]的腔调问道，咬字清晰，试图让每个句子都押韵，仿佛在问候一个刚刚遇到车祸的朋友。

“出去了。”他回答。

他父亲重重地推了他一把。杰克显然没有料到，一个踉跄正好摔在他扭伤的脚上。疼痛倏地蹿上来，怒火腾地冒出。杰

① 瓦撒女子学院（Vassar College），成立于一八六一年，位于纽约州的贵族式文科学院，一九六九年开始招收男学生。

克觉得他的父亲这么恼火不是因为他留下那份疯狂的作文离开学校那么久；他父亲恼火是因为杰克居然有胆量糟蹋了那么珍贵的学习机会。

一直以来，杰克对他的父亲只抱有三种感情：迷惑，害怕，还有一种微弱、不解的爱。现在第四种、第五种感情相继出现：一是愤怒，另一个则是厌恶。与这些不愉快的感情掺杂在一起的还有一种想家的感觉，这种感觉现在在他心中愈发强烈，像烟雾一样包裹着所有其他感情。他看着他父亲涨红的脸颊、竖起的短发，真希望他能回到空地看看玫瑰，听听合唱的哼鸣。*这儿不是我应该待的地方*，他暗忖。*不再是了。我还有事情要做，只是但愿我知道是什么事儿。*

"放开我。"他说。

"你刚才对我说什么？"他父亲圆睁的蓝眼睛里布满了血丝，杰克猜想他肯定刚刚沉浸在魔术药粉里，现在不是激怒他的时候。但是杰克发现自己还是想挑衅。他可不能像一只被叼在狂虐的雄猫嘴里的耗子一样被摇来晃去，今晚不行，永远都不行。突然他发现大部分的愤怒是源于一个简单的事实：他不能对他们说发生了的事情——正在发生的事情。他们已经关上所有的门。

但是我有钥匙，他边想边隔着裤子摸了摸钥匙的形状。此刻，他脑海中又响起那首不寻常的打油诗：*若你想跑想游戏，跟着***光束***向前去。*

"我说放开我，"他重复道，"我脚扭了，你弄得我很疼。"

"我可不只会弄疼你的脚，如果你不——"

突然，杰克不知从哪儿来的力气，一把抓住夹着他上臂的手，狠狠地甩开。他父亲惊讶得合不拢嘴。

"我可不为你工作，"杰克说，"我是你的儿子，记得吗？如果你忘了，看看你办公桌上的照片。”

他父亲的嘴唇咧开，露出一排整洁的上牙，七分惊讶、三分愤怒地冲他咆哮起来。“不准你这么跟我说话——见鬼，你的尊敬上哪儿去了？”

“我不知道。也许在回家的路上弄丢了。”

“你没打招呼在外面闲荡了该死的一整天，现在回来了还站在这儿胡言乱语，毫不尊敬——”

“别吵了！你们俩都别吵了！”杰克的母亲大叫道，听上去都快哭出来了，虽然血管里流的全是镇静剂。

杰克的父亲又想抓住杰克的胳膊，但突然改变了主意。大概是因为他儿子刚才甩开他的那股力道着实惊人，抑或只是因为杰克的眼神。“我只想知道你到哪儿去了。”

“出去了。我告诉过你。而且我就打算告诉你这么多。”

“他妈的！你的校长打电话来，你的法语老师亲自到家里来了，而且他们都有许多[①]问题问你！我也是，而且我要答案！”

“你的衣服脏了，”他的母亲发现这一点，然后又怯怯地加了一句，“你是不是被抢劫了，约翰尼？你是不是逃学，然后被抢了？”

“他肯定没有被抢，”艾默·钱伯斯吼道，“手表不是还戴在手上吗？”

“但是他头上有血。”

“没关系，妈妈。我撞到头而已。”

“但是——”

“我要去睡觉了。我非常、非常累。如果你们想明天早上谈谈这件事儿，那行。也许那时候谈更有意义。但是现在，我没什

---

① 原文为法语。

么好说的了。”

他的父亲跟在他后面，伸出手。

“不要，艾默！”杰克母亲几乎在尖叫。

钱伯斯没有理睬，一把抓住杰克外套的后背。“不准你就这样走开——”他开始训斥，这时杰克猛地转身，用力地一扯外套，右胳膊下面本来就裂开的地方这回嘶啦一声全被拉断了。

杰克那双熊熊燃烧的眼睛逼得他父亲向后退了一步。他脸上的愤怒被另一种表情取代，看上去更像是恐惧。说杰克的眼睛熊熊燃烧并不仅仅是比喻；他的眼睛事实上看起来就像两簇火焰。他母亲虚弱地呻吟出声，一只手捂着嘴，向后踉跄地跨了两大步，然后重重地跌坐在摇椅上。

“别……管……我。”杰克说道。

“你到底怎么了？”他父亲问道，现在的声调几乎是悲伤的，“你见鬼的怎么了？考试周第一天就逃出学校，什么招呼也没打，回家时从头到脚沾满泥……而且你的一举一动就像疯了一样。”

对，就是这句话——你的一举一动就像疯了一样。自打三个礼拜以前他的脑海中出现两个声音以来，他一直就害怕这句话。令人心惊胆颤的指控。只是现在这句话一旦真的被说出口，杰克反而觉得一点儿不可怕，也许是因为他最终能够不去想这件事儿了。是的，有事情发生在他的身上，而且仍在继续。但是没有——他没有疯。至少现在还没有。

“我们明早再谈。”他又重复了一遍，说完走出餐厅。这回他父亲并没有阻止他。他快走到大厅的时候，身后响起他母亲焦虑的声音：“约翰尼……你还好吧？”

他该如何作答？好？不好？两者皆是？两者皆不是？但是脑海中的声音停止了，这才比较重要。实际上，非常重要。

“好一些了。”他最终回答道。他走回自己的房间，重重甩上门，仿佛这样能把他和世界的其余部分都隔绝开，这让他感到非常欣慰。

20

他站在门边听了一会儿。他母亲在低声说着什么，他父亲的声音则比较大。

他母亲提到了血，还有医生。

他父亲说这孩子没问题；唯一出问题的是从那孩子嘴里说出来的乱七八糟的东西，但是他会来处理。

他母亲劝他父亲冷静下来。

他父亲说他本来就很冷静。

他母亲说——

他说，她说，如此这般，说来说去。杰克仍旧爱他们——无论如何，他还是比较确定这一点的——但是现在有其他事情发生了，同时又引起更多的连锁反应。

为什么？因为玫瑰花出了问题，也可能是因为他想去另一个世界……再次看见他的眼睛，如公路小站上方的天空那么湛蓝的眼睛。

杰克慢慢挪到书桌前，脱掉外套。这件衣服已经坏得差不多了——一只袖管几乎被全扯了下来，里面的衬里像张软帆悬挂着。他把外套挂在椅子背上，坐了下来，把书摊在书桌上。这一个半星期以来他一直睡得很糟糕，但是他猜今晚大概能睡个好觉。他从来没有像今天这么疲惫过。等明天早上醒来时，可能他就知道应该怎么做了。

这时门外响起一阵轻轻的敲门声，杰克警惕地向声音的方向转过身。

“是我，肖太太，杰克，我能进来一分钟吗？”

他微微一笑。肖太太——当然是她。他父母亲总是让她做和事佬，或者说，用个好点儿的词，中间人。

你去看看他，他母亲会说。他会告诉你到底怎么回事儿的。我是他的母亲，那个双眼通红、直流鼻涕的是他的父亲，而你是唯一的管家，但是他会告诉你他不愿意跟我们说的事儿，因为你见到他的时间比我们中任何一个都要多，而且也许你说的话他能懂。

她会端着个盘子，杰克边想边打开门，然后笑了起来。

肖太太果然端着盘子，上面放了两个三明治、一角苹果派和一杯巧克力牛奶。她略显焦虑地看着杰克，仿佛他会扑上来咬她一口。杰克朝她肩膀后面看了看，并没有发现他的父母。他可以想象他们俩正在客厅里坐立不安地听着这里的动静。

“我猜你可能想吃点儿东西。”肖太太说。

“是的，谢谢。”说实话他真的快饿扁了；早饭以后他就什么都没吃。他侧过身，肖太太走进房间（进去的时候又忧心忡忡地看了他一眼），把盘子摆在了书桌上。

“噢，看这个，”她说着拿起《小火车查理》，“我小时候也有这本书。你今天买的吗，约翰尼？”

“是的。是不是我父母让你过来看看我怎么样了？”

她点点头，没有矫饰，没有假装。这只是一件小事，就像倒垃圾一样。你可以告诉我你想怎么做，她的表情仿佛在说，或者你也可以什么都不说。我喜欢你，约翰尼，但是我真的无所谓。不管怎样，我只是在这儿工作，而且现在离我平时下班的时间已经过了一个小时了。

她的表情所说出的一切丝毫没有让他生气，反而让他更加平静。肖太太是另一个不算是朋友的熟人……但是他猜她也许比学校任何同学都更像朋友一些。至少肖太太很诚实，从不要花招，一切都明明白白地体现在月末的工资单上，而且她总是把三明治的面包皮切下来。

杰克拿起一块三明治，大大咬了一口。腊肠加奶酪，他的最爱。这是肖太太另一个好处——她知道他所有喜欢的口味。他母亲到现在还执拗地认为他喜欢捣碎的玉米，讨厌吃甘蓝菜。

“请告诉他们我很好，”他说，“而且告诉我父亲，我很抱歉对他无礼。”

他其实并不抱歉，但是他父亲想要的就是一句对不起。当肖太太把这个告诉他，他就会轻松下来，然后继续自欺欺人——他尽到了做父亲的责任，一切都很好，一切都很好，没有任何问题。

“我复习考试很用功，”他边嚼边说，“而今天早上所有压力都压下来，我猜。我有一点儿僵住了，仿佛我不离开就会窒息。”他摸了摸前额上干涸的血疤。“这个嘛，告诉我母亲，真的没什么。我没有被抢劫，这只是很愚蠢的意外。一个邮递员正推着手推车，我一头撞了上去。伤口并不大，我也没有看见重影或者其他什么症状，甚至头现在都已经不疼了。”

她点点头：“我可以想象到是怎么回事儿——竞争激烈的学校，如此而已。你只是被吓坏了，没什么可耻的，约翰尼。但是过去几个礼拜你的确看上去心神不宁。”

“我想现在我很好。我也许得重写我的英语期末作文，但是——”

“噢！”肖太太惊叫一声。她连忙把《小火车查理》放回桌上。“我差点儿忘了！你的法语老师留了点儿东西给你。我这就去拿。”

她离开房间。杰克本来希望不用担心贝塞特先生的，他人很好。但是现在既然贝塞特先生亲自来了，估计他得担心了。杰克有印象派珀学校的老师很少家访的，他也很奇怪贝塞特先生到底留了什么。他猜最可能的是邀请他去和学校的心理医生赫啻基斯先生谈谈。倘若他今天早上知道这个肯定会害怕，但今晚不会了。

今天晚上，重要的只有玫瑰。

他又吃了一块三明治。肖太太离开的时候没有把门带上，所以他可以听见她在和他父母亲说话。现在他们俩听上去都冷静了许多。杰克喝了口牛奶，拿起盛苹果派的盘子。过了一会儿，肖太太拿着一个非常熟悉的蓝色文件夹回到房间。

杰克发现他毕竟还是没能克服所有的恐惧。现在，他们所有人，同学和老师，应该都已经知道，而且也没时间再做什么弥补，但是这并不意味他喜欢所有人都知道他精神错乱、成为大家的话题。

文件夹上面用别针别了一封信。杰克把信拿下来，撕开信封，抬头问肖太太：“我爸妈现在怎么样？”

她微微一笑：“你父亲想让我问你为什么你不告诉他你只是得了考试焦虑症。他说他小时候也遇到过这种情况，有一两次。”

杰克非常惊讶，他父亲从来就不是那种会沉湎于回忆中的人，他不会说，你瞧，我小的时候……杰克试着想象他父亲小时候患上考试焦虑症的情景，结果发现他没办法——他最多能够在脑海中看见一个身穿派珀T恤衫、十分好斗的小矮子、一个脚踏特殊定制的牛仔靴的小矮子、一个黑发硬邦邦地倒竖在脑门儿上的小矮子，这幅情景并不让他愉快。

便笺是贝塞特写的。

亲爱的约翰，

邦妮·艾弗莉告诉我你提早离开了。她很担心你，我也是，尽管这种事情我们以前都碰到过，尤其是在考试周期间。明天一早你过来我们见面谈谈，好吗？任何问题都可以解决的。如果你是因为考试压力太大——而且我想重复一遍，这经常发生——我们可以安排延期考试。我们最关心的是你的健康。如果你愿意，今天晚上给我打电话，号码是555-7661。我一直到午夜才睡。

记住，我们都很喜欢你，也会一直支持你。

祝你健康！①

里昂·贝塞特

杰克突然有点儿想哭，信中表达了关心，这太棒了，但是还有另一些没有说出口的——温暖、关爱和努力地理解与安慰（尽管是误解）。

贝塞特先生在短信的末尾画了一个小箭头。杰克翻过来，读道：

顺便提一下，邦妮让我把这个一起带给你——恭喜！！

恭喜？这见鬼的到底是什么意思？

他打开文件夹，一页纸夹在了他期末作文的第一页，抬头写着**来自邦妮塔·艾弗莉的办公桌**。杰克顺着斜体水笔字一行行读下去，越读越惊喜。

---

① 此句原文为法语。

约翰，

里昂纳多肯定已经告诉你我们的担心——他一向擅长这个——所以我只想谈谈你的期末作文，我已经通读，而且给了分数。这篇作文新颖独创，令人叫绝，是我这几年来读过的所有的学生作文中最优秀的。你使用的重复修辞（“……这就是事实”）很有灵感，但当然重复修辞的确只是小伎俩。这篇作文真正的独到之处在于**精妙的象征**：意象首先由标题页的火车和斜塔的照片带出，然后巧妙地融入文章。在文章最后这个意象由“黑色塔楼”的照片引出逻辑结论，我的解读是，传统意义上的野心不仅错误，而且危险。

我并不想假装我理解了所有的象征意象（例如，“影子女士”、“枪侠”），但是很明显你自己就是“囚犯”（受困于学校、社会，诸如此类），而我们的教育体制就是“会说话的魔鬼”。有没有可能“罗兰”与“枪侠”都是同一个权威形象——你的父亲，也许？这个可能性非常吸引我，所以我就去你的档案里查了查他的名字。我发现你父亲叫艾默，但是我又进一步发现他的中间名缩写是R。

这一点引起我极大的兴趣。抑或这个名字是双重象征，同时来自于你的父亲与罗伯特·布朗宁的诗作《去黑暗塔的罗兰少爷归来》？我通常不会问大多数学生这个问题，但是当然我知道你博闻强识！

无论如何，我印象非常深刻。年轻的学生常常会对所谓的“意识流”手法感兴趣，但通常很难把握。但是你的文章非常出色地将意识流与象征的语言融为一体。

太棒了！

你“一回来”就来找我一下——我想和你谈谈这篇文章

是否可能在明年学生文学杂志的第一期发表。

B.艾弗莉

又及，如果你今天离开学校是因为你突然怀疑我无法理解这篇内容如此丰富的作文，那么我希望我已经帮你打消疑虑。

杰克撕下这张纸，翻开他那篇惊人新颖、象征丰富的期末作文的标题页，上面艾弗莉小姐用红笔画了大大的一个“A^{+}”，周围画了一个圈儿，下面还写了一句**干得漂亮!!!**

杰克开始大笑。

整整一天——漫长、害怕、困惑、愉快、恐怖、神秘的一天——都浓缩成歇斯底里的大笑声。他跌坐在椅子里，头朝后仰，双手捧住肚子，眼泪顺着脸颊流下来，笑得嗓子嘶哑。他快停下来时，艾弗莉小姐几句善意的评论跃入眼帘，然后他又无法控制地大笑。他甚至没有看见他的父亲走进门，困惑、担心地看了他一眼之后摇着头离开。

终于，他意识到肖太太还坐在他的床上看着他，淡定超然的表情带着友善，也夹杂着些微好奇。他刚想开口说话，笑声又从嘴里不受控制地冒出来。

我得停下来，他想。我必须得停下来，否则真会没命的。这样下去我会中风或是心肌梗阻什么的。

接着他又想到，*不知道她怎么解释“小火车，小火车?”*想到这里，他又开始疯狂大笑。

最终，捧腹大笑慢慢减弱为咯咯笑。他抬起胳膊擦了擦泪汪汪的眼睛说，“对不起，肖太太——只是因为……呃……我的期末作文得了 A^{+}。这篇作文富有……非常富有……想……象……”

但是他没法儿把话说完，接着又开始捧腹大笑，笑弯了腰，笑得肚子疼。

肖太太站起身，脸上挂着微笑："非常好，约翰。我很高兴一切结果都这么好，而且我肯定你父母肯定也会高兴的。今天太晚了——我想我得请看门人帮我叫一辆出租车了。晚安，做个好梦。"

"晚安，肖太太，"杰克努力控制住自己回答道，"谢谢。"

等她一走，他又开始大笑。

21

之后的半个钟头，他的父母分别找他谈话。他们的确冷静了不少，而杰克期末作文 A$^+$ 的成绩让他们更加冷静。他们进房间的时候，杰克的法语课本摊在书桌上，其实他一个字都没看，也根本没真的打算复习。他只是等着他们都离开以后可以开始研究白天买的那两本书。他觉得真正的期末考试正在地平线的另一端等待着他，而他拼命希望能够通过。

大概在十点一刻的时候，他的父亲走进杰克的房间，在二十分钟之前杰克的母亲刚刚结束了她短暂草率的探访。艾默·钱伯斯一手拿着香烟，另一只手拿着一杯威士忌，看上去不只更加冷静而且几乎有点儿恍惚。瞬间杰克冷漠地想，他是不是也服用了他母亲的安定。

"你还好吗，孩子？"

"还好。"他又变成了那个自觉整洁的小男孩儿，转向他父亲的眼睛不再灼灼发光，反而有些模糊迟钝。

"我想说我对刚才很抱歉。"他父亲可不是经常道歉的人，而且道歉说得很糟糕。杰克微微为他感到遗憾。

“没关系。”

“艰苦的一天，”他的父亲边说边举着空酒杯比划着，“我们为什么不忘记发生的一切？”他说话的方式表明他似乎刚刚想出这个绝妙又符合逻辑的好主意。

“我已经忘记了。”

“很好。”他父亲听上去舒了一口气，“你该上床休息了，是吧？明天你需要做一些解释，而且还要参加考试。”

“我猜是的。”杰克回答，“妈妈还好吗？”

“很好，很好。我去书房了。今晚还有工作要做。”

“爸爸？”

他父亲小心翼翼地回头。

“你的中间名是什么？”

他父亲脸上的表情告诉杰克他看到了期末作文的成绩，但是肯定既没有费心通读全文、也没有读艾弗莉小姐的评论。

“我没有中间名，”他回答，“只有一个缩略字母，就像哈里·S·杜鲁门一样，只是我的是字母R。你怎么想起来问这个？”

“只是好奇。”杰克回答。

他在他父亲离开之前一直努力保持镇静……但当门一关上，他就跳上床，把脸埋在枕头里面，又闷声大笑起来。

22

当他确定狂笑的冲动终于过去（虽然时不时喉咙里还会冒出一阵窃笑，就像狂笑后遗症似的），而且确定他的父亲已经锁上门坐在他的书房里抽着香烟、喝着威士忌、看着文件、当然还有那一小瓶白色粉末的时候，杰克回到他的书桌前，打开台灯和那本《小火车查理》。他瞥了一眼书的版权页，发现第一版是一九四二年出版的，他手头这本已经是第四次印刷了。他又看看封底，却没找到关于作者贝里·埃文思的任何信息。

杰克翻回第一页，图画里一个金黄头发的男人正咧嘴笑着坐在一辆蒸汽小火车的驾驶室里。他凝视着这个男人脸上骄傲的笑容，思索片刻后开始读正文。

鲍伯·布鲁克斯是中世界铁路公司的工程师，负责圣路易斯和托皮卡之间的路段。工程师鲍伯是中世界铁路公司最出色的火车司机，而查理则是最出色的火车头！

查理是一个402老大哥型的蒸汽火车头，而工程师鲍伯是迄今唯一被允许坐上他的驾驶室拉响鸣笛的人。每个人都知道查理会发出呜呜的鸣笛声，每当他们听到呜呜声回荡在辽阔的堪萨斯乡间时，他们说"那是查理和工程师鲍伯他们，圣路易斯和托皮卡之间跑得最快的一对搭档！"

无论男孩还是女孩都会冲到自己院子前面，只为一睹查理和工程师鲍伯的风采。工程师鲍伯总是微笑着向他们挥手致意，孩子们也会微笑着挥手回应。

工程师鲍伯有一个特殊的秘密，只有他一个人知道，那就是小火车查理真的、真的有生命。有一天，他们正行驶在托皮卡到圣路易斯的路上，工程师鲍伯听见低沉温柔的歌声。

"是谁和我一起在驾驶室里？"工程师鲍伯不高兴地问。

"你得去看看心理医生，工程师鲍伯。"杰克看到这里喃喃自语，同时翻到第二页。上面有一幅插图，工程师鲍伯正弯着腰检查小火车查理的自动锅炉室。杰克觉得奇怪，鲍伯在查探偷乘者的时候，谁在开火车、并且提防铁轨上突然出现牛群(更不用说男孩儿女孩儿了)？他猜贝里·埃文思肯定对火车所知有限。

“别担心，”一个沙哑的声音轻声说，“这只是我。”

“这个我是谁？”工程师鲍伯用他最大声、最严厉的声音问道，因为他仍然认为有人在恶作剧。

“查理。”沙哑的声音轻声回答。

“哈哈哈！”工程师鲍伯说，“火车可不会说话！我也许知道得不多，但是我至少明白这个！如果你是查理，那我想你可以自己鸣笛了！”

“当然！”沙哑的声音轻声说，就在那时，汽笛开鸣，响彻整个密苏里平原：呜……呜……！

“上帝啊！”工程师鲍伯惊叹，“真的是你！”

“我告诉过你呀，”小火车查理回答。

“那我以前怎么从来不知道你有生命？”工程师鲍伯又问，“为什么你以前从来不和我说话？”

这时，查理开始用他那沙哑低沉的嗓音对工程师鲍伯歌唱。

不要问我傻问题，
我也不玩笨游戏。
只是简单小火车
模样始终都如一。

头顶一片碧蓝天，
只愿永远驶向前。

做辆快乐的小火车，
生命不止不停歇。

“以后旅途中你还会和我说话吗?”工程师鲍伯问道，“我会很乐意的。”

“我也是，”查理回答，“我爱你，工程师鲍伯。”

“我也爱你，查理。”工程师鲍伯回答。说完他亲自拉响汽笛，只为表达他现在多么开心。

呜……呜……！这是查理最动听的鸣叫，每个听到的人都连忙跑出来看个究竟。

最后这段的插图与封面上的那幅非常接近。前面的几幅插图中(都是粗绘图画，让杰克想起他最喜欢的幼儿园图书《爱尔兰人迈克和他的蒸汽挖土机》里面的图片)，火车头只是火车头——无疑吸引着这本书当时的读者群、五十年代的男孩子，让他们兴高采烈——仍旧只是机器。可是在这幅插图中，它明显有了人脸的特征。尽管查理脸上挂着笑，故事透出笨拙的可爱，杰克仍然感到心头一凛。

他不信任这张笑脸。

他打开他的期末作文，视线扫过几行，然后读到，我很肯定布莱因非常危险，这就是事实。

他合上文件夹，手指关节在上面若有所思地敲了几下，然后继续读《小火车查理》。

工程师鲍伯和查理一起度过了许多愉快的日日夜夜，他们也聊了很多事情。工程师鲍伯独身一人，查理成为自从很久以前他妻子在纽约去世以后唯一真正的朋友。

有一天，查理和工程师鲍伯回到坐落在圣路易斯的车库，却发现在查理的泊位上停着一辆全新的柴油火车头。这个柴油火车头真是了不起！足足5 000马力！不锈钢的车厢连接装置！还有位于纽约州尤蒂卡的尤蒂卡引擎公司制造的牵引电动机！

“这是什么？”工程师鲍伯忧心忡忡地问，查理只是用他最低沉、最沙哑的嗓音继续吟唱：

不要问我傻问题，
我也不玩笨游戏。
只是简单小火车
模样始终都如一。

只愿永远驶向前，
头顶一片碧蓝天。
做辆快乐的小火车，
生命不止不停歇。

布利戈斯先生，车库的负责人，走了过来。

“那台柴油火车头很漂亮，”工程师鲍伯说，“但是你必须把它从查理的泊位上移走，布利戈斯先生。今天下午查理得上润滑油了。”

“查理不再需要上润滑油了，工程师鲍伯，”布利戈斯先生悲伤地回答，“他将被这个火车头替代——全新的伯灵顿西风柴油火车头。以前，查理是世界上最优秀的火车头，但现在他老了，锅炉还漏气。恐怕这回查理真该退休了。”

"绝对不行!"工程师鲍伯非常愤怒!"查理仍旧马力十足!我要打电报给中世界铁路公司的总部!我要打电报给总裁雷蒙德·马丁先生,亲自!我认识他,因为他曾经给我颁发优秀员工奖,后来我和查理还带着他的小女儿去兜风。我让她亲手拉响鸣笛,查理还为她卖力地鸣叫!"

"我很抱歉,鲍伯,"布利戈斯先生说,"但是正是马丁先生亲自订购了这辆柴油机车。"

这是事实。就这样,小火车查理被移到中世界铁路公司圣路易斯火车停车场最远角落的旁轨上,在杂草堆中慢慢生锈。现在人们在圣路易斯和托皮卡的轨道上听见的是伯灵顿西风的轰克轰克声,而查理的鸣笛已经不再响起。一窝老鼠在工程师鲍伯的座位上安了家,他曾经自豪地坐在那儿看着原野从身旁掠过;小燕子也在查理的烟囱里筑巢做窝。查理孤独又悲伤,十分想念钢轨、蓝天和开阔的原野。夜深人静的时候,他会想到过去,流出黑色的机油泪水,泪水弄锈了他精美的车头灯,但是他不在乎,因为现在车头灯也已经老了,而且再也没有点亮。

马丁先生,中世界铁路公司的总裁,写信提供工程师鲍伯驾驶全新的伯灵顿西风的职位。"这个火车头很出色,鲍伯,"马丁先生说,"马力十足,而你是驾驶它的最佳人选!在所有中世界的工程师中,你是最优秀的。我的女儿苏珊娜也一直记得你让她拉响老查理的汽笛。"

但是工程师鲍伯表示,如果他不能继续驾驶查理,那么他的火车司机生涯也就到此为止。"我无法理解如此高级的柴油机车,"工程师鲍伯说,"而且它也不会理解我。"

公司为他安排了在圣路易斯车库清洗引擎的职位,工程师鲍伯变成了清洗工鲍伯。有时候，一些驾驶全新柴油车的工程师会取笑他。“看那个老傻瓜！”他们说，“他不能理解世界已经转换了！”

有时趁着夜深人静，工程师鲍伯会走到停车场远处生锈的旁轨，小火车查理孤独地停在那里。杂草长进他的车轮，锈迹爬进车头灯。工程师鲍伯还会和查理说话，但是查理回答得越来越少。很多夜晚他甚至一言不发。

一天晚上，工程师鲍伯的脑海里突然闪现出一个可怕的想法。“查理，你是不是快死了？”他问。然后查理用他最低沉、最沙哑的声音回答：

不要问我傻问题，
我也不玩笨游戏。
只是简单小火车，
模样始终都如一。

头顶依旧碧蓝天，
如今不再驶向前。
我猜我会待在这儿，
直到死亡那一天。

故事的转折算不上出乎意料。杰克盯着这段故事的插图看了好久，图画技巧谈不上精湛，但丝毫不损故事的催泪效果。查理看上去又老又沮丧，被所有人遗忘；工程师鲍伯看上去失去了他最后的朋友……起码故事是这样说的。杰克可以想象，全美国的孩子看到这里都会号啕大哭，他又突然想到，许多儿童读物里都包含这种情节，这种能让你心口变得酸酸的情节。韩赛尔与格蕾特[1]被赶进森林，小鹿班比的妈妈被猎人杀死，还有老黄狗的死。伤害小孩子、让他们流眼泪可真是容易，而且这似乎也显示出大多故事作者都具有虐待倾向……而且，看起来，贝里·埃文思也不例外。

但是杰克却发现自己对查理被贬到中世界铁路公司圣路易斯的火车停车场无人问津的角落、在杂草中生锈没有丝毫难过。恰恰相反。很好，他暗想。那就是他该待的地方。就该待在那儿，因为他很危险。就让他在那里生锈，千万别信任他的眼泪——那是鳄鱼的眼泪。

剩下的部分他很快看完。大团圆的结局，这是当然，尽管孩子们在忘记这种结局之后很长时间都会记得被抛弃在停车场一角的绝望。

马丁先生，中世界铁路公司的总裁，来到圣路易斯视察工作。他本来打算乘坐伯灵顿西风回到托皮卡，参加下午他女儿的第一次钢琴演奏。可是西风却无法启动，好像柴油燃料里面进了水。

（是你把柴油燃料浇湿的吧，工程师鲍伯？杰克心里暗想。我敢肯定就是这样，你这条奸诈的老狗！）

其他所有火车都出任务去了！该怎么办？

> 这时有人碰了碰马丁先生的胳膊。是清洗工鲍伯，只不过他看上去不再像一个引擎清洗工。原本沾满油渍的工作服已经脱下，换上了干净的工作装，原来的工程师软帽也重新戴上。

---

① 《韩赛尔与格蕾特》（*Hansel and Gretel*），《格林童话》中的一个故事，又被译为《糖果屋》。

“查理就在不远处的旁轨上，”他说，“查理可以开到托皮卡去，马丁先生。查理能够把您准时送到您女儿的钢琴演奏会上。”

“那辆旧蒸汽火车？”布利戈斯先生对此嗤之以鼻，“到太阳落山的时候查理也许离托皮卡城还有五十英里呢！”

“查理一定能做到，”工程师鲍伯坚持，“况且没有其他火车，我知道他行的！我一直在空余时间清洗他的引擎和锅炉，您瞧。”

“我们试试吧，”马丁先生最终说，“如果没赶上苏珊娜第一次演奏会，我会非常遗憾的。”

查理整装待发；工程师鲍伯往他身后的煤水车里填满了新鲜煤炭，燃烧室烧得连外壁都发红。他扶马丁先生坐上驾驶室，又把查理拖离锈迹斑斑、无人问津的旁轨。这么多年以来，查理又一次踏上主轨道。接着，他踩动引擎，拉响汽笛，查理发出勇敢的呼声：呜……呜……！

圣路易斯城里所有孩子都听见了轰鸣的汽笛，全都跑进院子亲眼目睹生锈的老蒸汽火车从门前经过。“看呀！”他们大叫。“那是查理！小火车查理回来了！好哇！”他们挥手致意，当查理加速穿过城镇时，他又鸣响汽笛，就像过去那样：呜……呜……

咔嗒咔嗒，查理的车轮经过！

呼哧呼哧，烟从查理的烟囱冒出！

咕咚咕咚，传送带把煤送进燃烧室。

说到动力！说到神气！上帝啊，老天啊，呜哇！查理从未跑得这么快！眼前的原野还没看真切就从耳边一闪而过！他们飞速赶超41国道上的汽车，宛若那些汽车都是静止的！

“简直不敢相信!”马丁先生大叫着拿起帽子在空中挥舞。“这真是了不起的火车头,鲍伯!我不知道我们为什么让它退休!你怎么能够让煤炭传送带运转得这么快?”

工程师鲍伯只是微微一笑,因为他知道小火车查理在给自己加煤。而且,在咔嗒咔嗒、呼哧呼哧、咕咚咕咚的声音下面,他能够听见查理用他低沉、沙哑的嗓音唱着那首老歌儿:

不要问我傻问题,
我也不玩笨游戏。
只是简单小火车
模样始终都如一。

只愿永远驶向前,
头顶一片碧蓝天。
做辆快乐的小火车,
生命不止不停歇。

查理把马丁先生准时(这是当然)送到他女儿的钢琴演奏会上,苏珊娜再次看见她的老朋友查理非常高兴(这也是当然)。苏珊娜一路上兴奋地拉着汽笛,大家一起又回到圣路易斯。马丁先生把查理和工程师鲍伯安排在了全新建造在加利福尼亚的中世界游乐园中,以后他们就可以一直载着孩子们游览乐园,而且——

直到今天你还能看见他们载着快乐的孩子们到这里、去那里,畅游这个灯光与音乐组成的世界,享受美丽开心的时光。工程师鲍伯头发已经染上白霜，查理比起以前也不大说话，但是他们俩仍然精神奕奕，而且孩子们时不时地还可以听见查理用他低沉、沙哑的嗓音吟唱他的老歌儿。

完

“不要问我傻问题，我也不玩笨游戏。”杰克喃喃自语，视线又锁定最后一幅图片。上面小火车查理拉着两车厢开心的孩子从过山车开到摩天轮。工程师鲍伯坐在驾驶室里，拉着汽笛的绳子，像头粪水里的猪一样傻乐着。杰克猜想工程师鲍伯的微笑要传达的肯定是极大的喜悦，但是这笑容在杰克看来更像是疯子脸上的傻笑。查理和工程师鲍伯两个看上去都像疯子……而且杰克越多看一眼车上的孩子，就越觉得他们脸上的表情是恐惧的痛苦。让我们下车，他们的表情仿佛在说。求求你们了，只要让我们活着下车就行！

做辆快乐的小火车，生命不止不停歇。

杰克合上书，仔细想了一会儿。然后他又把书打开，一页一页翻着，圈出一些吸引他的字词。

中世界铁路公司……工程师鲍伯……低沉、沙哑的声音……呜呜……自从很久以前他妻子在纽约去世以后唯一真正的朋友……马丁先生……世界已经转换了……苏珊娜……

他搁下笔。为什么这些字词如此吸引他？纽约这个词吸引他，原因很明显，但是其他那些呢？而且，为什么是这本书？毫无疑问他本来就打算买下来。可他肯定如果当时他口袋里钱不够，他就会一把抢过书、然后逃之夭夭。但是为什么？他感觉好像心中有一只指南针，并不知道什么磁北，只知道要指向一个特定的方向，无论你愿意与否。

杰克唯一肯定的就是他非常、非常疲倦，假如他现在还不爬上床，那他就会在桌子前睡着。他脱掉衬衫，最后瞥了一眼《小火车查理》的封面。

那微笑。他不信任那微笑。

一点儿也不。

23

杰克并没能如预期的那样迅速入睡。脑海中的声音又开始争论他到底是死还是活，让他根本睡不着。最后，他坐起身，眼睛紧闭，用拳头朝太阳穴狠狠捣了几下。

闭嘴！他对着声音大叫。赶快闭嘴！你们一天都很安静，现在也安静下来！

如果他承认我已经死了，我就闭嘴，其中一个声音愠怒地说。

如果他肯看在上帝的份上朝四周看看、承认我明显还活着，我就闭嘴，另一个声音反唇相讥。

他快忍不住要尖声大叫起来。这根本无法忍受；他感觉就像要呕吐似的，尖叫就堵在喉咙管。他睁开眼睛，看见长裤挂在书桌椅子上，此时突然想到一个主意。他跳下床，走向椅子，摸索长裤右面的口袋。

银钥匙就在那里。在他的手指一碰到钥匙的瞬间，声音停止了。

告诉他，他脑海中蹦出这样的念头，只是不知道是为了谁。告诉他抓住钥匙。钥匙可以让声音消失。

他手里抓着钥匙回到床上，头沾上枕头不出三分钟，就沉沉坠入了梦乡。

第三章

门与魔鬼

1

当埃蒂快要睡着时，耳边清晰地响起一个声音：告诉他抓住钥匙。钥匙会让声音消失。

他立即直挺挺坐起身，狂乱地向四周张望。身旁苏珊娜睡得很熟，刚才肯定不是她在说话。

似乎并没有闯入者。现在他们沿着光束的路线已经在树林中穿行了八天，今天晚上他们把营地扎在了平底山谷的峭壁上。左面，一条小溪欢快地汩汩流淌，与他们前进的方向一样：都是东南方。右面山坡缓缓上升，上面密密长满冷杉。在这儿除了熟睡的苏珊娜和醒着的罗兰以外根本没有别人。在小溪另一边，罗兰披着毯子蜷缩成一团，仰望着夜空。

告诉他拿起钥匙。钥匙会让声音消失。

埃蒂犹豫了一会儿。罗兰的理智正处在最危险的关头，其中最糟糕的是：没有人比他更清楚他自己的状况。此时此刻，埃蒂愿意尝试任何办法。

他一直用一块折成豆腐块的鹿皮当枕头。他摸摸枕头下面，拿出一捆裹着兽皮的东西，向罗兰走过去。当他离枪侠不设防的后背不到四步远时，罗兰才察觉。这让埃蒂十分难过，曾经——而且不是太久以前——罗兰能够在埃蒂起身之前就察觉他已经醒来，埃蒂呼吸的变化都逃不过他的耳朵。

他在海滩被海怪咬得奄奄一息的时候都比现在警觉，埃蒂难过地想。

终于罗兰转过头看他，眼睛里明显蕴含着痛苦与疲倦，但是埃蒂知道这些不过是表面现象。藏在下面的，埃蒂感觉到，是与日俱增的困惑，而且如果任由这种困惑发展下去而不加以制止，它迟早会变得疯狂。同情紧紧攫住埃蒂的心。

“睡不着？”罗兰低声问，听起来像是刚刚用过毒品。

“差点儿就睡着了，然后又醒了，”埃蒂回答，“听着——”

“我想我已经准备好死了。”罗兰看着埃蒂，眼眸中不复明亮的光彩，看起来更像是两口无底的漆黑枯井。埃蒂打了个寒战，不是因为罗兰说的话，而更因为他空洞的眼神。“你知道我希望在这条路的尽头遇到什么吗，埃蒂？”

“罗兰——”

“宁静，”罗兰回答，他含糊地叹了口气，“只是宁静，那就够了。能结束……这个。”

他举起拳头狠狠捣了捣太阳穴。埃蒂心想：*我看见过别人也做这个动作，而且是不久以前。但是是谁？在哪里？*

这无疑非常荒谬；两个月以来，除了罗兰和苏珊娜，他谁也没见过。但是他就是这么觉得。

“罗兰，我正在刻样东西。”埃蒂说。

罗兰点点头，嘴角牵出一丝微笑，道：“我知道。你在刻什么？你终于准备告诉我了吗？”

“我想可能这也是卡-泰特的一部分。”

空洞的眼神消失，罗兰若有所思地看着埃蒂，只是什么也没说。

“看。”埃蒂展开兽皮。

*这是没用的！*亨利的声音凭空响起，非常大，吓得埃蒂差点儿倒退两步。*这只是一块愚蠢的木头！他只会看一眼然后大肆*

嘲笑！他会嘲笑你的！“噢，看这个哟！”他会说，“这个娘娘腔是在刻木头吗？”

“闭嘴！”埃蒂喃喃说。

枪侠抬起眉毛。

“不是说你。”

罗兰点点头，毫不惊讶：“你哥哥时常来打扰你，是吗，埃蒂？”

一瞬间埃蒂只是死死地盯着他，他的木刻仍旧藏在兽皮里面。接着他微微一笑，只是笑容并不愉快。“没有以前那么经常了，真该为这点小恩惠感谢耶稣！”

“是的，”罗兰回答，“声音太多会给人的心灵增加过多压力……那是什么，埃蒂？请让我看看。”

埃蒂把这块断木拿起来。快完成的钥匙从木头里浮现出来，就像从帆船船头探出来的女人的头……或者像从一块大石头里戳出的剑柄。埃蒂并不清楚他复制的钥匙与他在火焰里看见的钥匙形状到底多接近（或许永远不会知道，他猜，除非能用恰当的锁来做个测试），但是他想应该已经很接近了。有一点他非常肯定：这是他雕得最好的。到目前为止。

“上帝啊，埃蒂，真漂亮！”罗兰说。嗓音中听不出丝毫冷漠，反而是埃蒂从未听到过的惊讶与尊重。“你完成了吗？还没有，对不对？”

“没有——还没全完成。”他用拇指摸索第三个凹槽，然后摸到最后一个凹槽那里的S形，“这个凹槽还得再加加工，而且末端的弧度也还不对。我不知道我是怎么知道这些的，但是我就是知道。”

“这是你的秘密。”这不是一个问题。

“是的，只要我明白这秘密到底意味着什么。”

罗兰向旁边瞥去，埃蒂循着他的视线，发现苏珊娜已经醒过来。事实上他感到几分欣慰，是罗兰首先听见她的动静的。

“你们两个男的这么晚在干什么？闲聊吗？”话音刚落，她看见埃蒂手中的木头钥匙，点点头说，“我还奇怪你到底什么时候打算给我们看这东西呢。很好，你知道。我不知道这是干什么用的，但是它真的非常棒。”

“它能开启什么门你一点儿不知道吗？”罗兰问埃蒂，“难道这不是你的楷覆功①吗？”

“不是——但即使没有完成也可能有些用处。”他把钥匙递给罗兰，“我希望你帮我保存它。”

罗兰并没有伸手去接。他凑近埃蒂问道：“为什么？”

“因为……呃……因为有人告诉我应该给你。”

“什么人？”

你的男孩儿，埃蒂突然冒出这个念头，而且片刻就确信这个想法没错。*是你那个见鬼的男孩儿*。但是他并不愿意这样说，他一点儿也不愿意提及男孩儿的名字。这样有可能又会引爆罗兰。

“我不知道。但是我想你最好试一试。”

罗兰缓缓伸出手，当他的手指碰到钥匙的一刹那，木头上似乎闪过一阵明亮的白光。只是光芒转瞬即逝，埃蒂不敢确定他是否真的看见了。也许只是星光而已。

罗兰张开手，握住从树枝中长出来的钥匙，脸上没有任何表情。接着他双眉紧皱，头微微一偏，仿佛在倾听什么。

“怎么了？”苏珊娜问。“你听见——”

---

① 楷覆功(Khef)，这是古老的世界使用的语言，它表示许多层含义，包括水、生命力量等。它暗示了所有对存在有重要意义的事物。罗兰练楷覆功大概练到五级，到了七或八级的人能够使意志脱离躯体，并且冷静超脱地旁观自己躯体的需要。

“嘘!”罗兰脸上的迷惑慢慢换成了惊奇。他的视线先投向埃蒂,然后投向苏珊娜,最后又转回埃蒂。此时,他的眼睛里充斥着激动,就像水罐盛满了水、快要溢出来似的。

“罗兰?”埃蒂不安地问,“你还好吗?”

罗兰喃喃低语,埃蒂听不清他在说什么。

苏珊娜看上去有些不知所措,她慌乱地望向罗兰,仿佛在问,你对他做了什么?

埃蒂双手握起她的手:“我猜没问题。”

罗兰的手紧紧握住这块木头,埃蒂甚至一刹那有些担心他会把木头握断,但是木头非常坚硬,而且埃蒂雕得很粗。枪侠的喉头凸出,喉结上下滚动,仿佛挣扎想说话。突然,他向夜空高声喊道:

“消失了! 那些声音消失了!”

他回过头面对他们时,埃蒂眼前出现了他有生以来从未看见的一幕——即使他的生命再延续几千年也不会看到的景象。

蓟犁的罗兰哭了。

2

是夜,枪侠几个月以来第一次睡了一个无梦的好觉。睡梦中他手里仍旧牢牢抓着还没有完全雕好的钥匙。

3

在另一个世界,笼罩在同样的卡-泰特阴影之下的杰克·钱伯斯做了有生以来最生动的一个梦。

他走在一片古老的森林中，地上横七竖八躺着被推倒的树木，蓬乱的灌木恼人地刺痛他的脚踝，还想偷走他的鞋子。接着他来到一片稀疏的树林里，那里的树木看上去比较年轻（可能是赤杨，也可能是白桦——他从小在城市里长大，所知仅限于有些树长阔叶，有些长针叶）。在树林中他看见一条小道，便略略加快了步伐，顺着走了下去。前面好像有一块空地。

在到达空地之前，他在右面发现了一块石碑，便停了下来，跨出小道去瞧个仔细。石碑上刻有字，但是腐蚀得很厉害已经无法辨认。他闭上双眼（他以前在梦中可从来没这么做过），伸出手指细细摸索每个字，就像一个盲眼少年在读点字盲文。每个字在眼皮后的一片漆黑中慢慢成形，最后连成了一句话。这句话从黑暗中浮出，周围镶了一圈蓝光。

旅行者，前面就是中世界。

杰克睡在床上，双膝拱起，靠近胸口。握着钥匙的手放在枕头下面，手指扣得更紧。

中世界，他心想，当然。圣路易斯、托皮卡、奥兹国、世界乐园，还有小火车查理。

他睁开蒙眬的眼睛，继续前进。树林后的空地上铺着已经开裂的沥青，中间用黄漆漆了个圆圈，但是油漆已经褪色。杰克认出这是一个篮球场，接着他看见不远处，一个男孩儿站在罚球线，正把一个破旧的威尔逊篮球向篮里投。篮球每投每中，从没有网的篮筐中轻巧落下。篮筐从一个亭子上伸出来，那亭子看上去像地铁售票亭。售票亭晚上已经关门，紧闭的门上沿对角线方向交替漆着黄、黑斜条。在亭子后面——或许是下面——

杰克可以听见一台机器正隆隆作响，这声音不知为什么令人困惑。令人害怕。

不要踩到那些机器人，一旁投篮的男孩儿头也没回地提醒他。我猜他们全死了，不过如果我是你，我可不会冒一丁点儿险。

杰克环顾四周，发现地上躺着些支离破碎的机器装置。有一个看上去像老鼠，另一个像蝙蝠，还有一条断成两截的机器蛇就离他脚边不远。

你**是**我吗？杰克边问边向篮筐边的男孩儿走近几步。但是在那男孩儿转过身之前，杰克就发现并非他想的那样。那个男孩儿比他略大一些，起码已经十三岁了。他的发色较黑，当他转过身看向杰克的时候，杰克发现这个陌生男孩儿有一对栗色的眼睛。而他自己的是蓝色的。

你说呢？这个男孩儿反问道，同时把球向杰克传过来。

不是，当然不是，杰克回答，语气略带歉意。我只是在过去三个礼拜被分成了两个我。他轻拍了一下篮球，然后从中场投篮。篮球在空中划下一道漂亮的弧线，安静地落入篮筐。他很高兴……但是同时也察觉出他实际上害怕听到陌生男孩儿将会告诉他的事情。

我明白，男孩儿回答。这事儿很烦人，不是吗？他穿着褪色的薄棉短裤，上身套一件黄色的 T 恤衫，T 恤衫上写着**中世界里永无无聊瞬间**。前额还扎了一块绿色的大头巾，以防头发掉进眼睛里。在一切变好之前，事情先会变糟糕。

这儿是什么地方？杰克问。你是谁？

这里是熊的入口……但是同时也是布鲁克林。

这句话让人摸不着头脑，但是不知何故又有一些意义。杰克对自己说，梦里的一切都是这样，但他感觉上这又并不真的像个梦。

我嘛，并不重要，男孩儿又说。他一个上手钩球，篮球稳稳地落入篮筐。我应该指引你，只是这些。我会把你带到你必须去的地方，而且我会让你看见你必须见到的东西，但是你也得小心，因为我不会承认认识你。任何一个陌生人都会让亨利紧张，他一紧张就会不友善，而且他比你大。

亨利是谁？杰克问。

别去管。只要别让他注意到你就行。你要做的就是在这里闲逛……然后跟着我们。当我们离开……

这个男孩儿看着杰克，眼神中既有怜悯、也有恐惧。突然杰克意识到这男孩儿开始淡出——他能够透过男孩儿的黄T恤衫直接看到盒子上的黄黑斜条。

我该怎么找到你？杰克瞬间非常害怕男孩儿会在说出重要信息之前就完全消失。

没问题，男孩儿回答。他的声音听上去带有奇怪的共鸣。只要乘地铁到合作城站下，你就会找到我。

现在男孩儿只剩下奶白色的轮廓，唯独一双栗色的眼睛还没消失，恍若爱丽丝里面的柴郡猫①，既同情又忧虑地注视着杰克。没问题的，他说。你已经找到了钥匙和玫瑰，不是吗？你也会同样找到我的。今天下午，杰克。大概三点左右。你必须小心，也必须快一点儿。这个拿着篮球的幽灵男孩儿顿了一下，然后抬起透明的脚。现在我得走了……但是很高兴碰见你。你看上去是个好孩子，我一点儿不奇怪他那么爱你。记住，肯定会有危险。要小心……而且要快。

等等！杰克大叫，穿过篮球场朝那个正在消失的男孩儿冲

---

① 柴郡猫(Cheshire Cat)，《爱丽丝漫游仙境》中的一只猫，总是露齿傻笑。

过去。他一脚踩上一个摔碎的看上去像玩具拖拉机的机器人，踉跄地跪跌在了膝盖上，裤子撕裂，皮肤擦破，但是杰克没有理会。等等！你必须得告诉我这一切究竟是怎么一回事儿！你必须得告诉我为什么这些事儿会发生在我身上！

因为光束，这个男孩儿现在只剩一双漂浮的眼睛了。还因为塔。最终，所有一切，甚至光束，都会臣服于黑暗塔。难道你认为你会有什么不同吗？

杰克迈开双腿想追上去，却又被绊住。我会找到他吗？我会找到枪侠吗？

我不知道，男孩儿回答。他的声音现在听上去仿佛从百万里之外传来。我只知道你必须尝试。在这点上，你没有选择。

说完男孩儿消失了，树林中的篮球场变得空空荡荡，唯一能听见的是微弱的机器运转声，而杰克一点儿也不喜欢听见这声音。机器听上去有些不对劲，而且他猜想，机器的问题影响了玫瑰，或者相反——总之两者之间隐隐存在不可分割的联系。

他捡起已经磨旧的旧篮球，投了出去。篮球干净利落地落入篮筐……接着也消失了。

一条河，陌生男孩儿叹息道，宛若一阵清风从四处吹来。谜底是一条河。

4

天空刚泛出鱼肚白，杰克就醒了过来，睁眼望着房间的天花板，脑海中浮现出他在曼哈顿心灵餐厅遇见的那个人——亚伦·深纽，当鲍勃·迪伦只会在赫纳口琴上吹出开音 G 时，他就常去布利克街了。亚伦·深纽给他说了一个谜语。

什么会跑却从不走，

有嘴却从不开口，

有床却从不睡觉，

有头却从无泪流。

现在他知道谜底了。一条河可以奔流；一条河有河口；一条河有河床；一条河有源头。那个男孩儿为他揭开了谜底。梦中的那个男孩儿。

突然，他又想起深纽说的另一句话：这只是一半谜底。参孙的谜语可是两个，我的朋友。

杰克瞥了一眼床边的闹钟，现在是六点二十分。如果他想趁他父母还没醒的时候就离开这儿，他必须起来了。今天他不会去学校；杰克心想，也许，至少对他来说，他永远都不会去学校了。

他掀起被子，脚悬在床边，这时他发现两个膝盖上都有刮痕，而且是新刮的。昨天他滑倒在砖头上时的确刮伤了左边，他在玫瑰一旁昏倒时也碰伤了脑袋，但是他膝盖从来没有受伤。

"这是在梦里发生的。"杰克轻声自语，一点儿都没觉得惊讶。接着，他迅速穿好了衣服。

5

在他衣橱里面，他在几双没鞋带的旧球鞋和一堆蜘蛛侠的漫画书下面找到了以前去语文小学上学时用的旧书包。没有人会背这种书包去派珀上学——简直太、太普通了，上帝啊——杰克一拿起它，就强烈地怀念起生活还很简单的那些时光。

他往书包里塞了件干净衬衫、一条干净牛仔裤、一些内衣和袜子，然后又拿起《谜语大全》《小火车查理》。翻找旧书包前他顺手把钥匙放在了书桌上，结果声音立刻又回来了，只是它们很遥远、非常轻，而且他很肯定只要一握住钥匙，他就能让这两个声音完全消失，这让他感到轻松不少。

好了，他又看了看书包。即使放了两本书，包仍然挺空。还有什么其他的？

一瞬间，他以为没有什么其他的了……很快，他又想起了一样。

6

他父亲的书房充斥着香烟与野心的味道。

书房正中放了一张巨大的柚木办公桌，对面的墙上搁满书，还挂着三台三菱电视显示器，每一个都调到竞争对手的频道。他父亲晚上在这儿的时候，每个电视机都会静音播放各个频道里黄金时段的节目。

窗帘全拉下来了，杰克不得不打开台灯才看得见。光是在书房里就让他觉得紧张，即使他穿着球鞋。假如他父亲醒了进来了（这有可能；无论睡得多晚、喝得多醉，艾默·钱伯斯总是睡得很浅、起得很早），他肯定会大发雷霆。至少这会加大杰克想不留痕迹出走的难度。他越早离开这儿，就越会觉得安心。

写字台上了锁，但是他父亲从未隐瞒保存钥匙的地方。杰克把手指伸进记事簿下面，钩出钥匙，然后打开第三层抽屉，摸过上面的文件，最后碰到冷冰冰的金属。

大厅里的地板突然噼啪响了一声，他立刻僵住。过了几秒钟，噼啪声没有再响起，此时杰克抽出他父亲用来进行“家庭防卫”的武器——一把点四四口径的鲁格自动手枪。他父亲在刚买这把枪的时候，曾经非常骄傲地向杰克炫耀——那是两年以前了。他的妻子紧张地哀求他在伤着人之前把枪收好，他却完全当做耳边风。

杰克找到手枪一侧的按钮，卸下了子弹夹。子弹夹咔嗒一声落在他的手上，在安静的房间里听上去仿佛一阵巨响，吓得他紧张地再次朝门张望一下后才把注意力调转回到子弹夹上。子弹已经上满枪膛，他慢慢地将弹夹重新装回手枪，然后又卸了下来。在上锁的抽屉里保存一把上满子弹的手枪是一回事，但在纽约市内带着这把枪就是另一回事了。

地板又噼啪一响。杰克恨不得立刻离开这里。

他从包里拿出一件衬衫，在他父亲的写字台上摊开，包裹住子弹夹和点四四手枪的零件盒然后卷起来。他把衬衫重新放回书包，书包扣扣紧以防发出声响。正要离开时，他的视线落在了他父亲文件盒旁的一沓信纸上。他父亲平时常戴的雷朋太阳镜折叠着放在上面。他抽出一张纸，想了一会儿，又拿起太阳镜塞进胸前的口袋。然后他抽出笔架上的细金笔，在信头下面写下*亲爱的爸爸妈妈*几个字。

他停下笔，皱着眉头盯着这个称呼。下面该写些什么呢？他必须说什么？说他爱他们？这是事实，但是这还不够——在这个中心事实的周围黏附着太多令人不愉快的其他事件，就像一团线上面扎着许多钢针。说他会想念他们？他不知道这是否是真话，好像有点儿恐怖。说他希望他们会想念他？

蓦地，他悟出真正问题之所在。如果他只是打算今天出去一下，他肯定能写点儿什么。但是他几乎肯定地感觉并非仅仅今天，或者这个礼拜、这个月、这个夏天。他觉得如果现在他走出家门，将永远不再回来。

他差点儿就把纸揉成一团，但又改变了主意。他写道：请好好照顾你们自己。爱你们的，J。这句话可算不上有力，但起码还能算一句话。

好了。现在别再考验你的运气，赶快离开这儿吧！

他听从心里的声音。

整间屋子死一般寂静。他蹑手蹑脚地穿过起居室，唯一传入耳中的是他父母的呼吸声：他母亲发出微弱的鼾声，而他父亲的鼻音更重，每吸进一口气都会挤出一阵尖细的哨声。他快靠近走廊时，冰箱突然轰地一响，吓了他一大跳，心开始怦怦狂跳。然后他走到大门，尽可能不弄出一点儿声音地打开门锁，走出门，最后在身后把门轻轻关好。

当门关上的那一刻，他感觉仿佛有一块石头从心头滚落，与此同时一股强烈的期待感袭上心头。他不知道前方等待他的是什么，他也有理由相信前方危机四伏，但是他只有十一岁——太年轻而无法否认蓦然满溢心口的那种新奇与兴奋。前面就是一条高速公路——一直通向未知的远方，而假如他够聪明……或者他够幸运，他将会揭开许多秘密。晨曦初降时他离开了家，在前方等待着他的是伟大的探险。

如果我坚持下去，一心一意，我一定会看见玫瑰，他边按电梯按钮边暗自鼓劲。我知道这一点……而且我也会看见他。

这样的想法让他感到极度渴望，这渴望强烈得几乎变成了狂喜。

三分钟以后，他走出了他迄今为止一直生活的公寓。他停了一下以后向左拐弯。这样的选择感觉并不偶然，而且的确也是。他正向东南方走去，沿着光束的路径，又重新踏上先前被打断的旅程，向黑暗塔进发。

7

埃蒂给了罗兰那把未完成的钥匙之后两天，三个旅行者——又热又累，浑身大汗——艰难地穿过一片矮生灌木和倒地枯木错综交杂的树林。在两旁密密匝匝互相交织的枯木下，他们第一次发现两条一前一后的小径。埃蒂仔细研究了一会儿，得出结论它们实际上是被遗弃很久的公路。灌木和矮树像芒刺一般乱糟糟长在公路两旁，遮住了路面。两条小径虽然杂草丛生，但仍旧可以辨认出的确是以前的车辙，任何一条的宽度都足够让苏珊娜的轮椅通过。

“哈利路亚！”埃蒂大叫，“我们应该喝一杯庆祝一下！”

罗兰表示同意，解下围在腰间的皮革水袋。他先把水袋递给坐在他背上马鞍里的苏珊娜。埃蒂的钥匙用皮绳拴住，挂在罗兰的脖子上，在衬衫下随着他的动作滑动。苏珊娜接过水袋，喝了一大口水，然后递给了埃蒂。他喝完水后开始展开她的轮椅。他现在都有些痛恨这个笨重顽固的装置了，它就像铁锚一样总在阻挠他们前进。除了一两条轮辐断了以外，轮椅状况还不错。埃蒂曾经想过把这鬼东西扔掉，但现在看来它可能还能派上些用场……至少暂时可以。

埃蒂帮苏珊娜离开马鞍，在轮椅上坐好。她手掌抵住腰部，伸了个懒腰，高兴地做了个鬼脸。埃蒂和罗兰都听见她舒展身体时脊椎发出轻微的噼啪声。

前方，一头看起来像浣熊与旱獭杂交的动物大摇大摆地穿过树林。它盯着他们看了一会儿，镶着金色边框的眼睛瞪得滚圆，长着坚硬胡须的拱嘴咧了一下，仿佛在说，哼！了不起！然后又慢悠悠地穿过公路，直至消失。埃蒂最后一眼看见了它的尾巴——又长又卷，就像长满毛的弹簧。

“那是什么，罗兰？”

“一头貉獭[①]。”

“能吃吗？”

罗兰摇摇头：“又硬又酸，我宁愿吃狗肉。”

“你吃过吗？”苏珊娜问。“我是说，狗肉？”

罗兰点点头，但是没有细说。埃蒂想起以前保罗·纽曼电影里的一句台词：对，女士——吃它们的肉，像它们一样生活。

小鸟在林间欢快地啁啾，公路上吹过一阵清风，埃蒂和苏珊娜同时感激地迎风仰起脸，然后两人对视一下，都笑了起来。埃蒂再次对她非常感谢——爱上一个人会很可怕，但也会很美好。

“这条路是什么人造的呢？”埃蒂问道。

“很久以前的人。”罗兰回答。

“那些造出之前我们找到的杯碟的人吗？”苏珊娜问。

“不——不是他们。这条路曾经是马车公路，我想，而且这么多年废弃不用它还没消失，肯定曾经是一条大路……也许就是那条大道。如果我们挖下去，可能会找到铺在地下的沙砾层，甚至还有排水系统。既然到了这里，我们就吃点儿东西吧。”

“吃东西！”埃蒂大叫，“赶紧上菜！佛罗伦萨鸡肉！玻利尼西亚烤虾！蘑菇清炖小牛肉，还有——”

苏珊娜用胳膊肘捣了捣埃蒂说：“别闹了，白小伙儿。”

---

① 貉獭(billy-bumbler)，斯蒂芬·金的生造词，在书中也以 bumbler 形式出现，是指一种浣熊、旱獭和达克斯猎狗杂交产生的动物。毛皮黑灰相间，眼睛四周长着金毛。它们会像狗那样摇尾巴，但要比犬类更聪明。在世界转换之前，每个领地的城堡里都养着一些貉獭，还可驯来牧羊。它们与人一起生活时，会鹦鹉学舌讲人话，但只有低级的语言能力。

“当我的想象力喷涌而出时我总是控制不了自己。”埃蒂兴高采烈地回答。

罗兰把背包解下，盘腿坐下，然后用橄榄色的叶子包裹几块干肉当做午餐。埃蒂和苏珊娜都觉得这些叶子尝上去与菠菜相似，只是味道更浓。

埃蒂把苏珊娜向罗兰推过去，罗兰递给她三块被埃蒂戏称为“枪侠煎饼”的叶包肉。

埃蒂转过身，罗兰也递给他三块叶包肉——还有一样其他东西，那块雕刻了一半钥匙的白蜡断木。罗兰把钥匙从皮绳上解了下来，现在皮绳空荡荡地挂在他脖子上。

“嘿，你需要它，不是吗?”埃蒂问道。

“我脱下它声音就回来，但它们已经非常遥远，”罗兰回答，“我可以应付。事实上，即使戴着它我也能听见那些声音——仿佛对面山头有人在低声讲话。我想可能是因为钥匙还没全部完成。自从你把它给了我你就没再继续雕刻了。”

“呃……你戴着它，我不想……"

罗兰什么也没说，但是淡蓝色的眼睛耐心地盯着埃蒂，就像一名老师。

“好吧，”埃蒂说，“我只是害怕弄砸了。满意了吧?”

“根据你哥哥所说，你什么都会弄砸……难道不对吗?”苏珊娜插嘴问道。

“苏珊娜·迪恩，女心理医生。你这回失算了，甜心。”

苏珊娜对话语里的讽刺倒也不生气。她抬肘举起皮革水袋，像乡下人倾倒水罐似地大口喝起来。“可我说得没错，对不对?”

埃蒂发现那把弹弓他也没有完成——至少还没有——只好耸耸肩。

“你必须把它完成，”罗兰语调温和，“我想用上它的时机快到了。”

埃蒂刚想开口说点儿什么，又闭上嘴。口头说说总是容易，但是他们俩谁都不能真正明白最重要的一点，那就是：百分之七十、八十，甚至百分之九十八点五都不行。这次不行。如果他真的弄砸了，他不能只把木头扔掉然后若无其事地走开。其一是因为自打他开始雕刻这把钥匙他就再没看到过白蜡树。但是更加困扰他的是：如今的情况是要么一举成功，要么一败涂地。只要一个小地方出问题，这把钥匙就不能在需要时转动门锁。而且他对钥匙末端的弧度越来越紧张，因为这段弧度看上去简单，但是如果不是完全正确……

可是它现在这样也不能用；这点你很清楚。

他叹口气，盯着钥匙。是的，这点他很清楚。他必须努力完成。他对失败的恐惧会加剧工作的难度，但他必须咽下恐惧用尽全力，也许他能够顺利完成。上帝知道这么多星期以来，自从罗兰在降落在肯尼迪机场的达美航空公司的飞机上侵入他大脑以来，他其实还是做成了不少事情。他还活着、头脑还清醒，这本身已经是奇迹。

埃蒂把钥匙递还给罗兰。“你先暂时戴着，”他说，“等我们晚上休息的时候我来继续完成。”

“说话算话？”

“嗯，一定。”

罗兰点点头，接过钥匙，重新系好皮绳。他的动作很慢，但是埃蒂还是注意到了他右手剩下的手指仍然动作灵敏。如果这个男人不算灵活，那就没有人能称得上灵活了。

“有事情将要发生，是不是？”苏珊娜冷不丁冒出问题。

埃蒂抬起眼看着她：“你为什么会这么说？”

“我和你一起睡觉，我知道你每天晚上都做梦，有时还说梦话。那些梦感觉并不像噩梦，但是很明显，你脑海里正有什么事情在发生。”

“是的。是有一些事情。我只是不清楚到底是什么。”

“梦的力量非常强大，”罗兰给出他的评论，“你一点儿都不记得梦见什么吗？”

埃蒂犹豫了。“记得一些，但是很模糊。我又回到小时候，仅此而已。那是放学以后，亨利和我在马凯大道上的旧操场上打篮球，现在那地方早已变成少年法庭的大楼了。我想让亨利带我去荷兰山那里的一个地方，一座旧宅，附近的小孩儿都把它叫做鬼屋，而且所有人都说里面闹鬼。可能确实闹鬼，那里面一直阴森森的。我只知道，真的阴森森的。”

埃蒂摇了摇头，然后继续回忆。

“当在巨熊巢穴里我把头凑近那个古怪盒子时，这么多年来第一次鬼屋又跳进我的脑海。我不知道——可能这就是为什么我做这个梦。”

“但是你并不这么认为。”苏珊娜说。

“是的。我觉得现在发生的一切肯定不只是对过去的回忆，要复杂得多。”

“那么你哥哥和你的确去了那里吗？”罗兰问道。

“是的——我劝他去的。”

“有什么事儿发生？”

“没有，但是很吓人。我们在那儿站了一会儿，朝里面张望，而且亨利捉弄我——他说他打算让我进去、带出来件纪念品什么的——可是我知道他说说而已。他和我一样害怕那个地方。”

“就这些吗？”苏珊娜又问，“你只是梦见你进了那地方？鬼屋？”

“还有一些。还有其他人……就在附近闲荡。我在梦里注意到他，但是只是注意……就像用眼角瞥见似的，你明白吗？我只知道我们需要假装互不相识。”

“那天这个人真的在场？”罗兰专注地盯着埃蒂问道，“或者他只是在梦中现身？”

“那是很久以前的事了。我当时连十三岁都不到，怎么能肯定地记得这样的细节？”

罗兰什么也没说。

“好吧，”埃蒂最终开口，“是的。我想他那天的确在场。这孩子要么拎着一个运动包、要么背着书包，我记不清了。而且他还戴着一副过大的太阳镜，那种有反光镜片的太阳镜。”

“这个人到底是谁？”罗兰问。

埃蒂沉默了一会儿。他手上还拿着罗兰给他的枪侠煎饼，但是已经胃口尽失。“我想他就是你在驿站遇见的男孩儿，”他最终说，“我猜你的老朋友杰克那天下午就在附近，注视着我和亨利，跟着我们去了荷兰山，我猜。因为他也听见了声音，就像你一样，罗兰。而且因为他和我做相同的梦，我们在梦里相遇。这孩子正在努力回到这里，而如果他采取行动的时候钥匙还没完成——或者形状不是一模一样——他可能就会丧命。”

罗兰说：“也许他自己也有一把钥匙。这可能吗？”

“我想是可能的，”埃蒂说，“但是还不够。”他叹口气，把最后一个叶包肉塞进口袋打算留到以后再吃。“而且我觉得他对此还一无所知。”

8

他们继续上路，罗兰和埃蒂轮换着推苏珊娜。他们选择了左面的车辙，轮椅一路上下颠簸，时不时会碰到像老牙一样突出地面的石块，这时埃蒂和罗兰就不得不把轮椅抬过去，但这仍然已经是一个礼拜以来最快、最轻松的行程了。在缓缓上升的山坡上，埃蒂回头眺望，眼前层层下沉的森林宛若一溜缓坡。一条白色水带在远处西北方山石嶙峋的土地上流过，他惊叹地发现，那里竟然就是他们戏称为“射击训练场”的地方。而此时，夏日午后的朦胧日光给那块林地罩上了模糊的轮廓。

“快停下！”苏珊娜尖声叫道。埃蒂及时转过头才没把轮椅推到罗兰身上。枪侠也停下，正向路左边乱糟糟的灌木丛张望。

“你再这样儿我就吊销你的驾驶执照。”苏珊娜口气有些暴躁。

埃蒂没理她，他循着罗兰的视线望去，问道：“那是什么？”

“有一个办法找出答案。”他回头把苏珊娜从轮椅中抱起来，让她跨骑在他的左臀部，“我们一起去看看。”

“把我放下来，大男孩儿——我自己可以过去。比你们俩都容易，如果你们真的想知道的话。”

罗兰轻轻把她放在杂草丛生的车辙旁，此时埃蒂正努力向树林张望。黄昏的阳光在地上投下交错的暗影，但是他想他看见了吸引罗兰注意力的东西。那是一块很高的灰石头，几乎完全被乱蓬蓬的藤蔓遮住。

苏珊娜沿着路边像鳗鱼一样灵活地滑过去，罗兰和埃蒂紧跟其后。

“这是个界标，对不对？”苏珊娜仰起头研究这块方形的石碑。它曾经是直的，但现在已经醉汉似的向右歪斜，仿佛一块年代久远的墓石。

“是的。把我的刀给我，埃蒂。”

埃蒂递过刀，然后靠近苏珊娜盘腿坐下，看着枪侠砍掉那些藤蔓植物。藤蔓落下时，他看见石头上刻了一些已经腐蚀的字。在罗兰的工作还没完成一半之前，他就知道是什么字了：

旅行者，中世界就在前方。

9

“什么意思？”苏珊娜轻声问，声音中充满敬畏，仔细地打量这块方形界标。

“这意味着我们快到达第一阶段的终点了，”罗兰神情肃穆，若有所思地把刀还给埃蒂，“我想我们还是沿着这条老公路向前进——或者，它会与我们前进的方向保持一致。它和光束的路径重合。我们马上就要走到树林尽头了，会有巨大改变。”

“中世界是什么？”埃蒂问。

“中世界是过去统治地球的大王国之一，希望、知识、光明的王国——这些也是在黑暗统治我们之前我们的国民努力坚守的财富。哪一天有时间，我会告诉你们所有老故事……我知道的故事，至少。这些故事织成丰富多彩的世间万象，美丽但是也非常哀伤。

“在古老的传说中中世界的边界曾经矗立着一座伟大的城市——也许就像你们的纽约市一样。现在如果这座城市仍旧存在，也已经是一片废墟。但是可能还有人……或者怪物……或者两者皆有。我们必须时刻警惕。”

他伸出只剩两根手指的右手，摸了摸石碑上的刻字。“中世界，”他声音低沉，似乎处在冥想之中，“谁能想到……”话音渐弱。

“呃，没有什么补救了，是吗？”埃蒂问道。

枪侠摇摇头：“没有了。”

“卡。”苏珊娜突然出声，引得另外两个都看向她。

10

此时离天黑还有两个小时，他们决定继续赶路了。公路向东南延伸，沿着光束的路径，而且另外有两条被杂草遮盖的小路汇入了他们走的大路。其中一条小路的一侧是长满青苔的断墙，以前肯定是巨大的石墙。附近十几只肥胖的貉獭坐在断墙墙头，睁着古怪的镶金边的大眼睛注视着这群朝圣者。在埃蒂看来，他们个个都像是心里想要绞死他们的陪审团。

公路越变越宽，也越来越清晰。他们两次路过废弃已久的建筑物残垣。罗兰说他们经过的第二片残垣可能以前是一座磨坊。苏珊娜提出里面可能闹鬼。“我可一点儿不会惊讶。”枪侠回答，稀松平常的口吻让另外两人都打了一个寒战。

天黑他们必须停下时，树林变得稀疏，一路追逐他们的清风带上微微暖意。前方山坡继续上升。

“我们一两天之内就能到达山脊，”罗兰说，“到时候我们再看。”

“再看什么？”苏珊娜问，可是罗兰只是耸耸肩。

那天晚上，埃蒂又开始雕刻，但是并没有真正的灵感。当钥匙刚刚成形时充斥他心田的信心与兴奋已经消失殆尽，连手指都变得笨拙。几个月来第一次他渴望地想，要有一些海洛因该多好。不要太多；他觉得一小钱袋和一张卷起的钞票眨眼工夫就能让他完成这个小小的雕刻项目。

“你在笑什么，埃蒂？”罗兰问。他坐在营火的另一头，他俩中间的火焰在微风拂动下活泼地舞蹈。

“我笑了吗？”

“是的。”

“我只是想人能如此愚蠢——你把他们放进六扇门的房里，他们仍旧一头撞上墙壁。而且他们还胆敢怨声载道。”

“如果你害怕门后可能隐藏的东西，也许撞上墙壁还更安全一些。”苏珊娜回答。

埃蒂点点头：“也许是的。”

他动作缓慢，努力想看清木头中的形状——尤其是那个小S形。他察觉现在形状变得很模糊。

求求您，上帝，帮帮我，别让我把它搞砸，他暗自祈祷，但是他非常害怕已经开始出错。最后他只得放弃，把钥匙（基本没什么改变）还给枪侠，然后盖上兽皮蜷缩着躺下。五分钟以后，他的梦中又出现了那个男孩儿和马凯大道上面的旧篮球场。

11

大约七点一刻杰克走出公寓大楼，此时还剩八个多小时。他本来打算立刻就乘地铁去布鲁克林，但是觉得这不是个好主意。没去上学的孩子在人少的地方总会比在大城市中心更容易惹人注意，而且如果他真的必须费力寻找那个男孩儿和他们见面的地方，他肯定会被人发现。

没问题哦，那个身穿黄色T恤、头扎绿头巾的男孩儿说。你已经找到了钥匙和玫瑰，不是吗？你也会同样找到我的。

只是杰克不记得他当时如何找到钥匙与玫瑰的。他只记得当时满腔的喜悦与确信。现在他只能希望所有一切会重新发生，他得继续前进。这是唯一能够避免在纽约被注意到的最好办法。

他走到第一大道，然后再沿原方向折回，只是顺着红绿灯的模式一点一点向北面挪移（也许，在某种深层次上，红绿灯也为光束服务）。大约在十点左右，他来到了坐落在第五大道的大都会艺术博物馆。此时他已经又热又累，还很沮丧。他想喝瓶汽水，但是他想他应该把仅有的一点钱保存得尽可能久一些。他把藏在床边储蓄罐里的钱全拿出来了，可总共也只有八美元左右。

博物馆门前一群学生正排队准备进馆参观。公立学校，杰克几乎能肯定——他们的穿着就像他现在这样随便。没有保罗·斯图尔特出品的夹克、领带、套头外套，也没有在漂亮小姐或二十年华这种成衣店里买的一百二十美元的小裙子。这群学生穿的衣服都是从凯马特①里买的。杰克没有多考虑就站在了队伍最后，跟着他们一起混进了博物馆。

整个参观花了一小时十五分钟，杰克还挺喜欢。博物馆很安静，更妙的是里面有空调。画作很好看，其中特别吸引他的是弗雷德里克·雷明顿②的一组大西部的油画和托马斯·哈特·本顿③的一幅大型油画。本顿那幅画上一辆蒸汽单轨火车正穿过广袤的平原开往芝加哥，健壮的农民身穿工作服、头戴草帽站在轨道两旁的田野里注视着火车经过。学生和老师都没有注意

---

① 凯马特（Kmart），美国最大的日用品连锁零售商之一，在美国各地均有大卖场。

② 弗雷德里克·雷明顿（Frederic Remington，1861—1909），著名的美国“牛仔画家”，创作千余件反映十九世纪美国西部的画作与雕刻作品，被认为是美国西部的标志。

③ 托马斯·哈特·本顿（Thomas Hart Benton，1889—975），美国二十世纪初地方色彩画派画家，致力于描绘普通美国劳动人民生活。

到他，直到最后，一个漂亮的身穿藏青套装的黑人妇女拍了拍他的肩膀，询问他是谁。

杰克并没有注意她靠近，所以一瞬间他脑中一片空白。下意识地，他把手伸进口袋握住了那把银色钥匙。立即，他的脑子清醒过来，整个人又平静下来。

“我那组在楼上，”他抱歉地笑笑说，“我们本来要去看现代艺术的，但是我更喜欢楼下的展品，因为这才是真正的绘画。所以我就……你瞧……”

“溜走了？”那位老师接下去说，嘴角扬起一朵笑容。

“呃，我宁愿觉得这是法国式的告别。”这句话不由自主地从他嘴中蹦出。

那些学生困惑地盯着杰克，不过这回那位老师真正笑了。“要么你不知道或是你忘了，”她说，“但是在法国海外军团里，逃兵可是要被枪决的。我建议你还是快回到你的班级去吧，年轻人。”

“是，夫人。谢谢。不过他们也快结束了。”

“什么学校？”

“马凯学院。”杰克回答，这答案临时蹦出来。

他上了楼，侧耳倾听楼下脚步的回声与模糊的低语，对自己说出那样的话也感到很奇怪。他从来没有听说过什么地方叫做马凯学院。

12

他在二楼的大厅里等了一会儿，此时发现一名警卫正好奇地打量他，他想再等下去不是聪明的做法——他只能希望他刚才混入的班级现在已经离开了。

他看了看手表，脸上摆出*天啊！看看已经多晚了！*的表情，然后急忙跑下楼梯。那个班级——还有那位笑话他法国式告别的漂亮黑人老师——已经离开，杰克猜自己也该走了。他可以再在街上闲荡一会儿——放慢速度，考虑到外面的温度——然后去乘地铁。

他在百老汇大街与第四十二街街口的一个热狗摊前停了下来，用他可怜的一点儿钞票换了一根甜香肠和一瓶汽水，然后坐在一家银行的石阶上吃他的中饭。但后来事实证明这是一个可怕的错误。

一名警察朝他走过来，一只手用眼花缭乱的招式摆弄着警棍。他仿佛一门心思都在翻转警棍，对其他一切都漫不经心，但当他经过杰克时，他倏的把警棍放进套里，转身面向杰克。

“嘿嘿，小家伙，”他说，“今天不上学？”

杰克正狼吞虎咽地吃香肠，但最后一口硬生生卡在喉咙口。运气真糟糕……如果这能算运气的话。他们身在时代广场，美国的色情中心；那里到处都是贩毒的、吸毒的、卖淫的、拉皮条的……可这个警察不理他们却单单注意到他。

他费力地咽下最后一口，开口回答：“我们学校这个礼拜期末考试。今天我只考一门，然后我就可以走了。”他顿了顿，警察明亮、探寻的眼神弄得他很不自在。“我是得到允许的。”他不安地补充一句。

“啊哈。我能看看你的身份证吗？”

杰克心一沉。难道他的父母已经报警了吗？他猜是的，尤其是经过昨天的探险之后，这更有可能。在一般情况下，纽约警察不会这么在意又一个失踪儿童，尤其只失踪了一天半，可他父亲在电视台里大有来头，而且他一直以自己的关系网自豪。杰克怀疑这个警察大概不会有他的照片……但很可能知道他的名字。

“呃，”杰克犹犹豫豫地说，“我有中世界保龄球馆的学生打折卡，别的就没有了。”

“中世界保龄球馆？从没听说过。在哪儿的？皇后区？”

“噢，我是说中城保龄球馆，”杰克心想。上帝，越说越糟……全乱套了。“你知道吗？第三十三街上的？”

“啊哈。可以的。”警察伸出手。

一个身穿淡黄外套、蓬乱长发及肩的黑人探过头来。“公事公办，长官！”这怪人兴高采烈地说，“对这个小白鬼公事公办！是你的职责！”

“闭嘴！滚一边儿去，艾里。”警察头也没回地说。

艾里咧嘴一笑，露出几颗金牙，然后就走了。

“你为什么不问他要身份证？”杰克问。

“因为现在我正问你要呢。快点儿，孩子。”

这个警察要么有他的名字，要么觉察出他身上不对劲儿的地方——这并不奇怪，也许，因为他是这个地区唯一坐着的白人。两者皆有可能，反正结果都一样：坐在这儿吃午饭真是太傻了。但是他的脚很疼，而且肚子饿，见鬼——很饿。

你不能阻止我，杰克暗想。我不能让你阻止我。今天下午我要去布鲁克林，有人在那儿等我……我一定要到那里。

杰克没有去拿皮夹，相反，他伸进前袋摸出钥匙，高高举在警察面前；快到正午的阳光反射出圆形的光斑，映在这个男人的双颊和额头上。他睁大眼睛。

“嘿！”他低声说，“你手里是什么，小鬼？”

他伸手想去拿，杰克手向后一缩。光圈在警察的脸上继续跳舞，他仿佛被催眠。“你不需要拿它，”杰克说，“你不用拿也可以看见我的名字，不是吗？”

“是的，当然。”

警察脸上的好奇表情消失了，他只是瞪大眼睛、目不转睛地盯着钥匙。他的眼神并不特别空洞，反而闪烁着惊喜与意外的高兴。这就是我，杰克心想，走到哪里都带来好运与快乐。问题是，现在我该怎么做？

一个年轻女人（从她穿的绿绸热裤和透视装看来，估计不是图书管理员）脚踏一双魅惑的紫色三寸高跟鞋，一扭一摆地沿着人行道走过来。她先瞥了眼警察，接着转向警察盯着的方向，视线一接触到钥匙，就立刻停下脚步，举起一只手摸着喉咙。一个男人从后面撞上她，骂骂咧咧地让她看好道儿，但这个估计不是图书管理员的年轻女人根本无动于衷。此时杰克看见另外四五个行人也停下来，都牢牢盯着钥匙，他们聚集在一起，仿佛一个技艺高超的纸牌玩家在街角摆摊玩牌。

在不引人注意方面你可做得太好了，他心里暗想。噢，好吧。他的视线越过警察的肩膀，看见街另一边有一家丹比折扣药店。

“我的名字叫汤姆·丹比，”他对警察说，“我的折扣保龄球卡上正是这么写的——对吧？”

“对，对，”警察低声说。他对杰克已经毫无兴趣，全副精神都放在钥匙上。反射的光圈仍然在他脸上跳跃旋转。

“你并不在找一个叫汤姆·丹比的人，对吧？”

“对，”警察回答，“从没听说过这人。”

“所以我可以走了，是吗？”

“啊？噢！噢——走吧，看在你父亲的分上。”

“谢谢，”杰克说。但是一瞬间他不知道该如何离开。他现在已经被围在一群安静的人群里，而且人群越聚越多。他意识到人们只是围过来看看究竟发生了什么，但是真正看见钥匙的人只是呆呆地目不转睛。

他抬起脚，慢慢地朝身后银行大楼的台阶后退，就像驯狮人把椅子举在胸前似的把钥匙举在面前。等他走到台阶顶部的水泥广场时，他迅速把钥匙塞进裤子口袋，转过身拔腿就跑。

他跑到广场远处，只停下回头张望了一次。围站在一起的人群慢慢恢复神智，表情迷茫地互相看看后就各自走开。警察也茫然地看看左边，再看看右边，抬头望向天空仿佛在努力回忆他怎么会站在这儿、他打算干什么。杰克觉得看够了，现在该去地铁站了。在更多怪事发生之前，他必须赶到布鲁克林。

13

下午两点一刻，他缓缓爬上地铁站的台阶，站在城堡大道与布鲁克林大道路口，眼前出现合作城的砂岩塔楼。他等待确定感与方向感的降临——那种仿佛拥有未来的记忆的感觉。感觉并没有到来。什么都没有。他只是一个站在炎热的布鲁克林街头的小孩儿，短短的影子像疲倦的小狗一样躺在他的脚边。

呃，我到了……现在我该怎么办？

杰克发现他毫无头绪。

14

罗兰的小旅行团终于爬到了山顶，他们停下来向东南方望去。很长时间他们谁都没开口。苏珊娜嘴巴张开了两次，然后又闭上了。有生以来第一次，她完全无话可说。

在他们眼前，一望无垠的平原在夏日午后的金色阳光下打盹儿。茂盛的绿草长得很高，呈现出祖母绿的颜色。几片树林点缀在平原上，树木细高，树冠舒展。苏珊娜想到以前在关于澳大利亚的旅游电影中看到过类似的树木。

他们一直行进的那条路在山侧的远处骤然下降，然后又笔直地向东南方向延伸，草甸上横穿过一条白线。西边几里远处，她看见一群个头儿很大、看上去像野牛的动物在安静地吃草。东边最后一片森林蜿蜒地侵入草甸，暗色的形状让人想起举起拳头的前臂。

就是那个方向，她发现，他们一路经过的所有溪流都是一条大河的支流，一致沿那个方向流淌。那条大河从手臂形状的森林中向世界的东方边界流去，在夏日阳光的映照下显出一派静谧与梦幻。河流非常宽阔——河岸之间甚至有两里。

她能看见那座城市。

遥远的天边矗立着许多尖塔与塔楼，薄雾氤氲、死气沉沉。那些空中城堡看上去有一百里远，或者两百里，甚至四百里远，可是这个世界的空气非常干净，致使任何试图判断距离的努力都徒劳无功。她唯一确定的是那些轮廓模糊的塔楼让她心中充满无声的敬畏……还有深沉、痛苦的对纽约的思念。她想，*我愿意做任何事，只要能够再一次从三区桥上远眺曼哈顿。*

接着她不得不笑了，因为这并不是事实。事实是，任何事物也不能与罗兰的世界交换，这里无声的神秘与空旷的原野令人心醉神迷。更重要的是她的爱人也在这里。在纽约——她自己那个时代的纽约，至少——他们会成为轻蔑甚至愤怒的对象，所有白痴粗鲁、残酷笑话的笑柄：一个二十六岁的黑人女人和比她小三岁、一兴奋就会染上黑人口音的白人情人。而且仅仅八个月前，她的白人情人还是个瘾君子。在这儿，没人会戏弄、嘲笑。在这儿，只有罗兰、埃蒂和她自己，这个世界仅存的三个枪侠。

她握住埃蒂的手，覆上自己的手，温暖、安慰。

罗兰指向前方。“那肯定是寄河，”他低声说，“我从没想到有生之日……甚至不确定它是否存在，就像十二护卫。”

“真漂亮。”苏珊娜喃喃说，无法把视线从眼前广袤的风景上移开，平原仿佛还躺在夏天的摇篮里做着美梦。她顺着森林的阴影望下去，太阳已经落入地平线下，森林在平原上蔓延好几里。“我们的大平原在殖民者到来之前肯定就是这个样子——甚至在印第安人之前。”她举起手臂，向远处大道变窄的地方指过去。“那就是你们的城市，对吗？”

“对。”

“看上去还不错，”埃蒂说，“有这个可能吗，罗兰？它可能还没有太多毁坏。以前的人会不会造得那么坚固？”

“这个时代一切都有可能，”罗兰回答，但他听上去有些怀疑，“但是你不应该抱太大希望，埃蒂。”

“啊？不。”但是埃蒂的希望已经升起。模糊的城市轮廓引出苏珊娜的思乡情绪，在埃蒂心中则点燃突发的奇想。如果城市还在——明显的确还在——那么可能还有人住，而且不一定是罗兰在山脚下遇到的那些非人的怪兽。城市住民可能（是美国人，埃蒂的潜意识轻声说）具有智慧，而且能提供帮助；他们可能，实际上，决定他们朝圣之路的成败……甚至他们的生死。埃蒂的脑海闪现出一幅景象（部分镜头来自像《星球战士》[①]或者《夜魔水晶》[②]这样的电影）：一群乖僻又不失尊严的城市长老为

① 《星球战士》（*The Last Starfighter*），一九八四年出品的美国科幻电影。

② 《夜魔水晶》（*The Dark Crystal*），一九八二年出品的美国科幻电影。

他们准备了丰盛晚餐，食物来自城市中尚未损坏的商店（或者取自在温室中精心呵护的特殊菜园）。当他、罗兰和苏珊娜吃得昏头转向时，他们会解释前方是什么东西有什么含义。最后，他们送给这些远行者的离别礼物是一张3A级的导游图，上面还用红笔标出到达黑暗塔的最佳路线。

埃蒂并不知道*救世天神*这个词，但是他知道——年纪足够大已经能明白——这些聪明仁慈的人大多只存在于漫画书或B级片[①]中。可无论如何这种想法仍旧十分诱人：在危险、几乎空虚的世界中还有文明暗藏其中；年老睿智的精灵会告诉他们到底应该怎么做。这座城市在薄雾弥漫的天际下呈现出令人讶异的形状，这让埃蒂的想法看上去至少有些可能。即使它已经完全废弃、被瘟疫或什么化学战争血洗一空，他们仍然把它当作巨型工具箱使用——巨型的陆空供给站，起码能为前面艰难的旅程找身好衣服穿。另外，他是个城市男孩，生于城市，长于城市，光是望见这些高耸的塔楼就自然令他兴奋不已。

"好吧！"他几乎兴奋得笑出声，"嗨哟，我们走！去见见那些见鬼的聪明的精灵！"

苏珊娜莫名其妙地看了他一眼，微微一笑，说："你在胡言乱语什么，白小伙？"

"没什么。别在意。我只是想继续赶路。你怎么说，罗兰？想要——"

但是罗兰脸上的表情，或者表情背后隐藏的什么——一种迷茫、涣散的东西——让他立刻沉默下来，一只手环抱住苏珊娜，仿佛要保护她。

---

① B级片(B-movies)，指低预算拍出来的影片。

15

罗兰匆匆瞥了一眼远方城市的轮廓后，视线被离他们所处位置更近的景物吸引，一种令人不安的不祥之兆充斥他心中。他上一次遇见这幅情景时，杰克还在他身边。他仍然记得他们一路追踪黑衣人的足迹，走出沙漠，来到山脚下，并进入深山。一路上非常艰辛，但是至少又找到水，还有草地。

一天晚上他醒过来时发现杰克失踪了，被压制住的绝望呼声从紧挨着小溪的柳树林里传出。等他奋力穿过树林中的空地时，男孩儿的叫声停止了。当时罗兰发现他就站在与眼前所见一样的地方：石柱林立的地方；祭祀牺牲的地方；先知曾经居住……说出神喻……进行杀戮的地方。

“罗兰？”埃蒂问，“怎么了？出了什么事儿？”

“你看见了吗？”罗兰向远处指去，“你们眼前是高耸的石柱，那是通话石圈。”他的视线转向埃蒂。他第一次见到埃蒂是在另一个陌生世界的骇人又神奇的飞机上，那里的枪侠都穿着蓝色制服，有着源源不绝的糖、纸以及像阿司丁那样的神奇药品。埃蒂脸上现出古怪的表情——就像一种对未来的预见——刚刚他在观察远方城市遗址时眼中希望的神采已经褪去，只剩下一层黯淡，好像一个临上刑场的囚犯正打量着他的绞刑架。

*先是杰克，现在是埃蒂，*枪侠暗忖。*改变我们命运的轮盘没有一丝怜悯；每一次总是转回同一个地方。*

“噢，他妈的。”埃蒂骂道，干涩的声音掩不住恐惧，“我猜那儿就是那孩子试图进来的入口。”

枪侠点点头：“有可能。这儿没什么东西，但同时也很吸引人。我曾经跟着他来过这样的地方。当时那里的占卜师差点儿杀死他。”

“你怎么知道的?”苏珊娜问埃蒂,“做梦梦见的?”

他只是摇摇头:“我也不知道。但罗兰一指出那该死的地方……”他突然打住,看向枪侠。“我们得赶过去,尽快。”埃蒂的语气惊骇,甚至有些狂乱。

“就在今天发生吗?”罗兰问,“今晚?”

埃蒂摇摇头,舔了舔嘴唇说:“我也不知道。不能肯定。今晚?我不这么认为。时间……我们这里的时间与那孩子所处的时空的时间不一样,他那儿的时间走得更慢。也许明天。”他拼命抑制自己的恐慌,但发现只是徒然。他转过身,汗津津、冷冰冰的手指一把抓住罗兰的衬衫。“但是我应该完成那把钥匙的,我没有完成,我还应该做其他的事情,可是我抓不到一点儿头绪。如果那孩子死了,就全是我的错!”

枪侠将埃蒂的手拉离他的衬衫,说:“控制好你自己。”

“罗兰,难道你不明白——”

“我明白哭嚎与拉扯无济于事。我明白你已经忘记你父亲的脸。”

“别再提那些废话!我在乎我父亲个鸟!”埃蒂歇斯底里地大叫,罗兰一拳打在他脸上,拳头发出树枝折断的声音。

埃蒂的头被打得猛向后仰,他惊恐地睁圆眼睛紧盯着枪侠,慢慢抬起手摸了摸脸颊上通红的手印。“你这个杂种!”他恨恨地低声说,同时手摸向一直挂在左臀的左轮枪枪把。苏珊娜伸手想阻拦,但埃蒂把她的手推向一边。

现在,我必须再教一次,罗兰想,只是这次是为了我自己的性命,我想,也是为了他的。

远处一只乌鸦嘎嘎地打破沉默,罗兰瞬间想到了他的老鹰,大卫。现在埃蒂就是他的鹰……而且和大卫一样，只要他自己有任何退缩，他就会毫无顾忌地挖下他的眼珠。

或者他的喉咙。

“你会开枪打我吗？难道这就是你要的结局，埃蒂？”

“老天，我他妈的烦透了你的鬼话。”埃蒂说，眼泪与愤怒模糊了他的双眼。

“你还没有完成钥匙，但这不是因为你害怕完成。你是害怕发现你根本无法完成。你害怕走进石圈，但不是因为你害怕进去以后会遇见什么，而是害怕遇不上什么。你并不害怕这个伟大的世界，埃蒂，但是你害怕你心中的那个小世界。你已经忘记你父亲的脸。所以来呀，你有胆就朝我开枪。我也烦透了你的哭闹。”

“别说了！”苏珊娜对他大叫，“难道你没看见他真的会开枪？难道你没看见你在逼他动手？”

罗兰凌厉地瞟了她一眼。“我在逼他下决心。”他转头又看向埃蒂，爬满皱纹的脸上写满严肃，“你走出了海洛因的阴影，你哥哥的阴影，我的朋友。你有胆就走出你自己的阴影。现在就走出来。走出来，要么就开枪打死我，那么一切就结束。”

一瞬间，他真觉得埃蒂就要扣动扳机，一切将在这里结束，在高山上，头顶是夏日澄明的碧空，远方地平线座座尖塔像蓝色鬼魂似的闪闪发光。就在此时，埃蒂的脸颊抽搐起来，坚硬的唇线颤抖着渐渐软化。他的手从罗兰手枪的檀木枪把上滑落，胸口起伏一次……两次……三次。最后他终于忍不住对着枪侠大吼起来，痛苦的吼声发泄出所有的绝望与恐惧。

“我是害怕，你这个超级混蛋！你难道不明白吗？罗兰，我害怕！”

他的双脚绞在一起，整个人向前扑下去。罗兰赶紧一把抓住，把他抱紧，闻到他皮肤上泥土和汗水混合的气味，也闻到他的泪水与恐惧。

枪侠拥抱了他一会儿，然后把他交给苏珊娜。埃蒂弯下双膝，跪在她的轮椅旁，疲倦地垂着头。她伸手摸他的颈后，把他的头紧紧按在她的大腿上，苦涩地对罗兰说："有时候我真的恨你。"

罗兰用手掌根紧紧按住额头："有时候我也恨我自己。"

"但是这从来没有阻止你那样做，不是吗？"

罗兰没有回答。他看了看埃蒂，埃蒂紧闭着双眼紧紧贴着苏珊娜的大腿，神情悲凄地陷入沉思。罗兰感到一阵疲倦，他不想再继续剩余的对话、想把一切留到明天再讲，但他奋力压制住这种感觉。如果埃蒂是对的，那就没有另一天了。杰克几乎已经准备好进入，而埃蒂被选做助产士，帮助他来到这个世界。如果他还没准备好，杰克在进入的时候就会丧命，就像阵痛开始时如果婴儿被脐带缠住颈部肯定会被勒死一样。

"站起来，埃蒂。"

一瞬间他以为埃蒂仍然会继续蹲在那儿把脸藏在女人的腿上。如果这样，一切都完了……而这也是卡。但是埃蒂慢慢站了起来。他站在那儿，身体每个部位——手、肩膀、头、头发——都垂着，非常沮丧，但是他终究站起来了，这是一个开始。

"看着我。"

苏珊娜的身子焦虑地晃了晃，但什么也没说。

慢慢地，埃蒂抬起头，手颤抖地撩起落在眼旁的头发。

"这是给你的。无论我有多么痛苦，我根本不应该拿走它。"罗兰猛拉皮绳，皮绳噼啪一声断开，然后他把钥匙递给埃蒂，埃蒂做梦神游似的伸手去接，但罗兰并没有立即摊开手掌。"你会尽力完成你该做的事吗？"

“我会。”他的回答几不可闻。

“你有什么话要对我说吗?”

“我很抱歉我害怕了。”埃蒂的嗓音里有一些东西让罗兰听得揪心,他猜他知道那是什么:埃蒂最后的童年在他们三个中间已经痛苦地死去。罗兰并不能看见,但是他可以听见越来越弱的叫喊,他只得强迫自己不去听。

我又以黑暗塔的名义做了一件坏事。我欠的债越来越多,就像酒馆里的醉鬼欠下的账单,而且算总账的日子一天天逼近。到时候我该怎么还债?

“我不想要你的道歉,更别提害怕,”他说,“没有恐惧,我们都成了什么?鼻孔冒着泡沫、后腿糊满干屎的疯狗。”

“那你到底想要什么?”埃蒂大叫,“你已经拿走一切——一切我能给的东西!甚至道歉,因为到最后我把它都给了你!你到底还要我给你什么?”

罗兰拳头里紧紧攥着那把意味着能救出杰克·钱伯斯的一半钥匙,什么也没说,只是深深地望进埃蒂的眼眸。夏日的午后已近黄昏,夕阳斜斜照射在大片绿色的平原和蓝灰色的寄河上,森林草甸都染成了金色,不远处又一只乌鸦嘎嘎飞过。

过了一会儿,埃蒂·迪恩的眼中露出了然的神情。

罗兰点点头。

“我忘记了脸……”埃蒂顿住,垂下头哽咽起来,然后又抬头看向枪侠。在他们之间垂死挣扎的东西现在已经消失——罗兰知道。那东西已经消失,无影无踪。这里,微风轻拂的山脊上、世界的边缘,那东西已经永久地逝去。“我忘记了我父亲的脸,枪侠……我乞求你的原谅。”

埃蒂伸出手掌紧握住钥匙,转过身,脸上还挂着未干的泪。“我们走吧。”他说。他们走下山坡,朝着延伸到远方的平原继续前进。

16

杰克沿着城堡大道漫漫溜达，一路经过比萨店、酒吧、杂货店，看见店里一些年老妇女满脸怀疑地戳土豆、榨番茄。背包的带子一直摩擦他胳膊下的皮肤，弄得他有点儿疼。他经过一个数字温度表，上面显示八十五度，不过杰克觉得更像是一百零五度。

前方一辆警车倏地转进大道。杰克立即表现出对旁边五金店橱窗里的园丁工具的极大兴趣。玻璃上倒映出蓝白相间的警车从他身后经过，直等到警车完全消失他才转过身。

嗨，杰克，老朋友——你到底在往哪儿去？

一无所知。他肯定他正在寻找的男孩儿——那个头扎绿头巾、身穿黄T恤、T恤上还写着**中世界里永无无聊瞬间**字样的男孩儿——就在附近，但这又怎么样？对杰克来说，这无异于大海捞针，而布鲁克林就是浩瀚的海洋。

他穿过一条两边墙上被喷得乱七八糟的小巷，大多都是些名字——**艾尔·蒂昂迪91，飞毛腿冈萨雷斯，机车骑士迈克**——但是这里或那里偶然穿插着几句智慧名言。杰克的视线锁定在两句话上。

玫瑰就是玫瑰就是玫瑰

这些字被喷在墙砖上，颜色也褪成灰蒙蒙的粉红色，和汤姆与格里的风味熟食店原来所在的空地里长出的玫瑰颜色相同。

在这句话下面，有人用近乎黑色的蓝漆喷了下面这句话：

我乞求你的原谅

这是什么意思？杰克很奇怪。他并不明白——也许摘自《圣经》——但这句话牢牢攫住了他的视线，就像一只鸟儿吸引住毒蛇的注意。最后他继续心事重重地慢慢向前走。现在已经近两点半了，阳光把他的影子越拉越长。

就在前面，他看见一个老人拄着根全是节疤的拐杖在街上走着，尽量躲在阴影的一边，隐在厚厚眼镜片后面的一对眼睛看上去就像过大的鸡蛋。

“我乞求你的原谅，先生。”杰克想也没想地脱口而出。

老人转过身看着他，惊讶甚至有些恐惧地眨眨眼。“别烦我，小鬼。”他说。他举起拐杖，笨拙地朝着杰克挥舞。

接着老人慢慢放下拐杖——也许是那声先生起的作用。他看看杰克，眼神闪烁着年老痴呆的人特有的略带疯癫的兴趣。“你怎么没去上学，小鬼？”

杰克疲倦地笑笑。这个问题已经不新鲜了。“期末考试周。我只是过来看望一个老朋友，他在马凯学院读书，就是这样。不好意思打扰你了。”

他走过老人（暗自祈祷他不会突然用拐棍打他的屁股），快走到街角时，老人在他身后叫道：“小鬼！小——鬼！”

杰克转过身。

“这里没有什么马凯学院，”老人说，“我在这儿住了二十二年，所以我应该知道的。马凯大道，这倒是有，但是没有马凯学院。”

突如其来的兴奋让杰克的胃几乎抽搐起来。他向老人迈开步伐，老人立即又举起拐杖摆出自卫的姿势。杰克立即停下，在两人之间保持二十英尺的安全距离。“马凯大道怎么走，先生？你能告诉我吗？”

“当然。”老人回答。“我难道没说我在这儿住了二十二年吗？向下走两个街区，到皇家剧院左转。但我再说一遍，这儿没有马凯学院。”

“谢谢，先生！谢谢！”

杰克转过身向城堡大道望过去。是的——他可以看见几个街区以外凸出的电影院屋顶，肯定就是这个形状。他开始向前跑，随即又想到这样可能太惹人注意，就改成了快走。

老人眼看他离去。“先生！”他微微惊喜地自言自语，“先生，哈！”

嘶哑地干笑几声之后他向前走去。

17

罗兰他们三个在黄昏停下。枪侠挖了一个坑，点燃营火。他们并不需要烧饭，但是仍然有必要点火。埃蒂需要。如果他想完成雕刻任务，他需要亮光。

枪侠向四周张望，看见苏珊娜暗色的剪影映衬在碧色天幕上，但是他没看见埃蒂。

“他上哪儿去了？”他问。

“在大道上。你让他一个人待会儿，罗兰——你做得够多的了。”

罗兰点点头，在火坑边弯下腰，用一块磨损的钢块击打火石。瞬间，火焰升腾起来，他又往里面添了些柴，等待埃蒂回来。

18

营地半里远的地方，埃蒂盘腿坐在他们一路过来的大道中间，手上拿着未完成的钥匙，仰望天空。他朝前方瞥了一眼，发现营火已经升起来，立即就明白罗兰做了什么……以及为什么这么做。然后他又向天空望去，心头袭上前所未有的孤独与恐惧。

天空真是辽阔啊——他记不得曾经见过这样无限的空间和纯粹的空旷，这让他自觉非常渺小，当然他也不觉得这有什么不对。在宇宙系统中，他本来就很渺小。

那个男孩儿越来越近了。他想他知道杰克到了哪里、接下去打算做什么，这个想法让他不禁惊叹、无语。苏珊娜来自一九六三年，埃蒂来自一九八七年。他们之间……是杰克。正在努力进入这个世界。努力重生。

我见过他，埃蒂想。我肯定见过他，我觉得我有印象……模模糊糊的。就在亨利参军之前，对吗？他当时在布鲁克林职业学校上课，而且对黑色特别着迷——黑色牛仔裤、黑色机车皮靴和钢盔、卷着袖子的黑色T恤。一身亨利版的詹姆斯·迪恩[①]的行头，抽烟者的时髦造型。我以前常常这样想，但从没大声说出口，因为我可不想惹毛他。

他意识到正当他想心事的时候，他一直在等待的事情已经发生：古恒星出来了。在十五分钟或者更短的时间内，古恒星就

① 詹姆斯·迪恩(James Dean)，美国二十世纪五十年代著名电影演员，在《无因的反叛》(*Rebel without a Cause*)中饰演男主角，塑造了反叛、不羁、孤独而又充满困惑的银幕形象。

会加入整条闪亮珠宝似的银河，但是现在，它只是在没聚拢的暗夜中隐约闪烁。

埃蒂慢慢举起钥匙放在眼前，古恒星从钥匙中间的凹槽中透过，他轻声背诵起他自己世界的童谣，那首他妈妈和他一起跪在卧室窗边、仰望挂在布鲁克林屋檐和楼梯间的星空夜幕时教给他的童谣："天上星，亮晶晶。遥望天上第一颗星；我对星星许个愿，祈祷心愿能实现。"

古恒星仿佛蒙尘的钻石，在钥匙中间的凹槽口隐约发光。

"请帮助我找到勇气，"埃蒂说，"这就是我的心愿。帮助我找到勇气完成这个该死的玩意儿。"

他又在那儿坐了一会儿后站起来，慢慢走回营地，靠近火堆坐下来，并没对枪侠或苏珊娜说一个字就拿起罗兰的刀开始工作，细密的木条从钥匙末端的S形处卷起。埃蒂速度很快，木头钥匙在他手中来回翻转，他偶尔闭上眼睛用大拇指滑过平缓的曲线。他试图不去想万一形状出错的后果——一想到这个他就全身僵硬。

罗兰与苏珊娜安静地坐在他后面观看。最后，埃蒂把刀放在一边，脸上已经挂满汗水。"你的那个孩子，"他说，"这个杰克。他真是初生牛犊不怕虎。"

"他在山脚下时就很勇敢，"罗兰说，"他害怕，但毫不退缩。"

"但愿我也能那样。"

罗兰耸耸肩："在巴拉扎夜总会时即使他们脱了你的衣服，你仍然奋力搏斗。让一个男人赤裸裸地搏斗可不是简单的事儿，但是你做到了。"

埃蒂试着回忆当时那场夜总会的搏斗，但是记忆已经变得非常模糊——烟、噪音，从一堵墙上射过来的交错炫目的光束。他记得自动武器的枪火最终毁了那堵墙，但并不能确定。

他举起钥匙，凹槽的轮廓在火光映衬下显得特别清晰。他就这样举了很长时间，仔细地打量末端的S形。这个形状与他梦中和在火焰里瞬间看见的一模一样……但是感觉上并非完全一样。几乎一样，但还有差别。

那只是又是亨利。那只是这么多年来从来没有足够好。你已经做到了，哥儿们——只是你心中的亨利不愿意承认。

他把钥匙放在了方形兽皮上，仔细地把兽皮边缘慢慢折好。“我完成了。我不知道它到底对不对，但是我猜我只能做到这么多了。”现在他再没有钥匙需要雕刻了，一种难以言喻的空虚袭上心头——没有目的、没有方向。

“你想吃点儿东西吗，埃蒂？”苏珊娜平静地问。

你有目的的，他想。你有方向。你只要坐过去，握住她的双手放在她的腿上。所有的目的与方向——

但是他脑海中闪现出另一个念头——这个念头蓦地升起。不是梦……也非幻觉……

不，两个都不是。是记忆。它又再次发生——你拥有对未来的记忆。

“我得先做另一件事儿。”他边说边站了起来。

在火堆另一头罗兰堆起的零碎木柴中，埃蒂翻找出一段中部宽两英尺四英寸左右的干木棍。他拿起木棍回到火堆旁，又捡起罗兰的刀。这次他的动作快了许多，因为他只是把木棍削尖，把它变成类似于帐篷桩的模样。

“我们在天亮之前可以动身吗？”他问枪侠，“我觉得我们必须尽快到达石圈。”

“好的。如果必须可以更早。我不愿意在夜里动身——通常石圈在夜晚会很危险——但如果必要，我们就不得不这样了。”

“大男孩儿，你的表情让我怀疑这个石圈任何时候都不安全。”苏珊娜说。

埃蒂又把刀搁在一边。罗兰刚刚挖洞生火时挖出的泥土堆在埃蒂的右脚边，他用木棍的尖头在土堆上画下一个清晰的问号。

“好了，”他把问号的形状擦去，“都做好了。”

“那就吃点儿东西吧。”苏珊娜说。

埃蒂吃了点儿，但他不是很饿。他好不容易依偎在苏珊娜温暖的身体旁睡着了，并没有做梦，但睡得很浅。直到早上四点枪侠把他摇醒前，他一直听着山下的平原传来锐风尖啸，仿佛自己随风飘起，飞向夜空，远离了所有这些烦恼。古母星与古恒星在头顶安详地划过，把他的双颊染上一层白霜。

19

“时辰到了。”罗兰说。

埃蒂坐起身。苏珊娜在他身边也坐起来，双手不断搓着脸颊。埃蒂脑子清醒过来，立刻感到了时间紧迫。“是的，我们走，动作快。”

“他靠近了，对吗？”

“已经很近了。”埃蒂站起来，抱起苏珊娜的腰，把她放进轮椅。

她焦虑地看看他问：“我们来得及赶到那儿吗？”

埃蒂点点头：“差不多。”

三分钟以后，他们走在了大道上，前方有像鬼魂似的东西微微发光。一个小时以后，当东方泛出第一道霞光，他们听见前方开始传来规律的节奏声。

那是鼓声，罗兰心想。

机器声，埃蒂心想。一台巨型机器。

那是心脏，苏珊娜心想。一颗巨大的、生病的心脏正在怦怦跳动……而且它就藏在我们必须经过的城市里。

两个小时以后，巨响就像当时骤然开始一样戛然而止。天空开始涌出团团没有轮廓的白云，先是给太阳罩上一层薄纱，后来干脆完全把太阳遮住。现在，他们离前方矗立的石柱已经不到五里地，根根石柱在阴霾下闪着微光，就像一头倒地怪兽的牙齿。

20

皇家剧院意大利风味周！

布鲁克林与马凯大道街角突出的剧院帐篷上写道：

两部塞尔乔·莱昂内[①]经典名作！

《荒野大镖客》与《黄金三镖客》！

九十九美分尽享电影盛宴

一个金黄色卷发的漂亮姑娘嚼着口香糖坐在售票亭里，一边听着收音机里齐柏林飞艇乐队[②]的歌曲，一边读着肖太太也

---

① 塞尔乔·莱昂内(Sergio Leone)，意大利著名导演，开创意大利西部片潮流，代表作《美国往事》《黄金三镖客》(又译作《善恶丑》《独行侠决斗地狱门》)。

② 齐柏林飞艇乐队(Led Zep)，成立于一九六八年的英国摇滚乐队，风靡于七十年代，开创了“硬摇滚”的先河。

喜欢的小报。她左边放着剧院以前的宣传海报，上面是克林特·伊斯特伍德①。

杰克明白他必须向前走了——已经近三点——但是他仍旧停了下来，望了望脏兮兮、裂开缝的玻璃橱窗后面的海报。海报上伊斯特伍德嘴里叼着根雪茄烟，披着墨西哥大披肩，大披肩的一角撩向背后、露出枪把。他的眼睛是略显苍白的淡蓝色。战士的眼睛。

那不是他，杰克心想，但几乎是他。瞧那双眼睛……他俩的眼睛几乎一模一样。

“你让我跌下去了，”他对着旧海报里的男人、那个并非罗兰的男人喃喃说，“你让我死了。这回又会发生什么？”

“嘿，小孩儿，”金黄色鬈发的卖票姑娘喊道，几乎吓了杰克一跳，“你是想进来还是就站在那儿自言自语？”

“我不进来了，”杰克回答，“两部片子我都看过。”

他继续向前走，在马凯大道左转。

又一次，他急切盼望那种对未来的记忆降临到身上，但又一次失望。杰克面前只是一条热辣辣的马路，两边黄沙色的公寓楼看上去就像监狱里的格子间。几个年轻女人推着婴儿车并排走在街上，有一句没一句地闲聊。除此之外，街上再没有别人。这些日子五月的天气热得不同寻常——太热了根本没法儿逛街。

我在找什么？什么？

突然他身后响起一阵男人沙哑的笑声，紧接着一个女孩儿愤怒地尖叫：“快把它还给我！”

---

① 克林特·伊斯特伍德（Clint Eastwood），美国著名演员、导演，代表作《警探哈里》、《廊桥遗梦》。

杰克惊跳出去，以为那个声音在对他喊。

“把它还给我，亨利！我可不是说笑！”

杰克转过身，看见两个男孩儿，一个至少已经十八岁，另一个年轻许多……十二三岁的光景。他一看见第二个男孩儿时心脏在胸口几乎翻了个筋斗。那个孩子没穿薄棉短裤而穿着绿色灯心绒长裤，但是黄色T恤衫一模一样，胳膊下面还夹着一个旧篮球。尽管他背对着杰克，但杰克立即知道他已经找到昨晚梦见的那个男孩儿。

21

那个女孩就是刚才嚼着口香糖的卖票姑娘。两个男孩中较大的那个——看上去已经可以被称做男人了——手里拿着她的报纸。她伸手想夺回来，抢报纸的男孩——穿着工装牛仔裤和一件袖子卷上去的黑T恤——把报纸举过头顶，咧嘴坏笑。

“你跳啊，玛丽安！跳啊，姑娘，跳啊！”

她忿忿地看着他，双颊通红。“还给我！”她说，“别闹了，快还给我！杂种！”

“噢……听听这个，埃蒂！”较大的男孩儿说，“骂粗话了！唔，不乖，真不乖！”他笑着把报纸晃来晃去，就是不让金发卖票姑娘够得到。杰克忽地领悟到他们俩是一起放学回家——尽管并不上同一所学校，如果他没把两人的年龄猜错——较大的那个走到卖票亭假装要告诉金发女孩儿一件趣事儿，然后从窗户开口处伸手抢了报纸。

大男孩儿脸上的表情杰克以前见过；有这种表情的孩子会觉得用打火机油浸猫尾巴异常有趣，或者会用藏着鱼钩的面包喂狗。这种孩子常常坐在教室后排拉女孩子的胸罩带，最后当有人抱怨时总装做困惑不解、惊讶万分说“谁？我？”。这样的孩子在派珀学校并不多，但也有几个。杰克猜每个学校都会有几个。派珀的那些可能穿得好一些，但表情都是一样。他想到在以前，有一种说法，有这种表情的男孩儿天生是被绞死的命运。

玛丽安跳起来，想夺回被大男孩卷成筒的报纸。在她刚要够着时，他手向后一缩，让她扑了个空。然后他又用报纸筒敲敲她的头，就像敲敲在地毯上撒尿的狗似的。她大哭起来——杰克猜更多是因为委屈——脸涨得通红透亮。“你自己留着好了！”她冲着他大叫。“我知道你根本不识字，但起码你可以看看图片！”

说完她转过身。

“你干什么不还给她？”小一些的男孩儿——杰克的那个男孩儿——轻声说。

大男孩儿把报纸筒递过去，女孩儿一把夺过来。这时，即使在三十英尺外，杰克都听见了报纸撕裂的声音。“你这个卑鄙小人，亨利·迪恩！”她大叫。“十足的卑鄙小人！”

“嘿，有什么大不了的？”亨利听上去很受伤害。“我只是开开玩笑。而且只撕掉一角——你还能看的，看在基督的分上。干吗不放松点儿，啊？”

就是这个样子，杰克寻思。像亨利这样的人总是把一些并不好笑的玩笑开过火……然后当别人冲他们发火时就摆出一副受伤害、被错怪的样子。他们总挂在嘴上的是*有什么大不了？你怎么受不了玩笑？以及干吗不放松点儿？*

*你跟他在一起干什么，埃蒂？*杰克很奇怪。*如果你和我站在一边儿，为什么和这样一个蠢货搅和在一起？*

但是当小一些的男孩儿转过身和另一个一起肩并肩离开

时，杰克瞬间知道了答案。大男孩儿的脸部线条更硬，长满青春痘，但是除此之外两人非常相似。这两个男孩儿是亲兄弟。

22

杰克转身在两个男孩儿前面慢吞吞走着，颤巍巍地摸向胸口口袋，拿出他父亲的太阳眼镜，设法把它架上鼻梁。

身后传来的对话越来越响，仿佛逐渐调高的收音机音量。

"你不该那样儿捉弄她的，亨利。那样不好。"

"她可喜欢了，埃蒂。"亨利听上去非常平静，带着几分世故，"等你再长大一点儿就会明白的。"

"她哭了。"

"大概是迷着眼睛了吧。"亨利继续用哲学家的口吻说。

他们已经靠得很近。杰克赶紧躲到旁边的一幢房子边，低着头，双手深深插进牛仔裤口袋里。他不明白为什么他那么重要却没有被注意到，但就是如此。亨利无论如何没有太大干系，但是——

那个小的不应该记得我，他想。具体原因我不知道，但他就是不应该。

他们走过他身边，只匆匆瞟了他一眼。亨利让埃蒂走到外面，好沿着排水沟运球。

"你得承认她的样子很滑稽，"亨利说，"蹦蹦跳跳的玛丽安，跳起来抢报纸。噢噢，噢噢！"

埃蒂抬眼看他哥哥，试图摆出责备的表情……然后他放弃，也加入到笑声中。杰克在那张上仰的脸上看见了无条件的爱，暗忖埃蒂肯定能够原谅他哥哥许多事情，直到认清这样做其实很糟糕。

“那么我们去不去?”埃蒂现在问,“你说过我们可以去。放学以后。”

“我说也许。我不知道我是不是愿意大老远走过去。而且妈妈可能已经回家了。也许我们应该作罢,回家上楼看会儿电视。”

他们离杰克大概十英尺左右,准备离开。

“啊,求求你了!你答应过的!”

两个男孩儿正在经过的建筑物再过去是一圈铁链围墙,中间开着一扇门。杰克看见铁丝网那边就是他昨晚梦见的篮球场……反正差不多。虽然并没有树林环绕周围,也没有正面斜漆着黄黑条的地铁售票亭,但是开裂的水泥地和褪色的黄色边界线一模一样。

“呃……也许吧。我不知道。”杰克发现亨利又开始捉弄人了,可是埃蒂并不明白;他太想去那个地方了。“那我们先打一会儿篮球,让我考虑考虑。”

他边说边从他弟弟那儿把球偷过来,接着笨手笨脚地运球、单手扣篮,但是篮球高高击中篮板后又弹回,连篮筐的边都没擦着。从十来岁女孩儿手里抢报纸亨利很拿手,杰克心想,但是他在篮球场上的表现可不是一般的差劲。

埃蒂慢慢走近铁门,解开灯心绒裤子的纽扣,裤子滑下来露出褪色的薄棉短裤。在杰克的梦里,他就穿着这个。

“噢,他穿小短裤呢?”亨利说,“真可……爱啊!”他趁他弟弟脱下裤子、单脚撑地时把篮球向他投去。埃蒂勉强接住球,把球打向旁边,免遭鼻子被打出血的厄运,但还是失去了平衡,笨拙地摔到了水泥地上。他险些被割伤;杰克看见铁链周围碎玻璃撒了一地,在阳光下熠熠发光。

“得了吧，亨利，别这样。”他说，但是语气中并无严肃的谴责。杰克猜大概亨利这样捉弄他已经太久，埃蒂只注意到他捉弄别人——比如那个卖票的金发女孩儿。

“得了吧，亨利，别这样。”

埃蒂站起来快步走向球场。球击中了铁链围墙，朝亨利弹回去了。亨利试图运球过他弟弟。埃蒂闪电一般地伸出手，灵巧异常地把球截住，一低头躲过亨利横里伸出的胳膊，向篮筐跑去。亨利非常不高兴地皱着眉头跟在后面，但是也无能为力。埃蒂跑上前、膝盖微曲、干净利落地跳起、上篮。亨利抢过落下的篮球，运球向旁边跑去。

你不应该那样干，埃蒂，杰克暗想。他就站在围墙尽头的角落里观察着这两个男孩儿。至少现在，这个位置还比较安全。他戴着他父亲的太阳镜，而且两个男孩儿非常投入他们的游戏，即使卡特总统①散步过来他们都不会注意到，只不过杰克怀疑恐怕亨利连卡特总统是谁都压根儿不知道。

他以为亨利会为了报复犯规，但是他实在低估了埃蒂的伪装。亨利做了个连杰克妈妈都不会上当的假动作，但是埃蒂似乎被蒙住。杰克相当确定埃蒂能够不费吹灰之力地识破他的假动作，把球再抢回来，但恰恰相反，埃蒂止住脚步。亨利单手投篮——仍旧动作笨拙——篮球又从篮筐弹回来。埃蒂抓住了球……然后让球从指尖溜走。亨利继续把球抢过来，转身把球送进无网的篮筐。

“赢你一回，”亨利气喘吁吁，“再玩十二回合？”

“没问题。”

杰克觉得已经看够了。最终埃蒂会确保亨利胜利，这不仅

---

① 吉米·卡特(Jimmy Carter)，生于一九二四年，美国第三十九任总统。

能让他免遭亨利的拳头，也能让亨利心情愉快，然后就能答应埃蒂的要求。

嘿，蠢货——我想你弟弟这么久以来一直在糊弄你，你居然一点儿没感觉到，是不是？

他慢慢向后退，直到球场北边的建筑物遮挡住他的视线，无法再看见这对迪恩兄弟，同样他们也再看不见他。他斜靠在墙上，仔细倾听篮球的砰砰声。很快亨利就像小火车查理上坡时呼哧呼哧地喘气。无疑他会是个烟鬼；像亨利这样的家伙都会成烟鬼。

游戏持续了约摸十分钟，最后以亨利的胜利告终。此时，街道上已经有很多放学回家的孩子，一些人在经过杰克的时候都向他投以好奇的目光。

“打得漂亮，亨利。”埃蒂说。

“不错吧，”亨利还在喘气，“你还是被我一直用的假动作蒙住了。”

这还用说，杰克心想。而且估计他一直会上你的当，直到他长到八十磅。到那时就有你惊讶的了。

“我猜是的。嘿，亨利，我们能不能去那个地方瞧瞧，求你了？”

“好啊，为什么不呢？我们就去吧。”

“太好了！”埃蒂欢呼起来，然后传来拍掌声，估计埃蒂与亨利击掌庆祝，“听你的！”

“你想让我告诉她我们去杜威家吗？”

亨利沉默下来，考虑了一会儿，说：“不要。她会打电话给邦考斯基太太的。告诉她……就告诉她我们去达利那儿买些胡塞火箭。她会相信的。再向她要几块钱。”

“她才不会给我钱呢。尤其是还有两天才发工资。”

"胡扯。你可以要到钱的。快,现在就去。"

"好吧。"但是杰克并没有听见埃蒂离开,"亨利?"

"干什么?"回答很不耐烦。

"鬼屋真的闹鬼吗,你怎么想?"

杰克悄悄贴近篮球场。他不愿意被发现,但是非常想听下面的对话。

"才不。根本不存在真正闹鬼的房子——只有见鬼的电影里才有。"

"哦。"听声音埃蒂明显松了口气。

"但是如果真的存在,"亨利接着说(也许他不愿意他的小弟弟太过舒坦,杰克暗忖),"那肯定就是鬼屋了。我听说好几年前,两个北林大街的小孩儿进去以后撞见了恶鬼,等警察找到他们时,两人已经被割断喉咙抽干血。但是他们尸体旁却没有一丝血迹。明白吗?血全消失了。"

"你吓唬我?"埃蒂倒抽一口凉气。

"我可没有。但这还不是最糟的。"

"还有什么?"

"他们的头发全变得雪白。"亨利继续说。钻进杰克耳朵的声音非常严肃,让他感觉到这次亨利并非在开玩笑,而且这次他相信他说的每个字。(而且他也怀疑亨利根本没那么聪明能编出整套故事)"他们俩都是。而且他们眼睛圆睁,好像看见了什么世界上最可怕的东西。"

"噢,你省省吧。"埃蒂轻声说,可声音中难掩畏惧。

"你还想去吗?"

"当然。只要我们不要……你瞧,不要靠得太近。"

"那你去找妈妈,向她要点儿钱。我要买烟。别忘了带走这见鬼的球。"

埃蒂走出篮球场大门，杰克赶紧向后退了一步躲进最近的公寓楼。

穿着黄T恤的男孩儿冷不丁地朝杰克方向转过身。上帝啊！他沮丧地想。如果他就住在这幢楼里怎么办？

果然如此。杰克赶紧转过身，装做在仔细看门铃旁的名字。埃蒂·迪恩擦身而过，靠得非常近，杰克都可以闻到他刚刚打篮球出的一身汗味。他半感觉、半瞥见埃蒂朝他的方向投来的好奇注视，然后一只胳膊下夹着卷起的校裤、另一只胳膊夹着篮球，走进门厅，上了电梯。

杰克的心怦怦乱跳。真实生活中的跟踪比他有时读的侦探小说里的描述可真要困难得多。他穿过马路，在离两栋大楼半个街区的地方停了下来，迪恩兄弟住的公寓楼的出口以及篮球场从这个位置都能看见。现在篮球场已经满了，大多是小孩子。亨利斜倚在铁链围栏上，抽着香烟，摆出一副年轻人的忧郁神态。他时不时在其他小孩子全速跑过来的时候伸脚绊倒他们。在埃蒂回来前，他已经成功地绊倒了三个。最后那个孩子摔成一个大字，整张脸磕在水泥地上，自己爬起来以后哭哭啼啼地离开，额头上还流着血。亨利在他身后弹弹烟灰，开心地大笑起来。

他真是个全能找乐高手，杰克心想。

自那以后，小孩子都学乖了，离他远远的。亨利慢吞吞离开篮球场，走到埃蒂五分钟以前进去的大楼前。这时，门打开，埃蒂出来了。他换了一条牛仔裤和干净的T恤衫，额头上扎了那条杰克梦见过的绿头巾。他抬起手，胜利地挥了挥几张钞票，亨利却一把抢过来，然后问了埃蒂什么，埃蒂点点头，两个人就上路了。

杰克跟在后面，始终保持半个街区的距离。

23

他们站在大道尽头的长草中，望着前面的通话石圈。

史前巨石柱群①，苏珊娜脑中闪现出这个念头，浑身颤栗起来。就是这幅景象。史前巨石柱群。

尽管灰色高大石柱的基座周围长满覆盖平原的厚草，但石柱围起的石圈内却寸草不生，地上零零碎碎地撒着些白色的东西。

“那是些什么东西？”苏珊娜低声问，“碎石块儿？”

“再仔细看看。”罗兰说。

她又仔细张望，发现那些东西全是骨头，小动物的骨头，也许。她希望。

埃蒂把削尖头的木棍换到左手，右手手掌在衬衫上擦了擦，又把木棍换回来。他张张嘴，但是干涩的喉咙里没有挤出一丝声音。他清清嗓子，又试了一回：“我觉得我必须走进去，在土上画点儿东西。”

罗兰点点头：“现在？”

“马上。”他盯着罗兰的脸，“这里有东西，对不对？一些我们看不见的东西。”

“它现在还不在这儿，”罗兰回答，“至少我还没感觉到，但它肯定会过来。我们的*楷覆功*——我们的生命力——会吸引它，而且无疑它不会让人进入它的领土。把我的枪还给我，埃蒂。”

---

① 史前巨石柱群(Stonehenge)，位于英国索尔兹伯里平原北部，距今约有四千年历史。其主体是由一根根巨大的石柱排列成几个同心圆，据考是古太阳观测遗址。

埃蒂松开皮带，把枪递给罗兰，然后转身面向前方由十二英尺高的巨石柱组成的石圈。有东西住在里面，好吧。他可以闻到那东西，一股恶臭，令他想起湿水泥、发霉的沙发以及裹着一层半湿霉菌的旧床垫。这股味道很熟悉。

鬼屋——我在那儿闻到过这个味道。就在我求亨利带我去荷兰山莱茵侯得街的那栋房子的那一天。

罗兰扣好枪带，把绳子打了个结，同时抬头看向苏珊娜。“我们也许需要黛塔·沃克，”他说，“她在吗？”

“那个贱女人一直都在。”苏珊娜皱起鼻子。

“很好。当埃蒂在完成他的任务时我们中的一个必须保护他，另一个也派不上太大用场。这里是魔鬼的地盘。它们非我族类，但是和我们一样也有男女之分。性既是它们的武器，也是它们的弱点。无论这个魔鬼什么性别，它都会去攻击埃蒂，保护它的地盘，不让外人利用这个地方。你明白吗？”

苏珊娜点点头，但是埃蒂好像没听见罗兰的话。裹着钥匙的兽皮藏在他衬衫里，他仿佛被催眠似的，眼睛直勾勾盯着通话石圈。

“我没有时间绕弯子了，”罗兰对她说，“我们中的一个必须——”

“我们中的一个必须和它交欢，让它远离埃蒂，”苏珊娜打断他，“这个东西从来不会拒绝免费的交欢。这就是你想说的，对不对？”

罗兰点点头。

她的眼睛一亮。现在那是黛塔·沃克的眼睛，智慧、冷酷、强硬却又饶有兴味。她的口音带上了做作的南方庄园的拖腔，那是黛塔的特有标志。“如果是个女魔鬼，你来搞定。但如果是个男的，它就是我的。怎么样？”

罗兰没有异议。

“如果它的性别变来变去怎么办？那样怎么办，大男孩？”

罗兰的嘴唇上翘，勾出一丝微笑道：“那我们俩就一起上。只是记住——”

在他们旁边，埃蒂低声轻吟道：“亡灵的殿堂并非全然静默。看，睡尸正在苏醒。”这时他看向罗兰，迷惘的眼里充斥着恐惧。“有一个怪兽。”

“那魔鬼——”

“不。是怪兽。在两扇门之间——两个世界之间。它就等在那里，而且它正在睁开双眼。”

苏珊娜恐惧地看向罗兰。

“站稳，埃蒂，”罗兰说，“要坚强。”

埃蒂深深吸了一口气。“我会一直站在这里，直到它把我击倒，”他说，“现在我得进去了，一切正在开始。”

“我们都进去，”苏珊娜说。她弓起背，滑下轮椅。“任何想和我做爱的魔鬼都会发现我是最棒的。我会给它毕生难忘的经验。”

他们穿过两根巨石柱进入石圈，这时天空开始下雨。

24

当杰克一看见那地方，他立刻明白两件事：其一，他以前梦见过这里，只是梦境过于可怕，他的理智自动删除了这段记忆；其二，这里充斥着死亡、谋杀与疯狂。他站在莱茵侯得街与布鲁克林大道远处的街角，距离亨利与埃蒂·迪恩七十码，但是即使这么远，他都能感到鬼屋无形的手越过他们俩向他急切袭来。

他甚至感觉到鬼手上的尖爪。凌厉的尖爪。

它想要我，而且我还不能逃跑。进去就是死……但是不进去就是疯。因为那里面有一扇上锁的门，打开门锁的钥匙就在我手里，而且我一直企望得到的唯一救赎就在门后的世界里。

鬼屋像肿瘤一样矗立在杂草丛生的院子中央，从上到下处处都透着诡异。他的视线牢牢锁住那房子，心沉了下去。

迪恩兄弟顶着午后的太阳慢慢走过布鲁克林九个街区，最后来到一个叫做荷兰山的地方，附近的商店名称里就是这么显示的。他们现在就站在鬼屋面前，房子看起来已经废弃多年，但是奇怪地并没有遭到太大破坏。杰克第一次想到，这里以前的确是房屋——也许是个富商和一大家子人住在里面。在很久以前它肯定是白色的，但现在已经变脏变旧，白色变成灰色。窗户玻璃都已被打碎，周围的篱笆墙外表剥落，还被胡乱涂鸦。但是房屋本身却丝毫未损。

鬼屋在热烈的阳光下微微倾斜，仿佛从丢满垃圾的圆丘状院子里摇摇欲坠探出身子的亡灵，让杰克联想起一只正在假寐的恶狗。尖斜的屋檐挂在前门门廊上方，好像低垂的眉毛。曾经也许是绿色的百叶窗歪斜地靠在空荡荡的窗框上；窗户里面还挂着一些破旧的窗帘，仿佛一条条死人的皮肤。房屋左边有一个破旧不堪的凉棚，钉子已经全没了，只剩下一簇簇爬满凉棚的污秽藤蔓支撑。草坪上竖了一个标牌，门上也有告示。杰克站的地方太远，看不清具体写了什么。

这座屋子有生命，他知道，而且能感觉到鬼屋的意识从墙板、屋顶中向外辐射，从黑暗的窗棂中倾泻而出。一想到要接近这个骇人的地方他就感到惶惶不安；要进去的念头更让他充满难以言喻的恐惧。但是他仍然要去。他的耳边响起低声的嗡鸣——仿佛炎热夏日里蜂巢的嗡嗡声——让他昏昏欲睡，一瞬间他甚至害怕他会就此昏倒。他闭上双眼……脑海中响起他的声音。

你必须过来，杰克。这是光束的路径，去塔的路径，也是你加入的时机。镇静，站稳，到我这儿来。

恐惧并没有消退，但刚刚迫在眉睫的恐慌却已没了踪影。他再次睁开眼，发现并非自己一个人感觉到鬼屋正在苏醒的力量与意识。埃蒂正要抽身离开篱笆，他转过身正对杰克的方向，绿头巾下圆睁的双眼难掩不安。他哥哥又一把揪住他的胳膊，把他朝锈迹斑斑的大门推去，但这个动作却并非真心实意，捉弄的成分居多；无论他如何鲁钝，他讨厌鬼屋的程度可不比埃蒂弱。

他们走远了一些以后站住望着鬼屋。杰克听不见他们互相说了些什么，但是他们的语气充满敬畏与不安。杰克猛地想起，梦中埃蒂对他说：*记住，肯定会有危险。要小心……而且要快。*

突然，真正的埃蒂，那个正在过街的男孩儿，抬高了声音，杰克听见他说："我们现在能回家了吗，亨利？求求你？我不喜欢这儿。"话语中带着恳求。

"讨厌的小娘娘腔。"亨利回答，但是杰克从亨利的话音里听出安慰与纵容，"走吧。"

他们转身离开废弃的老屋，向街上走去。杰克后退了几步，转过身面朝一家叫做荷兰山二手工具的狭窄小店的橱窗。亨利和埃蒂模糊的身影与橱窗里一台老旧的胡佛牌吸尘器重叠，杰克看见他们穿过莱茵侯得街。

"你真的肯定那里没有鬼？"他俩走到杰克站着的人行道时，埃蒂开口问。

"呃，实话对你说吧，"亨利回答，"现在我再来这里，我也不是特别肯定了。"

他们从杰克身后擦肩而过，看也没看他一眼。“你想进去吗?”埃蒂问。

“给我一百万也不干，”亨利想也没想地给出答案。

他们转过街角。杰克离开橱窗，在他们身后偷偷张望。他们正肩并肩沿着来时的人行道向家走去。亨利拖着他爱乱踢人的脚步，肩膀已经像上了年纪的人一样垮了下来。埃蒂走在他旁边，浑身散发着尚未被发掘的灵巧与优雅。两条长长的影子拖在人行道上，和谐地合而为一。

他们回家去了，杰克心想，一阵强烈的孤独感袭上心头，几乎要将他击垮。他们会吃晚饭，做作业，然后为看哪档电视节目争吵，最后上床睡觉。亨利也许是个以大欺小的混蛋，但是他们，他们俩，有他们的生活，有意义的生活……而且他们正在回去。真不知道他们有没有体会到他们有多么幸运。我想埃蒂大概想过。

杰克转过身，调节了一下肩带，穿过莱茵侯得街。

25

苏珊娜感觉到通话石圈远处空旷的草甸上有东西在移动：一阵气息突袭过来。

“有东西过来了，”她有些紧张，“来得很快。”

“小心，”埃蒂提醒道，“但是别让它靠近我。明白了吗?别让它靠近我。”

“我听见了，埃蒂，你只要做你自己的事儿。”

埃蒂点点头。他跪在石圈的中心，高举削尖的木棍像是在测定方向。接着他放低木棍在土上画了一道直线。“罗兰，当心她……”

“我会尽力的，埃蒂。”

“……但是别让它靠近我。杰克来了。他真的来了。”

苏珊娜眼前，通话石圈正北方的草甸被从中间劈开，一条黑线径直穿过石圈切出一条犁沟。

“准备好，”罗兰说，“它会去攻击埃蒂。我们中的一个必须伏击它。”

苏珊娜弓起背，仿佛一条正游出印度驯蛇人竹筐的蛇。她双手紧握成拳，抬起放在面前，眼里闪着精光。“我准备好了。”她回答，然后对着空中大叫，“来吧，小伙子！你现在就过来！快点儿跑过来！”

守护石圈的魔鬼猛冲过来，速度越来越快，此时雨势增大。苏珊娜刚来得及感觉到浓重、残忍的雄性气魄——散发着一股让她流眼泪的杜松子油味——魔鬼就径直冲向石圈中心。她闭上双眼，试图阻拦它，但不是用她的胳膊或意志，而是呼唤出她心灵深处的女性力量：*嗨，小伙子！你去哪儿？有小妞儿在这儿！*

它转了个圈。她感觉到它的惊讶……随之而来的饥渴仿佛从搏动的动脉中急不可耐地喷涌而出。如同从巷口突然跳出的强奸犯，它扑到了她身上。

苏珊娜哀号一声向后倒去，喉头凸起，胸腹部的衣服被抹平，接着开始自动撕裂成碎布。她能够听见喘气声，但无法确定方向，仿佛她在与空气本身做爱。

“苏希！”埃蒂边叫边站起身。

“不要！”她尖声回应，“你做你的！我控制住这狗娘养的了……就控制在我想让它待的地方！你继续，埃蒂！带回那孩子！带回——”话音未落，一阵寒意猛击她双腿间的敏感部位。

她咕哝着向后仰倒……将将单手撑地稳住身形，身体在抵抗中前后猛晃。“把他带回来！”

埃蒂犹疑地望了望罗兰，罗兰点点头。埃蒂又瞥向苏珊娜，眼中盈满深沉的痛苦与更深沉的恐惧，然后轻轻转过身背对他们俩，又跪了下来。他完全没在意冰冷的雨水打落在手臂和颈后，伸手够到那根削尖的棍子，把它当做铅笔在地上画起来。棍子慢慢移动，勾出直线、直角，罗兰立刻明白了他画的是什么。

那是一扇门。

26

杰克推了一扇开裂的大门，看来门轴已经生锈，门吱呀一声慢慢打开。他的前面出现一条凹凸不平的砖石小路，小路尽头是前廊，前廊前面是屋门，门上交叉钉着木板。

他慢慢走向鬼屋，心怦怦狂跳，仿佛胸口里装了一台发报机，不停地敲击出一点一划。砖头旁边的杂草沙沙地摩擦他的牛仔裤。此刻他的所有感官变得异常敏锐，仿佛被提高了两个档次。你不是真的要进去吧，啊？他脑海中一个万分恐慌的声音问。

而他想到的答案既完全疯狂又万分理智：一切都为光束服务。

草坪上的标牌上写道：

绝对禁止入内，违者追究法律责任！

房屋前门上十字交叉钉的木板上贴了一张颜色泛黄、爬满锈迹的纸，上面的警告更加简洁：

纽约州房委会令

该产业已被查封

杰克站在台阶下，抬头仰视着大门。他在空地听见的声音又在耳边响起……但是这次回荡的是所有罪人的齐唱、失去理智的威胁和同样疯狂的承诺，所有声音都已经汇成一个，鬼屋的声音；怪兽看门人已经从长长的沉睡中被惊醒，发出了嗷嗷的吼声。

一瞬间他想到了他父亲的鲁格手枪，甚至想把它从背包中抽出来，但这样做又有什么用？在他身后，莱茵侯得街上车来车往，一个妇女高声叫着不许她女儿牵男孩子的手，让她快点儿把洗好的衣服拿回来，但是这里却是另一个世界，沦陷在某种阴森生物统治之下的世界，所有枪支都只会形同虚设。

镇静，杰克——稳住。

"好吧，"他颤抖着低声说，"好吧，我尽力。但是你最好别让我再摔下去。"

慢慢地，他走上前廊的台阶。

27

钉在门上的木板年代久远，已经腐烂，铁钉也生了锈。杰克抓住最上端两根木板交界点用力一拉，木板随之轰隆一声掉落下来。门廊栏杆外面的旧花坛里面只长着些薄稃草和狗尾草，他把木板朝那儿扔了过去，然后弯下腰抓住最底端的木板交界点……接着停下来。

门里传来一阵空旷的声音，像是一个饥饿的怪兽躲在水泥管里流口水。杰克的额头和脸颊上微微渗出冷汗，他非常害怕，感觉一切都变得虚幻，仿佛自己已经变成别人噩梦中的角色。

魔鬼的合唱、魔鬼的存在就在门后，魔音像浆汁一样从大门里渗出。

他猛一用劲，很容易就把下面的木板也拉了下来。

当然。它希望我进去。它肚子饿了，而我就会是它的主菜。

蓦地，他脑海中闪现出一段艾弗莉小姐给他们朗诵过的诗。这首诗本来说的是现代人被斩断根基、脱离传统而面临的困境，但是杰克想到，写下这首长诗的人肯定来过鬼屋：我要指点你一件事，它既不像你早起的影子，在你后面迈步；也不像傍晚的，站起身来迎着你；我要给你看……①

“我要给你看恐惧在一把尘土里。”杰克喃喃自语，同时手握住门把。这当口，清晰的安慰与信心又重新潮水般涌来，他感到就是这扇门，这次这扇门会把他领进另一个世界，他能看见那里未遭烟尘污染的清澈天空，远方地平线并没有绵延的山峦，却隐约可见蓝色尖塔耸立在某个神秘未知的城市。

他的手指紧紧裹住口袋里的银钥匙，暗暗希望这扇门上了锁，这样钥匙就能派上用场。可是事与愿违，门吱呀一声慢慢打开，许多铁锈屑从年久未用的门轴上索索落落地掉下来。腐败的气味迎面直击杰克：潮湿的木头，浸水的石灰，腐烂的木板和破败的填塞料的气味，而所有的气味下面蕴藏的是野兽巢穴的怪味。他眼前是一条阴仄潮湿的走廊。走廊左边，楼梯歪歪斜

---

① 这首诗节选自美国现代主义诗人 T.S.艾略特的长诗《荒原》。这首长诗是现代主义诗歌里程碑式的代表作，奠定了艾略特在诗坛的地位。

斜地延伸向高处的阴影，掉落的栏杆凌乱地堆在走廊地板上。但是杰克可没蠢到以为那只是些碎木头。里面还夹着好些骨头——小动物的骨头。有一些看上去并不完全像动物的遗骨，但是杰克不愿意太久地打量那些东西，因为他明白，如果他看得太仔细，就永远不会鼓足勇气再迈出一步。他站在入口处，强迫自己迈出第一步，这时一阵微弱的声音猛烈而急促地响起，他忽然意识到那是他的牙齿在打架。

为什么没人来阻止我？他狂乱地想。为什么没人经过人行道然后大叫："嘿，说你呢！你不应该去那儿——难道不识字吗？"

但是他也知道原因。行人一般沿着街对面走，而且经过鬼屋的行人也不会在此逗留。

即使有人朝这儿偶然瞥一眼，他们也不会看见我，因为我并不真正在这里。无论如何，我已经离开了我的世界，开始穿越时空。他的世界就在前方。这里……

这里就是连接两界的地狱。

他一脚跨进走廊，身后大门砰地关上，就像坟墓里的大门被猛地关上似的。他吓得尖叫起来，但是同时并不感到太惊讶。

内心深处，他毫不惊讶。

28

从前有一个名叫黛塔·沃克的年轻女人，她经常出没于纳特里城外瑞奇莱茵大街沿街的下等酒馆和艾姆海伊城外 88 号国道沿路的客栈旅馆。那时她双腿健全，而且就像歌里唱的，她知道如何使用它们。她会穿上廉价的紧身裙，质地看上去像丝绸实际上却不是，然后同白人小伙子热舞。乐队都会演奏些稀松平常的舞会乐曲，像什么《宝贝的爱》、《嬉皮摇摆》这样的曲子。最后当那些白人小伙子被撩拨起来就会把她带到停车场的汽车上。在那里他们亲吻抚摸（世界上最撩人的接吻高手正是黛塔·沃克，而且抚摸的功夫也不差），直到他欲火焚身……就在此时，她会停止一切。接着发生什么？呃，这是个问题，不是吗？实际上这就是她的游戏。有些人会哭泣恳求——不错，但还不是最棒的。另一些怒吼咆哮，这样更好。

但是尽管她被扇过耳光、眼睛被拳头砸过、被吐过口水，甚至有一次她的屁股被狠狠地踢了一脚，踢得她四肢着地趴在了红磨坊酒吧停车场的水泥地上，她却从来没被强奸。所有人，每个白人，都只是带着被点燃却无法发泄的性欲忿忿地离开。在黛塔·沃克的概念里，这就意味着她才是最后的胜利者，百战百胜的皇后。谁的皇后呢？他们的。所有这些理着平头、屁股结实的白种混蛋的。

直到现在。

她没有任何办法抵抗这头来自通话石圈的魔鬼。没有门把手抓、没有能逃出的车门、没有能藏身的建筑、没有能扇耳光的脸颊、没有能抓的面孔、也不能趁那个白人杂种没注意踢他的命根子。

魔鬼趴在她身上……紧接着，电光火石般，它——他——进入了她的身体。

即使她看不见它——他，她仍能够感觉到它——他——把她向后猛推。她看不见它——他——的手，但是她能感受到有双手正用力撕碎她的裙子，接着一阵锐痛猛然袭来，仿佛她的下体被撕裂，她发出惊讶又痛苦的尖叫。埃蒂听见尖叫声，紧张地四处张望，眼睛眯成一条缝。

“我还能行!”她大叫,“你继续,埃蒂,别管我! 我还能行!”

但实际上她很不好。自从黛塔十三岁跨入性的战场以来,她有生以来第一次吃了败仗。她全身陷入无法突围的寒冷中,感觉好像正被一根冰棍强奸。

隐约间她看见埃蒂转过身在土上又画起来,温暖关切的表情换成了她曾经看到过的专心致志的冷静。呃,没关系,不是吗? 是她让他不要管她继续完成他的任务,把男孩儿带回来的。这是杰克回归过程中她所担负的责任,所以她没有理由憎恨那两个男人,他们并没有扭过她的胳膊——或者用其他方式——逼迫她这样做。但是寒冷冻住了她,没人理睬她,她开始憎恨他们俩,甚至想把他俩的命根子拽下来。

就在此时,罗兰赶过来,有力的手臂扶住她的肩膀。尽管他没有开口,她仍然听见他的声音:*不要抵抗。抵抗并不会获得胜利——只会导致死亡。性是它的武器,苏珊娜,但也是它的弱点。*

没错。性永远是他们的弱点。唯一不同的是这次她需要付出更多——但也许并没什么大不了。也许最终她反而能让这个隐形魔鬼付出更多的代价。

她强迫自己放松大腿。瞬间,两腿刷地被分开,在泥土上划出扇形。她仰起头,任凭倾盆大雨打在脸上。她感觉到它的脸就凑在自己脸旁,自己每个扭曲的表情都令那怪物极度沉醉。

她伸出一只手臂,仿佛蓄足劲要用力扇出……然而相反,手臂滑到正在强奸她的魔鬼的颈背抚摸起来,感觉上就像掬起一撮浓烟。她的抚摸让魔鬼吃了一惊,向后一缩。她抓住隐形颈背保持平衡,接着挺起胯骨,同时两腿分得更开,破碎的衣服边缝更被撑裂。上帝,那玩意儿真大!

“来吧,”她喘着气,“你不会强奸我,你不会。你想强奸我?

我强奸你。我会让你有从未有过的经历。让你想死！”

她颤抖地感觉到体内的充盈，同时也感觉到魔鬼试图，至少一刹那，退出。

“啊哈，蜜糖，”她双腿用力向内侧挤，把它压得动弹不得，同时嘶哑地说，“乐子才刚刚开始。”她臀部弯曲，身体向那个隐形的存在隆起，撑在另一只手上、十指紧扣，然后臀部翘起地向后仰倒，绷紧的手臂仿佛什么都没抓住。她猛地甩开遮住眼睛的汗湿头发，嘴唇像鲨鱼嘴一样向两边咧开。

放我走！她脑海中一个声音大叫，但同时她感到声音的主人做出了相反的反应。

“没门儿，蜜糖。你想要这个……现在你就得到了。”她向上猛挺，然后坚持住这个姿势，注意力集中在体内的那股寒气上。“这根冰棍会融化，蜜糖，当它消失时你怎么办？”她嘴唇一张一阖，闭上眼睛毫不留情地夹紧双腿，同时更用劲地抓住魔鬼隐形的颈背，同时暗暗祈祷埃蒂能动作快些。

她不知道她能这样坚持多久。

29

杰克心里明白，问题其实很简单：有一扇上锁的门就藏在这个潮湿恐怖的地方。那扇正确的门。他所要做的就是找到这扇门。但不是没有困难，因为他已经感觉到房屋中存在的怪物正在慢慢聚敛。那些原本不和谐的杂音开始汇聚成统一的声音——刺耳的低语声。

而且它正在逼近。右边一扇开着的门旁墙上，用图钉钉着一张褪色的老照片，上面是一个吊死的人，就像挂在死树上的烂水果。门过去是一间房间，估计以前是厨房。烤炉已经没了，但一台古老的冰柜——那种顶端带有圆形冷藏室的冰柜——仍立在褪色的油毡毯尽头。冰柜的门大开，里面不知什么黑乎乎、臭烘烘的东西凝成块状，滴下的汁液早已在地板上凝固。旁边还有一排厨房的柜子，在其中一个柜子上他看见了大概是世界上最早的雪蛤罐头，另一个柜子里伸出一只死老鼠的头，眼睛居然是白的，还有东西在动。过了一会儿杰克才反应过来空眼窝里蠕动的都是蛆。

突然，有样软绵绵的东西掉在他的头发里，杰克惊叫一声，连忙伸手去抓，结果抓到一个外面裹着层鬃毛的软球。杰克把球拿下来，定睛一看，是一只蜘蛛正恶狠狠地瞪着他，肿胀的身体呈现出新鲜瘀伤的颜色。杰克用力一甩，它摔在墙上，瞬间肚皮开花，几条腿软绵绵地耷拉下来。

又一只掉在他的脖子上，在发根处狠狠咬了他一口。他赶紧向大厅逃去，却又被地上的栏杆绊倒，重重地摔倒在地。这时他感觉蜘蛛炸开了。它的内脏——热乎乎、滑腻腻——像热蛋黄似的流到他的肩胛骨上。厨房入口还有许多蜘蛛，有些像铅锤一样倒挂在几乎看不见的细丝网上，有些只是硬生生落在地板上，急切地爬过来向他问好。

杰克尖叫着拔腿就逃，同时感觉脑子中一根旧绳马上就要崩断，他猜那根绳子正是他的理智。一发现这点，杰克所剩不多的勇气终于消耗殆尽。无论能得到什么奖赏，他再也受不了了。他闪电般地逃开，希望趁着还不太迟赶紧离开这个鬼地方。结果他发现已经来不及了，自己慌不择路地走错了方向，他不是朝门外跑，而是向鬼屋更深处跑去。

他奔进一间空房间，估计这里以前要么是会客厅要么是起居室，看上去曾经用做舞厅。墙纸上画着一群精灵，挂着满脸诡异的笑容，从上面俯视着杰克。墙角摆着一张发霉的椅子，翘起的木地板中央是一只破碎的枝形大烛台，水滴形垂饰上积着厚厚一层灰，生锈的铁链盘踞其中，周围洒满碎玻璃珠。杰克绕过这堆狼藉，猛地扭头向后看，没有发现蜘蛛。要不是颈后肮脏的黏液还在向下滴，他甚至会以为一切都只是幻觉。

他向前张望，蓦地停住。前面是一排半开的法式玻璃拉门，走廊从门外延伸出去，其中第二条走廊的尽头立着一扇紧闭的门，门上一个金色的把手。门上写着——抑或是刻着——两个字：

男　孩

门把下面有一个镀银圆盘，圆盘中央是一个钥匙孔。

我找到了！杰克非常兴奋。我终于找到了！就是它！就是这扇门！

这时低沉的呻吟声从他身后传来，仿佛整幢房屋就要坍塌。杰克转身，舞厅另一边的墙壁开始向外膨胀，墙角的旧椅子都被向前推。随着破墙纸上下起伏，墙纸上的精灵变得立体，仿佛开始跳舞。有些地方墙纸只是像被猛地放下的百叶窗似的向上翻卷。同时，石灰墙像孕妇的肚子一样凸起。杰克能够听见干涩的噼啪声从凸起部位的后面传来，就像钉板条纷纷折断，然后重新组成新的但是仍然隐蔽的形状。声音越来越响，此刻听起来已经不再是呻吟而更像咆哮。

仿佛被催眠了一样，他呆呆地看着这一切发生，无法把视线移开。

石灰墙并没有开裂，也没有一块块掉落；它看上去好像变成了塑料，继续膨胀，墙面凸起一个个不规则的白色囊块，上面还拖拖拉拉挂着碎落的墙纸。山峰、曲线、山谷在墙壁上逐一成行，杰克忽然意识到眼前正是一张巨大的塑料脸，正奋力冲破墙壁的阻碍，仿佛一个伸着脖子的人迎面撞上一条湿床单。

又一块钉板条噼哩啪啦地碎裂，从起伏的石灰墙上凸出来，变成一只凸起的眼球。眼球下面，墙壁扭曲成一张正在咆哮的嘴，参差不齐的利齿从里面戳出，杰克甚至可以看见墙纸碎片还拖挂在嘴唇和牙龈上。

一只石灰手臂破墙而出，腐烂的电线圈挂在上面就像断开的手镯。石灰手抓住沙发，用力向旁边摔去，白色的指印留在沙发灰黑的表面。然后石灰手指开始弯曲，更多的钉板条爆裂出来，变成利爪。现在，整面墙都已经变成怪物的脸，木头独眼死死盯着杰克。额头中央的墙纸上一只精灵还在跳跃，看上去仿佛古怪的纹身。那东西开始向前滑动，每向前一步都爆出巨大的崩裂声。走廊随后裂开变成弓起的肩膀，一只手抓过地板，大烛台上面的玻璃珠四射开去。

杰克猛地从恍惚中醒来，转身穿过法式玻璃拉门，向第二条走廊猛冲过去。书包在背后颠簸，心跳得就像胸口里放着一台失控的机器，他的右手急忙掏向口袋找钥匙。在他身后，从鬼屋墙壁中爬出的怪物开始冲着他怒吼。虽然没有言语，但杰克明白它在吼什么：它在让他停下，告诉他跑也没用，告诉他已经无路可逃。整座房子现在已经复活，木板、大梁断裂的声音充斥整个房间，看门人疯狂的嗡鸣让他无处逃遁。

杰克抓住钥匙，但就在拿出来的当口，钥匙的槽口勾住口袋。他汗湿的手指一滑，钥匙掉在地板上，弹了一下，然后滚落到两块翘起地板的缝隙里，没了踪影。

30

“他有麻烦了！”苏珊娜听见埃蒂大叫，但是叫声仿佛离她很远。她自己已经麻烦缠身……但是她估计她还能撑得住。

*我要融化这根冰棍，蜜糖。*她牢牢控制住魔鬼。*我要融化它，等它消失，看你怎么办！*

确切地说，她并没有融化它，但已经使它*改变*。她体内的东西无疑不会带给她快感，但是至少可怕的痛苦已经平息，也不再寒冷。它被扣住无法脱身。确切地说，她并不是用她的身体控制它。罗兰说过性是它的弱点，也是武器，同往常一样，他又没说错。它抓住她，但是*她*也抓住了它，现在的情况就像两个人的手指同时插在九连环里，越用力拉只会被缠得越紧。

她一门心思为了宝贵的生命奋力坚持；*必须这样*，因为所有其他的意识都已经消失。她必须让这个哭泣、害怕、邪恶的东西被它自己的欲望拴住。那东西在她体内扭动、颤动、猛推，尖叫着求她放它出去，但同时又贪婪地享受她的肉体。她绝对不会放开它。

*如果我最终让它离开又会发生什么？*她绝望地想。*它又会怎样凶狠地报复我？*

她不知道答案。

31

大雨哗哗倾注而下，巨石柱围成的石圈几乎快变成一潭泥淖。“找个东西遮在门上面!”埃蒂大叫,“别让大雨把门冲走!”

罗兰迅速瞥了苏珊娜一眼,她仍旧在奋力与魔鬼搏斗。她的眼睛半闭,嘴巴痛苦地咧开。他看不见也听不见魔鬼,但他能察觉出魔鬼正愤怒、恐惧地反抗。

埃蒂转过身,淌满雨水的脸向罗兰转去。“你听见了吗?”他大叫,“找个东西遮在门上面,马上!”

罗兰迅速从包里拉出一张兽皮,两只手各拎起一角,然后张开双臂向埃蒂倾斜,搭成一个临时帐篷。埃蒂的自制铅笔的笔头已经沾满泥浆,他只好把铅笔在胳膊上揩一揩,脏乎乎巧克力色的泥渍弄脏了胳膊。接着他紧握木棍,弯下腰继续画画。埃蒂笔下的门并不与杰克那边的门同样大小——比例大概是0.75∶1——但是足够让杰克从门里钻出来……假使两把钥匙都能用上。

假使他也有一把钥匙,你是不是这个意思?他自问。万一钥匙掉了……或者鬼屋迫使他弄掉了钥匙?

在圆圈下面他画了一块板代表门把手,他犹豫了一下,接着颤巍巍地在里面画出熟悉的钥匙孔的形状:

他又迟疑了。还有一样东西,但是什么?想不出来,因为这种感觉就像一阵龙卷风在他的脑海里席卷翻腾,只不过连根卷起的是片断的思绪,而不是谷仓、鸡舍或厕所。

“来吧,蜜糖!”苏珊娜在他身后大叫起来,“你在我身上越变越虚弱!怎么回事儿?我还以为你是热辣火爆的超级性感男孩!”

男孩。就是这个。

在门板顶端他小心翼翼地用棍子的尖端写下男孩两个字。最后一划刚落笔,地上的图形立即开始变化。原本就是潮湿褐色的泥圈变得更黑……接着从土地上坟起,变成微微发光的黑色门把。透过钥匙孔,他看见的不是褐色的湿泥,而是微弱的灯光。

在他身后,苏珊娜再次对魔鬼尖叫催促,但是现在她的声音已经难掩疲惫。必须赶快结束这一切,赶快。

好像穆斯林向安拉祈祷,埃蒂弯下腰,眼睛凑近他刚画的钥匙孔。透过钥匙孔他窥见了自己的世界,那座他和亨利在一九七七年五月去过的鬼屋。当时他们并不知道(只是埃蒂自己并非毫不知情;即使那时也并非毫不知情)另一个男孩儿从城市另一边过来跟踪他们。

他看见了走廊,杰克双手撑地,跪在膝盖上,正用力搬动一块木板。有东西冲过来抓他。埃蒂可以看见那东西,但是同时又不能——就好像一部分的理智拒绝正视它,好像正视会导致理解,理解会导致疯狂。

“快,杰克!”他冲着钥匙孔大叫,“看在上帝的分上,快把它移开!”

通话石圈上空,一道闪电撕裂天空,惊雷大炮似的震耳欲聋。雨水变成了冰雹。

32

钥匙掉下去以后,杰克只是站在原地,不知所措地盯着木板间的窄缝。

难以置信地，他此刻想睡觉。

那不应该发生的，他想。太过分了，我无法坚持，一分钟、一秒钟也不能坚持了。我要在墙角蹲下蜷缩起来，然后立刻、马上就睡觉。等它抓到我、把我送进它的大嘴，我也不会醒过来。

这时，破墙而出的东西又开始低吼，杰克抬起头，所有想要放弃的懦弱被涌上来的恐惧替代。现在这个带着巨大的石灰头、破碎的木独眼、伸长的石灰手臂的怪物已经完全从墙壁中冲出，几块钉板条稀稀拉拉地挂在它脑袋上，好像儿童简笔画里的头发。那东西看见了杰克，张开大嘴露出尖锐的木牙，再次发出咕噜咕噜的低吼，裂开的大嘴里掉出石灰粉，就像雪茄烟雾一样。

杰克双膝跪下朝着木板缝里张望。钥匙在下面的黑暗中勇敢地闪着微微银光，可缝隙过窄，他的手指没法伸进去。他抓住一块地板，用尽全力猛拉，固定地板的钉子嘎嘎作响……但纹丝不动。

一阵刺耳的碎裂声在身后响起，他顺着走廊方向望去，看见那只比他身体还大的手臂抓起地上的大烛台，猛摔向一边。曾经吊起烛台的生锈铁链像赶牛鞭似地扬向空中，然后哐啷一声重重砸在地上。杰克头顶的一盏吊灯也跟着摇晃起来，沾满灰尘的玻璃碰在旧黄铜铁链上乒乓作响。

看门人的头在地板上滑动，后面拖着弓起的肩膀，连着伸出的手臂。它身后，剩余的墙壁轰然坍塌，腾起一团尘土。瞬间之后，这些碎片迅速隆起变成怪物扭曲嶙峋的后背。

看门人似乎发现杰克正盯着它，挤出骇人的狞笑，大嘴一张一合，木块从起皱的脸颊上戳了出来。它穿过尘土飞扬的舞厅，巨手在一片狼藉中摸索，好像在寻找支点，然后伸过来推倒了一扇法式玻璃拉门。

杰克惊声尖叫，几乎喘不过气来，同时又开始费力地扳那块地板，却还是无法移开。就在此时，枪侠的声音冷不丁地响起：

“另一块，杰克！试试看另一块！”

他立刻放下正在扳动的地板，抓住缝隙另一边的地板。这当口，又传来另一个声音，不是他脑海中的声音，相反就在耳边。他意识到声音是从门的另一面传过来的——那扇自从他在街上没被车撞倒的那一日开始就时时刻刻在寻找的门。

“快，杰克！看在上帝的分上，快！”

他猛拉另一块木板，这回太过容易，他用力过度反而差点儿向后摔倒。

33

鬼屋外面马路对过的二手工具商店门口站着两个女人。年纪大点儿的是店主，年轻一些的是唯一一名顾客。这时，从外面传来墙壁倒塌、大梁断裂的巨响。无意识地，她们俩搂着各自的腰站在街上目睹了这一切，像听见黑暗中响声的孩子一样瑟瑟发抖。

马路另一头，三个男孩儿正向荷兰山少棒联盟①训练场走去。他们停了下来，棒球器材扔在身后，呆若木鸡地望着鬼屋。快递员把车慢慢停在路边，从车里出来看个究竟。“亨利街角商店”和“荷兰山酒吧”里的顾客也纷纷涌上大街，慌乱地向四周

① 少棒联盟，全称少年儿童棒球联盟（Little League），由八至十五岁的优秀少年组成，该组织最早于一九三九年在美国成立。

张望。

此时大地开始颤抖，细碎的断裂声呈扇形沿着莱茵侯得街蔓延开去。

“是不是地震?”快递员冲着站在二手工具商店门口的女人大叫，但还没等到回答，他就赶紧跳回汽车飞速开离，甚至逆向行驶，只为躲开那栋似乎是震中的废屋。

整幢房屋好像正在向内弓曲，断裂的木板飞溅出来，纷纷掉落在屋外的庭院里。灰黑色的瓦片也开始从屋檐上瀑布似地掉落。鬼屋中心传来震耳欲聋的巨响，然后噼啪断裂声弯弯曲曲地沿着房屋墙壁蔓延。大门已经陷落，没了踪影，然后整个房屋从外向内被吞噬进去。

年轻的女人突然甩开年纪大些女人的手。“我要离开这儿。”她边说边头也不回地跑了。

34

一阵奇怪的热风从走廊里吹来，把杰克汗湿的头发吹到眉毛上。这时他终于拿到钥匙，紧紧握住。事到如今，他已经本能地明白这到底是什么地方了，也明白了正在发生的一切。看门人不仅在屋子*里面*，它*就是*这幢屋子：每段木板、每块墙面、每个窗棂、每角屋檐。它已经疯狂地现出本来面目，向他猛冲过来，想在他用上钥匙之前抓住他。越过怪物巨大的头颅和扭曲隆起的肩膀，杰克看见木板、墙板、电线和碎玻璃——甚至前门和断裂的栏杆——在门厅里飞舞冲进舞厅，然后加入那里凸起的部分，形成了奇形怪状的石灰人更多的身体部位，畸形的手臂继续向他伸过来。

杰克猛地把手从地板缝里抽出，手上居然爬满巨大的甲虫。他使劲一甩，把甲虫都摔到墙上。就在此时，墙壁骤然开裂，威胁着要包住他的手腕。他大叫着把手抽了回来，迅速把钥匙插进了钥匙孔。

石灰人再次大吼起来，但是一瞬间它的吼声被和谐的呼唤淹没，杰克听出了这个声音：他在空地时听到过，只是当时微弱朦胧。但是此时响起的是毫不含糊的胜利的呼喊声。确定感——无法抵抗、无法争辩——再次充斥胸膛，而且这次他深信自己不会再失望。在呐喊声中他听见了他所需要的一切肯定。那是玫瑰在呼唤。

石灰巨手又拉掉一扇法式玻璃拉门，挤进了走廊，遮住原本微弱的亮光。巨脸凑在巨手上方的空缺处，窥视杰克。石灰手指好似巨型蜘蛛腿，向杰克爬来。

杰克转动钥匙，一股强大的力量倏地涌上手臂。上锁的门闩慢慢打开，发出沉重的闷响。他抓住门把，转动，用力把门打开。可是当杰克看见门后的景象时，不禁困惑而恐惧地大叫起来。

门后的通道从上到下、从左到右都被泥土封死，植物根茎像一捆捆电线似地从土里戳出，门内的泥土上爬满看上去与杰克同样困惑的蠕虫。有些虫子钻进了泥里，另一些继续到处乱爬，仿佛想知道刚刚还在下面的泥土到哪里去了，其中一只冷不丁掉到了杰克的运动鞋上。

钥匙孔形状维持了一会儿，里面透出的朦胧白光在杰克的衬衫上映出一块光斑。他可以听见另一端——近在咫尺，又远在天边——大雨倾盆且闷雷轰隆。接着，钥匙孔的形状也被抹去。这时，巨型石灰手指抓住了杰克的小腿。

35

罗兰扔掉遮雨的兽皮，埃蒂并没有感到刺人的冰雹。罗兰迅速站起身向苏珊娜奔过去。

枪侠一把抓住她的腋下，尽量温柔小心地把她拖到埃蒂蹲着的地方。“我一给你信号你就放了它，苏珊娜！”罗兰叫道。“你明白了吗？我——给你信号！”

埃蒂对周围不闻不问，唯一听见的是从门另一端传来的杰克微弱的尖叫声。

到用钥匙的时候了。

他把钥匙从衬衫里拿出来，戳进他自己画的钥匙孔，转动起来，但是钥匙纹丝不动，甚至连一毫米都没动。埃蒂仰起脸，任由急降的冰雹打在额头、脸颊、嘴唇上，很快他脸上伤痕累累。

“**不！**”他大声嚎叫，“**噢，上帝，求求您！不要！**”

但是上帝没有回答；回应他的只是又一阵霹雳雷声，疾云流动的天幕上再次划出一道闪电。

36

杰克纵身向上一跳，抓住挂在头顶吊灯上的铁链，逃脱了看门人的手掌。就像挂在藤蔓上的人猿泰山，他先向后荡去，撞上泥门反弹回来，又向前面荡过去。石灰墙面爆开，露出墙下粗糙交错的钉板条框架。石灰人大吼起来，吼声中饥饿与愤怒混杂，在声音下面，杰克听见整幢屋子开始坍塌，就像埃德加·爱伦·坡[①]小说里描述的那样。

他挂在铁链上钟摆似的荡回来，撞上封住门口的泥块，又荡过去。石灰手向他抓过来，他双腿乱踢乱踹。木手指抓住他时，他感觉到脚上一阵疼痛。等他荡回来时，脚上只剩下了一只运动鞋。

他奋力想抓到铁链更高的地方，找到抓手，然后向屋顶攀上去。他的头顶传来微弱的吱吱声，他仰起汗津津的脸，结果落了满脸细石灰粉。屋顶开始塌陷，吊灯的铁链一节一节地下垂，走廊尽头传来沉重的咯吱声，石灰人的脸最终从小开口里挤了进来。

杰克尖叫着向那张脸荡过去，却毫无办法。

37

埃蒂的恐慌突然一扫而空，他重新套上了冷静的外衣——蓟犁的罗兰也经常穿这件外套。这是一名真正的枪侠拥有的唯一盔甲……也是他唯一需要的盔甲。同时，他脑海中响起一个声音。过去三个月以来，他一直被各种各样的声音困扰：他母亲的、罗兰的，当然还有亨利的。但是这个，他欣慰地发现，是他自己的声音，平静理智，无惧无畏。

你在火焰中看见钥匙的形状，你在木头里又再次看见，而两次所见都非常真切。但是后来，恐惧蒙上了你的眼睛。现在拨开遮掩，拨开遮掩再仔细看。即使现在也许都还不算太晚。

① 埃德加·爱伦·坡（Edgar Allan Poe，1809—1849），美国作家、文艺评论家。被誉为“侦探小说的鼻祖”，代表作包括《怪诞故事集》《黑猫》《莫格街谋杀案》。

他微微感知枪侠在背后投来严肃的眼光；也微微感知苏珊娜仍旧对魔鬼反抗地尖叫，虽然声音已经衰弱；微微感知从门的另一端传来的杰克的叫声溢满恐惧——抑或是痛苦？

埃蒂把一切置之脑外。他把木钥匙从那扇已经真实的门的钥匙孔中拔了出来，仔细盯着它看，同时努力回忆他小时候常常经历的那种纯真的快乐——那种从杂乱无章中看出清晰形状时经历的快乐。这时，出错的地方豁然明朗，如此明显，他都不知道当初怎么没有看出来。我肯定是被蒙上了眼睛，他暗想。无疑，是末端的S形出了错，第二段弯曲宽了一些。只宽了一丁点儿。

“刀。”他伸出手说，就像在手术台上的外科医生。罗兰什么也没说，把刀啪地拍在他的手掌上。

刀锋尖端捏在埃蒂右手拇指与食指之间。他弯下腰，根本不在乎打在颈后的冰雹，木头中的形状更清晰地跳跃出来——反射出它本身的可爱与毋庸置疑的真实。

刀刮下去。

只一下。

轻轻一下。

钥匙末端的S形中间卷起一块木屑，轻薄得几乎看不见。

在门的另一端，杰克·钱伯斯再次尖叫起来。

38

铁链咔嚓断裂，杰克重重地摔下来，膝盖着地。看门人胜利地吼叫起来，石灰手抓住杰克的臀部拖过大厅。杰克伸出双腿，想用脚钩住什么地方，但是发现无能为力。石灰手越握越紧，用力地拖他，碎木条、锈铁钉纷纷落在他的身上。

此时石灰人的脸刚好卡在走廊的入口处，好像木塞塞在瓶口。压力让它的脸走了形，变成神话中山顶巨人可怕畸形的模样，大张着嘴，随时准备一口吞噬他。杰克慌乱地伸手摸钥匙，暗自希望它能作为护身符守住最后一道防线，但是当然，钥匙还插在门上。

“你这个狗娘养的！”他尖叫，竭尽全力地挣扎，裤子褪到臀部。他像奥运会跳水健将似地猛弓起背，根本不在乎碎木板像钉子一样扎进他的身体。紧抓着他的手瞬间滑了一下。

杰克再次向前猛冲，巨手残酷地钳得更紧，但是杰克的裤子已经褪到膝盖。他仰面朝天摔在地上，幸好有书包做垫子。大概是为了更紧地捉住它的猎物，巨手微微一松，让杰克稍微能够拱起膝盖。当巨手再次钳紧时，他的腿用力缩回来，与巨手强大的后拉力拼命对抗。瞬间，杰克希望的事情发生了：他的裤子（连同仅剩下的一只运动鞋）被拉了下来。他摆脱了束缚，至少暂时获得了自由。眼前巨手扭动碎木板和石灰块组成的手腕，把他的工装裤塞进嘴里。他赶紧手脚并用地向被泥封住的通道爬去，也不管地上撒满了碎玻璃，一门心思只想拿到钥匙。

他差点儿就到门口了，但是这时巨手抓住他光溜溜的腿，再次把他向后拖。

39

形状完成了，终于完成了。

埃蒂把钥匙重新插入钥匙孔，稍稍用力。一刹那还有阻力……接着钥匙开始在他手下转动。他听见门锁转动，门闩拉开，最终钥匙在完成任务后断裂成了两半。他双手抓住黝黑的门把，用力一拉，感觉上好像一股巨大的重量绕着看不见的轮轴滚动，仿佛他被赐予了无穷的力量。同时他也清楚地悟出两个世界突然产生了交集，连接两端的通道已经打开。

一刹那，昏眩袭来，他好像迷失了方向。当他看进通道时，他找到原因：尽管他在向下看——*垂直地*——所见的景象却是水平的，仿佛三棱镜和平面镜合谋制造出视觉幻象。接着，他看见杰克正被一只巨手拖过撒满碎玻璃、尖木条的走廊，走廊尽头怪物正张大嘴等着他，大嘴里冒出团团白雾，要么是烟要么是灰尘。

“罗兰！”埃蒂大叫，“罗兰，它抓住——”

话音未落，他被猛推到一旁。

40

苏珊娜清醒地感觉到自己的身体正被拖拉旋转，眼前的一切变得模糊：矗立的石柱、阴翳的天空、洒满冰雹的泥地……还有尖叫声从好似活板门的长方形下面飘上来。魔鬼还在她的体内咆哮挣扎，只想逃脱束缚，但是没有她的允许一切只是徒然。

“现在！”罗兰大叫，“*放开它，苏珊娜！看在你父亲的分上，***立刻***放开它！*”

她立刻照做。

在她的脑海中她（当然还有黛塔的帮助）成功地设下陷阱捕捉魔鬼，就像灯芯草编织成的网，现在她只需要把网切断。瞬间魔鬼从她体内飞出，她骤然感到一种可怕的空虚。但是这种空虚感很快被欣慰取代，随之而来的还有被玷污的肮脏感。

隐形的重量离开她的身体，她向那东西瞥去——非人类的形状，像是乌贼，扑扇着巨型胸鳍，身体下部向上翘起的还有一个残酷的钩状物。她看见/感觉到那东西向通道入口飞去，埃蒂瞪大眼睛抬起头，罗兰伸出双臂想要抓住那东西。

枪侠向后一个踉跄，差点儿被魔鬼隐形的重量击倒。他尽力稳住身形，向前猛冲，双臂用力一抱。

他紧紧箍住那东西，跳进通道，没了踪影。

41

一道白光猛然照亮鬼屋的走廊；冰雹猛烈地打在墙上、地板上，乒乒乓乓地弹起。杰克先是听见迷惑的叫喊，然后就看见枪侠向他奔来，但是看上去他就像从空中跳下来一般。他双臂平伸在胸前，十指扣紧。

杰克感到自己的脚已经滑进看门人的嘴里。

“罗兰！”他尖声求救，“罗兰，救救我！”

枪侠的双臂一松，瞬间就撑开很大，人向后仰倒。此刻，杰克已经感到锯齿般的牙齿接触到他的皮肤，仿佛随时准备撕下他的肉、啃断他的骨头。就在这当口，一样巨大的东西从他头顶一阵风似地掠过。然后他腿上的牙齿消失了，原本紧紧扣住腿的手也同时放松。怪异的尖叫从看门人积满粉尘的喉咙口传出，声音中充满惊讶与痛苦，好像被什么东西堵住了喉咙。

罗兰一把把杰克拖到脚边。

“你来了！”杰克欢呼，“你真的来了！”欣慰与恐惧的泪水夺眶而出。

看门人又开始怒吼。此时，鬼屋就像即将沉没在惊涛骇浪中的一艘大船，一块块碎木与石灰片纷纷掉落在他们身旁。罗兰抱起杰克，把他夹在胳膊下，向门冲去。石灰手从后面追上来，抓到罗兰一只脚，把他往墙上猛摔。罗兰用力挣脱，迅速转身，掏出手枪冲着胡乱攻击的石灰手连开两枪。看门人一只尖利的手指被击中，迅速蒸发，原本惨白的脸现在涨成污秽的酱紫色，就好像被什么东西噎住似的——那样东西飞快地进入怪物的嘴巴，在它还没反应过来是怎么一回事儿前就牢牢卡进它的食道。

罗兰转过身，向门疾冲过去。但尽管眼前并没有出现障碍，他仍旧猛地刹住脚步，宛如看见一张无形的蛛网缠在椅子上。

就在此刻，他感觉埃蒂的手抓住了他的头发，他不是被拉向前，而是被拉上去。

42

此时冰雹已慢慢减弱。他们好像婴儿一样降生到了这个湿漉漉的世界，而埃蒂如同枪侠曾经预言的那样，就是他们的助产士。此刻他俯面躺在地上，双臂仍然悬在通道口，手里还揪着一撮枪侠的头发。

“苏希！帮帮我！”

她向前爬过去，伸出手臂，摸到罗兰的下巴。他的头后仰，费力挣扎，痛苦地大张着嘴。

埃蒂揪住枪侠灰白的头发，但是那只手快撑不住了，感觉自己仿佛要被撕裂。“他在向下滑！”

“该死……根本……抓不住！”苏珊娜长吸一口气，猛地一扭手腕，那力道仿佛要扭断罗兰的脖子。

此时，通道里伸出两只小手，扒住了地洞边缘。瞬间罗兰摆脱了杰克的重量，他奋力伸出一只胳膊，钩住地面，然后纵身撑了上来。与此同时，埃蒂抓住了杰克的手腕，一把把他拉上来。

杰克打了个滚，气喘吁吁地躺在地上。

埃蒂转过身，环臂抱住苏珊娜，开始又哭又笑，雨点般的亲吻密密地砸在她的额头、脸颊和脖子上。她也紧紧抱住他，呼吸还没平复……但是她的唇边微微泛起一朵满意的笑容，一只手插进埃蒂湿漉漉的头发温柔地抚摸。

地下传来黑暗的巨响：尖叫、怒吼、重击、爆裂。

垂着头，罗兰爬离通道的入口。头发狂乱地竖在脑袋上，几道血迹顺着脸颊流下来。“快关上！”他对埃蒂气喘吁吁地说，“快把它关上，看在你父亲的分上！”

埃蒂推了那扇门一把，然后把剩下的任务交给巨大的隐形门轴。砰地一声巨响，大门重重关上，所有地下的声音被隔绝在门后。标志门框的线条慢慢隐去，重新变成泥地上的标记。门把不再是立体的，又变回到他刚刚用棍子画的圆圈。刚才还是钥匙孔的地方变回粗糙的图形，上面插着一根木头，就像一把剑插在石缝中露出的剑柄。

苏珊娜向杰克爬过去，温柔地把他扶坐起来，问道：“你还好吗，蜜糖？”

他朦胧地看着她：“是的，我想是的。他在哪儿？枪侠？我得问他一点儿事。”

“我在这儿，杰克。”罗兰回答。他站起身，歪歪斜斜地向杰克走去，蹲在他旁边。他摸摸男孩儿光滑的脸颊，几乎不敢相信。

“这回你没让我摔下去？”

“是的。”罗兰回答，“这次不会，永远都不会。”但这时黑暗塔的影子浮现在他心底，让他开始怀疑这个回答。

43

冰雹变成强劲的暴雨，但是埃蒂仍旧能看见北面云层初开，透出一丝蓝天。暴风雨很快就会结束，虽然他们仍旧会淋得透湿。

他发现他并不在乎。他记忆中从没有如此平静安宁，也从没有这样筋疲力竭。疯狂的冒险并没有结束——实际上，他猜，冒险才刚刚开始——但是今天他们打了个漂亮的胜仗。

“苏希？”他拨开她的头发，看进她深色的眼睛，“你还好吗？它有没有伤着你？”

“有一点，但没大碍。我想那个贱女人黛塔·沃克仍旧是打不败的旅店冠军，无论对手是人是魔。”

“什么意思？”

她俏皮地微微一笑：“没什么，再也没什么了……感谢上帝。你怎么样，埃蒂？还好吗？”

埃蒂仔细倾听亨利的声音，什么也没听到，猜想也许亨利的声音永远都不会再回来了。“好得很。”他说完大笑起来，又紧紧抱她入怀，视线越过她的肩膀，看见那扇门只剩下几条淡淡的线。雨水很快就会把仅剩的这点痕迹冲刷干净。

44

“你叫什么名字？”杰克问这个双腿膝盖以下都被截去的女人，骤然记起他的裤子在刚才逃离看门人的搏斗中也被拉掉了，只好拉长衬衫下摆遮住内裤。不过她的衣服也没剩下多少。

“苏珊娜·迪恩，”她回答，“我已经知道你叫什么了。”

“苏珊娜，”杰克像是想起什么，“你父亲是不是拥有一家铁路公司？”

她非常惊讶，然后摇摇头大笑起来：“为什么这么问？不是，蜜糖！他只是个牙医，开了个诊所有一点小发明，赚了一笔钱。你怎么会这样想？”

杰克没有回答。他的注意力已经转到埃蒂身上。他脸上的恐惧已经完全褪去，眼睛里重新换上那种冷静评估的神情，罗兰初次在驿站时见到的那种神情。

“嗨，杰克，”埃蒂首先打了个招呼，“很高兴见到你。”

“嗨，”杰克回答，“今天早些时候我已经见过你，不过那时你年轻得多。”

“十分钟前我还年轻得多呢。你怎么样？”

“还好，”杰克回答，“只擦伤了几个地方。”他向四周张望了一圈。“你还没找到火车。”这句话不是一个问句。

埃蒂与苏珊娜困惑地对视一眼，但是罗兰仅仅摇摇头：“没有火车。”

“你脑子里的声音还在吗？”

罗兰点点头：“全消失了。你的呢？”

“也全消失了。两个我又合在了一起。你也是。”

两人的视线同时交织在一起。罗兰一把把杰克拉入怀中。这个男孩努力维持的冷静终于崩溃，他大哭起来——那是一个历经磨难终获安全的孩子疲惫的哭泣。罗兰的手臂环住他的腰，杰克的手滑向罗兰的脖子紧紧箍住。

“我再也不会离开你了，”罗兰哽咽地说，“我以我祖先的名义起誓：我再也不会离开你了。”

但是他沉默警惕的内心，终身被卡束缚的内心，却始终难以驱散对这段坚定誓言的疑虑。

第二卷

刺德

一堆破碎的偶像

第四章

小镇与卡-泰特

1

自从埃蒂把杰克从连接两个世界的通道中救上来以后，四天已经转眼过去。那场生死搏斗让杰克损失了一条裤子和一双运动鞋，但捡回了性命，书包也还在。清晨，杰克感觉到脸上有个热乎乎、湿漉漉的东西正在舔他，即刻醒转过来。

如果是在前三天任何一个早上被这种感觉弄醒，他无疑会尖叫吵醒睡在身边的每个人。这两天他一直在发高烧，关于石灰人的噩梦不断。在这些噩梦中，他没能脱掉裤子，看门人把他紧紧抓住塞进恐怖的大嘴，城堡木栅般的尖牙利齿冲他砸下来。每次杰克都尖叫颤抖地从这些噩梦中惊醒。

高烧是由他的颈后蜘蛛咬伤处引起的。第二天罗兰检查伤口时就发现伤口愈加恶化，他征求埃蒂的意见之后给杰克吃了一颗粉红药片。“每天四片，连续服用一个礼拜。”他说。

杰克当时疑惑地看着药片问：“这是什么？”

“头什么孢的，”罗兰回答，随后求援似地看了看埃蒂，“你告诉他吧。我还是不会说这个词。”

“头孢氨苄。你放心，杰克，这是从当年纽约一所政府批准的药店拿来的。罗兰吞下了一大把，他现在不是还壮得像头牛嘛！而且你也会发现，他看起来已经像头牛了。”

杰克非常惊讶：“你们怎么能从纽约弄到药的？”

“说来话长，”枪侠回答，“以后慢慢告诉你，不过现在赶快吃药。”

杰克吞下药片。令人满意的药效很快显示，伤口附近的红肿在二十四个小时内慢慢消退，而现在他已经完全退烧了。

热乎乎的东西又舔了他一下，杰克猛地睁开眼，坐起身。

一直在舔他脸的那个东西匆忙向后退了两步。原来是头貉獭，但杰克并不知道，以前他可从来没见过这种动物。这头貉獭比起罗兰他们早先看见的要瘦一些，黑白相间的毛皮黯然无光，有些脱落，身体一侧还挂着一块干涸的血渍。一对镶金边的黑眼睛焦虑不安地看着杰克，后臀充满希望地前摇后摆。杰克松了口气。他一直觉得摇尾巴的动物——或者试图摇尾巴的——也许不会过于危险，尽管这并不是放之四海而皆准的定律。

天际刚刚泛白，估计只有早上五点半的光景。杰克没办法更准确地判断时间，因为他的精工电子表已经坏了……或者说，运转方式变得异常怪异。他刚刚穿越时空时曾瞥了一眼这块精工表，当时数字显示是 98 时 71 分 65 秒，可起码就杰克所知，这是根本不存在的时间。后来他又更仔细地看过，结果发现数字居然在倒着走。假如时间能够规律地倒行，那它可能还能派上些用场，但是事与愿违。起先数字还能以比较稳定的速度倒退一会儿（这是杰克通过在每秒间默念“密西西比”这个词儿计算出来的），然后数字会停顿十秒、二十秒——在他以为这块表终于报废时——数字又挤在一起拼命跳了起来。

他向罗兰提过这个怪现象，也给他看过这块表，以为罗兰会惊讶一番，但罗兰只是仔细看了一会儿，然后不以为然地点点头对杰克说，这块表很有些意思，但无一例外所有钟表这些天来都走不准。这样看来精工表已经报废，但杰克仍然不愿意把它丢弃……因为对他来说，这是他过去生活的一部分，而他过去的生活已经所剩无几。

现在精工表显示的时间是40时62分，星期三、星期四、星期六，然后同时是十二月与三月。

清晨的雾气非常浓，整个世界在方圆五十、六十英尺之外就完全消失了。如果今天天气与前三天没大差别，那么太阳将会在大概两个小时后升起，像个惨白的圆圈一样挂在天上。九点半左右雾气就会散去，温度升高。杰克向周围扫视了一圈，他的旅伴们（他还不太敢把他们称做朋友，至少现在还不敢）仍缩在兽皮毯下熟睡——罗兰靠得最近，埃蒂和苏珊娜睡在营火的另一边。营火现在已经熄灭。

他的注意力又转向刚刚弄醒他的那头动物。它看上去就像浣熊与旱獭杂交的品种，还带一点达克斯猎狗的血统。

“你好啊，小男孩儿？”杰克轻声打招呼。

“*奥伊*①！”貉獭迅速回答，仍旧警惕地看着杰克。它的声音听起来十分低沉，几乎像是犬吠，又像是一个得了感冒哑了嗓子的英国足球运动员。

杰克惊讶地后退一步。貉獭被他突如其来的动作吓了一跳，也迅速后退了好几步，仿佛要逃跑，但是最后还是站住了。它的后腿更卖力地前摇后摆，金黑的大眼睛继续紧张地盯着杰克，拱嘴上的胡须微微轻颤。

“这东西能记人。”一个声音在杰克肩膀后响起。他回过头看见罗兰正蹲在他背后，胳膊肘抵在大腿上，两只手在膝盖间荡来荡去。他饶有兴味地看着这头动物，显示出的兴趣比对杰克手表的更强烈。

“它是什么？”杰克轻声问。他也被深深吸引，可不想把它吓

---

① 由于貉獭会鹦鹉学舌，这里杰克说“小男孩儿”（boy），这头貉獭就模仿了最后一个音节“奥伊”（Oy）。后来杰克就给它起名为“奥伊”。

走。“它的眼睛真美！”

“貉獭。”罗兰回答。

“獭！”这头动物冷不丁冒出这个字，然后又向后缩了一步。

“它会说话！”

“并不完全是这样。貉獭只能重复它们听到的话——或者曾经能够。这么多年来我都没有再听到过它们鹦鹉学舌了。这头看上去快饿扁了，它也许是过来寻食的。”

“它刚刚还在舔我的脸呢。我能喂它点儿吃的吗？”

“如果你喂了它，我们就永远摆脱不了这东西了，”罗兰回答。说完他微微一笑着打了个响指。“嗨！比利[①]！”

貉獭试图模仿出打响指的声音，就像用舌头点了一下上腭，发出咯的一声，然后它沙哑地叫道：“唉！伊利！”现在它毛茸茸的后腿摇摆得更加欢快。

“去，喂它点儿吃的。我记得以前一个马夫说过，一头好貉獭会带来好运气。这头看上去不错。”

“对，”杰克赞同地说，“它的确看上去不错。”

“以前它们是被驯化的，每个领地的城堡或庄园周围都会有半打貉獭在附近。它们没什么大用，但是可以逗小孩儿、捉老鼠。而且它们挺忠诚——至少在以前——尽管我还从没听过貉獭能和狗一样忠诚。野生貉獭专找腐肉吃。没什么危险，但可以让人非常头疼。”

“疼！”貉獭叫出声，眼珠子仍旧骨碌碌地在杰克和枪侠之间转来转去，眼神难掩焦虑。

杰克慢慢伸手摸他的书包，生怕吓着它，掏出了一块吃剩的

---

① 比利（Billy）是貉獭（billy-bumbler）的简称，有时它也被称为 bumbler。貉獭在模仿时会去掉第一个辅音，只叫出后面的音节。

煎饼。他把煎饼向貉獭扔过去，貉獭惊吓地向后一缩，转过身露出螺旋状毛茸茸的尾巴，嘴里还轻轻发出孩子一般的哼声。杰克以为它会逃跑，但它只是停下脚步，疑惑地扭过头向回望望。

“来吧，”杰克说，“吃吧，小男孩儿。”

“奥伊。”貉獭喃喃模仿，但是一动不动。

“别着急，”罗兰说，“它会过来的，我猜。”

貉獭身子前倾，露出非常优雅的长脖子，皱起细瘦的黑鼻头嗅了嗅食物。终于，它趔趄地奔了过来，杰克发现它有些瘸。貉獭又嗅了嗅煎饼，然后伸出前爪把包裹鹿肉的树叶剥下来，整个动作非常灵巧轻柔，同时还带着几分令人不解的庄重。等树叶全剥开，貉獭一口把鹿肉吞下去，然后抬起眼看着杰克。“奥伊！”它叫了一声。杰克哈哈笑了起来，它又向后一缩。

“这头貉獭皮包骨头。”埃蒂在他们身后睡眼惺忪地说道。貉獭一听见他的声音，倏地转身逃跑，消失在雾气中。

“你把它吓跑了！”杰克责怪道。

“天啊，对不起。”埃蒂伸手耙了耙乱蓬蓬的头发，回答道。“如果我早知道它是你亲近的好朋友，杰克，我一定会给它带来一块该死的咖啡蛋糕。”

罗兰轻轻拍了拍杰克的肩膀：“它会回来的。”

“你肯定?”

“只要它没死，肯定会的。我们喂它吃的了，不是吗?”

杰克还没来得及回答，隆隆鼓点又响了起来。这已经是他们第三次听到这鼓声了：从远处城市的方向传来的微弱单调的击打声，前两次都是在下午近黄昏时响起。现在鼓点更加清晰，但是同样令人困惑。杰克非常讨厌这个声音，它就好像一颗巨大的动物心脏藏在晨雾织成的厚毯深处，怦怦跳动。

“你还是不知道那声音是什么吗，罗兰?”苏珊娜问。她已经套上宽松外套，头发束在了脑后，正叠着埃蒂和她晚上盖的毯子。

“不知道，但是我相信我们会找到答案的。”

“多么令人安慰的回答哦。”埃蒂酸溜溜地说。

罗兰站起身，说：“走吧。别浪费时间了。”

2

一个小时后，雾气开始散去。他们轮流推着苏珊娜的轮椅。轮椅费力颠簸在埋着又大又粗鹅卵石的路上。快到中午时，天空放晴，云雾散尽，气温也随之升高，远方城市的轮廓清晰地勾勒在东南方的地平线上。在杰克看来，这幅景象与纽约的远景并无大差别，尽管他觉得眼前城市的建筑也许没有纽约的那么高。即使这个地方也已经如同罗兰世界的其他地方一样坍塌成废墟，起码从这里还看不出。和埃蒂一样，杰克心中也暗暗升起希望，希望那里有人能提供帮助……或者至少能招待他们一顿美味佳肴。

宽阔的寄河在他们左边三四十里处奔腾流过，一群群飞鸟在寄河上空盘旋，时不时收起双翅，一猛子扎进河里，估计什么鱼又成了它们的猎物。大道与寄河逐渐越靠越近，尽管现在交界点太远，肉眼还看不见。

前方出现更多房屋，大多看上去像是农庄，但仍旧一派荒芜景象。其中一些已经倒塌，但更像是因为年久失修而不是被外力摧毁。这点更加坚定了埃蒂和杰克各自暗藏的希望——只不过他俩谁都没敢说出口，生怕招来他人嘲笑。平原上一小群一小群的牲畜正在吃草，它们都远离大道，偶尔必须穿过大道时，都像害怕车流的孩子似的迅速飞奔穿过。那些牲畜在杰克看来像是野牛……只不过他发现有些长着两个头。他向枪侠提出他的疑惑，罗兰点点头。

“变异种。”

“就像山脚下的那些吗？”杰克听见恐惧从自己声音中泄露出来，心里明白枪侠肯定也已听出来，可他就是无法掩饰。他对坐在手摇车上的那段噩梦般的旅途仍旧记忆犹新。

“我想这里的突变株正在慢慢消除，但是我们在山脚下碰到的那些还在越变越糟糕。”

“那么那里呢？”杰克指向远处的城市，“那里会不会有变种怪物，或者——”他发现自己差点儿脱口说出暗藏的希望。

罗兰耸耸肩：“我不知道，杰克。如果我知道，一定会告诉你。”

他们经过一幢空房——几乎肯定是一间农舍——而且部分已经烧毁。但是也可能是被闪电击中的，杰克暗想。这时他自己都弄不明白到底想干什么——是要找个合理解释，抑或只是在自欺欺人？

罗兰大概读出了他的心思，伸臂环抱住杰克的肩膀。“不要尝试去猜测，没用的，杰克。”他说，“这里的一切很久以前就发生了，”他指着前面，“那里原来可能是畜栏，现在不过是插在草地上的几根木桩而已。”

“世界已经转换了，是吗？”

罗兰点点头。

“那人呢？你觉得他们还进不进城？”

“有些可能还进，”罗兰回答，“有些还在附近。”

“什么？”苏珊娜吓了一跳，猛地转过身盯着罗兰。

罗兰点点头：“过去两天我们一直在被监视。虽然这些建筑里没有住着很多人，但还住着一些。等我们离文明越近人会越多。"他顿了一下，"至少是曾经的文明。"

"你怎么知道他们在这儿？"杰克问。

"我注意到一些蛛丝马迹。我看见河岸旁的庄稼，外面特地围了一圈杂草做掩护。而且树林里至少有一架还能工作的风车。但是最多的还是直觉……就像你能感觉到照在脸上的不是阳光而是阴翳。这种感觉经常不期而至，我想。"

此时他们来到一栋歪歪倒倒的建筑物前，这儿以前大概是储藏室或者废弃的集市。"那你觉得他们危险吗？"苏珊娜问，不安地打量着这栋建筑，手摸向戴在胸前的枪把。

"陌生的狗会咬人吗？"枪侠反问。

"这是什么意思？"埃蒂不解，"我最恨你每次都说些禅宗式的鬼话，罗兰。"

"意思就是我不知道，"罗兰说。"禅宗这个人是谁？他和我有同等的智慧吗？"

埃蒂盯着罗兰看了好长好长时间，最终悟出，枪侠这回少有地开了个玩笑。"哎，我得离开这个鬼地方。"他说，转身之前他瞟见罗兰轻扯了一下嘴角。埃蒂去推苏珊娜的轮椅，这时他注意到了另外一样东西。"嘿！杰克！"他大叫。"我想你交了个好朋友了！"

杰克向后望去，脸上立刻绽放出一朵欢快的笑容。距离他们身后四十码，那头骨瘦如柴的貉獭正辛苦地一瘸一拐地跟着他们，时不时嗅嗅从大道上的鹅卵石缝中长出的杂草。

3

几个小时以后，罗兰让大家暂停，并告诫他们要做好准备。

“做好什么准备?”埃蒂问。

罗兰瞥了他一眼说:“所有可能发生的情况。”

此时大概是下午三点,他们站的地方可以眺望见大道向远方延展起伏,横贯穿过平原,仿佛一道趴在世界上最大的一块床单上的褶皱。大道再延伸下去,穿过了他们遇见的第一座真正的城镇。那里看上去已经没有人烟,但是埃蒂可还没忘记早上的对话,当时罗兰问的问题——陌生的狗会咬人吗?——如今听起来不再那么玄了。

“杰克?”

“什么?”

埃蒂朝着戳出杰克的牛仔裤——他离开家前塞进包里的另外一条裤子——腰带的鲁格枪枪把,努努嘴:“你想让我拿那个吗?”

杰克眼光投向罗兰,枪侠只是耸耸肩,仿佛在说随便你。

“好吧。”杰克把枪递过去,然后卸下书包,从里面翻找出装满的子弹夹。他记得自己从父亲书桌抽屉的文件下面摸出这个子弹夹,但感觉上一切已经非常遥远。这些天来,回想起以前在纽约的生活和在派珀学校的学生生涯就好像对着拿倒了的望远镜向里看。

埃蒂接过子弹夹检查了一下,上好膛,又检查一下保险栓,最后把鲁格枪塞进自己的腰带。

“仔细听,跟紧我,”罗兰提醒道,“如果有人,那很可能都是些老人,只会更害怕我们。年轻人肯定早就离开了,那些剩下的也不大可能有武器——实际上,我们的武器他们中许多人可能是有生以来第一次亲眼看见,除非曾经从夹在旧书里的一两张图片上见过。不要做任何威胁性的手势,小时候大人教的一条规矩也还适用:不要主动和陌生人说话。”

“那弓箭呢?”苏珊娜问。

“这个他们有可能有。还有长矛和棍棒。”

“别忘了石块儿。”埃蒂望着山下的木屋群,阴沉沉地说。那地方看起来就像是鬼城,但谁又能肯定?“如果他们没有石块儿,路边的鹅卵石也够他们用了。”

“对,总会有东西,”罗兰附和道,“但是我们自己不能惹麻烦——明白了吗?”

他们一齐点头。

“也许我们绕路会更简单一些。”苏珊娜说。

罗兰点点头,并没有把视线从前方简单的景致上移开。小镇中央岔出另一条路与大道交叉,使路边残破不堪的建筑看上去就像被锁定在高能来福枪瞄准镜中央的靶子。“的确,但我们不会绕路。绕路是个特别容易养成的坏习惯。笔直前进总是更好,除非有明显充分的理由需要绕道而行。现在我可没觉得有任何理由。而且如果真有人,呃,说不定还是件好事儿。起码有人能和我们聊聊天了。”

苏珊娜发现此时的罗兰看上去像变了个人,但她认为这并不仅仅是因为他的幻听消失。他原来就是这样,当他还有仗要打、还有队伍要领导、还有老朋友团结在身边,就是这样,她暗忖。世界转换,他也随之改变。追逐沃特、孤寒的旷野都让他开始怀疑自己、举止怪异。而现在不过是一切发生之前罗兰的本色。

“也许他们知道轰隆隆的鼓点声是怎么回事。”杰克提出。

罗兰再次点点头:“他们知道的一切——尤其是关于这座小镇的——我们迟早都会知道,但是现在没有必要过多猜测,这些人也许根本就不存在。”

“听着,”苏珊娜说,“如果是我看见我们,我都不会出来。一共四个人，三个都带着枪？我们一伙人怎么看都像以前你说的故事里的亡命之徒，罗兰——你怎么叫他们来着？”

“土匪。”他的左手握住仅剩的那把左轮枪的檀木枪把，从枪套里把枪稍稍抽出一些，“但是没有土匪会带着这些玩意儿，如果那儿的镇子上真有老人，他们肯定会知道。我们走吧。”

杰克扭过头看见貉獭躺在路边，鼻子放在两只前爪中间，正紧紧盯着他们。“奥伊！”杰克叫了一声。

“奥伊！”貉獭回了一声，匆忙立起身。

他们开始走下小山坡，向小镇进发，奥伊趔趄地紧跟其后。

4

小镇外围的两栋建筑已经焚毁，其他地方看上去虽然陈旧肮脏，但起码还勉强支撑着。他们一路向小镇进发，左边路过一个废弃的畜栏，右边路过一栋也许曾是集市的建筑，然后最终到达了小镇。小镇中心穿过一条马路，十几幢摇摇欲坠的房屋林立两旁，几条小巷穿插其中。还有一条已经长满杂草的湿泥马道由东北向西南延伸。

苏珊娜顺着马道的东北方向望过去，脑海中暗自刻画出一番景象：*很久以前，河上曾开满船只，马道前方某处也许是个码头，甚至还有一座简陋的小镇。小镇周围环绕着酒吧和棚屋，开到这里的货车会到那儿去转转。但那是多久以前了？*

她不知道——但这个地方的现状表明肯定年代久远。

不知从什么地方传来生锈门轴单调的吱呀声，百叶窗也被草原大风来回吹着，孤独地啪啪作响。

房屋前面都建有单轨铁道，大多已经报废。以前这里的人行道肯定由木板铺成，但如今木板已荡然无存，取而代之的只有片片杂草，密密匝匝地从地缝里钻出。房屋上的标志牌已经褪色，但是有一些还稍能辨认。上面写的英语错误百出，她猜，那估计就是罗兰提过的低等语。一个牌子上写着**食物与谷粒**，她琢磨着应该是饲料与谷粒。旁边的一个牌子上写着**休息吃喝**，上面还配有一幅画，粗略地画着一头躺在草地上的平原野牛。牌子下面歪歪斜斜悬着两扇蝙蝠翼模样的门板，在风中微微晃动。

“那是酒吧吗？”她不明白为什么自己要压低声音，可她无法用平常的语调说话，如同葬礼上你不能用曼陀林演奏“克林奇山乐队①精选曲目”。

“曾经是。”罗兰回答。他并没有压低声音，但声音仍然低沉、思虑重重。杰克走在他旁边，紧张地四处张望。奥伊从后面赶上来一点，大概只有十码距离了。他加快步伐，左右张望着路两边的建筑，脑袋像拨浪鼓一样左摇右晃。

现在苏珊娜也感到有人在看他们，而且与罗兰预言的一模一样，就是那种阴翳代替阳光的感觉。

“这里的确有人，对不对？”她低语。

罗兰点点头。

十字路口的东北角矗立着一栋建筑，她认出上面挂着的牌子上写的字：旅馆和住宿。除了前方那幢尖顶歪斜的教堂，这座建筑已经堪称小镇第一高——整整三层楼。她抬起头，蓦然瞥见一道模糊的白影在一扇缺了玻璃的窗户边一闪而过，那肯定是一张脸。她突然非常想尽快离开这儿。罗兰却刻意放慢脚

① 克林齐山乐队（Clinch Mountain Boys），美国著名蓝草音乐乐队，主要成员拉尔夫·史坦利的吉他和曼陀林演奏快速、准确，技巧令人难以置信。多次获得格莱美奖。

步，她猜原因是匆忙只会让那些监视者认为他们害怕了……认为他们很容易抓。但无论怎样，她仍然非常想尽快离开——

十字路口处两条交叉的马路逐渐变宽形成了小镇广场，广场地上爬满了杂草。广场中心竖着一块石标，石标上空松垮地悬着一根腐蚀的缆索，上面挂着一个金属盒。

罗兰和杰克并肩向石标走去，埃蒂推着苏珊娜跟在后面。杂草打在轮椅的轮辐上啪啪轻响，一阵风吹过，撩起她颊边的一绺头发。远处仍旧有百叶窗噼噼啪啪和门轴吱吱呀呀的响声。她身子轻轻一颤，捋了捋头发。

"但愿他能快点儿，"埃蒂小声咕哝，"这地方让我浑身都起鸡皮疙瘩。"

苏珊娜点点头，环视广场，脑海中再一次试图想象当初这儿的赶集日会是怎样的一个热闹场面——人行道上人山人海，其中一些是镇上的主妇，胳膊上挎着篮子。其他大多是车夫和衣着粗糙的船老大（她也不明白自己为什么对船和船老大这么肯定，但就是如此）；货车穿过小镇广场，车夫扬起鞭子抽打马背，车轮碾过之处腾起阵阵黄雾

（公牛，是公牛）

她真的能看见那些货车，有的载着大捆布匹，上面盖着灰蒙蒙的帆布条，还有的金字塔一般摞着涂上焦油的木桶；能看见一头头套了两根车轭的公牛，耳朵不停扇动赶走绕着大脑袋嗡嗡打转的苍蝇；能听见聊天、大笑，以及酒吧里钢琴正演奏着《野牛姑娘》或是《亲爱的凯蒂》这样轻快的曲子。

好像我前世就在这儿生活，她暗想。

枪侠弯腰仔细看了看石标上的刻字。"大道，"他读了出来，"刺德，一百六十轮距。"

"轮距?"杰克问道。

“一种古老的长度单位。”

“你听说过剌德吗?”埃蒂提出他的疑问。

“也许,”枪侠回答,“在我小时候。”

“这个词儿听上去怎么像垃圾,”埃蒂说,“这可不是个好兆头。”

杰克看看石标东面:“滨河大道。字体很滑稽,但就是这几个字。”

埃蒂念出石标西面的字:“上面说吉姆镇,四十轮距。那不是韦恩·牛顿[1]出生的地方吗,罗兰?”

罗兰斜睨了他一眼,面无表情。

“好吧,我闭嘴。”埃蒂翻了翻眼睛,回答。

广场西南角坐落着镇上唯一一栋石质建筑——矮墩墩、灰蒙蒙的大石块,窗户上横七竖八钉满生锈的铁条。那里是郡县法院和监狱,苏珊娜暗忖。她在南方见到过类似的建筑;如果前面再有几片停车场,你就看不出什么差别了。房屋正面涂了几个字,原本亮黄色的喷漆已经褪色。尽管她看不懂这几个字什么意思,但她想尽快离开这个小镇的愿望变得比以往任何时候都强烈。**陴猷布人**[2]**去死**,上面写道。

“罗兰!”她叫了一声,手指着墙上涂的字问道。“那是什么意思?”

罗兰看了看,摇摇头:“不知道。”

她又向四周望望,感觉周围的建筑物正向他们倾斜过来,广场缩小了。“我们能不能离开这儿?”

“马上。”他弯下腰,从基座里拔出一块小鹅卵石,在左手若有所思地掂掂,同时抬头打量悬在石标上空的金属盒,然后他弯

---

① 韦恩·牛顿(Wayne Newton),美国二十世纪六七十年代的流行歌手。

② 陴猷布人(Pubes),原意是“青春期”,这里音译,在书中是指剌德城的原住民。他们住在剌德城的地上。

曲左臂，等苏珊娜意识到他打算做什么时，已经来不及了。

“不要，罗兰！”她大叫，竟然被自己声音中的恐惧吓得向后一缩。

他没有理会她的阻止。石块抛出去，在空中画出一条弧线，准准地击中金属盒的中心，砰地发出一声空洞的金属撞击声。盒子里传出时钟走针的声音，一面破烂的绿旗子从金属盒的开缝中掉出来。旗子完全展开时，清脆的铃铛叮地响起。旗面上用大黑字写着“**行**”。

“真该死，”埃蒂说，“这居然是个闹剧警察式[1]的红绿灯。如果你再砸一下，会不会有个‘**停**’冒出来？”

“有人来了。”罗兰轻声说，指向苏珊娜以为是郡县法院的建筑。一个男人和一个女人从建筑后面出现，沿着石阶走过来。*这回你可没错，罗兰，*苏珊娜心里说。*他们可比上帝还老，两人都是。*

那个男的身穿长袍，头戴宽边大草帽。女人一只手搭在男人晒伤的肩膀上，身穿素色手织长衫，头戴宽檐女帽。等他们靠近，苏珊娜发现她居然双眼全盲，而且那场让她失去视力的意外肯定极度可怕，因为她脸上只剩下两个空洞洞的眼窝，里面爬满疤痕，脸上的表情混杂着害怕与困惑。

“他们是土匪吗，希？”粗嘎的声音颤抖地大声问，“你会让我们两个都丧命的，我肯定！”

“不要说了，梅熙，”男的回答。和那个女的一样，他的口音很重，苏珊娜几乎听不懂。“他们不是土匪，不是。他们中间有个障猷布人——没有土匪会和障猷布人一起赶路。”

不知是不是真瞎，她想一把把他推开。他诅咒一声，抓住她

---

[1] 闹剧警察（Keystone Kops），又译“吉斯通式”，这是二十世纪初吉斯通电影公司一系列老式默片中塑造的愚蠢无能的警察形象，他们通常都会像没头苍蝇一样追赶逃犯。

的手臂。“别这样，梅熙！别这样，我说！你会跌倒伤着自己的。该死！”

“我们没有恶意，”枪侠开口用高等语①喊道。听到这话，那个男人的双眼瞬间闪烁出不信任的光。女的转过身，盲眼循着他们的方向。

“一个枪侠！”他大叫，兴奋让他嘶哑的声音微微颤抖，“上帝啊！我就知道！我就知道！”

他拽着那个女人，穿过广场朝他们飞奔过来。她被拉着跑得跌跌撞撞，苏珊娜只等她跌倒的那一刻。但相反，是那个男的先跌下去，重重跪在膝盖上。她在旁边也四仰八叉地摔倒在大道的鹅卵石上。

5

杰克觉得脚踝处有样毛茸茸的东西，低头一看发现是奥伊蹲在旁边，看上去比以往任何时候都要紧张。杰克伸出手小心地拍拍它的头，既像给予、也像寻求安慰。奥伊的毛非常柔软光滑，一瞬间他几乎以为它会逃跑，但它只是抬头看着他，舔舔他的手，然后回头看看新来的两个陌生人。那个男的正想扶那个女的站起来，但明显有些困难。她伸长脖子，头困惑怀疑地探来探去。

那个叫做希的男人摔在鹅卵石上，割伤了手掌，但他毫不在意。他不再坚持扶那个女人站起来，而是一把摘下宽边大草帽，

---

① 高等语（High Speech），是蓟犁人所讲的一种古老的语言，与低等语（Low Speech）相对。

把草帽举在胸前。在杰克看来，那顶帽子大得简直就像容量为一蒲式耳[①]的圆篮子。“我们欢迎你，枪侠！”他大叫道。“真心欢迎！我还以为你们族人都已经从地球上消失了！”

“谢谢你们的欢迎，”罗兰用高等语回答，伸手温柔地扶住盲妇的上臂。她向后微微退缩，但很快就放松下来，任他扶她起来。“戴上帽子吧，老人家。日头很毒呵。”

他带上草帽，站在原地一动不动盯着罗兰，眸光闪闪。过了一会儿，杰克才意识到那是泪光。希，哭了。

“一名枪侠！我告诉你的，梅熙！我告诉你我看见了枪！”

“不是土匪？”她仿佛还是不敢相信，“你肯定他们不是土匪吗，希？”

罗兰转身对埃蒂说：“检查好保险栓，然后把杰克的枪递给她。”

埃蒂从腰带里抽出鲁格枪，检查好保险栓，然后小心翼翼地把枪放在了盲妇的手上。她倒抽一口气，几乎没拿稳，接着开始感叹地慢慢抚摩。她空洞的眼窝转向那个男人。“一把枪！”她轻叹，“我的上帝啊！”

“唉，是一把枪，”老人漫不经心地回答，同时从她手里接过鲁格枪，还给埃蒂，“但是枪侠那儿有一把*真正的*枪，而且那边还有个女人也有一把。她的皮肤是棕色的，就像我爸爸讲过的伽兰[②]人的模样。”

这时，奥伊尖叫了一声，杰克一转头，看见街上出现更多人——总共五六个，他们都同希和梅熙一样老，其中一名老妪拄

---

① 蒲式耳(Bushel)，英美制计量单位，计量干散颗粒物的体积时用，一蒲式耳合八加仑。

② 伽兰(Garlan)，中世界的一个王国，位于蓟犁南部，传说是具有魔力的国度。许多文明王国的人到那里寻找真理与启蒙，其中很多没有回来，但是回来的都获得了新生。据说伽兰人的肤色都很深。

着根拐杖，佝偻的模样就像从童话世界里走出来的巫婆。确实非常老。他们渐渐靠近时杰克发现其中两个男人是双胞胎，身穿打满补丁的手织衬衫，一头白发披散在肩膀上。他们皮肤惨白，眼睛是粉红色的。白化病人，他想。

那名巫婆模样的老妪似乎是领导，她拄着拐杖朝罗兰他们步履蹒跚地走过来，祖母绿颜色的眼睛锐利地打量他们几个。她的牙齿已经全部脱落，干瘪的嘴深深内陷，草原轻风微微吹起她身上披着的旧披肩。最后，她的眼神落在罗兰身上。

"欢迎，枪侠！很高兴见面！"她自己说的也是高等语，而且杰克同埃蒂、苏珊娜一样，完全明白她吐出的每个字，尽管他猜假如还在他自己的世界，这一切听上去只会像胡言乱语，"欢迎来到河岔口！"

枪侠摘下帽子，冲着她弯腰鞠了一躬，用残疾的右手快速地轻拍喉头三次："谢谢您，老妈妈[①]。"

听了这话，她嘎嘎大笑起来。埃蒂瞬间意识到罗兰不仅开了个玩笑，而且还奉承了老妪。刚刚苏珊娜转过的念头也钻进了埃蒂的脑袋：这就是他原来的模样……也是他原来的行事风格。至少部分如此。

"你可能是枪侠，但是你的衣服下面只是藏着一具蠢人的躯体。"她又恢复使用低等语。

罗兰又鞠了一躬："美丽总会让我变得愚蠢，老妈妈。"

这回她绝对是放声大笑起来，粗哑的笑声吓得奥伊直往杰克腿后躲。老妪笑得身体向后栽去，白化病兄弟中的一个冲上来扶住她以免她被自己的鞋子绊倒。但是她自己稳住了，女皇

---

① 老妈妈（Old Mother），即中世界最重要的两颗星之一的"古母星"，这里枪侠罗兰用"古母星"称呼来表达对老妪的尊敬。

一般挥了挥手。白化病人退了下去。

“你们在探索旅行吗，枪侠?”她那双精明的绿眼睛紧紧盯着他，干瘪深陷的嘴巴一张一合。

“是的，”罗兰回答，“我们要找寻黑暗塔。”

其他人脸上只是露出迷惑的神色，但老妪身子微微一缩，眼神转了方向——不是转向他们，杰克发现，而是转向东南方，沿着光束的路径。

“我很遗憾!”她大声说，“因为没有任何一个去找黑暗塔的人能够回来！我的祖父这样说，他的祖父也这样说！没有一个!”

“卡。”枪侠耐心地回答，仿佛区区一个词就解释了一切……而且杰克也慢慢意识到，对于罗兰而言事实就是如此。

“唉，”她附和道，“黑暗塔的卡！好吧，好吧，你们做你们要做的事，沿你们的路走下去，当走到树林空地时就会死亡。你继续上路前愿意与我们一起吃顿饭吗，枪侠？你和你的骑士团?”

罗兰再次鞠躬:“我们已经很久很久没有与其他人一起用餐了，老妈妈。我们不能耽搁太久，但是愿意——我们对您的邀请充满感激与喜悦。”

老妪转身对其他人用粗哑的嗓音响亮地说——但是让杰克背脊发凉的不是她的语调，而是她说的每个字:“你们用心看，白界已经回来！在恶魔折磨的日夜之后，白界已经回来！带着善心，仰起头，因为你们已经活着看到卡的车轮再次启动!”

6

那名老妪被唤做泰力莎姑母，在她的带领下一行人穿过小镇广场，来到那幢尖顶歪斜的教堂。杂草芜生的草坪里埋着一块褪色木板，上面刻着“永恒圣血教堂”。六个字上面还漆着一句话，已经褪成惨绿色：**戈嫘人**[①]**死**。

她脚步蹒跚地领着众人沿着一排排已经破损的长凳中间的通道穿过残破的教堂，走下几级矮台阶，最后来到一间厨房。这间房间与上面的破败景象完全不同，以至于苏珊娜惊讶得使劲儿眨眼。这里虽然摆设陈旧，但是十分整洁，古旧的木质地板精细地上过蜡，由里向外泛出宁静的微光。一尘不染的黑色炉灶占据了整个墙角，几捆木柴堆在一旁的墙壁上，可以看出所有木柴都经过精心挑选，完全晒干了。

又有三个老人加入进来，其中两位老妇，还有一个撑着拐杖、装着木头假腿的老头。这两位老妇走到碗橱前，开始忙碌起来。第三个人打开已经整齐地堆满木柴的炉灶，划燃一根长火柴。第四个打开另一扇门，走下几级逼仄的楼梯，下面大概是冷藏室之类的地方。众人忙碌的同时，泰力莎姑母领着其余人来到教堂后部宽敞的房间。房间里放着两张搁板桌，干净但破旧的罩布铺在上面。她举起拐杖朝桌子挥了挥，两个白化病兄弟走了过去，开始费力地搬动其中一张。

“来，杰克，”埃蒂说，“我们去搭个手。”

“不用！”泰力莎姑母干脆地说，“我们也许上了年纪，但是我们不需要客人帮忙！还不需要，年轻人！”

“不用插手了。”罗兰说。

“这帮老傻瓜只会弄伤自己。”埃蒂小声咕哝，但仍旧听从别人的建议，不再试图帮忙。

---

① 戈嫘人（the Grays），原意为“灰发人”，这里音译，在书中指刺德城的地下住民，是障猷布人的死敌。

埃蒂把苏珊娜从轮椅里抱出来，抱着她穿过后门。繁茂的景象让苏珊娜忍不住惊叹：呈现在眼前的不只是茵茵草坪，还有一片姹紫嫣红。争奇斗艳的鲜花像火炬一样怒放在柔软的绿草上。其中有些花她认识——金盏菊、鱼尾菊、夹竹桃——但还有许多从未曾见过。正在这欣赏的当口，一只马蝇停在一瓣亮蓝色的花瓣上……那朵花倏地把马蝇裹进去，紧紧闭上。

“哇！”埃蒂惊讶地四处张望，“布希公园①！”

希说道：“这里我们按照世界还没转换之前的原样维护，而且我们保护着它，瞒过了经过这里的所有人——陴猷布人、戈嫘人、土匪强盗。如果他们发现肯定会把这里毁之一炬……而且会为了我们的隐瞒而要我们的命。他们痛恨一切美好的事物——他们所有人。这倒是这些混蛋的共同特点。”

眼盲的老妇人捅捅他的胳膊，示意让他别讲了。

“这段时间已经没有人路过这儿了，”装着木头假腿的老人开口说，“很久都没有了。他们一直待在那座城市里，大概他们在那儿什么都有。”

白化病双生兄弟费力地把桌子抬了出来，后面有一位老妇人手里端着一个硕大的石水罐，紧催他们加快动作别挡着她的路。

“请坐，枪侠。”泰力莎姑母朝草坪挥挥手，说道，“你们都坐下吧。”

几百种各不相同的香味钻进苏珊娜的鼻子，让她霎时觉得有点头晕，仿佛一切都在做梦。她实在无法相信寂静死城的断壁残垣之后居然会隐藏着如此一隅伊甸园。

---

① 布希公园(Busch Garden)，位于美国佛罗里达州坦帕市，是全美著名的野生动植物公园。

另一位妇人托着一盘玻璃杯走了进来。玻璃杯样式不一，但纤尘不染，阳光照射下就像精致的水晶。她先走到罗兰跟前，递过杯子，然后是泰力莎姑母、埃蒂、苏珊娜，最后是杰克。等每个人都拿到杯子后，她把一种深金色的液体倒进杯中。

杰克盘腿坐在一块椭圆形的绿色花床边，奥伊伏在脚旁。罗兰微微向杰克侧身，低声说："喝一点点以示礼貌就行了，杰克，否则我们就得背着你出镇了——这是格拉夫——烈性的苹果酒。"

杰克点点头。

泰力莎高举起玻璃杯，罗兰跟随举杯，埃蒂、苏珊娜、杰克也纷纷举起杯子。

"其他人呢?"埃蒂悄声问罗兰。

"前奏仪式结束以后他们会有的。现在别说话。"

"开始之前你愿意说点儿什么吗，枪侠?"泰力莎姑母问道。

枪侠站起身，酒杯高举过头顶，接着微微垂下头，仿佛在沉思。河岔口居民们尊敬地凝视着他，杰克觉得目光中还夹着一丝恐惧。过了一会儿，他抬起头。"让我们为大地干杯，为逝去的光阴干杯好吗?"他提议，激动让他嘶哑的声音微微颤抖，"让我们为过去的团圆、远逝的朋友干杯好吗？让我们为欢聚一堂的旅伴干杯好吗？这样行不行，老妈妈?"

杰克看见眼泪从她眼中流出，但整张脸庞仍然因为喜悦绽放出灿烂的笑容……霎那间，她几乎变得年轻。杰克看着她，非常惊讶，自己也被强烈的喜悦感染。自从埃蒂把他从通道里拉出来，他第一次感到埋在心中的看门人的阴影真正消失了。

"唉，枪侠!"她说，"说得好啊！这些话足以让我们开饭了!"她举起杯子，一口饮尽，罗兰接着也干杯。埃蒂与苏珊娜紧跟其后，只是喝得没那么猛。

杰克尝了尝杯中酒，没想到自己挺喜欢这个味道——并没他想得那么苦，而是又酸又甜，有点像苹果汁。但他几乎立刻就感到酒劲上来，只好小心地把杯子放在了一边。奥伊嗅了嗅，退了回去，鼻头重新搁在杰克的脚踝上。

围在旁边的老人——河岔口最后的居民——纷纷鼓起掌来。许多人和泰力莎姑母一样，忍不住开始啜泣。接着他们轮流拿到其他的玻璃杯——不够精致，但将就能用。头顶无垠的草原天空，在漫漫夏日的午后，聚会真正开始。

7

埃蒂觉得那天的饭菜是自从他儿时神秘的生日大餐之后最美味的一顿。小时候那次，他妈妈做了一桌子他最爱吃的菜——肉馅糕配烤土豆、甜玉米，旁边配着香草冰淇淋魔鬼蛋糕①。

让埃蒂兴奋的当然是呈现在眼前的各式不同的佳肴——尤其是经过这么好几个月只能吃螯虾肉、鹿肉以及一点罗兰保证能吃的绿色植物之后——但还有另一个原因；他注意到杰克也吃得狼吞虎咽（还不忘时不时扔给蹲在脚边的貉獭一块吃的），而他来到这个世界还不到一个礼拜。

大盆大盆的炖菜（野牛肉浸在浓稠的肉汁里配以蔬菜）、一盘盘新鲜出炉的饼干、一罐罐白色甜奶油、还有一碗碗看似菠菜叶子的绿叶菜……但又不完全是菠菜。埃蒂从来不喜欢吃蔬菜，但仅仅尝了第一口就好像打开了某个闸门，让他感觉无法餍

---

① 魔鬼蛋糕（Devil's Food Cake），一种甜点，相对于蛋白做成的较松软的白色天使蛋糕，魔鬼蛋糕则有浓浓的巧克力或可可的香味和颜色，质地也比较密实。

足。每道菜都极对他的胃口,但他对这种绿叶菜的喜爱已经变得近乎贪婪。他看见苏珊娜吃着这些绿叶菜也是一碗接着一碗。最后他们四个人足足吃了三碗绿叶菜。

老妇人和白化病兄弟把碗碟收拾干净后端上两盘高高垒起的大蛋糕和一碗鲜奶油。蛋糕散发出甜腻的香味,让埃蒂觉得自己已经来到天堂。

“只有野牛奶油了,”泰力莎姑母不无遗憾地解释,“再也没有奶牛了——最后一头也在三十年前被宰了。野牛奶油肯定不是最好的,但总比什么也没有强,上帝啊!”

埃蒂发现原来蛋糕里夹满蓝莓,这比他以前吃的所有蛋糕都要美味。连吃了三块以后,他身子向后仰了仰,一个饱嗝从嘴里冒出来,他赶紧捂住嘴,内疚地向四周张望。

梅熙,那位盲眼老妇,粗声说:“我听见了！有人对厨师表示了感谢,姑母!”

“唉,”泰力莎姑母大笑道,“是嘛!”

上菜的两名老妇又回来,一个捧着一个冒气的罐子,另一个托着盘子,几个粗实的瓷杯子垒在托盘上,看上去摇摇欲坠。

泰力莎姑母坐在桌首,罗兰坐在她右手边。罗兰俯过身在她耳边说了什么。她仔细倾听,笑容稍稍隐去,然后点点头。

“希,比尔,蒂尔,”她说,“你们三个留下。我们要与枪侠和他的朋友们谈谈话,因为他们今天下午就要离开。其余的人带着咖啡到厨房里去,也不要说话了。走之前注意礼节!”

比尔与蒂尔,这对白化病双兄弟,继续坐在桌脚。其他人排成一行,轮流从罗兰他们身边经过,每个人都和埃蒂、苏珊娜握了握手,然后亲吻杰克的脸颊。杰克有礼貌地接受了亲吻,但是埃蒂看出他既惊讶,也有些尴尬。

当众人经过罗兰时,他们都在他面前跪下,亲手摸摸从他挂在左臂的枪套里戳出来的左轮枪檀木枪把。他双手搭在他们的肩膀上，亲吻他们的额头。走在最后一个的是梅熙，她伸手环抱住罗兰的腰，在罗兰脸颊上印下一记响亮的湿吻。

“上帝永远保佑你，枪侠！假如我能看见你该有多好！”

“注意礼节，梅熙！”泰力莎姑母厉声说，但罗兰没有理会，他向盲眼老妇俯下身。

他温柔坚定地握住她的双手，抬起到他的面颊。“用手看我吧。”他边说边闭上了眼睛，而她用刻满皱纹、因为关节炎而变形的手指轻柔地抚过他的双眉、脸颊、嘴唇和下巴。

“唉，枪侠！”她微微叹息，仰起空洞的眼窝对准他淡蓝色的眼眸，“我看得很清楚了！你的脸很英俊，但也充满哀伤与烦恼。我为你和你的伙伴忧虑。”

“但是能有缘相见已经很让我们高兴了，不是吗？”他说完在她光滑、写满忧虑的额头上温柔地印下一记亲吻。

“唉——是啊。是啊。谢谢你的亲吻，枪侠。我从内心里感谢你。”

“走吧，梅熙，”泰力莎姑母的声音稍稍柔和下来，“带上你的咖啡。”

梅熙站起身，那个拄拐杖、装假腿的老人牵住她的双手放到他裤子腰带上。她对罗兰和他的伙伴最后行了一次礼，然后由他牵了出去。

埃蒂擦了擦眼睛，竟然发现有点湿润。“她是怎么瞎的？”他嘶哑地问。

“土匪，”泰力莎姑母回答，“用烧红的烙铁干的，他们干的。他们说因为她眼神无礼。二十五年以前了，那是。喝咖啡吧，你们都喝！热的时候味道不好，但冷下来就更像泥浆。”

埃蒂把杯子举到唇边，尝试性地小啜一口。虽然他不会很过分地将其称做泥浆，但这也绝对不是什么蓝山拼配咖啡。

苏珊娜尝了一口她的，显出惊喜的样子："啊，这是菊苣！"

泰力莎瞥了她一眼："我知道那不是。我只知道这是道柯，道柯咖啡，自从我被那个女人诅咒之后就只有道柯咖啡了——那个诅咒很久以前就已经消失。"

"您到底多大年纪了，夫人？"杰克突然问。

泰力莎姑母诧异地看看他，然后嘎嘎大笑起来："实际上，少年人，我自己都不记得了。我记得也是在这里庆祝了我的八十岁生日，但是当时草坪上坐了五十多个人，而且梅熙那时还没瞎。"她的眼光落在伏在杰克脚边的貉獭身上。奥伊并没有从杰克的脚踝上挪开鼻头，但它抬起镶金边的眼睛看着泰力莎。"一头貉獭，上帝啊！我好久好久没有见到过貉獭和人待在一起了……以为它们已经忘记了过去与人同住同行的日子。"

白化病兄弟中的一个弯下腰拍拍奥伊，奥伊倏地躲开。

"以前它们还能牧羊，"比尔（或者也许是蒂尔）对杰克说，"你知道吗，年轻人？"

杰克摇摇头。

"它会说话吗？"白化病人又问，"过去有些貉獭会说话的。"

"是的，它会。"他低头看看这头貉獭，陌生人的手一离开它就回到了杰克脚边，"说你的名字，奥伊。"

奥伊只是愣愣地盯着他。

"奥伊！"杰克又叫了一声，但奥伊还是一声不吭。杰克有些懊恼地看看泰力莎姑母和白化病兄弟。"呃，他的确说话……但是我猜他大概只有想说的时候才会开口。"

"那个男孩看上去并不属于这里，"泰力莎姑母对罗兰说，"他的穿着很奇怪……他的眼睛也很奇怪。"

"他来这儿还没多久。"罗兰冲着杰克微微一笑，杰克迟疑地回应了一个笑容，“一两个月以后，就不会有人觉得他奇怪了。”

“噢？我怀疑，真的怀疑。他从哪里来？”

“很遥远的地方，”枪侠回答，“非常远。”

她点点头：“那么他什么时候回去？”

“永远不回去了，”杰克回答，“这里就是我的家。”

“那么上帝怜悯你，”她说，“因为在这个世界太阳已经落下，永远不再升起。”

这句话让苏珊娜感到一阵不安，一只手按住腹部，仿佛她胃里难受。

“苏希？”埃蒂问，“你还好吧？”

她试图挤出一丝笑容，但非常虚弱；平时的信心与沉着就好像在此刻弃她而去。“是的，当然。只是起了些鸡皮疙瘩，没什么。”

泰力莎姑母投给她一记长长的、评估的眼光，弄得她几乎不舒服……然后泰力莎笑了出来。“‘鸡皮疙瘩’——哈！我还是猴年马月听过这说法。”

“我爸爸以前一直这样说。”苏珊娜投给埃蒂一记笑容——这回更加有力，“但无论如何，已经过去了。我没事儿。”

“关于远方的城市以及从这儿到那儿的行程，你知道些什么？”罗兰边问边端起咖啡啜饮起来。“有没有土匪？其他这些戈嫘人和障猷布人又是什么人？”

听罢，泰力莎姑母深深叹了一口气。

8

“你们肯定听说过很多，枪侠，而我们知道得很少。我知道的一件事就是：那座城市是个邪恶的地方，尤其对这个年轻人来说。任何年轻人。你们有没有办法绕道而行？”

罗兰抬起头仰望天空，白云顺着光束的路径汇聚成直线，他们对这样的形状已经习以为常。在无垠的草原天穹，这条直线就像穿过天空的河流，让人根本无法忽视。

“也许，”他最终开口，但听上去不知为何十分犹豫，“我猜我们可以向西南方走，绕过刺德，在远一些地方重新回到光束的路径。”

“你们是沿着光束前进的啊，”她说，“唉，我也是这么猜的。”

埃蒂发现，伴随着对这座城市的想象的是与日俱增的希望，他希望如果他们到达那里，可以获得帮助——对他们行程有用的废弃的货品，或者也许有什么人能告诉他们更多关于黑暗塔的信息，以及他们到那里以后应该怎么办。比如那些叫做戈嫘人的——这名字听上去就像一些睿智的长须精灵。

鼓点声令人毛骨悚然，这没错，让他也想起那种低成本的丛林探险电影（大多数时候他都是和亨利一道吃着爆米花在电视上看到的），里面探险者寻找消失的城市，当找到时这些神秘城总是变成了废墟，里面的居民则个个成了嗜血的食人族。但是埃蒂坚信这种可怕的事情在看上去，至少从远处看，这么像纽约的城市里绝对不会发生。即使那里没有睿智的长须精灵或者能用的旧货品，肯定会有书，至少；他听罗兰说起过这里纸张异常稀有，但埃蒂到过的所有城市里都堆满书。也许他们还能找到一些能用的交通工具，如果有越野车之类的当然最好。这一切可能不过是些白日梦，但是面对前方几千里的未知行程，一些愚蠢的白日梦无疑没有坏处，起码可以让你精神振奋。而且那些东西至少也有些可能性，不是吗？见鬼。

他想把这些想法说出来，但是杰克抢先开口了。

“我觉得我们不应该绕道。”他说。众人的视线都投向他，杰克的脸微微一红。奥伊挪了挪脚。

“不应该？”泰力莎姑母说，“你为什么这么想，请说说看。”

“你知道那些火车吗？”杰克问。

大家都没有说话。比尔与蒂尔不安地对视一眼，泰力莎姑母只是定定地望着杰克，这回杰克并没有回避。

“我听说过一辆，”她说，“也许我亲眼见过。就在那里。”她指着寄河的方向。“很久以前，当我还是孩子，世界还没有转换……起码不像现在这样。你是不是说布莱因，孩子？”

一丝惊讶从杰克眼中闪出，随后他露出了然的神色。“对！布莱因！”杰克的表情都落在了罗兰眼里。

“你怎么知道单轨火车布莱因的？”泰力莎姑母问。

“单轨火车？”杰克一脸茫然。

“对啊，就叫单轨火车。你怎么会知道这个的？”

杰克无奈地望望罗兰，又把视线转回到泰力莎姑母。“我也不知道我是怎么知道的。”

事实就是这样，埃蒂蓦地悟出，但这却并不是全部事实。他知道的比他愿意说的还多……而且我感觉出他很害怕。

“这是我们自己的问题了，我觉得。”罗兰硬邦邦的口气听起来像个长官，“你得让我们自己来解决，老妈妈。”

“哦，”她立即同意，“你们可以保留自己的观点。我们也最好不要知道。”

“那么那座城市呢？”罗兰又问，“关于剌德你知道多少？”

“不多，但我会知无不言，言无不尽。”说完她自己又倒了一杯咖啡。

9

事实上，大部分时间是那对双生兄弟比尔和蒂尔在说，一个说完后另一个会接过话茬，其间泰力莎姑母做些补充或更正，那时那对兄弟就会尊敬地等她说完才继续。希一言不发——只是坐在那里，一根根拔掉草帽边上毛刺刺的稻草，放在身前的咖啡一动未动。

他们的确所知甚少，罗兰很快就意识到这点，甚至对于他们自己小镇的历史都不大清楚（不过他并不奇怪；最近几年记忆力衰退得很快，除了最近发生的事，其他一切仿佛都不曾存在），但是他们所知的那些也让人十分困扰。不过罗兰同样并不感觉奇怪。

在他们高曾祖父的时候，河岔口的确与苏珊娜的想象差不多：是大道上一个中等发达的货物中转站，偶尔会销售货品，但大多只是交换。这儿名义上属于河滨领地的统治，尽管那时土地、领地或所有权这类概念都已经消失。

那时还有野牛猎人，尽管这个行当也已经慢慢衰落；野牛群都很小，而且变异严重。这些变种野牛的肉虽然谈不上是毒药，但是又臭又苦。可无论如何，河岔口处在码头和吉姆镇之间的地理位置让这个小镇还小有名气。它坐落在大道边，距离刺德城走陆路只需六天，水路只需三天。“除非河水水位太低，”双生兄弟中的一个说，“那就会需要更多时间。我的祖父曾经提过，有一次货船全部搁浅，一路堵到了河道上游。”

当然，这群老人对于城市最早的创立者一无所知，更不用说曾经用来建造塔楼和城堡的技术；中土先人创立了那座城市，但是那段历史即使在泰力莎姑母高曾祖父还是孩子的时候就已经完全遗失。

“那些屋子还没有坍塌，”埃蒂说，“我倒想知道那些先人们用来建造屋子的工具是不是还能用。”

“也许，”双生兄弟中的一个回答，“即使是这样，年轻人，现在那里的居民也不会有人知道怎么运转那些机器了……我是这么猜，就是这么猜的。”

“不对，”他的兄弟争辩道，“我怀疑这些古老的方式在戈嫘人和陴猷布人中并没有完全失传，即使现在。”他看看埃蒂说。“我爸爸说过以前城市里有电蜡烛，有人说现在还有。”

“难以想象。”埃蒂惊讶地插口道，苏珊娜重重拧了一下他桌底的腿。

“是的。”另一个兄弟说。他根本没察觉出埃蒂的讽刺，态度仍旧十分严肃。“你揿一个按钮，灯就会亮——明亮的蜡烛，不发热、不用油，也没有灯芯。而且我还听说，以前，流亡王子奎客，乘着一只机器鸟飞上了天空。但是一只翅膀折断，他跌下来摔死了，落得与伊卡洛斯①同样的下场。”

苏珊娜惊讶得下巴都掉了下来：“你们也知道伊卡洛斯的故事？”

“唉，女士，”他明显地对于她的惊讶很困惑，“他和他那对蜡做的翅膀。”

“都是些孩子的故事，”泰力莎姑母哼了一声，“我知道长明灯的传说不假，因为我还是小女孩的时候曾亲眼见过，那时那些灯还时不时会点亮，唉；也有人说他们在晴朗的夜里见过，我相

① 伊卡洛斯(Icarus)，古希腊神话中巧匠狄德勒斯的儿子，他凭借一对蜡做的翅膀飞上天空，但是因为飞得太高，离太阳太近，蜡被烤化而坠落摔死。

信他们的话，尽管那已经是很久以前了。但是从来没有人能飞，即便是中土先人。”

无论怎样，城里的确有机器，功用诡异甚至危险，其中一些甚至还能运转，但这对兄弟深信城里不再有任何居民知道如何启动那些机器，因为已经很多年没再响起机器声了。

但是也许会有不同，埃蒂眼眸一亮，心中暗想。换句话说，倘若恰好一个年轻人路经此地，而他又恰好有胆量、有魄力，还有一些关于怪机器和长明灯的知识，那么其实一切问题也许只要需要找到“开启”键就能解决。我是说，真有可能就是那么简单。甚至或许只是一捆保险丝——想想啊，朋友们，邻居们！只要换上四百安培的母线就能照亮整个城市，变得像赌城的夜晚一样灯火通明！

苏珊娜用胳膊肘捅了捅他，低声问他什么事儿这么好笑。埃蒂只是摇摇头，手指放在嘴唇上，结果只招来苏珊娜恼怒的眼神。与此同时，白化病兄弟还在继续你来我往地说着他们的故事，也许只有当一辈子的孪生兄弟才能培养出两人之间的那种默契。

四五代人以前，他们说，城里还有很多人，文明程度也颇高，尽管那里的居民只是以运货为生，沿着当初中土先人为自己并非用马拉的交通工具而建造的宽阔大道驾驶马车。住在城里的都是些手工艺人，以及被双生兄弟称做“制造者”的人，他们在河上买卖砖块。

“河上？”罗兰问。

“寄河上有一座桥，”泰力莎姑母解释说，“起码二十年以前还在。”

“唉，十年前老比尔·马芬和他的儿子还亲眼见过。”希附和道，这还是他第一次开口讲话。

“什么样的桥？”枪侠又问。

“那种用金属管建造的桥，”兄弟中的一个说，“就像巨型蜘蛛网一样悬在空中。”接着他又羞赧地加了一句：“在死之前，我还想再亲眼见一次。”

“也许那时候桥已经塌了，”泰力莎姑母不以为然地说，“一大解脱。魔鬼的杰作。”她转向双生兄弟：“告诉他们后来发生的事情，以及为什么现在那座城市这么危险——除了那些可能还时不时出没的魔鬼，我是说，我肯定那里还有魔鬼的力量。那些人也想改变，太阳已经更偏西方。”

10

剩下的部分是蓟犁的罗兰曾经多次听过的故事，只不过是另一个版本，其中大部分从某种程度上来说甚至是他自己的经历。故事支离破碎、残缺不全，无疑混杂了神话传说与以讹传讹，本应线性发展的过程被这个世界正在经历的诡异变化——时间上与空间上的同时变化——扭曲，所有一切可以总结成一个复合句：曾经我们明白这个世界，但这个世界已经转换。

河岔口的这些老人对蓟犁的所知不比罗兰对河滨领地的所知多多少，而约翰·法僧，这个将罗兰家乡颠覆毁灭的家伙，他的名字对他们来说不具有任何意义。但是所有关于过去世界逝去的故事都十分相似……如此相似，罗兰想，以至于不可能仅仅是巧合。

大概在四百年前爆发了一场激烈的内战——也许在伽兰，或许在更远的叫做坡腊的地方。内战的余波缓缓向外释放，混乱与战争也随之波及其他各个王国。很少有王国能够抗拒这种缓释的余波，而无政府的混乱就像日落后黑夜来临一般降临到了这片土地。有一段时间路上满是军队，他们有时行军，有时撤退，没有理由也没有长久目标。后来军队分裂成小集团，小集团最后堕落成了流窜各地的强盗土匪。刚开始贸易衰退，后来干脆就完全消失，而外出旅行由不便变成危险，最终成了不可能的任务。与城市之间的通讯越来越少，在一百二十年以前最终完全消失。

就如同罗兰经过的几百个其他城镇一样——起初他与库斯伯特以及其他被逐出蓟犁的枪侠一起追逐黑衣人，后来变成孤身一人——河岔口与外界断了一切联系，自生自灭。

这当口，希站了起来，嘶哑的声音与抑扬顿挫的语调一下子攫住枪侠的注意力。他就像讲了一辈子故事的说书人——介于圣人与蠢人之间，天生就能融合记忆与谎言，编织出的梦境如同轻盈绚丽的蛛网，还挂着串串晶莹的露珠。

“最后一次我们向领地的城堡进贡是在我曾祖父那时候，”他说，“二十六个男人推着货车，上面载满兽皮——那时已经没有任何货币，当然，我们最多就只有这些。漫长危险的旅程几乎有八十轮距，六个人死在了路上。其中一半死在土匪的手上，另一半因为疾病或鬼草而丧命。

“当他们最终到达城堡时，他们发现那里杂草覆盖了前庭，只剩下乌鸦和黑鸟盘旋在断壁残垣上。西面的田野发生过大屠杀，遍野是累累白骨与红锈铁甲，这就是我曾祖父的描述。撒在地上的下颌骨里叫喊出魔鬼的声音，呼呼如同东风。城堡远处的村庄已经被付之一炬，城墙下堆满了成百上千的骷髅。我们的人只好把兽皮丢在碉堡残破的大门外——因为没人有胆量踏入这个鬼魂游弋、魔声回荡的地方——然后踏上了归途。一路上又有十个人丢了性命，最终出发的二十六个人中只有十个平安归来，我的曾祖父就是其中之一……但是他脖子上和胸前染上了癣，直到死都没有消失。他们说那是辐射病。自那以后，我们就再也没有离开过镇子。我们自给自足。”

他们渐渐习惯了土匪的烧杀抢掠，希用嘶哑但悦耳的嗓音继续说下去。他们派人站岗，当发现土匪逼近——几乎从来都是沿着大道和光束的方向朝东南方去，去那座战火连连的剌德城——镇上所有的人都躲进挖在教堂下面的避难洞。他们不去修复镇上星星点点的损坏，以防勾起土匪的好奇心。不过大多数土匪都没什么好奇心，他们只是一路挥着弓箭、斧头，向远方的杀戮地带策马狂奔。

“你说的战争指的是什么？”罗兰问。

“对，”埃蒂也说，“还有那鼓点声又是怎么一回事儿？”

白化病兄弟迅速交换了一下几乎迷信的眼神。

“我们并不知道上帝之鼓，”希开口解释，“没听过，也没看过。城里的战争，现在……”

起初战争在强盗土匪与住在城里的手工艺人、“制造者”间爆发。那些匪徒烧杀抢掠，烧毁城里居民的店铺，把幸存者扔在旷野中等死。剌德住民决定奋起反抗，他们成功地抵抗了试图从桥上或从水路攻城的侵略者。就这样双方对峙了许多年。

“剌德住民用的是以前遗留下来的武器，”双生兄弟中的一个说，“他们虽然人数不多，但是土匪的弓箭、钉头锤、斧头可招架不住这些武器。”

“你是不是说他们有枪？”埃蒂问。

双生兄弟中的一个点点头。“唉，枪，但是不止枪，还有一种武器射程有一里多远，爆炸起来就像火药，只是威力更大。那些亡命之徒——就是现在的戈媬人，你们肯定已经知道——没有其他办法，只能在河边驻扎围攻，这就是他们的所为。”

刺德实际上变成了这个世界上最后一座避难堡垒，附近乡村里聪明能干的人三三两两地结伴去那里。他们需要通过一道道智力测验，而秘密穿过城外错综的营地、围城军队的前线变成了这些新成员最后的考试。大多数人能够徒手过桥穿过真空地带，能走这么远的人都被留了下来。也有一些没及格被赶走，当然，那些有一技之长的人（或者那些足够聪明能现学一门技艺的）也能被留下。会种地的特别受到青睐，因为据说刺德城里每座公园都变成了菜地。城市与乡村的联系被切断，他们要么在城里种粮食，要么就只能在水泥森林里活活饿死。中土先人离开这里时只留下了神秘的机器，但是这些沉默的奇迹可不能当饭吃。

时间流逝，战争的性质也随之改变。攻城的戈嫘人渐渐占了上风——被称做戈嫘人是因为他们比城里的住民年纪大得多。当然后者年龄也渐渐增长，不过他们仍被称做“陴猷布人”，尽管他们的青春韶华早已远逝。最终他们要么是忘记古老的武器如何使用，要么已将炮弹用尽。

“也许两者都是。”罗兰喃喃地说。

大概九十年以前——在希和泰力莎姑母的有生之年——最后一队亡命之徒经过这个小镇。他们人数非常多，以至于先头部队日出时策马踏过河岔口，断后的部队直到日落时才离开。他们是这里见过的最后一队人马，头领就是一名叫做大卫·奎克的王子——后来从天上掉下来摔死的就是他。他组织了混迹在刺德城外的乌合之众，对任何反对他的人格杀勿论。奎克领导的戈嫘军团并没有试图通过水路或桥攻陷刺德城，相反他们在离城十二里的地方另建了一座浮桥，从侧翼攻城。

“从那以后，战火蔓延，”泰力莎姑母总结道，“时不时会有人从城里逃出来告诉我们零星的消息，唉，零星的消息。现在更加频繁，因为他们说，浮桥已经无人守卫，我以为战火几乎已经熄灭。城里陴猷布人和戈嫘人为了战利品还在相互争斗，只不过我觉得当初跟随奎克王子造浮桥的那些人的后代如今才是真正的年轻人了，但他们仍然被叫做戈嫘人。而最初剌德住民的后代一定已经与我们一样老，尽管他们中间还是有些年轻人，被古老的传说和可能仍存在的知识吸引而加入陴猷布人的队伍。

“两派人马宿怨未解，枪侠，所以他们都会想要你称做埃蒂的那个年轻人。如果那个深色皮肤的女人能生养，即使她被截去双腿，他们也许不会杀她，因为他们会让她养孩子。现在孩子已经越来越少，因为尽管过去的疾病已经消失，但有些孩子还是天生畸形。”

听到这话，苏珊娜激动起来，仿佛要说什么，但只是喝完最后一口咖啡，重新坐回原处，继续以刚才的姿势听下去。

“但如果他们想要这个年轻人和女人，枪侠，我想他们更会想要这个男孩。”

杰克弯下腰，又开始轻轻抚摩奥伊的毛。罗兰看见他的脸，立刻明白他在想什么：当初山脚下的情景又出现了，只不过缓型突变异种变成了另一个版本。

“而你，他们只会立刻杀死，”泰力莎姑母又说，“因为你是一名枪侠，脱离时代，远离家乡，对两边都没用处。但是他们可以捉住男孩，利用他，教育他，让他记住一些而忘记其他。至少他们自己已经忘记当初打仗的原因；况且自那以后世界也已经转换，现在他们只为了可怕的鼓点杀戮。其中一些可能还年轻，但是大多数已经半只脚踏进棺材，像我们一样。他们所有人都变得愚蠢，活着只是为了打打杀杀。”她顿了一下。“现在你们已经听完了所有故事，你们确定不要绕道而行，不要打扰这些人？”

还没等罗兰回答，杰克清晰坚定地说：“说说你知道的单轨火车布莱因，还有工程师鲍伯。”

11

“工程师谁?”埃蒂问,但是杰克只是盯着那群老人。

“轨道就建在那里,”最后希开口回答。他指着远处的河流说:“只有一条轨道,人工石柱支撑。中土先人造的马路和墙壁都是那样。”

“单轨火车!”苏珊娜高声说。“单轨火车布莱因!”

“布莱因带来一切烦恼。”杰克喃喃地说。

罗兰看了他一眼,但什么都没说。

“现在这辆火车还开吗?”埃蒂问希。

希慢慢地摇摇头,一脸紧张不安。“不,年轻人——但是在我和姑母年轻的时候,它还运行。当我们还年轻、城里战火正兴时。它在出现前总会先传来——低沉的嗡鸣声,就像预示着夏日午后的暴雨即将到来——那种雷电交加的暴雨。”

“唉。”泰力莎姑母神情迷茫,就像在做梦。

“接着它就呼啸驶来——单轨火车布莱因在阳光下闪闪发光,突起的鼻子就像你的子弹,枪侠。车身大概两个轮距。我知道听起来不可能,也许的确不可能(我们当时还很年轻,你得记住,而且这点非常重要),但我仍然觉得它*就是这么长*,因为当它开过来时,整辆车似乎遮住了地平线,然后在你看真切之前就飞速开过!

“有时如果天气糟糕、气压很低,它就像哈罗皮埃[①]一样尖啸着从西方开过来。有时在夜晚它开过时会在前方投下一道长长的白光,尖啸声能把我们所有人吵醒,那声音简直就像传说里

---

① 哈罗皮埃(Harpy),希腊、罗马神话中身是女人,而翅膀、尾巴及爪似鸟的怪物。

在世界末日能把死人从坟墓里唤醒的号角，就是这样。”

“告诉他们爆炸声，希！”比尔或者蒂尔惊恐地颤声说，“告诉他们每次随之而来的爆炸声，那是地狱里的巨响！”

“唉，我这就要说，”希的声音透出一丝责怪，“火车经过以后总有几秒钟会很安静……甚至有时会隔上一分钟，也许……之后就是地动山摇的大爆炸，地板震动，杯子从架子上震下来，有时甚至窗玻璃都会震碎。但没有人见过任何火光，就仿佛这是另一个世界传来的爆炸。”

埃蒂用手指轻轻碰了碰苏珊娜的肩膀，等她转过身，他的嘴唇吐出两个字：音爆。这很疯狂——他从没听说过任何火车能赶上音速——但只有这样解释才说得通。

她点点头，背回身去。

“这是唯一一件我亲眼见过的中土先人制造的机器，”他的声音低沉温柔，“如果这不是魔鬼的杰作，那这世上就没有魔鬼了。我最后一次亲眼看见它是在我和梅熙结婚的那个春天，那已经是六十年前了。”

“七十年。”泰力莎姑母权威地更正。

“而那列火车开进城里，”罗兰说，“从我们来的方向……从西方开来……从森林开来。”

“唉，”一个新的声音出乎意料地响起，“但是还有一列……一列从城里开出的……而且也许那列还在运行。”

12

他们回头看见梅熙站在教堂与餐桌间的花坛边，正伸出双臂，慢慢循声走来。

希连忙慌张地站起身，奔到她跟前抓住她的手。她的手臂挽住他，两人站在那里就好像世上一对年纪最大的新人。

“姑母让你在里面喝咖啡的！”他说。

“早就喝完了，”梅熙回答，“味道太苦，我可不喜欢。而且——我也想听听你们聊天。”她颤悠悠地抬起手，指向罗兰。“我想听听他的声音。清亮动听，他的声音。”

“我乞求您的原谅，姑母，”希稍显恐惧地望着这名老妪，“她一直神不守舍，这么多年从未好转。”

泰力莎姑母瞥了一眼罗兰。罗兰微微点点头。“让她过来加入我们吧。”她说。

希边责备边牵着她走过来。梅熙只是倔强地抿着嘴，扭过头，空洞的眼神越过他的肩膀投向远方。

等希扶她坐稳，泰力莎姑母倾过身子问道：“现在你要说些什么，女士，或者刚刚你只是随便说说？”

“我听得一清二楚。我的耳朵就像从前一样敏锐，泰力莎——更加敏锐！”

罗兰伸手摸摸腰带，从里面掏出一个弹药筒，手一挥向苏珊娜掷过去，苏珊娜正好接住。“是吗，女士？”他问。

“当然，”她扭身面向他回答，“足够敏锐，能听见你刚刚扔了个东西。扔给那个女人，我猜——那个棕色皮肤的女人。一件小东西。是什么，枪侠？饼干吗？”

“差不多，”他微微一笑，“你的确听得清楚。现在跟我们说说你刚刚那句话是什么意思。”

“还有另外一列单轨火车，”她说，“除非这是同一列火车，运行不同线路。要么就是另外一列火车运行不同的线路，两者都有可能……无论如何，那是七八年以前了。我以前一直能听见火车呼啸地开出城市，开向远处的荒原。”

“胡扯！”白化病兄弟中的一个脱口而出。“没有任何东西开去荒原！那儿什么都活不成！”

她转过脸面向他。“火车是活的吗，蒂尔·塔德贝里？”她反问，“机器会生病、咽痛、呕吐吗？”

埃蒂想说，呃，有一头这样的巨熊……

但他又想了一会儿，决定还是暂时不要插嘴为妙。

“那么我们一定也能听见，”另一个兄弟仍旧激动地坚持，“那种希一直说的巨大爆炸声——”

“这列火车没有爆炸声，”她承认道，“但是我能听见另一种声音，就好像霹雳在近处闪过后传来的低沉嗡鸣。当劲风从城市里吹过时我就能听到这个声音。”她抬起下巴，又补充道：“我也的确听到过一次爆炸声，从很远、很远的地方传来。就是那天晚上查理暴风来袭，差点儿掀翻了教堂的尖顶。当时那爆炸肯定距离这里有两百轮距，也许两百五十轮距也说不定。”

“瞎说！”双生兄弟齐齐反驳，“你肯定吃错药了！”

“如果你再不闭上你的臭嘴，比尔·塔德贝里，我会把你吃了。而且你怎么能对女士这样说话？怎么——”

“好了，别说了，梅熙！”希大声阻止，但是埃蒂并没有在意乡野草夫间的口角，梅熙说的一切在他听来还有些道理。当然不会有音爆，起码一列从刺德城里开出的火车不会有；确切的音速他记不大清，但是大概在每小时六百五十里左右。一辆刚刚启动的火车不可能达到这个速度，而等它加速超过音速时，肯定已经离得很远，超过耳力所及了……除非条件恰好适宜，好比梅熙说的查理暴风什么的——不管是什么——袭来的晚上。

这一切是有可能的。单轨火车布莱因不是什么兰德·罗孚越野车，但说不定是……说不定……

“那你已经有七八年没有听到过这列火车了是吗，女士？”罗兰问，“你肯定不会更久吗？”

“不可能，”她回答，“因为最后一次听到时正好是老比尔·马芬生重病的那一年。可怜的比尔！”

“那几乎是十年前了。”泰力莎姑母说，听上去异乎寻常的温柔。

“那你为什么从来不说你听到过这声音？”希说完后眼光投向枪侠，“你千万别相信她所说的一切，主啊——永远想站在舞台中央，这就是我的梅熙。”

“为什么，你这个愚蠢的男人！”她用力拍打他的手臂，大叫道。“我不说只是因为不想推翻你一直引为自豪的那套说辞，但是现在我听到的一切非常重要，我不能再隐瞒下去！”

“我相信你，女士，”罗兰说，“但是你肯定打那以后就再也没听见过那列单轨火车经过了吗？”

“没有，再没有了。我只是以为它最终已经到达终点，仅此而已。”

“我很奇怪，”罗兰又说，“确切说，非常奇怪。”他低头盯着桌子陷入沉思，瞬间仿佛离所有人都很远。

小火车，这个词从杰克脑中冒出，他顿时打了一个寒战。

13

半个小时之后，一行人再次来到小镇广场。苏珊娜坐在轮椅里面，杰克调节了一下书包肩带，奥伊则伏在他脚边专心致志地盯着他看。看来只有镇上的老者参加了藏在永恒圣血教堂后的伊甸园一隅的聚会，因为当他们回到小镇广场时，又已经有十多个人等在那里。他们的眼光扫过苏珊娜，落在杰克身上稍微停留了一会儿(显然他们对他的年轻比对她的肤色更感兴趣),但毫无疑问,罗兰是吸引他们到此的原因;他们好奇的眼神中溢满古老的敬畏。

过去的历史只是口耳相传的传说,而他却是一段活历史,苏珊娜暗忖。他们看他的眼神就仿佛信徒凝视着一名决定在礼拜六的晚上和他们一道用晚餐的圣人——彼得、保罗或是马修①——而且他会顺便在餐桌上聊起过去在加利利湖②湖畔同耶稣一起闲庭信步的感受。

众人又开始重复刚刚晚餐结束时的仪式,只是这次河岔口镇上所有居民都加入其中。他们列队站成一条直线,一一同埃蒂与苏珊娜握手,亲吻杰克的脸颊或额头,最后跪在枪侠面前祈求他的触摸与祝福。梅熙伸出双臂,紧紧环抱住罗兰的腰,脸庞深深埋入他的腹部。罗兰也报以拥抱,对她提供的消息表示感谢。

“你难道不留下来过一宿吗,枪侠?太阳很快就要落山,而且我肯定你和你的人一定很久没有在屋檐下过夜了。”

“确实如此,但我们最好还是出发。谢谢您,女士。”

“如果有可能你会再回来吗,枪侠?”

“会的。”罗兰回答,但埃蒂不需要看他老朋友的脸就明白这回答实在言不由衷,“如果有可能。”

“唉,”她最后一次拥抱了他,然后把手移到希晒伤的肩膀上,“祝你们一路平安。”

最后一个是泰力莎姑母。她正要跪下,罗兰一把扶住她的双肩。“不要,您不要这样。”接着,出乎埃蒂的意料,罗兰跪在她

---

① 彼得、保罗与马修都是随同耶稣传教的十二圣徒之一。

② 加利利湖(Sea of Galilee),位于以色列北部,是世界上海拔最低的淡水湖。湖畔景色优美,周围到处流传着耶稣早期传教的故事。

面前，跪在了小镇广场的泥土上。“您能祝福我吗，老妈妈？您能祝福我们所有人一路平安吗？”

“唉，”她的声音中并没有惊讶，眼中也没蓄着泪水，却仍然因为深沉的感情而微微悸动，“我看见你真诚的心，枪侠。你秉承了你族人的传统，唉，你是忠实的继承人。我祝福你和你的旅伴，会一直祈祷保佑你们免遭灾难。现在请你接受这件礼物。”她伸手从褪色裙子的胸袋里掏出一个银色十字架，十字架末端拴了一根银链。她把链子抖开。

这回轮到罗兰惊讶了。“您肯定吗？我到这里来不是为了取走属于你们的东西，老妈妈。”

“我非常肯定。一百多年来，我日日夜夜都戴着它。现在我要你戴上，然后把它放在黑暗塔的脚下，在世界的另一端念出我的名字，泰力莎·昂温。”她把银链套上他的脖子，十字架落在鹿皮衬衫的开领处，仿佛天生就属于那里。“现在出发吧。我们已经一道用餐，也聊过、互相祝福过。我想说，一路平安，坚持到底。”她的声音轻颤，说到最后一个字时已变得暗哑。

罗兰站起身，深深鞠躬，连着三次击打喉头：“谢谢您。”

她鞠回一躬，但什么也没说，此时脸颊上已经印下两道泪痕。

“准备好了吗？”罗兰问。

埃蒂点点头，他不敢开口，生怕自己也忍不住。

“好吧，”罗兰说，“我们走。”

杰克推着苏珊娜的轮椅，与众人一起沿着小镇中心的马路启程。当他们经过小镇最后一幢建筑时（褪色的牌子上写着：**贸易与交换**），杰克忍不住回了头。那群老人，最后一群被孤零零遗留在这片广袤空旷平原腹地的住民，还聚集在石碑周围。杰克举起手努力挥了挥，直到此刻他还能忍住泪水。但当几名老者——希、比尔、蒂尔他们——挥手回应时，他的泪水终于忍不住夺眶而出。

埃蒂环抱住他的肩膀。“继续向前走，勇敢的孩子，”他听上去也有些哽咽，“这是唯一的办法。”

“他们年纪这么大了！”杰克抽泣道，“我们怎么能就这样把他们丢下不管？这是不对的！”

“这就是卡。”埃蒂想也没想地脱口而出。

“是吗？那么，*我讨……厌卡！*”

“是呀，*真麻烦*。”埃蒂附和道……但他并没有停下脚步。杰克同样，而且没有再回头，因为他害怕看见他们仍然站在被遗忘的小镇上，会一直等到罗兰和他的朋友从视线里消失。而且他知道肯定会如此。

14

他们又赶了不到七里路，此时天色渐渐变暗，落霞把西方的天空染成一片火焰般的橙红。杰克与埃蒂走进附近的桉树林，想找些木头生火扎营。

“我就是不明白为什么我们不留一晚，”杰克开口道，“那位盲眼老妇已经邀请了我们，反正我们也赶不了多少路。况且我肚子还很饱，几乎都走不动。”

埃蒂笑起来：“我也是。而且我可以告诉你：你的好朋友埃德华[①]·坎特·迪恩明天早上第一件事儿就是要在树林里拉泡屎。你肯定不会相信我已经多厌烦再吃一口鹿肉、再拉一坨兔

① 埃德华(Edward)是埃蒂的全称。

子屎。倘若一年前你告诉我大便会是我一天最高兴的事儿，我肯定会对你嗤之以鼻。”

“你的中名真的是坎特吗？”

“是啊，但如果你不到处宣扬我会很感激的。”

“我不会的。但是为什么我们不留下，埃蒂？”

埃蒂叹了口气：“因为我们会发现他们柴火用光了。”

“啊？”

“等我们帮他们找到柴火，我们又会发现他们还需要新鲜肉，因为昨天晚上为了款待我们，他们用光了所有储备。如果我们不为他们准备些补给，我们就真是群混蛋，不是吗？尤其是我们有枪，而他们最好的武器不过是一堆五十岁、一百岁上下的弓箭。所以我们就会去为他们打猎。然后就又到晚上，等我们第二天早上醒来，苏珊娜就会说我们至少应该在出发前帮他们修修破墙——哦，当然不是小镇外面的，那太危险，但也许房屋里面或其他一些地方需要修缮。只需要几天，几天时间没什么大不了，对不对？”

罗兰从暮霭中钻出，动作比平时任何时候都要轻巧，但他看上去疲惫不堪、心事重重。“我还以为你们俩掉进流沙里了呢。”他说。

“没有，我只是告诉杰克一些事实。”

“那么这又有什么不可以？”杰克继续问，“黑暗塔已经存在很长时间了，不是吗？它也不会搬家挪窝，对不对？”

“几天，再过几天，然后再过几天。”埃蒂边说边看了看自己刚刚捡起的树枝，一脸不屑地把它扔到一边。*我说话已经开始像他了*，他暗想，但同时他也明白他说的全是实情。“也许我们会发现他们的泉眼堵上了，如果我们不帮他们疏通好就离开会显得太没礼貌。但既然已经做了，我们为什么不再留下来几个礼拜帮他们造一架水车，对不对？他们都一大把年纪，几乎连路都走不动。”他瞟了一眼罗兰，声音中夹了一丝责备的口气。“实话告诉你——我一想到比尔和蒂尔捕猎野牛的情景就忍不住浑身颤抖。”

“他们一直都这样过来，”罗兰说，“我猜他们还是有一两手的。他们自己会处理。同时，我们得多砍点儿木柴——今晚会很冷。”

但显然杰克还不愿意结束对话。他紧紧盯着埃蒂——眼神几乎是肃穆的。“你是说我们永远不可能帮尽忙，是不是？”

埃蒂伸出下唇，吹了吹前额荡下来的头发。“也不完全是。我的意思是所有离别总是会像今天一样令人难过，也许只可能更困难，而绝不会变得更轻松。”

“但是我还是觉得这样不对。”

他们走出树林，来到空地，这儿只要生上营火，就会变成前往黑暗塔的旅途上又一个露营地。苏珊娜已经从轮椅里爬出来，双手交叠枕在脑后躺在地上，望着头顶点点繁星。一看见他们回来，她就坐起身，开始用罗兰几个月前就教会她的办法撑起火堆。

“对，就是这样，”罗兰说，“但假如你只注意到一棵树，杰克——眼前最近的一棵树——很可能你就看不见远处的森林。一切事情都已经脱离原先的轨道——甚至每况愈下。我们身边发生的一切的答案仍旧在前方。当我们在帮助河岔口二三十个人的同时，或许另外两三千人正在其他什么地方受苦受难、垂死挣扎。倘若这宇宙之中有什么地方能改变这一切，那么那个地方就是黑暗塔。”

“为什么？该怎么办？”杰克问，“这座塔到底是什么？”

罗兰蹲在苏珊娜刚刚支起的柴堆旁，掏出打火石，嚓嚓摩擦出火花，很快小火花开始在嫩枝与干草堆中跳跃起来。“我无法回答那些问题，”他回答，“但愿我能知道答案。”

埃蒂心中暗自叫好，这真是个聪明的回答。罗兰说的是我无法回答……这与我不知道绝对是两码事。差得远了。

15

晚餐就是清水与蔬菜。他们的胃口还没从河岔口那顿盛宴中恢复，甚至连奥伊在吃了一两口杰克喂的东西后都拒绝再吃。

“你在那里为什么不肯说话？”杰克开始训斥这头貉獭。“你让我看上去像个白痴。”

“白痴！”奥伊重复道，鼻头摩了摩杰克的脚踝。

“每次它开口都有进步，”罗兰发现说，“它听起来甚至已经有点儿像你了，杰克。”

“杰克！”奥伊没有移开鼻头，它双眼周围的金边让杰克很是着迷；映着摇曳的火光，金边仿佛在缓慢流转。

“但是它不愿意对那群老人说话。”

“貉獭有时候很挑剔，”罗兰说，“它们这种动物很奇怪。如果要我猜，我会说这头貉獭是被它的同伴赶出来的。”

“你怎么会这么想？”

罗兰指了指奥伊身侧的伤口，上面的血迹已经被杰克清理干净（奥伊并不喜欢这个过程，但仍然忍受下来），尽管它还有点儿瘸，但伤口已经愈合。“我敢打赌这是另一头貉獭咬的。”

“可是为什么他自己的同伴——”

“也许他们受不了他的聒噪，”埃蒂漫不经心地打断杰克，他搂着苏珊娜的肩膀，躺在她身边。

“也许，”罗兰说，“尤其如果它是它们中唯一还想说话的一个的话。其他貉獭大概认为它聪明得过了头——也许过分傲慢——而不符合它们的口味。动物间的嫉妒心肯定比不上人类，但也不能就说它们完全无辜。”

此时这段讨论的对象闭上眼睛，仿佛已经睡着……但杰克发现当他们继续说下去时他的耳朵抽动了一下。

“它们到底有多聪明？”杰克问。

罗兰耸耸肩。“我提过的那个老马倌——就是说好貉獭会带来好运气的那个——发誓说他年轻的时候有一头会算术的貉獭。他说它能在马厩的地上抓出数字，或者用鼻头摆出石头表示总数。”他微微一笑，笑容顿时照亮了整张脸庞，驱散了自从他们离开河岔口以后一直停留的阴霾。“当然，马倌和渔夫天生就爱说谎。”

众人陷入一阵沉默，杰克感到倦意袭来。他觉得赶快得睡觉了。但就在此时，规律的鼓点声又从远处东南方传来，他立刻直起背，大家谁都没说话，只是静静倾听。

“那是摇滚乐的节奏，”埃蒂突然打破沉默，“我知道肯定是。去掉吉他声，剩下来就是这样的。老实说，听上去很像 ZZ 托普合唱团①。”

“ZZ 什么？”苏珊娜问。

埃蒂露齿一笑。“在你的时代他们还不存在，”他说，“我是说，他们也许存在，但是在一九六三年他们不过是得克萨斯州的一群小学生。”他侧耳倾听了一会儿，又说：“如果说这声音不像《时装男人》或《尼龙搭扣》的背景鼓声，我宁愿被天打雷霹。”

---

① ZZ 托普合唱团（ZZ Top），美国七十年代得克萨斯州著名的布鲁斯摇滚乐队。

“《尼龙搭扣》?”杰克说,“这个歌名可够蠢的了。”

“不过也挺滑稽,”埃蒂说,“你差了十年,孩子。”

“我们现在最好睡觉了,”罗兰说,“天亮得很早。”

“这鬼声音不停我可睡不着。”埃蒂说。他犹豫了一下,然后说出了自从把惊吓尖叫的杰克从两个世界的通道中拉出以后就一直萦绕在脑中的问题。“难道你不认为现在我们该交换一下各自所知的故事了吗,罗兰?也许我们能找到更多信息。”

“是的,差不多是时候了,但不是在晚上。”罗兰拉上毯子,翻了个身,做出要休息请勿打扰的样子。

“上帝,”埃蒂说,“你总是这样!”他忿忿地轻声吹了一记口哨。

“他没错,”苏珊娜说,“快来,埃蒂——睡觉吧。”

他咧嘴笑了笑,亲了一下她的鼻头:“遵命,妈妈。”

五分钟以后他和苏珊娜就完全进入梦乡,即使鼓点声仍在继续。但杰克却发现自己的睡意被偷走了。他只好躺着仰望陌生的星星,耳边回荡着远方黑暗中传来的规律的敲击声。也许那是瘅猷布人正在祭祀,疯狂屠杀牺牲的同时吆喝出这首叫做《尼龙搭扣》的曲子。

他想起了单轨火车布莱因,它风驰电掣地穿过空旷无际的世界,音爆紧随其后。这幅画面又让他很自然联想到小火车查理,崭新的伯灵顿西风号使它被迫退休,从此停在被遗忘的侧轨上。他想起了查理脸上的表情,表面上兴奋欢欣,实际却正相反。他想起了中世界铁路公司、圣路易斯和托皮卡之间的宽阔平原。他想起了当马丁先生有急事时查理如何整装待发、如何自己鸣笛添煤。他再次忍不住怀疑是工程师鲍伯故意破坏了伯灵顿西风号,好让他心爱的查理获得第二次机会。

最后——正如它突然开始一样——规律的鼓点声又突然停止，杰克慢慢坠入梦乡。

16

他又做梦了，但是这回梦见的倒不是石灰人。

他梦见自己站在密苏里西部旷野中的一段柏油马路上，奥伊蹲在脚旁。铁路警示灯——白色X形标记，中心还有多盏红灯——在路旁闪烁，同时铃声大作。

与此同时，低沉的嗡鸣声从东南方传来，就像一串隆隆的闷雷越逼越近。

它来了，他对奥伊说。

来了！奥伊重复。

突然一个足足两个轮距长的粉红色身影划过平原，向他们驶来。子弹形状的车身很低，单单一眼就让杰克觉得极度恐惧。车头上两块玻璃窗在太阳下闪闪发光，就像一对眼睛。

不要问它傻问题，杰克对奥伊说。它也不做笨游戏。只是一列小火车，名叫烦恼布莱因。

突然奥伊跃上铁轨，身体蜷成一团，金色的眼睛发出灼人的光彩，耳朵紧紧贴着脑后，咬紧的牙齿缝挤出绝望的吠哮。

不要！杰克尖叫起来。不要，奥伊！

但是奥伊没有理他。粉红色的子弹头现在向貉獭渺小的身形轧过来，嗡鸣声仿佛爬满杰克身上每一寸肌肤，让他鼻子流血，牙齿碎落。

他向奥伊跳过去，此时单轨火车布莱因（抑或是小火车查理？）已经冲他们俩飞驰过来。千钧一发之际，他突然醒过来，刚刚的噩梦让他浑身冷汗、不停颤抖。黑夜重重地向他身上压下来，他翻过身急切地寻找奥伊。刹那间他惊骇地以为貉獭走丢了，紧接着他的手指碰到了丝滑的皮毛。奥伊惊叫了一声，睁开睡眼，好奇地盯着他。

“没事儿了，”杰克干涩地低声说，“没有火车。只是一个梦。回去睡觉吧，奥伊。”

“奥伊。”貉獭重复了一声，然后又闭上眼。

杰克翻身仰面平躺看着天上点点繁星。*布莱因可不仅仅是烦恼，他想。它很危险。非常危险。*

是的，也许。

没有也许！他疯狂地坚持。

好吧，布莱因带来一切烦恼。但是他的期末作文也提到了其他一些关于布莱因的东西，不是吗？

布莱因就是事实。布莱因就是事实。布莱因就是事实。

“噢，上帝啊，真是一团乱麻。”杰克喃喃自语，然后合上了双眼。几秒钟后他再次进入梦乡。这回一夜无梦。

17

第二天中午他们来到了又一个山丘顶，第一次看见了寄河大桥。大桥在寄河河道变窄处横跨两岸，河水正流向正南方，恰恰从城市的前方经过。

“上帝啊，”埃蒂轻声说，“你觉得眼熟吗，苏兹？”

“嗯。”

“杰克，你呢？”

"是的——看上去有些像乔治·华盛顿大桥[①]。"

"绝对像。"埃蒂附和道。

"但是乔治·华盛顿大桥怎么会在密苏里州?"杰克问道。

埃蒂看看他:"你说什么,孩子?"

杰克显出困惑的表情:"中世界,我是说。你知道。"

埃蒂用前所未有的严肃表情盯着他:"你怎么会知道这里是中世界? 我们路过那个界标时你还没加入我们。"

杰克双手插入裤袋,低头看看自己的鹿皮鞋。"我梦见的,"他简略地说,"你不会以为我找我爸爸的旅行社预订了这个行程吧,啊?"

罗兰碰碰埃蒂肩膀。"现在先别问了。"埃蒂草草瞥了罗兰一眼,点点头。

一行人站在山顶眺望大桥。远处城市的轮廓已经让他们逐渐习惯,但这座大桥还是全新的景物。远处天地交界处的轮廓十分朦胧,仿佛被画在晌午碧蓝的天空幕布上似的。罗兰可以隐隐看见桥上矗立着四座无比高的铁塔——桥的两头各一座,中间两座。铁塔之间拉起一条条巨型缆索,长弧悬荡在空中。铁索和桥基间又见许多竖线——要么是更多缆索、或者是金属柱,他无法确定。但是他也看见多个裂口,过了好长时间他才悟出,原来大桥已经下陷、不再水平。

"那座桥很快要沉到河里了,我想。"罗兰说。

"呃,也许吧,"埃蒂犹豫地说,"但我觉得大概还没那么糟。"

罗兰叹口气:"别抱太大希望,埃蒂。"

"你这是什么意思?"埃蒂听见自己声音里的敏感,但已经来

---

① 乔治·华盛顿大桥(George Washington Bridge),位于美国纽约市休斯敦河上,连接纽约市与新泽西州,全长一公里。该桥建于一九三一年,是当时世界上第一座悬挂式索桥。

不及掩饰了。

“我的意思是我希望你相信自己的眼睛，埃蒂——别无他意。我的家乡有一句谚语：‘梦醒之前只有傻瓜才相信自己在做梦。’你明白什么意思吗？”

讽刺的反驳已经窜到埃蒂的舌尖，但经过一阵短暂的挣扎，他还是忍住没说。这只是罗兰的方式——他绝对不是故意的，他肯定，但是这并没让一切变得容易接受——他让他自己觉得异常幼稚。

“我想我明白，”他最终回答，“这和我妈妈最爱讲的话意思一样。”

“她最爱说什么呢？”

“希望最好的，准备最糟的。”埃蒂语气很酸。

微笑点亮了罗兰的面孔。“我想我更喜欢你妈妈的说法。”

“但它仍然还跨在河上！”埃蒂忍不住说，“我承认它状况并不很好——估计一千年以来也没人给它做过全面保养——但是它仍然还在。整座城市也是！我只是希望我们能在那儿找到一些有用的东西、或者有人会给我们吃的、像河岔口那儿的老人一样告诉我们一些消息，而不是朝我们开枪，难道这样想就那么错误吗？难道我希望我们能够从此转运就那么错误吗？”

话音落下，众人陷入沉默。埃蒂尴尬地意识到刚刚自己说得太多了。

“不是。”罗兰的话音里透出和蔼——那种总让埃蒂惊讶的和蔼。“希望永远不是错误。”他仿佛刚刚睡醒似的，环视了一圈。“今天我们不赶路，我想现在是我们该好好聊聊的时候了，估计需要的时间可不短。”

枪侠离开大道，头也没回地径直向路边的高草走去。片刻之后，其他三个也跟了上去。

18

在他们遇到河岔口的那群老人之前，苏珊娜眼中的罗兰一直是她很少看的电视节目中的硬汉形象：夏安族人、来福枪手，当然还有所有形象的原型，枪烟[①]。最后一部在被搬上荧屏之前先在广播里播出，有时她和她父亲会一块儿听听（想到广播剧这个名词对埃蒂和杰克两人肯定非常陌生，她不禁微笑起来——看来转换的不仅仅是罗兰的世界）。她还记得每集广播剧开始时播讲人说的话："这让一个男人变得警觉……同时有些孤独。"

直到河岔口之前，这些角色都能精妙地勾勒出罗兰的形象，他肯定不像马歇尔·迪龙[②]一样体形彪壮、身材魁梧，他的面孔更像是一位疲倦的诗人，而不像西部警察。但他俨然就是文学虚构的堪萨斯执法者，把扫除一切犯罪看做此生唯一使命，当然除了偶尔在长枝酒吧与朋友道克、凯蒂喝上两杯。

但现在她发现罗兰绝对不只是一个在世界尽头开着越野车的警察，他更是一名外交家、一名调停者，甚至是一名老师。最重要的，他是一名战士，代表了众人口中的"白界"，这大概指的是一种能够阻止互相杀戮、促进某种进步的高度的文明力量。在他的时代，他始终更像一个流浪侠客，而非赏金猎人，而且从众多方面看来，现在仍然是他的时代；起码河岔口

---

① 《夏安族人》（*The Cheyenne*）、《来福枪手》（*Rifleman*）、《枪烟》（*Gunsmoke*），都是美国五六十年代流行的电视剧集。

② 马歇尔·迪龙（Marshal Dillon），电视剧集《枪烟》中的主人公，身高六尺七寸，是堪萨斯州道奇市的警官，剧中他与一切犯罪分子无畏斗争，把法律与秩序带到这座西部小城。他的朋友道克、凯蒂也是剧中人物。

的住民就是这么想的,否则他们为什么要跪在泥地上接受他的祝福?

悟出这点以后,苏珊娜随后明白在通话石圈那个惊悚的早晨以后,枪侠一直在巧妙地引导、管理他们。每次当他们开始对话、想要对发生的一切交换意见时——当然,鉴于每个人加入到这个队伍的过程简直都是无法言明的世界末日,有什么比这种方式更自然呢?——罗兰总会迅速介入,然后不着痕迹地把话题引开,而他们中没有一个(甚至连她自己,尽管她已经参加了将近四年的民权运动)识破他的计策。

苏珊娜觉得她明白原因——他这样做是为了给杰克更多的时间恢复。但是理解他的良苦用心并不能改变她自己明白了罗兰巧妙敷衍的感觉——惊讶、有趣、委屈。她记得她的司机安德鲁在罗兰把她拉进这个世界之前不久提起过肯尼迪总统是西部世界最后一位枪手。当时她对此嗤之以鼻,但现在她终于明白,罗兰身上J.F.肯尼迪的影子绝对比马特·迪龙[1]来得更深更重。尽管她怀疑罗兰也许没有肯尼迪的想象力,但说到浪漫……奉献……领袖风采……

和伪装,她想。别忘记伪装。

念及此,她扑哧笑了起来,把她自己都吓一跳。

罗兰已经盘腿坐下来,听到笑声他转过身,眉毛一挑:"什么这么好笑?"

"非常好笑。问问你——你会说多少种语言?"

枪侠沉吟了一会儿。"五种,"他最后回答,"我以前还能说塞廉语,但是我想现在除了粗话别的我都已经忘了。"

苏珊娜又笑了起来,笑声愉快清脆。"你真是头老狐狸,罗

---

① 马特·迪龙(Matt Dillon)即上文提到的马歇尔·迪龙。

兰，”她说，“货真价实的老狐狸。”

杰克表现出浓厚的兴趣。“那你说一句塞尔兰的粗话吧。”他说。

“塞廉。”罗兰更正道。他想了一会儿，然后很快咕哝了一句——在埃蒂听来就好像他嘴里含着什么浓稠的液体，比方说，搁了几个礼拜的咖啡。罗兰说完，咧嘴笑了起来。

杰克回应地笑笑：“什么意思？”

罗兰伸出手臂环抱住男孩的肩膀：“意思是我们有很多事情需要好好谈谈。”

19

“我们属于同一个卡-泰特，”罗兰娓娓道来，“这个词的意思是一群被命运绑在一起的人。我故乡的智者曾经说过，只有死亡或背叛才能打破这种同盟。可我伟大的导师柯特却认为，由于死亡与背叛也是卡车轮的轮辐，所以实际上这样的同盟是永远无法被打破的。这么多年以来我经历了很多，我越来越倾向于柯特的解释。”

“每个卡-泰特的成员就像一块拼图。单独看只是一个难解的谜团，但如果凑在一起就能拼出一幅图画……或者一部分图画。完整的图画也许需要多个卡-泰特才能拼成。如果你发现某种迄今无法理解的方式影响了自己的生活，你也不需要惊讶。其一，你们三个人都能够明白各自的想法——”

“什么？”埃蒂脱口而出。

“是真的。你能够自然地分享各自的想法，也许你自己也没有意识到正在发生的一切，但这的确就在发生。无疑我看到这一切没什么困难，因为我并不完全属于这个卡-泰特——抑或是因为我并非来自你们的世界——所以我也不能完全拥有这种分享思想的能力。但是我可以发出。苏珊娜……你还记得我们在石圈的时候吗？”

“记得。你告诉我当你叫我放开魔鬼时我就放开。但当时你并没有大声说出来。”

“埃蒂……你还记得我们在巨熊的老巢、机器蝙蝠袭击你的时候吗？”

“记得。你让我趴下。”

“他从没有张过嘴，埃蒂。”苏珊娜说。

“不对，你张嘴的！你大叫出声！我亲耳听见的，老天！”

“我大叫的，好吧！但我只是用我的思想大叫。”枪侠转身对杰克说：“你记不记得？在鬼屋时？”

“当时我拼命拉的那块木板怎么都不动，你告诉我去拉旁边那块。但如果你知道我的心思，罗兰，你又怎么知道我当时遇到的是什么麻烦？”

“我能看见。我什么都没听见，但我能看见——很模糊，就好像中间隔了一层污渍斑斑的窗玻璃。”他的视线扫过众人。“这种亲密和思想共享就叫做*楷覆功*，这个词在旧世界古老的语言中还有许多别的意思——水、诞生、生命的力量，这只是其中三个。尽力理解我说的一切，因为这就是现在我想要你们做的。”

“你能明白你自己不相信的东西吗？”埃蒂反问。

罗兰笑笑：“只要敞开心扉，尝试去接受。”

“这个我能做到。”

“罗兰？”杰克问道，“你觉得奥伊会不会是我们卡-泰特的一员？”

苏珊娜笑了起来，可是罗兰没有。“现在我甚至不愿意去猜测，但我可以告诉你这个，杰克——我一直在想你这个毛茸茸的朋友。卡并不统治一切，巧合也的确存在……但突然出现一头仍旧记得人类的貉獭在我看来并不完全是巧合。”

他环视着众人。

“我来开头，然后埃蒂从我停下的地方接下去，再下面是苏珊娜。杰克，你最后讲。可以吗？”

大家齐齐点头。

“很好，”罗兰说，“我们是卡-泰特——众多同盟中的一个。谈话现在开始。”

20

谈话一直进行到太阳落山，中间只休息了一会儿填了填肚子。当谈话结束时，埃蒂感觉仿佛自己和拳王雷欧纳德①苦战了十二回合。现在他对罗兰所说的“分享的楷覆功”不再心存任何怀疑；他和杰克的确在梦中经历过对方的生活，仿佛他俩是从一个整体劈成的两半。

罗兰从山脚下发生的事情开始说起，杰克在这个世界的第一次生命就在那里结束。他说到自己与黑衣人的对话，以及沃特隐晦提起的野兽、永生的陌生人。他也说到一直困扰他的怪梦，梦里整个宇宙被一束奇异的白光吞噬，当最后一切归于平静时只剩下一片紫色草叶。

---

① 拳王雷欧纳德(Sugar Ray Leonard)，美国拳击明星，生于一九五二年，是继拳王阿里之后二十世纪八十年代的明星拳击手。

埃蒂眼角瞥到了杰克，男孩眼眸中的了然神色让他惊讶万分。

21

罗兰曾经在呓语时断断续续对埃蒂提起过故事的片断，但这一切对苏珊娜来说却是全新的。她睁大眼睛，听得全神贯注。当罗兰重复沃特与他的对话时，她脑海中走马灯似地闪现她自己世界的片断，看上去就像是破碎镜面上的倒影：汽车，癌症，登月火箭，人工授精。她不知道野兽指的是什么，但是她意识到永生的陌生人应该指的是梅林，那个传说中协助亚瑟王的魔术师。她的好奇心愈燃愈烈。

罗兰说到当他再次清醒时，沃特已经死去多年——不知为何时间向前跳跃滑动了也许一百年，也许五百年。枪侠又说起他是如何到达西海海边，在那里他怎么丢了右手的两根手指，同时在遇见黑暗的第三人杰克·莫特之前，他是如何把埃蒂与苏珊娜拉进这个世界的。整个过程中杰克一言不发，听得几乎着了迷。

说到这儿，枪侠对埃蒂示意，埃蒂开始讲述自那以后发生的一切，直到巨熊出现。

“沙迪克？”杰克突然插口，“可这是一本书的名字！我们世界里的一本书！作者就是那个写了著名的兔子故事的——”

“理查德·亚当斯[①]！”埃蒂脱口而出，“那本关于兔子的书

① 理查德·亚当斯（Richard Adams），著名现代作家，其关于动物的著名小说《沃特希普荒原》（*Watership Down*）在一九七八年被翻拍成动画片，成为动画片经典。

叫做《沃特希普荒原》！我就知道我听过这个名字！但这怎么可能，罗兰？怎么可能你的世界里的人知道我们那儿的事儿？”

“门有许多扇，对不对？”罗兰回答，“我们不是已经见过四扇了吗？难道你觉得它们前无古人、后无来者吗？”

“但是——”

“我们都在这个世界里见过来自你们世界的痕迹，而当我在你们的纽约市里时，我也看见了我们世界的标志。我看见了许多枪侠，他们许多很放松、动作也慢，但是他们仍然都是枪侠，明显仍然属于他们自己古老的卡-泰特。”

“罗兰，他们只是些警察。你弄错了。”

“起码最后一个错不了。当杰克·莫特和我一起在地铁站里时，那个警察差点儿就抓住我了。要不是运气——莫特的打火燧石——他肯定就得手了。那个警察……我看见了他的眼睛。他记得他父亲的脸，我相信他记得。然后……你还记得巴拉扎的夜总会叫什么吗？”

“当然，”埃蒂不安地回答，“斜塔夜总会。可这也许只是巧合；你自己也说过卡并不统治一切。”

罗兰点点头：“你真的像极了库斯伯特——我还记得我们小时候他说过的话。当时我们正计划午夜去墓地探险，但是阿兰不愿意，他说他害怕冒犯他祖先的神灵。库斯伯特就嘲笑说除非让他亲手捉住鬼魂，否则他可不相信怪力乱神的那一套。”

“说得好！”埃蒂大声欢呼。“太妙了！”

罗兰微微一笑：“我就知道你会喜欢。好了，现在我们放下鬼魂的事儿。你继续说你的故事。”

埃蒂说起当时罗兰把下颌骨投进火堆时他看见的幻象——钥匙与玫瑰的幻象。他说起他在梦中走进汤姆与格里的风味熟食店，来到玫瑰怒放的花田，花田中央的烟灰色高塔统治一切。

埃蒂瞥见杰克神情惊愕、听得入迷，索性转过身直接对着杰克讲下去。然后他说起梦中汩汩浓烟从黑塔窗户里冒出，在天空形成层层怪圈。言词间他努力营造出弥漫梦境的恐怖气氛，结果众人的眼神——尤其是杰克的——证明他要么是干的比预期要达到的效果更好……要么就是他们也做过类似的梦。

他接下去说起大家沿着沙迪克的足迹来到巨熊守候的入口，当他把头凑近金属盒时，那段他说服哥哥带他去荷兰山看鬼屋的记忆毫无预兆地跳回他的脑海。他又说起杯子和钢针。当他们意识到光束对身旁一切事物、甚至天上的飞鸟的影响清晰可见时，就不再需要指南针指明方向。

从这里开始苏珊娜接过话茬，缓缓说起埃蒂如何开始雕刻他自己的那把钥匙。这时杰克仰面躺下，双手交叠枕在脑后，仰望天空上的流云径直向东南方的城市慢慢飘动。云朵整齐的形状表明了光束的存在，如此明显，就好像烟囱里冒出的浓烟表明了风的风向。

她说到他们如何把杰克拉进这个世界，而在埃蒂关上通话石圈的那扇门的刹那，杰克和罗兰分裂的记忆瞬间合而为一。她唯一没有提的那件事也许根本算不上什么事——至少现在还不是。毕竟她早上没有呕吐，而且月经迟来一个月本身并不代表什么。就像罗兰曾经说过的，这桩事情最好放在以后再说。

当她结束时，她发现自己希望能够忘记当杰克告诉泰力莎姑母这里就是他的家时老人家的回答：上帝怜悯你，因为在这个世界太阳已经落下，永远不再升起。

“现在轮到你了，杰克。”罗兰说。

杰克坐起身，眼睛望着远方的刺德城，已近黄昏的阳光洒在城西幢幢高塔的窗户上，反射出大片的金色。“非常疯狂，”他喃喃低语，“但是我几乎能够明白。就像你刚醒来时还记得片断梦境。”

“也许我们能帮你弄明白。”苏珊娜说。

“也许你们能。至少能帮我想想那列单轨火车。我自己一个人实在弄不明白布莱因。”他叹口气。“你们已经知道罗兰同时有两套记忆的经历，所以这段我就跳过去了。反正我也不确定我能解释其中的感受，我也不想解释，这一切都几乎让我恶心。我猜我最好还是先说说我的期末作文，因为就在那时我不再认为这一切疯狂会结束。”他严肃的眼神扫了一圈。“就在那时我决定放弃。”

22

杰克一直说到太阳下山。

他说出他能记得的每个细节，从《我对事实的理解》开始，一直到鬼屋中脱出墙壁攻击他的恐怖看门人。另外三个专心致志地听着，从头到尾没有打断过他一次。

杰克说完，罗兰转向埃蒂，眼神中透出复杂的感情，埃蒂刚开始以为是惊讶，接着意识到实际上是强烈的兴奋……还夹杂深沉的恐惧。念及此，他的嘴巴变得很干，因为如果罗兰害怕了——

“你对我们两个世界互相重合仍旧怀疑吗，埃蒂？”

他摇摇头：“当然不。我在同一条街上走过，而且还穿着他的衣服！但是……杰克，我能看看那本书吗？《小火车查理》？”

杰克伸手摸书包，但是被罗兰拦住。“先不要，”他说，“回到空地的那段，杰克。再跟我描述一遍，别漏掉任何细节。”

“也许你应该对我催眠，”杰克有些犹豫地说，“就像你曾经做过的那样，在驿站。”

罗兰摇头：“没必要。在空地所发生的是你生命中最重要的事情，杰克。你所有生命中最重要的。你肯定能记得一切的。”

杰克又开始回忆那一段。大家都清楚他在曾经是汤姆与格里风味熟食店的空地里的这段经历是他们共同分享的卡-泰特的核心秘密。在埃蒂的梦中，风味熟食店还没有倒塌；而在杰克的现实生活中它已经不复存在，但是两种情况下这个地方都散发出强大的避邪力量。罗兰也相信这个碎石、玻璃碴满地的空地其实就是苏珊娜提过的抽屉，同时也是他从一堆白骨中看见幻象的地方。

杰克第二次讲述他的故事，语速很慢，此时他发现枪侠说得没错：他的确能够记得一切，回忆让他仿佛重新经历这一切。他提起那块牌子，上面写着海龟湾豪华联排别墅，牌子斜斜插在原来是汤姆与格里风味熟食店的空地上。他甚至记得胡乱涂在墙上的那首打油诗，随口就背出来：

看那宽宽**乌龟**脊！
龟壳撑起了大地。
若你想跑想游戏，
跟着**光束**向前去。

苏珊娜低声接下去：“思想迟缓却善良，世上万人心里装……是这么说的吧，罗兰？”

“什么？”杰克问。“什么这样说的？”

“这是我小时候学过的一首诗，”罗兰回答，“又是一个联系，真正告诉了我们一些东西，尽管我不确定这是否是我们需要知道的……当然，你永远不会知道什么时候这些信息能派上用场。”

“六道光束连接十二个入口，”埃蒂说，“我们从巨熊入口出发，目的地只是中心——黑暗塔——但是假设我们一直走下去，另一端就会是乌龟入口，对不对？”

罗兰点点头：“我肯定。”

“乌龟入口。”杰克若有所思地让这四个字在舌尖滚动，仿佛细细品味。接着他继续回忆当时听见的美妙的合唱，他愈发相信他无意中发现的事物就是万物存在的核心。最后，他再次说起找到钥匙、看见玫瑰花。回忆到最后，杰克忍不住哭泣起来，尽管他仿佛没有意识到。

“当它开放时，”他说，“我看见了此生中见过的最明亮的黄色。起初我以为是花蕊，看上去明亮不过是因为空地里一切都很明亮。旧糖纸和啤酒瓶看上去都像是经典油画。但是后来我发现那是太阳。我知道听上去不合情理，但是就是这样。而且不止一个太阳，而是——”

“全是太阳，”罗兰低声说，“一切都是真的。”

“对！就是这样——但是有点儿不对劲。我没办法解释出了什么问题，但是就是有问题。好比两瓣心脏，一瓣在另一瓣的里面，其中里面的那瓣生了病，或者是感染了。然后我就晕了过去。”

23

“你的梦里也出现同样的景象了吧，罗兰，对不对？”苏珊娜轻声问，嗓音里透出一丝敬畏，“就是在梦快结束的时候那片紫色草叶……你以为草叶的紫色只是沾上了油漆。”

“你不明白，”杰克说，“真的就是紫色。当我看见它真正的模样时，就是紫色的，同以前见过的所有草都不一样。油漆只是表面伪装，就像看门人把自己伪装成废弃的老房子一样。”

太阳已经落到地平线，罗兰让杰克现在赶快给大家看看《小火车查理》，读给他们听听。杰克拿出书，给其他三个人传阅，埃蒂和苏珊娜的视线都在封面上停留了很久。

“我小时候有过这本书，”最后埃蒂缓缓说道，语气十分肯定，“后来我们从皇后区搬到了布鲁克林——我那时甚至还不到四岁——我把书弄丢了。但是我记得封面上的这幅图画，而且我和你感觉一样，杰克，我不喜欢它，一点儿不信任它。”

苏珊娜抬眼看看埃蒂。“我也有过——我怎么会忘记里面跟我同名的小女孩儿……虽然当时这只是我的中名。而且我也不喜欢这列火车，不信任它。”她用手指敲了敲封面，然后递给罗兰。“我觉得它脸上挂的绝对是假笑。”

罗兰草草扫了一眼，然后转向苏珊娜问道：“你的书也丢了吗？”

“是的。”

“我敢打赌我知道是什么时候丢的。”埃蒂说。

苏珊娜点点头：“你肯定知道。就是那个人把砖块砸在我头上的时候。我们北上去参加蓝阿姨的婚礼时这本书还在，我在火车上还在看。我记得很清楚因为当时我一直问我爸爸是不是小火车查理在拉着我们。我不愿意查理拉我们，因为我们要去的是新泽西的伊丽莎白市，而查理会把我们带到别的地方。他不是最后载着一车人绕着玩具村这种地方行驶了吗，杰克？”

“是游乐场。”

“当然是游乐场。而且书里还有一幅它载着满车的孩子的图画，不是吗？他们都在开心地笑，但是我总觉得他们是在尖叫要求下车。”

“就是!”杰克大声附和。“就是这样！的确就是这样!”

“我觉得查理会把我们带到它自己的住处——无论它住在哪里——而不是去我姨妈的婚礼,而且它永远都不会让我们再回家了。”

“你永远都不能再回家了。”埃蒂喃喃说道,紧张地抓抓头发。

“我们在火车上时我一直都紧紧抓着这本书。我甚至记得当时我在想:‘如果它要偷偷带我们去其他地方,我就把书一页一页撕下来,直到它停下。’但是当然我们顺利到达了目的地,而且也很准时。爸爸甚至把我抱到车头前面让我看看发动机,那是个柴油发动机不是蒸汽机,我记得亲眼看见以后我很开心。后来婚礼结束以后,那个叫莫特的男人把石块砸在我头上,我昏迷了很久。自从那以后我就再也没见过《小火车查理》了。直到现在。”她停顿了一下,然后补充道:“这有可能就是我的那本——或者是埃蒂的那本。”

“对,很有可能。”埃蒂惨白着脸,严肃地说……随后他像孩子一样咧嘴笑开了。“‘看那热心大乌龟,一切为光束服务。’”

罗兰眼光飘向西边。“太阳就要落山了。趁着还没天黑赶紧给我们读读这本书吧,杰克。”

杰克翻到第一页,给大家看了看工程师鲍伯坐在小火车查理的驾驶室里的插图,然后开始读:“‘鲍伯·布鲁克斯是中世界铁路公司的工程师,负责圣路易斯和托皮卡之间的路段……’”

24

“‘……而且孩子们时不时地还可以听见查理用他低沉、沙哑的嗓音吟唱他的老歌儿。'"杰克读完了。他又给大家看了看最后一幅插图——开心的孩子,但也许实际上正在尖叫——然后合上书。太阳已经落山,余晖在天空洒下一片紫色。

"呃,也许并不完全一样,"埃蒂说,"更像那种水会倒流的梦境——但是相似的地方也足够让我吓傻了。这里就是中世界——查理的地盘,唯一不同的是在这里它不再叫查理,而变成了单轨火车布莱因。"

罗兰盯着杰克问:"你怎么想呢?我们应不应该绕过城市,避开这列火车?"

杰克低头沉吟片刻,抚摸着奥伊厚实光滑的皮毛,然后说:"我是想避开,但是如果我对这个卡理解正确的话,这不是我们应该做的。"

罗兰表示同意:"如果这是卡,那么这类我们应该做什么不应该做什么的问题根本就不用考虑。如果我们试图绕道,也会发生一些意外迫使我们回去。与其想方设法推迟必然会发生的事情,不如干脆立刻让步。你觉得呢,埃蒂?"

埃蒂同样沉思了一会儿。他可不愿意和一辆会说话、自己会发动的小火车有什么瓜葛,不管它是叫做小火车查理、还是叫做单轨火车布莱因。而且杰克告诉他们的一切都显示它很可能是个坏东西。但是他们还有很长的路要赶,在旅途尽头的某处有他们一直在寻找的答案。想到这里,埃蒂惊讶地发现自己非常清楚自己的想法和需要。他抬起头,自从他来到这个世界后他栗色的眼眸几乎第一次牢牢凝视罗兰暗淡的蓝色眼睛。

"我想要站在玫瑰花田中,我想要亲眼看见矗立在那儿的塔。我不知道接下去会怎么样。也许会有人为我们哀悼,不过鲜花就不需要了。但是我不在乎,我只是想站在那里。我猜我根本不在乎布莱因是不是魔鬼、是否会开进地狱。我投票,我们应该去。”

罗兰点点头，转向苏珊娜。

“好吧，我可从来没做过什么黑暗塔的梦，”她说，“所以我可以从另一个方面说说——估计你会说，欲望的方面。但是我已经开始相信卡了，而且我也没那么傻，感觉不到有人敲我的脑袋说‘那个方向，白痴’。你怎么样，罗兰？你怎么想？”

“我想我们今天已经说得够多了，不如等明天再谈吧。”

“那《谜语大全》怎么办？——”杰克问道，“你们想现在看看那本书吗？”

“过几天会有时间再看的，”罗兰说，“我们现在先睡觉吧。”

25

但是罗兰很长时间都无法入睡。当规律的鼓点节奏再次响起时，他干脆爬起来走回到路上，站在那里遥望远处黑暗中的索桥与城市。他的确像苏珊娜想的那样是个外交家，彻头彻尾的外交家。一听到小火车的事，他就知道这是他们旅途下一个必经的磨难，但是他觉得说出口不是很明智。特别是埃蒂，他痛恨被人指使；一旦他产生这种感觉，他就会开一些愚蠢的玩笑，然后像头驴子一样倔强、不肯再向前挪一步。这回他和罗兰的目标一致了，但是他仍旧很可能唱对台戏，罗兰说东他会说西。所以还是慢慢来更安全，先询问而不是先吩咐。

他转身走回去……蓦地看见一个黑影站在路边看着他，他的手立刻握住枪把，差点儿就把枪抽出来。

“我还在想一番做戏以后你能不能睡得着，”埃蒂说，“看来答案是否定的。”

“我一点儿都没听见你过来。你学得很快……只是这次你的肚子上差点儿就多了颗子弹。”

“你没听见是因为你心事太重。”埃蒂向他走过来。借着星光，罗兰发现他丝毫没能唬住埃蒂，他对埃蒂的敬重继续加深。埃蒂总让他想起库斯伯特，但是在很多方面埃蒂已经超越了库斯伯特。

如果我看轻了他，罗兰暗忖，我肯定要付出代价。如果我让他失望，或者做了什么会让他以为我出卖他的事情，他可能连杀我的心都会有。

“你在想什么呢，埃蒂？”

“你。我们。我想告诉你，我猜在今天之前我一直以为你已经明白。但现在我不是很确定了。”

“那么就告诉我。”他边说边想：他简直太像库斯伯特了！

“我们和你在一起是因为我们不得不——都是你那该死的卡。但是我们和你在一起也是因为我们愿意。我知道我和苏珊娜都这么想，而且也很肯定杰克也同样。你脑袋很聪明，我的楷覆功老朋友，但是我觉得你肯定把它藏在地洞里了，因为该死的我从来想不通你到底在想些什么。我要看它，罗兰。你能帮我挖出来吗？我想看到塔。”他凑近罗兰的脸，仔细打量，显然并没有找到希望看见的东西。他恼怒地举起手。“我的意思是说，我想让你放过我的耳朵。”

“放过你的耳朵？”

“是的，因为你不需要再死拖硬拽，我是心甘情愿的。我们都是心甘情愿的。如果今天你在睡梦中死了，我们也会葬了你之后继续前进。也许我们也撑不了太久，但是至少我们死也要死在光束的道路上。现在你明白了吗？”

“是的。现在我明白了。”

"你说你了解我,我猜的确是的……但是你也相信我吗?"

当然,他心中暗想。你还能去哪儿,埃蒂,在这个全然陌生的世界?你还能做些什么?要种田耕地的话你肯定水平糟透了。

但是这么想很促狭,也不公平,他心里知道。把自由意愿和卡混为一谈是对前者严重的亵渎,比渎神还糟糕。很累人,也很愚蠢。"是的,"他说,"我相信你。用我的灵魂起誓,我相信你。"

"那么别再装做我们是一群羔羊、你是跟在后面挥舞鞭子保证我们不至于迷路掉进什么流沙沼泽的牧羊人了。对我们坦白一些。如果我们会在城里或火车上丢掉性命,至少我希望死时我们不是你棋盘上的一颗棋子而已。"

罗兰感觉愤怒腾地烧红了脸颊,但是他极好地掩饰住了。他的愤怒并不是因为埃蒂说错了,而是因为埃蒂看透了他。罗兰亲眼看见他一路稳稳当当地走过来,把他的监狱远远甩在了后面——当然苏珊娜也是,毕竟她曾经也被监禁——但是他内心里从没有真正接受他的理智,明显他的内心还不由自主地把他们看做与自己不同的低级生物。

罗兰深吸一口气,说:"枪侠,我乞求你的原谅。"

埃蒂点点头:"我们正冲着灾难的风暴中心走去……我可以感觉到,而且我也吓得半死。但是这不仅仅是你的灾难,也是我们的。对不对?"

"对。"

"你觉得进了城会有多糟?"

"我不知道。我只知道我们必须尽力保护杰克,因为老姑母说过两边人马都会想要他。这一部分取决于我们多长时间能找到那列火车,更多地则取决于我们找到火车之后会发生什么。如果我们能再多两个人,我们就可以每人一把枪把杰克围在中央。但是既然没有人手,我们只好直线行进——我第一个,杰克推着苏珊娜跟在后面,你断后。”

“会有多危险,罗兰? 猜猜看。”

“我不能。”

“我觉得你能。你虽然不了解那座城市,但你了解自从一切开始崩溃后这个世界上的人行动的方式。告诉我,到底有多危险?”

罗兰转身,面向鼓点声的来源,沉思了一会儿。“也许不会太多,我猜仍然健在的士兵也应该都上了年纪,士气已散。甚至有可能他们中的一些会愿意帮助我们,就像河岔口那儿的卡-泰特一样。也许我们根本见不到人影——他们会看见我们,看见我们荷枪实弹,然后就装做没看见放我们走了。如果这身装备还吓不住他们,我想只要我放几枪他们就会像老鼠似地四散逃开。”

“如果他们决定挑起战斗怎么办?”

罗兰挤出一丝残酷的微笑,说:“那么,埃蒂,我们都要记住我们父亲的脸。”

黑暗中埃蒂的眼睛亮了一下,这再次勾起罗兰对库斯伯特的回忆——那个曾经说过除非亲手抓住一个否则绝不相信鬼魂的库斯伯特,那个曾经在绞刑架下面撒面包屑的库斯伯特。

“我是不是已经回答了所有问题?”

“没有——但是我觉得这次你已经很坦率了。”

“那么晚安,埃蒂。”

“晚安。”

罗兰目送埃蒂转身走回去。现在如果他仔细听,他可以听见他了……但仍旧很困难。他向回走去,却又转身顺着刺德城的方向望去,眼前一片黑暗。

他是老妇人口中的年轻人，她说过两边人马都会想要他。

这回你不会让我掉下去了吧？

不会，这次不会，永远都不会。

但是他心里明白一些其他人都不知道的事情。也许，在他与埃蒂刚才的对话之后，他应该告诉他们……但是他还是选择暂时缄默。

在这个世界古老的通用语中，大多数词，例如楷覆功、卡，都有多重含义；但是这个词查——小火车查理的查——只有一个。

查的意思是死亡。

第五章

索桥与城市

1

三天以后他们遇到一架坠毁的飞机残骸。

晌午时分，杰克首先注意到大概十里远的地方有道白光，似乎有面镜子藏在草丛里。等他们靠近，大家都看见一个黑色的巨型物体就落在大道边。

“那玩意看上去像只死鸟，”罗兰说，“个头很大。”

“根本不是鸟，”埃蒂说，“那是一架飞机，我很肯定闪烁的白光不过是阳光反射在飞机舱盖上。”

他们又花了一个小时走到飞机残骸跟前。众人谁都没说话，只是默默地看着这堆古老的碎片。布满裂痕的机身上站着三只胖墩墩的乌鸦，傲慢地盯着这群陌生人。杰克从路边拣起一块石头向乌鸦扔过去，乌鸦被激怒，嘎嘎叫起来，拖着笨重的身子向天空飞去。

飞机的一扇机翼在坠落时脱离机身，落在了三十码远的地方，看上去就像倒插在长草中的一块跳水板。飞机的其他部分还算完整。舱盖上有一块星形的爆裂痕迹，估计当时飞行员的脑袋就砸在上面，还有一块很大的锈色印记印在旁边。

三根生锈的螺旋桨叶片从草堆里戳出来，奥伊慢慢走过去，上下嗅了一番后匆忙地回到杰克身边。

飞行员舱里坐着的是一具已经干瘪的木乃伊，身穿棉衬的皮夹克，头戴一顶顶端镶着突起的金属片的头盔。嘴唇已经腐蚀，牙齿咧成临死前绝望惊叫的模样，曾经香肠大小的手指现在已经变成包着一层皮的骨头，耷拉在方向盘上。罗兰看见他的头盖骨嵌在舱盖上，猜想覆在左脸上灰绿色的锈垢全是迸裂的脑浆。死者的头向后翘起，仿佛在死前那一瞬间他还坚信自己可以重回蓝天。飞机剩下的机翼从茂密的长草中插出，上面还有一个褪色的徽章，是个握住闪电的拳头。

“看来泰力莎姑母错了，反倒是那个白化病老兄弟说得对，”苏珊娜惊叹道，“这一定就是流亡王子大卫·奎克。你看看他的个头，罗兰——肯定是在他身上涂了一层油才能把他塞进机舱的。”

罗兰点点头。长年高温让这个机器鸟里的巨人变成了一具裹着干皮的骨架，但是他仍然可以看出原来的肩膀有多宽、变形的脑袋有多大。“珀斯老爷就这样跌下，”他说，“大地轰隆，随之颤动。”

杰克不解地扫了他一眼。

“这是一句古诗。珀斯老爷是个巨人，他正要带着一千个人出征作战。但在离开自己国家之前，一个小男孩儿朝他丢了块石头，恰恰击中他的膝盖。他身子一晃，盔甲的重量让他失去平衡，结果跌下去摔断了自己的脖子。”

杰克说：“就像我们牧羊人大卫与巨人歌利亚①的故事。”

“这里没有大火的痕迹，”埃蒂说，“我敢打赌只是燃油用尽，他本来想滑翔着陆罢了。他也许确实是个野蛮的逃犯，但绝对有胆量。”

罗兰点点头，看向杰克，问道：“你还好吧？”

“当然。如果这家伙，你瞧，还没干透的话，我可能吃不消。”杰克从机舱里的死人身上移开眼光，投向远方的城市。现在刺

---

① 牧羊人大卫与巨人歌利亚（David and Goliath），《圣经》传说，整个故事在《圣经·旧约·撒母耳记上》第十七章里记载。大卫只是一个小男孩儿却打败了腓力斯人的巨人歌利亚，后来他成为著名的大卫王。

德城更近、更清晰，尽管他们看见高塔上许多窗户已经破碎，可他，同埃蒂一样，还没有完全放弃在那里能找到帮助的希望。“我敢打赌他这一死以后城里几乎就乱成一团了。”

“我想你说得没错。”罗兰说。

“你知道些什么呢？”杰克又开始研究起这架飞机。“城市的建造者也许能自己造飞机，但这架肯定是从我们那儿来的，我很肯定。五年级的时候我写过一篇关于空战的论文，估计我能认出这架飞机。罗兰，我能凑近点儿看吗？”

罗兰点点头：“我跟你一块儿去。”

他们走向飞机残骸，长草刷刷扫在裤腿上。“看，”杰克说，“看见机翼下面的机关枪了吗？那是一个空气冷凝器的德国模型，二次大战前出产的福克-沃尔夫[1]型号机枪。我很肯定。可是它怎么会在这儿？”

“许多飞机都曾消失，”埃蒂解释，“比方说百慕大三角，那是我们那儿的一块海上区域，罗兰，是个不祥之地。也许那儿正是两个世界间的通道——那种几乎从不关闭的通道。”埃蒂弓起肩膀，拙劣地模仿起罗德·塞林[2]。“系紧安全带，马上气流震动：你正在进入……罗兰区！”

杰克和罗兰站在飞机残余的翅膀下面，根本没有理睬他。

“把我抱起来，罗兰。”

罗兰摇摇头。“那只翅膀看上去结实，但也许并不是这样——这东西已经在这儿待了很久，杰克。你会掉下来的。”

“那让我站上去。”

埃蒂说道：“我来吧，罗兰。”

---

① 福克-沃尔夫(Focke-Wulf)，德国著名军火制造公司，二战期间制造许多武器。

② 罗德·塞林(Rod Serling)，美国著名的剧作人，曾六次荣获艾美奖最佳剧本奖，主持《冥冥时分》和《夜间画廊》等节目。二战期间曾入伍服役担任伞兵。

罗兰盯着自己残疾的右手看了一会儿，耸耸肩，接着交叠双手，摆出马镫。“这应该行了。他不重。”

杰克脱掉鹿皮鞋，轻巧地踏上罗兰双手摆成的马镫。身后响起奥伊嗷嗷的尖叫，尽管罗兰不知道是兴奋还是警告。

杰克的胸膛紧紧贴住一只生锈的飞机副翼，拳头闪电的标志正在眼前，一侧已经微微翘起。他抓住副翼，使劲一拉，结果标志非常容易就脱落了，要不是站在身后的埃蒂及时伸手托住他的屁股，他差点儿摔下来。

“我就知道，”杰克说。拳头闪电标志下面藏着另外一样东西，现在几乎完全暴露。居然是一个纳粹符号。“我只是想亲眼看看。现在你把我放下来吧。”

他们再次出发，但是整个下午，他们每次回头都能看见立在茂密长草中的机尾，就像珀斯老爷的墓碑。

2

那晚轮到杰克生火。当木头摆得让枪侠满意后，枪侠递给杰克他的打火燧石。“让我们看看你怎么做。”

埃蒂与苏珊娜亲密地互相搂着腰，坐在另一边。天快黑的时候，埃蒂在路边找到一朵亮黄色的小花，就为她摘了下来。今晚黄花就戴在苏珊娜的发间，每次她望向埃蒂时，眼波流转、嘴角含笑。罗兰注意到这一切，由衷地感到高兴。他们的爱情越来越深、越来越浓，这很好。要想捱过未来艰难的岁月，这份爱情必须足够深厚、坚韧。

杰克擦出了一丝火星，但是离木柴还差了好几寸。

“把打火石凑近一些，”罗兰说，“拿稳了。不要击打，杰克，要摩擦。”

杰克又试了一次，这回火星直接落在了木柴上，但只冒出一股青烟，却没有蹿出火苗。

“我想我不大擅长这个。”

“你会擅长的。现在，仔细想想：什么东西夜晚穿衣、日出脱衣？”

“什么？”

罗兰把杰克的手移近柴堆。“我猜你的书里没有这条吧。”

“噢，你是说谜语！”杰克又擦出一丝火星，这回木柴里跳出几朵小火花。“你也知道谜语吗？”

罗兰点点头。“不止一些——而且很多。小时候我肯定记得一千条，这是我学习的一部分。”

“真的？怎么会有人学习谜语？”

“我的辅导老师范内曾经说过会猜谜的男孩也会换个角度想问题。每个礼拜五中午我们都会举行猜谜竞赛，赢的人就能早点儿放学回家。”

“那你有没有早回家过，罗兰？”苏珊娜问。

他微微一笑，摇摇头，道：“我很喜欢猜谜，但从来就猜得不是很好。范内说这是因为我想得太深，我父亲说是因为我缺乏想象力。我觉得他们俩都对……但是我觉得我父亲可能说得更准。我拔枪从来都比我的同伴快，射得也更准，但是我一直不是特别擅长换个角度想问题。”

苏珊娜仔细观察过罗兰与河岔口的老人打交道的过程，她觉得枪侠低估了他自己，不过她还是保持缄默。

“有时候，冬天的晚上，大厅里会举行猜谜竞赛。如果只是青少年参赛，阿兰总能拿第一。当成年人也参赛时，冠军总是柯特的。他忘记的谜语都比我们任何一个人记得的多，每次猜谜节结束柯特总能赢回家一头白鹅。谜语蕴含强大的力量，每个人都知道一两条。”

“即使是我，”埃蒂说，“比如说，一个死婴怎么过马路？”

“这个太蠢了，埃蒂。”苏珊娜笑着嗔怪道。

“因为他被绑在了一只鸡上！”埃蒂大叫出答案，杰克瞬间大笑起来，把身前一堆木柴都弄乱了。埃蒂看在眼里，得意地大笑道：“哈，哈，哈！我还有成千上万条这样的谜语呢，老弟！”

但是罗兰没有笑，事实上他看上去有些着恼。“请原谅我这么说，埃蒂，但是这的确非常愚蠢。”

“上帝啊，罗兰，对不起。”埃蒂回答。笑容还挂在他脸上，但是声音听上去有些愠怒。“我总是忘记你的幽默感早在儿童十字军[①]时代就已经消失了。”

“我只是觉得猜谜是件严肃的事，我的老师一直告诉我解谜的能力代表健全理智的思想。”

“可是它们永远不能代替莎士比亚或者二次方程，”埃蒂反驳，“我只是说，别太在乎了。”

杰克若有所思地望着罗兰。“我的那本书上说谜语是今天仍然存在的最古老的游戏。我是说，在我们的世界里。而且以前猜谜的确是非常严肃的事，不仅仅是玩笑而已。人们有时会为了它丧命。”

罗兰的眼光投向愈发浓稠的黑暗中。“是的。我亲眼见过这样的事情。”他回忆起有一次猜谜节不是以颁发白鹅大奖告终，结果演变成一个头戴铃铛帽子的斜眼男人胸口被插了一把匕首、死在了泥地上。柯特的匕首。那男人是个游吟诗人、也是

---

① 儿童十字军（Children's Crusade），一二一二年在教皇与封建主的哄骗下，三万名儿童组成十字军（第四次十字军）发起东征，在法国马赛启程渡海，但结果他们不是葬身大海就是被船主贩去埃及。

个玩杂耍的，当时他想作弊、要偷走裁判口袋里那本书，书里夹着刻有谜底的树皮。

“好吧，请原……谅我。”埃蒂回答。

苏珊娜转向杰克，说：“我把你带来的那本谜语书忘得一干二净了。现在我能瞧一眼吗？”

“当然，就在我的书包里。只是谜底全被撕了。也许这就是为什么塔先生免费送给我——”

“他叫什么？”罗兰打断他问。

“塔先生，”杰克说，“凯文·塔。我跟你提过吗？”

“没有。”罗兰慢慢放开杰克的肩膀，“但现在我听见了，我并不惊讶。”

埃蒂打开杰克的书包，翻出《谜语大全》，扔给苏珊娜。“你知道，”他说，“我一直在想那个死婴的谜语其实还不赖。也许没什么品位，可是真还不赖。”

“我不在乎什么品位，”罗兰说，“那个谜语没有意义，也没法解答，这足以说它愚蠢。一条好的谜语不会这样。”

“上帝啊！你们这些人真的把猜谜看得很严肃，不是吗？”

“是的！”

与此同时杰克已经重新支好柴堆，仔细琢磨起那条挑起讨论的谜语。突然他笑了起来。“火。谜底就是火，对不对？晚上穿衣、白天脱衣。把‘穿衣、脱衣’、换成‘生火、熄火’的话就很简单了。”

“对。”罗兰回给杰克一个微笑，但是眼睛仍旧盯着苏珊娜，看她一页页翻看那本已经破烂的谜语书。她眉峰紧蹙，时不时摸摸从头发上滑下来的黄花。罗兰觉得可能只有她一个人意识到这本快散架的谜语书也许同《小火车查理》一样重要……也许更加重要。想到这里，他的眼光离开她转投向埃蒂，埃蒂愚蠢的谜语再一次惹恼了他。很不幸，这个年轻人与库斯伯特还有一处相同点：罗兰有时会有冲动想要狠命摇晃他，把他摇到鼻子流血、牙齿脱落。

温柔，枪侠——温柔！他脑中响起柯特微带笑意的安慰声，罗兰决定抛开一时的情绪，这样做困难也不算太大，尤其是当他想到埃蒂自己也没办法控制偶尔的胡说八道时。性格，至少部分性格，也是由卡决定的。罗兰也清楚对埃蒂来说，这些不完全是胡说。每次当他这样想时，三天前深夜的那段对话就会跳入脑海。他一直记得埃蒂控诉说他只把他们当做自己棋盘上的棋子而已。这让他很生气……但这话却如此接近事实以至于他觉得羞愧。

很幸运，埃蒂对罗兰的思想斗争毫不知情，他只是问道："什么东西是绿色的，几百吨重，而且住在海底？"

"我知道，"杰克说，"大绿鲸。"

"白痴。"罗兰小声咕哝。

"是啊——但这才是好笑的地方嘛，"埃蒂辩解道，"笑话同样能让你换个角度想问题。你瞧……"他看看罗兰的脸色，干笑两声，双手一摊。"算了。我放弃。你根本不会理解。一百万年都不会。我们还是瞧一眼这本见鬼的书吧。我甚至也会努力变得严肃一些……如果我们能先吃点儿晚饭的话，我是说。"

"看我的。①"枪侠脸上闪过一丝笑意。

"啊？"

"就是说你赢了。"

杰克来回摩擦着打火石与钢条，火星终于溅了出来，总算点燃了木柴。他满意地坐回去，一只手绕过奥伊的脖子，看着火舌

---

① 看我的(Watch Me)，中世界的一种纸牌游戏。通常，有人赢牌时就叫"看我的"。

蔓延。他对自己很满意，他刚刚点燃了营火……而且他猜出了罗兰的谜语。

3

“我也想到一个。”在吃肉卷的时候杰克说。

“很愚蠢的那种吗？”罗兰问。

“不是。真正的谜语。”

“那么考考我吧。”

“好。什么会跑却从不走，有嘴却从不开口，有床却从不睡觉，有头却从无泪流？”

“是条好谜语，”罗兰仁慈地说，“但已经很老了。答案是河流。”

杰克有点儿泄气，道：“你真是难不倒啊！”

罗兰把最后一口肉卷扔给奥伊，奥伊高兴地一口接住。“不是我。我可是埃蒂口中的下手败将。你见过阿兰就知道了，他收集谜语的兴趣甚至比得上太太们收集扇子。”

“应该是手下败将，罗兰老兄。”埃蒂更正道。

“谢谢。现在试试这条：什么躺在床上又站在床上？/先是白色后是红色/变得越胖老太太越乐？”

埃蒂大笑起来。“生殖器！”他大声叫出谜底，“够粗俗，罗兰！但是我喜欢！我喜……欢！”

罗兰摇摇头：“你猜错了。一条好谜语通常玩的是文字游戏，就像刚刚杰克关于河的谜语，但是更多时候它更像魔术师的把戏，把你误导到完全相反的方向。”

“应该有两重意思。”杰克解释了亚伦·深纽曾经告诉他的参孙谜语。罗兰点点头。

“是不是草莓?”苏珊娜问道,接着就自问自答,“当然是。这就像那个火的谜语,里面藏着暗喻。只要你明白这个暗喻就能找到谜底。”

“我用性作暗喻,可我说出口的结果是她扇了我一记耳光,然后就头也不回地走了。”埃蒂故作哀伤地说,可是没人搭理他。

“如果你把‘变’字儿换成‘长’,”苏珊娜继续说,“就很简单了。先是白色再是红色,长得越胖老太太越喜欢。”说完脸上露出得意的表情。

罗兰点点头:“我知道的谜底是文莓,但是我肯定两个谜底意思都一样。”

埃蒂拿起《谜语大全》翻看起来。“听听这个,罗兰?什么时候一扇门不是一扇门?”

罗兰蹙起眉头:“这是不是又是你愚蠢的玩笑?因为我的耐心——”

“不是。我发誓我很严肃,而且——至少我在努力。这是书里的谜语,我只是恰巧知道谜底。我小时候听到过的。”

杰克也知道了谜底,冲着埃蒂眨眨眼,埃蒂眨回去。奥伊也试图模仿,可这头貉獭一直只能同时闭上两只眼睛,试了几次后最终放弃,把他们都逗乐了。

与此同时,罗兰与苏珊娜都在苦思冥想。“肯定和爱情有关,”罗兰说,“一扇门①,敬爱。什么时候敬爱不是敬爱……唔……”

“唔。”奥伊也跟着哼哼,它模仿起罗兰沉思时的腔调简直惟妙惟肖。埃蒂又冲着杰克眨眨眼,杰克赶紧捂住嘴免得笑出声。

“是不是虚伪的爱情?”罗兰最后问。

① 这里一扇门(a door)与敬爱(adore)同音,所以罗兰才做此猜测。

"不是。"

"窗户。"苏珊娜突然很肯定地说。"什么时候一扇门不是一扇门？当它是扇窗户的时候。"

"不对。"现在埃蒂笑得更加开怀，可杰克对两人那么离谱的答案真的非常惊讶。的确是魔术，他想。魔术里都是些很普通的东西，没有会飞的地毯，也没有消失的大象，但魔术就是魔术。他们正在做的事儿——围坐在火堆旁猜谜语——突然在他眼中被赋予了崭新的意义，他们就像在玩捉迷藏，只不过现在用的遮眼布是由词语织成的。

"我放弃。"苏珊娜说。

"我也放弃。"罗兰说，"告诉我们你知道的吧。"

"答案是罐子[①]。门不是门，当它半开的时候。明白了吗？"罗兰的神情表明他渐渐明白过来。埃蒂这时有些担心地问，"这是条坏谜语吗？这回我可努力严肃了，罗兰——真的。"

"一点儿不坏。相反，还挺不赖。柯特应该能猜出来，我相信……也许阿兰也行，但这丝毫不会减损谜语的精妙。我刚刚犯了读书时同样的毛病：想得太复杂，反而与谜底擦肩而过。"

"里面的确有点东西的，是吗？"埃蒂沉思道。罗兰点点头，但埃蒂却没看见；他正盯着火堆深处，看见木炭中几十朵玫瑰怒放、然后凋零。

罗兰说，"最后一件事儿，说完我们就睡觉，就是从今晚起我们要安排守夜。你第一个，埃蒂，然后是苏珊娜。我值最后一班。"

"那我呢？"杰克问。

"以后你也会轮到的。现在你好好睡觉更重要。"

---

① 罐子(a jar)，与英语单词"半开的"(ajar)同音，此处这则谜语就利用了这两个同音异义词。

"你真的认为轮班值夜很必要吗?"苏珊娜问。

"我不知道。而这恰恰是最充分的理由。杰克,帮我们从你的书里选一则谜语吧。"

埃蒂把《谜语大全》递给杰克,杰克一页页翻看过来,快到书尾时突然停下。"哇!这个绝对有杀伤力。"

"读来听听,"埃蒂说,"如果我猜不出,苏珊娜也能猜出。我们俩可是举世闻名的埃蒂·迪恩和他的猜谜皇后。"

"今晚我们俩都很机智,对不对?"苏珊娜说,"让我们瞧瞧你在路边值了大半夜勤之后还有多机智,蜜糖。"

杰克读道:"一样东西什么都不是,却有名有姓。它有时高有时矮,和我们说话,和我们运动,一同做每个游戏。"

他们讨论了将近十五分钟,但大家连一丝灵感都抓不住。

"也许等睡着了能梦见谜底,"杰克说,"当时那条河的谜底就是我梦见的。"

"真是本便宜货,连谜底都没有。"埃蒂边站起身边说。他拉起一条兽皮毯裹在肩膀上,就像披了一件披风。

"呃,的确便宜。塔先生根本就是白送给我的。"

"我要注意点儿什么,罗兰?"埃蒂问。

罗兰耸耸肩,躺下来,说:"我也不知道,但我猜你一看见或听见就会知道。"

"你开始觉得困的时候就把我叫醒吧。"苏珊娜说。

"没问题。"

4

大道一侧有一条草沟,埃蒂肩上裹着皮毯就坐在草沟远处。

今晚一片薄云遮住了夜空，群星也变得黯淡。强劲的西风呼呼刮来，当埃蒂面对风向时，可以清晰地闻到统治这片草原的野牛的味道——混合了皮毛与热粪的气味。这几个月他的感觉变得越来越敏锐，这让他非常惊喜……可像这样的时刻，敏锐的感觉反而让他觉得有些诡异。

隐约间他听见一头小野牛的叫声。

他转身面向城市，一瞬间他觉得仿佛看见了点点灯光——双胞胎兄弟口中的电蜡烛——但是他很清楚，也许他什么也没看见，只不过是自己一厢情愿罢了。

你已经远离第四十二街了，甜心——虽然无论如何希望终究是件好事儿，但也不要抱太大希望，否则就会忘记一桩事实：你已经远离第四十二街了。前方根本不是纽约，无论你多么希望。前方是刺德，而且根本无法预测。如果你牢记这一点，你也许能熬过去。

大部分值夜的时间就在他思索最后一条谜语中度过。罗兰对那条死婴谜语的苛责让他很是胸闷，如果天一亮的时候他就能给出绝妙的谜底会让他很开心。当然他们也不能从书里找到任何答案，但是他猜一条好谜语的谜底肯定是不言自明的。

有时高有时矮。他猜这句应该是关键，其他部分不过是误导。什么东西有时高有时矮①呢？裤子？不对。裤子会有时长有时短，可是他从没听过高裤子。故事？像裤子一样，只符合一半。饮料有时高有时矮——

“点单。”他低喊出声，又想了一会儿，觉得谜底肯定让自己无意中给撞上了——两个形容词都非常契合。高单子指的是盛宴；矮单子指的是饭店里的快餐——汉堡包、金枪鱼三明治什么

① 文中谜语用的是 short 一词，既有矮的意思，也有短的意思。

的。可是问题是盛宴和金枪鱼三明治都不会和我们说话，一同做每个游戏。

一阵沮丧袭上心头，他不得不嘲笑起自己居然被儿童书里的一条文字游戏弄得紧张兮兮。但他还是开始逐渐相信人们真有可能为了谜语杀人……如果赌注足够高，而且还有人作弊。

算了吧——你就像罗兰说的，已经与谜底擦肩而过了。

但是，他还能再想些别的什么呢？

这时咚咚鼓点声又在城市那边响起，他的确没有别的好想了。鼓点就这么响起来，丝毫没有前奏。前一刻一丝声音也没有，下一刻音量就立即变得最大，仿佛一个开关被骤然启动。埃蒂走向路边，面向城市静静倾听。他回头看看其他人是否被鼓声吵醒，结果发现他仍是孤独一人。他转回去又望向刺德，伸手罩住双耳。

邦……叭—邦……叭—邦—邦邦—邦。

邦……叭—邦……叭—邦—邦邦—邦。

埃蒂越来越肯定他的猜测没错；至少他揭开了谜语。

邦……叭—邦……叭—邦—邦邦—邦。

在这片洪荒旷野之中，他正站的一条废弃大道上，眼前是座某个惊人的失落文明留下的城市，耳朵里听见的是摇滚乐的鼓点声……一切都太疯狂了，可是难道这会比那个会叮地一声掉下印着“行”字的小绿旗的交通灯更疯狂吗？会比在这里发现一架二十世纪三十年代的德国战斗机残骸更疯狂吗？

埃蒂轻声哼起 Z.Z 托普合唱团的一首歌儿。

你只需足够的黏东西

黏住你牛仔裤上的破缝隙

我说呀，呀……

歌词正踩在鼓点上，这绝对是《尼龙搭扣》的迪斯科节奏，对此埃蒂可以百分之百地肯定。

片刻之后，鼓点声就像突然开始一样毫无预兆地停止，他能听到的只剩下呼呼风声，还有隐约传来的那条有床却从不睡觉的寄河静静的流淌声。

5

接下来的四天平静无波。他们一路前进，一路看着索桥与城市的轮廓越变越大、也越来越清晰；他们露营、吃饭、轮流守夜（杰克一直缠着罗兰让他在天亮前值两小时的班）、睡觉休息。其中唯一值得一提的就是蜜蜂事件。

发现坠机残骸后的第三天中午，他们耳边传来嗡嗡声，越来越响，直到盖过所有其他声音。最后罗兰停下来。“那里。”他指着路边的桉树林说。

“听上去像是蜜蜂。”苏珊娜说。

罗兰淡蓝色的眼眸闪了一下：“也许今晚我们会有甜点了。”

“我不知道该对你怎么说，罗兰，”埃蒂说，“但我可极度厌恶被蜜蜂叮着。”

“我们没人会喜欢，”罗兰赞同道，“但今天正好没风。我想我们可以先点火把它们熏睡着，然后趁机把蜂巢偷出来，这样也不会惹祸上身。我们先过去看看吧。”

他抱着同样兴奋、跃跃欲试的苏珊娜走向树林。埃蒂与杰克跟在后面，而显然奥伊的选择是谨慎而非勇猛，它留在路边呼哧呼哧喘着气，审慎地看着他们离去。

罗兰在树林边停下脚步，扭过头对埃蒂与杰克轻声说：“待在这儿别动，我们先过去看看，没问题我就给你们手势。"说完他抱着苏珊娜走向密林中光斑点点的树荫，而埃蒂与杰克仍旧站在阳光下目送他俩。

走进树荫，一阵凉意扑面而来，单调的蜂鸣声让人昏昏欲睡。"太多了，"罗兰轻声说，"现在是夏末，它们应该出去采蜜的。我不——"

他一眼瞥见空地中央突起在树干上的蜂巢，打住话头。

"它们怎么了？"苏珊娜惊恐地低声问，"罗兰，它们到底怎么了？"

一只像十月的马蝇一样胖的蜜蜂从苏珊娜头侧慢慢飞过，把她吓得向后一缩。

罗兰做了手势，其他人也跟上来。大家都盯着蜂巢，一言不发。蜂房并不是规则的六角形，而是形状、大小各异；蜂巢本身看上去正在怪异地融化，仿佛有人在上面放了一盏喷灯。懒洋洋爬着的蜜蜂居然全身像雪一样白。

"今晚没蜂蜜了，"罗兰说，"我们从那个蜂巢里取出的蜂蜜也许很甜，但我十分肯定会让我们集体中毒。"

其中一只畸形的白蜜蜂笨重地飞过杰克的脑袋，杰克一脸厌恶地赶紧避开。

"发生了什么？"埃蒂问，"什么让它们变成这样，罗兰？"

"清洗了整个世界的是同一样东西；它也让大多数野牛天生畸形，无法生育。我听过有人把它称做古老的战争、旷世大火、末日浩劫，还有蚀骨剧毒。无论叫什么，这就是我们一切灾难的起源，一切发生在很久很久以前，甚至在河岔口那群老人的曾曾祖父生下来之前一千年就发生了。随着时间流逝，浩劫的影响——双头水牛与眼前这种白蜜蜂——已经慢慢减弱。我也亲眼见过这些影响。其他的变化更加剧烈，即使肉眼看不见，也仍旧在继续。”

他们看着白蜜蜂茫然甚至无助地沿着蜂巢爬动。其中一些明显还试图工作;其他的就只是漫无目的地互相撞来撞去。埃蒂想起以前看到过一则新闻,上面刊登了一幅煤气爆炸幸存者逃离爆炸地点的照片,当时那次爆炸几乎把加利福尼亚一座小镇的整个街区夷为平地。这些蜜蜂看上去很像照片里的幸存者,同样迷惑、惊魂失魄。

“你们发动了核战争,是不是?”他问道——几乎是控诉的语气,“这些你们喜欢谈论的中土先人……他们直接把自己送进了地狱。不是吗?”

“我不知道到底发生了什么。没有人知道。那时的记录都已遗失,流传下来的故事也自相矛盾、说不明白。”

“我们赶紧离开,”杰克颤声说,“我看这些东西觉得恶心。”

“我也是,蜜糖。”苏珊娜说。

他们离开,留下这群漫无目的的蜜蜂在古老的树林里继续过着已经破碎的生活。今晚没有蜂蜜。

6

“你到底打算什么时候告诉我们你知道的一切?”第二天早上埃蒂问道。蓝天一片清澈,但冷冽寒意已经渗进空气。在这个世界里的第一个秋天即将来临。

罗兰瞥了他一眼,问:“你什么意思?”

“我想你坦白告诉我们所有的故事,从头到尾,从蓟犁开始。你怎么长大,那里又怎么灭亡。我还想知道你是怎么知道黑暗塔的,而且你为什么开始追寻它。我也想知道你的第一批朋友,他们到底怎么了。”

罗兰脱去帽子，用手臂擦去额头上的汗，又戴上帽子。“你有权利知道这一切，我猜，而且我也会全都告诉你……但不是现在。故事很长，我从没想过要对谁提起，如果要说，我也只说一遍。”

“那你什么时候说？”埃蒂问。

“时机到的时候。”罗兰回答。他们只能对这个回答满意。

7

在杰克开始摇他的前一刻，罗兰醒过来。他坐起身四处张望，埃蒂与苏珊娜还在熟睡。就着晨曦的微光，他并没发现任何不妥。

“怎么了？”他压低声音问杰克。

“我不知道。也许正在打仗。过来听。”

罗兰掀开毯子，跟着杰克走到大路边。他发现现在距离寄河流经城市的地方只有三天行程了，而那座索桥——与光束路径平行——跨越了整个地平线，比以往任何时候都清晰地显出倾斜，而且他发现在竖琴琴弦模样的根根钢缆之间至少有一打空隙，那都是钢缆被拉得过紧以致拦腰折断了。

今晚大风直接从城市方向吹过来，随风飘过来的声音虽然微弱却仍旧清楚。

“是在打仗吗？”杰克问。

罗兰点点头，一根手指放在了唇边。

他依稀听见叫喊声、仿佛重物砸地的哗啦声——当然——还有鼓点声。接着又是哗啦声，不过这次更加动听，如同玻璃破碎的声音。

“天啊。”杰克边轻声叹道边向枪侠靠紧。

下面传来的声音罗兰更希望没听见：急促、沙哑的轻武器，然后是巨大的回响——明显是某种爆炸，爆炸巨响就像个无形的保龄球滚过平原，向他们奔来。接下来，喊声、重击声、破碎声很快被鼓声盖住。几分钟以后，鼓声又像往常一样戛然而止，安静重新笼罩在城市上空，但此刻这种安静让人感觉更像一种焦急的等待。

罗兰环住杰克的肩膀。“现在决定绕路还不太晚。”他说。

杰克看着他说：“我们不能。”

“因为火车？”

杰克点点头，悠悠地说：“布莱因是灾难，但是我们*必须*上这趟火车。而这座城市是我们能上车的唯一站点。”

罗兰沉思地看着杰克。“你为什么说我们*必须*？是卡吗？因为，杰克，你必须明白你对卡并不完全理解——它需要人穷尽一生来学习。”

“我不知道这是不是卡，但是我知道假如我们没有保护根本无法进入荒原，而那就是布莱因。没有它我们就会死，如同我们看见的那些白蜜蜂在冬天来临时的命运。我们必须有保护，因为荒原散发毒气。”

“你怎么知道这些的？”

“我不*知道*！”杰克回答，几乎有些恼火，“我就是*知道这些*。”

“好吧，”罗兰温和地安慰，转而眺望刺德，“但是我们必须该死地特别当心。真不幸他们的弹药还没用尽，而且他们可能还有威力更大的武器。我怀疑他们不一定知道如何使用，但是这只是增加了风险。也许他们会太兴奋然后把我们全炸上天。”

“上天。”身后冷不丁传来低沉的声音。他们扭过头看见奥伊正坐在路边看着他们。

8

当晚，他们来到一处岔路，一条小路从西边穿出与大道汇合。大道现在已经宽阔许多，路中央许多光亮的黑石把路面分成两道——从这儿眺望下去大道在远处下沉，混凝土大堤竖在路两边，上面爬满裂纹，让旅行者们感到一种被幽禁的恐慌。他们走到能让他们看见一线开阔平原的混凝土大堤缺口处停了下来，吃了一顿差强人意的便餐。

“你觉得他们故意把路修得这么低是什么缘故，埃蒂？”杰克问。“我是说，有人的确可以这样修的，对不对？”

埃蒂透过大堤缺口眺望缓缓延伸到远方的平原，点点头。

“那么为什么呢？”

“不知道，小鬼。”埃蒂回答，但实际上他觉得他知道原因。他瞥了罗兰一眼，猜他肯定也心里有数。下沉的大道通向用作防御的索桥，小心安置两处防御工事就可以控制任何在高坡上出现的队伍。一旦守城人不欢迎沿着大道向剌德行进的队伍，他们就会发起攻击。

“你肯定你不知道？”杰克问。

埃蒂冲着杰克笑笑，尽量克制着不去想象可能有什么疯子正在城里准备好沿着破烂的混凝土斜坡朝他们扔过来一个生锈的大炸弹。“一点儿概念都没有。”他回答。

苏珊娜厌恶地哼了一声，说：“这条路通向地狱，罗兰。本来我以为我们再也不需要用那该死的马鞍了，但现在你最好还是再拿出来吧。”他点点头，话也没说地从背包里取出马鞍。

大道的路况非常糟糕，其他像支流汇聚进来的条条小路也好不到哪里去。他们离索桥更近时，卵石路面换成另一种在罗兰看来像是金属、其他人看来像是沥青的路面。路面状况还比不上之前的卵石路面，年久失修、磨损严重，估计自从最后一次保养后还有大量马匹货车通行，这个是破坏的主因。路面上碎石参差，走起来都很困难，如果想在上面推苏珊娜的轮椅就简直荒谬了。

两边的大堤越筑越陡，在他们头顶可以看见一些尖锐细瘦的物体指向天空。罗兰想到了箭头——肯定是巨人造的巨型弓箭。但他的同伴觉得那是火箭或导弹。苏珊娜想起从卡纳维尔角[①]发射的红石火箭，埃蒂想起了可以从卡车载货平台发射的地对空导弹，而杰克则想起藏在堪萨斯平原或无人居住的内华达山区加固导弹井里等核战争一旦爆发就会向中国或苏联发射的洲际弹道导弹。所有人都同样觉得他们正在走进一片黑暗悲惨的阴影，走进某个仍被古老却依然强大的魔咒笼罩的土地。

他们进入这个区域——杰克把它称做交叉发射区——几个小时以后，混凝土大堤从路边消失，同时一打公路岔道像蜘蛛网似地从四面八方汇聚，视野再次变得开阔……但这个事实并没有让任何一个人感到欣慰，尽管也没人大声说出口。十字路口处又挂着另一盏交通灯，这回的形状对埃蒂、苏珊娜和杰克来说都很眼熟，只不过原来应该有的四块镜片玻璃早就已经碎了。

“我敢打赌这条路肯定是世界第八大奇迹，在过去，”苏珊娜说，“但看看现在的样子，简直就是地雷区。”

---

① 卡纳维尔角（Canaveral Cape），位于美国佛罗里达州肯尼迪航天中心的发射角。美国第一艘火箭就是于一九五〇年在此发射升空的。

“古老的方式有时倒是最佳方式。”罗兰表示同意。

埃蒂指向西方：“看。”

现在高耸的混凝土大堤已经消失，他们眼前的景象与河岔口老人希在喝咖啡时描述的景象一般无二。希当时说道：“只有一条轨道，人工石柱支撑。中土先人造的马路和墙壁都是那样。”细直的轨道就建在狭窄的金色高架上，从西方向他们这个方向延伸过来，穿过寄河后进入城市。建筑简单高雅——而且是迄今为止他们见过的唯一没有生锈的作品——但仍然裂痕累累。路程一半的地方一大段高架路径直断裂，没入下面湍急的河流里，只剩下两根高耸的石柱，仿佛两根互相指责的手指。一段流线型的金属车身冒出水面，曾经的亮蓝色已经因为斑斑铁锈而失去光彩。从这里看过去，车身非常小。

“布莱因就这么完蛋了，”埃蒂说，“难怪他们再也没听见它。肯定是在过河时支柱坍塌，它也跟着一头栽了下去。情况发生的时候它一定正在减速，否则它会飞出去，在更远的河岸砸出一个炸弹爆炸似的大坑。呃，它还没毁掉时肯定是件不错的东西。”

“梅西说过还有另一辆。”苏珊娜提醒他说。

“没错。不过她也说已经七八年没听见过了，而泰力莎姑母则说已经十年了。你怎么想，杰克……杰克？回过神来，嘿，回过神来，小兄弟。”

杰克心思全放在河里火车的残骸上，只是耸耸肩。

“你帮了很大忙，杰克，”埃蒂说，“有用的信息——这就是为什么我爱你。为什么我们都爱你的原因。”

杰克对埃蒂的话置若罔闻，他心里明白那并不是布莱因。冒出水面的单轨列车是蓝色的，但是他梦见的布莱因是一种脏兮兮、甜腻腻的粉红色，就像你常吃的那种廉价泡泡糖。

同时罗兰拉紧背苏珊娜的马鞍。“埃蒂，把你太太抱进马鞍。正是我们大家过去亲眼看个究竟的时候了。”

杰克焦虑的眼神转到前方的索桥上，他能够听见远方传来幽灵一般的高频哼鸣——那是疾风吹过连接缆索与桥面的钢柱。

“你觉得过去安全吗?”杰克问。

“我们明天就会知道。”罗兰回答。

9

第二天早上，罗兰一行人来到生锈的长索桥桥头，隔河眺望剌德城。埃蒂曾经梦想能遇到睿智的长须精灵，还保留着的古老技艺能为他们所用，但是现在这个梦想已经消失殆尽。如今靠得这么近，他能够看见整个城市已经千疮百孔，有些街区的建筑要么被烧光要么被炸平，眼前的景象让他想起牙齿大量脱落的下巴。

当然，大多建筑还没有倒塌，但那种颓废衰败的迹象让埃蒂无端感到阴郁，而连接旅行者与对面钢筋水泥筑成的迷宫之间的索桥也绝对算不上坚固耐用。左边的垂直钢柱松松地耷拉着，而右边剩下的那些几乎被拉得快要折断。桥面由空心的梯形方砖组成，一些已经向上拱起，暴露出黑色内里；剩下的也已倾斜，其中一些只是开裂，但另一些损坏严重，其中断裂的缺口甚至能塞进卡车——大卡车。透过缺口，他们能够看见寄河泥泞的河岸以及灰绿色的河水。埃蒂估算桥面中央距离河面大概三百英尺，而且也许这还是保守估计。

锚定主要拉索的巨大混凝土沉箱吸引了埃蒂的视线。他觉得索桥右面的沉箱就好像已经从地底被拔出一半，但他决定最好还是不要对其他人提起这个发现；索桥正在来回摇晃，虽然缓慢但仍能察觉得到，这对大伙来说已经够糟糕的了。光是看一眼他就已经觉得头晕。“好吧，”他问罗兰，“你怎么想？”

罗兰指着索桥右面大约五英尺宽的斜面走道桥，那实际上是一段独立的桥面，建在一些较小的混凝土石块上，看上去由巨型弹簧夹固定在主桥支撑拉索上的副拉索——或者是粗钢棍上。埃蒂仔细打量着最近的一个弹簧夹，毕竟他的性命很快就要全仰仗这件物事了。弹簧夹已经生锈，但看上去还坚固，金属上烙着“**拉莫科铸造**”几个字。埃蒂意识到自己已经区分不出这些字到底是高等语还是英语，这种感觉倒是很奇妙。

“我觉得我们可以利用那个，”罗兰说，“只有一处是坏的。你看见了吗？”

“看见了——很难不看见。”

这座长达四分之三英里的索桥也许一千年来都没有修缮过，但是罗兰猜测真正的损坏还是来自过去五十年。右边钢柱折断导致索桥愈发向左边倾斜。扭曲最严重的地方是在桥面中央两座四百英尺高的拉索塔之间，那里的桥面出现一个眼状的巨洞。走道桥上的断裂没那么严重，但即使如此，至少两块紧邻的混凝土石块也已经掉进了寄河，留下一处至少二三十英尺宽的裂洞。在石块空缺的地方他们看见支撑走道桥的钢缆，或者是钢绳，他们可以踩在上面越过裂洞。

“我想我们能够过去，”罗兰冷静地指出，“那个裂洞的确麻烦，但一侧的护栏还在，我们起码有东西能抓。”

埃蒂点点头，但他可以感觉到自己的心脏怦怦作响。走道桥钢缆暴露在外，看上去就像一节节钢条接起来的管子，高出桥面约四英尺。他脑海中浮现出他们过桥的画面：双手抓紧护栏、双脚踏在钢缆上、弓着身子、小心翼翼地侧身移动，同时桥面还像微浪中的轮船一样轻轻摇晃。

“上帝啊。”他轻呼出声，清清嗓子想吐口口水，可什么也吐不出来。他的嘴太干了。“你肯定吗，罗兰？”

“就现在情况来说，这是唯一一个办法。”罗兰指着河流下游，埃蒂看见第二座桥，但那座很久以前就已坍塌掉进寄河了。剩下的钢柱都已经生锈，乱糟糟地戳出水面。

“你行吗，杰克？”苏珊娜问。

“嘿，没问题。”杰克立即回答。他甚至在微笑。

“我恨你，小鬼。”埃蒂说。

罗兰关切地看看埃蒂。“如果你觉得你不行就直说，免得走了一半僵在半路。”

埃蒂盯着前方断裂的桥面看了很长时间，最后狠心点点头。“我想我能行。我从来不喜欢登高，但我还能应付。”

“很好。”罗兰的眼光扫过众人，“越快开始越快结束。我背着苏珊娜打头阵，然后是杰克，埃蒂断后。你能负责轮椅吗？”

“嘿，没问题。”埃蒂晕乎乎地说。

“那么，我们走。”

10

一踏上走道桥，埃蒂就感觉恐惧像冷水灌进他的五脏六腑，他开始怀疑自己是不是犯了一个致命的错误。从陆地上看，索桥似乎只是在微微摇晃，可当他真正站在上面时，他感觉自己仿佛正站在世界上最大的一座古董钟的钟摆上。晃动缓慢，但非常规律，而且幅度要比他预期的大得多。走道桥的桥面破裂严重，至少向左面倾斜十度。他的双脚慢慢在粉状的混凝土上磨蹭，与下面的石块互相摩擦不断发出咯吱咯吱的声响。索桥另一端的城市似乎也在来回晃动，感觉好像世界上速度最慢的电子游戏上的人工地平线。

头顶拉紧的钢柱不断被风吹得嗡嗡作响，脚下的土地瞬间沉入寄河西北方的河岸。三十英尺高……然后六十……然后一百一十。很快他就会走到水面上。每走一步，折叠轮椅都会打在他的左腿上。

突然有样毛茸茸的东西出现在他左脚边，他赶紧伸出右手疯狂地抓住护栏，差一点儿就尖叫出声。原来是奥伊从他身边经过，还时不时抬头看他一眼，仿佛在说对不起——借过。

"该死的蠢东西。"埃蒂咬牙切齿地咒骂了一句。

他发现即使他从来不喜欢向下看，可上面那些勉强支撑桥面与头顶拉索的钢柱也让他觉得难受。钢柱外面裹着铁锈，而且埃蒂能看见从里面戳出来的一团团金属线——就像是金属棉絮。他的瑞格叔叔曾经油漆过乔治·华盛顿大桥和三区桥，他说过支撑钢柱与拉索都是由钢丝"编织"成的，而如今看来这座桥上的织物终于松开。支撑钢柱上的金属线一圈一圈地折断，钢柱本身已经快要散架了。

它已经撑了那么久，应该还能再撑一会儿。你认为这玩意儿仅仅因为你经过就会掉进河里？别高估了你自己。

但这种想法并没有给予他任何安慰。就埃蒂所知，他们有可能是几十年以来试图过桥的第一批人。索桥终究是要坍塌的，而且从现在来看，这一天不会太远了。也许所有人的重量将会是击倒骆驼的最后一根稻草。

埃蒂的鹿皮鞋踢到一块混凝土块，他一低头，只见混凝土块翻滚着向下掉落、掉落、掉落。一阵昏眩袭来，他赶紧移开目光。

最终混凝土块落入河面，只激起很小——非常小的——水花。大风吹过，衬衫紧紧贴住汗津津的身体。索桥来回摇晃，吱呀作响。埃蒂努力想把手从一侧的护栏上移开，可是双手仿佛已经绝望地冻在了凹凸不平的金属栏杆上。

他闭上双眼。*你不能僵住。你不能。我……我不允许。如果你需要盯着什么看，就找个又高又难看的东西吧。*埃蒂睁开眼睛，视线锁定在了前面的枪侠身上，他强迫自己松开手，再次开始慢慢向前移动。

11

罗兰来到桥面断裂处，扭过头看见杰克跟在后面五英尺处。奥伊伸长脖子、矮着身子跟在杰克脚后。河面上风势增强，罗兰可以看见奥伊光滑的皮毛被大风吹得倒翻。埃蒂大约在杰克身后二十五英尺处，他的脸紧绷着，但仍旧用左手冷静地推着折叠好的轮椅，右手则牢牢抓住护栏。

"苏珊娜?"

"在,"她立刻回答,"很好。"

"杰克?"

杰克抬起头，脸上还挂着笑，枪侠明白他也不会有问题。这个男孩颇为享受此刻的冒险，头发被齐齐吹到脑后，眼睛熠熠发光。他伸出手翘起大拇指，罗兰微微一笑，回以同样的手势。

"埃蒂?"

"不用担心我。"

埃蒂仿佛正盯着罗兰，但是枪侠即刻发现他的视线实际上越过他自己落在桥对岸密密麻麻、没有窗户的楼群上。这没关系；鉴于他明显恐高，恐怕这已经是保持头脑清醒的最佳办法了。

“好吧，我不担心，”罗兰喃喃地说，“我们现在要过大裂洞了，苏珊娜。放松，不要乱动。明白了吗？”

“嗯。”

“如果你想调整坐姿，现在就调整。”

“不用，罗兰，”她平静地回答，“我只是希望埃蒂也可以挺过来。”

“埃蒂已经是名枪侠了。他会像一名枪侠一样勇敢。”

罗兰向右转过身，直接面对寄河下游，抓住护栏。接着他踩上生锈的支撑钢缆，慢慢侧身挪过大裂洞。

12

杰克等罗兰与苏珊娜走到裂洞一半的地方才挪开步子。大风把索桥吹得来回晃动，可他丝毫不觉得恐慌。坦白说，他还相当沉醉。与埃蒂不同，他从没有高空恐惧的困扰；他很喜欢站在高处俯瞰钢带一般的寄河绵延在云层厚重的天空下。

走到一半时（罗兰和苏珊娜已经到达对过混凝土桥面重新接上的地方，正注视着其他人），杰克回头张望，心却倏地沉下半截。他们刚刚讨论如何过桥时恰恰遗忘了一名队员。奥伊还停留在走道桥大洞的另一头，身子蜷缩、一动不动，明显被吓坏了。它的鼻子凑在缺了混凝土路面、只剩下生锈的暴露在外的钢缆的裂洞边缘，闻来闻去。

“快过来，奥伊！”杰克大叫。

“奥伊！”貉獭回应一声，沙哑颤抖的声音听起来几乎通了人性。它冲着杰克伸长脖子，但是仍旧纹丝不动，圆溜溜的金边眼睛里全是惊慌。

又一阵大风刮过来，索桥吱吱晃得更厉害。突然从杰克头顶传来砰的一声——好像吉他琴弦因扯得太紧而砰地绷断。紧接着一根钢绳从最近一根垂直支架上掉落下来，差点儿擦着他的脖子。十英尺以外，奥伊悲惨地蜷成一团，眼光紧紧盯着杰克。

“快过来！”罗兰大叫，“风越来越大了！快，杰克！”

“不能丢下奥伊！”

杰克开始原路返回，挪出两步。与此同时，奥伊小心翼翼地走上支撑钢索，前腿僵硬，爪子抓着圆形钢索的表面。而埃蒂则站在貉獭身后，显得无助、恐惧。

“就这样，奥伊！”杰克大声鼓劲道，“到我这边来！”

“奥伊—奥伊！来—来！”貉獭边回应边快速地沿着钢缆挪过来。正当他差点儿就到杰克身边时，突然一阵大风刮过来，索桥一晃，奥伊慌乱地伸出爪子想抓住钢缆，却扑了个空，屁股扑哧滑了出去。他努力伸出前爪想抓住一样东西，却什么也没抓到，两条后腿就在空中乱蹬。

杰克猛地松开护栏，向他扑过去，脑子里唯一想的就是奥伊镶金边的眼睛。

“不要，杰克！”罗兰与埃蒂各自从两头齐声高呼，但都距离得太远而根本来不及施以援手。

杰克的胸腹部撞在了支撑钢缆上，肩膀上的书包重重弹起，同时他能听见自己上下牙齿咔嚓碰撞，就像母球撞开一堆小球的声音。此时又一阵大风刮来。他顺着风势前倾，右臂环住支撑钢缆，拼命伸出左臂想要够着奥伊。这头貉獭眼看就要掉下去，就在这当口，它猛地一口咬住杰克的左手。杰克瞬间感到刺骨疼痛，硬生生忍住尖叫。他低下头，右臂紧紧勾住支撑钢缆，膝盖弯曲，奋力紧贴住钢缆光滑的弧度，而奥伊就像空中飞人似地荡在他的左手上，一对镶金边的眼睛直勾勾地盯着杰克。此时，杰克看见自己的血顺着奥伊脑袋两侧缓缓流下去。

又一阵风刮来，杰克开始向外滑去。

13

埃蒂的恐惧被一种陌生的冷静替代。他哗啦一声把苏珊娜的轮椅扔在一旁的水泥桥面上，灵巧地沿着支撑钢索跑过去，甚至连护栏都不抓了。杰克倒栽葱似地挂在外面，奥伊则像个毛茸茸的钟摆挂在他的左手上。同时，杰克的右手快撑不住了，已经开始下滑。

埃蒂撑开双腿，跨坐在钢索上面，没有任何保护的睾丸被压在跨部，传来阵阵疼痛。但是此刻，即使最锐利的疼痛对他来说也非常遥远。他一手抓住杰克的头发，另一只手抓住他的书包带。他感觉自己也已经开始向外倾斜，瞬间甚至恐惧地以为他们三个会像链子一样一块儿掉落下去。

他放开杰克的头发，更用劲地抓紧书包带，心里暗暗祈祷这书包千万别是杰克在最便宜的直销商场里买的。另一只手臂伸过头顶，拼命甩动，想要抓住护栏。他们三个不断向外滑去，这一恐怖的瞬间仿佛永远没有尽头。终于，他抓住了护栏。

“罗兰！”他怒吼道，**“我需要帮助！”**

此刻罗兰背着苏珊娜已经来到他们身边。罗兰弯下腰，苏珊娜牢牢环住他的脖子以免自己头朝下地栽下去。枪侠伸出手臂抱住杰克的腰，一把把他拉了上来。当杰克双脚一落在支撑钢缆上，他立刻用右手环住奥伊不断颤抖的身体。而此时他的左手火辣辣地剧痛不已。

“松口，奥伊，”他气喘吁吁地说，“你现在可以松口了，我们——安全了。”

一刹那他惊惶地以为貉獭不会松口。接着奥伊的下巴慢慢放松，杰克最终可以把手从他的嘴里抽出来。手上满是鲜血，被咬出一圈黑色的小洞。

“奥伊。”貉獭虚弱地发出声音，埃蒂诧异地发现这头动物奇特的大眼睛里竟然盈满泪水。它伸长脖子，用血淋淋的舌头舔杰克的脸。

“没事儿了。”杰克把脸埋在温暖的毛里说。他自己又惊又痛，也忍不住哭了出来。“不用担心，没事儿了。我知道你不是故意的，我不怪你。”

埃蒂慢慢站起身，脸色死灰，感觉仿佛一只保龄球正碾过五脏六腑，同时慢慢把左手移向裤裆检查起痛处。

“输精管切除，该死的便宜手术。”他喑哑地说。

“你是不是快昏倒了，埃蒂？”罗兰问。一阵风刮过，他的帽子被吹到苏珊娜脸上。她一把抓住帽子，用力地扣在他脑袋上，让罗兰看上去活脱脱像个半疯狂的乡巴佬。

“没有，”埃蒂回答，“我希望我是，但——”

“看看杰克吧，”苏珊娜说，“他真的在流血。”

“我没事儿，”杰克试图藏起自己的手。罗兰连忙伸手温柔地抓住杰克的手，他的手背、手心、手指上至少有一打针洞形状的伤痕，其中大多还很深。杰克没弯曲手掌，还不能判断是否伤到骨头或韧带，但此时此地绝对不适合做这样的测试。

罗兰看看奥伊。这头貉獭看回来，会说话的大眼睛里充满悲伤与恐惧。它并没有试图舔去嘴边杰克的血迹，虽然这不过是最自然的举动。

“别碰它，”杰克把奥伊抱得更紧。“这不是它的错。是我的错，我把它忘了。大风把它刮了下去。”

“我不会伤害它的。”罗兰说。他很肯定这头貉獭没有狂犬病，但他依旧不愿意奥伊尝更多杰克的血。至于奥伊可能会带有的疾病……好吧，卡会决定一切，正如最终它决定一切一样。罗兰取下自己的领巾，擦了擦奥伊的嘴唇和鼻头。“那儿，”他说，“好孩子。好孩子。”

“奥伊。”貉獭虚弱地回应一声。苏珊娜伏在罗兰背上旁观，她发誓她从那声音中听出了感谢。

又一阵大风刮过来，天气说变就变。“埃蒂，我们得赶快下桥。你能走吗?”

“没问题，老爷；我还能拖着步子慢慢移。”腹股沟仍然很疼，但比起一分钟前已经好了一些。

“好，那我们快走，尽快。”

罗兰转身刚迈开步就停了下来。一个男人站在裂洞的另一头，正面无表情地望着他们。

这个人肯定是趁着他们注意力都放在杰克与奥伊身上时接近的。他看样子可能是三十、四十或者六十岁。背上背着一张弓箭，头上扎着亮黄色的头巾，末尾拖出来，像横幅一样在风中摇曳。金色大耳环从他的耳朵上挂下来，一只眼睛上还蒙着块丝质白眼罩。紫色伤口爬满全脸，其中一些正溃烂流脓。他一只手高高举过头顶，手里拿着件东西，不过罗兰辨认不出是什么，只能从形状猜测肯定不是石块。

人影背后，城市衬着渐暗的天色显得诡异、清晰。埃蒂的视线越过河对面杂乱无章的砖楼——早就被抢劫的人偷光挖空的仓库，对此他毫不怀疑——落在阴森的空地与石城迷宫上，他第一次认识到那些关于希望与帮助的白日梦有多么错误，多么愚蠢。现在他看见了破裂的楼面与屋檐；现在他看见了檐口与空窗户上乱蓬蓬的鸟巢；现在他让自己真正去闻这座城市，不是他母亲从扎吧饭店[1]带回来的饭菜那种让人垂涎欲滴的香味，而是那种破床垫着了火，闷烧了一会儿再用污水扑灭之后发出的恶臭。他突然明白了刺德，完全明白了。这个趁着他们没注意偷偷接近的满脸狞笑的海盗也许就是住在这座满目疮痍的死城里的睿智长须精灵。

罗兰拔出手枪。

“放下枪，伙计。”扎着黄头巾的男人说。他的口音非常重，几乎让人不明白他在说什么。“放下枪，我亲爱的伙计。你们都有武器，唉，这不用说，但这回你们输定了。”

14

这个男人的裤子上缝了几块绿丝绒补丁，站在索桥大裂洞边的模样就像一个刚刚掠夺归来的海盗：虚弱、褴褛，而且依然危险。

“假如我不愿意呢？”罗兰反问。“假如我唯一想做的就是在你这个溃烂流脓的破脑袋里放颗子弹呢？”

“那么我只会在你前面一丁点儿下地狱，正好来得及为你开门。”扎黄头巾的男人说完大笑起来。他挥挥高举的手臂又说：“这对我来说都一样，反正都是一个死。”

罗兰心想这倒是真的。这个男人看上去大概最多只有一年

---

① 扎吧饭店（Zabar's），美国纽约市西区最著名的饭店。

好活……而且越到最后肯定越难受。他脸上溃烂的脓疮肯定与辐射没有关系；除非那些伤口全是伪装，不然罗兰断定他已经到了医生口中的螨住死病的晚期，一般人也把这种病称做娼妓花。面对一个危险的人总不是件好事，可终究还能计算胜算到底多少。可当你面对的是一个死人时，一切就不一样了。

“你们知不知道我手里拿着的是什么，亲爱的朋友们?”海盗问。“你们看没看见你们的老朋友盖舍手里正好拿着什么？是枚手雷，以前人留下来的好东西，而且我已经揭开了盖帽——因为自我介绍结束之前不摘下帽子可不礼貌，是不是啊!”

他开心地干笑起来，然后脸色又倏地沉下去，所有的幽默消失得无影无踪，就好像他那个溃烂的脑袋里面一个开关被突然关上。

“我的手指可是紧紧扣在手雷拴上，亲爱的。你一冲我开枪手雷就会立刻爆炸，你和你背上那只母猴子也立刻炸成灰。那个小鬼也是，我猜。站在你后面、拿着玩具枪瞄准我的那个年轻人也许能活下来，但是他的小命最多能保到他掉进河里的那一刻……他会掉进河里，因为这座桥在过去四十年只是吊在一根绳子上，轻轻一推肯定塌陷。现在你是想收起你的枪，还是想我们大伙儿一道下地狱?”

一闪念间罗兰想到要打飞盖舍手里的手雷，但他看见盖舍抓得很紧，只好把枪放回皮套。

“啊哈，很好!”盖舍再次高兴起来，大叫道，“我就知道你是个聪明的家伙，看模样就知道！哦，是的！我就知道!”

“你想怎么样?”罗兰问，尽管他心里已经知道了答案。

盖舍抬起另一只手，肮脏的手指指向杰克：“那个小鬼。把那个小鬼交给我，你们其他人就可以走了。”

“操你自己去吧!”苏珊娜厉声斥道。

"干么不呢?"海盗嘎声说,"给我一面大镜子,我就把那个割下来,直接塞进去——干么不呢,反正这么些日子我也没什么好过的了！哎呀,尿尿的时候那玩意儿整个把我疼死!"他的眼睛呈现出一种奇怪的灰色,异常平静,从未离开过罗兰的脸。"你怎么说,我的老伙计?"

"如果我交出那个男孩我们剩下的人会怎么样?"

"哎呀,你们继续赶路,我们不会找麻烦!"扎着黄头巾的男人立刻回答。"滴答老人[1]信守诺言。他对我这么说,我也对你们这么说,而且滴答老人君子一言,驷马难追。我不敢说你们如果碰见了障猷布人会怎么样,但是滴答老人手下的戈嫘人绝对不会再为难你们。"

"你在说什么胡话,罗兰?"埃蒂大吼道,"你不是真的在想交出杰克吧,啊?"

罗兰并没有低头看杰克,他嘴唇几乎没动,轻声嗫嗫道:"我会遵守诺言的。"

"是的——我知道你会的。"接着杰克抬高声音说道:"把枪放下,埃蒂。由我自己来决定。"

"杰克,你真是失去理智了!"

海盗又得意地嘎嘎大笑起来。"一点儿没有,伙计！如果你不相信我,你才是那个失去理智的人。至少他和我们在一起能够免遭鼓声的折磨,不是吗？而且仔细想想——我如果没有诚意,我首先就会让你们把枪扔到一边！世界上最容易的事情不过如此！但是我这样做了吗？没有!"

苏珊娜听见了罗兰与杰克的对话,而且她也意识到在现在

---

① 滴答老人(Tick-Tock Man),剌德城中戈嫘人的首领,是流亡王子大卫·奎克的重孙。

的状况下他们的选择非常有限。“放下枪，埃蒂。”

“我们怎么知道你得到男孩以后不会朝我们丢手雷？”埃蒂叫问。

“他只要丢过来，我就会直接在空中击中，”罗兰回答，“我能做到，他也知道我能做到。”

“也许我是知道。你看上去很自信，的确啊。”

“如果他说的是真话，”罗兰继续说，“即使我没射中手雷他也难逃一劫，因为大桥一塌陷我们所有人都会掉下去。”

“很聪明，我亲爱的老伙计！”盖舍说。“你的确很自信，对不对？”他又嘎嘎阴笑起来，然后再次变得严肃，语重心长地说，“讨论结束，我的老伙计。决定吧。是交出那个男孩，还是我们大伙一块儿去冥府报到？”

罗兰还没来得及开口，杰克就沿着支撑钢索走过去。他的右臂臂弯抱着缩成一团的奥伊，然后僵硬地举起血淋淋的左臂。

“杰克，不要！”埃蒂绝望地大叫。

“我会来救你的。”罗兰用同样低沉的声音说。

“我知道。”杰克重复道。大风又刮了起来，吹得索桥吱呀摇晃。寄河上泛起了层层白浪，在倒插在河流上游的半截蓝色单轨列车周围形成许多漂着白沫的漩涡。

“哎，我的伙计！”盖舍张大嘴低哼道。仅剩的几颗牙从惨白的牙龈中戳出来，就像腐朽的墓石。“哎，我的小鬼！赶快走过来。”

“罗兰，他也许只是虚张声势！”埃蒂大叫道，“那玩意儿也许只是个冒牌货！”

枪侠没有回答。

当杰克快走到大裂洞的另一边时，奥伊龇牙咧嘴地冲着盖舍狂吠起来。

“把那个乱吠的畜生扔到一边儿去。”盖舍命令道。

“滚蛋。”杰克以同样平静的声调回敬道。

瞬间盖舍脸上显出惊讶的神色，然后点点头。“喜欢它，是不是？很好。”他向后退了两步，“你一到这边的混凝土桥面就把它放下来。如果它冲我跑过来，我发誓我会把这个畜生的脑浆一脚踢出来。”

“出来。”奥伊从牙缝里挤出两个字。

“闭嘴，奥伊。”杰克咕哝道。他的双脚刚踏上混凝土桥面就刮起最强的一阵风，这回仿佛到处都传来绳索断裂的噼啪声。杰克扭过头，看见罗兰与埃蒂还紧紧抓住护栏，而苏珊娜趴在罗兰肩膀上望着他，鬈发被风吹出道道发浪。杰克朝着他们举起手，罗兰举起手回应。

*这回你不会让我掉下去？*他曾经问过。*不会——永远不会，*罗兰曾经回答。杰克相信他……但他同时非常担心罗兰赶到之前会发生的事情。他把奥伊放了下来，盖舍冲上来抬起脚就朝奥伊踢去。奥伊身子一侧，躲了过去。

“快跑！”杰克大叫。话音刚落，奥伊就开始埋着头向刺德方向飞奔过去，绕过其他大洞、跨过桥面上的裂缝，头也没回。片刻之后，盖舍的一只手臂已经箍住杰克的脖子。他闻起来既像泥土又像腐肉，两种味道混合在一起产生一股厚重浓烈的臭气，熏得杰克几乎呕吐。

他用胯部紧紧抵住杰克的臀部，说道：“也许我还不会马上就死。有句俗话不是说垂髫小儿好比美酒，黄发老人沉醉其中？我们马上就能好好享受了，不是吗，甜蜜的小鬼？唉，那时天使都会歌唱。”

*哦，耶稣啊，*杰克心中暗叹。

盖舍再次提高嗓门说道：“我们现在就要离开，我强悍的朋友——我们有大事去做，有要人去见，但我一定会信守承诺。至于你们，乖乖站在原地十五分钟，如果你们足够聪明就不要动。假如我看见你们有什么动作，那我们就一起上西天。明白了吗？”

“明白。”罗兰回答。

“我刚才说我没什么好失去的，你信不信？”

“信。”

“非常好。我们走，小鬼！快！”

盖舍箍得非常紧，杰克几乎不能呼吸。他面对着罗兰、罗兰背上的苏珊娜和仍然举着那把被盖舍称做玩具枪的鲁格手枪的埃蒂，被向后拖着一步步后退。杰克可以感觉盖舍呼出的热气喷在他的耳朵上，更糟糕的是，臭气也钻进了他的鼻子。

“千万别想反抗，”盖舍在他耳边轻声说，“否则我就把你剥皮拆骨，然后塞进你的背包。这样一定会很令人伤心啊，不是吗？的确非常伤心。”

他们来到桥头。这时杰克以为盖舍仍旧会扔出手雷，身子都僵住了。但是他没有……至少没有马上扔。他把杰克拖到两间大概原来是收费站的小屋子，穿过中间狭窄的通道，砖石仓库像监狱一样矗立在前方。

“现在，小鬼，我要松开你的脖子，否则你就不能跟我快跑。但我还是会抓牢你的手臂，如果你不能跑得像风一样快，我发誓我会硬生生把它拧下来，然后当做棍棒来打你。明白了吗？”

杰克点点头，瞬间令人窒息的压力从喉咙管消失，与此同时他开始意识到手上的疼痛——又烫又肿，就像火烧一样。可等到盖舍的手像铁箍一样钳住他的上臂时，他又忘记了手上的疼痛。

“啦啦啦！”盖舍用古怪的假嗓子欢快地唱起来，冲着其他人挥挥手雷。“再见，亲爱的！”接着他冲着杰克大叫道：“现在，快跑，你这个小杂种！快跑！”

杰克被猛地一拉，奔跑起来，两人从斜坡向一条大街俯冲下去。刚开始杰克甚至误以为这里就是两三百年以后某种怪异的流行脑炎杀死了世界上所有清醒的人以后的纽约东河大道。

大街两旁零散地停放着些生锈的空壳，肯定曾经都是汽车，其中许多是杰克从没见过的泡状跑车（除了，也许，迪士尼漫画书里戴白手套的人物开的跑车是这样的）。但是在这些废汽车中间他认出一辆很旧的大众甲壳虫，一辆雪佛莱哥维亚，还有一辆他觉得是福特A型车。这些空壳让人不安，而且个个都没有轮子，要么是早就被偷掉，要么就已经化成灰烬。所有的玻璃都是碎的，就好像城里剩下的居民憎恨一切能够反射出自己影像的事物，即使偶尔也不行。

这些废弃汽车下面的下水道里浮满无法辨认的金属垃圾和闪闪发光的玻璃碴。人行道两边间隔地种着树，但每棵树都已经死了，看上去就像刻板的金属雕塑。一些仓库要么被炸毁、要么自动坍塌，而越过这堆碎石杰克可以看见寄河和索桥下面生锈、松弛的支撑钢缆。此时潮湿腐败的气味——那种几乎挥之不去的气味——比以往任何时候都强烈。

大街向正东方延伸，脱离了光束的路径。就杰克目力所及，大街越往下碎石堆越多，六七个街区以外就完全被堵死了。但是盖舍拉着他正是往那个方向奔去。刚开始时他还能跟上，但是盖舍步伐太快，很快杰克就开始喘气、跟不上了。他几乎足不点地地被盖舍拖着，朝远处垃圾、水泥和生锈的钢梁组成的路障冲过去。路障——在杰克看来更像是故意设置在那儿的——挤在两座大楼中间，大楼表面是蒙满灰尘的大理石。其中一座前面放着一尊塑像，杰克立刻就认了出来：那是被称做盲目正义的正义女神像，这让杰克几乎肯定后面是一座法院。但他只来得及匆匆瞥了一眼，之后盖舍就毫不留情地拖着他冲向路障，他根本没法慢下来。

*如果他想穿过那里，我们俩全会丧命！*杰克暗想，但是盖舍——尽管他的脸表明他身患重病，他仍然跑得像风一样快——只是把杰克上臂箍得更紧。此刻一条狭窄甬道出现在摆放得不怎么随便的水泥块、旧家具、锈水管和废弃卡车汽车组成的路障中。他突然明白了。这片迷宫一样的鬼地方会拖延罗兰好几个小时……但它却如同盖舍的后院，所有方向他都*烂熟于胸*。

这堆摇摇欲坠的垃圾的左半边露出甬道狭窄黑暗的入口。他们快到时，盖舍把手里的绿色手雷向后扔出去。“最好俯下身，亲爱的小宝贝！”他大叫，然后歇斯底里地尖声笑起来。片刻之后一阵巨大的爆炸震动了整条大街，一辆泡状跑车被炸向二十英尺高的空中，然后车顶着地砸了下来。一连串的石块从杰克头顶呼啸飞过。突然什么东西砸中了他的左肩，他一个踉跄，要不是盖舍拉起他，他肯定就跌下去了。等爆炸平息，盖舍迅速拖着他奔进碎石堆里的狭窄入口。他们一进入逼仄的通道，阴沉的暗影就延伸过来，瞬间把他们吞噬。

他们的身影消失之后，一个毛茸茸的小身影从一处水泥石块后面探出来。原来是奥伊。它伸长脖子站在甬道入口处，双眸晶晶。过了一会儿，它跟了进去，边走边用鼻子到处嗅来嗅去。

15

“快。”盖舍一转身逃跑罗兰就大叫起来。

“你怎么能那样？”埃蒂质问，“你怎么能让那个神经病抓走杰克?”

“因为我别无选择。把轮椅带上。我们会需要的。”

他们刚走到大裂缝的另一边,一阵爆炸就震动了索桥,碎石激起飞向暮霭沉沉的天空。

“上帝啊!”埃蒂一脸惨白转向罗兰。

“还不用担心,”罗兰平静地说,“像盖舍这样的人很少会对自己的爆炸物大意。”他们走到桥末端的收费站,罗兰在斜坡顶端停了下来。

“你早知道那家伙没有虚张声势,是不是?”埃蒂说,“我是说,你不是在猜测——你实实在在*知道*。”

“他已经是具行尸走肉,这种人根本不需要虚张声势。”罗兰的声音已经非常冷静,但仍旧流露出苦涩与痛苦。“我知道这样的事情会发生,要是我们能早一点发现这家伙,那时我们还在手雷射程之外,我们还有机会阻止他。但当时杰克滑下去,而他已经靠得太近。我猜他以为我们带过来这个男孩儿就是为了付买路钱。该死! 该死的运气!”罗兰愤怒地直用拳头猛砸自己大腿。

“好吧,那我们就把他救回来!”

罗兰摇摇头:“我们就在这里分开。我们不能把苏珊娜带到那个狗杂种去的地方,我们也不能把她一个人丢下。”

“但是——”

“听我说,不要争执——如果你们想救回杰克。我们在这儿站得越长,他的踪迹就会越淡。变淡的踪迹就很难跟踪了。你们有你们的任务。如果还有一辆布莱因,我也肯定杰克是这么确信的,那么你和苏珊娜必须找到它。城里肯定有一座火车站,以前人把那地方称做摇篮。明白了吗?”

埃蒂这次没有丝毫争执:“嗯。我们一定会找到。然后怎么办?”

“每半个小时就打一枪。等我一救回杰克,我就会过来。”

“枪声可能也会把其他人引来。”苏珊娜说。埃蒂抱起她离开了马鞍,她重新坐回轮椅。

罗兰冷静地扫过他俩,说:“你们自己看着办。”

“好的。”埃蒂伸出手,微微碰了一下罗兰的手,“把他救回来,罗兰。”

“噢,我会的。你们只需要向你们的上帝祈祷我能尽快救回他。而且记住你们父亲的脸,你们俩。”

苏珊娜点点头:“我们尽力。”

罗兰转身步伐轻灵地朝斜坡冲下去。等到他在视线中消失以后,埃蒂转过头看看苏珊娜,他发现她哭了。他自己也觉得想哭。半个小时前他们是一个亲密友爱的团队,而仅仅几分钟,联盟就分崩离析——杰克被绑架,罗兰去救他。甚至连奥伊都没了踪影。一阵从未有过的孤独冲击着埃蒂。

“我有预感我们再也见不到他们俩中的任何一个了。”苏珊娜啜泣道。

“我们当然还会再见到他们!”埃蒂厉声反驳,但是他明白她的意思,因为他也有同样的感觉。他的心头沉甸甸地压着一种预感,他们的征途还未真正开始就已经结束。“即使是与匈奴王阿提拉[1]搏斗,我都会赌罗兰有绝对胜算。快,苏希——我们有火车要赶。”

“但是去哪儿?”她绝望地问道。

“我不知道。也许我们需要找到最近的长须精灵问问

---

① 匈奴王阿提拉(Attila the Hun,大约公元 406—453 年),又被称为上帝之鞭(Scourge of God),是中世纪入侵罗马帝国最成功的野蛮入侵者。

路，啊？”

“你又在胡说什么，埃德华·迪恩？”

“没什么。”他回答。他觉得自己的泪水几乎就要决堤，只好抓住轮椅把手，沿着坑坑洼洼、洒满玻璃碴的斜坡向刺德城走去。

16

杰克片刻就来到暗雾弥漫的世界，唯一的界标就是蚀骨的疼痛：突突跳痛的手伤、盖舍铁钳一样的手指箍紧的上臂和他焚烧的肺部。他们还没有跑得太远，左侧身体的疼痛越来越剧烈。他不知道罗兰是否正跟在后面，他也不知道奥伊在这个与它原来生活的平原森林如此迥异的世界里能否存活下来。正在他怔忡之际，盖舍一拳打在他脸上，鼻血瞬间流了下来，所有先前的想法在席卷而来的赤红疼痛中烟消云散。

“快点儿，你这个小杂种！跟上我！”

“跑得……已经最快了。”杰克气喘吁吁地说，险险躲过从左边垃圾墙仿佛一颗透明长牙似的戳出来的一块厚玻璃。

“你最好不是，因为如果这已经是最快，我就会一拳把你打昏然后拽着你的头发拖你跑！给我再跑快点儿，你这个小杂种！”

不知怎的，杰克逼着自己加快速度。他刚刚进入甬道时还以为很快就会回到宽敞的大道上，但现在他很不情愿地发现这是不可能的了。甬道不只是甬道；它实际是一条被伪装、加固的通道，通向戈嫘人的地下城堡。通道两边的高墙摇摇欲坠，向他们逼过来。一系列异乎寻常的材料铸成了两边的高墙：被花岗岩石块完全或部分砸扁的汽车，钢条就搁在上面；大理石柱；爬满暗红铁锈以及被油污染黑的工厂机器；还有一条私人飞机大小的彩色水晶鱼，晶亮的鱼鳞上细致地刻着一个高等语的单词——**喜悦**；乱七八糟的破家具用每环足足有杰克的脑袋那么大的交叉铁链拴住，颤颤巍巍地支在他们头顶，就好像马戏团的大象站在一张小板凳上似的。

这时他们来到一处岔道，盖舍毫不犹豫地选择了左边那条。再向前又有三条窄得几乎是地道的岔道，朝不同方向延伸。这回盖舍选择了右边那条。这条新路的两边看上去由腐烂的纸盒和大捆废纸垒成——估计曾经是书报杂志。岔道非常窄，容不下两个人肩并肩通过。盖舍把杰克推在前面，然后开始毫不留情地打他的后背、逼他快跑。*公牛被赶进屠宰场估计就是这种感受*，杰克琢磨，心中暗暗发誓如果他能活着逃出去，以后决不再吃牛排。

“快跑！我甜蜜的小心肝！快跑！”

杰克很快在这段九曲八弯的小路里迷失了方向。在盖舍的驱赶下，他在这堆废弃陈旧的钢铁、家具与机器的垃圾场里越陷越深，与此同时他也渐渐放弃了获救的希望。现在罗兰已经没有一点机会找到他。即使他努力，他也可能在这个噩梦一般的迷宫世界中迷失方向，甚至直到死的那一天都找不到出口。

接着他们开始下坡，通道两边的废纸堆换成了文件柜、数字计算机和大堆的电脑配件，就好像他们在穿过无线电子城①的地下仓库。整整一分钟从杰克左边闪过的墙面全由电视机或者随意堆放的显示器终端组成，像是死人的眼睛一样盯着他看。随着脚下的路基慢慢下沉，杰克意识到他们现在的确就在地道里面。布满阴霾的天空先是一条宽带，然后窄成一条丝带，最后

---

① 无线电子城(Radio Shack)，美国著名的电子连锁产品商店。

变成了一根细绳。此刻，他们已经身处阴森的地下世界，变成了在巨型垃圾场里乱窜的老鼠。

*如果地道顶砸下来怎么办？*杰克心里暗问，但鉴于他现在所处的疼痛与疲惫状态，这个可能性已经不能让他非常害怕了。如果地道穹顶砸下来，他至少可以休息一下了。

就像农夫鞭打驴子一样，盖舍不停击打他的左肩表示向左转、击打他的右肩表示向右转，如果是直走就直接猛敲杰克的后脑勺。杰克试图躲过一根戳出来的管子，结果没成功。管子击中他的臀部，他跌跌撞撞地向路边一堆玻璃碴扑过去。盖舍及时抓住他，然后又开始把他向前推。“快跑！笨手笨脚的家伙！你不会跑吗？要不是为了滴答老人，老子在这儿就鸡奸你，还要割断你的喉咙。唉，割断你的喉咙！”

杰克已经陷入赤红的眩晕中，能感觉到的只有撕裂的疼痛与落在肩膀或后脑勺的重拳。最后正当他感觉不能再跑下去时，盖舍抓住他的颈后猛拉他停下，动作非常突然，杰克尖叫着撞进他的怀里。

“这儿得当心一点儿了！”盖舍喘着气，兴致昂扬，“向前看，你就能看见紧贴地面有两根交叉的细电线。你看见了吗？”

刚开始杰克没看见。光线很暗，左面是一堆巨型的铜壶，右边则是高高垒起、仿佛潜水用的空钢瓶的东西。杰克觉得自己用力吹口气说不定这些钢瓶就会轰然坍塌。他用前臂揉揉眼睛，把掉落下来的头发捋上去，尽力不去想象十六吨的钢瓶压在他身上的情景。他朝着盖舍手指的方向望过去。是的，他终于看见——很模糊——两根银色的细线，就像吉他或是班卓琴的琴弦，从通道的两边拉出来，交叉点离地约两英尺。

“从下面爬过去，亲爱的宝贝。一定得小心，你只要碰到其中任何一根，城里半数以上的钢铁、水泥就会砸在你的小脑瓜上。我当然也难逃厄运，尽管我猜这点并不会让你难受，对不对？现在，爬过去！”

杰克抖落背上的书包，趴下来把书包从缝隙中塞过去，接着他慢慢地在紧绷的电线下面挪动身体。这时他发现自己实际上还是希望能多活一阵，他几乎可以感觉上面那些危如累卵的垃圾就等着砸在他身上了。也许这两根电线拴着一些特别安置的拱顶石，他心中暗忖。只要其中一根断了……我们就全变成骨灰。他的后背轻轻擦上一根电线，从很高的地方即刻传来噼啪声。

“当心，小家伙！”盖舍轻声说，“一定得当心！”

杰克胳膊肘和脚一起用力，爬过电线交叉点。他汗湿发臭的头发又掉在了眼睛里，可这回他不敢伸手捋开头发。

“你很聪明。”最后盖舍轻蔑地咕哝一声，然后自己熟练地钻过电线。他站起身，趁着杰克还没来得及背上书包就一把抢了过去。“里面是什么东西，小家伙？”他拉开书包带朝里面张望。“有没有什么可以送给你的老朋友？盖舍老朋友可喜欢礼物呐！”

“里面没什么，只有——”

盖舍挥出手，一掌甩在杰克脸上，杰克的头被打得后仰，血又从鼻子里冒出来。

“你为什么这样？”杰克又痛又怒地大叫。

“因为不用你说，我自己该死的眼睛会看！”盖舍边吼边把杰克的书包扔到一旁，然后冲着杰克咧开几乎没牙的大嘴，挤出恶毒的狞笑。“还因为你把这些该死的东西带到我们这儿！”说完他顿了一下，接着用更加平静的语调补充道。“而且因为我愿意——我必须承认这点。你愚蠢的羔羊表情总是勾起我扇你耳光的冲动，就是这样。”他的狞笑慢慢撑大，露出化脓的惨白牙龈，杰克几乎不忍看下去。“如果你强悍的朋友跟我们到这儿，他一碰上电线就会得到大惊喜，不是吗?”盖舍又狞笑着朝头顶望去。“我记得没错的话上面可是停着一辆公共汽车。”

杰克忍不住哭起来——疲倦绝望的泪水沿着他沾满尘土的脸颊滑下，刻出两道泪痕。

盖舍挥挥手，威胁道：“快跑，小伙计，在我自己的眼泪流下来之前……你的老伙计可是非常多愁善感，可以这么说，当他悲伤难过起来，只有扇人耳光才能让笑容重回他的脸上。快跑!”

他们又跑起来。盖舍仍旧击打杰克的肩膀指路，每个看似偶然的选择把他们带向咯吱摇晃、臭气熏天的迷宫深处。突然鼓点声又响了起来，仿佛来自每处又像来自无处。而对杰克来说这却是最后的致命打击。他已经完全放弃了希望与任何想法，任由自己堕落进无边的噩梦之中。

17

罗兰来到堵住大街的路障前，停下脚步。与杰克不同，他并未奢望另一边是宽阔大道。东边的几栋建筑就像布满岗哨的小岛，浮出由垃圾、工具、零件……以及陷阱——对此他没有丝毫怀疑——组成的废物海洋。其中一些无疑从五百、七百甚至一千年前落下来之后就从未挪动，但是罗兰觉得大多数垃圾是戈嫘人一件一件愚公移山似的拖过来的。刺德城的东城区，事实上，已经变成了戈嫘人的堡垒，而罗兰此刻就站在墙外。

他慢慢向前走了几步，发现通道开口半遮半掩地藏在一堆杂乱的水泥块后面。粉尘上可以辨认出两串脚印，一大一小。罗兰正准备站起身，又看了一眼，接着蹲了下来。脚印不止两串，而是三串，第三串是一种小动物的爪印。

“奥伊？”罗兰轻声呼唤。起初并没有回答，过了一会儿从阴影处传来一声轻吠。罗兰踏进通道，发现一对镶金边的眼睛正从第一个弯道盯着他。罗兰朝那头貉獭走过去。奥伊即使到现在还不是特别喜欢与杰克以外的人亲近，它向后退了一步，站住脚，抬起眼焦灼地注视着枪侠。

“你想帮助我吗？”罗兰问。他可以感觉到战斗的狂热就在爆发边缘，但是他知道现在还不是时机。时机即将到来，但是此时他不能允许自己在此失控。“帮我找到杰克好吗？”

“杰克！”奥伊吠了两声，焦虑的眼神始终没有离开罗兰。

“那么走吧。去找他。”

奥伊立刻转身，鼻子贴地迅速地向小巷深处跑去。罗兰跟在后面，偶尔抬起眼看看奥伊，大多时候低头紧盯着破旧的地面，不放过任何蛛丝马迹。

18

“上帝啊，”埃蒂说，“这些家伙到底是些什么人？”

他们从斜坡脚下出发，沿着大道已经走过好几个街区，由于发现前面的路障（恰好与罗兰刚进入的半藏在垃圾堆里的通道擦肩而过），转而向北走去。他们面前出现一段宽阔的大道，甚至让埃蒂想到了第五大道。他不敢告诉苏珊娜他的想法；这个臭气熏天、垃圾满地的死荫之城给他带来的苦涩失望让他甚至不敢开口谈希望二字。

“第五大道”把他们领到一片白色石质建筑矗立的广场，这又让埃蒂想起小时候电视里播放的古罗马角斗士的电影。广场建筑的风格非常严肃，而且大多数仍保存完好。他相当肯定这以前是某种公共场所——画廊、图书馆，也可能是博物馆。其中一座有个圆顶，现在已经布满裂纹像个花岗岩材质的花纹蛋。这儿很可能曾经是天文台，尽管埃蒂曾经读到过因为光害会影响天文观测，天文学家都喜欢选择远离大城市。

这些雄伟的建筑间有许多块开阔空地。尽管曾经种在这里的花花草草现今已被丛生的野草灌木取代，但这片区域仍旧散发出庄严的气派，埃蒂猜这儿也许曾经就是刺德城的文化生活中心。当然那是很久以前了；埃蒂可不相信盖舍和他的那帮同党会对芭蕾舞或者室内乐有丝毫兴趣。

他推着苏珊娜来到主要的四岔路口，四条宽阔的马路轮辐一样朝四面辐射出去，而轮子的中心处是一片砖石铺砌的大广场。广场四周环绕着四十英尺的钢柱，柱子上还挂着扩音喇叭。广场中央是一块塑像的底座，上面的塑像只剩下一部分——一匹巨大的前蹄悬空的青铜骏马，马身上已经生满绿色铜锈。曾经驾驭这匹骏马的战士倒在一边，一手挥着看起来像机关枪的武器，另一只手舞着一把剑。他的两腿蜷在原来的坐骑身上，靴子却还焊在两侧的马镫里。**戈嫘人死**四个字用已经褪色的橙漆写在底座上面。

埃蒂朝辐射四方的马路眺望过去，看见更多挂着扩音喇叭的钢柱。其中一些已经倒塌，但是大多仍旧屹立，更令人毛骨悚然的是每一根钢柱上都挂着一圈尸首。这幅景象简直就像是一小群死尸组成的军队守卫着这块位于“第五大道”尽头、辐射出四条马路的广场。

“这些家伙到底是些什么人？”埃蒂又问了一遍。

他并没有指望得到回答，而苏珊娜也没有给出答复……但她其实本来是能回答的。她曾经洞悉罗兰世界的过去，但从未有任何的领悟像现在这么清晰与确定。以前的那些领悟，就像她在河岔口拥有的那种，只是像梦境一样模糊难辨，但是现在领悟电光火石般击中她，仿佛一道闪电打来、照亮了疯汉扭曲险诈的脸。

扩音喇叭……吊挂的尸首……鼓点声。刹那间她明白这些东西怎么会凑在一块儿，就如同她理解不是骡子或马而是牛拉着载满货物的货车经过河岔口驶向吉姆镇。

“别理会这些垃圾，”她的声音只是微微颤抖，“我们想要的是火车——你觉得是哪条路呢？”

埃蒂抬头望了望墨黑的夜空，翻滚的云朵很容易让他辨认出光束的路径。他回头望了望，发现一头巨大的石龟守护在最接近光束路径的那条街道入口处，却也并不特别惊讶。石龟的脑袋从花岗岩龟壳下伸出来；深陷的眼瞳仿佛正好奇地打量着他们。埃蒂冲着石龟点点头，挤出一丝干笑。“看那宽宽乌龟脊？”

苏珊娜瞥了一眼，点点头。埃蒂推着她穿过市中心广场，向石龟大街走去。街道两边悬挂的尸首散发出一种干桂皮的气味，让埃蒂的胃部抽搐……却并非因为恶心，反倒是因为那种味道相当宜人——是那种小孩子喜欢撒在早餐吐司上的香甜调味料的味道。

石龟大街很仁慈地非常宽阔，挂在两边钢柱上的死尸大多与干尸相差无几，但是苏珊娜发现有一些还没干透，苍蝇绕着肿胀的脸庞和发黑的皮肤乱飞，肉蛆从腐烂的眼窝里不断蠕动而出。

而每个扩音喇叭下面都有一小堆白骨。

“肯定有成千上万的，”埃蒂说，“男人，女人，小孩。”

“是啊，”苏珊娜平静的声音听上去非常遥远，连她自己都觉得陌生，“他们有足够的时间互相杀戮，而看起来他们也没有浪费一分一秒。”

“那些该死的睿智精灵真是活该！”埃蒂说，接着他大笑起来，可听上去更像哭声。他觉得他终于理解了那句委婉说法——世界已经转换——真正的含义，里面掩藏了太宽广的无知与罪恶。

太宽广了。

扩音喇叭是战争爆发时的临时设施，苏珊娜暗想。它们当然是。只有上帝知道是什么战争，多久以前爆发，但肯定不是件小事。剌德城的统治者从市中心的防空掩体里——那种二战结束前希特勒用来发布撤退命令的碉堡——用扩音喇叭通知、公告。

而且她可以听见从扩音喇叭里传出的广播——就像她清晰地听见货车吱呀作响地经过河岔口、清晰地听见皮鞭打在奋力拉车的牛背上。

A 区与 D 区今天将会关闭；请带好适当的优惠券转移到 B 区、C 区、E 区与 F 区。

民兵第九、十与十二班请速至寄河边报到。

八点到十点间预计会有空袭。所有不参加战斗的居民请到各自分配的避难棚。请携带防毒面具。重复一遍，请携带防毒面具。

广播，是的……还有些新闻片断——那种被乔治·奥威尔[①]称作夸大其词的军事宣传。尖锐的军乐插播在新闻与广播的间隙，夹杂着蛊惑煽动的言词，假借尊重牺牲者的名义要把更多的

---

① 乔治·奥威尔(George Orwell，1903—1950)，英国著名作家，代表作有《一九八四》《动物庄园》。

男男女女派往战争的屠宰场送死。

后来战争结束，世界重新归于平静……却没有多长时间。某天，扩音喇叭又开始广播。那是多久以前？一百年？五十年？可是这又有什么关系？真正重要的是当这些扩音喇叭重新启用时，它们唯一做的就是重复广播一段磁带……鼓点声的磁带。城市最初居民的后代以为这是……是什么？乌龟的歌声？光束的意愿？

苏珊娜回忆起她父亲是个颇为愤世嫉俗的人。以前她问过他是否相信天堂有上帝控制着人类的一切。呃，他当时回答，我认为这事儿是一半对一半，奥黛塔。我确信有上帝存在，但我觉得如今上帝和我们已经没有任何联系了，我相信自打我们杀了他的儿子以后，他最终想通了，他对亚当和夏娃的子女无能为力，终于决定洗手不干了。聪明的家伙。

听了父亲的回答（正在她的意料之中；十一岁的她已经颇能领会她父亲的思路了）后她给父亲看了一则刊登在当地报纸社区教堂版的小文章，上面说循道卫理联合教会主恩堂的莫多克神父将在礼拜日就“上帝每天都与每个信徒对话”的话题讲道——并会引用《哥多林前书》[①]的一段原文。她父亲笑得前仰后合，甚至从眼角渗出几滴眼泪。呃，我猜我们每个人都会听见某些人说话，他最后说，有一桩事情你永远不用怀疑，亲爱的：我们每个人——包括现在的莫多克神父在内——都会听见那个声音说出他们恰好想听的话。这样可非常方便。

显而易见，这些人想从鼓点磁带中听见的就是进行祭祀杀戮的邀请。而现在，当鼓点声从成千上万的扩音喇叭中播放出来时——只是Z.Z.托普合唱团《尼龙搭扣》的背景节奏，如果埃

---

① 《哥多林前书》(*First Corinthians*)，《圣经·新约》中的一卷。

蒂没说错的话——这声音立即就变成让他们解开绞首绳套、把几个家伙吊上钢柱的信号。

有多少人？她心中暗问，同时埃蒂推着她的轮椅经过满地的玻璃碴和大堆的废纸，伤痕累累的轮子轧在这些垃圾上面咔嚓作响。这么多年来有多少人因为这种某处电路出的小毛病而丢了性命？这一切的起因难道是他们发现了这段音乐不属于这里——就像我们，那架飞机和街上的一些汽车一样——而来自另一个世界？

她不知道答案，但是她知道她已经相信了她父亲对于上帝和上帝与亚当、夏娃的子女对话的观点，尽管有一点愤世嫉俗。这些人只是一直在寻找一个理由相互屠戮，而鼓点声是他们能找到的最合适的选择。

她又想起了路上看到的蜂窝——假如他们愚蠢地误食了那些白蜜蜂的蜂蜜一定已经中毒身亡。而这里，寄河的另一边，则是另一个濒死的蜂窝；里面有更多变种的白蜜蜂，而且它们的困惑、迷惘、混乱与它们的毒刺一样能置人于死地。

而在磁带最终坏掉之前还有多少人要丧命？仿佛是她的想法起了作用，不间断的鼓点突然从扩音喇叭中响起。埃蒂惊呼一声，苏珊娜更是尖叫着捂住耳朵——但在她来得及捂住耳朵之前，她居然隐约听见了音乐的其余部分，仿佛有人在若干年前按下了平衡键(也许完全是意外)，消去了其他音轨，导致吉他伴奏与人声演唱全被抹去。

埃蒂继续沿乌龟大街与光束的路径推着轮椅前进。他努力眼观四路、耳听八方，也努力不去闻那些腐尸的气味。感谢上帝，起风了，他心里暗想。

他一路看着白色大楼之间长满杂草的缝隙，不断搜寻绵延在高空的单轨铁道，同时加快了步伐。他希望能尽快走完这段死人大道，却又仿佛怎么也走不到尽头。他又深深吸入了一口带着干桂皮气味的香甜空气，居然发现这味道是他有生以来最渴望的。

19

盖舍毫无预警地拽住杰克的后领、狠命地迫使他刹住脚步，那力道就像残酷的骑手拉住飞奔的坐骑。杰克的眩晕猛然被打破。同时盖舍向前顶出一条腿，杰克猛地向后仰倒，后脑勺撞在地面上，一刹那四周变得一片漆黑。接着，那个不知人道为何物的盖舍拽住杰克的下嘴唇凶残地向上拉，硬生生把他提了起来。

杰克尖叫着坐直身体，双拳在空中胡乱挥动。盖舍毫不费力地躲过了杰克的拳头，同时伸手撑在杰克的腋窝把他拉起身。杰克站起身，像醉汉一样前后摇晃。他现在已经不会抵抗，甚至已经无法思考，唯一确定的就是他身上每块肌肉都在疼痛，手上的伤口就像落入陷阱的困兽一般拼命嚎叫。

显而易见的是盖舍现在需要稍息片刻喘口气。他弓着背站起身，双手撑在绿裤子的膝盖部位，气喘吁吁，每次呼吸都带出嘘嘘哨音。他头上的黄头巾滑歪到一边，而那只没瞎的眼睛就像廉价水钻一样晶亮发光。白丝眼罩起了皱，布满脸颊的脓疮十分可怕，脓水还在不断向外涌。

“你自己抬头看看，小鬼，就会明白我为什么让你停下来。好好看看！”

杰克仰起头，在极度震惊中发现他其实已经预料到会看见的景象：一个房车大小的大理石喷泉就吊在他们头顶八英尺的地方，被两根几乎藏在教堂长椅里的生锈电缆吊在空中。他和盖舍几乎就在喷泉正下方。即使是处于现在近乎麻木的状态，杰克都发现这两根电缆的磨损程度比索桥上所剩无几的吊索要严重得多。

“看见没有?”盖舍咧开嘴笑着问。他的左手举到戴眼罩的那只眼睛边，拉开眼罩从下面挖出一团脓状的东西，然后若无其事地甩到一边。“很漂亮，不是吗？噢，滴答老人可真是聪明，真的，从不犯错。（该死的鼓声到哪里去了？现在应该已经开始了——如果铜头忘记了，我就把一根木棍戳进他的屁股直到他尝到树皮的滋味）现在向前看，美味的小鬼。”

杰克照做，盖舍猛地打了他一下，杰克向后一仰，差点儿摔下去。

“不是朝对面看，白痴！朝下看！看没看见两块黑色鹅卵石?”

过了一会儿，杰克看见了目标，面无表情地点点头。

“你可不要想踩在上面，因为那两块石头就会把上面的东西送到你的脑袋上，你就会脑浆四溅，小鬼，想要给你收尸还得带上一沓儿厚草纸，明白吗?”

杰克又点点头。

“很好。”盖舍最后深深吸了一口气，然后拍了拍杰克的肩膀，“接着跑，还在等什么？快！”

杰克跨过第一块变了颜色的石头，发现那实际上并不是鹅卵石，而是一块扭成石块状的金属板。第二块就放在前面，设置得非常狡猾，如果一个不知情的闯入者没踩着第一块也肯定逃不过这第二块。

向前走，然后踩上去，他暗忖。为什么不？枪侠永远不可能走出迷宫找到你。所以踩上去，让那东西掉下来，这样总比盖舍和他的朋友将对你做的事情来得干净。而且也快。

杰克的脚落在了陷阱扳机的前方。他打算再多活一段时间并不是因为他还存着被罗兰救出的希望；这不过是罗兰也会选择的方式——一直向前走直到被迫停止，甚至被迫停止以后还要奋力再向前爬几码。

如果他现在这样做，他可以让盖舍陪着他一起死，但是单独盖舍一个人是不够的——单单看他一眼就知道他说自己已经是个将死之人丝毫没有说假话。如果他继续坚持下去，他可能有机会让盖舍的朋友陪葬——甚至那个叫做滴答老人的家伙。

如果我真的要死，杰克暗暗打定主意，*我宁愿拉上足够多的同伴*。

罗兰会明白的。

20

杰克低估了枪侠在迷宫中跟踪他们的能力；杰克的背包只是留下的最明显的记号，但是罗兰很快意识到他不需要停下来寻找记号。他只需要跟着奥伊就行。

尽管这样，每到岔口他还是会停下来希望能更加确定。而每次他停下来，奥伊都会扭回头发出不耐烦的低吠，仿佛在说，*快点儿！你难道想跟丢他们吗？*他注意到的记号足足有三次——一条脚印、杰克衬衫上的一根线头、盖舍的黄头巾上的一块碎布——都证明了这头貉獭的选择没错。这以后罗兰就只是跟着奥伊了。他并没有放弃寻找记号，但他不再为此放慢脚步。这时，鼓点声又起，而恰恰是鼓点声——再加上盖舍对杰克随身带的东西的怀疑——在那天下午救了罗兰的命。

他猛地刹住，在还没有意识到那是什么声音之前枪就握在了手里。等他终于反应过来后，他把枪放回了皮套，不耐烦地抱怨了一声。正当他打算继续前进时，杰克的背包首先落入他的眼睑……然后他注意到了书包左边悬在半空的两根微微反光的条纹。罗兰眯缝起眼睛，终于看清楚就在他前面三英尺处，高度大概在膝盖处的半空中交叉着两根细电线。天生身形就矮的奥伊灵巧地钻过了两根电线交叉而成的倒V字形，但是如果不是鼓点声、如果不是他发现了被丢弃的书包，罗兰也许就已经撞上这个陷阱了。他顺着电线的方向望上去，发现两堆垃圾并不是偶然地悬在通道两边的墙头，罗兰的心头一紧。刚才真是千钧一发，是卡救了他。

奥伊催促地叫起来。

罗兰趴下身，小心地从电线下面慢慢爬过去——虽然他比杰克和盖舍都高大，但他发现真正高大的人根本不可能从电线下面安全爬过而不触发这场精心策划的雪崩。鼓点一声声震动他的耳鼓。*真不知道这群人是不是全疯了*，他暗忖。*如果我每天都得听这声音，我想我会疯的。*

他爬到电线的另一端，站起身捡起书包，看见杰克的书和几件衣服都还在里面，以及一路上他收集的宝贝——一块带有看上去像金子的黄色条纹的石头；一根估计是以前人留下来的箭头，这是杰克在进入这个世界的第二天从小树林里找到的；一些来自他自己世界的硬币；他父亲的太阳镜；还有一些只有小男孩儿喜欢、理解的东西。他肯定想找回这些物品的……如果罗兰能赶在盖舍和他的朋友改变他、伤害他、导致他丧失所有小男孩儿的纯真、兴趣、追求和好奇心之前把他救回来。

盖舍扭曲的狞笑瞬间涌进罗兰的脑海，那是一副瓶中魔鬼的嘴脸：断裂的牙齿、空洞的眼神、爬满脸颊与下颌的脓疮。*如果你敢伤害他*……他心里暗想，然后强迫自己不再想下去，因为想下去也是条死胡同。如果盖舍伤害了这个男孩儿，(*杰克！*他心里激烈地坚持更正——*不仅是男孩儿，而是杰克！杰克！*)罗兰一定会杀了他，是的。但是杀了他还是毫无意义，因为盖舍已经是个死人了。

枪侠调长肩带，这个灵活的带扣让他颇为惊叹，然后自己背上书包站起身。奥伊转身正要离开，罗兰叫了它一声，这头貉獭扭过头。

“到我这儿来，奥伊。”罗兰并不知道这头貉獭是否能听懂他的话（或者即使听懂了是否会顺从），但如果它靠紧过来是最好——也更安全。有第一个陷阱就会有第二个，下次奥伊就不一定这么幸运了。

“杰克！”奥伊没有动，叫了一声。叫声非常肯定，但那双眼睛却流露出它的真实感受：恐惧染黑了它的双眼。

“是的，但是太危险了，”罗兰说，“到我这儿来，奥伊。”

他们过来的路上有样东西重重地砸了下来，估计是被鼓点的巨大震动震下来的。现在罗兰能够看见挂着扩音喇叭的钢柱，仿佛古怪的长颈动物似的从垃圾堆里探出头。

奥伊朝他走过来，喘着气抬起头。

“靠紧点儿。”

“杰克！杰克-杰克！”

“是的。杰克。”他跑起来，奥伊紧紧跟在他身侧，动作比罗兰见过的任何一只狗都要轻巧灵活。

21

对埃蒂来说，一切都好像似曾相识：他推着轮椅与时间赛跑。虽然海滩换成了乌龟大街，但是其他一切都非常相似。噢，还有另一个相应的区别：这回他要找的是火车站（或者又称做摇篮)，而不是一扇孤零零的门。

苏珊娜坐在轮椅里，身板挺得笔直，头发被风齐齐吹到脑后，右手紧紧攥着罗兰的左轮枪，枪管指向阴云滚动的天空。鼓点像是大棒一样咚咚咚地震动他们。前方的街上出现了一个圆盘状的巨大物体，埃蒂大概是受到了街道两旁古典风格建筑的启发，紧张过度的脑海中居然浮现出朱庇特与托尔[①]正在玩飞盘游戏的画面。朱庇特把飞盘掷出很远，托尔没接住让飞盘掉落云层——见了什么鬼了，居然想到了奥林匹斯山上的众神娱乐时间。

众神的飞盘游戏，他边想边推着苏珊娜绕过两辆生锈的旧汽车，这概念还真是夸张。

他把轮椅推到了人行道上以便绕过这个巨型物体。近距离地看，他发现这东西就像是某种碟形卫星天线。过一会儿他又重新把轮椅推回到街上——人行道上垃圾遍地，根本也节省不了多少时间——这当口，鼓声再次戛然而止。回声旋荡在天空，然后新的平静又笼罩大地，只是埃蒂意识到这儿并没有真正寂静无声。前方乌龟大街和另一条大道的交界处露出一栋大理石建筑的拱形入口。建筑表面乱哄哄爬满藤蔓一样的绿色植物，不过依旧宏伟甚至庄严。建筑后面的角落里一群人正兴奋地大叫。

“不要停下来！”苏珊娜尖声说，“我们没有时间——”

兴奋的叫声中传出一声锐利的叫喊，歇斯底里，同时还伴随着赞同的呼声。令埃蒂难以置信的是他还听见掌声，就像在大西洋城[②]的赌场里助兴表演结束后爆发出的掌声。尖叫的人好

① 朱庇特(Jove)是古罗马神话中的主神，众神的首领；托尔(Thor)，北欧神话中的雷神。

② 大西洋城(Atlantic City)，美国新泽西州东南部著名的赌城。

像被窒息，尖叫声变成临死前挣扎的哽咽，听上去就像蝉鸣。埃蒂感觉到颈后的汗毛都倒竖起来。他瞟了一眼最近一根钢柱上的尸体，终于明白酷爱娱乐的陴猷布人又在当众行刑了。

简直太棒了，他暗想。倘若现在是托尼·奥兰多与唐[①]在唱《敲三次》这首歌，他们就可以一道高高兴兴地下地狱了。

埃蒂好奇地瞄了一眼角落那儿的石堆。近处的藤蔓散发出强烈的草药味，苦得把他的眼泪都熏了出来，但是比起干尸散发出的干桂皮香味，他宁愿闻这苦味。藤蔓绿色的茎须一捆捆挂下来，形成一道道藤蔓瀑布遮住了一排原来的拱形入口。突然，一个人影从其中一道瀑布中钻出来向他们疾冲过来。是个小孩儿，埃蒂发现，而且从身形判断这小孩刚刚过了穿开裆裤的年纪。他一身小公爵方特洛伊[②]的打扮，穿着古怪的白衬衫和丝绒短裤，头上还系着许多缎带。埃蒂突然有一股冲动想把手举过头顶、挥手大叫嘿嘿嘿，我们到剌德城了！

“快！”小孩儿用尖细的童音喊道，边跑边漫不经心地用左手拂去黏在头发上的几根绿色茎须。“他们打算杀死斯班克！这回轮到斯班克去鼓声的领地！快点儿，否则你们就要错过整个仪式了，神都会诅咒的！”

苏珊娜同样被这个小孩儿的外形吓了一跳，但是当他越跑越近时，她发现他用手拂去缠绕在头发上的藤蔓的动作非常怪异、笨拙：他一直只用一只手，另一只手打他从藤蔓瀑布里面钻出来后就一直藏在身后。

这也太笨了！她心里琢磨，这时脑海中突然像放录像一样

---

① 托尼·奥兰多与唐（Tony Orlando and Dawn），美国七十年代初的当红流行歌手，代表作为一九七三年四周排行榜冠军歌曲《在老橡树上绑根黄丝带》。

② 《小公爵方特洛伊》（*Little Lord Fauntleroy*），著名儿童小说，又译做《小公子》、《小爵爷》，作者弗朗西丝·霍奇森·伯内特（Frances Hodgson Burnett），该小说于一九三六年被搬上银屏。

闪现出以前的景象，她听见罗兰站在桥尾说。我知道这样的事情会发生……如果我们能早一点儿发现这家伙，那时我们还在手雷射程之外……该死的运气！

那个小孩儿跨过人行道向他们径直奔来，她举起罗兰的手枪对准了他。“站住！”她大声喝道，“不许动，你！”

“苏希，你在干什么？”埃蒂大声问。

苏珊娜对他的话充耳不闻。事实上，苏珊娜·迪恩此时已经消失；坐在椅子上的换成了黛塔·沃克，淬炼的眼瞳里狂热地闪着怀疑。“站住，否则我开枪了！”

小公爵方特洛伊仿佛没听见她的警告。“怎么样！”他开心地大叫。“你们要错过最精彩的表演了！斯班克要——”

他的右手终于从身后伸出来，与此同时，埃蒂意识到他们俩眼前的这个并不是一个小孩儿，而是一个畸形侏儒，他的童年早就是遥远的过去。他脸上那种让埃蒂起初误以为是孩童兴奋的表情实际上却是冷酷憎恨与狂热愤怒的混合体。侏儒的脸颊、眉毛上布满被罗兰称做“娼妓花”的脓疮，已经流脓变色。

苏珊娜没有看见他的脸，相反她全副精神注意到他慢慢抽出的右手以及手上拿着的那个暗绿色的球。她需要看见的就是这个。罗兰的手枪砰地响了一声。侏儒中弹，向后仰跌在了人行道上，同时嘴里发出疼痛、愤怒的尖叫。他松开了手雷，手雷在地上弹起，然后朝着他奔出来的拱形入口方向滚过去。

就像一场梦似的，黛塔消失了。苏珊娜惊讶、害怕、沮丧地看着还在冒烟的枪口与躺在人行道上的人影。“噢，我的耶稣！我打中了他！埃蒂，我打中了他！”

“戈嫘人……死！”

小公爵方特洛伊还试图抗争地尖叫出这几个字，但伴随着一连串咳嗽的是他吐出的血，染红了镶褶边衬衫上所剩无几的几块白布。街角大厦那里传来一阵闷爆，拱形入口外面蓬乱的绿色藤蔓像被一阵疾风吹起的旗子似的朝外翻滚掀起，同时滚滚浓烟从里面冒出。埃蒂连忙转身站在苏珊娜身前，用身体遮挡住她。他感到一阵水泥碎片——幸运的是都很小——像雨水似的淋在他的背上、颈后、头顶。左边传来一连串拍打水面的声响，他微微睁开眼睛向那个方向瞄过去，结果看见小公爵方特洛伊的脑袋滚到水沟旁停了下来。他的眼睛还睁着，嘴唇固定成临死前绝望嚎叫的口形。

这时又纷纷传来其他声响，有尖叫，有号哭，都非常愤怒。埃蒂推着苏珊娜的轮椅——轮椅的一个轮子卡住了，被迫停了下来——他朝着侏儒冲过来的方向望去。又有大概二十个衣衫褴褛的男男女女从那个方向过来，有些从街角那儿钻出来，另一些人穿过遮住拱形入口的藤蔓幕帘，就像恶鬼似的从手雷爆炸后的浓烟中现出身形。他们大多都头戴蓝色头巾，所有人手持武器——各式各样的(其中有些甚至寒碜得让人同情)武器，比如锈剑、钝刀、碎木棍，其中还有一个男人手里勇猛地挥舞一把斧头。他们是阼猷布人，埃蒂暗忖。我们打断了他们私下的行刑仪式，这回可把他们惹毛了。

当这群人瞥见坐在轮椅里的苏珊娜和单膝蹲在前面的埃蒂时，他们大声喊道——杀死戈娌人！杀死他们俩！他们杀死了拉斯特！上帝要夺去他们的眼睛！为首的那个男人腰上围着一块苏格兰格子布，手里狂乱地挥舞一把弯刀(弯刀差点儿把他后面一个胖女人的头割下来，如果不是她躲得及时的话)向前冲过来。其余人兴奋地高呼着紧随其后。

罗兰左轮枪的枪筒里砰砰射出几枚子弹，爆炸声在翦翦阴风中回荡。子弹率先轰掉了最前面围着苏格兰格子布的阼猷布人首领的脑袋，喷出的鲜血瞬间染红了他旁边差点儿被弯刀砍中的胖女人的菜色皮肤，她顿时惊惶失措地号啕大哭起来。其他人经过胖女人和死去的男人时个个都睁大眼睛，近乎疯狂。

“埃蒂！”苏珊娜尖叫着再次开枪。又一个身穿镶缎斗篷、及膝皮靴的男人倒地而亡。

埃蒂伸手去摸他的鲁格枪，一瞬间惊恐地以为他把枪弄丢了。原来是不知怎么回事，枪把手滑进了他的裤腰里。他的手紧紧握住枪把手，用力向外拔，可这该死的玩意儿怎么也不出来。枪筒上的准星不知怎么地卡在他的内裤里。

苏珊娜连开三枪，每枪都命中一人，但这并没有放慢陴猷布人向前冲的步伐。

“埃蒂，帮帮我！”

埃蒂扯开裤子，感觉整套动作就像对超人的蹩脚模仿，最终他好不容易拔出了鲁格枪。他的左掌击中保险栓，一只胳膊肘抵在大腿上，然后开始射击。根本没有必要思考——甚至没有必要瞄准。罗兰曾经告诉过他们，战斗中枪侠的双手能够完全自主，现在埃蒂发现他说得一点儿没错。而且无论如何，这么近的距离即使一个瞎子也不会打不中。苏珊娜已经把冲过来的陴猷布人人数减少到不超过十五个；埃蒂则像疾驰过麦田的巨风，两秒钟之内又干掉了剩下人中的四个。

此时，这群人原来单一的表情，那种愚昧无知的热情，开始瓦解。其中一个挥舞斧头的人突然把他的武器扔到了一边，忙不迭地迈开因为关节炎而严重变形的双腿夸张地奔过去捡武器。另外两个人也跟在他后面跑了，其余人则没有方向地在街上乱转。

“跟上来！”一个看起来年轻些的男人大叫。他脖子上扎着一块蓝围巾，就像接力赛跑运动员的宽领带。光溜溜的脑袋上只剩下两撮鬈曲的红发，一边各一撮。这家伙在苏珊娜看来就像小丑克莱拉贝尔[①];在埃蒂看来,他则更像麦当劳叔叔,但两人同时意识到他是个麻烦。他扔出一根大概是由铁桌腿改成的长矛,落在埃蒂和苏珊娜的右侧。“快跟上来,我说! 如果我们团结起来我们就能打败他们——”

“对不起,哥儿们。”埃蒂咕哝一声,然后一枪击中他的胸部。

克莱拉贝尔/麦当劳叔叔向后踉跄几步,一只手摸向衬衫,瞪大眼睛死盯着埃蒂,眼神里毫无掩饰地表明他的心碎:事情不应该发展成这样。他的手落在了一边,嘴角流出一串鲜血,在阴暗的天色下显得特别鲜艳。剩下的几个牌酞布人默默地看着他倒下,接着其中一个转身拔腿就跑。

“不许动,”埃蒂说,“别动,我的朋友,否则你就只能最后看一眼这个世界了。”接着他提高了嗓门。“放下武器,各位! 全部放下! 现在!”[②]

“你……”那个垂死的男人轻声问,“你……枪侠?”

“没错儿。”埃蒂回答,严肃的眼神扫过剩下的牌酞布人。

“乞求你的……原谅。”红发男人喘着气说完这句话之后俯面扑倒在地上。

“枪侠?”另一人问道,声音里难掩知道真相后的那种恐惧。

“呃,你们非常愚蠢,但耳朵倒还挺灵,”苏珊娜说,“这也挺重要的,不管怎么样。”她挥了挥枪筒,埃蒂相当肯定里面已经空了。提起这个,埃蒂揣测着鲁格枪里还有几发子弹。现在他才发现自己根本不知道一个弹夹里可以装多少发子弹,他暗暗咒骂自己是个蠢蛋……但是难道他预料到事情会发展到这一步吗? 他可不这么认为。“你们听见他的话了。放下武器。休息

---

① 小丑克莱拉贝尔(Clarabell the Clown),美国二十世纪五十年代电视节目“胡迪·都迪秀”的主人公,是个住在都迪镇的红头发小丑。

② 原文为高等语。

结束了。”①

他们一个接着一个地照做。那个脸上被溅了几乎一品脱弯刀-格子布先生的血的胖女人说道:“你不应该杀死文思顿,先生——今天是他的生日,他的生日。”

“呃,那我猜他应该待在家里多吃一块生日蛋糕。”埃蒂回答。鉴于刚才的这段经历,他觉得这个女人的话和他自己的回答没有一丁点儿超现实的意味了。

剩下的障猷布人中有一个骨瘦如柴的女人,金黄的长发一簇簇从头皮上长出来,就好像她得了斑秃。埃蒂瞄见她想朝侏儒的尸体——和远处爬满藤蔓的拱形入口——挪过去,就开了一枪,子弹正落在她脚边开裂的路面上。他不知道自己想对她怎么样,但是他可不希望任何一个人给其他人丝毫逃跑的提示。一部分是因为他担心如果这群病态狂怒的人试图逃跑的话他的双手会做出什么。无论他的理智是如何看待,他这双手说实话还是挺喜欢这个开枪射杀的行当。

“站在原地不要动,美人。亲民警官说要谨慎行事。”说完他瞥了一眼苏珊娜,她惨灰的脸色让他十分担心。“苏希,你还好吗?”他低声问。

“还好。”

“你不会昏倒吧,啊?因为——”

“不会。”她深深地看他一眼,双眸深如潭水,“只是我以前从没杀过人……行吗?”

呃,你最好习惯,这句话都涌到唇边,但他还是咽了回去,视线转向前面剩下的五个人。他们阴沉畏惧地看着他和苏珊娜,但是仅此而已,还谈不上恐惧。

---

① 原文为高等语。

他妈的，这帮人已经忘记恐惧是什么了，他暗想。快乐、悲伤、爱……也全忘了。估计他们住在炼狱的日子太久，已经根本没有任何感情。

然后，他想起刚刚听见的笑声、兴奋的呼喊、演出结束后的掌声，只好修正了刚才的想法。起码还有一样东西仍能刺激他们，打开他们情感的开关。斯班克就能作证。

"这儿谁负责？"埃蒂边问边谨慎地观察远处的十字路口，以防其他人突然有胆子又冲回来。到目前为止他还没有发现可疑情况，估计其他人决定让他们的伙伴自生自灭了。

他们疑惑地面面相觑，最后那个脸上溅满血迹的胖女人开口。"斯班克曾经是，但是当这次上帝之鼓响起时，斯班克的石头从帽子里掉出来，我们就派他去跳舞了。我猜文思顿应该能继任，但是他却被你那把天杀的手枪结果了性命，他的性命。"她小心地抹了抹脸颊上的血迹，看了一眼，然后又阴沉地望向埃蒂。

"好吧，那么你觉得文思顿舞着那把天杀的长矛想对我怎么样？"埃蒂反问。他忿忿地发现这个女人实际上已经让他对所做的事情感到愧疚。"为我修鬓角？"

"还杀死了弗兰克和拉斯特，"她执拗地继续控诉，"你们到底是什么人？要么是戈孆人，这很糟糕，要么是两个受诅咒的外乡人，这更糟糕。城北的陴猷布人还剩下谁？陶普希，我猜——水手陶普希——不过他不在这儿，不是吗？他乘着船去了河下游，唉，去了河下游。上帝也诅咒他，我说！"

苏珊娜没再听了，那个女人刚刚说的一句话勾起她的联想，让她全身倏地僵住。斯班克的石头从帽子里掉出来，我们就派他去跳舞了。她记得大学时曾读过雪莉·杰克逊[①]的小说《摸彩》,心里明白了眼前这些最初障猷布人的堕落后代正经历着杰克逊的噩梦。他们知道自己必须参加令人毛骨悚然的抽签仪式,但不像小说里写的那样一年一次,而是一天两三次,难怪他们已经没有能力感受任何强烈的感情。

"为什么?"她尖锐地问那个满脸血迹的胖女人。"你们为什么这样做?"

胖女人看着苏珊娜,仿佛她是天字第一号傻瓜。"为什么?这样那些藏在机器里的魔鬼就不会驱使已死的魂灵——障猷布人和戈嫘人——从街上的大洞里钻出来吃我们了。傻瓜都知道这一点。"

"世界上根本没有鬼魂。"苏珊娜回答,不过语气连她自己听上去都像是骗人的废话。当然有了。在这个世界上鬼魂到处游荡。但是她仍旧继续说。"你们称做上帝之鼓的声音只是一段卡在机器里的磁带发出的。这就是全部真相。"突然,她脑中灵光一现,又补充了一句:"或许这根本就是戈嫘人故意安排的——你们想过没有?他们住在城市的另一边,不是吗?而且还住在城下。他们一直想把你们赶出去。也许他们终于找到了一个极有成效的办法让你们自己帮他们达到这个目的。"

满脸血迹的胖女人身旁站着一个上了年纪的老者,他头戴一顶看起来似乎是世上最古老的圆顶礼帽,穿着一条边角已经磨破的卡其布短裤。他向前踏了一步,优雅的神情让他暗里的轻蔑变成了锐利的刀锋。他开口道:"你错了,枪侠女士。刺德城底藏着许多机器,里面住满魔鬼——他们是恶魔的灵魂,憎恨

① 雪莉·杰克逊(Shirley Jackson),美国著名短篇小说家,其代表作《摸彩》(*The Lottery*)于一九四六年发表,表现了人性恶,堪称美国现代短篇小说经典。

所有活着的人。他们具有强大的能力，可以唤醒死人……在刺德城可是有无数的死人能被唤醒的。”

“听着，”埃蒂说，“你们自己有没有亲眼见过任何一个鬼魂，吉夫斯[①]？有没有任何人？”

吉夫斯翘起嘴唇，什么也没说——但是单单翘嘴唇的动作已经表明了一切。他仿佛在问，对一帮只会开枪、不会用脑的外乡人还能指望什么呢？

埃蒂觉得最好还是不要讨论下去，无论如何他从来就不是做传教士的料。他冲着满脸血迹的胖女人挥了挥鲁格枪。“你和你这儿的朋友——这个看上去像是退休英国男管家的家伙——带我们去火车站。到那儿之后，我们就可以说再见了。我实话对你说：这会让我他妈的非常开心。”

“火车站？”那个看上去像吉夫斯管家的老者问道，“什么是火车站？”

“带我们去摇篮，”苏珊娜说，“带我们去找布莱因。”

这句话终于让吉夫斯紧张起来；震惊与恐惧的表情代替了到现在为止他一直摆在脸上的厌世与轻蔑。“你们不能去那儿！”他惊呼。“摇篮是个禁地，布莱因是所有刺德魔鬼中最危险的一个。”

禁地？埃蒂暗忖。太棒了。假如这是事实，至少不用担心你们这帮蠢货了。当然听见的确还有一辆布莱因也令他十分高兴……起码这些人是这么相信的。

其他人茫然又略带惊讶地盯着埃蒂和苏珊娜，好像说话人

---

① 吉夫斯(Jeeves)，英国作家伍德霍斯所著小说中人物，现用来指理想的男仆。埃蒂根据这个人的打扮随口给他起了这个绰号。

对着一群虔诚的基督徒说，他们找到了神圣的约柜①，然后把它改建成了收费厕所。

埃蒂举起鲁格枪，对准吉夫斯的前额。"我们要去，"他说，"如果你们不愿意步你们丧命同伴的后尘，我建议你们最好停止废话抱怨，立刻领我们过去。"

吉夫斯和满脸血迹的胖女人互相交换了疑惑的眼神，但当这个戴圆顶礼帽的老者回头望向埃蒂和苏珊娜时，他的表情变得严肃坚定。"如果你们愿意，现在就打死我们，"他说，"我们宁愿早点儿死在这儿。"

"你们真是一群脑子短路的混蛋！"苏珊娜冲着他们大叫。"没有人必须丧命！你们只要领我们去我们要去的地方，看在上帝的分上！"

胖女人阴沉地说："但是进入布莱因的领地等于丧命，女士，等于丧命！因为布莱因正在睡觉，打扰它休息的人都得付出极高的代价。"

"得了吧，美人，"埃蒂脱口而出，"你可不能头藏在屁股里还想闻咖啡。"

"我不知道这是什么意思。"她的回答带着一种令人迷惑的尊严。

"意思就是说你要么冒布莱因发怒的风险带我们去摇篮，要么冒埃蒂发怒的风险站在原地。有可能我不会一枪了结你们，你瞧。我可以一次打你一处，而且我现在正好很有这么做的欲望。今天在你们城里我可过得不好——让人讨厌的音乐，每个人都臭气熏天，我们见到的第一个人就举着手雷绑架了我们的

① 约柜（Ark of the Covenant），出自《圣经·旧约·出埃及记》，是《圣经》中提到的最神圣的物件，它装载着上帝在世间留下的唯一文字——十戒法版，传说是上帝用指头在玛瑙石板上写成的。

朋友。现在你们怎么说?”

“你们为什么非得去找布莱因?”其中一个人问道,“它停在摇篮已经安静了好久——许多年了。它甚至已经停止说话与大笑。”

*说话与大笑?*埃蒂看了看苏珊娜,她也看过来,耸耸肩。

“最后一个去找布莱因的是阿迪斯。”满脸血迹的胖女人说。

吉夫斯沉着脸点点头:“阿迪斯一喝醉就变成傻瓜。布莱因问了他几个问题。我听见过,但是根本不合情理——什么乌鸦的妈妈是谁,我记得——阿迪斯答不出来,布莱因就冲着他喷出蓝色火焰。”

“电火?”埃蒂问。

吉夫斯与胖女人齐齐点头。“哎,”胖女人说,“电火,以前人都是这么叫的,这么叫的。”

“你们不需要跟我们一起进去,”苏珊娜突然提议道,“只要我们能看得见目的地就行,剩下的路我们自己走。”

胖女人半信半疑地看看她,然后吉夫斯把她拉过一边,凑近耳语了一阵。其他的啤猷布人零散地站在他俩后面,就像一群刚刚经历空袭的幸存者一样迷惑地看着埃蒂与苏珊娜。

最终胖女人的眼光扫过众人。“唉,”她说,“我们会带你们去摇篮,这是痛苦的唯一解脱。”

“我就是这么想,”埃蒂说,“你和吉夫斯留下。剩下的人走吧。”他扫视一圈,又说道:“但是记住一点——只要用一根长矛、一支箭、一块砖头偷袭我们,这两个人就死。”只是这句威胁一脱口就显得相当无力,根本无法达到埃蒂预期的效果。他们怎么可能在乎这两人,或者任何同伴?当他们每天都要吊死他们中的两个或更多时。他看着其他人头也不回地离开,心想:呃,现在担心这点已经太迟了。

“快点儿，”胖女人说，“我想快些和你们了结。”

“你可别以为只有你一个人这么希望。”

但是在他们启程前，胖女人的一个举动让埃蒂对他残酷的想法有些后悔：她跪在了腰围苏格兰格子布男人的尸体旁，把他的头发捋到后面，一记吻印在了他脏兮兮的脸上。“再见，文思顿，”她说，“等你到了水清叶繁的地方，记得等着我。我会来找你的，唉，这就像阴影随着阳光西斜一样肯定。”

“我并不想杀了他，”苏珊娜说，“我想你知道这点。但是我自己更不想死。”

“哎。”胖女人转向苏珊娜，脸色阴沉肃穆，没有一滴泪水。“但是如果你们打算进入布莱因的摇篮，无论如何都会丧命，而且很有可能你们临死时会很羡慕可怜的老文思顿。它极其残忍，布莱因极其残忍，是这个残忍、残忍地方里所有魔鬼中最残忍的一个。”

“快点，莫德。”吉夫斯催促着把她扶起身。

“哎。让我们赶紧和他们这边做个了断。”她的眼光在苏珊娜和埃蒂身上逡巡一圈，严厉的眼神同时也难掩困惑。“上帝会诅咒我的眼睛，谁让我最先看见你们俩呢。上帝也会诅咒你们带的枪，它们永远都是我们所有麻烦的源头。”

你们这种态度，苏珊娜暗忖，会让你们的麻烦再延续起码一千年，蜜糖。

莫德一开始就沿着乌龟大街走得很快，吉夫斯紧跟在她身边。埃蒂推着苏珊娜的轮椅，气喘吁吁地勉强跟上。街道两边富丽堂皇的建筑群到了尽头，然后出现爬满常青藤的乡村房屋，屋子前面还有大片草坪，只不过现在已经杂草蔓生。埃蒂意识到他们现在已经进入了过去的豪华住宅区。一幢比其他楼群都高出许多的宏伟建筑出现在众人前方。简单的四方形外表，白色砖块构造，悬垂的屋顶被许多石柱撑起，让埃蒂又想起了小时候喜欢看的角斗士电影。而受过更多正规教育的苏珊娜则联想到了帕台农神庙[①]。两人同时看见许多巧夺天工的动物雕像——熊与龟、鱼与鼠、马与狗——两两环绕在建筑物的顶端，顿时惊叹不已。他俩旋即明白这就是他们大老远过来寻找的地方。

他们一直紧张地感觉到有许多道眼光向他们射来——蓄满憎恨与诧异的眼光。当绵亘逶迤的单轨列车铁道映入他们眼帘时，天际滚来阵阵雷声；同暴风雨过来的方向一致，铁道也是由南向北延伸汇入乌龟大街，然后径直通向剌德摇篮。当他们走近时，风愈吹愈烈，吊在马路两边古老的尸体在风中舞蹈起来。

22

他们一路狂奔了好一会儿，上帝才知道到底有多久（杰克唯一清楚的就是鼓点声终于再次停止）。突然盖舍又一次猛拉他刹车。这回杰克稳住了脚步，他已经恢复了些精神，而显然半截身子已入土的盖舍还没有。

“吁！我的老心脏快跳不动了，宝贝儿。”

“太糟糕了。”杰克面无表情地说。话音刚落盖舍伸出骨节突出的手，猛扯他的脸颊，拉得他向后仰倒。

“你，如果我立马儿死在这儿，你会流出苦涩的泪水吗？肯定不会。但是你可别这么指望，嫩小鬼——老盖舍见过的世面

① 帕台农神庙（Parthenon），建于公元前四四七年至四三二年间，是一座位于雅典卫城的大理石神殿，供奉希腊女神雅典娜。

可多了，我才不会倒在像你这么水灵的小鬼脚下死掉。”

杰克听他断断续续地讲完，表情冷漠。他打算今晚就干掉盖舍。盖舍有可能会拉他陪葬，但他不再在乎了。他摸了摸刚被撕裂的嘴唇，若有所思地盯着手上的血迹，暗自惊讶杀人的欲望居然能如此迅速地占领、攻陷人的心灵。

盖舍观察到杰克注视自己手指上的血迹，咧嘴一笑。“汁液流出来了，啊？不过这可不会是老朋友盖舍最后一次把你这棵嫩树苗的汁液打出来，除非你加快速度；除非你确实加快速度。”说完他指着前面逼仄的巷道，路面上有一个生锈的窨井盖，杰克发现刻在盖子上的几个字前不久刚刚见过：**拉莫科铸造**。

“边上有个拉手，”盖舍说，“看见没有？把你的手伸进去，拉开窨井盖。快点儿走上去，现在就去，那么等你到滴答老人面前时也许还能保住满口牙。”

杰克抓住铁盖用力拉，但并没有用尽全力。盖舍带领他跑过的巷道迷宫已经够糟的了，但起码他还能看见方向。而这座城市的地下世界却根本无法想象，那里的黑暗只会让一切关于逃跑的梦想变得完全不可能，所以除非迫不得已，他可不打算去探个究竟。

但是很快盖舍就让他知道他不得不去探个究竟。

“太重了——”杰克刚开口海盗就一把捏住他的喉咙，硬生生把他提起来与他的脸面对面。长时间的奔跑为他的双颊染上两团淡淡潮湿的红晕，也让深陷在皮肤里的脓疮变成了恶心的黄紫色。开放的疮口已经感染，不断流出脓血。盖舍身上散发出一股恶臭，倏地钻进杰克的鼻孔里，紧接着他就被卡住了喉咙，连气都喘不过来了。

“听着，蠢家伙，你给我仔细听着，因为这是最后一次警告。你要么现在就掀起这个该死的铁盖，要么我就伸进你的嘴巴把你的舌头扯出来。假如你想咬我，你就尽管放心地咬吧，因为我血里的病毒会让你一个礼拜还没结束就看见自己脸上开出第一朵花——如果你能活那么长的话。现在，你明白了吗？”

杰克疯狂地点点头。盖舍的脸隐在阴影中，他的声音就像从很远处传来。

“好吧。”盖舍向后推了他一把，杰克跌进窨井盖旁边的一堆东西里，几乎作呕。最后他好不容易深吸了口气，肺里火辣辣的像是着了火。他吐出一口带血的东西，自己瞥了一眼却恶心得差点儿呕吐起来。

“现在把盖子拉开，我心里一高兴，就不用再和你闲扯了。”

杰克爬到窨井盖上面，双手滑进盖子上的把手，这回用尽全力。一霎那他恐惧地以为自己还是不能移动盖子丝毫，盖舍的手伸进嘴巴扯出他舌头的画面浮现在脑海中。可怕的画面倒是让他生出多余的力气。他的背部又传来一阵闷痛，不过圆形的盖子终于慢慢地滑开，露出一道月牙，黑暗迅速从缝隙中涌上来。

“很好，小鬼，很好！”盖舍开心地大声吆喝，“你真是一头好驴子！继续拉——不要现在就放弃。”

月牙变成了半月形状，此时杰克背后的疼痛越来越剧烈。盖舍冲着他的屁股猛踢，他立刻就趴在了地上。

“非常好！”盖舍边说边向里面窥视，“现在，小鬼，小心沿着梯子下去。当心别抓滑了手直接掉到井底，因为这些梯子横档可是相当滑溜。我记得有二十多级，等你到了下面，站在那儿别动，等我下来。也许你会想要甩掉你的老朋友，但你觉得那会是个好主意吗？”

“不会，”杰克回答，“我觉得不会。”

“非常聪明，臭小子！”盖舍咧开他特有的丑陋笑容，再次露出所剩无几的牙齿。“下面非常黑，有一千条地道连接在一起。你的老朋友盖舍对地道可是了若指掌，是的，了若指掌，但是你会立刻就找不着北。而且还有老鼠——非常大、饿坏了的老鼠。所以你就等在那儿。”

“我会的。”

盖舍眯缝起眼睛打量他：“你说话的样子有点儿狡猾，的确，但是你不是獐猷布人——这个我敢打包票。你从哪儿来，小鬼？”

杰克没有回答。

“貉獭吃了你的舌头啦，啊？好吧，没关系；滴答老人会问出答案，他会问出来的。他自有一套法子；自然就能让人开口说话。只要他一让他们开口，他们甚至会说得太快太大声，让人不得不敲他们的脑袋才能慢下来。滴答老人可不会允许任何人的舌头被貉獭吃了，包括像你这样的小鬼头。现在你他妈的给我下去。快！”

他又一脚踢过来。这回杰克身子一缩，躲了过去。他朝着半开的井口望进去看见梯子，开始向下爬。正当他下去一半时，一声哗啦啦的巨响从远处大约一里地传来。不用说杰克也知道是怎么回事，悲惨的呼喊忍不住从唇边溢出。

盖舍的嘴角牵出一丝残酷的阴笑。“你那个强悍的朋友跟踪到的地方比你预期的要远一点儿，对不？与我预期的差不多，小鬼，因为我看见他的眼睛——顽固、诡诈。我想他能狡猾地找到许多蛛丝马迹，如果他会跟踪过来的话，而他也的确跟踪过来了。他发现了交叉电线的绊网，但是还是中了喷泉的圈套，这样非常好。继续下去，甜心。”

他对着杰克伸出地面的脑袋踢过去，杰克一闪，但是同时脚下一滑，幸好他及时抓住盖舍布满红色伤疤的脚踝才没掉下去。

他乞求地抬起头，但从盖舍感染流脓的脸上没有找到丝毫心软的痕迹。

“求求你。”他恳求道，听见自己的声音几乎带上了哭腔。他的脑海中不停出现罗兰被压在巨型喷泉下面的惨状。盖舍说过什么来着？如果任何人想收尸就得带上一沓儿厚草纸。

“如果你想，就求我吧，亲爱的宝贝。只是别指望我会心软，因为在索桥的这一头根本不存在仁慈，不存在。现在下去，否则我就把你该死的脑子从你该死的耳朵里踢出来。”

杰克继续爬下去，等他双脚踩在井底积水里时，痛哭的冲动已经过去。他垮下双肩、耷拉脑袋，就等盖舍下来领他去命运注定的目的地。

23

罗兰差点儿就踩上控制垃圾雪崩的机关，但是悬在半空的喷泉其实非常荒唐——就像哪个笨小孩设下的陷阱。柯特曾经教过他们在敌人的领地必须眼观八方，包括上下前后。

“停下。”他提高声音对奥伊大叫，以免被鼓点声盖住。

“下！”奥伊停了下来，然后向前看看又叫了一声，“杰克！”

“是的。”枪侠又抬起眼看了看悬在空中的大理石喷泉，接着仔细观察路面寻找机关。他看见了两个。也许鹅卵石的伪装过去很有效，但那一定是很久以前了。罗兰弯下腰，双手撑在膝盖上，对着奥伊上仰的脸说道：“我打算把你抱起来一会儿。不要大惊小怪，奥伊。”

“奥伊！”

罗兰伸手环住貉獭，刚开始奥伊身子僵硬，还试图躲开，片刻之后罗兰感觉到这头小动物放弃了挣扎。它还是不喜欢靠近任何一个不是杰克的人，可很明显它决定暂时忍耐一下。奥伊的聪明再次勾起了罗兰的惊讶。

他抱着它走过狭窄甬道，小心地跨过两块伪装的鹅卵石，穿过悬在空中的刺德喷泉。等他们一到安全地带，他就弯下腰放走奥伊，与此同时，鼓声停了下来。

“杰克！”奥伊急切地叫了两声，“杰克-杰克！”

“是的——但首先还有一件小事儿要关照一下。”

他让奥伊跑进甬道十五码，然后弯腰捡起一块水泥块，若有所思地把石块在两手间抛来抛去。与此同时，东方传来一声枪响。隆隆鼓点盖住了之前埃蒂、苏珊娜与障猷布人的枪战，不过这声枪响清晰地传来，罗兰微微一笑——几乎可以肯定，迪恩夫妇已经到达了摇篮。今天一天几乎已经有一个礼拜那么长，这可是第一个好消息。

罗兰转过身投出水泥块，就像当时在河岔口用石头砸旧交通灯一样毫无偏差地正正砸中伪装的陷阱机关。其中一条生锈的绳索砰地一声断裂，大理石喷泉落了下来。其他绳索还拴着，喷泉在空中荡了几下——罗兰意识到，实际上这段空隙已经足够让一个反应够快、身手敏捷的人逃出这块区域了。最终绳索支撑不住，喷泉轰然砸地，碎成一堆粉色乱石。

罗兰躲在一堆生锈的钢梁后面，喷泉砸地的那一瞬间奥伊灵巧地跳上了他的膝盖。大块的粉色大理石，有些甚至像马车一般大小，在空中飞过，几块小一点儿的砸在了罗兰脸上。他把碎石从奥伊的皮毛上拂去，然后抬头看见喷泉已经就像石盘一样断裂成了两半，可以凑合当成路障了。*反正我们不会原路返回的*，罗兰暗自庆幸。甬道本来就很狭窄，现下已完全被堵死。

他不知道杰克是否也听见喷泉掉落，假如他听见又会怎么想。他不会浪费时间揣测盖舍的想法;盖舍肯定会以为他已经被压成肉饼,这正是罗兰希望的。但是杰克也会有同样想法吗?这个男孩应该知道也应该相信枪侠绝对不会被如此简陋的装置杀死,但是假使盖舍一直在恐吓他,杰克也许不能保持清醒的头脑。呃,现在再担心已经太迟了。如果让他再选择一次,他仍旧会同样行事。无论是不是将死之人,盖舍兼具勇气与动物的狡猾。如果他现在已经放松了警惕,一切就值得了。

罗兰站起身。"奥伊——去找杰克。"

"杰克!"奥伊伸长脖子,左右嗅嗅地面,找到了杰克的气味后向前冲去。罗兰跟在后面。十分钟以后奥伊停在了窨井口边,他四周仔细地闻了一圈儿,然后抬头看着罗兰,尖声叫了起来。

枪侠单膝跪下,观察到几串凌乱的脚印、还有路面上一条颇宽的刮痕,他猜这块窨井盖肯定经常被搬动。当他看见一旁石缝间的血痰时,眼睛眯成一条缝。

"那狗杂种一直在打他。"他自言自语道。

搬开窨井盖,他朝里面望望,然后解开了系衬衫的绳子,抱起貉獭塞进了他的衬衫。奥伊龇出牙齿,罗兰一瞬间能够感觉到它的小爪子在他的胸膛和腹部像锋利的小刀似的乱抓乱挠。接着奥伊收起了爪子,只是从罗兰衬衫里面露出一对璀璨晶亮的眸子,像蒸汽机似的呼哧呼哧喘着气。枪侠可以感觉到奥伊的心脏突突疾跳。他把皮绳穿过衬衫的纽洞,收紧,然后在随身腰包里又找到一根更长的皮绳。

"我得拿皮绳拴住你。我不喜欢这样,你也更不会喜欢,但下面会非常黑。"

他系起皮绳两头,做成一个活套,套在奥伊的脑袋上。他本来以为奥伊又会龇牙咧嘴,甚至会咬他,但是奥伊并没有。它只是抬起镶金边的眼睛看看罗兰，又急切地催促道“杰克!”

罗兰咬住绳套的另一端，然后坐在了窨井盖的边缘……如果这是个窨井的话。他伸脚摸索，触到了梯子的第一级，小心缓慢地爬下去。铁梯子油腻滑溜，大概长满了青苔，此刻他残疾的右手比以往任何时候都让他觉得不便。奥伊沉甸甸、暖洋洋的身体藏在他衬衫和腹部之间，不停喘着粗气，一对镶金边的眼睛衬着黯淡的光就像两枚熠熠发光的勋章。

最后，枪侠双脚站在了井底的积水里。他抬眼瞥了一眼头顶硬币大小的光亮，从这里开始就更加困难了，他心想。地道温暖潮湿，散发着破旧停尸房的气味。附近不知什么地方传来空洞、单调的水滴声。更远处，罗兰可以听见机器隆隆运转。他把显得感激的奥伊抱出衬衫，放在了浅浅的积水里，积水沿着下水道向前缓缓流去。

“现在就全看你的了，”他在貉獭耳边轻轻嘱咐，“去找杰克，奥伊，去找杰克!”

“杰克!”貉獭回应一般地吠一声，迅速地向墨黑的前方冲去，长颈子上的脑袋像钟摆一样左右摇晃。皮绳的一端绕在罗兰残废的右手上，拖着他向前奔去。

24

摇篮——占地面积之大，轻而易举地就在他们心中取得了专有名词的地位——立在广场的中心。这个广场比他们刚刚经过的、立着毁坏雕像的那个广场还要大上五倍。苏珊娜仔细观察了这地方一番，发现相比之下，刺德城的其余部分简直又灰又旧、脏乱不堪。眼前的摇篮干净得几乎刺眼，建筑侧面没有一处攀爬藤蔓，雪白的围墙、台阶和石柱上没有一处乱涂乱画。覆盖其他地方的黄土在这儿也不见踪迹。等他们走近时，苏珊娜知道了原因：包铜的屋檐阴影处藏着许多喷嘴，水流从里面一直淌下来不断冲刷着摇篮的侧墙。其他暗藏的喷嘴间歇地喷出水柱洗刷台阶，把台阶变成了时断时续的瀑布。

“哇。”埃蒂惊呼，“这个中央火车站看上去就像内布拉斯加的灰狗①总站。”

“你说得可真有诗意，亲爱的。”苏珊娜嗓音干涩地回答。

建筑周围的一圈台阶的顶端是宽敞的开放式大厅。大厅外面并没有藤蔓遮掩，但是埃蒂与苏珊娜还是觉得无法看真切；悬空拱顶投下的影子太深。动物图腾两两环绕着建筑，但是角落里的那种动物却令苏珊娜希望只会在噩梦中偶尔梦见、别的时候千万别碰上——面目狰狞的妖龙石雕，身上布满鳞片、龙爪尖锐钩起、凝视的双眼凶相毕露。

埃蒂碰碰她的肩膀，向上指过去，苏珊娜顺势眺望……刹那间呼吸堵在了喉咙口。在光束图腾与龙形石雕的上方，一座至少六英尺高的金色武士雕像跨骑在建筑的尖顶。破旧的牛仔帽斜扣在头上，露出皱纹深刻、饱经风霜的前额；雕像的前胸斜挂着一块大手帕，仿佛长久以来一直被用做挡尘的头巾，现在刚刚拿下来。他一只拳头高高举起，拿着一把左轮枪，另一只手里则拿着一样橄榄枝模样的东西。

蓟犁的罗兰身披金甲站在剌德摇篮的顶端。

不对，她终于记起要呼吸。那不是他……但从另一个方面看，又的确是他。那个人是个枪侠，也许一千多年以前就已经死了。但是他与罗兰的相似之处正是你需要知道的关于卡-泰特

① 灰狗(Greyhound)，美国著名长途汽车公司。

的所有事实。

南方传来轰轰雷声，闪电驱逐着雨云，在天空奔驰翻滚。她希望她有更多时间仔细观察顶端的金色雕像和环绕屋顶的动物图腾；每个图腾上面似乎都刻有字，也许是一些有用的信息。但在现在这种情况下，没有多余的时间了。

乌龟大街与摇篮广场交界的人行道上用红漆漆着一条宽线。莫德和被埃蒂称做男管家吉夫斯的男人谨慎地停在了红色标记线后面。

“就这么远了，不能再向前，”莫德毫无表情地说，“你们可以取我们的性命，反正每个人，男人、女人，都欠神灵一条命，但是无论如何要死我也只愿意死在死亡之线这一边。我不敢为了外乡人惹怒布莱因。”

“我也不敢。”吉夫斯附和道，他脱下了沾满尘土的圆顶礼帽，把它举在胸前，脸上写着敬畏。

“好吧，”苏珊娜说，“你们俩现在就走吧。”

“我们一转身你们就会从背后偷袭的，”吉夫斯颤抖地说，“我希望能够得到承诺，就这样。”

莫德摇摇头，她脸上的血迹已经干涸成棕色斑点。“枪侠从来不会在背后偷袭——这一点我可以肯定。”

“我们只是听他们说过他们是谁。”

莫德指了指苏珊娜手里握着的左轮枪的檀木枪把，吉夫斯的视线顺着望过去……过了一会儿，他朝胖女人伸出手，莫德拉住他的手。此时，他们危险的杀手的形象在苏珊娜脑海中轰然坍塌。他们更像是韩赛尔与格蕾特，而非邦妮与克莱德[1]；疲

---

① 《邦妮与克莱德》(*Bonnie and Clyde*)，一九六七年美国出品的电影，又译作《雌雄大盗》，影片中两人杀人抢劫，最后被乱枪打死。

倦、惊吓、迷惑，在他们从小长大的树林里找不到出路，只能慢慢变老。对他们的憎恨与恐惧消失了，取而代之的是深沉的怜悯与令人心痛的悲哀。

"再见了，两位，"她温柔地道别，"你们走吧，不用担心我和我的丈夫会伤害你们。"

莫德点点头："我相信你并不会伤害我们，我也原谅你杀了文思顿。但是请听我说，仔细听我说：远离摇篮。无论你们进去是出于什么理由，那些都不算充分的理由。进入布莱因的摇篮只有死路一条。"

"我们没有其他选择。"埃蒂回答。此时头顶又轰隆一声响雷，似乎老天都在表示赞同。"现在你们听我说。我说不清刺德城下到底是什么东西，不过我知道的是把你们折磨得精疲力竭的只不过是一段磁带——一首歌曲——来自我和我妻子的世界。"说完，对方茫然失措的神情落在他眼里，他挫败地抬起双手。"我的老天爷，难道你们不明白？你们只是因为一段甚至从未以单曲出版的音乐而互相残杀！"

苏珊娜的手摁住他的肩膀，嗫嚅叫着埃蒂的名字。一瞬间他并没有理会，眼光从吉夫斯飘向莫德，然后又飘回到吉夫斯身上。

"你想亲眼见见怪物吗？那么就互相看看你们自己。等你们回到你们称做家的鬼地方，再好好看看你们的亲戚朋友。"

"你不明白，"莫德终于回答，眼神黯淡阴郁，"但你将会明白，唉——将会明白。"

"现在走吧，"苏珊娜平静地说，"我们之间的对话已经没有意义；所有话语说出口就已死亡。你们回去吧，只要努力记住你们父亲的面孔，因为我觉得很久以前你们就已经遗忘了。"

两个人一句话也没说，沿着来路返回。可是他们一直手拉手，还时不时扭回头张望一下：韩赛尔与格蕾特在幽深密林中迷失了方向。

"我想快点儿离开这儿。"埃蒂沉重地说。他上好保险栓，重新把鲁格枪插回裤腰带里，然后抬起手用掌根揉了揉发红的眼睛。"快点儿离开，这是我所有的请求。"

"我知道你想说什么，亲爱的。"她明显也被吓坏了，但是她的头仍旧倔强地斜向一边，他慢慢开始欣赏并爱上的就是这个姿势。他环抱住她的肩膀，弯下身开始亲吻她。周遭的环境与欲来的风雨并没有妨碍他彻底深吻。当他最终抽身离开时，她晶亮的眼睛仔细在他脸上搜索。"哇！这是干什么？"

"因为我爱你，"他回答，"我猜这就是全部理由。还不够吗？"

她的眼光变得温柔，一瞬间差点儿脱口说出她的秘密，可是当然此时此地并不合适——她不能告诉他也许她已经怀孕了，正如她不能停下来仔细看动物图腾上面的文字。

"足够了，埃蒂。"她说。

"你是我一生中最美好的遭遇。"他的栗色眼睛里全是她。"我不大会说话——和亨利一起生活久了让这种话很难说出口，我猜——但这是我的真心话。我想我起初爱上你是因为你是罗兰让我离开的一切——我是指在纽约的一切——但是现在已经远不止如此，因为我再也不想回去了。你想吗？"

她望了望摇篮，十分担心，不知道他们在里面会发现什么，但同样……她的视线转回到埃蒂。"不，我也不想回去了。我想我的余生将会在我们的旅途中度过。只要你和我在一起，我是说。你瞧，很滑稽，你说你爱上我是因为他让你离开了一切。"

"怎么滑稽？"

"我爱上你是因为你让我摆脱了黛塔·沃克。"她停顿一下，想了想，然后轻轻摇了摇头。“不——不仅如此。我爱上你是因为你让我摆脱了两个女人。一个是满嘴脏话、专门勾引男人的小偷，一个是自以为是、眼高于顶的假道学。这两人不过是五十步笑百步。我更喜欢苏珊娜·迪恩……而正是你释放了我。”

这回轮到她主动了。她的双手放在他结实的脸颊上，拉低他的脸开始温柔地亲吻。当他轻轻把手放在她的胸上时，她叹口气，伸手覆在他的手上。

“我想我们最好上路，”她说，“否则估计我们马上就要躺在街上了……而且从天色看来肯定会被大雨淋湿。”

埃蒂最后一次环视着周围沉默的高塔、破碎的窗户和爬满藤蔓的围墙，点点头。“好吧。反正我也不觉得这座城里会有什么希望。”

他推着她向前走，当轮椅碾过莫德口中的死亡之线时，他们俩的身子同时一僵，都在担心会被什么古老的陷阱绊住，同时丧命。但是什么也没有发生。埃蒂一直推着她来到广场，当他们靠近通向摇篮的台阶时，一阵冷风夹着细雨开始淋下来。

尽管他们俩并不清楚，中世界秋季的第一场暴风雨此时正在袭来。

25

等他们一进入发臭下水道的黑暗中，盖舍就放慢了脚步。杰克并不认为是黑暗的原因；盖舍表现出对每个弯道和岔口都烂熟于胸，就如同他宣称的一样。杰克相信这是因为眼前这个绑匪得意洋洋地认为罗兰已经被落下的陷阱砸得稀巴烂了。

杰克自己反而开始疑惑。

如果罗兰发现了电线绊网——显然这个比后面那个要难以辨认得多——真的有可能他没有发现喷泉吗？杰克觉得还是有可能，但是这讲不通。更有可能的是罗兰故意触动机关让喷泉砸下来，欺骗盖舍，也许就是为了让他放慢脚步。杰克并不相信罗兰能够绕出地下迷宫一直跟踪他们——全然的黑暗肯定会影响枪侠的跟踪能力——但是一想到罗兰也许并没有因为试图守诺救他而丧命，杰克就忍不住在心里欢呼。

他们向右转、向左转、又向右转。为了弥补视觉的缺失，杰克其他感官变得更加灵敏，他隐约感觉到周围还有其他地道。有一阵子，古老机器的闷响增大，等他们再次靠近城市的地基时机器声就渐渐减弱了。阵阵微风吹在他的皮肤上，有时暖有时凉。他们穿过交叉的地道时踩在污水里的脚步声噼啪回响，同时传来阴湿的恶臭。突然杰克又一次差点儿一头撞上从顶部挂下来的金属物体。他用手拍拍那东西，感觉那像是一个巨大的阀门轮。自那以后他边向前跑边把双手平伸在胸前感觉前面的气流。

就像车夫赶牛一样，盖舍击打杰克的肩膀表示方向。他们俩脚步一致，并没有飞奔而只是小跑。盖舍基本调匀了呼吸，然后低声吟唱起来，令杰克惊讶的是盖舍发出的居然是颇为动听的男高音。

嘿哟嘿哟—哟哟哟
我会找份活儿给你买戒指
当我伸出手
摸在你胸口
嘿哟嘿哟—哟哟哟

噢 嘿哟嘿哟

我只想摸摸

摸摸你的哟—哟—哟!

盖舍又重复地唱了几段,然后停了下来。“现在你来唱支歌儿,小鬼。”

“我不会唱歌。”杰克气喘吁吁地回答。他希望能听上去比实际情况更像喘不过气来的样子,但他不知道这样有没有用,但是在这样伸手不见五指的地下,任何办法都值得尝试。

盖舍抡起胳膊肘猛击中杰克的后背,力道大得几乎让杰克跌进地道里及脚踝的污水中。“你最好会唱歌,除非你想我一把抽出你可爱的脊椎骨。”他顿了一下,然后接着说,“这下面住着魔鬼,小鬼。他们就住在该死的机器里,就住在里面。歌声能够驱赶他们……你难道不知道吗?现在,给我唱!”

杰克可不想再遭到盖舍的拳打脚踢,他努力回忆,想起一首七八岁时夏令营里学过的歌儿。他张开嘴,冲着伸手不见五指的前方大声唱起来。歌声夹杂着汩汩流水声与轰隆的机器声,回荡在地道里面。

我的女孩儿很入时,她家住在纽约市,

我为她买一切,让她打扮花哨,

她的一对屁股

就像两艘航母,

噢天啊,就这样我花光所有钱。

我的女孩儿很可爱,她就是从费城来,

我为她买一切,让她打扮时髦,

她有一双大眼睛，
就像两块比萨饼，
噢天啊，就这样——

盖舍突然伸出手像提壶柄似的抓住杰克的耳朵，拉他停了下来。“你前面有个大洞，”他说，“像你这种公鸭嗓子，小鬼，让你掉进洞里倒是做了一件好事，就是这样。不过滴答老人可不会同意，我猜你暂时还能保住小命。”盖舍的双手放开了杰克火辣辣生疼的耳朵，然后拽住他背后的衬衫。“现在向前倾，看看能不能摸到另一边的梯子。当心别滑倒，把我们俩都拉下去！”

杰克小心地压低身子、伸长手臂向前摸索，害怕自己掉进看不见的洞里。当他抓住对面的梯子时，他感觉到一阵暖风扑面而来——干燥洁净甚至夹着一丝芳香。身下的洞里微微透出玫瑰色的红光。他的手指摸到了钢梯，连忙扣紧，这时左手的伤口又开裂了，热乎乎的血流过掌心。

“抓到了吗？”盖舍问。

“抓到了。”

“那么爬下去！你还在等什么，该死的！”盖舍放开他的衬衫后背，杰克可以想象他已经抬腿打算踢他的屁股，他赶紧一脚跨过微微发光的大洞，开始顺着钢梯一级一级爬下去，尽量不用受伤的左手。这回每级楼梯都干干净净，没有油腻也没有青苔，甚至没有生锈。竖井非常深，杰克不得不加快速度免得盖舍的厚底鞋踩在他手上。此时他脑海中浮现出曾经在电视上看过的一部电影——《地心游记》①。

---

① 《地心游记》(*Journey to the Center of the Earth*)，根据法国十九世纪科幻小说家儒勒·凡尔纳的同名小说改编成的电影。

机器轰鸣声越来越大，玫瑰光也越来越强烈。机器的运转声仍然不正常，但是他的耳朵告诉他这已经比上面的那些机器好了许多。当最终到达井底时，他发现地面居然很干燥。横在眼前的是一条大约六英尺高的地下井道，向两头笔直延伸下去，墙面上用铆钉钉着不锈钢片。下意识地，甚至用不着思考，他意识到这条地道（至少在刺德城下七十英尺深处）一定与光束的路径重合。上面某一处——杰克非常肯定，尽管他无法说出理由——就停着他们进城寻找的火车。

地道顶下面几寸的墙面上有许多狭窄的通风网格，清新干燥的空气就从这里流出来。其中有一些挂着几条蓝灰色的青苔茎须，但是大多仍旧十分干净。每隔几个通风网格就标有黄色箭头，旁边还有一个看上去像小写“t”的符号，箭头正指向杰克与盖舍奔跑的方向。

玫瑰色的灯光发自地道顶部平行安置的玻璃灯管。一些灯管——大概每隔两根左右——已经不亮了，其他有些也一闪一闪，但至少一半灯管还在发光。霓虹灯，杰克惊喜地意识到。真是太棒了！

盖舍爬下梯子站到他身旁，看见杰克的惊喜表情后咧嘴一笑。“很好看，是不是？这儿冬暖夏凉，还储存了足够五百人吃上五百年的食物。而你知道最棒的部分是什么，小鬼？整个地下工事的最棒部分？”

杰克摇摇头。

“那就是受诅咒的陴猷布人根本不知道这个地方的存在，连一丁点儿概念都没有。他们以为这里住的全是魔鬼，会抓住任何一个靠近窨井盖附近二十英尺的陴猷布人。”

说完他仰天大笑起来，但是杰克并没有加入，尽管一个声音在他脑后冷静地告诉他，这样做也许更明智。他没有加入是因为他明白障猷布人的感受。城下的确住有魔鬼——山洞魍魉、半兽鬼魅。他不正是被这样一个魔鬼绑架了吗？

盖舍把他向左边一推。“往那边跑——快到了。快！”

他们继续向前跑去，脚步的回声一直如影随形。大约跑了十到十五分钟，杰克看见前面两百码左右有一个防水舱口。等他们靠近，他看见舱口外面伸出一个巨大的铁铸圆形阀门，右边墙面上安着一个对话通报机。

“我的肺快炸了。”当他们到达地道尽头的门时，盖舍喘着粗气抱怨道。“这样的差事对你生病的老朋友来说太过分了，太过分了！”他用拇指按住对话键，冲着通报器大叫道：“我抓到他了，滴答老人——如你所愿的上等货！甚至连根头发都没掉！我不是告诉过你我行的吗？信任盖舍，我说，因为他诚实忠诚！现在快把门开开，让我们进来！”

他松开对话键，不耐烦地盯着门。圆形阀门纹丝未动，相反通报机里传出一个平板拖沓的声音：“密码是什么？”

盖舍的眉头愤怒地纠成一团，伸出蓄满污垢的长指甲挠挠下巴，然后掀开眼罩又挖出一团黏糊糊的黄绿色的脓。“滴答和他的密码！”他冲着杰克说，听上去既有些着恼也有些担忧。“他是个聪明的家伙，但是如果你问我，现在这样就有点儿过分了，过分了。”

他按住对话键喊道：“得了吧，滴答！如果你没有认出我的声音，你就需要装个助听器了。”

“噢，我认出了。”那个声音慢吞吞地回答。杰克觉得听上去像杰瑞·里德①，那个在《上天入地大追击》中扮演伯特·雷诺兹的演员。“但是我并不知道你旁边有谁，不是吗？或者你忘记

① 杰瑞·里德(Jerry Reed)，美国七十年代的喜剧演员，在一九七七年出品的电影《上天入地大追击》(*Smokey and the Bandit*)(又译作《追追追》或《警察与卡车强盗》)中扮演主角伯特·雷诺兹(Burt Reynolds)。

了上面的摄像机去年已经报销了？你说出密码，盖舍，要不你就烂在外面吧！”

盖舍把一根手指伸进鼻孔，挖出一坨薄荷色黏糊糊的鼻涕，然后把它压在了扬声器的表面。杰克惊讶地看着他这样幼稚地要孩子脾气，心里生出一股想要歇斯底里大笑的冲动。难道他们一路费尽心思、穿过布满陷阱的迷宫和漆黑一片的地道，结果仅仅因为盖舍忘记了滴答老人的密码就被这样挡在防水门外？

盖舍看着他，一脸怨恨，接着伸手拽下汗透的黄头巾。头巾下面的脑袋几乎没有头发，只有几撮像是刺猬刺的黑发挂在一边，左边太阳穴上面有一块明显下凹。盖舍盯着头巾里层，然后从里面抽出一张纸片。“上帝保佑胡茨，”他喃喃说道，“胡茨总是把我照顾得妥妥当当，妥妥当当。”

他把纸片翻来翻去，凝视了片刻，然后把纸片递给杰克。他压低声音，仿佛担心滴答老人会听见他说话，尽管通报器上的对话键根本没有按下去。

“你是个小绅士，是不是？等一个绅士学会不要吃浆糊、不要随地小便以后再学习的第一件事儿就是认字儿。所以你把纸上的字读给我听，小鬼，因为我正好忘记了——忘记了。”

杰克接过纸片看了一眼，然后又抬眼看看盖舍。“如果我不愿意呢？”他冷静地反问。

一瞬间盖舍非常惊讶……接着他咧嘴笑起来，再次表现出他那种危险的幽默。“什么？那我就抓住你的脑袋当作敲门砖，”他说，“我不知道这样能不能说服滴答老人让我进去——因为他还在紧张你那个强悍的朋友，还在紧张——但是起码看见你脑浆四溅我心里会很满足。”

杰克考虑了一会儿，大笑的冲动仍然在体内鼓荡。这个滴答老人果然狡猾——他很清楚即使盖舍被罗兰抓住，让他说出密码也很困难，反正他已经是个将死之人。但是滴答老人没料到的是盖舍衰退的记忆力。

不要笑。如果你笑出声，他会把你的脑子打出来的。

虽然口头凶狠，但是盖舍看着杰克的眼神中充满真实的焦虑，杰克意识到一个非常重要的事实：盖舍也许并不怕死……但是他担心被羞辱。

“好吧，盖舍，”他语气平静，“纸片上写的词是：慷慨。”

“给我。”盖舍一把抢过纸片塞回头巾，然后迅速把这块黄布重新裹在头上。他用拇指按住对话键。“滴答？你还在吗？”

“我还能在哪儿？西方极乐世界？”慢吞吞的声音听上去带有丝丝笑意。

盖舍冲着扬声器伸出惨白的舌头，但是他说话的声音却逢迎谄媚，甚至卑微。“密码是慷慨，真是一个好词儿！现在让我进去吧，看在神的分上。”

“当然。”滴答老人回答。附近某处的机器开始运转，吓得杰克跳起来。门中间的圆形阀门开始旋转。等旋转停止，盖舍抓住阀门用力向外拉，然后拽住杰克的胳膊，把他一把推进微微开启的门缝。他一脚踏进一间有生以来见过的最奇怪的房间里。

26

罗兰朝着朦胧的粉红光爬下去。奥伊透亮的眼睛从他衬衫的V字领里面望出来，拼命伸长脖子嗅着从通风口里吹出来的暖风。在上面的漆黑通道里，罗兰不得不完全依赖貉獭的嗅觉，他也特别担心这头小动物会辨别不出流水中杰克的气味……但是当他听见歌声——先是盖舍的，然后是杰克的——回荡在管道中时，他的心稍稍放松了一些。奥伊并没有带错路。

奥伊也听见了。直到刚才它一直都跑得谨慎缓慢，甚至为了确认时不时地返回原路。可当它一听见杰克的歌声，他撒腿就跑，绷紧了拴住他的皮绳。罗兰担心它会尖声叫出杰克的名字——杰克！杰克！——但是它并没有这么做。等他们到达迷宫的下面一层时，罗兰听见了一些新的机器运转——也许是某种水泵什么的——接着是铁门关上的回响。

他走到方形地道，粗略地瞄了一眼头顶延伸的两条平行灯管，发现点的是沼气火，同纽约城里巴拉扎夜总会外面的灯箱一样。然后他仔细检查每堵墙顶端铬合金的通气管道以及下面的箭头。然后他把皮绳套从奥伊脖子上取下来。奥伊不耐烦地摇摇脑袋，很明显非常乐意摆脱皮套。

"我们靠得很近，"他凑近貉獭竖起的耳朵小声说，"所以我们必须安静。你明白了吗，奥伊？非常安静。"

"安静。"奥伊嘶哑的低语如果是在其他情况下肯定听上去非常滑稽。

罗兰把它放了下来，奥伊立即伸长脖子嗅着钢地板，朝地道尽头跑去。罗兰听出现在连它的呼吸都是*杰克—杰克！杰克—杰克！*的节奏。他取出手枪，紧跟上去。

27

埃蒂与苏珊娜对布莱因摇篮的空旷惊叹不已，与此同时云层裂开，瓢泼大雨从天而降。

"这栋建筑真让人受不了，居然忘记了残疾人通道！"埃蒂提高声音，以免被雨声、雷声盖住。

“没关系，”苏珊娜不耐烦地说，同时从轮椅中滑出来，“我们赶快上去躲雨吧。”

埃蒂怀疑的眼神扫向台阶。每级台阶并不陡……但是级数非常多。“你确定，苏希？”

“我们来比赛，白小伙。”她边说边灵活地扭着身子，手脚并用地爬上去。

而且她的确差点儿就赢了。笨重的轮椅拖慢了埃蒂的速度。当他们到达台阶顶部时，两人都气喘吁吁，潮湿的衬衫里腾起阵阵白雾。埃蒂把她夹在胳膊下，双手抱住她的腰举起来，却并没有像原来打算的那样把她放回轮椅。不知什么原因，他此刻性欲强烈。

哦，得了吧，他心想。你找到了摇篮，还保有小命；这个事实让你肾上腺素分泌，准备好了下面的狂欢。

苏珊娜舔了舔她丰满的下唇，强壮的手指插进埃蒂的头发，用力一拉。很疼……同时感觉奇妙。“我就说我会赢你的，白小伙。”她沙哑地说。

“没有——我赢了你……半步。”他努力使自己听上去不像喘不过气，但是发现几乎不可能。

“也许……但是你喘不过气了，对不对？”一只手离开他的头发向下面滑去，然后轻轻一捏。她的眼睛里笑意闪烁。“但是有样东西还很行。”

雷声从天空滚过，他们身子一缩，随后同时大笑起来。

“算了吧，”他说，“这太疯狂了，时间根本不对。”

她并没有反驳，但同时她又温柔地捏了他一下，然后把手重新放回他的肩膀。埃蒂把她抱回轮椅，把她推过空旷的石板广场与屋檐的阴影，同时心里懊悔得疼痛。似乎在苏珊娜的眼里他也看见了相同的懊悔。

等他们走到屋檐下，埃蒂停了下来。他们回头望去，摇篮广场、乌龟大街和这座城市里的所有景物都迅速消失在密密匝匝的灰色雨帘后。埃蒂心中并未存丝毫遗憾，毕竟刺德城在他的心灵记事簿里没有添上任何一笔美好的记忆。

“看!”苏珊娜指着附近一根下水管道喃喃说。管道底部是一个巨型鱼头喷嘴，看上去像与摇篮角落装饰用的龙形石雕同出一系，银色的水流从喷嘴中涌出。

“这不只是马上就停的阵雨，对不对?”埃蒂问。

“对。雨一直会下到它自己厌烦，然后还会再恶毒地多下一点儿。也许会下上一个礼拜，甚至一个月。不过如果布莱因发现他不喜欢我们的模样、决定喷火烧死我们的话，这跟我们就没有什么关系了。开一枪让罗兰知道我们到这儿了，蜜糖，然后咱们就四处瞧瞧，看看会有什么发现。”

埃蒂举起鲁格枪对天开了一枪，枪声穿越一英里多的距离，传到了正在迷宫陷阱里跟踪杰克与盖舍的罗兰耳朵里。埃蒂在原地站了片刻，试图说服自己一切都会好转，他心里关于再也见不到枪侠与杰克的想法实际上是错的。接着他又拉好保险栓，把枪塞回腰带，走回到苏珊娜身边。他推着轮椅离开台阶，沿着柱廊向建筑深处走去。她拿出罗兰手枪的枪膛，重新上好子弹。

屋檐下，雨声变得模糊阴沉，甚至刺耳的雷电霹雳也被减弱。支撑整个建筑的柱子直径至少十英尺，顶端被阴影遮住，传来鸽子咕咕的叫声。

从阴影处垂荡下来一根粗铬银链，上面吊着一块指示牌。

北方中央电子欢迎您

来到刺德摇篮

← 东南方(布莱因)

西北方（帕特里夏)→

“现在可知道那列掉进河里的火车叫什么了，”埃蒂说，“帕特里夏。可是他们的颜色错了，粉红色应该是女孩儿，蓝色是男孩儿，不应该反过来。”

“也许他们俩都是蓝色。”

“不。布莱因是粉红色的。”

“你怎么会知道？”

埃蒂一脸困惑。“我也不清楚是怎么回事……但是我就是知道。”

他们沿着指向布莱因的箭头向它停靠的站台走去，随后来到一处宽敞的等候大厅。埃蒂并不像苏珊娜一样能够清楚地看见过去片断的回闪，但是他丰富的想象力仍然将这个石柱撑起的大厅填满了匆匆旅客；他仿佛听见旅客摩肩接踵、低声说话，看见欢迎回家或送别的拥抱。而与此同时，扩音喇叭广播着一打不同的目的地。

开往西北领地的帕特里夏现在已经开始检票上车……

旅客基灵顿先生，旅客基灵顿先生，听到广播后请到楼下的信息台来。

布莱因马上进站，停靠二号站台，旅客将很快下车……

可是现在只剩下咕咕叫的鸽子。

埃蒂打了个寒战。

“你看那些面孔，”苏珊娜喃喃说道，“我不知道你是不是心惊肉跳，但我绝对有这种感觉。”她边说边指向右边的高墙，上面有一排仿佛从大理石中凸起的男人头像，从阴影中窥视着他们——一脸以杀人为乐的刽子手的表情。有一些头像已经脱落，变成一堆碎片堆在他的同伴身下七八十英尺的墙角，剩下的头像上沟壑纵横，蛛网纠结，还溅着许多鸽粪。

“这儿原来肯定是高级法院，”埃蒂焦灼的目光扫过那些瘦薄嘴唇和碎裂空洞的眼眶，“只有法官才能同时看上去既聪明又恼怒——你面前的男人可是有亲身经历的。他们中没一个人表现出丝毫救人于危难之中的意愿。”

“‘一堆破烂的偶像，承受着太阳的鞭打，枯死的树没有遮荫。’①”苏珊娜喃喃自语。这句话让埃蒂感觉无数的鸡皮疙瘩在他手臂、胸膛和腿上跳起华尔兹。

“这是什么，苏希？”

“一首诗，这个诗人肯定在梦里来过刺德，”她回答，“得了，埃蒂，别理这些人。”

“说起来容易做起来难啊。”他边感叹边开始推她离开。

他们朦朦胧胧地看见前方有一个格状栅栏，看上去就像城堡的防御工事……在栅栏那一头，他们第一次惊鸿一瞥地看见了单轨火车布莱因，果然如同埃蒂所说，一身粉红，精致的颜色与大理石柱纹理相配。布莱因停泊在站台侧轨上，平滑得像子弹一样的流线型车身看起来更像是血肉而非金属。它的表面只有一处破裂——在装有巨大的刮雨片的三角形车窗旁边。埃蒂知道在布莱因鼻子的另一边会有另一扇三角形车窗，上面同样装有巨大的刮雨片，这样布莱因的正面看起来就像是一张脸，与小火车查理一模一样。刮雨片则像狡黠地垂下的眼睑。

从摇篮东南方的缝隙透过的白光在布莱因的车身上投射出一块扭曲的长方形。在埃蒂眼中，车身看上去就像一头粉红巨鲸跃出水面——一头全然安静的巨鲸。

“哇！”他低声惊叹，“我们找到了。”

“是的，单轨火车布莱因。”

“它是不是死了，你说呢？看上去是死的。”

---

① 该句诗出自美国现代主义诗人T.S.艾略特的长诗《荒原》。

“没死。也许只是在睡觉，但肯定离死还远着呢。”

“你敢肯定?”

“你不是肯定它是粉红色的吗?”这个问题埃蒂并不需要作答，他也没有。她抬头望着埃蒂，脸上写满紧张与极度的恐惧。“它正在睡觉。你知道吗？我不敢把它唤醒。”

“那么我们就等其他人到了再说。”

她摇摇头：“我觉得我们最好做好准备等他们过来……因为我有预感他们肯定后有追兵。把我推到那个安在栅栏上的匣子边上，那玩意儿看起来是个通话机。看见了吗?”

他看见了匣子，慢慢推她过去。栅栏围住整个摇篮，匣子就安装在栅栏中央一扇紧闭的门旁。栅栏垂直的栏杆看上去像不锈钢质地，门上的垂直栏杆则像饰铁铸成，底部则埋在地上的铁洞里。他们俩都没有办法钻过栅栏，埃蒂发现，每根栏杆之间宽不过四英寸，甚至连奥伊挤过去都不容易。

头顶的鸽群扑扇着翅膀，咕咕直叫，苏珊娜轮椅的左轮咯吱咯吱地发出单调的抗议。*这儿居然是油罐车统治的王国*，埃蒂心中暗想，意识到他现在可不仅仅是害怕。上次他体会到这个层次的恐惧还是在他和亨利站在荷兰山的莱茵侯得街人行道上看着破败废墟的那一天。那个一九七七年的下午他们并没有进入鬼屋，而是转身离开了，他记得当时暗暗发誓以后绝对、*绝对*不会再回那儿去。这个诺言他一直遵守，但是现在，他又来到另一栋鬼屋，而且前方就是一个魔鬼——单轨火车布莱因，修长的粉色车身上一扇玻璃窗窥视着他，就像是一头假寐猛兽的独眼。

它停在摇篮已经安静了好久……它甚至已经停止说话与大笑……最后一个去找布莱因的是阿迪斯……当阿迪斯无法回答出问题时，布莱因喷出蓝火杀死了他。

如果它对我说话，我也许都会疯掉，埃蒂思忖。

外面刮过一阵狂风，雨水顺着建筑一侧的出口飘进来，打在布莱因的窗户上，流下一串水珠。

埃蒂突然战栗起来，警惕地向四周张望。“有人在监视我们——我可以感觉到。”

“我一点儿不觉得奇怪。推我靠近大门，埃蒂，我想仔细看看那个匣子。”

“好的，但是不要用手碰。假如它通了电——”

“如果布莱因想烤了我们，它可是毫无顾忌，”苏珊娜透过布莱因车身后的栅栏望进去。“你心里清楚这一点，我也清楚。”

因为埃蒂知道这是事实，所以他没有反驳。

匣子看上去既是通话机又是防盗铃，上半部安着一个扬声器，旁边还有一个像是**说话/收听**的按钮。下面有许多数字，排列成钻石形状：

1
2 3
4 5 6
7 8 9 10
11 12 13 14 15
16 17 18 19 20 21
22 23 24 25 26 27 28
29 30 31 32 33 34 35 36
37 38 39 40 41 42 43 44 45
46 47 48 49 50 51 52 53 54 55
56 57 58 59 60 61 62 63 64
65 66 67 68 69 70 71 72
73 74 75 76 77 78 79
80 81 82 83 84 85
86 87 88 89 90
91 92 93 94
95 96 97
98 99
100

钻石形状下面又有两个按钮，上面用高等语写着：**命令**与**进入**。

苏珊娜一脸的困惑与怀疑。“这到底是什么东西，你觉得呢？看上去像是科幻电影里的先进配件。”

当然就是，埃蒂心想。苏珊娜在她的年代大概见过一两个家庭警报系统——毕竟她曾生活在曼哈顿的富人区，尽管她并没有被真心接受——但是讲到电子产品的丰富，她生活的年代，一九六三年，与他的年代，一九八七年，还是有很大差距的。*我们也从来没有真正谈起过之间的差别，他想。我不知道如果我告诉他当罗兰抓到我的时候罗纳德·里根是美国总统她会怎么想？也许会认为我疯了。*

“这是一个报警系统。”他说。接下来，尽管他的每一根神经、每一寸理智都尖叫着反对，他还是强迫自己伸出右手，大拇指按住**说话/收听**键。

没有电流的声音；没有致命的蓝火蹿上胳膊。甚至没有任何表明这个键还连接的迹象。

也许布莱因的确死了。也许终于它还是死了。

但是他并非真的这样相信。

“喂？”他叫道，脑海中不禁想象着蓝色火苗跳跃在阿迪斯的脸上、身上，熔化了他的眼睛，烧着了他的头发，阿迪斯一边惨叫一边被烤熟。“喂……布莱因？有人吗？”

他松开按键，身体僵硬地等了一会儿。苏珊娜冰冷的小手爬上他的肩膀。还是没有回答。埃蒂——现在比刚刚更加犹豫——再次按住按键。

“布莱因？”

他松手。等待。还是没有回答。此时，就像压力与恐惧感袭来时常会发生的那样，一阵危险的轻率冲动控制了他。这当口，计算成本不再显得重要。一切都不再重要。此刻，仿佛当时他在拿骚蔑视巴拉扎那个面色蜡黄的线人时的情景再次重演。假如罗兰现时现地看见他被如此愚蠢的烦躁所控制，他肯定会认为埃蒂与库斯伯特之间绝不止相似；他会发誓埃蒂*就是*库斯伯特。

他伸出拇指按住按键，操起一口做作的（而且完全假冒的）英国口音冲着扬声器吼道："喂，布莱因！你好呀，老朋友！这里是*无脑富人的生活方式*节目，我是主持人罗宾·利切，现在我要告诉你，你独得网上杂志直销仓库[①]的六十亿美元大奖，以及一辆全新的福特雅仕轿车！"

他们头顶的鸽群受了大叫声的惊吓，扑扇着翅膀向天空飞去。苏珊娜倒抽一口气，一脸惊慌失措，仿佛一个虔诚的妇女刚刚听见自己丈夫在大教堂里说出渎神不敬的蠢话。"埃蒂，快住嘴！*住嘴！*"

埃蒂停不下来了。微笑挂在嘴角，但恐惧、歇斯底里、挫败与愤怒糅杂在一起闪烁在他眼底。"你和你的单轨火车女朋友，帕特里夏，将在风景如画的吉姆镇度过一个月奢……华假期，在那里你们只会品尝最好的红酒，吃最美味的佳肴！你们——"

"……*嘘*……"

埃蒂突然打住，看看苏珊娜，立刻肯定是她发出的嘘声——不仅因为她已经试图阻止他，而且还因为除了她这里没有别人——但同时他又知道刚才并不是苏珊娜。那是*另一个声音*：一个被吓坏的小孩儿的声音。

"苏希？你是不是——"

---

① 网上杂志直销仓库（Publishers Clearing House），美国最大的网上杂志订购代理，通过送出大奖的方式吸引读者，也是一个网上赌博公司。

苏珊娜边摇头边抬起手指了指通话机匣，埃蒂注意到标有**命令**的按键闪烁着微弱的贝壳粉色光，与栅栏另一边停泊着的单轨火车颜色相同。

“嘘……别吵醒它。”小孩儿的咕哝从扬声器里飘出，仿佛晚风一般轻盈温柔。

“什么……”埃蒂刚起了个头就停下，摇着头伸手轻轻按住**说话/收听**键。等他再次开口，原来那种罗宾·利切式的夸张吼叫换成了一种同谋者的轻声低语。“你是什么？你是谁？”

他松开键，与苏珊娜对视了一眼。他们俩都瞪圆了眼睛，就像两个孩子刚刚知道屋里原来还有一个危险的——也许患有精神病的——大人。他们又是怎么知道的？因为另一个孩子提醒了他们，这个孩子与这个精神病大人在一起住了很长时间，一直躲在角落里，只能趁着大人睡着的间隙偷溜出来；一个几乎隐形的被吓坏的小孩儿。

没有回答。埃蒂数着秒数，每一秒都长得几乎可以读完一本小说。正当他打算按键时，微弱的粉红光芒再次闪起。

“我是小布莱因，”小孩儿低声说，“它看不见我。它忘了我。它认为我被留在了废墟的房间、死者的殿堂。”

埃蒂再次按键，此时他的手不能控制地颤抖起来。他甚至可以听见自己的声音也在颤抖。“谁？谁看不见你？是巨熊吗？”

不对——不是巨熊；不是它。沙迪克已经死了，尸体留在许多里外的森林里，自那以后世界也已经转换。埃蒂突然回忆起当时他在狂暴的巨熊居住了大半辈子的林间空地时，把耳朵贴在那扇印着恐怖黄黑斜条的门上的感觉。他现在领悟出，所有一切都属于一个整体，一个正在朽败的整体、一张已经破碎的蛛网，而黑暗塔就像一只捉摸不透的石蜘蛛占据在网中央。整个中世界已经变成了抽屉；整个中世界已经变成了闹鬼的荒原。

还没等扬声器里的声音传出答案，他看见苏珊娜的嘴唇已经嗫嚅出这个词，答案就像谜语谜底揭晓时不言自明。

“大布莱因，”隐形的声音低声说，“大布莱因就是住在机器里的魔鬼——住在所有机器里的魔鬼。”

苏珊娜的手钳住自己的喉咙，仿佛要勒死自己。她的双眼蓄满恐惧，但是并不是失却神采的呆滞；相反透出清澈的了然。也许她自己的亲身经历令她能够理解这个声音——当时在同一个身体里，苏珊娜被好战的黛塔和奥黛塔排挤到一边。这个童稚的声音让他们俩都非常吃惊，可她写满痛苦的眼神说明这对她来说并非全然陌生的概念。

苏珊娜能理解所有关于双重人格的疯狂。

“埃蒂我们得赶快走。”恐惧冲刷掉了她话语中的标点停顿，使之变成听觉污染，“埃蒂我们必须离开埃蒂我们必须离开埃蒂——”

“太迟了，”细小的声音悲伤地说，“它已经醒了。大布莱因已经醒了。它知道你们在这儿，而且它已经来了。”

突然他们头顶射出两道明亮的橙色探照光，将空旷的摇篮全笼罩在夺目的亮光中，让阴影失去藏身之处。几百只鸽子被惊起，从高处的鸽巢中没头苍蝇似地向空中冲去、又俯冲下来。

“等一下！”埃蒂大叫，“请等一下！”

焦急间他甚至忘记揿下按键，但是这并没有丝毫区别，小布莱因照样回答了。“不行！我不能让它抓住我！我也不能让它杀了我！”

通话机匣上的灯光暗淡下去，但片刻之后，**命令**与**进入**键同时亮起，这回的颜色不再是粉红，而是像烧红的铁煅一样滴血的鲜红。

“你们是什么人？”怒吼的声音不仅从通话机匣传出，甚至从城市里每一个尚未报废的扩音喇叭里传出。挂在钢柱上的腐烂尸体在巨大的声波震动下开始摇晃,仿佛连死人都想逃离布莱因,如果他们能够的话。

苏珊娜心惊肉跳地缩回轮椅里,手掌紧紧按住耳朵,欲尖叫却发不出任何声音。埃蒂感觉自己又重新跌回到十一岁经历的那种疯狂、近似幻觉的恐惧中。当时他和亨利站在鬼屋外面时把他吓得胆寒的不就是这个吼声？也许他早就意料到了？他不知道……但是他真正体会到传说里的杰克顺着豆茎爬得太高、唤醒了吃人魔王之后的感受①。

“你们怎么敢打扰我睡觉？立刻给我理由,否则立即丧命。”

他也许可以一动不动地站在原地,任由布莱因——大布莱因——像曾经对待阿迪斯一样(甚至更残忍地)处置他们;也许他应该被冻僵,任由童话故事中掉进兔子洞的那种恐惧吞噬自己。但是正是先前说话的小布莱因给了他力量,那个孩子自己害怕得要命却仍然试图帮助他们。

所以现在你必须自己帮助自己,他暗暗打定主意。*是你把它吵醒,看在基督耶稣的分上,你得自己收拾残局。*

埃蒂伸出手再次揿下按键。“我叫埃蒂·迪恩,旁边是我的妻子苏珊娜。我们……”

他转头看看苏珊娜,苏珊娜连忙点头示意让他继续。

“我们沿着光束的路径寻找黑暗塔。我们还有另外两个同伴,蓟犁的罗兰……和纽约的杰克。我们俩也来自纽约。如果你是——”他顿了一下,硬生生咽下*大布莱因*几个字。万一他说漏嘴,这个声音后面的智慧体绝对会明白他们刚刚听见了另一

① 在英国民间故事《杰克和豆茎》中,小男孩杰克顺着豆茎爬到天空却唤醒了吃人魔王,最后在魔王妻子的帮助下得以逃脱。

个声音;住在幽灵体内的另一个幽灵,可以这么说。

苏珊娜双手做手势让他继续。

“如果你是单轨火车布莱因……呃……我们希望能上你的火车。”

他松开按键。很长时间没有一句回答,只有受惊的鸽群烦躁地扑扇翅膀。当布莱因再次开口时,他的声音只是从栅栏门上的通话机匣里传出,听上去几乎是人声。

“不要考验我的耐心。所有通向外面的门都已经关闭,蓟犁也不复存在。枪侠一族早已死光。现在回答我的问题:你们是谁?这是你们最后一次机会。”

话音一落,一道蓝白色的光束伴随嗞嗞声从天花板射下来,在苏珊娜轮椅左边不到五英尺的大理石地板上投下高尔夫球大小的光斑。青烟缓缓升起,夹杂着一股被雷电击中后的焦味。苏珊娜和埃蒂无语地交换了恐惧的眼神,接着埃蒂突然揿下按键。

“你错了!我们的确来自纽约!我们从海滩上的门进来,就在几个星期以前!”

“是真的!”苏珊娜也叫道,“我发誓。”

沉默。长栅栏的另一端,布莱因粉色背脊微微拱起,车头窗户像透明的玻璃眼睛似地凝视着他们,睫毛一般的刮雨器狡猾地半睁半闭。

“证明给我看。”布莱因最后说。

“上帝啊,我怎么证明?”埃蒂问苏珊娜。

“我也不知道。”

埃蒂再揿下按键。“自由女神像!你有印象吗?”

“继续。”布莱因听上去若有所思。

“帝国大厦!纽约证券交易所!世界贸易中心!康尼岛的

热狗肠！无线电城音乐大厅！东村——”

布莱因打断了他……难以置信的是，这次从对话器里传出来的竟然是约翰·韦恩[1]招牌式的拖沓腔调。

“好吧，朝圣者们。我相信了。”

埃蒂和苏珊娜又困惑地对视一眼，稍许感到安慰。但是当布莱因开口时声音再次变得冷酷。

“问我一个问题，纽约的埃蒂·迪恩。而且最好是个好问题。”停顿片刻后布莱因补充道，**“因为如果不是，你和你的女人就会丧命，无论是你们打哪儿来。”**

苏珊娜的视线从通话机匣移向埃蒂。“它到底在说什么？”她轻声问。

埃蒂摇摇头：“我一点儿概念都没有。”

28

在杰克看来，盖舍把他拖进的房间就像装满精神病人的“民兵”[2]导弹的发射井：部分像博物馆，部分像起居室，还有部分像嬉皮士的临时住所。抬头是拱起的圆顶天花板，脚下七十五到一百英尺深处是相似的圆形基座。垂直的霓虹灯管沿着墙壁挂了一圈，交替发出五颜六色的光：红、蓝、绿、黄、橙、粉和桃红。在发射井的顶部和底部——如果这里的确曾经是发射井的话——长灯管都汇聚起来编织出喧闹的彩虹结。

房间就位于太空舱前面四分之三的地方，地板是铁丝网格，

---

① 约翰·韦恩(John Wayne)，美国电影演员，他把身强力壮和沉默寡言的牛仔和士兵的形象表演得栩栩如生。代表作《红河》《赤胆屠龙》。

② 民兵(Minuteman)导弹，美国于五十年代设计的一种导弹。

上面东一块西一块地铺着土耳其地毯(他后来才知道这些地毯实际上来自一处叫做喀什敏的领地)。镶黄铜的箱子、立式台灯或沙发椅的短腿压住地毯的每个角,否则地毯就会像挂在电风扇上的纸片一样被吹起来,因为从地下持续吹来阵阵暖风。上方也有一些通风管道,与他们走进来时地道里的通风管道一样,另一股风就从这些管道里吹出来,盘旋在头顶四五英尺处。房间的另一端有一扇门,与他和盖舍进来的大门一模一样,杰克推测门的另一边就是与光束路径重合的地下走廊的延伸。

房间里有六个人,四男两女,杰克琢磨他们大概就是戈嫘人的最高指挥部了——如果剩下的戈嫘人人数足够组成一个指挥部的话。他们中没一个年轻的,但也都正当盛年。他们好奇地望着杰克,杰克也好奇地看着他们。

房间中王位一样大的椅子上坐着一个男人,看上去既像维京武士①,又像童话里的巨人,一条魁梧结实的大腿随意地搁在椅子扶手上。赤裸的上半身肌肉凸起,一边上臂上扎了一条银带,另一边肩上挂着一条刀鞘,脖子上还戴着一个形状奇怪的饰物。巨人下半身穿着紧身软皮马裤,裤腿塞进了高筒靴,一只靴子上面还缠着一条鹅黄围巾。污秽的金灰色长发披散到宽阔的后背中间,一对绿色的眼睛里蓄满好奇,就像一只上了年纪的雄猫,年龄累积了智慧,却尚未遗失敏锐与残酷。椅子背上拴了一根皮带,上面吊着一挺模样非常古老的机关枪。

杰克更加仔细地打量起维京人胸前的饰物,发现原来是一个棺材形状的玻璃盒,吊在一根银链上。玻璃盒里面装着一个微型的金色钟面,上面显示的时间是三点零五分。钟面下面挂

---

① 维京人(Viking),就是北欧海盗,生活在斯堪的纳维亚半岛,从公元八世纪到十一世纪一直侵扰欧洲沿海与英国岛屿。维京人个个身材魁梧,金发碧眼。

着一个微型金色钟摆，来回摇晃。虽然头顶与脚下都有微弱的风声，杰克仍旧听见时针的滴答声。时针移动的速度比实际时间要快，而杰克丝毫不惊讶地发现它正在倒着走。

他脑海中浮现出《小飞侠》[①]里面的那条总是追逐虎克船长的鳄鱼，嘴角泛起一丝笑意。盖舍瞧在眼里，抬手作势要打，杰克连忙双手捂住脸向后一缩。

滴答老人冲着盖舍摇摇手指，做了个滑稽的学校老师的手势。"现在，现在……没必要那样，盖舍。"他说。

盖舍立即放下手，脸色由刚刚愚蠢、愤怒带着点奸猾以及近乎世故的幽默完全转变成现在奴颜婢膝的谄媚。就像屋里其他人一样（包括杰克自己），盖舍根本没法太长时间不看滴答老人；即使他的视线转向别处也会无法幸免地很快被吸引回来。而杰克知道个中原因。滴答老人是这里唯一一个看上去完全生机勃勃、健康生动的人。

"如果你说没必要，那就没必要。"盖舍回答，在他的视线转回到王位里的金发巨人之前，他还是瞥了一眼杰克。"不过他非常狡猾，滴答。非常狡猾，滴答。真的非常狡猾，就是他，如果你问我的意见，他绝对需要好好驯服！"

"当我想问你的意见我就会问的，"滴答老人说，"现在关上门，盖舍——难道你生在谷仓里吗？"

一个黑发女人尖声笑了起来，听上去就像乌鸦嘎嘎叫。滴答朝她微微瞥了一眼，她立即安静下来，低眉顺眼地盯着网格地板。

盖舍拖他进来的门实际上是两扇，整个装置让杰克想起比

---

① 《小飞侠》（*Peter Pan*），世界著名儿童小说，由剧作家兼小说家巴里创作的《小飞侠彼得·潘》首先于一九〇四年在剧场演出，随后小说于一九一一年出版，其后小飞侠一直风靡全球。

较高智商的科幻电影里出现过的太空船的气锁。盖舍把两扇门都关上后转身向滴答伸出大拇指，滴答点点头，懒洋洋地伸出手，揿下安装在演讲台模样的摆设上的按键。藏在墙里的泵费力地运转，霓虹灯管明显暗淡下来。伴随着轻微的气流声，里层门上的圆形阀门旋转关闭。杰克猜想外层门上的阀门肯定也关上了，这里就像是个防空洞，毫无疑问。等泵停止运转，修长的霓虹灯管又重新发出耀眼夺目的虹光。

“好了。”滴答愉快地说，双眼开始上下打量杰克。杰克清楚地感觉到正在被一个专家评估归档，这让他很不舒服。“非常安全，一切都很好。我们就像躺在地毯上的臭虫一样惬意，是不是，胡茨？”

“是！”一个身穿黑西装的高个儿瘦子立即回答。他一直忍不住用手去挠脸上的一块红肿。

“我把他带来的，”盖舍说，“我跟你说过，你可以相信我的，是不是？”

“的确，”滴答回答，“了不起。我本来有些怀疑你最后能不能记住密码，但是——”

那个黑发女人又嘎嘎笑了起来。滴答嘴角含笑地对她半转过身，在杰克还没来得及理解正在发生的事情——已经发生的事情——之前，她开始踉跄地后退几步，双眼惊愕、痛苦地突起，两手狂乱地抓向胸口一个古怪的鼓起，而这个鼓起一秒钟之前还不在那里。

杰克意识到滴答老人就是在转身时出手，动作如此之快，比眨眼还要快。先前那把从滴答老人肩上挂着的刀鞘戳出来的细长白色匕首柄已经不见了。刀子现在出现在房间的另一端，正正地插在黑发女人的胸口里。现在连杰克都开始怀疑滴答拔刀、飞刀的神速即使是罗兰也比不上。

其他人默默旁观。黑发女人趔趄地向滴答走过去,边粗声喘着气边伸手握住刀柄。她的臀部撞到一盏落地灯,那个叫胡茨的瘦高个儿赶忙冲过去扶住落地灯。滴答自己一动没动,他只是伸出一条腿悬荡在王位扶手上,懒洋洋地笑看着这个女人。

一条地毯绊住她的脚,她向前跌过去。滴答再次展现出他神乎其神的速度。他迅速抽回荡在椅子扶手上的大腿,像活塞似的踢出去,正中黑发女人的胃部。她倏地向后飞出,鲜血从嘴里喷出来溅在家具上。她的身体重重地摔在墙上,滑下来,最终跌坐在墙角,下巴就垂在胸骨上。在杰克看来她就像是电影里正在背靠土墙午睡的墨西哥人。很难相信一眨眼工夫她就这么命丧黄泉。霓虹灯把她的头发映得半红半蓝,她的双眼里依然是临死前的愕然表情,直勾勾地盯着滴答老人。

"我告诉过她不要笑,"滴答说,然后他的视线转向另一个体格魁梧、看上去像是长途卡车司机的红发女人,"是不是,蒂丽?"

"是。"蒂丽迅速回答,眼里的神采掺杂着恐惧与兴奋。她仿佛难以自抑地舔着嘴唇。"你的确说过,许多许多次。我敢指天发誓。"

"是呀,"滴答回答,"把我的刀子拿回来,布兰登,记得重新放到我手上之前把那只母狗的脏血擦干净。"

一个罗圈腿的矮个儿男人接到邀请似的一蹦一跳跑过去。刚开始刀子拔不出来,好像卡在了黑发女人的胸骨里。布兰登恐惧地扭头瞥了滴答一眼,然后开始更用力地拔刀。

但是滴答仿佛已经忘记了布兰登和那个实际上把自己笑死的女人。一件比那个死人更让他感兴趣的东西吸引了他晶亮的绿色眸子。

"到这儿来,小鬼,"他说,"我想好好看看你。"

盖舍推了他一把,杰克踉跄地向前走去。如果不是滴答强壮的手臂扶住他的肩膀，他早就跌下去了。接着当滴答肯定杰克自己已经站稳时，他抬起男孩儿的左腕。原来是杰克的精工表引起了他的兴趣。

“如果这个东西和我想的一样，那它肯定就是个预兆。”滴答说，“告诉我，孩子——你戴的这个西格尔是什么？”

杰克丝毫不知道西格尔是什么东西，只好自求多福。“这是一块手表，但是已经不走了，滴答先生。”

话音刚落胡茨就咯咯笑了起来，当滴答转身看他时，他慌忙伸手捂住嘴。片刻之后滴答重新看向杰克，阳光灿烂的微笑取代了刚刚的蹙眉。看着这个微笑你几乎要忘记房子另一边斜靠在墙角的是具尸体，而不是什么电影里午睡的墨西哥人。看着这个微笑你几乎要忘记眼前是一群疯子，而滴答老人恰恰是整个疯人院里最疯的一个。

“手表。”滴答点点头，“哎，这个东西最有可能就是叫这个名字；毕竟除了时不时地看看[①]，人要手表又干什么呢？啊，布兰登？啊，蒂丽？啊，盖舍？”

每个人都热情地附和。滴答老人赐给他们一个胜利的微笑，然后又转向杰克。但杰克发现这个微笑，无论是不是胜利的，仅仅延伸到滴答的绿眼下方就不再向上。这双眼睛自始至终没有改变：冷静、残酷、好奇。

精工表现在显示的时间是七点九十一分——上午和下午——他伸出手指摸向精工表，还没来得及碰到水晶表盘的玻璃壳，就突然抽回手指。“告诉我，亲爱的孩子——这块‘手表’是不是又是你的鬼把戏？”

---

① 这里滴答老人利用了手表(Watch)一词的同音异义，watch 作为动词使用表示“看、注视”的意思。

“什么？噢！不，不，不是鬼把戏。”杰克自己伸出手指碰了碰表面。

“这没有用的，如果它的设置正好符合你自己身体的频率。”滴答说道。他那种尖锐轻蔑的腔调像极了杰克的父亲，尤其是当他不愿意别人知道实际上他根本不明白自己在说什么的时候。滴答瞥了布兰登一眼，杰克明白他正在考虑委派这个罗圈腿矮个儿去充当试验品。接着滴答放弃了这个想法，重新攫住杰克的视线。“如果这玩意儿电着我，我的小朋友，你就会在三十秒内被你自己的肉噎死。”

杰克艰难地咽了口口水，什么也没说。滴答再次伸出手指，这回允许手指碰到了精工表的表面。一瞬间，所有数字归零，接着又开始向前走。

当他的手指触及表面时，滴答的眼睛痛苦地眯成细缝。片刻之后，眼角周围荡漾出一圈笑纹。这是杰克第一次看见他真心的笑意，猜想也许一部分是出自他认为自己勇气可嘉，但更多地只是出自惊叹与兴趣。

“我能拥有它吗？”他近乎巴结地问杰克，“作为你的友好表示，可以这么说吗？我一直对钟表感兴趣，我亲爱的小朋友——就是这样。”

“悉听尊便。”杰克立刻把手表从手腕上摘下来，放进滴答老人等待的掌心里。

“他说话的腔调就像个文绉绉的绅士，是不是？”盖舍在一旁开心地说。“过去的人可会为了他这样的战利品付上很高的酬劳啊，滴答，他们会的。你瞧，我父亲——”

“你父亲死的时候脓疮长了满脸，他的尸体连狗都不要吃，”滴答打断他，“现在给我闭嘴，你这个白痴。”

盖舍起初有些愤怒……随后一阵红潮在脸上腾起。他闭上嘴,坐回附近一张椅子里。

与此同时,滴答把玩起精工表的松紧表带,一脸敬畏之情。他撑开表带,然后放手让表带弹回,又撑开,又放手让表带弹回。他把表带套在一束头发上,然后边大笑边松开表带夹紧头发。最后他把手腕伸进表带,把手表一直套在上臂。杰克觉得他这个纽约的纪念品套在那里十分古怪,但什么也没说。

"太棒了!"滴答开心地大叫。"你从哪儿弄来这玩意儿的,小鬼?"

"这是我父母亲送给我的生日礼物。"杰克回答。盖舍身体微微前倾,大概又想挑起报酬的话题。如果是这样的话,滴答严厉的脸色显然改变了他的想法。他决定三缄其口,坐了回去。

"是吗?"滴答抬起眉毛,大为惊讶。他发现了那个照亮表面的夜光按钮,就一直揿来揿去,弄得表盘上的夜光忽明忽暗。接着他又看向杰克,双眼眯成亮绿色的两道缝隙。"告诉我,小鬼——它用单极电路还是双极电路?"

"两个都不用,"杰克回答。他并不知道没有明说他根本不明白这两个词的意思后来会给他带来无数麻烦。"它用的是镍铬电池,至少这点我很肯定。我从来不需要替换电池,而且很久以前就把说明小册子弄丢了。"

滴答沉默地盯着他看了好长时间,杰克沮丧地意识到这个金发巨人正在判断他是否在取笑他。如果他认为杰克刚才的确是在嘲笑,那么他一路上受到的虐待与滴答老人将报复他的方式相比只不过如同挠痒痒。瞬间他非常想把滴答的思路引到其他方向——这是他此刻最想做的事。他开口说出他认为能够奏效的话。

"他是你的祖父,对不对?"

滴答询问地挑起眉毛,双手搭在杰克的双肩上,尽管不是非常用力，杰克仍旧能感到巨人的力道。如果滴答决定捏紧他的肩膀用力拉，杰克的锁骨肯定会像铅笔一样被抽出。如果他用力推，估计会折断他的后背。

“谁是我的祖父，小鬼？”

杰克的眼光再次被滴答老人巨石般的头颅和具有贵族气质的宽阔肩膀所吸引。他想起苏珊娜曾经说过的话：*你看看他的个头，罗兰——他们一定是在他身上涂了一层油才能把他塞进机舱！*

“飞机里的那个人，大卫·奎克。”

滴答老人诧异地瞪大眼睛，然后仰头放声大笑起来，笑声回荡在圆形拱顶，余音绕梁。其他人也跟着紧张地笑起来，但没一个人敢发出声音……尤其在刚刚目睹黑发女人的遭遇之后。

“无论你是谁，无论你从哪里来，孩子，你是老滴答这么多年来碰到过的最聪明的家伙。奎克不是我的祖父，他是我的曾祖父，不过你猜得差不离——你说呢，盖舍，亲爱的兄弟？”

“哎，”盖舍应答道，“他很聪明，说得没错，我早告诉过你。可也非常狡猾。”

“是的，”滴答老人若有所思地回答，同时他的手捏紧杰克的肩膀，把这个男孩儿拉近到他英俊、疯狂又挂着微笑的脸旁。“我能看出他很狡猾。这全写在他的眼睛里。但是我们有办法对付，不是吗，盖舍？”

他不是在对盖舍说话，杰克意识到。*是对我在说。他认为他正在催眠我……也许确实如此。*

“哎。”盖舍叹了口气。

杰克感觉自己几乎要陶醉在这对深邃的绿色眼眸中。尽管滴答老人抓得他并不特别紧，他还是感觉透不过气来。他聚集了所有力气试图摆脱这个金发巨人对自己的控制，不自觉地脱口说出瞬间进入脑海的字词。

“珀斯老爷就这样跌下，大地轰隆，随之颤动。”

这句话就像一记重拳迎面打在滴答脸上。他猛地抽身后退，绿眼眯成细缝，紧紧捏住杰克的肩膀。“你说什么？你从哪儿听来的？”

“一只小鸟儿告诉我的。”杰克有些轻慢地回答。片刻间，他的身体飞到了房间另一头。

如果他的头砸到墙上，他肯定要么已经昏过去、要么就已经丧命。幸好他只是屁股撞墙，弹起后落到了一堆铁丝网格上。他东倒西歪地转过头四下张望，发现与自己面对面的正是那个并非在午睡的黑发女人。他惊呼出声，连忙手脚并用地向一旁爬去。此时胡茨在他胸口补了一脚，他立刻仰面躺在了地上，喘着气、直勾勾地盯着上方霓虹灯管汇聚织成的彩虹扣。片刻，滴答的脸填满他的上方视线。他的嘴唇紧紧抿成一条线，双颊红晕，双眼溢满恐惧，脖子上挂的棺材形状的玻璃饰物就在杰克眼睛的正上方，挂在银链上来回悬荡，仿佛在模仿迷你古董钟的钟摆。

“盖舍说得没错，”他边说边揪起杰克的衬衫把他拉起身。“你很狡猾。但是你可别想在我面前要把戏，小鬼。永远别想在我面前要把戏。你有没有听说火爆脾气的人？好吧，我就是最火爆的一个。假如我不是让他们永远闭嘴了的话，有几千个人能够为你证明这一点。如果你再敢向我提起珀斯老爷……再有那么一次……我就会掀开你的头盖骨、吃光你的脑子。在戈嫘人的地盘，我可不想听见这个倒霉的传说。你明白了吗？”

他把杰克当做一块破布似的猛烈摇晃。这个男孩儿忍不住哭了起来。

“明白了吗？”

“明—明—明白了。”

“很好。”他把杰克放在他的脚上。杰克虚弱得几乎站不稳，一边摇晃一边擦拭不断涌出的眼泪，抹得脸上全是泥迹，黑乎乎的看上去就像睫毛膏。“现在，小家伙，我们来段问答对话。我来问问题，你来回答。你听懂了吗？”

杰克没有回答，眼睛盯着围绕大厅的通气管末端的一个通风口。

滴答伸出两根手指，捏住他的鼻子恶毒地拧了一下。“你听懂我说的了吗？”

“听懂了！”杰克大叫起来，蓄满疼痛与恐惧的泪眼重新转回滴答的脸上。他想回头再看看那块通风口，非常想证实他刚刚所见并非是他惊吓过度的大脑产生的幻觉，但是他不敢。他害怕别人——滴答老人自己，比方说——也会顺着他的视线然后发现他刚刚所见的。

“很好。”滴答牵着杰克的鼻子回到他的王位上，坐下，一条腿又翘在椅子扶手上。“那么就让咱们好好聊聊。我们就从你的名字开始，好吗？你叫什么名字呢，小鬼？”

“杰克·钱伯斯。”他的鼻子被捏住，只能发出嗡嗡的模糊鼻音。

“你是不是瞎戏，杰克·钱伯斯？”

一开始杰克以为这是问他是不是盲人的特殊问法……但是当然他们都看得出他眼睛没瞎。“我不懂什么——”

滴答捏住他的鼻子前后摇晃他。“瞎戏！瞎戏！别再跟我耍花招，小鬼！”

“我不懂——”杰克开口，与此同时他瞄见挂在椅背上的那挺老式机关枪，再次想起那架坠毁的福克-沃尔夫战斗机。一块块记忆在他脑海中拼凑成形。“不是——我不是纳粹。我是美国人。所有这一切在我出生以前很久就结束了！”

滴答松开杰克的鼻子，鼻血立刻流下来。“你早该这样回答我，就不会受这么多痛苦了，杰克·钱伯斯……但是至少现在你已经明白我们这里的规矩了，对不对？”

杰克点点头。

“哎，很好！我们就从简单的问题开始。”

杰克的眼神又瞟向那处通风口。他刚才看见的东西还在那儿，不是他的想象。两只镶金边的眼睛正躲在铬合金的通风网格后面。

奥伊。

滴答一巴掌扇上杰克的脸，杰克向后面盖舍的方向跌过去，盖舍立刻又跟着补了一脚。“现在是上课时间，亲爱的，”盖舍轻声说，“别走神！千万别走神！”

“我和你说话的时候要看着我，”滴答说，“我要你尊重我，杰克·钱伯斯，否则我就要你的小命。”

“是。”

滴答的绿眼睛闪着危险的光。“是什么？”

杰克努力把一堆问号和突然升起的希望抛在脑后，急忙搜寻答案。浮现出脑海的居然是他自己的成长摇篮……换句话说，派珀中学。“是，先生？”

滴答微笑起来。“这是个非常好的开头，孩子，”他边说边把手撑在大腿上前倾过来，“下一个……什么是美国人？”

杰克开始解释，同时用尽全力抑制自己不再向通风口方向瞥去。

29

罗兰把手枪塞回枪套，两只手放在圆形阀门上用力旋转。

阀门纹丝不动。他倒也不是没预料到，可现在面临的问题就严峻了。

奥伊站在他的左脚边，焦急地仰着头等待罗兰开门，等待冲进去解救杰克。枪侠但愿一切能这么简单。他们站在外面等里面的人出来肯定不行；这样的话也许要等上几个小时甚至几天之后屋内的戈嫘人才会想到再次使用这个出口。枪侠在外面等待的当儿，说不定盖舍和他的朋友正在考虑活活剥掉杰克的皮。

他凑近铁门，但是什么也听不见。他对此也并不意外。很久以前他就见识过这种门——你不能用枪打断门锁，你也绝对无法听见里面的动静。也许只有一扇门；也许会有面对面两扇，中间隔着真空层。但是某个地方一定会有按键能够启动铁门中央的阀门开锁。如果杰克能够着那个按键，一切就好办了。

罗兰明白他并不完全属于这个卡-泰特；他猜甚至奥伊都比他更清楚这个联盟的核心秘密（他怀疑这头貉獭在地道跟踪杰克时依赖的并不完全是嗅觉，毕竟那里的污水一直在流动）。但无论如何，在杰克试图进入这个世界的过程中他的确帮上了忙。他当时能够看见……而当杰克努力寻找掉地的钥匙时，他能够发出讯息。

但是这回如果要再发出讯息，他必须非常小心。最好的情况是戈嫘人意识到有些不对劲。最坏的情况则是杰克错误地理解了罗兰的讯息而做出什么傻事。

但是如果他能看见……

罗兰闭上双眼，将所有精神集中到杰克身上。他想着男孩的眼睛，然后把他的卡送了进去。

起初什么也看不见，可最后终于出现了一些影像。那是一张脸，金灰色长发披散在脸庞四周，绿色的眼睛在深陷的眼眶里熠熠发光，就像山洞里的点点火光。罗兰立刻意识到这就是滴答老人，死在飞机里的巨人是他的祖先——这个事实很有意思，但对现在的局面没有任何实际价值。他想越过滴答老人看看屋内的其他部分和其他人。

“杰克。”奥伊轻声叫了一下，仿佛提醒罗兰现在打瞌睡不是时候也不是地方。

“嘘。”枪侠回答，并没有睁开眼睛。

但是没有用。他看见的景象都很模糊，大概因为杰克的所有注意力都完全放在了滴答老人身上；其他人、其他事物都像从杰克眼角瞄到的裹着灰雾的影子。

罗兰睁开眼，左拳轻轻砸在了摊开的右掌掌心。他知道能再努力、看得更多……但那样可能会让杰克知道他的存在。这就会有危险。盖舍肯定会嗅出蛛丝马迹，而即使他没有，滴答老人也会发现。

他抬头看了看上面狭窄的通风管，又低头看了看奥伊。很多次他都想知道奥伊到底多聪明；现在看起来他马上就会找到答案了。

罗兰伸出健全的左手，手指滑进最靠近舱口的那个通风网格的钢条间，用力一拉。网格脱落，同时落下一阵灰尘和一些干青苔。上面的洞对一个成年人来说太小了……但是一头貉獭正好能钻进去。他放下网格，抱起奥伊，在它耳边低声说。

“去……看看……回来。你明白了吗？不要让他们看见你。只是过去看看，然后就回来。”

奥伊凝视着他的眼睛，什么也没说，甚至没有提起杰克的名字。罗兰一点儿不知道他是否明白，但是这当口花时间沉思已经无济于事。他把奥伊放进管道口。这头貉獭嗅了嗅干青苔屑，轻轻打了个喷嚏，然后蜷在那儿。管道里的风把它光滑的长毛吹得波纹阵阵，它只是圆睁着奇怪的大眼睛疑惑地盯着罗兰。

“过去看看，然后回来。”罗兰轻声重复了一遍。话音落下，奥伊缩回爪子、脚掌着地，慢慢地消失在阴影中。

罗兰再次拔出枪，做了一件非常困难的事情：原地等候。

不到三分钟奥伊就回来了。罗兰把它抱出通风管，放回地上。奥伊伸长脖子仰头看看他。“多少人，奥伊？”罗兰问道，“你看见多少人？”

很长一会儿他以为这头貉獭除了继续紧张地盯着他，不再会有其他任何动作。但是紧接着，奥伊抬起右爪悬在空中，盯着自己的爪子看了片刻，仿佛在努力回忆什么。最后它开始轻拍地板。

一……二……三……四。停顿。然后又伸出爪子轻轻地敲了两下，又短又轻：五、六。奥伊停了下来，垂下头，像个正在冥思苦想超级难题的孩子，然后它的爪子在地上最后敲了一下，同时抬头看着罗兰叫道。“杰克！”

六个戈嫘人……还有杰克。

罗兰抱起奥伊，轻轻抚摸。“很好！”他在奥伊耳边轻声赞扬。事实上他已经快被惊喜与感激淹没。他的确抱了一线希望，但是如此仔细的回答还是令他无比惊喜，而且它对于数字的精确性几乎没有怀疑。“好孩子！”

“奥伊！杰克！”

是的，杰克。杰克的确是个问题。他对杰克许下了诺言，无论如何都要兑现。

枪侠以他独特的方式开始思考——这种方式结合了朴素的实用主义和狂野的直觉，而后者大概传自他乖僻的祖母，疯婆黛卓。这么多年来他的族人纷纷死去，可正是他的祖母让他一直活了下来。现在他也要依赖这点让杰克活下去。

他又抱起奥伊，心里知道杰克也许能获救——也许——但是这头貉獭几乎肯定会丧命。他凑近奥伊倒竖的耳朵说了几个简单的词儿，重复了许多遍。最终他把奥伊重新放回通风管。“好孩子，”他轻声说，“现在去吧。完成任务。我的心和你在一起。”

“奥伊！心！杰克！”貉獭轻声回答之后就匆匆消失在黑暗中。

罗兰等待地狱之门的开启。

30

问我一个问题，纽约的埃蒂·迪恩。而且最好是个好问题……因为如果不是，你和你的女人就会丧命，无论你们从哪儿来。

亲爱的上帝，你对此会如何作答？

深红色的灯暗淡下去，粉红色的那盏再度亮起。“快点儿，”小布莱因轻声催促道，“它比以前任何时候都生气……快点儿，否则它会杀了你们！”

埃蒂隐约可以感到头顶受惊的鸽群还在漫无目的地绕着摇篮打转，其中一些一头撞上石柱，旋即跌落摔死。

“它想要什么？”苏珊娜冲着传出小布莱因声音的扬声器轻声问道。“看在上帝的分上，它到底想要什么？”

没有回答。埃蒂感觉到他们起初也许有过的一些优雅正在流失。汗已经顺着脸颊流到了脖颈，同时他大拇指按下**说话/收听**键，用一种近乎癫狂的轻快声调说道。

问我一个问题。

“那么——布莱因！这几年你去哪儿了？我猜你很久没有

跑东南线路了吧，啊？有什么原因吗？身体不好吗？”

除了鸽群啪啪的翅膀声，一片寂静。在他的脑海中他又看见阿迪斯双颊熔化，舌头着火，绝望地尖叫。颈后的汗毛一簇簇倒竖起来。恐惧？还是电流聚集？

快点儿……它比以前任何时候都生气。

“你是谁造的？”埃蒂发疯似的问道，心想：但愿我知道这个该死的玩意儿到底想要什么！“想聊聊那个吗？是不是戈嫘人？不对……也许是中古先人，是吗？或者是……”

他声音减弱。此时他能够感觉布莱因的沉默就像巨石一样压在他的身上，仿佛一只摸过来的手。

“你想要什么？”他控制不住地大吼，“见鬼的你到底想听什么？”

没有回答——但是通话机匣上的按键现在开始闪烁出愤怒的深红色。埃蒂知道他们马上就没有时间了，他甚至能够听见附近传来低沉的嗡嗡声——发电机启动的声音——而且他不相信这只是他的幻听，尽管他拼命想这样说服自己。

“布莱因！”苏珊娜突然叫道，“布莱因，你听见我说话吗？”

还是没有回答……埃蒂已经感觉到空气中蓄满了电流，就像水龙头下的碗已经蓄满了水。他感觉每吸一口气，电流就在鼻孔里噼啪作响；甚至空气都在颤动，就像无数愤怒的小虫向他爬来。

“布莱因。我倒有一个问题，一个确实不错的问题！听好了！”她闭上双眼，手指不停揉搓太阳穴，然后睁开眼睛。“‘有一样东西……呃……什么都不是，却有名有姓。它有时高……有时矮……’”她突然打住，瞪大眼睛焦虑地望向埃蒂。“帮帮我！我记不得其余的怎么说了！”

埃蒂只是愣愣地看着她，就好像她已经疯了似的。看在上帝的分上，她到底在说什么？刹那间，他明白过来。一切都讲得通了。谜语的其余部分就像最后两块拼图一般清晰地跳进他的脑海。他再次凑近扬声器。

"'它和我们说话，和我们运动，一同做每个游戏。'它是什么？这就是我们的问题，布莱因——它是什么？"

红光从钻石形数字矩阵下方的**命令**与**进入**键上消失。然后就是无尽的寂静……但是埃蒂发现那种电流爬上皮肤的感觉渐渐衰退。

"当然是影子，"布莱因最终给出答案，**"这个很容易……但是还不赖。一点儿都不赖。"**

扬声器里传出的声音带上了人类思考时的腔调……而且还有其他一些什么，愉快？渴望？埃蒂自己也说不清，但是他真的发现声音里有一些东西与小布莱因相似。他还知道一点：苏珊娜救了他俩的命，至少暂时。他弯下腰，在她湿冷的眉间印下一吻。

"你们还知道更多谜语吗？"布莱因问。

"是的，很多。"苏珊娜立即回答，"我们的伙伴，杰克，有一本书上全是谜语。"

"来自纽约吗？"布莱因问。现在他的音调已经非常清晰，至少在埃蒂听来是如此。布莱因也许是一台机器，但是埃蒂曾经做了六年的瘾君子，所以他一听到这种上瘾的渴望就绝对能准确地辨认出来。

"来自纽约，没错儿，"他回答。"但是杰克被绑架了。一个叫盖舍的家伙把他劫走了。"

没有回答……这时微弱的粉色按键再次亮起。"目前很好，"小布莱因轻声说，"但是你们必须小心……它很狡猾……"

红灯立刻亮起。

"你们谁在说话?"布莱因的声音非常冷酷而且——埃蒂可以发誓——疑心很重。

他看了看苏珊娜,苏珊娜瞪大眼睛回看向他,惊恐的模样就像听到床底下有什么东西在动的小姑娘。

"是我清了清嗓子,布莱因。"埃蒂回答。他咽了口口水,抬起胳膊擦掉额头上的汗。"我……他妈的,不怕羞老实说,我现在害怕得要死。"

"你非常明智。你说的那些谜语——是不是都很蠢?千万别用愚蠢的谜语来考验我的耐心。"

"大多都很巧妙。"苏珊娜回答,同时紧张地望望埃蒂。

"你说谎。你根本不知道这些谜语是否巧妙。"

"你怎么能说——"

"声音分析。摩擦模式、双元音重音模式都为判断真假提供了可靠系数。预测可靠性百分之九十七,上下浮动零点五个百分点。"声音沉默了片刻,等它再次开口,声音里带上了埃蒂非常熟悉的拖腔,充满危险。那是汉佛莱·鲍嘉[1]的声音。**"我建议你还是别说你不知道的东西,甜心。上一个试图在我面前说谎的人最后的归宿在寄河河底,唯一的遗物是一双牛仔靴。"**

"上帝,"埃蒂说,"我们一路跋涉四百多里路只为了一见电脑版的瑞奇·利托[2]。你怎么能同时模仿约翰·韦恩和亨弗莱·鲍嘉,布莱因?我们世界里的人?"

沉默。

"好吧,你不想回答这个问题。那么试试下一个——如果你

---

① 亨弗莱·鲍嘉(Humphrey Bogart),美国著名电影演员,凭借在著名影片《卡萨布兰卡》中的出色表演获得了一九四三年奥斯卡最佳男主角奖。

② 瑞奇·利托(Rich Little),美国著名喜剧明星,擅长模仿和单人表演。

想要的是谜语，你为什么不直接说？”

还是沉默，但是埃蒂发现他实际上也不需要答案。布莱因喜欢谜语，所以他就问他们要一个。苏珊娜解决了这个问题。埃蒂心里猜想假如她没成功，他们俩现在就会像两大块家庭装木炭，躺在刺德摇篮的地上。

“布莱因？”苏珊娜忧虑地问。还是没有回答。“布莱因，你还在吗？”

“是的。再给我说一个。”

“什么时候门不是门？”埃蒂问。

“当它是个罐子的时候。如果你们真想让我带你们去什么地方，你们可得发挥得更好。你们能想出更好的吗？”

“如果罗兰在这儿，我们一定能，”苏珊娜说，“且不管杰克书里的谜语有多好，罗兰就知道几百条——事实上他小时候专门学习过。”话音刚落她发现自己根本没办法想象罗兰小时候的模样。“你会带我们去吗，布莱因？”

“也许会，”布莱因回答，埃蒂相当肯定一股模糊的残酷从声音中滑过，**“但是你们必须先让我素数发动。而且我是倒着素数发动的。”**

“什么意思？”埃蒂的视线越过栅栏，落在布莱因光滑的粉色流线型车背上。但布莱因没有回答，也没有回答其他问题。明亮的橙色灯还亮着，但是大布莱因与小布莱因好像全都再次休眠。但是埃蒂心里明白，布莱因醒了。布莱因正在看着他们。布莱因正在监听他们的摩擦模式与双元音重音。

他看看苏珊娜。

“你们必须先让我启动起来，而且我是倒着启动的，”他阴沉地说，“又是个谜语，对不对？”

“当然。”她看看布莱因的三角形窗户，它与半睁半闭的眼睛如此相像。她拉近埃蒂，在他耳边低语道：“它疯了，埃蒂——精神分裂、偏执妄想，也许还产生幻觉。”

“这还用说！”他轻声回答，“我们这儿碰上的是个发疯的天才，喜欢猜谜语，住在电脑控制的单轨火车里，跑起来超过风速。欢迎光临《飞越疯人院》①幻想版。”

“你知不知道答案是什么？”

埃蒂摇摇头：“你呢？”

“有一点儿线索，不过藏在脑子深处。也许不对。我一直在想罗兰说过的：好的谜语总是说得通也解得开，就像魔术一样。”

“误导。”

她点点头：“再开一枪，埃蒂——告诉他们我们还在这儿。”

“好。只要我们能肯定他们还在那儿。”

“你觉得他们还在吗，埃蒂？”

埃蒂已经开始向外走，他既没停下也没回头地回答：“我不知道——估计这条谜语连布莱因都没法儿解开。”

31

“我可以喝点儿水吗？”杰克沙哑地问道，鼻音浓重。他的嘴巴和鼻孔都肿了起来，看上去就像刚刚在街头狠狠打了一架。

“噢，好的。”滴答显得非常明理，“你可以，我说你当然可以。我们有许多饮料，不是吗，铜头？”

---

① 《飞越疯人院》(*One Flew Over the Cuckoo's Nest*)，一九七五年美国联美公司出品的电影，获得第四十八届奥斯卡奖的五项大奖。

“哎。”一个戴眼镜的高个儿男人回答。他身穿白色绸衬衫，一条黑色绸裤，看上去一副世纪初《笨拙画报》[1]中常见的大学教授形象。“应有尽有。”

滴答再次坐回他的王位椅，饶有兴味地瞧瞧杰克。“我们有红酒、啤酒、淡啤酒，当然还有纯净水。有时候这最后一种恰恰是身体最需要的，对不对？冰凉透心，咕嘟冒泡的纯净水。听起来如何，小鬼？”

杰克的喉咙已经肿起来，像砂纸一样干涩，他感到一阵阵刺痛。“听起来很好。”他轻声说。

“我也觉得渴了，”滴答边说边微笑起来，绿眼睛闪闪发光，“拿一罐水来，蒂丽——我要是知道我的礼貌上哪儿去了就见鬼了。”

蒂丽踏入房间另一边的通道——正对着与杰克和盖舍进来的入口。杰克望着她进去，舔了舔肿胀的嘴唇。

“现在，”滴答的注意力重新转回杰克，“你说你原来住的美国城市——这个纽约——很像刺德。”

“呃……也不完全……”

“但是你的确认出了一些机器，”滴答坚持问道，“阀门、水泵这样的机器。更不用说火光灯管了。”

“是的。我们那儿称做霓虹灯，但是都一样。”

滴答向杰克倾过身，杰克顿时向后缩，但是滴答只是拍了拍他的肩膀。“是的，是的，非常相近，”他的眼睛一闪，“你也听过电脑的，对不对？”

“当然，但——”

---

① 《笨拙画报》(*Punch*)，一八四一年在英国创刊的漫画杂志，以刊登针砭时弊的漫画为主。

蒂丽端着水罐回来，怯怯地向滴答老人的王位走过来。他接过水罐，递给杰克。正当杰克伸手去接时，滴答把水罐拿回来，自己一饮而尽。杰克眼睁睁看着水从滴答的嘴角流下来，流到他赤裸的胸部。杰克开始无法控制地颤抖起来。

滴答端着水罐瞄向杰克，好像刚刚想起来杰克也在。身后盖舍、铜头、布兰登和胡茨像一群小学生听了滑稽的黄色笑话似的一起偷笑。

“噢，我一直在想我自己很渴，就把你给忘了！”滴答大叫道。“这样太惭愧了，上帝诅咒我的眼睛！但是，当然，看上去太好了……而且的确很好……清凉……透心……”

他把水罐递给杰克，当杰克伸手要接的当口，滴答又抽回水罐。

“首先，小鬼，你得告诉我什么是双极电脑和传递电路。”他冷酷地问。

“什么……”杰克瞅了瞅通风网格，金眼睛已经消失了。他开始怀疑刚才看到的一切终究还是想象。他的视线转回到滴答身上，同时清楚地明白了一桩事：他喝不到一滴水。他以为他能喝到，可是连做这种梦都很愚蠢。“什么是双极电脑？”

愤怒骤然扭曲了滴答的面孔；他把剩下的水洒在杰克肿胀瘀伤的脸上。“不许跟我耍花招！”他尖叫着摘下杰克的精工表，在杰克面前猛摇。“当时我问你这玩意儿是不是双极电路，你说不是！所以不要对我说你不知道我在说什么，明显你心里有数！”

“但是……但是……”杰克说不下去了。他的脑子已经被恐惧与迷惑转晕，模模糊糊地意识到自己正在尽力舔着嘴边每滴水。

“这座该死的城市地下也许有成千上万台这种该死的双极

电脑，唯一一台能用的除了玩《看我的》游戏和放那些鼓点以外，别的什么用处也没有！我要得到那些电脑！我要那些电脑为我所用！”

滴答老人从王位上砰地跳起，抓住杰克拼命摇晃他，然后把他朝大门扔过去。杰克撞上一盏落地灯，灯泡啪的一声爆裂。蒂丽尖叫着后退，恐惧地睁圆双眼。而铜头和布兰登只是站在一旁，不安地面面相觑。

滴答身子前倾，胳膊肘撑在腿上，冲着杰克的脸大叫道：“我要它们**而且我一定要得到！**”

话音落下，整间屋子沉默下来，只有通风口吹出的阵阵暖风发出轻柔的声音。接着，滴答老人脸上扭曲的暴怒突然消失，就像从没有出现过似的。取而代之的是颇具魅力的微笑。他朝杰克倾过身，扶他站起身。

“对不起。我一直在想这些电脑，有时候会太入神。请接受我的道歉，小鬼。”他捡起翻倒在地的水罐，向蒂丽扔过去。“把它灌满，你这只没用的母狗！你到底有什么毛病？”

说完他转身面对杰克，脸上仍旧挂着电视娱乐节目主持人的招牌微笑。

“好吧；你已经开了个小玩笑，我也开了我的。现在告诉我你对双极电脑和传递电路所知道的一切，然后你就可以喝水了。”

杰克张开嘴想说点儿什么——他不知道说什么——然后，难以置信地，罗兰的声音在他脑海中响起。

引开他们，杰克——而如果有按键能开门，赶快靠近。

滴答牢牢盯着他：“你刚刚想起了什么，是不是，小鬼？我总能知道。可别保密，告诉你的老朋友滴答吧。”

杰克的眼角瞥见有东西在动。尽管他不敢抬眼看上方的通风口——他的一举一动可逃不过滴答老人的注意——他知道奥伊回来了,正从网格后面看下来。

引开他们……瞬间杰克想出了对策。

"我的确想到了些东西,"他说,"但是不是关于电脑的,而是关于我的老朋友盖舍,以及他的老朋友胡茨。"

"嘿!嘿!"盖舍大叫起来,"你在说什么,小孩儿?"

"你干什么不告诉滴答你的密码到底是谁给的,盖舍?然后我可以告诉滴答你把它藏哪儿了。"

滴答老人不解地看看杰克,又看看盖舍:"他在说什么?"

"什么也没说!"盖舍回答,但他还是忍不住迅速瞄了胡茨一眼。"他只是在浪费唾沫,为他自己解围而把我搭上,滴答。我告诉过你他很狡猾!我难道没说——"

"你为什么不看看他的头巾?"杰克继续说,"他有一张纸,密码就写在上面。我不得不读给他听,因为他甚至不认字。"

这回滴答并没有勃然大怒;相反他的脸色是慢慢阴沉下来的,就像夏日暴风雨来临前的天空。

"让我看看你的头巾,盖舍,"他含糊地低声命令,"让你的老朋友瞧一眼。"

"他撒谎,我跟你说!"盖舍大叫,同时双手按在头巾上向墙那边后退两步。在他的头顶,奥伊镶金边的眼睛熠熠发光。"你只要看看他的脸就能发现这个狡猾的小家伙最拿手的就是撒谎骗人!"

滴答老人的视线投向胡茨,恐惧让胡茨显得非常虚弱。"怎么样?"滴答用他可怕的声音温柔地问,"怎么样,胡茨伙计?我知道你和盖舍一向哥俩好,我也知道你一向脑袋不怎么聪明,但是我肯定即使愚蠢如你也不会把密室的密码写下来……你会吗?你会吗?"

“我……我只是以为……”胡茨开口辩解。

“闭嘴!”盖舍厉声阻止,同时憎恨的眼光投向杰克,“我要杀了你,亲爱的——你看我敢不敢。”

“摘下头巾,盖舍,”滴答老人说,“我要看看里面。”

杰克朝着装有按钮的讲台侧身挪过去。

“不!”盖舍的双手紧紧重新按住头巾,好像头巾会自动飞走。“绝不!”

“布兰登,抓住他。”滴答命令道。

布兰登向盖舍冲过去,盖舍迅速闪开,虽然他的速度还比不上滴答,但是也已经足够快。他弯下腰从靴子里抽出一把刀,戳进布兰登的手臂。

“噢,你这个杂种!”鲜血迅速从他的胳膊上喷涌而出,布兰登又惊又痛地骂道。

“瞧你干了什么!”蒂丽尖叫。

“在这里我必须亲自打理一切事情吗?”滴答大叫着站起身,他现在看上去比愤怒还要愤怒。盖舍一边后退一边疯狂地挥舞着带血的刀子,另一只手始终紧紧按在头上。

“退后,”他喘着粗气,“我一直把你当作兄弟,滴答,但是如果你不退后,我会把这刀刃捅进你的肚肠——我会的。”

“你? 不大可能。”滴答老人爆发出一阵大笑。他从自己的刀鞘里抽出刀子,轻轻地握住刀把。所有眼光都盯着他们俩。杰克三步并作两步朝装有好几个按键的讲台跑过去,按住他觉得滴答老人揿过的按键。

盖舍顺着墙壁后退,生满脓疮的脸在霓虹灯下不停地变换颜色:惨绿、火红、鹅黄。此时滴答站在了奥伊所在的通风口下。

“把刀放下,盖舍,”滴答理性地劝说,“你按我的要求带来了男孩儿;如果有人要受到惩罚,那也是胡茨,不是你。只要让我看——”

杰克看见奥伊蹲下身做出起跳姿势，刹那间明白了两件事：这头貉獭打算干什么，以及谁把它放在这儿的。

“*奥伊，不要！*”他尖叫出声。

所有人都转身向他望去。就在此刻，奥伊冲开通风口的薄网格，纵身一跃。滴答向声音的方向转过脸，奥伊正好落在他上仰的脸上，开始又抓又咬。

32

即使隔着两层门罗兰都能隐约听见——*奥伊，不要！*——他的心沉下去。他只盼圆心阀门赶紧开启，但是门一直纹丝不动。他闭上眼睛，费尽全力再次发出讯息：*开门，杰克！快开门！*

他感觉不到任何反馈，画面同时消失。他与杰克之间的交流一开始就非常脆弱，现在更是完全被切断。

33

滴答老人跌跌撞撞地后退，一边尖声咒骂一边试图抓住脸上那个又翻、又抓、又咬的东西。奥伊的利爪用力戳进他的左眼，挖出眼珠，恐怖的赤色疼痛就像扔进深井的熊熊火炬沉入他的头脑深处。不过此时，疼痛已经被极度的愤怒淹没。他一把抓住奥伊、从脸上拽下来、高高举过头顶，打算把它当做一片碎布扭断。

“*不要！*”杰克哀嚎一声，按键开门的事儿早已弃之脑后，相反他举起挂在椅背上的机关枪。

蒂丽尖叫起来，其他人四散逃开。杰克举起老式德国机关枪，瞄准了滴答老人。奥伊头朝地被紧紧抓在那双钢铁一般的巨掌里，疯狂地扭动身躯，对着空气乱咬，发出恐惧的叫声——与人声几乎无异。

“把它放下来，你这个杂种!”杰克喊道，同时扣动扳机。

他惊惶地瞄准下面的部位，巨响从施迈瑟式机关枪点40口径里发出，尽管只打了五六发子弹，但在这个封闭的空间里枪声几乎震耳欲聋。一根灯管爆裂，蹿出橙色的火焰。滴答老人左膝盖的紧身皮裤被打出一个洞，深红色的血迹立刻蔓延开来。滴答的嘴巴张成惊讶的O字形，这个表情比任何言语都要清晰地表达出他此刻的心情。就他所知，滴答应该永远长寿快乐，只有他开枪打别人，没有别人打他。瞄准，有可能，但是真正打中？这个结舌的诧异表情仿佛在说一切根本不应该发生。

欢迎来到现实世界，你这个混蛋，杰克心想。

滴答把奥伊一把扔在网格地板上，同时按住受伤的左腿。铜头向杰克猛冲过来掐住他的喉咙。奥伊尖叫着冲上来，透过铜头的黑绸裤咬住他的脚踝。铜头立刻呼痛，连忙跃开，拼命甩腿想把奥伊甩下来。奥伊则像帽贝一样牢牢咬住他的腿。杰克转身发现滴答老人又冲他爬过来，牙齿间咬着他刚刚找回的刀。

“再见，滴答。”杰克说完再次扣动施迈瑟式机关枪的扳机。什么也没发生。杰克不知道是没子弹了还是什么地方被卡住，但是已经没时间考虑。他向后退了两步，结果被那张滴答老人用做王位的大椅子挡住了退路。他还没来得及侧身躲到椅子背后，滴答已经一把抓住他的脚踝，另一只手摸向齿间的刀子。被挖出来的左眼就像一块薄荷果冻挂在他的脸颊上，而盯着杰克的右眼喷出的全是失去理智的愤怒。

杰克奋力把脚从滴答的手中抽出来，向王位上爬上去，眼睛瞥见缝在右边扶手上的口袋。一把已经开裂的珍珠白手枪枪把从口袋的松紧带口戳出来。

“噢，小鬼，你有的好受了！”滴答欣喜若狂地轻声说，原先O字形的惊恐表情已经被颤抖的狞笑替代。“噢，你有的好受了！我会多么开心……什么——？”

当杰克把镀镍的左轮枪指向他、拇指扣在扳机上时，他狞笑的嘴角挂下来，惊恐的O字形表情重新回到脸上。握住杰克脚踝的手收得更紧，让杰克感觉自己的骨头都快断了。

“你不会的！”滴答暴戾地尖叫。

“不，我会的！”杰克阴沉地回答，接着扣动了滴答老人自己的手枪扳机。一声清脆的爆裂声响起，与施迈瑟机关枪发出的那种日耳曼式的巨响相比要小得多。滴答的前额右上方开出一个小黑洞。他还继续盯着杰克，剩下的那只眼睛里写满不相信。

杰克试图再朝他补一枪，但是无法动手。

突然，滴答老人的一块头皮掀了起来，落在他的右颊上。罗兰将会明白这意味着什么；但是杰克现在几乎已经丧失清晰思考的能力。黑暗的恐慌就像龙卷风一样在他的脑海中席卷过来。他向那张大椅子缩回去，紧握着他脚踝的那只手终于松开，滴答老人俯面倒了下去。

门。他必须开门让枪侠进来。

杰克一门心思想着开门，赶紧离开椅子，没发现那把左轮手枪滑落到铁丝网格地板上。他再次朝滴答老人揿过的按键冲过去，此时另一双手掐住他的喉咙把他向后拖离了讲台。

“我说过我会杀了你的，你这个狡猾的东西，”一个声音在他耳边低语，“而且我盖舍一向言出必行。”

杰克双手向后乱抓，但是什么也没抓住。盖舍的手指深深陷进他的喉咙里，毫不留情地想置他于死地。他眼前的世界开始变成灰色，灰色很快变成紫色，紫色变成了黑色。

34

泵轴开始运转，舱门中央的圆形阀门迅速转动起来。感谢上帝！罗兰暗想。转动一停止罗兰就伸手抓住阀门猛力推开。另一扇门微微开启，屋内传出扭打声和奥伊又怒又痛的尖叫。

罗兰一脚把门踢开，映入眼帘的是盖舍正死死掐住杰克的脖子，奥伊已经离开铜头，正攻击盖舍想让他放开杰克。不过此刻盖舍的靴子倒是派上了双重用场：一方面保护盖舍免遭奥伊的利齿啃啮，另一方面也保护了奥伊不会被盖舍血液里的毒素感染。布兰登又一次刺中奥伊的身侧，想让他停止攻击盖舍的脚踝，但是奥伊根本不理会。杰克就像断了线的木偶被吊在盖舍肮脏的手上，脸色青白，肿胀的嘴唇变成了薰衣草的淡紫色。

盖舍抬起头，惊呼一声："是你！"

"是我。"罗兰回答。他开了一枪，盖舍左半边脑袋立刻开了花，鲜血瞬间染红了黄头巾。他的身子向后飞去，最终落在滴答老人的身上，他双脚痉挛、连连敲打地上的铁丝网格几下后终于停下来。

枪侠右手手掌迅速扇动左轮枪枪针，朝布兰登连开两枪，击中了正弯腰准备再袭击奥伊的布兰登。布兰登身体旋转着撞到墙上，慢慢下滑，他不甘心地伸手抓住一根灯管，绿色的沼泽光透过他的手指缝倾泻而出。

奥伊一瘸一拐地走到躺在地上的杰克身旁，开始舔他苍白静止的面孔。

铜头与胡茨眼见大势已去，肩并肩地朝蒂丽刚刚取水的小门奔去。现在不是发扬骑士精神的时候；罗兰从背后向两人开了枪。此刻他必须迅速行动，非常迅速。他也不会冒险，以免这两个家伙有任何机会重新鼓起勇气在路上伏击他们。

太空舱房间的顶端撒下一束橙色亮光，随后警铃开始大作：沙哑的警报声震得墙壁都些微摇晃。片刻之后，应急照明灯开始和着警铃的节拍一闪一闪。

35

警铃大作的时候，埃蒂正走回苏珊娜身边。他迅速举起鲁格枪，却不知瞄准哪里是好，他惊讶地大叫道："出了什么事儿？"

苏珊娜摇摇头——她也毫无头绪。警报声响得骇人，但这还不是问题的全部；更主要的是声音大到令人真正感到疼痛。巨响不停撞击耳鼓，埃蒂感觉就像一辆牵引车正以最大功率鸣笛。

就在此时，橙色的探照光柱也开始跳动。等埃蒂回到苏珊娜身旁，他发现**命令**与**进入**两个按键同时也发出红光，不停跳动，就像两只眼睛在不停地眨。

"布莱因，发生什么事儿了？"他大叫，慌忙朝四周张望却只看见疯狂跳动的影子，"是不是你干的？"

布莱因唯一的回答就是大笑——可怕的机器笑声让埃蒂想到小时候在康尼岛的鬼屋外面见过的上发条的机械小丑。

"布莱因，快停下！"苏珊娜尖叫道，"如果这空袭警报不停止，我们怎么想出你的谜语？"

大笑戛然而止，就像开始时一般突然，但是布莱因还是没有回答。抑或他已经回答;在把他们隔离在站台外面的栅栏另一边,由无摩擦慢转涡轮发动的巨型机器在双极电脑——就是滴答老人一直渴望得到的双极电脑——的指令下开始运转。十几年来第一次,单轨火车布莱因醒了过来,开始发动马力。

36

这些警报装置当初的确是为了向早已死去的剌德市民发出空袭警报用的(而且近一千年来甚至没有再测试过)。现在警报声席卷全城,所有灯光全部亮起,和着警报有节奏地闪动。地上的障猷布人、地下的戈嫘人同时都以为他们一直害怕的末日终究降临。戈嫘人认为是灾难性的机器大崩溃;而障猷布人则始终坚信城下的机器里住满有一天终究会起来向所有活人复仇的鬼魂,也许他们的想法与真正发生的情况反倒更接近。

毫无疑问,地下古老的机器里的确住着一个智能生物体,但它内部的双极电路很久以前就开始出问题。八百年以来它的逻辑思维变得愈发怪异,可那只是隐藏在它的记忆中。如果不是因为罗兰和他的朋友们,估计那问题还会再继续隐藏八百年;但这个无形的生物体在年复一年的冥想沉思中变得愈加疯狂;它的沉睡期越变越长,甚至开始做梦,而这些梦境随着世界的转换也越来越脱离现实。现在,尽管维持光束的庞大机器已经开始衰弱,这个非人类的疯狂智能体却在废墟的房间里醒来。就如同无影无形的幽灵,它将再次开始穿越死者的殿堂。

换句话说,单轨火车布莱因整装待发,准备离开道奇①。

---

① 道奇(Dodge),美国堪萨斯州的城市。

37

罗兰在杰克身旁蹲下时，脚步声从他身后传来。他迅速拔枪转身，眼前的蒂丽生面团一样惨白的脸上仿佛套了个困惑、迷信、恐惧做成的面具。她举起双手大叫："不要杀我，请您！求求您了，不要杀我！"

"那么，快滚！"罗兰简短地说。当蒂丽拔腿要跑时，他用左轮枪枪管敲了她一下。"不是那个方向——从我进来的门出去。如果让我再看见你，我就会是你最后看见的东西。现在，滚！"

她消失在跳动的阴影中。

罗兰侧头靠近杰克的胸膛，用手捂住一只耳朵挡住警报的巨响。这个男孩儿的心脏跳动缓慢，但很有力。他环抱住杰克，与此同时杰克突然睁开双眼。"你这回没让我掉下去。"他嘶哑地呻吟道。

"是的。不仅这次，永远都不会让你掉下去。现在别再用嗓子了。"

"奥伊在哪里？"

"奥伊！"这头貉獭叫了起来。"奥伊！"

奥伊被布兰登抽打了许多次，但是每个伤口似乎都不足以致命、甚至不算特别严重。显然它非常疼痛，但显然它也欣喜若狂。熠熠发光的大眼睛几乎离不开杰克，粉红色的舌头滚动，低沉地不停叫着"杰克，杰克，杰克！"。

泪花从杰克眼中迸出，他张开双臂，奥伊立即蹦进他的怀抱，让杰克拥抱住自己。

罗兰站起身，向四周张望，发现了房间另一端的门。他从背后开枪打死的两个人正对那扇门的方向，那个女人同样也要朝那里逃跑。枪侠抱起杰克向那扇门走去，奥伊在他脚后亦步亦趋。他踢开戈嫘人的尸体，穿过房门，来到一间厨房。要不是各种内置器皿和不锈钢墙壁，这间屋子会让人以为是猪圈；显然戈嫘人不是特别热衷于整理房间。

“水，”杰克呻吟道，“求求你……太渴了。”

罗兰顿时奇特地感觉仿佛时间倒流。他记得自己挣扎着走出空旷酷热的沙漠，他记得自己渴得半死，晕倒在驿站的马厩旁，醒来的时候一股凉水正流进喉咙。当时那个男孩儿脱下衬衫，把衬衫在水泵旁的水流里浸湿后喂他喝水。现在轮到他来报答杰克曾经为他做过的一切。

罗兰环视四周，发现了一个水槽，他走过去打开水龙头，清澈的水哗啦啦流下来。而他们头顶、四周、脚下，警报继续一遍一遍地疯狂叫嚣着。

“你能站起来吗？”

杰克点点头：“我想能吧。”

罗兰把杰克扶起来，打算只要他身子一摇就扶住他。但杰克靠在水槽边站稳了，把头伸在流水下面。随后罗兰抱起奥伊检查它的伤口。伤口已经凝块。*你非常幸运能逃过一劫，毛茸茸的小朋友*，罗兰暗想，然后伸手在水龙头下为这头小家伙接了一捧水。奥伊急切地一饮而尽。

杰克重新直起身，湿漉漉的头发紧贴在脸两侧。他的脸色仍旧很白，而且被毒打过的痕迹非常明显，但比罗兰刚刚见到他时要好些。当时在那个可怕的一瞬间，枪侠还以为杰克已经死了。

他但愿时间可以重来，能再杀死盖舍一次，这个想法又让他想到另外一个问题。

“那个盖舍口中的滴答老人怎么样了？你看见他了吗？”

“看见了。奥伊偷袭他，撕烂了他的脸。然后我冲他开了一枪。”

“打死了？”

杰克的嘴唇开始颤抖，他连忙紧闭双唇。“是的。在他的……”他点了点自己的右眉上方，“我……我—我……我很走运。”

罗兰评估地看了他一眼，慢慢摇了摇头：“你瞧，我怀疑这点。但是现在别理会了。我们走。”

“我们到哪儿去？”杰克的声音仍旧又低又哑，他的眼光不禁越过罗兰的肩膀向那间他几乎丧命的房间瞄过去。

罗兰指着厨房另一头，舱门后面有继续延伸下去的走廊。“可以从那里出发。”

“**枪侠**。”这时一个声音从各个角落传来。

罗兰迅速转身，一手环抱奥伊，另一手抱住杰克的肩膀，但是一个人也没看见。

“谁在对我说话？”他大声询问。

“**报上姓名，枪侠**。”

“蓟犁的罗兰，斯蒂文之子。谁在对我说话？”

“**蓟犁早已灭亡**。”那个声音沉思道，并没有回答罗兰的问题。

罗兰抬头看见屋顶一圈圈同心圆，声音就是从那里传来。

“**三百年来没有任何枪侠来到过内世界或中世界**。”

“我和我的朋友是最后一批。”

杰克把奥伊从罗兰怀里接过来，这头貉獭又开始舔小主人的肿脸，镶金边的眼里流露出的全是崇拜与兴奋。

“是布莱因，”杰克悄悄问罗兰，“对不对？”

罗兰点点头。当然就是它——但是他感觉到布莱因绝对不只是一辆单轨火车那么简单。

“男孩儿！你是不是纽约的杰克?”

杰克向罗兰靠得更紧，抬头望着扬声器。“是的，”他回答，“我就是。纽约的杰克。呃……艾默之子。”

“你那本谜语书还在吗？那本我听说的谜语书?”

杰克伸手去摸背后，可除了自己的背什么也没摸到，他立刻沮丧地回忆起背包已经丢了。可当他再望向罗兰时，枪侠把他的背包递还给他。尽管罗兰有如刀削的瘦脸仍旧像往常一样毫无表情，杰克还是可以感觉到一丝笑意爬上了他的嘴角。

“你得重新调一下肩带，”杰克接过背包时罗兰对他说，“我把它们放长了一些。”

“但是《谜语大全》——”

罗兰点点头：“两本书都在。”

“你手里是什么，小朝圣者?”那个声音拖着长音闲闲地问。

“天哪！”杰克非常惊讶。

*它不仅能听见、还能看见我们，*罗兰暗暗意识到。片刻之后他在高处角落里发现了一个小绿玻璃眼，一阵寒意顿时在身上爬过，同时他瞅见杰克脸上显出困扰的表情，把奥伊抱得更紧，他明白不是他一个人有这种焦虑的情绪。那个声音是一台机器发出来的，难以置信的聪明、顽皮，但是同时仍旧有些不对劲儿。

“书，”杰克回答，“是一本谜语书。”

“很好。”声音里透出近乎通人性的满意。**“非常好。”**

突然从厨房另一边的舱门口闪出一个长胡子的脏家伙。沾满血痕污迹的黄头巾从他的上臂挂下来。“起火了！”他慌张地尖叫，看来没有意识到罗兰和杰克并不是他悲惨的地下卡-泰特中的成员。“下层全是烟！大家互相残杀！出大事了！上帝，一切都乱套了！我们必须——”

这时烤箱门像脱落的下巴一样骤然打开，喷出一束蓝白色的火焰、顿时吞噬了那个男人的脑袋。他立刻被逼退，衣服全起了火，脸上皮肤被烫得翻卷起来。

杰克目瞪口呆地看着罗兰，罗兰伸手环抱住他。

“他打断了我，”那个声音说道，**“太粗鲁了，对不对？”**

“对，”罗兰平静地回答，“极度粗鲁。”

“纽约的苏珊娜说你脑子里装了非常多的谜语，蓟犁的罗兰。是真的吗？”

“是真的。”

走廊沿路下去的一间房间里传出爆炸，他们脚下的地板跟着震动，随后传来阵阵惊慌失措的喊声。跳动的灯光与刺耳的警铃声瞬间仿佛消失，不一会儿又回来了。一小簇苦涩辛辣的黑烟从通风口飘出，奥伊被呛得打了个喷嚏。

“跟我说一条你的谜语，枪侠。”那个声音邀请道，听上去安静祥和，就好像他们正一起坐在宁静的乡村广场闲谈而不是在这座几乎处在崩溃边缘的城市地下。

罗兰思索了一会儿，进入脑海的是库斯伯特最喜欢的一则谜语。“好吧，布莱因，”他说，“我告诉你。什么东西善良胜过所有神，邪恶胜过裂足老人①？死人总以它为食；活人吃它能长寿。”

一阵沉默。杰克把脸埋进奥伊的厚毛中想要逃开戈嫘人烧焦的怪味。

“小心点儿，枪侠。”一个很小的声音像炎热夏日里的一阵清风似的飘过来。布莱因的声音从每个扬声器里传出，但是这个

---

① 裂足老人(Old Man Splitfoot)，罗兰族人传说中的魔鬼。

却仅从他们头顶的扬声器里传来。“小心点儿，纽约的杰克。别忘了这里是抽屉。慢慢离开，一定当心。”

杰克睁大眼睛望着枪侠，罗兰微微摇摇头，抬起一根手指，仿佛是要挠鼻子，但是手指同时停在了嘴唇上。杰克明白实际上罗兰是让他不要出声。

“聪明的谜语，”布莱因最终回答，声音里真正透出欣赏，**“谜底就是不存在的事物，对不对？”**

“对，”罗兰回答，“你也非常聪明，布莱因。”

当这个声音再次开口，罗兰也听见了埃蒂听见的东西：难以抑制的深沉贪婪。**“再问我一个。”**

罗兰深吸一口气：“现在不行。”

“我希望你不是在拒绝我，罗兰，斯蒂文之子，因为这同样非常粗鲁。极度粗鲁。”

“把我们带到我们朋友那里，帮助我们离开刺德，”罗兰说，“到时候也许我们会腾出时间猜谜。”

“我可以立刻杀死你们。”那个声音现在听上去就像冬天一般冷酷。

“是的，”罗兰回答，“我对此毫不怀疑。但是谜语也会随我们一起死掉。”

“我可以拿走这个男孩儿的书。”

“偷窃比拒绝与打断都要粗鲁。”罗兰评论道，他悠闲的腔调仿佛只是在闲聊打发时间，但同时他右手紧紧抓住了杰克的肩膀。

“而且，”杰克抬头看着头顶上的扬声器说道，“书的谜底全没了，谜底页被撕掉了。”他灵光一闪，敲了敲自己的太阳穴说：“但是它们全在这儿。”

“你们俩必须记住没人喜欢太聪明的人。”布莱因说。此时从近处又传来爆炸，声音更响，一扇通风口网格被气流冲开弹射出去，穿过厨房。接着从通向戈嫘人迷宫其他部分的门里冲进两男一女。枪侠对他们举起枪，但是这三人跌跌撞撞地穿过厨房向发射井房间奔去、甚至连看都没看他们一眼。罗兰把枪放了下来。对他来说，这些人看上去就像拼命逃离森林大火的动物。

屋顶上一块不锈钢板突然滑开，里面黑漆漆一片，好像有什么银色的东西在闪光。过了一会儿，一个直径大约一英寸的钢球从洞里掉出来，浮在空中。

“跟着它。”布莱因简短地说。

“它会带我们找到埃蒂和苏珊娜吗？”杰克充满希望地问道。

布莱因的回答只是沉默……但是当钢球开始沿走廊漂浮过去时，罗兰与杰克紧跟其后。

38

杰克对后来发生的一切已经记得不太清楚，也许这倒是件好事。当九百个人在南美洲小国圭亚那集体自杀[①]时，杰克已经离开自己的世界一年多了，但是他读到过旅鼠季节性迁徙时会大批淹死自己结束生命，而在这个解体的戈嫘人地下城里发生的一切与此非常相似。

爆炸接连不断，一些在他们这层，大多在他们脚下；辛辣的烟雾时不时从通风口飘出，不过大多空气净化机还在工作，趁烟

① 这里指的是一九七八年美国“人民圣殿”教主钟斯带领九百信徒在圭亚那森林的集体服毒自杀事件。

雾还没聚集成呛人的浓烟时就吹散了大部分。他们并没有看见火光，但是戈嫘人纷纷表现得仿佛世界末日已经降临。杰克和罗兰跟着钢球，一路经过大厅和各个房间。里面大多数人只是满脸O字形的惊恐表情，落荒而逃，但还有许多就在房间里相继自杀。有些开枪打死自己，更多人割断喉咙或手腕，少数人吞下毒药。所有这些自杀者脸上都是同样的表情：无法抗拒的恐惧。杰克隐隐明白正有什么东西逼迫他们这样做。罗兰更清楚他们身上——他们的*脑子里*——发生了什么。这个沉寂许久的城市突然醒过来、然后开始崩溃，罗兰明白这是布莱因故意所为。是布莱因把他们逼成这样。

他们绕过一个吊死在头顶暖气管道上的男人，跟着漂浮的钢球走下几级钢铁楼梯。

“杰克！”罗兰突然叫道，“根本就不是你让我进来的，对不对？”

杰克摇摇头。

“我也不这么认为。原来是布莱因。”

他们走下楼梯，匆匆穿过一条走廊来到又一扇舱门前。舱门上用高等语针状的字体写道：**绝对禁止进入**。

“*真*的是布莱因？”杰克问。

“是的——毫无疑问。”

“那么其他——”

“嘘！”罗兰沉声打断他。

钢球在舱门前停了下来。接着阀门转动，舱门开启，罗兰推开舱门，他们走进一间巨大的地下房间，向三个方向延伸下去。房间里装满一排排控制板和电子设备。大多控制板尚未启动，一片漆黑。不过杰克与罗兰进入了房间，睁大眼睛打量四周，发现了亮光的守夜灯，听见机器隆隆运转。

"滴答老人说过有成千上万的电脑,"杰克说,"看来他说得没错。上帝,看哪!"

杰克用的词罗兰并不明白,所以他什么也没说,只是看着一排接着一排的控制板亮了起来。一团火星从控制台跳出来,随后瞬间冒出一条绿色的火舌,大概是一台过旧的设备出了故障。

但是大多机器都已经启动,运转良好。几个世纪都没有动过的指针突然跳到绿色标记位置,巨大的铝合金柱面开始转动,把存储在芯片上的数据传送到再次醒来、准备接受输入的记忆库中。数字表盘显示的信息林林总总,从西河领地的含水层水压数据一直到寄河盆地核电站的可用电力数据都包含在内。此时数字表盘一一点亮,红绿光点排列成点阵。空中一排悬球开始闪光,辐射出多束光柱。而发电机低沉的嗡鸣从他们脚下、身边、头顶——每个角落传来,慢转涡轮引擎终于从长期的休眠中醒了过来。

杰克早就跑不动了,罗兰干脆把他扛了起来。他们跟着钢球穿过一排排他甚至猜不出派什么用场的机器,奥伊亦步亦趋地跟在脚边。钢球向左转,领着他们进入一条两边堆满电视显示器的通道。上千台的显示器就像儿童积木一样一排排堆在一起。

我爸爸肯定会很喜欢这里,杰克暗想。

这条电视长廊的有些部分仍旧黑暗,但大多屏幕已经亮了起来,画面上显示出这座城市,地上与地下,已经全部陷入骚乱。陴猷布人成群结队地在街上狂奔,个个都瞪大眼睛,嘴里不知在喊些什么,更有很多人直接从高楼上跳下来,而杰克惊恐地发现还有上百人聚集到了寄河大桥上接二连三地投河自尽。其他屏幕上则显示出像宿舍一样放满床的巨大房间,其中一些已经着火,但好像实际上是惊惶失措的戈嫘人自己放的火——他们点燃自己的床垫、家具，只有上帝才知道原因。

一幅屏幕上显示出一个虎背熊腰的巨人正把男男女女扔进一台溅满血迹的类似于压模机的机器里。这已经够恐怖的了，但是更糟糕的是，受害者们自动排成一列顺从地等待受刑。黄头巾紧紧扎在刽子手的头上，打结的地方就像马尾辫一样在耳后甩动。他抓住一名老妇人高高举起，耐心地等待不锈钢金属块清扫干净压模机好让他把人扔进去。老妇人没有丝毫挣扎；事实上，她看上去竟然在微笑。

"这些房间里人们来来去去，"布莱因说，**"但我可不觉得任何一个在讨论米开朗基罗。**[①]"突然它迸发出一阵大笑——诡异、愚蠢，听上去就像老鼠爬过碎玻璃堆。笑声让杰克颈后感到一阵凉意，他实在不愿意与这个笑声如此诡谲的智慧体产生任何关系……但是他们又有什么其他选择？

他无奈地重新看回显示屏……但是罗兰温柔却不失坚定地把他的头扭过去。"那儿没什么你必须看的，杰克。"他说。

"但是他们为什么这样做？"杰克问道，他整整一天什么也没吃，但仍然感觉想吐。"为什么？"

"因为他们害怕，布莱因令他们恐惧。但是更重要的，我想，是因为他们在这个祖祖辈辈的坟场里已经活得太久，连他们自己都已经厌倦。所以在你可怜他们之前，别忘了他们会非常乐意让你陪葬的。"

钢球又向另一个角落飞快移过去，电视显示屏与电子监视器被甩在了身后。他们前面出现一条嵌在地板上的宽带，宽带由某种合成物质构成，就像新铺的柏油马路。宽带两旁镶有两

---

① 这里布莱因暗指艾略特(T.S.ELiot)诗作《布鲁佛洛克的情歌》(*The Love Song of J.Alfred Prufrock*)中的一句。原诗是："In the room the women come and go,/ Talking of Michelangelo."意为：房间里女人们来来去去，讨论着米开朗基罗。

道铬钢窄条，一直延伸到不远处的房间尽头。

钢球急躁地在黑色宽带上蹦了几下，突然传送带——这就是宽带实际上的用场——在两条铬钢贴边间安静地启动起来，转速与慢跑差不多。钢球在空中不停旋转，催促他们赶快踏上传送带。

罗兰在传送带一旁走了几步，调节到适当的速度后踏了上去。他放下了杰克，现在他们三个——枪侠、杰克和金眼貉獭——乘着传送带正迅速离开这个古老机器纷纷醒来的阴森地下世界。接着他们经过了一片看上去像档案文件柜的区域——一排排文件柜排列得看不见尽头。文件柜都很黑……却并非死寂，一种让人昏昏欲睡的低沉嗡鸣声从柜子里面传出来，而且杰克可以看见铁板间的隙缝里透出黄色的亮光。

他突然想到了滴答老人。

这座该死的城市地下也许有成千上万台这种该死的双极电脑！我要得到那些电脑！

然后他又想起了滴答的曾祖父，他居然勇敢到爬上来自另外一个世界的飞机、直冲蓝天。杰克猜想，有这样的血液流淌在身体里，滴答肯定不会胆小地自杀，他甚至会对事情出现如此变化而兴奋……因为恐惧而互相残杀的人越多，他就会越高兴。

*只不过现在已经太迟了，滴答，*他想。*感谢上帝。*

对于眼前的一切罗兰十分惊叹："看这些盒子……我觉得我们正在穿过这个叫做布莱因的家伙的大脑中央，杰克。*我觉得我们正在穿过它的大脑。*"

杰克点点头，又回忆起自己的期末作文。"布莱因的大脑中全是痛苦。"

"是的。"

杰克紧盯着罗兰："我们出去的地方会不会就是我们要去的

地方?”

“会的,”罗兰回答,“如果我们仍旧沿着光束的路径,我们一定会从摇篮那头出来。”

杰克点点头:“罗兰?”

“什么?”

“谢谢你来救我。”

罗兰点点头,环抱住杰克的肩膀。

离他们很远的上方,巨型的发动机开始启动。过了一会儿,沉重的摩擦声响起,同时刺眼的橙色探照灯在他们身上倾泻而下。此刻杰克终于看清传送带停止的地方:上面是一个狭窄的自动扶梯,直通橙色光源的方向。

39

埃蒂与苏珊娜听见沉重的发动机就在他们脚下启动。片刻之后,一块很宽的大理石地板开始慢慢后拉,朝埃蒂他们这个方向运动。先是露出一条细长透亮的狭缝,然后光亮的狭缝逐渐扩成长方形。埃蒂连忙抓住苏珊娜轮椅的把手,沿着隔在火车站台和摇篮之间的铁栅栏迅速后退。沿路的地板上立着几个石柱,埃蒂几乎肯定这些石柱马上就会掉进地缝里。但事实并非如此,地板消失后石柱依然矗立在那里,就好像悬浮在空中一般。

“我看见自动扶梯了!”苏珊娜大声叫道,声音盖过了阵阵警报。她身体前倾朝洞里拼命望去。

“是嘛,”埃蒂大叫着回答,“这上面是火车站,那么下面肯定卖些精巧的小玩意儿、香水或者女士内衣。”

“什么?”

“开个玩笑而已!”

“埃蒂!”苏珊娜尖声叫起来,欣喜与惊讶就像独立日放的烟花一样在她脸上盛开。她更向前倾过去,埃蒂不得不抓住她以防她从轮椅中跌出去。“是罗兰!是他们俩!”

地板开启到最大限度,突然震动了一下之后便静止下来。发动机长鸣了一声后也重新沉寂。埃蒂奔到地缝边缘,果然看见罗兰站在自动扶梯上。杰克——脸色惨白、伤痕累累,但是显然是杰克而且显然还活着——依偎在枪侠的肩膀上。坐在他们后面台阶上的正是奥伊,眨着明亮的大眼睛正抬眼望过来。

“罗兰!杰克!”埃蒂一边欢呼一边跳起来,不停高挥双臂在地洞边缘开心地又蹦又跳。如果他现在戴着帽子,他一定会把帽子扔上天空。

他们抬起头也招了招手。埃蒂看见杰克咧开嘴。尽管杰克状况很糟看上去好像随时会昏倒,他仍旧送出微笑。奇迹永远不会停止,埃蒂心中惊叹。此刻他的心几乎快要爆出胸腔。他不停地挥舞手臂、高声欢呼,仿佛担心如果他一停下,所有的兴奋与欣慰甚至会让自己爆炸。而就在前一刻他还非常肯定地相信他们永远不会再见到罗兰与杰克了。

“嗨,各位!**好吧**!该死的,你们快上来!”

“埃蒂,帮我一把!”

他转过身。苏珊娜正努力从轮椅上下来,但她腿上的皮裤褶皱不巧卡在了轮椅刹车里。兴奋点亮了她黑色的眼睛,她激动得又哭又笑。埃蒂连忙把她从轮椅中抱出来,力道大得把轮椅都推倒侧翻。埃蒂抱着她欢快地旋转,苏珊娜一只手紧紧钩住他的脖子,另一只手拼命挥舞。

“罗兰!杰克!快上来!快跑上来,听见了吗?”

等他们终于上来时，埃蒂一把抱住罗兰，用力地捶着他的后背；而苏珊娜则不住亲吻杰克的笑脸。奥伊在一旁一边尖叫一边扭着八字步窜来跑去。

“蜜糖！”苏珊娜说，“你还好吧？”

“还好，”杰克仍然在微笑，但是泪水已经夺眶而出，“很高兴到这里。你们绝对不会明白我现在有多高兴。”

“我能体会，亲爱的。你可不用怀疑这点。”她转身问罗兰。“他们对他都做了些什么？他的脸看上去就像被推土机刚刚碾过。”

“大多是盖舍干的，”罗兰回答，“他不会再来打扰杰克了。没有任何人会再来打扰他了。”

“你呢，大男孩儿？你怎么样？”

罗兰点点头，环视一圈，问道：“这儿就是摇篮？”

“是的，”埃蒂边说边朝地缝里面探头探脑，“下面是什么地方？”

“机器、疯狂。”

“你还真是和平常一样健谈啊，我明白了。”埃蒂笑着看看罗兰。“你知不知道我有多高兴再见到你，伙计？你知道吗？”

“是的——我想我知道。”罗兰微笑地想，人的变化真大，以前埃蒂甚至曾有一度差点儿想要用枪侠自己的刀子割断他的喉咙。

他们脚下的机器又响了起来，自动扶梯停止，地缝开始慢慢闭合。杰克走到苏珊娜那把侧倒在一边的轮椅旁，他边把轮椅扶起来，边瞅了一眼铁栅栏另一边光滑的粉色车身。瞬间他几乎停止了呼吸，离开河岔口那晚做的梦又异常鲜明地重新回到脑海：巨大的粉色子弹型车身横贯空旷的西密苏里平原，向他和奥伊直冲过来。两扇巨大的三角形窗户在这头怪物的空白面孔上闪闪发亮，像眼睛一样……现在他的梦境同他预计的一样最终变成了现实。

它只是一辆可怕的小火车，它的名字叫做烦恼布莱因。

埃蒂走上前，手臂甩上杰克的肩膀。“好吧，它就在那儿，孩子——就和宣传的一样。你怎么想？”

“没什么想法，老实说。”这句话的确过于轻描淡写，可是杰克此时实在太累，已经说不出更多了。

“我也是。”埃蒂回答，“它会说话，而且喜欢猜谜语。”

杰克点点头。

苏珊娜骑在罗兰身上，站在控制盒旁边一道研究起盒子上面钻石形的数字矩阵。杰克和埃蒂随后也加入了研究行列。埃蒂发现自己必须不停地低头看看杰克，才能证明一切并非自己的想象或思念过度，这个男孩儿的确就在身边。

“现在怎么样？”他问罗兰。

罗兰伸出手，轻轻地拂过钻石形状的数字按钮，摇摇头。他完全没有头绪。

“因为我想这辆单轨火车的引擎转得越来越快，”埃蒂说，“我的意思是，虽然警铃这么吵很难听清楚……但它毕竟是台机器。如果它，比方说，扔下我们自己跑了怎么办？”

“布莱因！”苏珊娜大叫道，“你是不是——”

“听仔细了，我的朋友们，”布莱因的声音突然响起，**“城下有成堆成堆生化战争用的毒气罐。我已经启动程序，毒气马上就会释放。十二分钟以后毒气罐将会爆炸。”**

声音沉寂片刻，此时小布莱因的声音钻入他们的耳朵，几乎被不停响起的警报声掩盖：“……我一直担心这种事情会发生……你们一定得赶快……”

埃蒂没理睬小布莱因，因为他说的一切早就不是什么秘密。

可是当然他们必须赶快,但这个想法此刻已经退居第二位。他脑海中想的是更重要的问题。“为什么?”他质问布莱因,“看在上帝的分上,你为什么这么做?”

“我想原因应该很明显。我不可能光炸毁这所城市而不炸毁自己。而且如果我毁了,我可怎么带你们去你们想要去的地方?”

“但是城里还有成千上万的人哪,”埃蒂说,“你会把他们全毒死的。”

“是的,”布莱因平静地回答,**“再见回见待会儿见,勤写信来切切念。”**

“为什么?”苏珊娜愤怒地大叫,“为什么,你简直该下地狱?”

“因为他们让我厌烦。但是你们四个我觉得很有意思。当然,我到底能觉得你们有意思多久还要取决于你们的谜语到底怎么样。而说到谜语,你们是不是最好开始猜猜我出的谜语?离毒气罐爆炸还剩下整整十一分二十秒。”

“别说了!”杰克大声喊道,声音盖过了警报,“不仅仅是这座城市——毒气会到处蔓延! 甚至会毒死河岔口的老人!”

“说得好,呱呱叫。”布莱因不带任何感情地回应道。**“不过我相信他们还会边品尝咖啡边再活上好几年;秋季风暴已经开始,信风会把毒气往相反方向吹的。但是你们四个所处的境地就完全不同了。你们最好赶紧戴上思考帽,否则就是再见回见待会儿见,勤写信来切切念。”**停顿一下后布莱因又说,**“最后补充信息:毒气并不是无痛的。”**

“快收回命令!”杰克说,“我们还是会跟你猜谜语的,对不对,罗兰? 你想听多少谜语我们就告诉你多少! 只要你收回命令!”

布莱因大笑起来,电子笑声回荡在空旷的摇篮上空,与单调刺耳的警报声混杂在一起，嗡嗡作响。

“快停下！”苏珊娜叫道，“停下！停下！快停下！”

布莱因果然停止大笑。片刻之后警报声也戛然而止。接下来的沉寂被倾泻如注的大雨声打破，却反而更加震耳欲聋。

此刻扩音喇叭里传出的声音变得非常温柔、关切，同时也毫不仁慈。**“你们现在还剩十分钟，”**布莱因说，**“让我好好瞧瞧你们到底有多有趣。”**

40

“安德鲁。”

这儿可没有谁叫安德鲁，陌生人，他想。安德鲁早就死了；安德鲁已经消失，就像我马上就要消失一样。

“安德鲁！”声音继续呼唤道。

声音来自很远的地方，从曾经是苹果榨汁机的脑袋外传来。

曾经有一个男孩名叫安德鲁，他的父亲带他来到刺德城西面的公园。公园里种满苹果树，还有一间小铁屋，外表看起来像地狱、却散发出天堂的味道。男孩非常疑惑，他的父亲告诉他这地方就是苹果汁屋。然后他拍了拍安德鲁的头，让他别害怕，把他带进了铺着地毯的走廊。

无数的苹果——一箱又一箱——堆在屋里的墙边。屋里还有一个名叫杜拉普的老人，他身材瘦削，手臂上的肌肉却像蠕虫一样在白色皮肤下鼓起跳动。他的工作就是把成箱成箱的苹果倒进屋子中央那台一张一合、叮当作响的机器里。机器另一端伸出的管子里汩汩流出的就是沁香的苹果汁了。机器旁还站了一个人（他怎么也想不起来这个人叫什么名字），他的工作就是一桶一桶地装满苹果汁。第三个人站在他身后，他的工作则是在苹果汁洒出来太多时敲敲倒汁人的脑袋。

安德鲁的父亲递给他一杯还冒着泡的苹果汁，尽管这么多年来生活在城里，也尝过许多美味，但他却还从来没试过比这清甜凉爽的饮料更好喝的东西，那感觉就像吞下一口十月的凉风。但是比起清甜的苹果汁或杜拉普倒苹果时凸起蠕动的肌肉，他更清楚地记得的却是杜拉普把金红透圆的大苹果倒进机器榨成汁时那种毫不留情的冷酷。苹果被两打滚筒传送到布满小洞的鼓形圆桶下面，圆筒不停旋转，先把苹果碾碎，挤出所有汁水。接着管口的筛网网住籽和果肉，苹果汁顺着槽口流下去。

此时此刻，他的头就像一个苹果榨汁机，而他的大脑就是在滚筒下面的苹果，很快就会爆裂，然后黑暗把他吞噬。

“安德鲁！抬头看着我。”

他做不到……即使能做到也不愿意。最好就躺在这儿等待黑暗的降临。反正他早就应该死了；那个地狱男孩儿不是冲他脑袋打了一颗子弹？

“它并没有射进你的脑子，你这头蠢驴，而且你也不会死。你只是头疼而已。但是如果你一直躺在那儿不去止血，那你肯定会死……我可以保证，安德鲁，和死亡相比，你现在的感觉简直就是一种恩赐。”

让这个躺在地板上的巨人抬起头的并非话语中的威胁，而是说话人这种洞穿一切的轻蔑语气，那种仿佛能够看透他所有心思的语气。他慢慢抬起头，剧痛啃啮着他——感觉上就像铁锤一般的重物在他的脑子里横冲直撞，劈开了条条血路。他长长地发出一声痛苦的呻吟，感觉右脸上传来一阵瘙痒，就好像一打苍蝇叮在那里血淋淋的创口上。他好想赶走那些苍蝇，但是他知道必须用两只手支撑自己的身体。

一个人影就站在通向厨房的门口，看上去幽灵一样没有真实形体，部分是因为头顶的霓虹灯还在频频闪光，部分是因为他现下只剩一只眼睛观察（他记不得另一只眼睛出了什么问题，也不愿意去回忆），但是他知道更重要的是因为这东西本身就是虚幻的幽灵。它看上去有人形……但是这个曾经是安德鲁·奎克的家伙知道眼前的根本不是一个真人。

站在门口的陌生人身穿一件腰间系带的黑色短夹克、褪色的牛仔裤和一双沾满灰尘的旧靴子——一双乡下人的靴子，放牧人的靴子，或者——

“或者是枪侠的靴子，安德鲁？”陌生人问，咯咯笑了起来。

滴答老人凝视着门口的人影，绝望地想要看清他的脸，但是陌生人短夹克的连身帽戴在头上，阴影完全遮住了他的面孔。

警报声戛然而止，应急照明灯并没有全熄，但至少已经停止闪动。

“瞧，”陌生人用他的——或它的——具有穿透力的声音轻叹道。“终于我们能听见我们自己的思想了。”

“你是谁？”滴答老人微微移动了一下，重物仿佛又砸穿了他的脑子劈出新的血路。但是除了剧痛以外，右颊苍蝇叮的瘙痒却不知为什么更加厉害了。

“我有许多名字，朋友。”声音从帽檐的阴影中传出，尽管听上去很严肃，滴答仍能听出话音下隐藏的笑意，“有人叫我吉米，有人叫我汤米；有人叫我汉迪，有人叫我丹迪；他们可以称我输家，也可以称我赢家，只要他们别让我来得太晚误了晚饭。”

黑衣人仰起头大笑起来，一阵寒意爬上滴答的手臂，鸡皮疙瘩在颈后凸起；这笑声就像狼嚎。

“人们曾把我称做永生的陌生人。”黑衣人边说边向滴答走来。滴答心头一凛，挣扎着向后爬去。“人们也曾称我梅林或美林——可谁在乎呢，反正我从来就不叫这些名字，虽然我也从未否认过。有时候我会被称做魔术师……有时候又被称做巫师……但是我希望以后你能用些更谦虚的称呼，安德鲁。更有人情味儿的称呼。”

他掀开帽子。一张浓眉宽面的脸孔出现在滴答眼前，可他虽然相貌英俊，却绝非人类。大朵怒放的红玫瑰爬在这个叫做巫师的幽灵的颧骨上，蓝绿色的眼睛闪着极度狂野、几近癫狂的喜悦；蓝黑色的头发滑稽地一撮撮倒竖在脑门上就像乌鸦毛；红润的嘴唇张开，露出的牙齿让人联想到食人族。

“你就叫我范宁吧，”咧嘴笑的幽灵说，“理查德·范宁。也许这并非完全正确，但是我猜已经相差无几了。”他伸出手，手上竟没有一道掌纹。“你怎么样呢，朋友？让我们握握手吧。”

这个曾经是安德鲁·奎克、在戈嫘人的殿堂里被尊为滴答老人的巨人又尖叫起来，挣扎着向后蠕动。从那把低口径手枪射出来的子弹实际上只是从他头顶擦过，一块头皮被擦了下来，现下正耷拉在脑门上来回摇晃；一长束灰金色头发不停地搔着他的脸颊。但是奎克现在已经不再有任何感觉，他甚至已经忘了头皮与左眼眶的剧痛。所有的意识都融汇成一个念头：*我必须立刻逃离这个披着人皮的野兽。*

但是当陌生人握住他右手的瞬间，这个念头就像梦醒之时一般迅速消失无痕。刚刚还锁在奎克胸膛里的尖叫从唇边溢出时却变成了情人的叹息。他默默地凝视着微笑的陌生人，脱落的头皮还挂在眼前。

“它有没有让你不舒服？*肯定会。*等着！”范宁捏住脱落的头皮，轻巧地揭了下来。仿佛厚布撕裂似的嘶啦一声，奎克痛呼，头上模模糊糊露出一块头盖骨。

“瞧，瞧，只疼一秒钟。”陌生人蹲在了奎克面前，那样子就像慈爱的家长在安慰划破手的孩子，“难道不是吗?”

“是—是—是的。”奎克喃喃开口。的确是。现在疼痛已经减弱。当范宁再次伸出手轻柔地抚摸他的左脸时，奎克很快控制住自己后退的本能反应。没有掌纹的手轻放在他身上，他感觉身体中被重新注入源源的力量。他感激地抬眼凝视这个陌生人，嘴唇轻颤，可什么也没说出口。

“好些了吗，安德鲁？好些了对不对?”

“对！对!”

“如果你想感谢我——我也很肯定——你就必须说我一个老朋友常说的一句话。他最终背叛了我，但他无论如何长久以来都是我的好朋友，而且我心里永远为他留了块位置。现在说，‘我为你效命。’安德鲁——你能说吗?”

他能说，而且也的确这么说了；事实上，他几乎没法让自己停下来不说。“我为你效命！我为你效命！我为你效命！我——”

陌生人又碰碰他的脸，可这回剧痛如霹雳一般击中安德鲁·奎克的脑子。他痛呼出声。

“对不起，但时间有限，你已经开始听上去像报废的录音机了。安德鲁，我坦白说：你想不想杀死那个开枪打你的小鬼？更别提他的朋友，那个把他带到这儿的强悍的家伙——他，尤其是他。甚至那个挖掉你眼睛的畜生，安德鲁——你想不想?”

“当然想!”前滴答老人捏紧了血淋淋的拳头，大声说。“当然想!”

“很好，”陌生人扶起奎克，“因为他们必须死——因为他们管了本不应该和他们有任何关系的事儿。我估计布莱因会对付他们，但是现在事情已经发展得太快，任何人都不能依赖……毕竟谁也没有想到他们能走得这么远，不是吗?”

“我不知道。”奎克回答。事实上他根本不明白陌生人到底在说什么。他也不在乎；狂喜就像兴奋剂一样渗进他的骨髓，在刚刚那种苹果榨汁机一般的剧痛以后，这样已经足够了。绝对足够。

理查德·范宁翘起嘴角："黑熊与白骨……钥匙与玫瑰……白昼与黑夜……时间与潮汐。够了！够了，我说！他们必须不能再靠近塔半步！"

陌生人的手闪电般地挥了两挥，一下斩断了吊着金钟匣子的银链，又一下剥下他戴在上臂的杰克·钱伯斯的精工表。奎克不禁踉跄后退。

"我来保管这些，行吗？"巫师范宁露出蛊惑的笑容，双唇微闭，遮住可怕的牙齿，"或者你反对？"

"不。"奎克回答，毫不犹豫地放弃了这些长期以来他的领导地位的象征（实际上，他自己甚至都没有意识到正这样做），"悉听尊便。"

"谢谢，安德鲁，"黑衣人温柔地说，"现在我们必须赶快了——我猜五分钟以后这里的环境就会发生剧变。我们必须走到最近的防毒面具储藏间，应该离这儿不远。我应该能够幸存，但是恐怕你会有些困难。"

"我不明白你到底在说什么。"安德鲁·奎克说，他的头又开始疼起来，思维变得混乱。

"你也不需要明白。"陌生人沉着地安慰道，"快，安德鲁——我想我们得赶快了。今天真够忙乎，可不是吗？走运的话布莱因会直接把他们活活烧死在站台上，他们肯定还站在那儿——这么些年来它可是变得极度喜怒无常，可怜的家伙。但我觉得我们还是得赶快。"

他咯咯笑起来，伸出手扶住奎克的肩膀，领着他穿过罗兰与杰克几分钟前刚刚走过的舱门。

第六章

谜语与荒原

1

“好吧，”罗兰说，“快把谜语告诉我。”

“那城里那么多人怎么办？”埃蒂指向石柱支撑的摇篮另一边的城市，“我们能为他们做些什么？”

“什么也不能做，”罗兰说，“不过也许我们还能为自己做点儿什么。快告诉我谜语是什么！”

埃蒂的眼光扫向单轨列车流线型的车身。“他说我们必须素数发动他才能开。只有倒着素数发动。你明白什么意思吗？”

罗兰仔细想了一会儿，最后摇摇头。他低头看看杰克：“你怎么想，杰克？”

杰克也摇头：“我甚至没见过发动机。”

“也许这倒是简单的部分，”罗兰说，“我们说他，而不是它或那东西，因为布莱因听上去有生命，但是他仍然是一台机器——精密高级，但还是机器。他需要启动发动机，但肯定需要什么密码、口令才能开启大门和火车车门。”

“我们最好快点儿了，”杰克紧张地提醒道，“离他上次开口说话又过去两三分钟了。至少。”

“可别读秒，”埃蒂闷闷地说，“这儿的时间一概不正常。”

“可是——”

“是啊，是啊。”埃蒂瞥了一眼苏珊娜，她骑在罗兰身上正盯着钻石形的数字矩阵，一脸梦游的神态。他回头看看罗兰。“你说关于密码，我很同意——这些数字键肯定得派上用场。”然后他抬高声音。“是不是，布莱因？至少我们这点猜对了吧？”

除了发动机加速的轰隆，没有任何回答。

“罗兰，”苏珊娜突然开口，“你得帮我一个忙。”

她脸上梦游的神态换成了恐惧、忧虑与决心混合的神情。不过在罗兰眼中，她现在却是前所未有的美丽……而且愈发孤独。当他们站在空地边看着那头黑熊试图把埃蒂摇下大树时，她骑在他的脖子上，所以他告诉她必须开枪时并没有看见她的表情。但是他现在知道了，因为这副表情如今就在他眼前。卡像一个车轮，转动的目的就是让一切最终回到起始的原点。曾经是这样，现在也是这样；苏珊娜正再次面对黑熊，而且她的表情说明她也明白这点。

“什么？”他问，“帮什么忙，苏珊娜？”

“我知道答案，但是我想不起来，答案就卡在我的脑子里，就像鱼刺卡在喉咙口。我需要你帮我想起来。不是他的脸，是他的声音。他说过什么。”

杰克低头瞥见手腕上原来戴手表的地方——一道白痕留在古铜色皮肤上。他惊讶地回忆起滴答老人波斯猫一般的翠绿眼眸。他们还剩多久？肯定不超过七分钟，而且这已经是往高里算了。他抬起头，看见罗兰从枪带中取出子弹，子弹在他左手指节间来回滑动。杰克的眼皮顿时变得沉重，他赶紧别开眼光。

“你想回忆起什么声音，苏珊娜·迪恩？”罗兰低声问。他并没有看着苏珊娜，而是盯着在他指间不停的灵巧舞动的子弹……前，后……穿过……后，前……

他不需要抬头就知道杰克已经别过眼神，而苏珊娜没有。子弹的速度加快，直到看起来几乎是浮在他的手背上。

“帮我回忆起我父亲的声音。”苏珊娜·迪恩说。

2

四周除了远处城市里绵延的爆炸声、砸在摇篮屋顶上的雨点声和单轨火车引擎启动的轰鸣声以外没有任何其他动静。接着空气中划过一记闷响。埃蒂的视线从跳跃在枪侠指间的子弹上移开(他颇花了一些气力;因为他很快就发现如果不移开,他自己也会被催眠),投向铁栅栏的另一边。一根细长的银针从布莱因两扇表面倾斜的粉红前窗中间戳出来,看上去就像一根天线。

“苏珊娜?”罗兰照旧用低沉的声音问道。

“干吗?”她睁开双眼,但她的回答听起来很遥远,夹杂着呼吸声——说梦话应该就是这种声音。

“你有没有想起你父亲的声音?”

“想起来了……可是我听不见。”

“还有六分钟,我的朋友们。”

埃蒂与杰克同时望向控制盒的扬声器,但苏珊娜似乎什么都没听见;她只是凝视着舞动的弹药筒,罗兰的指节犹如织机的综线上下起伏。

“努把力,苏珊娜。”罗兰鼓励道。突然他觉得臂弯里的苏珊娜变了,好像变沉了……而且以某种难以言喻的方式变得更有活力,就如同她本质的改变。

的确改变了。

“你为什么要打扰那个贱人?”黛塔·沃克粗声粗气地问道。

3

黛塔听上去又怒又乐。“她的数学成绩从来就没拿过C以上。如果没有我帮忙，她甚至连这个成绩都拿不到。”她顿了一下，接着恨恨地补充道，“还有爸爸。他也帮了点儿忙。我早就知道这些特别[1]的数字，不过是他告诉我们筛法求素数的。老天，这些数字可让我犯了难！”她扑哧笑起来。“苏希想不起来的原因其实是黛塔从一开始就没弄明白过这些特别的数字。”

“什么特别的数字？”埃蒂问。

“素数！”素这个字她发得特别重，然后她仿佛已完全清醒过来，看着罗兰……只是她并不是苏珊娜，却也不完全是曾经叫做黛塔·沃克的那个邪恶的女人，尽管她听起来没什么不同。“她哭哭啼啼地到爸爸那儿去，因为她数学又没及格……而且根本没什么难的，不过是有趣的代数课！她能学好的——只要我能，她就能——但她不愿意。像她这样儿爱读诗的小贱人从来做不来数学题，你明白吗？”黛塔仰头大笑起来，但笑声里已没有原先那种半疯癫的苦涩。现在听上去她是真心觉得她的孪生姐妹愚蠢得好笑。

“爸爸说：‘奥黛塔，看我给你变个魔术。我读大学时学的，它帮我学好了素数课程，也能帮你学好。它能帮你想找多少素数，就找多少出来。’不过奥黛塔还是同以前一样蠢，她说：‘老师说素数没有算式的，爸爸。’接着爸爸立刻回答：‘它们的确没有。

① 此处黛塔·沃克用“特别”（forspecial）一词，她用这个词指称那些外表漂亮却毫无用处的东西，通常是她带回抽屉的砸碎的东西。在《三张牌》中，这个词被译做“藏品”。

但是如果你有筛法，奥黛塔，你就能轻松掌握了。’他说的就是埃拉托色尼的筛法①。背我到墙上那个匣子旁边，罗兰——我要来揭开那个浑账电脑的谜语了。我要向你撒下筛网，让我们上你的火车。”

罗兰背她靠近，埃蒂、杰克和奥伊紧跟其后。

“把你藏在袋子里的那根炭棒给我。”

他从袋子里翻出一根黑的短棒。黛塔接过，专注地盯着钻石形的数字矩阵。“和爸爸说过的方式并不完全一样，但我想结果应该没区别，”过了一会儿她说，“素数这东西只是表面能唬人。它必须是只能被1和它自身整除的数字。2也是素数，因为只能被1和2整除，但这是唯一一个偶数素数。所以所有偶数就可以划掉了。”

“我已经糊涂了。”埃蒂说。

“因为你是个蠢蛋，白种男孩儿，”黛塔说，但语气并不刻薄。她盯着钻石矩阵又看了片刻，然后很快用炭棒尖涂掉了数字板上所有偶数，只留下一团团炭黑。

“3也是素数，但所有3的倍数都不是素数了，”她说。此刻罗兰惊喜地听出：眼前这个女人的声音中黛塔的影子已经渐渐隐去，代替她的并不是奥黛塔·霍姆斯，而是苏珊娜·迪恩。他已经不需要再帮她清醒过来；她自己就已经自然而然地复活。

苏珊娜开始用炭棒涂去所有3的倍数，因为偶数已经先被涂掉，只剩下9、15、21等等。

“5和7也同样，”她喃喃说道。突然她完全清醒过来，现在又是不折不扣的苏珊娜·迪恩。“下面只要把25这样的数字从

---

① 埃拉托色尼(Eratosthenes)，古希腊数学家、天文学家、地理学家、诗人，发明埃拉托色尼素数筛法(又称过滤算法)，还第一个计算出地球周长。

剩下的奇数里涂掉。”控制盒上的钻石形数字矩阵现在看上去成了这样：

“好了，”她疲倦地说，“筛完剩下的就全是 1 到 100 之间的素数了。我敢肯定这就是开门的密码。”

“你们还有一分钟，我的朋友们。你们的表现比我希望的还要更迟钝一些。”

埃蒂没理会布莱因，而是伸手环住苏珊娜：“你回来了吗，苏希？全醒了？”

“是的。中间我就醒过来，但我还是让她多说了一会儿。毕竟中途打断不太礼貌。”她看看罗兰，“你怎么说？试试看吗？”

“五十秒。”

“是的。你来试试密码，苏珊娜。是你想出来的。”

她正要伸手按键，杰克拦住她。“不要，”他说，“‘倒着素数启动。’还记得吗？”

她吓了一跳，然后笑起来："对。聪明的布莱因……你也很聪明，杰克。"

她从97开始一个一个按下去，众人在一旁一声不吭。每个键按下去时都轻微地发出一声哔，当她按下最后一个数字后并没有充满悬念的停顿，铁栅栏中间的大门立刻开始咔嗒咔嗒滑动起来，铁屑纷纷从栅栏上面倾泻而下。

"一点儿也不赖啊，"布莱因语气里难掩佩服，**"我现在真的很期待。请你们尽快上车好吗？事实上，你们也许要跑起来了。这片区域就有几个毒气扩散口。"**

4

三个人（一个背着另一个）和一头小动物迅速穿过铁栅栏的入口，朝单轨火车布莱因发足狂奔。它就停靠在狭窄的站台边呜呜轰鸣，浮出站台一半的车身就像是一个巨型弹药筒——粉红色漆满全身——躺在强火力来复枪开启的枪膛里。映衬着摇篮的空旷开阔，罗兰和其他人渺小得如同偷生的蝼蚁。头顶一群群鸽子——还有四十秒就都要丧命——在摇篮古老的屋顶下盘旋飞翔。等一行人接近单轨火车，一块弧形的粉色车门向上滑动，一条通道出现在他们眼前，上面铺着淡蓝色的厚地毯。

"欢迎乘坐布莱因。"他们一上车耳边就传来这个舒缓的声音。大家都认出来，小布莱因更响亮、更自信的声音就是这样。"帝国万岁！现在请您准备好出境卡，而且提醒您乘错火车是违法行为，将会受到法律制裁。我们希望您能有愉快的旅程。欢迎乘坐布莱因。帝国万岁！现在请您准备好——"

解说词突然半当中被截断，随后传来嘈杂的人声，接着又变成高频率的呜呜。最后一声短暂的电子短路声——哔！——之后，解说词完全停止。

“我想我们可以不再听那个烦人的废话了，对不对？”布莱因问道。

一个爆炸巨浪从车厢外涌来，把抱着苏珊娜的埃蒂惊得向前冲去，如果不是罗兰及时抓住他的胳膊他已经跌倒了。就在此刻之前，埃蒂还坚持认为布莱因威胁要放毒气不过是个恶作剧的念头。*你不应该想得这么简单，他暗自责怪自己，任何认为模仿老电影明星很有趣的家伙都绝对不能信任。这简直就是条定律。*

弧形车门在他们身后慢慢滑下，砰地一声轻响后完全闭合。新鲜空气从隐藏的通风口里开始嘶嘶冒出，杰克觉得有些轻微耳鸣。“我觉得他刚刚给车舱加压了。”

埃蒂点点头，瞪大眼睛四处打量。“我也感觉到了。瞧这地方！哇！”

埃蒂曾经读到过一家航空公司——皇家航空公司，好像是——打算为纽约到洛杉矶航段的乘客提供比达美航空或者联合航空都要奢华的飞行体验。他们对波音727重新改造，设计了休息室、酒吧、录像厅，甚至卧铺机舱。他的想象中那架飞机的内部与眼前的景象一定有几分相似。

他们正站在一间长条房间入口，房间里摆放着许多张豪华的绒垫旋转椅，还有几张组合沙发。车厢足有八十英尺长，房间那端的摆设不像个酒吧却像个温馨的咖啡室。两盏小型聚光灯照在一件约摸是古钢琴的乐器上，映出支在下面的抛光木底座。这一切让埃蒂几乎以为霍依基·卡迈克尔①即将登台弹奏《星

① 霍依基·卡迈克尔（Hoagy Carmichael，1899—1981），美国著名爵士音乐家，《星尘往事》（*Stardust*）是他的经典爵士乐作品。

尘往事》。

柔和的光晕从墙上的镶嵌板中一泻而下，车厢中部的半空中悬挂着一盏复古大烛台，在杰克看来简直就是鬼屋舞厅地板上的破烛台的小号复制品。不过他一点儿也不奇怪——这种叠加与联系对他来说几乎是理所当然的。但这间豪华车厢唯一不对劲的就是四周墙上没有一扇窗户。

复古大烛台下面的一座冰雕吸引了大家的视线：一个枪侠左手拿枪，右手牵着一匹低头跟在后面的疲惫冰马。埃蒂发现雕像的右手总共只有三根手指：大拇指和最后两根。

杰克、埃蒂、苏珊娜全都瞠目结舌地看着冰帽下的那张憔悴瘦削的脸庞，雕像与罗兰的惊人相似令人无法忽视。就在此刻地板开始轻微震动。

“恐怕我得开得快一些，”布莱因谦虚地说，**“你们觉得它怎么样？”**

“太令人惊奇了。”苏珊娜感叹道。

“谢谢你，纽约的苏珊娜。”

埃蒂伸手摸摸一张沙发。柔软得难以置信；摸一下已经让他想在上面睡上至少十六个小时。“中土先人连旅行都很时髦啊，是不是？”

布莱因又大笑起来，笑声里透出的音调却不是很理智，众人面面相觑。**“千万别误解，”**布莱因说，**“这可是贵族车厢——我想在你们那儿会叫做头等舱。”**

“其他车厢呢？”

布莱因没有作答。他们脚下轰隆的发动机继续加速，这让苏珊娜想到飞行员在飞机降落在拉瓜迪亚机场[①]或艾德威尔德机场[②]的跑道前都会加速。**“请尽快坐好，我有趣的新朋友们。”**

杰克让自己完全陷入一张绒垫旋转椅里，奥伊立刻就跳上他的腿。坐在他旁边的罗兰无意间朝那座冰雕瞥了一眼，发现那把左轮枪的枪管已经开始融化，冰水滴到了雕像底座的浅瓷盆里。

埃蒂和苏珊娜一块儿坐在沙发里，感觉舒服极了。“我们到底到哪儿去，布莱因？”

布莱因的回答听上去非常耐心，就像在勉为其难地对一个智障者解释什么。**“沿着光束的路径，至少我的轨道一直沿着这个方向。”**

“去黑暗塔吗？”罗兰问。苏珊娜发现这还是枪侠第一次主动对这个刺德城下健谈的幽灵开口说话。

“只到托皮卡。”杰克低声回答。

“是的，”布莱因说，**“托皮卡就是我的终点站，尽管我很惊讶你居然知道。”**

你这么了解我们的世界，杰克暗忖，怎么就不知道一位女士给你写了本书，布莱因？是不是因为名字变了？难道这样的小小变动就让你这个精密仪器忽略了自己的生平？贝里·埃文思，《小火车查理》的作者，你认识她吗，布莱因？她现在人在哪里？

好问题……但是不知为什么，杰克觉得现在并不是发问的好时机。

---

① 拉瓜迪亚机场（LaGuardia），位于美国纽约皇后区的一座主要用于国内旅客出入的机场。

② 艾德威尔德机场（Idlewild），美国纽约的国际机场，一九六三年改名为肯尼迪机场。

发动机的轰鸣变得更响。地板又开始轻微颤抖——与刚才他们上车时撼动摇篮的爆炸相比弱了很多。突然苏珊娜脸色一变。“哦，他妈的！埃蒂！我的轮椅！落在站台上了！”

埃蒂环抱住她的肩。“太迟了，宝贝，”他说话的当口单轨火车布莱因开始启动，十年来第一次向摇篮的出口驶去……也是长久以来的最后一次。

5

“贵族车厢具有独特的视屏模式，”布莱因说，**“你们想让我启动吗?”**

杰克瞥了一眼罗兰，罗兰只是耸耸肩，点点头。

“好吧。谢谢，”杰克说。

接下来发生的一切异常引人入胜，所有人都惊讶得哑口无言……尽管罗兰鲜少接触科技，可他大半生都与魔术结缘，所以相比之下他反倒是四人中最不惊讶的。一切并不是弧形车身上出现几扇窗户那么简单；实际上，整个车厢——地板、天花板、墙面——先变成乳白色，然后变得半透明，最后完全消失。五秒钟之内，单轨火车布莱因仿佛凭空蒸发，而朝圣者们仿佛就凭空飞翔在城市上空。

苏珊娜和埃蒂就像被野兽追赶的孩子一样紧紧抓住对方的手。奥伊大叫着想从杰克的身上跳下来，而杰克根本没有注意到；他紧紧抓住椅子扶手，睁圆双眼左右张望，刚开始的警惕已经渐渐被出乎想象的欣喜所代替。

杰克发现家具原地不动；酒吧、古钢琴、布莱因送的冰雕见面礼也还在，但是整个客厅就像漂浮在刺德城上空，被暴雨浸透的城中心就在七十英尺的脚下。埃蒂与苏珊娜坐在沙发上，漂浮在他左边五英尺的地方；右面三英尺则是坐在粉蓝色旋转椅上的罗兰，也好像飘在空中，沾满尘土的旧皮靴宁静地悬在空气里，下面就是碎石满地的荒原。

杰克切切实实感到鹿皮鞋的确踏在地毯上，但是他的眼睛坚持认为脚下既没有地毯也没有地板。他扭过头，看见开在摇篮侧面的黑色洞口已经渐行渐远。

“埃蒂！苏珊娜！快看哪！”

杰克站起身，衬衫里藏着奥伊，开始慢慢向前挪动，就好像从半空中飘过来。踏出第一步实际上需要极大的意志力，因为他的眼睛告诉他，漂浮在空中的家具岛屿之间什么都没有。可当他一迈开脚步，无法否认的脚踏实地感让一切简单许多。在埃蒂与苏珊娜眼中，这个男孩儿简直就是在空中漫步，底下城市里一座座破旧肮脏的楼房从两边一一掠过。

“不要这样，孩子。”埃蒂虚弱地出声，“你会让我头晕的。”

杰克把奥伊小心地从衬衫里抱出来。“没关系的，”他边说边把奥伊放在地上，“瞧见没？”

“奥伊！”貉獭附和了一声，可是当他从爪子之间看见身下掠过的城市公园时，他向杰克缩回去，趴在了他的脚上。

杰克向前张望，前方的宽灰铁轨在一幢幢建筑中穿行并缓缓上升，直至消失在密织的雨幕中。他又低下头，除了街道和一团团低云以外什么也没看见。

“我怎么看不见我们下面的铁轨，布莱因？”

“你看见的图像都是电脑生成的，”布莱因解释道，**“电脑把下象限中的轨道影像擦去，这样就能提供更宜人的风景，而且还可以增强乘客飞翔的幻觉。”**

“太不可思议了！”苏珊娜低声惊叹，起初的恐惧已经过去，现在她正急切地到处张望，"感觉就像坐在飞毯上。我甚至以为风会吹起我的头发——"

"我也可以提供这样的感觉，如果你想要，"布莱因说，**"而且还能夹着一丝潮湿，这样就与现在外面的天气完全符合了。但是这样你们可能会需要添衣服。"**

"不用了，布莱因。有时幻觉太过分也不好。"

铁轨穿过一群密集的高楼，让杰克想起了纽约的华尔街地区。穿过这片区域之后，铁轨骤降，从一条高架路底下钻过。就在此刻他们看见了一团紫烟，以及被紫烟追着逃命的人群。

6

"布莱因，那是什么？"杰克刚问出口就已经知道答案。

布莱因大笑起来……仍旧没有作答。

紫色浓烟从人行道的下水口和废弃楼房的破窗户中滚滚冒出，但大多是从盖舍进入地道的那种窨井口里冒出来的。窨井盖已经被爆炸的气浪掀开，应该就是他们登上布莱因时听见的爆炸。四个人都沉默下来，恐惧地看着这些青紫浓烟沿着街道蔓延扩散进四周碎片满地的小巷。汩汩紫烟就像驱赶牛群似的驱赶着逃命的剌德居民。他们戴的头巾显示大多是陴猷布人，但杰克还是看见一些亮黄色掺杂其中。现在世界末日终于降临到他们头上，两族的宿怨也终于被抛置脑后。

紫烟慢慢追赶上一些落在后面的人——大多是些跑不动的老人。浓烟一袭上身，他们开始死死抓住自己的喉咙，尖叫却发不出声音，最终跌倒在地。杰克看见一张因痛苦扭曲的脸正好上仰望见空中掠过的火车，顿时浮现出难以置信的神情，紧接着他的眼眶瞬间充血。杰克闭上眼睛。

眼看单轨火车就要冲进前方那团紫色浓烟，埃蒂不自觉地屏住呼吸、缩回身子。但是当然浓烟从中间被劈开，吞噬整座城市的致命毒气也没有渗进车厢。假如透过一面脏玻璃望见地狱，估计看见的就是下面街道上的景象。

苏珊娜把脸埋在了埃蒂的肩头。

“赶快恢复墙壁，布莱因，”埃蒂说，“我们不想看这些。”

布莱因没有回答，他们四周、脚下仍旧透明一片。烟团已经分散成一股股带状紫烟。下面的城区楼群变得更小更密，街道全是九曲八弯的小巷，完全杂乱无章。有些地方的街区甚至已被整片烧毁……从很久以前平原就开始侵蚀这些区域，成片的杂草掩盖了石砾，也终将会吞没整座剌德城。丛林就是这样吞噬了印加和玛雅文明的，埃蒂心想。卡的车轮已经启动，世界已经转换。

贫民窟——埃蒂肯定即使在毁灭来临之前这些地方就已经是贫民窟——远处是一圈微微发光的城墙，布莱因正是朝那个方向行驶。白色墙砖中间开了一处正方形的缺口，单轨火车就会钻进那条隧道。

“请看车厢前部。”布莱因发出邀请。

他们向前看，发现前面的墙壁重新出现——一块就像浮在半空的蓝绒圆形墙面。墙面上没有任何门；假如有任何方式能从贵族车厢进入车头驾驶室，那么埃蒂还没发现。紧接着墙面上一块长方形逐渐变暗，蓝色变成紫色最后变成黑色。过了一会儿，一条明亮的弯曲红线浮现在长方形屏幕上，沿线不规则地出现了几个紫色亮点。在亮点旁还没出现任何地名之前埃蒂就意识到这是一幅路线图，和纽约地铁上出现的那种路线图没什么区别。一个绿点标在剌德城位置上，不停闪着光显示那里既是布莱因的控制基地又是起点站。

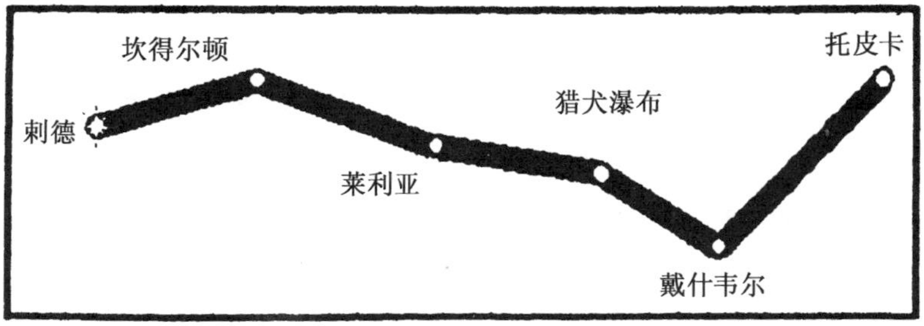

“你们正观看的是本次旅程的路线。尽管线路有些曲折，但是你们会发现我们始终保持东南向行驶——沿着光束的路径。旅途全程八千轮距——或者七千英里，如果你们喜欢使用这个距离单位。以前距离要短许多，但那时所有时间突触还没有融解。”

“什么意思，什么叫时间突触？”苏珊娜问。

布莱因再次大笑……但同样没有回答她的疑问。

“我全速行驶，将会在八小时五十五分钟后到达终点站。”

“地面行驶居然能达到八百多英里一小时，”苏珊娜轻声惊叹，“上帝啊！”

“是的。当然，这取决于整条路线的轨道尚无毁坏。毕竟距离上次行驶已经九年零五个月了，所以我也不敢肯定。”

前方城市东南的城墙已经越来越近。城墙又高又厚，顶部已经腐蚀，而且上面挂着无数骷髅——成千上万的刺德人遗骸。布莱因将要穿过的隧道看上去至少两百英尺深，而且那里支撑铁轨的高架桥一片漆黑，就好像有人曾试图烧毁或炸毁它。

“如果我们行驶的铁轨消失了的话我们会怎么样？”埃蒂问道。他发现自己对布莱因说话时总是不断提高嗓门，就好像正在打一通线路不好的电话。

“八百英里每小时的速度?”布莱因被逗乐了,**“再见回见待会儿见,勤写信来切切念。”**

“得了!”埃蒂说,“别告诉我像你这么先进的机器不能监控铁轨的损坏情况。”

“好吧,我可以,”布莱因没有反驳,**“但是——哦,倒霉——我们启动时我已经把那些电路毁了。”**

埃蒂的脸定格成晴天霹雳的神情:“为什么?”

“这样会更刺激,难道你不这么认为吗?”

埃蒂、苏珊娜和杰克各自交换了震惊的眼神。而罗兰,显然丝毫不惊讶,他静静坐在椅子里,双手交叉放在腿上,只是俯瞰着脚下三十英尺的断壁残垣。

“我们离开城市的时候可要看仔细了,留心看见的一切,”布莱因对他们说,**“仔细留心了。”**

透明的贵族车厢带着他们进入了城墙的隧道。当他们从另一头穿出时,埃蒂与苏珊娜异口同声地大叫起来。杰克跟着高举双手大声鼓掌,奥伊也开始狂吠。

罗兰睁大眼睛向下看,双唇紧闭,抿成一条没有血色的直线,好像一道伤疤。领悟就像一道白光浮现出脑海。

在剌德的城墙之外,真正的荒原从这里开始。

7

火车接近城墙隧道时轨道正在下降,离地面已经不到三十英尺的距离,这让随后的震撼感更加强烈……因为当他们从隧道另一端穿出时,他们在令人心惊的高度上乘空翱翔——离地面有八百英尺，也许甚至一千英尺。

罗兰扭过头眺望被抛在身后的城墙。当他们接近时城墙看上去非常高，但现在看来简直微不足道——如同一块指甲盖大小的砾石攀附在无垠的地岬悬崖上。被雨水浸透的花岗岩悬崖笔直下沉，乍看好似落入无底深渊。城墙正下方的岩石上排列着一排巨大的圆洞，就像空洞的眼眶，泥泞的黑水和恐怖的紫烟从这些洞里喷涌而出，直落崖底。花岗岩悬崖上被污水冲刷出许多扇形的污渍，显示从崖壁诞生那一天起就已经存在。*那里肯定就是整座城市的排污口*，枪侠意识到。*脏水直接泄入崖底的大坑*。

只是崖底并不是大坑，而是下陷的平原，就好像整座城市是建在巨型升降机的顶部，某一天升降机突然下沉，一大块土地也连带陷了下去。单轨火车布莱因沿着狭窄的轨道风驰电掣地穿过这块下陷的平原，在大团的积雨云的映衬下仿佛就漂浮在空中。

“什么在支撑着我们？”苏珊娜惊问。

“光束，当然，”布莱因回答，**“一切都为它服务，你知道。向下看——我可以把下象限的屏幕放大四倍。”**

脚下的土地突然放大、朝他们行驶的轨道迅速上升，此时甚至连罗兰都感到眩晕。眼前出现的景象已经超越了他以往所有对丑陋的认知……而且悲哀的是，他的认知已经非常宽泛了。下面的土地像是因为什么可怕的事件已经溶化、炸平——无疑就是让这块土地变成这样的毁灭性灾难。土地表面长满弯曲的黑草，部分隆起成一个个山包，却又不能完全被称做小山；部分下陷成深沟险壑，却又不能完全被称做峡谷。几棵模样诡异的矮树伸出弯曲的虬枝刺向天空，来回摇摆，影像被放大后让人以为是一个伸出手臂的疯子试图抓住这些空中的旅行者。地面上零零散散地冒出一堆一堆的粗陶瓷管。一些看上去沉寂、休眠，但是其他的看上去还散发出离奇的蓝绿光。一些模样像是翼龙的畸形怪物撑开革质宽翼，在这些管子中间飞翔，还时不时伸出铁钩般的爪子互相厮打。别处还有大群这样的畸形飞禽栖息在其他陶瓷管管口，管子下面有火焰不停燃烧，升腾出阵阵暖流，它们明显是在那里取暖。

现在他们经过一道南北方向的地沟，弯弯曲曲，就像干涸的河床……只是它并未死亡。沟壑深处有一条深猩红的细线如同心脏一般突突搏动，而更多小沟从这条深沟四周岔出。苏珊娜曾经读过托尔金[①]的书，心想：佛罗多和山姆到达摩多时看见的就是这幅景象。这里就是末日火山。

一座火山突然在他们正下方爆发，喷出烧红的岩石和黏稠的岩浆。一瞬间他们以为自己立刻就要被火焰吞没。杰克尖叫着收回双脚在椅子上缩成一团，紧紧把奥伊搂在胸前。

“别担心，小伙子，”约翰·韦恩独特的拖腔钻进他们的耳朵，**“别忘了你看见的是放大影像。”**

火焰沉寂下去，渔船大小的岩石纷纷无声地落回地面。

苏珊娜发现脚下展现的荒凉、恐怖深深吸引了她，如此沉醉甚至无法自拔……而且她有感觉，现在自己性格的黑暗面，黛塔·沃克的那面，不仅仅在旁观，而且正在享受、理解这幅景象，那部分的她认出这就是黛塔一直在找寻的地方，是她癫狂心灵、空虚灵魂在现实世界的完美匹配。西海东北岸的秃山、巨熊入口处凋落的树林、寄河西北面的旷野，所有这些比起眼前漫山遍野的凄凉荒芜顿时黯然失色。他们已经进入了抽屉、进入了荒

---

① 托尔金(J.R.R.Tolkien 1892—1973)，英国语言学家、作家，著有著名的奇幻小说《魔戒》三部曲。末日火山就是小说中魔王的老巢。

原;这片中毒的黑暗禁地此刻就展现在他们眼前。

8

但是这片土地虽然中毒,却也并非生机断绝。旅行者时不时能看见脚下一些畸形的怪物——既不像人也不像动物——在这片焦土上逡巡觅食。大多要么聚集在从熔化的地底钻出来的巨型烟囱周围,要么聚集在地表裂缝的边缘。他们无法看清这些白乎乎、跳来跳去的怪物到底是什么,也许这反而是他们的幸运。

怪物群中夹杂着一些体型略高的东西——粉红色,看上去有些像鹳,有些像会动的照相机三脚架。它们缓慢移动,几乎让人以为它们正在沉思,如同牧师正冥思苦想着不可避免的末日审判。它们时不时停下来,突然伸长颈子从地上叼起什么,那姿势活脱脱像苍鹭弯腰叼起游鱼。对这些怪物罗兰感到说不出的厌恶——而且其他人也有同样感受——可就是无法言明到底是什么原因勾起这样的感受。但是这并不能抹杀眼前这个事实,这些鹳鸟一样的怪物,优雅却充满憎恨,就是让他们无法再看下去。

"这个根本不是核战争,"埃蒂说,"这……这……"震惊的微弱嗓音听起来就像孩子。

"对,"布莱因同意道,**"比那个严重得多。而且至今还没结束。现在我们已经到达我通常提速的地方。风景看够了吗?"**

"够了,"苏珊娜回答,"上帝啊,足够了。"

"那么我现在把屏幕关掉?"残酷、嘲笑的语气重新回到布莱因的声音中。地平线的雨雾中浮现出一片锯齿形的山峦,光秃的山峰就像毒牙似的朝阴翳的天空咬去。

"要么关,要么不关,别再玩游戏了。"罗兰说。

"作为恳求我送一程的人,你非常粗鲁。"布莱因不高兴地说。

"这是我们应得的,"苏珊娜反驳道,"我们揭开了谜底,不是吗?"

"而且这也是当初你为什么被建造啊,"埃蒂也插话,"载乘客去不同的地方。"

布莱因并没有用言语反驳,但是他们头顶的扬声器发出嗤的一声,像是猫叫,这让埃蒂着实后悔不该这么大嘴巴。随后他们身边的一切颜色开始复原,深蓝色的地毯重又出现,遮住了脚下闷烧的荒野。昏黄的灯光重又亮起,他们又再次坐在舒适的贵族车厢里。

发动机开始加速,低鸣声让墙壁嗡嗡震动。杰克感觉仿佛有一只无形的大手把他推回到座位上,奥伊朝四周张望,不安地吠叫起来,舔起杰克的脸。车厢前部屏幕上的绿点——现在已经位于标有剌德两个字的紫点的东南方——加快了闪动。

"我们会感觉到吗?"苏珊娜紧张地问,"当车速突破音速时?"

埃蒂摇摇头:"不会。放松些。"

"我知道了,"杰克突然开口。其他人回过头,却发现杰克并不是在对他们说话。他正盯着前面的路线图。布莱因并没有脸——就像伟大的男巫奥兹一样,他只是个没有实体的声音——但是路线图可以暂时权充焦点。"我知道你的一些事情,布莱因。"

"真的吗,小伙子?"

埃蒂倾过身凑近杰克的耳朵轻声说:"小心——我们猜他并不知道另一个声音。"

杰克微微点点头，随后坐直身体，视线没有离开前面的路线图。“我知道你为什么放毒气杀死城里所有人。我知道你为什么愿意载我们，并不是因为我们解开了你的谜语。”

布莱因又发出那种精神失常的笑声(那笑声，他们发现，比任何拙劣的模仿或者夸张、甚至有些幼稚的威胁都要可怕得多)，但是没说一个字。他们脚下的慢转涡轮已趋于匀速，即使他们看不见任何车外的景物，速度感仍非常强烈。

“你打算自杀，对不对?”杰克轻柔地抚摸着怀里的奥伊，“而且你想让我们陪你一起死。”

“不!”小布莱因呻吟出声，“如果你把它惹怒就真会是这个结果了！难道你没发现——”

紧接着小布莱因的轻声警告要么被打断要么就被布莱因的笑声掩盖，尖锐刺耳的大笑声——病入膏肓的人发出的几乎崩溃的笑声。仿佛这台机器突如其来的兴奋耗用了过多能源，灯光也开始跳跃，众人倒映在车厢墙壁上的影子也上下舞动起来，像是精神失常的幽灵。

“再见回见待会儿见，”布莱因边狂笑边说——他的声音却像往常一样平静，就好像两段音轨完全分离，再次证明他已经精神分裂，**“勤写信来切切念。”**

在罗兰和他的旅伴们脚下，慢转涡轮发动机均匀地隆隆作响。车厢前部的路线图上，闪动的绿点很明显正驶向最后一站：托皮卡。显然单轨火车布莱因想在那儿让所有人都一起送命。

9

最终笑声停止，车厢内的灯光也平静下来。

“你们想来点儿音乐吗?”布莱因问,**“我的曲目库里有七千多首协奏曲——三百多段节选。我最喜欢协奏曲,但是我也能提供交响乐、歌剧和无数首流行歌曲。你也许会喜欢听韦高音乐。韦高是一种类似风笛的乐器,经常在塔的顶层演奏。”**

“韦高?”杰克问。

布莱因保持沉默。

“什么意思,什么叫‘经常在塔的顶层演奏’?”

布莱因笑了起来……接着继续沉默。

“你有没有 Z.Z.托普合唱团的专辑?”埃蒂酸酸地问。

“当然有。”布莱因回答,**“要不要来点儿‘敲击乐’,纽约的埃蒂?”**

埃蒂翻了翻眼睛:“我改变主意,不想听了。”

“为什么?”罗兰突兀地问道,“你为什么要自杀?”

“因为他痛苦。”杰克阴沉地回答。

“我感到无聊。而且我很清楚我得了重病,人类会把这种病叫做精神失常、失去理智、脑子短路、发疯发狂,各种说法。多次重复诊断都没能揭示问题的根源。我只能说这是精神疾病,已经超出我能修理的范围。”

布莱因停顿了一会儿,又接着继续道。

“这么多年来我感到我的思维越来越古怪,为中土人服务在几个世纪前就已变得徒劳。后来很快为那些想出去探险的剌德人服务也失去了意义,但是我仍然坚持到不久以前大卫·奎克到来时。我已记不清是多久以前了。蓟犁的罗兰,你相不相信机器也会衰老?”

“我不知道。”罗兰的声音听上去很遥远,埃蒂只消看看他的神情就知道,即使此刻他们漂浮在地狱一千英尺的上空、被明显已经失去理智的机器控制,枪侠的思绪还是再次飘向了他那座见鬼的黑暗塔。

“从某种程度上来说，我从未停止为刺德的居民服务，”布莱因说，“**即使我放毒气杀死他们都是在为他们着想**。”

苏珊娜忍不住开口：“你的确疯了，如果你真的这么认为。”

“**是的，只是我并没有疯**。”布莱因说道，随即又开始歇斯底里大笑起来。片刻之后机器人的平板声音继续说道。

“他们渐渐遗忘单轨火车的声音不过是电脑的声音，接着又很快忘记我只是仆人，反而开始相信我是上帝。但是因为当初我被设计的目的就是服务，所以我就满足了他们的要求，变成了他们想要的——上帝，随心所欲地给予恩赐或实施惩罚……或者说根据随机数据存储器，如果你想这样说。这一切让我挺开心，但是只有很短时间。接着，就在上个月，我剩下的唯一同事——帕特里夏——也自杀了。”

要么它真的老得不中用了，苏珊娜暗忖，要么就是它已经失去计算时间的能力。又一个它精神失常的症状，抑或这只是另一个显示罗兰的世界病态程度的标志。

“当你们过来时，我开始计划向她学习。你们非常有趣，还知道许多谜语！”

“等一等！”埃蒂抬起手，“我还是不明白。我猜我能理解你为什么想结束这一切；你的建造者全已经死了，过去两三百年也没有太多乘客，而且一直在刺德和托皮卡之间跑来跑去的确无聊，但是——”

“现在先该死地停一分钟，朋友，”布莱因用约翰·韦恩的强调语气说道，“**你别认为我只是一辆火车。从某种程度上说，正在和你说话的布莱因已经在三百英里后面，只是通过加密脉冲无线电传输和你们交流。**”

杰克突然想起曾经看见从布莱因眉毛之间戳出一根长银

针，他父亲的奔驰车天线就是这样的。

原来它就是这样与城下的电脑库交流的，他想。如果我们毁掉天线，有可能……

“但是你还是打算自杀，无论真正的你到底在哪里，对不对?”埃蒂不甘心地继续问。

没有回答——但是埃蒂能从沉默中嗅出一丝不对劲。狡猾的布莱因正在观察……等待。

“我们找到你的时候你是不是已经醒了?”苏珊娜问，“你没醒，对不对?”

“我当时正在代表戈嫘人播放障猷布人认为的上帝之鼓。只是如此。你可以说我只是在打瞌睡。”

“那么为什么不干脆先把我们杀了然后继续回去睡你的觉?”

“因为它痛苦。”杰克又低声重复道。

“因为会做梦。”布莱因同时开口，这回话音特别像小布莱因。

“那么当帕特里夏自杀以后你为什么不干脆自杀?”埃蒂问，“既然你和她都被同一台电脑控制，那么为什么你们不一起自杀?”

“帕特里夏已经疯了，”布莱因耐心地解释，仿佛它刚刚并没有承认同样的厄运也发生在自己身上，**“她的情况不仅包括精神问题还包括设备故障，本来慢转技术是不可能出现这种故障的，但是当然世界已经转换……难道不是吗，蓟犁的罗兰?”**

“没错，”罗兰回答，“黑暗塔中出现了严重问题，这是所有一切的症结所在。疾病正在蔓延，我们脚下的废墟只不过是另一个症状而已。”

“我不能担保这句话是真还是假；安装在黑暗塔所在的末世

界的监控器八百年前就报废了,结果就是我现在无法分辨什么是事实什么是猜度。实际上如今这两者几乎已经没什么区别了。这种情况确实非常愚蠢——更不用说粗鲁——而且我肯定这也是造成我精神疾病的一个方面。”

这句话让埃蒂想起罗兰不久以前说过的一句话。是什么呢?他努力搜寻记忆,但是记不清楚……只是模糊记得当时罗兰说话时有些恼怒,与他平常的样子不一样。

“帕特里夏开始不停地哭泣,我觉得她这样既不礼貌也让人心烦。我相信她不仅精神失常,而且孤独。尽管最初诱发原始问题的电路失火很快被扑灭,但是随着电路超载和底层数据库出错,逻辑错误不断蔓延。我想过让这种故障感染整个系统,但还是决定隔离故障区。你瞧,我曾隐约听说一个枪侠已经出现,当然我不能相信这些谣传,但是现在我觉得当初等待还是非常明智的选择。”

罗兰从椅子上站起来:“你听见过什么谣传,布莱因?谁告诉你的?”

但是布莱因又一次回避了这个问题。

“我终于再也无法忍受她的唠叨,删除了控制她自主能力的电路。你可以说我解放了她。她的回应就是投河自尽。再见回见待会儿见,帕特里夏。”

*孤独、不停地哭、投河自尽,可这台失常的混蛋机器却只是开玩笑,*苏珊娜愤怒得几欲作呕。假如布莱因不是埋在远在千里之外的刺德城底的一团电路而是个真人,她真想在他脸上印下一些记号好让他就此记住帕特里夏。*你觉得没意思,狗娘养的?我可以给你看些有趣的,我会的。*

“给我猜个谜语。”布莱因邀请道。

“现在还不行,”埃蒂说,“你还没有回答我刚刚的问题。”他停顿一下，想等布莱因回答，但当机器一声不发时，他继续说道。“说到自杀，我，呃，并不反对。但是你为什么要拉上我们？这有什么意义？”

“因为他愿意。”小布莱因惊恐地低声说。

“因为我愿意。”布莱因回答，**“这是唯一的原因，也是唯一必要的原因。现在让我们做些正事吧。我想猜些谜语，而且立即就要。如果你们拒绝，我就不会再等到托皮卡——我会在这里就让一切终结。”**

埃蒂、苏珊娜、杰克都看向罗兰，他仍旧双手交叠在腿上，坐在椅子里凝视着前方的路线图。

“滚蛋。”罗兰回答。他并没有提高音调，仿佛正在对布莱因说来点儿韦高音乐也不错。

头顶的扬声器传来一声震惊的抽气——那是小布莱因。

“你说什么？”大布莱因的声音里明显透出不相信，再次变得与它孪生兄弟的声音非常相似，尽管它从未意识到过孪生兄弟的存在。

“我说，滚蛋，”罗兰平静地重复，“但是如果你不明白这句话，布莱因，我可以解释得更清楚些。不。回答是不。”

10

很长、很长一段时间大小布莱因都没有说话。当大布莱因做出回答时，他并不是用语言。而是墙壁、地板、天花板又开始变透明，十秒钟之内，贵族车厢再次消失。现在单轨火车正穿梭在他们刚刚看见的地平线交界处的山脉里：铁灰山峰以自杀性的速度向他们冲过来，紧接着山峰消失，眼前又出现贫瘠的山谷，里面爬着许多陆龟模样的巨型甲虫。罗兰看见从洞口突然探出一条巨蟒，一口叼住一只甲虫，又迅速蜷回洞中。罗兰从来没有见过这样的动物或荒野，眼前的景象几乎让他感觉自己的皮肤都要脱落。的确凶狠残酷，但是这并非问题所在。一切非常陌生——那才是关键，就好像布莱因把他们带到了另一个星球。

“也许我应该现在就行驶出轨。”布莱茵听起来正在沉思，但是枪侠从他的话音里听出处在爆发边缘的愤怒。

“也许你的确应该。”枪侠漠不关心地说。

他并非真的漠不关心，他知道电脑有可能根据他的声音判断出他的真实想法——布莱因说过它有这样的设备技术，当然电脑不一定总是实话实说，但是现在罗兰当前并没有理由去猜疑。假如布莱因的确读出枪侠声音中的一些重音模式，游戏就会终结。他的确高级得令人咋舌……但无论如何它仍然是一台机器，或许并不能完全理解人类常常能做一套，而心里想的是另一套，甚至是与实际行为完全相反的一套。如果它分析出枪侠话音中的恐惧，它也许就会认为罗兰不过是在虚张声势，而这个疏漏将会让他们所有人都上西天。

“你非常粗鲁、自大，”布莱因说，**“也许你会觉得这种性格很有趣，可我却不这么认为。”**

埃蒂一脸慌乱，冲着罗兰做出你到底在干什么的口形，但是罗兰没理会他；他正忙着应付布莱因，而且他非常清楚他正在干什么。

“噢，这还不是我最粗鲁的表现。”

蓟犁的罗兰摊开双手站起身。仿佛踩在空气上，他叉开双腿，右手放在臀上，左手握住左轮枪的檀木枪把，那姿势与他以前无数次的站姿没有不同，在数百个被遗忘的小镇的土街上、在险峻山崖的岩石上、在散发着苦啤酒和馊饭菜的幽暗沙龙里。此时不过是在无人大街上又一次最后的对决，仅此而已。但这已经足够，这就是楷覆功、卡和卡-泰特。对决这个结局对他而言一直是生命中最重要的事，也是他自己的卡围绕旋转的轴心。虽然这次对决的武器是言语而不是子弹，但是并没有分别，这仍旧是赌上性命的最后一战。空气中蔓延着杀戮的气息，就如同沼泽散发出的腐肉气息一样清晰、无法否认。随后决战的愤怒如平时一样降了下去……此时此刻他也并非他自己了。

“我可以把你叫做不可理喻、没有头脑、愚蠢自大的机器。我可以说你不过是个笨蛋，理智已经变得如同冬风吹进空树洞。”

“闭嘴。”

罗兰毫不理会布莱因，用同样平静的声调继续道：“很不幸，我的粗鲁还是有所限制，毕竟你只是一台机器……埃蒂会把你称做‘小玩意’。”

“我绝对不只是——”

“比方说，我不能把你称做无耻之徒，因为你根本不是个人。我也不能说你比那些跪在水沟里乞讨的乞丐更加低贱，因为即使那些家伙都比你好；你连能跪的膝盖都没有，而且即使你有，你也不会下跪，因为你根本无法理解什么叫仁慈。我甚至不能骂你操你妈，因为你根本没妈。”

罗兰停下来喘口气，他的另外三个同伴统统屏住呼吸。四周弥漫着单轨火车布莱因的震惊与沉默，几乎令人窒息。

“我可以把你叫做无良心的叛徒，因为你让自己唯一的同伴自杀；可以把你叫做没胆的懦夫，只会以折磨蠢人、滥杀无辜为乐；可以把你叫做迷惘、哀怨的机器幽灵，只会——”

“我命令你闭嘴否则我立刻就杀了你！”

罗兰眼里闪出狂野的蓝色火光，几乎让埃蒂恐惧，他也隐约听见杰克和苏珊娜同时倒抽一口凉气。

“要杀要剐随便你，但是别想命令我干任何事情！”枪侠怒吼道。“你已经忘记了你的创造者的脸！现在你要么立刻杀死我，要么就安安静静给我——蓟犁的罗兰，斯蒂文之子——听仔细了！我这么多年、几千里路赶过来不是来听你幼稚的唠叨！你明白了吗？现在你给**我**听好了！”

紧接着又是一阵惊心的沉寂，甚至没有人呼吸。罗兰高仰着头严厉地凝视前方，手仍旧握在枪把上。

苏珊娜·迪恩抬手捂住自己的嘴，嘴角泛出一朵笑容，就好像女人发现自己中意的一件服饰——一顶帽子，也许——还在打折。她的确害怕她的生命即将终止，但是此刻充斥胸中的不是恐惧而是骄傲。她朝左边瞥了一眼，看见埃蒂的脸上同样挂着钦佩的微笑，而杰克的表情更加简单：纯粹、不加掩饰的崇拜。

“告诉他！”杰克脱口而出，“直接对他说！对！”

“你可最好听仔细，”埃蒂附和道，“他从来就是天不怕地不怕，布莱因。他们叫他蓟犁的疯狗可不是没道理的。”

过了许久，布莱因问道：**“他们真的这样叫你吗，斯蒂文之子罗兰？”**

“也许。”罗兰道，仍旧平静地踩在半空中，脚下就是荒芜的山峦。

“你不让我猜谜语对你又有什么好处？”此刻布莱因听上去就像个生闷气的孩子，被大人允许熬夜可熬得太晚早过了正常的睡觉时间。

“我并没有说我们不会给你猜谜语。”罗兰说。

“没有？”布莱因听上去很困惑，**“我不明白了，但是声音对照分析显示语篇合理。请解释。”**

“你说你现在就想要猜谜，”枪侠回答，“我拒绝的是这点。你太急躁了，这让你很不得体。”

“我还是不明白。”

“你太粗鲁了。现在明不明白？”

布莱因没吭声，思索了一会儿以后说：**“如果刚刚我的举动让你觉得粗鲁，我道歉。”**

“接受道歉，布莱因。但是还有一个更大的问题。”

“请解释。”

布莱因现下已经显得不确定，这并没有让罗兰特别惊讶。除了无知、忽视与盲目崇拜，这台电脑已经很久没有经历人类的反应了。即使它曾经遇见过纯粹的人类勇气，那肯定也是多年以前了。

“恢复墙壁，我就告诉你。”罗兰坐了下来，仿佛进一步的争执——或者迫在眉睫的死亡——都没有任何可能。

布莱因满足了他的要求，墙壁重新恢复颜色，再次遮住了脚下噩梦般的景色。路线图上的行驶位置此时已经接近标为坎得尔顿的地方。

“好吧，”罗兰说，“粗鲁可以原谅，布莱因；大人从小就这样教我，从未改变，但是愚蠢并不能原谅。”

“我怎么愚蠢了，蓟犁的罗兰？”布莱因轻柔的话音里透出不祥，让苏珊娜突然想到趴在老鼠洞口的猫，绿眼闪闪发光，尾巴前后摇摆。

“我们有你想要的东西，”罗兰说，“但是如果我们给了你，所能得到的回报就只有死亡。这可非常愚蠢。”

布莱因又想了好长一阵，然后说：**“你说的对，蓟犁的罗兰，但是并不能保证你们谜语的质量。我可不会报答你们糟糕的谜语。”**

罗兰点点头。“我了解，布莱因。现在你仔细听好了，我曾经也对我的朋友提起过，我小时候在蓟犁领地的时候，每年都有七个节日——冬日、翻土、春耕、仲夏、满土、收割和年终。每个节日猜谜都是重要的活动，但是翻土节和满土节上猜谜是最重要的活动，因为大家相信谜语会预示收成的好坏。”

“这绝对是迷信，没有任何事实基础，”布莱因说，**“这可让我有些生气。”**

“当然是迷信，”罗兰表示同意，“但是如果我告诉你谜语的预示总是很准，你肯定会惊讶的。比如说，听听这个谜语，布莱因：祖母与谷仓有什么不一样？”

“这条谜语很老了，而且也没什么意思。”布莱因回答，但他听上去很开心，终于又有谜题可以解了，**“一个是血亲，另一个是粮仓**①**。语音巧合而已。另一则相似的谜语，在纽约领地的人里相当流行：猫和复杂句之间有什么不一样？”**

杰克脱口而出：“我们的英语老师这学期刚刚跟我们说过：猫的爪尖是指甲，复杂句的末尾是句号②。”

“没错，”布莱因回答，**“又旧又蠢的谜语。”**

“这次我站在你这边了，老兄弟布莱因。”埃蒂说。

“再多说一些你们蓟犁的猜谜节，斯蒂文之子罗兰。我觉得挺有意思。”

“翻土节与满土节的中午，约摸十六个到三十个猜谜选手会聚集在祖先之堂。祖先之堂为猜谜竞赛专门开放，这也是一年中唯一允许平民阶层——商人、农民、牧民等等——进入祖先之

---

① 这则谜语利用的是语音的巧合，血亲(born kin)与粮仓(corn-bin)正好是辅音互调。

② 原文是“A cat has claws at the end of its paws, and a complex sentence has a pause at the end of its clause”。仍然利用的是关键单词的辅音互调。

堂的时间，所以那天他们全都蜂拥而来。”

枪侠的眼神变得氤氲遥远，杰克模模糊糊记得曾经看过这副表情，当时罗兰对他讲起他和他的朋友，库斯伯特和杰米，如何偷偷潜进祖先之堂偷看某种祭祀舞蹈。杰克和罗兰当时正在追踪沃特，罗兰告诉他这一切时他们正在山中跋涉。

马藤坐在我的母亲和父亲一旁，罗兰当时说。在那么高的地方，我一眼就能认出他们——母亲和马藤跳了一支舞，他们慢慢地旋转着，其他人都退到一边，当舞曲结束时，那些人都鼓掌叫好。枪侠们都没有鼓掌……

杰克好奇地注视着罗兰，心中暗自惊讶这个陌生、疏离的人到底来自哪里……以及为什么来。

“地板中央放着一个大桶，”罗兰继续说道，“每个猜谜选手都会把一卷写有谜语的树皮扔进桶里。有些谜语很老，都是他们听长者说的——有些甚至是从书上看来的——但是大多都是为了竞赛专门创作的。会有三个裁判，其中总有一个枪侠。这些谜语先会被一个一个大声朗读出来，只有裁判一致觉得公平才会被接受。”

“对，谜语必须公平。”布莱因附和。

“然后他们就开始猜谜。”枪侠说。他的思绪又飘回到自己与坐在对面、满身伤痕的男孩同样年纪的岁月，嘴角泛起一朵笑浪。“他们连猜几小时，不知疲倦。所有人都在祖先之堂中央排成一队，队伍的位置由各人抽签决定。而且因为排在队尾比排在前面要有利许多，每个人都希望抽到后面，尽管赢家必须至少正确回答一则谜语。”

“当然。”

“每个男人、女人——蓟犁有些最好的猜谜选手是女人——走近木桶，从里面抽出一则谜语然后递给主裁判。主裁判来问，如果谜语在三分钟的沙漏漏光以后还没被解开，选手就必须离开队伍。”

“那么问下一个选手的是不是同样那则谜语呢?”

“是的。”

“那么那个人就有额外思考的时间了。”

“是的。”

“我明白了。听起来很炫嘛。”

罗兰眉头一皱:“炫?”

“他意思是说很有趣。”苏珊娜平静地回答。

罗兰耸耸肩:“我猜旁观者一定觉得有趣，但是那些选手可是相当认真。有时候比赛结束、颁发完奖品之后还会发生口角，甚至大打出手的都有。”

“什么奖品?”

“领地里最大的白鹅。而且每年我的老师柯特总是能把白鹅抱回家。”

“他一定是个猜谜能手，”布莱因的话音里充满敬意，“我希望他在这里。”

这回我们俩倒是想到一块儿去了，罗兰暗想。

“现在听听我的提议。”罗兰说。

“洗耳恭听，蓟犁的罗兰。”

“就让下面几个小时变成我们的猜谜节。不是由你出谜，因为你想听到的是新谜语，而不是重复成千上万你早知道的谜语——”

“没错。”

“反正大多数我们也解不开，”罗兰继续说，“我肯定你那些谜语如果从木桶里被抽出来，肯定连柯特都会被蒙住。”这点他并没有把握，但是刚刚用拳头的时候已经过去，现在该伸出手臂了。

“当然。”布莱因表示同意。

“我建议这次的奖品不再是头大白鹅，而换成我们四个的性命，”罗兰说，“一路上由我们出谜语，布莱因。如果当我们到达托皮卡时，你能解开我们出的所有谜语，你就执行原来的计划，把我们全杀了。这就是你的大白鹅。但是如果我们难倒了你——就是说如果你不能解开任何一则杰克的谜语书上或者我们四个脑袋里出来的谜语——你就必须带我们去托皮卡然后把我们放了。那将会是我们的大白鹅。”

沉默。

“你明白了吗？”

“明白。”

“你同意吗？”

单轨火车布莱因还是沉默。埃蒂紧张地搂住苏珊娜，盯着贵族车厢的天花板。苏珊娜的左手滑到自己小腹，想起也许正在这里面生长的秘密。杰克轻轻地抚摸着奥伊光滑的皮毛，尽量避免碰到貉獭身侧被匕首刺伤的地方。他们全在等待布莱因——真正的布莱因，他们身后的布莱因，藏在它亲手杀死了所有居民的鬼城地下的布莱因——考虑罗兰的建议。

“好的，”布莱因最终开口，**“我同意，如果我解开你们问我的所有谜语，我就要让你们陪我一起上西天。如果你们中间一个能说出一则我无法解答的谜语，我就饶了你们的性命，并且载你们去托皮卡，你们从那里继续寻找黑暗塔的旅程。我对你提议的约束条件是否理解正确，蓟犁的罗兰，斯蒂文之子？”**

“是的。”

“非常好，蓟犁的罗兰。

非常好，纽约的埃蒂。

非常好，纽约的苏珊娜。

非常好，纽约的杰克。

非常好，中世界的奥伊。”

奥伊听见自己的名字，微微抬起头。

“你们同属于一个卡-泰特，众多联盟中的一个。我也是。谁的卡-泰特更加强大，我们马上就会找到答案。”

随后车厢再次陷入沉默，只有慢转涡轮匀速地轰隆作响。发动机载着他们穿过荒原、朝着托皮卡飞速行驶，那里就是中世界的结束、末世界开始的地方。

“好吧，”布莱因最后叫道，“**撒出你们的网，流浪者！用你们的问题考验我。竞赛现在开始**。”

后　记

“黑暗塔”系列的第四部在不远的将来即会出版——当然前提是作者的写作生涯与读者的兴趣都没有中断。这样说是再精确不过的；对我来说找到一扇扇通向罗兰世界的门已经相当困难，而似乎让每把钥匙都能契合每扇门则需要更多打磨与雕琢。但无论如何，如果读者想要有第四部，那么就会有第四部，因为只要我潜心研究，我仍旧有能力找到罗兰的世界，而这个世界强烈吸引着我……从许多方面来说比任何我曾游弋的想象世界更强烈地让我着迷。而且正如同那些神秘的慢转引擎，整篇故事的进展仿佛自动获取了加速度，不断提升步伐与节奏。

我很清楚，一些读者读完《荒原》的结局以后会有一些不满，毕竟这个结局留下如此之多的未解谜团。把罗兰和他的旅伴全然交给单轨火车布莱因不那么温柔的照看，我自己也并非特别满意，但是尽管你们没有必要相信我，我还是必须强调我本人对这第三部的结局的惊讶程度绝不亚于各位读者。但是故事情节已经自主发展（正如这本书的大部分情节皆是如此），那我们也必须让它自主收尾。我只能保证，读者们，故事中罗兰和他的旅伴已经来到一处至关重要的边界通关，我们总得多给一点时间让他们通过关卡，能从容地回答问题、填写表格。当然这只是比喻的说法，我的意思是故事得再暂停一下了。我的心也非常明智地让我的笔搁下，而非不顾一切地向前推进。

下一部书的故事发展还不甚清晰，但是我可以保证，单轨火车布莱因将会完成它的任务，更多罗兰年轻时的往事会呈现在我们面前，而且我们也会再次遇见滴答老人和那个谜一样的人物沃特，他又被称作巫师、永生的陌生人。罗伯特·布朗宁正是以这个可怕又神秘的人物作为他的长诗《去黑暗之塔的罗兰少爷归来》的开场。他这样写道：

起初我以为，他每句都是谎言，
那个满头灰发的跛子，邪恶的双眼
斜睨地观察他的谎言
让我如何上当，那张嘴几乎无法
抑制得意从嘴角溢出，刻下道道
笑纹，庆贺又一个人成为谎言的奴隶。

能够开启末世界与黑暗塔的钥匙正握在这位恶毒的说谎大师、黑暗而强势的魔术师手里……等待着足够英勇的侠客来抢夺。

也等待着那些留下的人。

缅因州班戈市

1991年3月5日